獻給祖母、母親、

愛兒志理與嘉文

漢語詞法句法論集

湯 廷 池 著

臺灣 學 生 書 局

湯 廷 池 教 授

著者簡介

湯廷池，臺灣省苗栗縣人。國立臺灣大學法學士。美國德州大學（奧斯汀）語言學博士。歷任德州大學在職英語教員訓練計劃語言學顧問、美國各大學合辦中文研習所語言學顧問、國立師範大學英語系與英語研究所、私立輔仁大學語言研究所教授、「英語教學季刊」總編輯等。現任國立清華大學外語系及語言研究所教授，並任「現代語言學論叢」、「語文教學叢書」總編纂。著有「如何教英語」、「英語教學新論：基本句型與變換」、「高級英文文法」、「實用高級英語語法」、「最新實用高級英語語法」、「英文翻譯與作文」、「日語動詞變換語法」、「國語格變語法試論」、「國語格變語法動詞分類的研究」、「國語變形語法研究第一集：移位變形」、「英語教學論集」、「國語語法研究論集」、「語言學與語文教學」、「英語語言分析入門：英語語法教學問答」、「英語語法修辭十二講」、「漢語詞法句法論集」、「英語認知語法：結構、意義與功用」等。

「現代語言學論叢」緣起

語言與文字是人類歷史上最偉大的發明。有了語言，人類才能超越一切禽獸成爲萬物之靈。有了文字，祖先的文化遺產才能綿延不絕，相傳到現在。尤有進者，人的思維或推理都以語言爲媒介，因此如能揭開語言之謎，對於人心之探求至少就可以獲得一半的解答。

中國對於語文的研究有一段悠久而輝煌的歷史，成爲漢學中最受人重視的一環。爲了繼承這光榮的傳統並且繼續予以發揚光大起見，我們準備刊行「現代語言學論叢」。在這論叢裡，我們有系統地介紹並討論現代語言學的理論與方法，同時運用這些理論與方法，從事國語語音、語法、語意各方面的分析與研究。論叢將分爲兩大類：甲類用國文撰寫，乙類用英文撰寫。我們希望將來還能開闢第三類，以容納國內研究所學生的論文。

在人文科學普遍遭受歧視的今天，「現代語言學論叢」的出版可以說是一個相當勇敢的嘗試。我們除了感謝臺北學生書局提供這難得的機會以外，還虔誠地呼籲國內外從事漢語語言學研究的學者不斷給予支持與鼓勵。

湯 廷 池

民國六十五年九月二十九日於臺北

自　序

「漢語詞法句法論集」，收錄一九八一年至八六年間在報刊上所發表有關漢語詞法與句法的文章共十一篇，並以較爲零細的文章六篇做爲附錄。

由於這些文章都在師大學報、教學與研究、華文世界、國際漢學會議、國際漢藏語言學會議、全美華文教師學會年會等幾種不同的刊物或會議上發表，並且由於文章中必須提到漢語詞法與句法上一些基本的概念與假設，所以在內容方面難免有些許重複的地方，還請　大家原諒。

這五年可以說是個人生命史上最艱難痛苦的一段歲月。幾位最親近而最最重要的人，祖母、母親、愛兒志理、舅父、舅媽、還有心愛的學生嘉文，都先後離我而去。在深感人生的無奈而黯然神傷之餘，曾有一段時間想放棄所有的一切，包括學問、研究與著作。論集中有好幾篇文章，就是在這種心情中完成或交差的。寫這些文章並非出自對漢語研究的狂熱，而是過去寫作的慣性使然，甚或藉此排遣心中的苦悶而已。

這種無奈與痛苦的心情，到了今年三月間始有轉機。親人的離別給我啓示與反省：人的生命是脆弱的；人的力量也是渺小的。今天的我無法改變昨天的我，更無法預料明天的我。我們的身心以及周遭的一切，都由於因緣的聚合而存在，也由於因緣的離散而消失。生命脆弱乃可貴，力量渺小乃應精進。我願意日日努力做一個稱職的丈夫、父親與教師，一直到我的因緣離散而消失為止。這個論集的出版代表個人這一番感悟。這是我做為教師，對於過去五年工作的整理與檢討，同時也希望是對於今後工作的自我期許。

湯廷池

於一九八七年重陽節家母冥誕之日

漢語詞法句法論集

目　錄

詞法篇

句 法 篇

附 錄

國語詞彙學導論：詞彙結構與構詞規律

一、引　言

「詞彙學」(亦稱「構詞學」，卽英文的 morphology) 是研究有關詞語的結構、功能與規律的學問。傳統的中國語言學，對於國語詞彙學的研究，一向偏重「詞」(word) 的定義與界說、「詞」與「語素」(morpheme) 的區別、「實詞」(content word) 與「虛詞」(function word) 的界限、以及各種詞類的畫分等問題。這些問題在語言學的研究上固然重要，但是有些問題，特別是詞的界說與詞類的畫分這兩個問題，目前暫時不容易獲得決定性的結論，很容易產生'公說公有理、婆說婆有理'的局面。因爲詞的界說與詞類的畫分都牽涉到界定範疇的問題，而這個問題卻最不容易獲得確切的答案。現代西方語言學家有不少人（如美國語言學家 John Ross）認爲語法中的許多概念並沒有黑白分明、確定不移的界限，不是單純地'屬於'或'不屬於'某一個語法範疇，而是在'某一個限度之內屬於'這一個語法範疇，因而提出「模糊的語法」（fuzzy grammar）這個理論。同時，語言學研究的目標在於闡明說話者所具有的「語言本領」（linguistic competence）。如果說一般使用國語的人，甚至以研究國語爲專業的語言學家，都不能對詞的界說達成令人滿意的結論❶，那麼我們就要懷疑這個概念是否在我們的語言本領中具有「心理上的實在性」(psychological reality)，至少這個實在性可能沒有大家所想像那麼顯著或確定。因此，我們認爲今後國語詞彙的研究，應該把重點放在詞彙結構與構詞規律的探討。或許等到我們對於國語的詞彙結構與構詞規律有了更深一層的認識以後，我們也可以對於國語的詞與詞類提出更好的界說。本文有鑒於此，擬從現代語言學的觀點，就國語的詞彙結構與構詞規律提出一次嘗試性的探討。

二、詞彙結構與構詞規律有沒有「心理上的實在性」？

每一個中國人在日常生活的交談裡，都會使用成千上萬的國語詞彙。這些詞彙的意義與用法，不一定都是從課堂裡學來或書本上得來的，而是一聽人使用就常可以了解或會意的。就是有人

❶ 有關國語「詞」的定義與討論，請參考撰寫中的漢語詞法初探。

創造新詞的時候，也不需要特別的講解或介紹，就會爲大家所接受，成爲大家共同的詞彙。例如‘大便’與‘小便’這兩個詞，本來是由形容詞語素‘大’與‘小’修飾名詞語素‘便’而形成的偏正結構，在詞類畫分上屬於名詞。但是不知從何時起，這個偏正結構的名詞就開始轉用爲動賓結構的動詞，因而出現‘弟弟，大便大好了沒有？’、‘小便小好了，但是大便還沒有大完’這種說法。我們已經無法查明什麼人從什麼時候開始這種用法，可是有趣的是一有人開始這樣使用以後，大家都能見怪不怪、自然而然的接受這種用法。這是由於這樣的轉用完全合乎國語的詞彙結構與構詞規律，形容詞‘大’與‘小’都有類似動詞的用法（如‘這個麻煩可大了’、‘你的青春痘小了好多了’，把‘大’與‘小’比照及物動詞（如‘打架’的‘打’、‘生氣’的‘生’）使用的結果，‘大’、‘小’與‘便’的句法關係就變成了動詞與賓語的關係。又如本來是指示人體一部分的‘手’，經過「語義上的擴充」(semantic broadening) 以後就表示‘人’，於是產生了‘打手、扒手、選手、能手、好手、高手、老手、生手、水手、槍手、神槍手、提琴手、拖拉機手、歌手’等許多詞彙。我們擁有這些詞彙，並不一定經過查字典或問老師等有知有覺的學習，而是不知不覺、自然而然的會意與吸收。可是這些詞語的結構十分複雜，所表達的意義也相當分歧。例如‘打手’與‘扒手’這兩個詞，動詞‘打’與‘扒’分別表示‘打人’與‘扒走別人的財物’；因此，‘打手’表示僱來以武力欺壓別人的人’，而‘扒手’則表示‘從別人身上偸竊財物的人’。但是在‘選手’這個詞裡，動詞‘選’表示‘被選出來’；因此，‘選手’並不指‘挑選別人的人’，而指‘被選參加體育競賽的人’。套「格變語法」（case grammar）的術語來說，'打手'與'扒手'是代表動作'打'與'扒'的「施事者」(agent)，而'選手'則是代表動作'選'的「受事者」(patient)。有時候，同一個詞可能有施事者與受事者兩種解釋，因而產生「歧義」或「多義」(ambiguity)的現象。例如，在'選民的眼睛是雪亮的'這一句話裡，'選民'指施事者（'投票選舉縣市長或議員的人'），而在'上帝的選民'這一句話裡，'選民'卻指受事者（'被上帝選中的人'）。另一方面，在'能手、好手、高手、老手、生手、嫩手'這些詞裡，'能、好、高、老、生、嫩'都是表示屬性的形容詞或表示情狀的副詞；因此，'能手'是'(做事)能幹的人'、'好手'是'能力很強的人'、'高手'是'技藝高超的人'、'老手'是'(做事)很老練的人'、'生手'是'經驗生疏或對工作還不熟悉的人'。又'水手'裡的'水'是表示處所的名詞，所以'水手'是'在水上(亦即在船舶上)工作的人'；而'槍手'的'槍'、'提琴手'的'提琴'、'拖拉機手'的'拖拉機'都表示工具或手段的名詞，因此分別表示'持槍射擊的人'、'拉提琴的人'、'開拖拉機的人'。同樣的，'神槍手'是'持有百發百中有如神槍的人'，也就是'有神奇威力、百發百中的槍手'。至於'歌手'的'歌'可以分析爲動詞'歌(唱)'，也可以分析爲名詞'(唱)歌'，表示'擅長歌唱的人'或'以唱歌爲專業的人'。以上含有'手'的幾個詞，第一個語素與第二個語素之間的句法與語義關係如此複雜而多變，而我們卻能毫無困難的了解這些詞彙，並運用這些詞彙來交談。可見我們的語言本領確實掌握著有關這些詞彙的構詞規律。遇到需要創造新詞的時候，我們也依照這些構詞規律來造新詞。棒球比賽所使用的許多新詞，如'投手、捕手、游擊手'與'一壘手、二壘手、三壘手、外野手’，就是分別依照‘打手、扒手’（動詞＋‘手’）與‘水手’（處所名詞＋‘手’）的構詞規律來創造的。一般使用國語的人雖然不一定能知覺的體會，更不能具體的指出這些規律來，可是都能不知不覺的運用這些規律。因此，當有人創造‘國手’這個名詞來代表‘國家選手’的時候，由於‘國手’這一個詞不但合乎由‘國民政府’簡化爲‘國府’的「簡稱規律」(abbreviation rule)，而且也符合既有的詞‘水手’的構詞規律，所以大家都能毫無抗拒的接受這個新詞。後來有人更以‘國腳’來指‘足球國手’的時候，也由於‘國腳’在構詞上與‘國手’相當，所以也很快地爲大家接受。甚至於筆者隨意杜撰‘國腿’這個新詞而向學生問這個新詞可能的含義時，很多人竟也毫無遲疑地回答：‘國腿’可以指‘參加跆拳道比賽的國家選手’或‘參加選美或美腿小姐比賽的國家代表’！可見這些構詞規律確實存在於我們的語言本領之中；也就是說，這些構詞規律確實具有「心理上的實在性」。

三、構詞與句法的關係

國語語法裡，構詞與句法的界限有時候並不十分明確，有許多句法規律可以適用於詞彙結構而成爲構詞規律。因此，研究構詞不能不牽涉到句法，討論句法也常要考慮到構詞。例如國語的‘生氣’，就詞語的外部功能而言是形容詞，因爲前面可以加上程度副詞‘很、太、更、非常’等（如‘很生氣、非常生氣’）。但就詞語的內部結構而言，‘生氣’是由動詞‘生’與名詞‘氣’組成的

「動賓結構」，因此可以在述語動詞'生'與賓語名詞'氣'之間插入「動貌標誌」(aspect marker)'了、過、着'等（如'生了氣、生過氣、生着氣'），還可以在賓語名詞之前加上一些修飾語（如'生誰的氣，生了很大的'氣）。有些形容詞（如'關心、掛念、注意'等）雖然也是動賓結構，但由於動詞與名詞之間的結合關係比較緊密，不能在動詞與名詞之間安插動貌標誌，也不能在名詞前加上修飾語。因此，我們可以說'很用心、用過心，用了一番心'，卻只能說'很關心'，而不能說'關過心'或'關了一番心'。另一方面，'關心、注意'等可以直接當及物動詞而說成'關心你的健康、注意這一件事'等；但是'生氣'卻不能說'生氣你'，而只能說成'生你的氣'或'對你生氣'。可見'生氣'、'關心'、'用心'❷這三個詞，雖然在外部功能上是形容詞而在內部結構上屬於動賓結構，但在「句法表現」(syntactic behavior)上卻有相當大的差別。儘管如此，在國內外出版的國語詞典卻從來沒有把這些內部結構與外部功能的差別交代清楚。又如國語的'面熟、膽小、頭疼'等，雖然就外部功能而言是形容詞（如'很面熟、很膽小'），但就內部結構而言，是由主語名詞與謂語形容詞組合而成的「主謂結構」，所以不能在名詞與形容詞之間插入動貌標誌而說成'面了熟'或'膽了小'。國語的詞彙結構，除了「動賓結構」與「主謂結構」以外，尚有「並列結構」、「動補結構」、「偏正結構」等。例如國語的兩個動詞'幫忙'與'幫助'，在語義上幾無差別；但就內部結構而言，'幫忙'是由動詞與賓語名詞合成的動賓結構，而'幫

❷ '用心'不能直接當及物動詞用而說成'用心這一件事'；'用你的心'在用法上也與'生你的氣'不同，不表示'對你用心'而表示'你用心'。

助'卻是由兩個語義相似的動詞合成的並列結構。因此，我們可以說'幫了忙、幫你的忙、幫了很大的忙、幫過幾次忙'，卻不能說'幫了助、幫你的助、幫了很大的助、幫過幾次助'。又本來是說'幫你的忙'或'幫助你'的，但是有許多人忽視'幫忙'的內部結構而把這個詞比照'幫助你'說成'幫忙你'。❸又如動詞'動搖'與'搖動'，一般國語詞典都視爲同義詞而沒有區別其意義與用法。其實'動搖'是由兩個語義相近的動詞'動'與'搖'合併而成的並列結構，含有'動之搖之'的意思；而'搖動'卻是由表示動作的動詞'搖'與表示結果的動詞'動'搭配而成的動補結構，含有'搖而使之動'的意思。因此，我們可以說'搖得動、搖不動'，卻不能說'動得搖，動不搖'。同時，因爲'搖動'的含義牽涉到事物的移動或運動，而'動搖'則無此含義，所以'搖動'的賓語必須是具體名詞，而'動搖'的賓語則必須是抽象名詞。試比較：

① 他用力搖動樹枝。

② *他用力動搖樹枝。

③ *敵人的宣傳不能搖動我們的意志。

④ 敵人的宣傳不能動搖我們的意志。

再如'嘲笑、譏笑、微笑、大笑、狂笑、奸笑、獰笑'等動詞都含有'笑'字。但是這裡面'嘲笑'與'譏笑'是由兩個語義相似的動詞合併而成的並列結構（'嘲之笑之'、'譏之笑之'），而'微笑、大笑、狂笑、奸笑、獰笑'等則是由前面的副詞'微、大、狂、奸、

❸ 動賓結構的動詞或形容詞可以接上賓語名詞的，除了'幫忙'外，還有'關心、注意'等。

獰'修飾後面的動詞'笑'而成的偏正結構（做'微微地笑'、'大聲地笑'、'縱情地笑'等解)。這種內部詞彙結構的差別也反映在外部的句法功能：'嘲笑、譏笑'可以做及物動詞使用，而'微笑、大笑、狂笑、奸笑、獰笑'等則只能做不及物動詞用。試比較：

⑤ 你不應該嘲笑／譏笑他。

⑥ *你不應該微笑／大笑／狂笑／奸笑／獰笑他。

⑦ 你不應該對他微笑／大笑／狂笑／奸笑／獰笑。

除了「主謂、動賓、動補、並列、偏正」等幾個主要的詞彙結構以外，還有「名量、介賓、名方」等次要詞彙結構。例如'船隻、車輛、紙張、布匹、銀兩'❹ 等名詞是由名詞與量詞組合而成的「名量結構」。這些詞彙在句法功能上屬於名詞，而且是「集合名詞」。因此，原則上這些名詞前面不能加上數詞與量詞。試比較：

⑧ 一艘船／*一艘船隻

⑨ 兩部車／*兩部車輛

⑩ 三塊布／*三塊布匹

以上的討論說明了國語的構詞與句法之間具有極密切的關係。屬於特殊詞彙結構的詞，常有特殊的句法功能或表現。這一些詞彙結構與句法功能，一般的國語詞典都沒有提到，國內的語言學家與語文教育家也很少有人去研究。但是如果我們同意以上

---

❹ '瓦片、房間'在形式上近似名量結構，但是前面可以加上數詞與量詞(如'一塊瓦片、一個房間')。'花朵、書本'在形式上也是名量結構，前面不常加上數詞與量詞，但是可以當做「個別名詞」使用。'人羣、人類'在形式上也可以分析爲名量結構，在含義與用法上也是「集合名詞」。

的觀察與分析，那麼我們就不能不承認這些詞彙結構與構詞規律確實存在。這些詞彙結構與構詞規律構成國語語言本領的一部分，並在詞彙合法度的判斷以及新詞的創造與了解上顯示其心理上的實在性。如果我們要研究國語的結構與功能，我們就必須研究使用國語的人所具有的語言本領，包括國語的詞彙結構與構詞規律在內。以下就國語的複合詞與固定成語，分別從語音、句法、語義三方面，討論其詞彙結構與構詞規律。

四、國語的複合詞、合成詞、固定成語與諺語

「詞」(word 或 lexeme)，簡單的說，是詞彙的單位；也就是說，在語言中能夠獨立出現或自由運用的最小的單元。國語的詞，按其所包含的音節之多寡，可以分為單音詞、雙音詞、多音詞三種。「單音詞」(monosyllabic word) 係指僅含有一個音節的「自由語」(free morph)❺如'人、物、貓、書、家、門、大、小、坐、飛'等是。「雙音詞」(disyllabic word) 係指由一個雙音節的語素單獨而成，或由兩個單音節的語素合併而成的詞。單獨由一個雙音節的語素而成的雙音詞，如'忸怩、惆悵、蹉跎、抖擻、嗚咽、嘀咕、玻璃、葡萄、蘿蔔、蟋蟀、芙蓉、琺瑯、檸檬、嗶嘰、琵琶、菩薩、摩登、幽默、浪漫'等，一經拆開以後就失去意義。許多國語固有的「連緜詞」，古時候從外國輸入進來

❺「語」(morph) 或「語素」(morpheme) 是代表語義的最小語言單位。語素中能夠獨立出現的叫做「自由語」(free morph)；必須依附其他的語素出現的，叫做「附着語」或「粘着語」(bound morph)。

的「外來詞」(loan word)、以及經過「譯音」(transliteration)而產生的「現代外來詞」都屬於這一類。由兩個單音節語素組合而成的雙音詞，如'孩子、老子、男兒、女兒、饅頭、骨頭、阿姨、老大、親人、惡狗、野貓、書本、鋼筆、家鄉、巨大、渺小、靜坐、飛翔、扣除'等，拆開以後個別的語素仍然表示固定的意義。「多音詞」(polysyllabic word)則指以一個多音節的語素單獨而成的詞，如'凡士林、維他命、劈哩啪啦'等，或以兩個以上的單音詞、雙音詞、或多音詞組合而成的詞，如'計程車、佛跳牆、平交道、坦克車手、三岔路口、十字街頭、馬路新聞'等。有些中國語言學家把國語詞彙的組成成分分析爲「詞根」(root)與「詞綴」(affix, 又稱「附加成分」)。「詞根」是雙音詞或多音詞中代表根本的詞彙意義的語素，而「詞綴」則依詞根存在而表示詞類等附帶意義的語素。詞綴又可以分爲「詞頭」(prefix, 又稱「前綴」或「前加成分」)、「詞尾」(suffix, 又稱「後綴」或「後加成分」)與「詞嵌」(infix, 又稱「中綴」或「中加成分」)，分別出現於詞根的前頭、後頭、與當中。根據這樣的分析，'孩子、兒子、嫂子、老子、石子、瓜子、桌子'，'男兒、女兒、孩兒、頭兒、信兒、花兒、今兒、明兒'以及'饅頭、骨頭、石頭'等雙音詞裡的第二個成分'-子、-兒、-頭'是表示名詞的詞尾；而'阿姨、阿嫂、阿爸、阿哥'，'老師、老虎、老鼠、老張'，'初一、初二、初三'，'第四、第五、第六'以及'老大、老二、老三'等雙音詞裏所包含的第一個成分'阿-、老-'、'初-、第-、老-'則分別是表示名詞與序列的詞頭。也有人把出現於'拿得動、走得開、看得出'的'得'分析爲表示可能的詞嵌，而把出現於'糊裡糊塗、傻裡傻氣、馬裡馬虎、骯裡骯髒'的'裡'分析爲表示貶稱的詞嵌。更有人把表示特定詞類的詞綴(如'-子、-兒、-頭、阿-、老-、第-、初-')，或可能產生與原來的詞屬於不同詞類的詞綴（如'工業化、商業化、綠化、美化；高度、溫度、濕度、熱度；彈性、黏性、酸性、可塑性；讀者、作者、學者、筆者；作家、行家、科學家、運動家；教師、導師、醫師、工程師；店員、專員、指導員、技術員'等）稱爲「構詞成分」(derivational affix) 或「詞尾」，而把附屬於特定的詞類而只能產生與原來的詞屬於同一詞類的詞綴（如'來了、看着、見過、我們、孩子們'稱爲「構形成分」(inflectional affix) 或「形尾」。

國語的詞又可以根據詞根與詞綴的組合情形分爲單純詞、派生詞、複合詞三種。由一個詞根單獨而成的詞，叫做「單純詞」(simplex word 或 monomorphemic word)。單純詞可能是單音詞（如'人、狗、貓、書'），可能是雙音詞（如'玻璃、忸怩、梧桐、咖啡'），也可能是多音詞（如'凡士林、馬拉松、維他命、俱樂部、哀的美敦書'）。由一個詞根加上一個或一個以上的詞綴而成立的詞，叫做「派生詞」(derivative word)，如'孩子、孩子們、前天、大前天、上週、上上週'等是。由兩個或兩個以上的詞根結合而成的詞，叫做「複合詞」(compound word)。複合詞中所包含的詞根可能是「自由語」，如'矛盾、山茶（植物名)、佛跳牆（菜名)、百日紅（植物名)'；也可能是非自由語，亦即「附着語」(bound morph)，例如'領袖、鞠躬'裡面的兩個詞根在現代國語都不能單獨出現，'明白、高興、清楚'裡的'明、興、楚'在現代國語也不能單獨出現。如果有需要，我們可以把由自由語詞根組合而成的詞叫做「（狹義的）複合詞」，而把含有附着語詞根的複合詞另稱爲「合成詞」(complex word)。❻複合詞或合成詞，雖然是由兩個或兩個以上的詞根組合而成的，但就語義內涵與句法功能而言都應當視爲一個詞。兩個或兩個以上的詞在使用上結合在一起，但並不構成複合詞或合成詞，叫做「詞羣」(word group) 或「詞組」(phrase, 又稱「詞段」)，如'飯前、飯後、長江以南、黃河以外、浙江一帶' 等是。詞羣有「詞組性」的 (phrasal)、有「子句性」的 (clausal)、有「熟語性」的 (idiomatic)、也有「諺語性」的 (proverbial)。有些詞羣結合得很緊密，不但經常出現在一起，而且能發揮單一詞類的功能，因而實際上具有一個詞的作用的，就叫做「固定成語」(fixed idiom 或 stereotyped expression)，如'天長地久、三心兩意、亂七八糟、東奔西走' 等是。在國語中以現成固定的形式出現的，除了固定成語以外，還有「諺語」(proverb)，如'天下烏鴉一般黑'、'三百六十行，行行出狀元'；「農諺」(farming proverb)，如'清明不斷雪，谷雨不斷霜（北方農諺）'、'清明斷雪、谷雨斷霜（南方農諺）'。下面就國語複合詞、合成詞、固定成語、諺語等的詞彙結構，分從語音、句法、語義等三方面來探討其構詞規律或限制。

---

❻ 國語詞彙裡「自由語」與「附着語」的界限有時候很難分明，因此「複合詞」與「合成詞」的界限也就很難畫定。我們可以暫時把含有'-子'、'-兒'、'-頭'、'阿-'、'老-'、'初-'、'第-'、'-化'、'-性'、'-度'、'-量'、'-者'、'-家'、'-師'、'-員'等表示詞類等附帶意義的詞綴的詞稱爲「派生詞」，而把由兩個以上表示獨立意義的詞根組合而成的詞稱爲「複合詞」。

五、象聲詞的語音限制

國語裡有許多模擬聲音的詞，例如以'汪汪'來摹仿狗叫聲，以'喔喔'來模擬鷄鳴聲、以'嘀咕'來表示私語、以'哩嚕'來表示說話不清楚，叫做「象聲詞」(onomatopoeic word，又叫做「摹聲詞」或「擬聲詞」)。國語的象聲詞，有許多是以「前高元音」(卽國際音標的〔i〕，或注音符號的〔ㄧ〕)先，而以「前低元音」或「後低元音」(卽國際音標的〔æ, ɑ〕，或注音符號的〔ㄚ〕)後的次序出現；或者以「前高展唇元音」(卽〔i〕或〔ㄧ〕)先，而以「後高圓唇元音」(卽國際音標的〔u〕，或注音符號的〔ㄨ〕)後的次序排列的。前者的例詞有'滴哩搭啦、嘰哩扎喇、嘰哩嘎啦、劈哩啪啦、嘰嘰喳喳、嘰嘰嘎嘎、滴滴答答、嘻嘻哈哈、叮叮噹噹、嘰啦喳啦'等；而後者的例詞則如'嘰哩咕嚕、咭咭呱呱、嘰嘰咕咕、狄狄咕咕、嘀嘀咕咕、哩哩囉囉'等。可見國語的象聲詞，所牽涉到的元音主要的是最基本的三個元音'ㄧ、ㄨ、ㄚ'；而且這些元音在象聲詞裡排列的順序是從「高元音」到「低元音」(或從「合口元音」到「開口元音」)，從「前元音」到「後元音」(或從「展唇元音」到「圓唇元音」)。更有趣的是，根據 W. E. Cooper 與 J. R. Ross 兩人的研究❼，英語裡許多詞彙的連用也是按照由前高元音到前低元音、由前低元音到後低元音，由後低

❼ 參 W. E. Cooper & J. R. Ross (1975) "Word Order," *Papers from the Parasession on Functionalism,* Chicago Linguistic Society, pp. 63-111。

元音到後高元音的次序(即依國際音標〔i＞ɪ＞ɛ＞æ＞ɑ＞ɔ＞o＞u〕的次序)排列。而這個次序就是這些元音在「聲譜」(sound spectrogram)上第二個「峰段」(second formant,又叫做「第二段共振波」)頻率高低的順序,即從頻率最高的〔i〕依次到頻率最低的〔u〕。這些事實顯示,國語象聲詞裡元音出現的次序,不僅與發音器官嘴巴的開合與嘴唇的展圓有關,而且與語音的物理性質第二個峰段頻率的高低有關。❽

六、國語複合詞與合成詞的句法限制

前面我們談到國語的複合詞與合成詞常具有一定的內部句法結構。這些句法結構,包括主謂結構、偏正結構、動賓結構、動補結構、並列結構等。

(一)主謂結構:所謂「主謂結構」或「主謂式」❾(subject-predicate construction),是指構詞成分的語素之間,具有句法上的主語與謂語的關係。有些主謂結構係由主語名詞與謂語動詞合成,而其句法功能多半是名詞,例如'秋分、夏至、地震、兵變、輪廻、花生、金不換、佛跳牆'等。有許多主謂結構的名詞屬於疾病的名稱,如'氣喘、便秘、頭痛、耳鳴、胃下垂、肺結核、腦充血、心肌梗塞'。有些主謂結構係由主語名詞與謂語形

---

❽ 國語象聲詞裡似乎找不到元音〔ɑ/ㄚ〕出現於元音〔u/ㄨ〕前面的例子。但是師大英語研究所的吳錦玲同學提出一般兒童模仿賣冰淇淋小販的橡皮喇叭聲都用〔pɑpu pɑpuㄅㄚㄅㄨㄅㄚㄅㄨ〕的聲序。

❾ 學者間亦有不用「式」而用「格」者。

容詞而成，其句法功能大多數是形容詞，例如‘頭痛、面熟、心煩、手硬、眼紅、膽怯、膽小、性急、命薄、命苦、年輕、耳朵軟、肝火旺’等。這裡要注意‘他心煩’與‘他（的）心煩’不同，因爲只有前者可以說成‘他很心煩、你太心煩、我並不心煩’等。同樣的，‘他手硬、贏了不少錢’也與‘他（的）手硬，打人很痛’不同。在前一句話裡，‘手硬’合成一個主謂式複合形容詞來充當主語名詞‘他’的謂語；在後一句話裡，‘手硬’並不合成複合詞，而由名詞‘他（的）手’與形容詞‘硬’來分掌主語與謂語，共同形成一個句子。

（二）偏正結構：「偏正結構」（modifier-head construction），又稱「向心結構」或「同心結構」（endocentric construction），其構詞成分的語素之間，具有「修飾語」（modifier）與「被修飾語」或「主要語」（head）⑩的關係。被修飾語可能是名詞、動詞、形容詞、副詞，而修飾語也可能是名詞、動詞、形容詞、副詞。因此，名詞可以修飾名詞（如‘文法、手册、雨衣、草書、家庭教育、經濟制裁’等），動詞可以修飾名詞（如‘學力、臥車、航線、考古學、洗臉盆、升降機、守財奴’），形容詞可以修飾名詞（如‘美德、甘草、野孩子、老實話、明白人、安全火柴、普通考試’），甚至數詞（如‘二叔、三嬸、百姓、千金、萬歲’）與代詞（‘自家、自己人、我方、何處、此刻’）也可以修飾名詞。同樣的，名詞可以修飾動詞（如‘面談、夢想、風行、鐵定、聲請’，動詞可以修飾動詞（如‘破費、改組、代理、誤傷、回拜’），形

⑩ 又稱「中心語」（center）。

容詞（或副詞）⓫也可以修飾動詞（如‘熱愛、冷笑、輕視、重賞、傻笑’）。另一方面，名詞可以修飾形容詞（如‘筆直、天眞、火熱、冰凉、雪白、膚淺’），動詞可以修飾形容詞（如‘垂直、逼眞、鎭靜、沈悶、滾熱、飛快’），形容詞可以修飾形容詞（如‘小康、大紅、早熟、狂熱、酸痛’），副詞也可以修飾形容詞（如‘相同、自新、絕妙、不滿）或其他副詞（如‘親自、獨自、早就、早已、不必、未必、好不’）。屬於偏正結構的複合詞，其句法功能一般都與中心語(卽被修飾語)的句法功能相同；如果中心語是名詞、動詞、形容詞、副詞，那麼整個複合詞也分別當名詞、動詞、形容詞、副詞用。這就是爲什麼偏正結構又叫做「向心」或「同心」結構的理由。少數例外的情形是，由名詞修飾量詞的偏正結構，如‘車輛、船隻、紙張、文件、布匹、馬匹、銀兩’。這些詞彙在句法功能上不屬於量詞，而屬於名詞；在詞彙結構上或許應該分析爲並列結構。

(三)動賓結構：「動賓結構」(verb-objeect construction)，由動詞與名詞兩個語素合成，而且在動詞與名詞語素之間具有動詞與賓語的句法關係。具有動賓結構的複合詞，在句法功能上可能是名詞（如‘將軍、同學、靠山、扶手、披風、知音、結核’），可能是動詞（如‘打仗、動粗、得罪、失守、鞠躬、爲難’），也可能是形容詞（如‘生氣、出力、得手、失禮、值錢、受用’）或副詞（如‘改天、就近、趁機、埋頭、加意、刻意、到底、徹底’）。

⓫ 這些修飾語在「語法範疇」(grammatical category)上屬於形容詞，但在「語法功能」(grammatical function)上卻屬於副詞，或者更精確地說是「狀語」(adverbial)。

有些動賓結構的複合詞，如'得罪、失守、爲難、埋怨、關心'等，在句法功能上屬於及物動詞或及物形容詞，因此後面可以接上賓語，如'得罪你，失守上海、爲難大家、埋怨我、很關心你的健康'。也有些動賓式複合詞，如'生氣、叨光、託福'等，其語義上的賓語可以出現於動賓結構裡兩個語素之間而成爲名詞語素的修飾語，如'生我的氣、叨你的光、託大家的福'。另有些動賓結構（特別是具有名詞或副詞這兩種句法功能的動賓結構），如'知己、披風、靠背；索性、刻意、挨戶'等，組成成分的語素之間的結合比較緊密，中間無法挿入別的詞。但是有些動賓結構（特別是句法功能上屬於動詞的動賓結構），如'虧空、動粗、打仗、幫忙'等，動詞成分與賓語成分之間的結合比較鬆懈，中間常可以揷進表示「動貌」（aspect）的標誌，如'虧了空、動過粗、幫着忙、打起仗來'。

(四)動補結構：「動補結構」(verb-complement construction)，由動詞與形容詞（如'吃飽、提高、看破、說淸楚、講明白'），或由動詞與動詞（如'看見、聽到、分開、叫醒、打倒、拆散'）合成，而且在第一個成分的動詞與第二個成分的動詞或形容詞之間具有動詞與補語的句法關係。⑫因此，動補式複合詞一般都可以在動詞與補語之間揷進表示可能的'得'或其否定式'不'，如'聽得到、聽不到'、'用得上、用不上'、'看得見、看不見'、'叫得醒、叫不醒'。但是也有些動補結構的動詞與補語

⑫ 有少數形容詞(如'穩、急')也可以以動詞（如'穩住'）或形容詞（如'急壞'）爲補語而出現於動補結構。

之間的結合比較緊密 ，因而無法挿進‘得’或‘不’的，如‘擴大、說明、削弱、搗毀’等。又動補結構係以動詞爲中心語，而以補語爲修飾語，性質上仍然屬於向心或同心結構。因此，動補式複合詞大多數都當動詞用，只有‘很吃得開、很吃不開’、‘很對得起、很對不起’等少數情形當形容詞用。

七、並列複合詞與固定成語的語義限制

「並列結構」(coordinate construction)，又稱「並立結構」或「聯合結構」，由詞義「相反」(antonymous)、「 相對 」(relational)、「 相同 」或「 相似」(synonymous) 的詞並立而成。「反義並列結構」(antonymous coordinate construction)，係由詞義相反或相對的名詞（如‘師生、父子、男女、天地’）、形容詞（如‘大小、高低、濃淡、早晚’）、動詞（如‘出入、呼吸、坐立、生死’）、方位詞（如‘上下、左右、裏外’）等對立而成。「同義並列結構 」(synonymous coordinate construction)，由詞義相同或相似的名詞（如‘江河、丘陵、風雲、行伍’）、動詞（如‘幫助、推薦、動搖、譏笑’）、形容詞（如‘痛癢、清楚、明白、美麗、高貴’）等聯合而成 。國語裡許多表示度量衡的抽象名詞都由正反兩義的形容詞並列而成，如‘大小、多少、多寡、高低、高矮、深淺、長短、厚薄、濃淡、遠近、寬窄、強弱、快慢’等。這些由反義形容詞並列而成的複合詞，在語素的排列次序上都有一個共同的特徵：表示積極的正面意義的形容詞（如‘大、多、高、深、長、厚、濃、遠、寬、強、快’）出現在前頭 ，而表示

消極的反面意義的形容詞（如‘小、少、寡、低、矮、短、薄、淡、近、窄、弱、慢’）則出現在後頭。這是由於表示積極的正面意義的形容詞，還可以表示不偏不倚的中立意義或「無標意義」（unmarked meaning）。例如，我們問人家的年齡總是說‘他年紀多大？’，而不說‘他年紀多小？’；問人家到火車站的距離也總是說‘到火車站要走多遠？’，而不說‘到火車站要走多近？’；問別人的身高也總是說‘你個子多高？’，而從來不說‘你個子多矮？’。⓭回答這些問題的時候，我們也說，‘五歲大、半公里遠、一百五十公分高’，而不說‘五歲小、半公里近、一百五十公分矮’。因此，代表度量、程度的抽象名詞都用正面意義的形容詞來表示中立或無標意義，而不用反面意義的形容詞。例如，國語的詞彙中有‘高度、身高、重量、體重、深度、厚度、長度、熱度、溫度、硬度、強度、濃度、密度、速度、韌性’等詞，卻沒有‘矮度、低度、身矮、身低、輕量、體輕、淺度、薄度、短度、寒度、弱度、淡度、疏度、慢度、脆性’等詞。當然，由於科技的發達，常需要新的概念。例如，現代國語詞彙中兼有‘溫度’、‘熱度’、‘冷度’等三個詞。一般說來，‘熱度’表正面的意義、‘冷度’表反面的意義；而‘溫度’則表中立的意義，可熱亦可冷。又如‘硬度’與‘軟度’，前者表示正面與中立的意義，而後者則只能表示反面的意義。我們也可以設想金屬工業上可能需要‘薄度’這個概念，色彩學也可能用得上‘淺度、淡度’這些術

⓭ 如果我們已經知道對方的個子很矮，而要問究竟矮到什麼程度，那麼就可以說‘聽說他個子很矮，究竟有多矮？’。這句問話的‘矮’不表示中立意義，而表示消極的反面意義。這個時候副詞‘多’要重讀。

語；但是這些名詞只能表示消極的反面意義，決不能表示中立意義。⓮同義並列詞，在詞類功能上大都保留原來語素的詞類，但也有少數轉用為名詞的（如'痛癢'）。另一方面，反義並列詞則在詞類功用上大都屬於名詞（如'大小、高低、輕重'等）或副詞（如'反正、橫豎、早晚'等），但也有少數轉用為動詞的（如'呼吸'）。

除了上面有關反義並列結構的語義限制以外，國語的並列結構詞彙還受下面幾種語義上的限制。

(一)'天'在前、'人'在後：

例如，'天地人'、'天人合一'、'怨天尤人'、'順天應人'、'天理人情'、'天從人願'、'天與人歸'、'天地君師'、'天時地利人和'等。

(二)'人'在前、'獸'或'物'在後：

例如，'人馬'、'人困馬乏'、'人叫馬嘶'、'連人帶馬'、'千軍萬馬'、'兵荒馬亂'、'人獸之間'、'人獸關頭'、'人面獸心'、'人禽之界'、'人模狗樣'、'人怕出名豬怕肥'、'人物'、

⓮ 上述有關反義形容詞在複合詞中出現的次序，似乎有些例外的情形；例如'輕重、冷熱、冷暖、早晚'的次序都正好相反。前三個複合詞多半用來指某種事態或情狀，而這種事態或情狀無法用客觀的儀器來衡量（如'問題的輕重（＝重要性）'、'態度的冷熱(＝冷淡或熱情)'、'人間的冷暖'），所以似乎不能算是表示度量衡的名詞。最後一個複合詞'早晚'，不做名詞用，而當副詞用（如'他早晚會覺悟的'）。

‘人事’、‘待人接物’、‘人財兩空’、‘人亡物在’、‘人去樓空’、‘人琴俱杳’、‘人地生疏’、‘人贓俱獲’、‘殺人越貨’、‘民胞物與’、‘人面桃花’等。

(三)‘公’在前、‘私’在後：

例如，‘公私’、‘公私分明’、‘公私兩便’、‘公私蝟集’、‘公而忘私’、‘公民營企業’、‘臣庶’、‘臣民’、‘孤臣孽子’、‘軍民’、‘警民’、‘忠孝’、‘國家’、‘國破家亡’、‘國家興亡匹夫有責’、‘國將不國何以家爲’等。

(四)‘家’在前、‘人’在後：

例如，‘家人’、‘家破人亡’、‘家貧親老’、‘家給人足’、‘孤家寡人’、‘養家活口’、‘姓名’、‘尊姓大名’等。

(五)‘長’在前、‘幼’在後：

例如，‘長幼有序’、‘老少咸宜’、‘老幼’、‘老吾老以及人之老，幼吾幼以及人之幼’、‘老小’、‘老大不小’、‘婦孺’、‘婦嬰’、‘耄耋’、‘耄耆’、‘鮐雅’、‘黃髮垂髫’、‘婦幼衞生’⑮、‘祖孫’、‘兒孫’、‘父子’、‘母子’、‘父女’、‘母女’、‘爺兒倆’、‘娘兒倆’、‘親子’、‘父兄’、‘母姊’、‘兄弟’、‘兄妹’、‘姊妹’、‘姊弟’、‘翁婿’、‘婆媳’、‘婆婆媽媽’、‘姑姪’、‘妻孥’、‘妻離子散’、‘妻兒老小’、‘昆仲’、‘昆季’、‘伯仲’、‘伯

---

⑮ 但也有‘孤獨、耆艾、孤兒寡婦、童叟無欺’等例外的情形。

仲叔季'、'伯叔'⑯、'師生'、'教學相長'、'孝悌'、'相夫教子'、'兄友弟恭'、'難兄難弟'、'子孫滿堂'、'杜子蘭孫'、'虎父虎子'等。

(六)'尊'在前、'卑'在後:

例如,'尊卑'、'君臣'、'將士用命'、'后妃'、'嫡庶'、'主僕'、'主從'、'文武雙全'、'士農工商'等。

(七)'親'在前、'疏'在後:

例如,'親疏'、'親朋'、'親友'、'親故'、'親舊'、'姑嫂'、'華夷'、'中外'、'中西'、'中美'、'舊雨新知'等。

(八)'男'在前、'女'在後:

例如'男女'、'男才女貌'、'男歡女愛'、'曠男怨女'、'小男幼女'、'男婚女嫁'、'男耕女織'、'男盜女娼'、'男女平等','金童玉女'、'孤男寡女'、'紅男綠女'、'善男信女'、'牛郎織女'、'才子佳人'、'父母'、'嚴父慈母'、'爺娘'、'爹娘'、'爸媽'、'兄弟姊妹'、'兄姊'、'弟妹'、'子女'、'兒女'、'夫婦'、'夫唱婦隨'、'夫妻'、'夫貴妻榮'、'婚嫁'⑰、'耕織'、'公婆'、'翁姑'、'舅姑'、'怙恃'、'(如喪)考妣'、'生旦'、'奴婢'、'帝后'、'皇天后土'、'鰥寡'、'公母'⑱、'鳳凰(于

---

⑯ 但是我們也說'叔伯'。

⑰ 但是我們卻說'嫁娶'。

⑱ 但是我們卻說'雌雄、牝牡、陰陽'。

飛）’、‘鴛鴦’、‘各位先生女士’等。

（九）‘優’在前、‘劣’在後：

例如，‘優劣’、‘優勝劣敗’、‘好壞’、‘好歹’、‘不識好歹’、‘良莠’、‘貴賤’、‘善惡’、‘賢愚’、‘臧否’、‘忠奸’、‘蘭艾’、‘香臭’、‘薰蕕’、‘雅俗（共賞）’、‘清濁’、‘美醜’、‘妍媸’、‘眞僞’、‘眞假’、‘得失’、‘利害’、‘利弊’、‘賞罰’、‘獎懲’、‘褒貶’、‘成敗’、‘功過（相抵）’、‘帶功補罪’、‘對錯’、‘是非’、‘正邪’、‘恩怨’、‘恩仇’、‘愛憎’、‘好惡’、‘好逸惡勞’、‘寬嚴’、‘吉凶’、‘新舊’、‘玉石俱焚’、‘龍蛇雜處’、‘龍頭蛇尾’等。[19]

（十）‘盈’在前、‘虧’在後：

例如，‘盈虧’、‘圓缺’、‘有無’、‘得失’、‘多少’、‘加減’、‘乘除’、‘增減’、‘聚散’、‘正負’、‘粗細’、‘厚薄’、‘濃淡’、‘深淺’、‘大小’、‘高低’、‘長短’、‘寬窄’、‘胖瘦’、‘肥瘦’、‘勝敗’、‘勝負’、‘盛衰’、‘漲跌’、‘漲落’、‘伸縮’、‘起落’、‘升沈’、‘升降’等。[20]

（十一）‘主’在前、‘副’在後：

例如，‘主副’、‘首從’、‘本末’、‘筆墨’、‘桌椅’、‘門

---

[19] 但是我們卻說‘禍福、瑕瑜、無怨無德’。

[20] 但是我們卻說‘貧富、輸贏、損益’。

窗'、'家門'、'門戶'、'飯菜'、'碗筷'、'刀俎'、'虹霓'、'枝葉'、'光天化日'、'有眼無珠'、'連本帶利'、'人多口雜'、'人手不足'、'貧嘴薄舌'等。㉑

(十二)'鳥'在前、'(魚)獸'在後:

例如,'禽獸'、'鳥獸'、'禽犢'、'飛禽走獸'、'指鷄罵狗'、'鷄犬不寧'、'飛鷹走狗'、'鷄鳴狗盜'、'鷄兎同籠'、'鶴唳猿啼'、'羅雀挖鼠'、'孤雛腐鼠'、'鳳毛麟角'、'一人得道鷄狗升天'等。又'鳥'與'魚'並列的時候,通常的次序似乎是'鳥'在前,'魚'在後;例如'鶼鰈'、'鵬鯤'、'鳶飛魚躍'等。㉒

(十三)'上'在前、'下'在後:

例如,'上下'、'上下文'、'上下忙'、'上下江'、'上下牀'、'上下其手'、'上行下效'、'上漏下濕'、'上喫下搭'、'上吐下瀉'、'高低'、'高矮'、'高不成低不就'、'天地'、'軒輊'、'乾坤'、'雲壤'、'雲泥'、'天南地北'、'天聾地啞'、'天高地厚'、'天公地道'、'天昏地暗'、'天經地義'、'天長地久'、'天造地設'、'天涯地角'、'天翻地覆'、'談天說地'、'皇天后土'、'天不怕地不怕'、'天上一腳地下一腳'、'天壤之別'、'天上人間'、'仰事俯畜'、'雲泥之差'、'行雲流水'、'飛禽走獸'、'雲譎波詭'、'山(明)水(秀)'、'(故國)山河'、'峰環

㉑ 但是我們卻說'肢體'。

㉒ 但是也有'魚雁往來'等例外。

水抱'、'山海關'、'排山倒海'、'飛簷走壁'、'窗明几淨'、'首尾'、'頭腳'、'從頭到腳'、'從頭到尾'、'頭上腳下'、'頭足異處'㉓、'摩頂放踵'、'頭目'、'頭臉'、'頭領'、'手足'、'手腳'、'手足情深'、'手胼足胝'、'笨手笨腳'、'捶胸頓足'、'霑體塗足'、'摩肩接踵'、'眉目'、'眉目清秀'、'眉開眼笑'、'眉來眼去'、'擠眉弄眼'、'眉睫'、'明眸皓齒'、'明目張膽'、'眼觀鼻鼻觀心'、'涕泗'、'口腹'、'心腹'、'項背'、'髮膚'、'首領'、'領袖'、'衣裳'、'衣裙'、'衣褲'、'衣鞋'、'裙屐'、'衣履敝穿'、'吐瀉'、'坐臥'、'起坐'、'筆硯'、'刀俎'、'杵臼'、'桴鼓'等。㉔

(十四)'軟'在前、'硬'在後：(或'流體'在前、'固體'在後)

例如，'軟硬'、'軟硬兼施'、'虛實'、'飲食'、'酒食'、'酒菜'、'酒肉'、'酒肉朋友'、'酒足飯飽'、'茶不思飯不想'、'湯藥'、'湯餅筵'、'殘羹剩飯'、'蓴羹鱸膾'、'飲冰茹蘗'、'冰消瓦解'、'海枯石爛'、'一飲一啄'、'杯盤狼藉'、'水陸(交通)'、

㉓ 但是我們卻說'身首異處'，這是符合前面(十一)"'主'在前，'副'在後"(或'全部'在前、'部分'在後)的語義限制。

㉔ 但是我們卻說'江山'、'湖光山色'、'還我河山'、'海誓山盟'(我們也說'山盟海誓')、'鬢眉'、'股肱'、'腸胃'(我們也說'胃腸')、'肝腦塗地'、'玩弄於股掌之間'、'衣帽'、'鞋帽'、'裾釵'、'衣冠楚楚'、'索服縞冠'。這些例外的產生，有些可能是受了下面'軟'在前'硬'在後，以及'全部'在前'部分'在後等原則的影響。又前面已提過的'鳥'在前'魚獸'在後的原則，可以歸納於'上'在前、'下'在後的原則。

'海陸運'㉕、'花木'、'花草'、'草木'、'尋花問柳'、'蘭桂馥郁'等。又如果流體中氣體與液體同時出現，那麼通常的次序似乎是'氣體'在前、'液體'在後；例如，'風水'、'風浪'、'風潮'、'風雨'、'風霜'、'風雪'、'風雲'、'風土'、'風木'、'風流雲散'、'憐香惜玉'、'香消玉殞'等。不過這個'流體'在前、'固體'在後的原則有些例外；例如，'吃喝'、'飢渴'、'簞食豆羹'、'簞食瓢飲'、'簞食壺漿'、'麥飯豆羹'等。這些例外似乎是受了另外一個原則'主(食)'在前、'副(食)'在後的影響。

(十五)'裡'('進')在前、'外'('出')在後：

例如，'裡外'、'中外'、'內外'、'內憂外患'、'海內海外'、'屋裡屋外'、'吃裡扒外'、'進出'、'呑呑吐吐'、'來去'、'來往'、'來回'、'出來進去'、'上來下去'、'翻來覆去'、'顛來倒去'㉖、'接送'、'開關'、'開闔'。㉗

㉕ 但是我們卻說'陸海空軍'，這可能與三軍成立的次序有關。

㉖ 但是我們卻說'死去活來'。這是受了'死活'這個詞的詞序的影響。關於國語趨向動詞'來'與'去'的意義與用法，請參拙著「國語語法研究論集'來'與'去'的意義與用法」。

㉗ 但是也有'往來'(比較'來來往往')、'往返'、'出入'、'出沒'、'呼吸'(比較'吸一口氣、吐一口氣')等說法；同時注意這些例外除了'呼吸'以外都是比較'文'的說法。文言中並列複合詞裡語素的序列與現代國語並列複合詞裡語素的序列常有不同；例如韓愈「祭十二郎文」裡用'齒牙動搖'，而現代國語則說'牙齒搖動'。

八、結　語

以上就國語的詞彙結構與構詞規律，提出了一些基本的概念與原則。有些概念可能還不夠明確，需待更進一步的討論與澄清。有些規律或限制還不夠完善，尚要擴大語料的範圍以便檢討「反例」(counter-example) 是否存在、結論是否妥當。但是無可否認的是，國語確實具有一定的詞彙結構與構詞規律，而這些結構與規律都有其心理上的實在性。凡是以國語爲母語的人，都具有某一種語言本領，可以藉此判斷某些國語詞彙是否合乎語法，也可以了解生詞的意義與用法，甚至可以自己創造新詞！我們研究國語詞彙學，應該以這種語言本領爲觀察與分析的對象，並且應該把觀察與分析所得的結果加以「條理化」(generalize) 與「規律化」(formalize)。目前從事國語詞彙學研究的人似乎不多，從現代語言學的觀點分析國語詞彙的人更是寥寥無幾。影響所及，無論是辭典上有關詞語的解釋，或華語教科書上爲生詞所做的註解，都偏重詞義的說明而忽略了構詞與句法上的分析。其實，詞彙學研究的範圍要比句法學研究的範圍小得多，所牽涉的問題也比較單純，並不需要太多的語言理論基礎。希望有志研究現代國語的人，能就國語詞彙結構與構詞規律，多做一點分析，多發表一些文章，在大家共同討論下把國語詞彙學研究的水準更往上提高一層。

〔本文的主要內容採自作者正在撰寫中的漢語詞法初探。作者在此對於提供許多語料的吳錦玲、洪振耀等師大英語研究所與輔大語言研究所諸位同學表示由衷的謝意。]

引用文獻

Cooper, W. E. & J. R. Ross. 1975. "Word Order", *Papers from the Parasession on Functionalism,* pp. 63-111, Chicago Linguistic Circle.

湯廷池 1979 國語語法研究論集，臺北臺灣學生書局。

* 原刊載於教學與研究（1982）第四期（39-57頁）。

國語形容詞的重疊規律

美國語言學家 Charles N. Li 與 Sandra A. Thompson 兩人在最近出版的漢語語法 (*Mandarin Chinese: a functional reference grammar*) 三十三頁裡談到國語形容詞的重疊問題。他們說：‘我們應該注意並非所有的形容詞都可以重疊。可是似乎沒有什麼規律可以規定那些形容詞可以重疊，那些形容詞不可以重疊’，並且舉了下面語義相對的例詞來說明國語形容詞的重疊並無規律可循。❶

❶ 詞句前面標「星號」(*)者表示該詞句不合乎國語語法，標「問號」(?)者表示該詞句的合法度有問題，標「雙問號」(??)者表示該詞句的合法度很有問題。又下面例詞中的合法度判斷悉照漢語語法。香港大學語文研習所中文部的華語老師並不完全同意這些合法度判斷，關於這一點容後詳論。

簡單； 簡簡單單	複雜； *複複雜雜
誠實； 誠誠實實	狡猾； *狡狡猾猾
胖； 胖胖	瘦； *瘦瘦
靜； 靜靜	吵； *吵吵
規矩； 規規矩矩	野蠻； *野野蠻蠻
圓； 圓圓	方； 方方
紅； 紅紅	粉紅； *粉粉紅紅
平凡； 平平凡凡	重要； *重重要要
長； ??長長	

看了以上的說明與例詞，我們不禁要發問：如果說國語形容詞的能否重叠並無規律可循，那麼我們爲什麼又能判斷這些例詞的重叠是否合乎語法？換句話說，既然我們可以判斷那些形容詞可以重叠、那些形容詞不能重叠，而且大家判斷的結果都相當一致，那麼我們一定是根據某一種「語言本領」(linguistic competence)來判斷國語形容詞能否重叠。如果把這一種語言本領仔細加以觀察與分析，我們一定可以歸納出一些規律來決定那類形容詞可以重叠、那類形容詞不能重叠。我們不可能把所有可以重叠的國語形容詞一一記在腦子裡，然後根據這個記憶來逐一判斷那些形容詞可以重叠。因爲，據我們記憶所及，從來沒有人告訴我們那些形容詞可以重叠、那些形容詞不可以重叠；而且有許多形容詞的重叠（例如上面例詞中的‘*複複雜雜、誠誠實實、*狡狡猾猾、*野野蠻蠻、*粉粉紅紅’等）我們從來自己沒有用過、也沒有聽別人說過。但是我們卻仍能判斷那些重叠可以用、那些重叠不能用。不僅如此，我們還可以就國語形容詞的重叠做許多其他的判

斷。例如，'粉紅'雖然不能重疊爲'粉粉紅紅'，卻可以重疊爲'粉紅粉紅'：

① 她那粉紅粉紅的臉龐非常可愛。

除了'粉紅'以外，'漆黑'與'筆挺'也都不能重疊爲'漆漆黑黑'或'筆筆挺挺'，但可以重疊爲'漆黑漆黑'與'筆挺筆挺'，如：

② 他一個人走進那漆黑漆黑的屋子。

③ 他穿着筆挺筆挺的西裝走進來。

又如，根據漢語語法，'複複雜雜、狡狡猾猾、野野蠻蠻'都不能說，但是許多人卻認爲'複複雜雜'似乎比'狡狡猾猾'與'野野蠻蠻'好一些。而且有些人還認爲這些形容詞可以重疊爲'複裡複雜'、'狡裡狡猾'，而'誠實'、'簡單'等則不能重疊爲'誠裡誠實'或'簡裡簡單'。至少前一類重疊比後一類重疊自然而通順。❷

我們發現大家對於這些問題的判斷，雖然有時候難免有些「個別差異」(idiolectal difference)，但是大致上都相當一致。這就無異支持了我們先前的假設：凡是使用國語的人都具有一種運用與了解國語的語言本領或「語法規律」(grammatical rules)，並根據這種本領或規律來判斷個別形容詞的重疊是否合乎國語的語法。當然，這些規律是「內在」(innate)的、「無形」(formless)的，必須經過我們的觀察與分析纔能「條理化」(generalize)、「規律化」(formalize)。唯有這樣，我們纔可以檢驗我們所擬設的有關國語詞彙結構與變化的「一般化規律」(generalizations)是否

❷ 有些人甚至認爲'複裡複雜、狡裡狡猾、野裡野蠻'的重疊分別比'複複雜雜、狡狡猾猾、野野蠻蠻'好。關於這幾點，留待後面再詳加討論。

「有效」(valid)。如果這些規律，眞正有效，還可以拿來應用在華語的教材教法或國語詞典的編纂上面。因此，漢語語法說'無規律可循'，恐怕是說得太武斷了一點。他們的意思應該是'不容易發現這些規律'或'這些規律不容易歸納出來，因爲例外的現象很多'。但是語言學的研究旣以闡明人類的語言本領爲目標，我們就必須設法覓求這些規律，並進而檢驗這些規律是否有效、是否有「反證」(counter-evidence)的存在。本文的目的，乃在初步提供有關國語形容詞的重疊規律，做爲大家更進一步討論問題的基礎或資料。

在未討論形容詞的重疊之前，我們先就國語的形容詞下一個基本的定義。所謂「形容詞」(adjective)，是在概念上表示人或事物的屬性或事態，在句法功能上(一)可以出現於主語名詞的後面來說明這個名詞(謂語用法)，(二)可以出現於被修飾語名詞的前面來限定這個名詞(定語用法)，(三)可以出現於謂語動語的後面來補述這個動詞(補語用法)，並且(四)可以用程度副詞'很、太、更、最、比較、非常、這麼、那麼'等來修飾，或(五)可以出現於表示比較的句型'甲(沒)有乙那麼……'或'甲(不)比乙……'的詞類。根據這個定義，'紅'與'緊張'都是國語的形容詞，例如：

④ 她的臉很紅。

⑤ 誰把紅(的)紙貼在門框上？

⑥ 她的臉漲得紅紅的。

⑦ 她的臉沒有你的臉那麼紅。

⑧ 你的臉比她的臉還要紅。

⑨ 你為什麼這樣緊張？

⑩ 那一個緊張不安的人是誰？

⑪ 他緊緊張張的從屋子裡走了出來。

⑫ 那一個人顯得很緊張。

⑬ 我可沒有你那麼緊張。

⑭ 我一點也不比你緊張。

關於以上國語形容詞的定義，有兩點應該注意。第一，並不是所有國語的形容詞都具有上面所列舉的所有功能。依據概念而下定義的形容詞，其定義最爲籠統，包括範圍相當大的最廣義的國語形容詞。在這個定義下，不但'大、小、美麗、醜陋、熱鬧、冷靜'等都是形容詞，而且連'國立(大學)、私立(學校)、現成的(材料)、上等的(質料)'等也都可以說是形容詞。因爲這些詞都是表示事物的屬性或事態，在概念範疇上都屬於形容詞，而且在句法功能上這兩類形容詞都可以有定語與謂語用法（後一類形容詞在補語用法裡要用'是……的'這個句型)，例如：

⑮ 我想在大(的)學校念書。

⑯ 我念書的學校很大。

⑰ 我想在國立(的)學校念書。

⑱ 我念書的學校是國立的。

但是，只有前一類形容詞可以用程度副詞來修飾，也只有前一類形容詞纔能出現於表示比較的句型。試比較：

⑲ 我念書的學校很大

⑳ 我念書的學校沒有你們學校那麼大。

㉑ 我念書的學校比你們學校大得多了。

㉒ *我念書的學校很國立。

㉓ *我念書的學校沒有你們學校那麼國立。

㉔ *我念書的學校比你們學校國立得多了。

我們可以說，具有形容詞句法特徵越多的形容詞，是越標準的形容詞，也就是越屬於「核心」(kernel)部分的形容詞；反之，越缺少形容詞句法特徵的形容詞，是越不標準的形容詞，也就是越居於「邊緣」(marginal)地位的形容詞。❸例如，在'正確、對、錯'這三個語義相關的形容詞裡，'正確'是最標準的形容詞、'對'次之、而'錯'則是最居於邊緣的形容詞。因此，我們可以說㉕、㉖與㉗，卻只能說㉘與㉙而不能說㉚。試比較：

㉕ 你的想法是正確的。

㉖ 你的想法是對的。

㉗ 你的想法是錯的。

㉘ 你的想法很正確。

㉙ 你的想法很對。

㉚ *你的想法很錯。❹

另一方面，我們可以說㉛的話，卻不常說㉜的話：

㉛ 你的想法比我的想法正確。

---

❸ 可見詞類的畫分並沒有黑白分明、確定不移的界限。關於這一點可以參考美國語言學家 John Ross 所提出的「模糊的語法」(fuzzy grammar) 的主張。

❹ 有些人認爲'你的想法很錯誤'似乎比'你的想法很錯'好。

㉜ ?你的想法比我的想法對。❺

第二、國語的形容詞還有一些句法功能：例如可以單獨成謂語(如㉝句)或答語(如㉞句)、可以有否定式(如㉟句)、可以形成正反問句(如㊱句)、可以在前面帶上助動詞(如㊲句)等。

㉝ 他的個子很高。／他的個子高極了。

㉞ "他的個子高不高？""高／很高。"

㉟ 他的個子不高。

㊱ 他的個子高不高？

㊲ 他的個子不會(很)高。

但是這些句法功能都爲國語動詞所共有，所以不列入決定國語形容詞的依據裡。❻

國語形容詞還有一個句法特徵，那就是可以重疊出現。雖然國語的動詞也可以重疊，但是重疊的方式與所表現的意義都與形容詞不同。例如，國語的單音節動詞，重疊的方式是'AA'(如㊳句)，北平人還常把重疊式的第二個音節讀成輕聲；雙音節動詞，重疊的方式是'ABAB'，北平人常把重疊式的第二與第四個

❺ 另外，'正確'可以重疊爲'正正確確'，但'對'與'錯'都不能重疊爲'對對'或'錯錯'。

❻ 關於國語動詞與形容詞異同的討論，請參拙著「動詞與形容詞之間」，一九七七年發表於華文世界第九期30-40頁，並收錄於湯(1979)。

音節讀成輕聲。❼動詞的重叠在詞義上表示程度的減輕，含有'嘗試'（做一下、試一試）或'暫且'（做一下就停止）的意思。

㊳ 看；看看 聽；聽聽 做；做做 笑；笑笑

㊴ 檢查；檢查檢查 考慮；考慮考慮 學習；學習學習

另一方面，國語的形容詞，單音形容詞的重疊形式是'AA'（如㊵句），北平話裡還常把重疊式的第二音節讀成陰平 ，並把韻尾加以「兒化」，重音節也落在這個音節上。雙音形容詞的重疊形式是'AABB'（如㊶句）；在北平話裡，第二個音節讀輕聲，第三、四音節改讀陰平，或只第四音節改讀陰平。但是目前在臺灣大多數的人都照字念本調。

㊵ 紅紅的臉；高高的個子；薄薄的嘴唇；長長的手

㊶ 甜甜蜜蜜的愛；平平凡凡的人；老老實實的做人

就語義功能而言，未重疊的原式形容詞表示單純的屬性或事態，而重疊形容詞則除了表示屬性程度的加強以外，還暗示說話者對這個屬性的主觀評價或情感色彩。例如'青山綠水'裡的'青'與'綠'所表示的只是單純的顏色，但是在'青青的山'與'綠綠的水'裡的'青青'與'綠綠'則除了顏色以外還表示這些顏色在說話者的心目中所呈現的情狀一鮮艷、生動而親切。又如'高個子'與'小

---

❼ 三音節以上的多音節動詞(如'工業化、商業化、機械化、科學化'等)似乎不常重疊。試比較：

(i) 我們的環境應該美化美化。

(ii) 大家應該設法來綠化綠化我們的社區。

(iii) *我們的國家應該努力工業化工業化。

(iv) *我們的生產應該機械化機械化。

眼睛'是客觀而冷靜的描寫，但是'高高的個子'與'小小的眼睛'就注入了說話者的主觀評價或情感色彩。也就是說，除了屬性的客觀描寫以外，還滲入了說話者的關心、好惡或愛憎等主觀因素。因此，重疊的'骯骯髒髒'比不重疊的'骯髒'更能表示說話者對骯髒這個事態的憎惡，而以'A裡AB'重疊的'骯裡骯髒'似乎又比以'AABB'重疊的'骯骯髒髒'更能進一步表示說話者厭惡的程度。同樣的，'糊糊塗塗'比'糊塗'更能表示貶抑、而'糊裡糊塗'又比'糊糊塗塗'更進一步表示貶損。❽

關於國語形容詞的能否重疊，我們可以分為單音節形容詞與雙音節形容詞兩方面來討論。首先，就國語單音節形容詞的重疊而言，有下列幾點應該注意。

(一)表示靠「視覺」來辨認的屬性（如事物的形狀、大小與顏色）的形容詞，一般都可以重疊；例如，'大、小、高、矮、低、胖、肥、瘦❾、粗、細、厚、薄、長❿、密、鬆、寬、窄、狹、平、直、彎、歪、斜、尖、圓、扁、陡、白、黑、紅、黃、藍、綠、青、濃、淡、亮、暗'等單音形容詞都可以重疊。連不常用程度副詞修飾的表形狀（如'方'）或顏色（如'藍'）的形容詞都可以重疊而直接修飾名詞。試比較：

㊷ ??他的臉很方；??（很)方的臉； 方方的臉

❽ 關於'A裡AB'的重疊式所表示的貶抑意義，容後詳論。

❾ 漢語語法認為形容詞'瘦'不能重疊。但是一般說國語的人都認為可以重疊，而接受'瘦瘦的身材'這種說法。

❿ 漢語語法認為形容詞'長'也不能重疊。但是一般說國語的人並不同意他們的看法，而認為'長長的尾巴'這種重疊是可以接受的。

㊸ ?天空很藍；?(很)藍的天空；藍藍的天空

有些表顏色的形容詞(如'紫、金、銀')並不能重疊。這是由於'紫、金、銀'等並非是眞正的形容詞，因爲我們既不可以說'這一件衣服很紫／金／銀'，也不可以說'我要買一件紫／金／銀的衣服'。⓫

(二)表示靠「味覺」(如'甜、酸、苦、辣、鹹、濃、淡'等)、「嗅覺」(如'香、臭'等)，「觸覺」(如'硬、軟、嫩、冷、熱、涼、暖、凍、乾、溼、油、膩、粘、緊、鬆、脆、酥'等)來辨認屬性的形容詞大都可以重疊。但也有少數例外，如同時涉及味覺與嗅覺的'鮮、腥'似乎並不常重疊。又如表示感覺的'麻、癢、痛、酸'等的重疊也比較受限制：這些形容詞的重疊式多半用在名詞後面做謂語或補語(如㊹句)，不常用在名詞前面做定語(如㊺句)。試比較：

㊹ 我覺得手麻麻的／背癢癢的／頭痛痛的／腿酸酸的。

㊺ ??我麻麻的手／癢癢的背／痛痛的頭／酸酸的腿。

這似乎是因爲出現於名詞後面的形容詞謂語或補語常表示「暫時易變的事態」(temporary state)，而出現於名詞前面的形容詞定語則常表示「永久固定的特徵」(permanent characteristics)。例如，我們雖然不常說'酸酸的手'卻可以說'酸酸的葡萄'；因爲'手酸'的'酸'只是暫時的事態，而'萄葡酸'的'酸'卻是固定的特徵。靠視覺來辨認的屬性，如事物的形狀與顏色，都是屬於比較

⓫ 我們只能說'我要買一件紫／金／銀色的衣服'或'這一件衣服是紫／金／銀色的'。

久固定的屬性，所以表示這些屬性的形容詞在名詞的前後面都可以重疊。另一方面，靠味覺、嗅覺、觸覺、感覺等來辨認的屬性則常涉及靠經驗者體驗或感受得來的暫時易變的事態。這個時候，描寫這些事態的形容詞經過重疊後常出現於名詞後面做謂語或補語。這就說明了爲什麼㊻與㊼兩句都可以通，而㊽句卻不如㊾句的通順自然。

㊻ 這個孩子長得胖胖的。

㊼ 你認識那一個胖胖的孩子嗎？。

㊽ 苦苦的藥水對於身體健康有益。⓬

㊾ 這種藥水喝起來苦苦的。

這也就說明了爲什麼㊿與52兩句都分別不如51與53兩句通順自然。因爲屬性'涼'與事物'汽水'的關係似乎比與事物'手'的關係來得密切而固定；屬性'熱'與事物'咖啡'的關係也似乎比與事物'身子'的關係來得密切而固定。⓭

㊿ 我握緊了她涼涼的手。

51 我喝了一杯涼涼的汽水。

52 我碰到了他熱熱的身子。

⓬ 但是在小孩子的說話裡，當他們認爲藥水一定是苦的時候，就會說：'我不想喝苦苦的藥水'。這種重疊（包括名詞、動詞、形容詞）是兒語的特徵。

⓭ 同時注意'涼的手'與'熱的身子'又似乎分別不如'涼涼的手'與'熱熱的身子'的通順。這可能是由於一般說來原式形容詞表示事物的屬性，而重疊形容詞則描寫事物的情態：'(手)涼'與'(身子)熱'只可能是'手'與'身子'的事態，而不可能表示'手'與'身子'的屬性。

(53) 我喝了一杯熱熱的咖啡。

表示靠「聽覺」來辨認的屬性，如聲音的'尖、粗、細、高、低、大、小、靜'等，一般也都可以重疊。其中'尖、粗、細'等屬於一個人說話聲音本身的比較固定的特徵，重疊後可以放在名詞前面做定語；而'高、低、大、小'等則描寫一個人說話時可以隨意改變的聲量，重疊後常放在名詞後面做補語。試比較下面(54)與(55)及(56)與(57)兩組句子。

(54) 他的聲音尖尖的／粗粗的／細細的。

(55) 我聽到他尖尖的／粗粗的／細細的聲音。

(56) 他的聲音高高的／低低的／大大的／小小的。

(57) 我聽到他？高高的／？低低的／？？大大的／？？小小的聲音。

同時注意，同樣的形容詞'高、低、大、小'，如果用來表示形狀，就可以出現於名詞的後面做謂語或名詞的前面做定語，例如：

(58) 他的前額高高的；他高高的前額。

(59) 那一排房子都是低低的；那一排低低的房子。

(60) 她的一雙眼睛大大的；她那一雙大大的眼睛。

(61) 她的嘴唇小小的；她那小小的嘴唇。

又形容詞'靜'的重疊式也多半出現於名詞後面做謂語⓮，例如：

(62) 屋裡靜靜的沒有一個人；？沒有人在靜靜的屋裡。

⓮ 但是在詩歌與文學作品裡，'靜靜的'常出現於名詞的前面做定語，如'在靜靜的夜裡'、'靜靜的頓河'。

⑥③ 外面靜靜的沒有半點聲音；？我獨自坐在靜靜的外面。

另外，在語義上與形容詞'靜'相對的'吵'似乎不常重疊。試比較⑥④與⑥⑤兩句：

⑥④ 屋裡很靜；屋裡靜靜的。

⑥⑤ 屋裡很吵；*屋裡吵吵的。⑮

同樣地，形容詞'清'與'深'都可以重疊，而且似乎都可以出現於名詞的前面做定語。但是語義與此相對的'濁'與'淺'卻不常重疊。試比較：

⑥⑥ 湖水很清；湖水清清的；清清的湖水。

⑥⑦ 湖水很濁；？？湖水濁濁的；？？濁濁的湖水。

⑥⑧ 湖水很深；湖水深深的：深深的湖水。

⑥⑨ 湖水很淺；？湖水淺淺的；？淺淺的湖水。

又表示身體健康或事物完整的形容詞'好'可以重疊，但是語義上與此相對的形容詞'壞'卻不能重疊，例如：

⑦⓪ 他昨天晚上還是好好的；一個好好的人怎麼忽然病了呢？

⑦① *這個東西本來就壞壞的；*這些壞壞的東西只好丟了。

這些用例似乎顯示，表示積極與肯定意義的'靜、清、深、好'等比表示消極與否定意義的'吵、濁、淺、壞'等容易帶上說話者的情感色彩而重疊。

(三)表示不能全靠視覺、味覺、嗅覺、觸覺、聽覺來辨認的

---

⑮ 但我們卻可以說'吵吵鬧鬧'。不過這個重疊式似乎應該分析爲動詞'吵'與'鬧'個別重疊後並列而成的。

屬性的形容詞大都不能重疊。這些形容詞包括表示「時間」的'早、晚、遲'，表示「年齡」或「新舊」的'老、(年紀)大、小、輕⓰、新、舊、鮮'，表示「距離」的'遠⓱、近'，表示「速度」的'快、慢、(速度)高、低、大⓲'、表示「重量」與「數量」的'重、輕、多、少⓳'，表示「主觀的判斷」的'正、好、妙、壞、差、糟、乖、對、錯、眞、假、美、醜、雅、俊、強、弱、難、精、蠢、野、純、雜'，描寫「行爲、動作、事態」的'急、慌、忙、窘、怕、累、悶、煩、勤、懶、定、險、擠、狠、兇、霸、空（讀去聲）'等。這些字雖然有時候可以重疊，卻都是屬於修飾動詞的狀語用法（如'遠遠（的）看過去、快快（的）來、慢慢（的）走、輕輕（的）一碰、多多（的）指教、好好（的）讀書、乖乖（的）聽話、狠狠的瞪我一眼'）而不是修飾名詞的定語用法。有些形容詞經過重疊以後可以描寫前面（一）與（二）裡所列舉的屬性，卻不能描寫這裡（三）所列舉的屬性。例如，形容詞'重'與'輕'可以經過重疊來描寫「聲音」，卻不能描寫「重量」。試比較：

⑫ 重重的／輕輕的脚步聲。

⑬ ?重重的／輕輕的行李。

又如形容詞'急'可以修飾「聲音」，卻不能修飾「時間」。試比較：

⓰ 我們可以說'年紀小小的''年紀輕輕的'或'小小的年紀'，卻不說'輕輕的年紀'。又'輕'字有許多人用'青'。

⓱ '遠遠的看過去'是狀語用法，不是定語用法。

⓲ '快快的來'與'慢慢的走'都是狀語用法。又注意我們雖然可以說'速度很快／很慢／很高／很低／很大'卻不說'快快的／慢慢的／高高的／低低的／大大的速度'。

⓳ '重重的一擊'、'輕輕的一碰'、'多多(的)指教'等都是狀語用法。

⑭ 脚步聲很急；急急的脚步聲。

⑮ 時間很急； *急急的時間。

表示主觀的判斷，特別是牽涉到價值判斷的形容詞，都不容易重疊。關於這一點，除了上面所舉的例詞以外，曾在青年學生間流行過的表主觀判斷的形容詞，如'棒、絕、帥、爛、妖、破'等，大都不重疊。⑳

從以上的觀察與討論可以看出，越是顯於外表而容易靠五官辨認清楚的屬性，表示這個屬性的單音節形容詞就越容易重疊。另一方面，憑主觀判斷的屬性，或不容易從事物的外表辨認或決定的屬性，表示這些屬性的形容詞就不容易或不能重疊。同時，形容詞做狀語的時候，比做定語的時候，似乎更容易重疊。這一點可以從下面例句的比較中看得出來。

⑯ 淺淺的草綠色 （定語；可以靠視覺辨認）

?淺淺的湖水 （定語；不能全靠視覺辨認）

淺淺(的)一笑 （狀語）

⑰ 她的手很美： *美美的手 （'美'是主觀的判斷）

⑱ 她的手很髒： 髒髒的手 （'髒'並不牽涉主觀的判斷）

在表示主觀判斷的形容詞裡例外的可以重疊的，只有'呆、傻、怪、邪、兇、狠'等少數幾個形容詞。這些形容詞都表示貶義，而且重疊的時候多半都當做補語或狀語用。試比較：

⑲ 這個人呆呆的／傻傻的／怪怪的／邪邪的／兇兇的。

⑳ 例外是'這個人很菜；這個人菜菜的'。但是'菜'這個形容詞只流行於部分青年學生之間，還沒有爲一般大衆所接受。

？這個呆呆的／傻傻的／怪怪的／邪邪的／兇兇的人。

呆呆的／傻傻的站在那裡；邪邪的／兇兇的盯着人。

漢語語法三十三頁所列的單音形容詞的例詞'胖、瘦、長、圓、方、靜、吵'中，除了'吵'以外都可以重疊。尤其是'胖、瘦、長、圓、方'五個形容詞都表示可以靠視覺來辨認的屬性，不但可以重疊，而且常放在名詞的前面做定語用。至於'靜、吵'這兩個形容詞則表示靠聽覺來辨認的屬性，只有表肯定意義的'靜'可以重疊，而且多半放在動詞的前面做狀語用，例如：

⑻ 靜靜的坐着；靜靜的聽；靜靜的想。

雙音形容詞的重疊規律，情形比較複雜。許多討論國語形容詞的重疊的文章，都提到單音形容詞大多數都可以重疊，而雙音形容詞則只有極少數可以重疊，卻從來沒有人提出理由來說明這個現象。我想主要的理由有三：(一)國語的形容詞詞彙絕大多數都屬於雙音節，單音節形容詞只佔少數[21]；因此不能重疊的單音節形容詞在不能重疊的形容詞的總數中所佔的比例很小。(二)單音節形容詞，僅由一個語素而成，不具有內部的詞彙結構，其重疊只受語義上的限制，不受句法上的限制。反之，雙音節形容詞則由兩個語素合成，具有一定的詞彙結構，除了語義上的限制以外，還受句法上的限制。(三)形容詞的重疊多發現於常用的口語詞彙，單音節形容詞多半都屬於常用口語詞彙，而雙音節形容詞

---

[21] 根據普通話三千常用詞彙的統計，雙音節形容詞總共是三百十二個，佔形容詞總數四百五十一個的百分之六十九。因為單音節形容詞多半都屬於常用詞彙，使用頻率較高，所以如果形容詞的統計總數量增加，那麼雙音節形容詞所佔的比例當會更大。

則有許多屬於罕用的書面語詞彙。

國語的雙音節形容詞，根據其內部詞彙結構，大致可以分爲「主謂式」、「動賓式」、「動補式」、「偏正式」「並列式」五種。

(一)主謂式：

「主謂式」(subject-predicate construction) 形容詞，由名詞語素與形容詞或動詞語素合成，而且名詞語素與形容詞或動詞語素之間具有句法上主語與謂語的關係。例如，'面熟、年輕、性急、眼紅、膽怯、膽小、肉麻、頭痛、心軟、民主' 等是。國語的主謂式形容詞一概都不能重疊。

(二)動賓式：

「動賓式」(verb-object construction) 形容詞，由動詞語素與名詞或形容詞語素合成，而且動詞語素與名詞或形容詞語素之間具有句法上的動詞與賓語的關係。例如，'具體、抽象、守法、守舊、守信、出名、成功、知足、失禮、無聊、乏味、進步、落後、露骨、認眞、講理、討厭、聽話、管用、受用、夠用、用功、適時、徹底、到家、賣力、出力、吃力、稱心、擔心、關心、傷心、安心、安分、如意、滿意、得意、失意、中意、注意、掛念、得手、順手、拿手、順口、順眼、醒眼、刺眼、礙眼、害羞、拘謹、脫俗、値錢、吃驚、合理、重情、隨便、怕事、懂事、礙事、嚇人、迷人、驚人、有趣、有效、有用、有力、費時、費力、費事、費神、耗時、耗力、耗神、省時、省力、省事、省錢、含糊、含混、含蓄' 等是。國語動賓式形容詞原則上不能重疊，但是有些描寫行爲外表的動賓式形容詞(如'認眞、拘謹、含糊、隨便、徹底'等)則例外的可以重疊而做爲狀語用。

(三)動補式：

「動補式」(verb-complement construction)形容詞，由動詞語素與形容詞或動詞語素合成，而且動詞語素與形容詞或動詞語素之間具有句法上的動詞與補語的關係。國語的動補式詞彙，在語法功能上大都屬於動詞，只有極少數(如'很吃得開／吃不開、很對得起／對不起')可以當形容詞用。動補式形容詞一概不能重疊。

(四)偏正式：

「偏正式」(modifier-head construction)形容詞，由修飾語語素與被修飾語語素合成。修飾語語素可能是名詞、動詞、形容詞或副詞，而被修飾語也可能是名詞、動詞、形容詞或副詞。因此，國語的偏正式形容詞可能有下列幾種不同的詞彙結構。㉒

(1) 名詞修飾語＋名詞被修飾語：如'內行、外行、主觀、客觀、性感、下流、片面、意外、惡心、神氣、福氣、

㉒ 以下例詞中有許多語素在現代國語裡已經不能單獨出現或自由運用。因此，有些語素的詞性頗難決定，既不能悉以文言用法爲依歸，亦不能全憑現代國語的語感來處理。何況，無論文言用法或現代用法，都有許多「一詞多性」的現象。本文的討論裡，在詞性的分析上遇有問題時，難免要做權宜性的決定，甚至讓同一個形容詞前後出現於不同的詞彙結構分析中，以供讀者的參考與批評。關於如何決定國語語素的詞性這一個問題，將來有機會時再做詳論。

客氣、流氣、土氣、時髦[23]’。

(2) 形容詞修飾語＋名詞被修飾語：如‘好心、狠心、小心、細心、粗心、痛心、大意、長命、長壽、小氣、俗氣、和氣、秀氣、闊氣、邪氣、老氣、厚道、公道、正式、正派、正經、高興、高級、低級、低能、俏皮、頑皮、滑頭、富態、嚴格、平等、專門、空洞、美觀、壯觀’等。

(3) 動詞修飾語＋名詞被修飾語：如‘積極、消極’等。[24]

(4) 副詞修飾語＋名詞被修飾語：如‘不名譽、不道德、不禮貌、不景氣、不科學、不人道’等。

(5) 名詞修飾語＋形容詞被修飾語：如‘膚淺、火熱、筆直、漆黑、冰涼、雪白、賊亮、烏黑、粉紅’等。

(6) 形容詞／副詞修飾語＋形容詞被修飾語：如‘嶄新、翠綠、通紅、鮮紅、腥臭、精瘦、早熟、狂熱’等。

(7) 動詞修飾語＋形容詞被修飾語：如‘滾熱、噴香、焦黃’等。

(8) 副詞修飾語＋形容詞被修飾語：‘不妙、不錯、不好、不幸、不朽’等。

(9) 名詞修飾語＋動詞被修飾語：如‘體貼、筆挺、公開’等。

---

[23] ‘土氣’如果把‘土’字分析爲形容詞卽屬於下面(2)的形容詞修飾語。又‘時髦’裡‘時’與‘髦’的句法關係可能是並列，這裡姑且分析爲偏正。

[24] 國語裡由動詞修飾語與名詞被修飾語合成的偏正式形容詞爲數不多，連這裡所擧的兩個例詞大概也是由日語借來的。

(10) 形容詞／副詞修飾語＋動詞被修飾語：如'固定、直接、間接、自由、自在、相似、相像、好看、好吃、好玩、好笑、好受、好聽、好用、好說、好走、好騎、難看、難吃、難受、難聽、難用、難走、難騎'等。

(11) 動詞修飾語＋動詞被修飾語：如'鎮定、開放、合作'等。㉕

(12) 其他：如'自然、突然、偶然'等。

偏正式形容詞原則上不常重疊，但是描寫行為外表的偏正式形容詞，特別是由形容詞修飾語與名詞被修飾語合成（如'正式、正派、正經、厚道、公道、小心、和氣、秀氣、高興、富態、空洞'等)以及一些由名詞、形容詞、副詞修飾語與動詞被修飾語合成（如'體貼、筆挺、公開、自由、自在'等）的形容詞，則例外的可以重疊。這些形容詞在語義上都描寫行為外表或事態情狀，而且在語法功能上多半做為狀語用。㉖又'和氣、秀氣、客氣'等形容詞都可以重疊，而與此結構相同的'小氣、俗氣、邪氣、流氣、土氣、老氣'等形容詞卻不能重疊，似乎有點不對稱。這是因為前一類形容詞在語義上表示褒稱，可以用'AABB'的形式重疊；而後一類形容詞在語義上表示貶稱或憎稱，只能用'A

㉕ 如果把'可'字解為動詞或助動詞，那麼可以有'可取、可靠、可惜、可觀、可憐、可愛、可笑、可能、可怕、可悲、可惡'等形容詞。

㉖ 因此，描寫行為外表的句子，如'闊闊氣氣的辦了一件喜事'與'正正派派的做人'，都似乎分別比形容個人屬性的句子，如'闊闊氣氣的商人'與'正正派派的青年'來得通順。

裡AB'的形式重疊。試比較：

⑻ 和和氣氣，秀秀氣氣，客客氣氣。

⑻ 小裡小氣，俗裡俗氣，邪裡邪氣，流裡流氣，土裡土氣，老裡老氣。

有些表貶稱或憎稱的形容詞（如'妖氣、怪氣、傻氣、粗氣、寶氣、嬌氣'）通常不帶程度副詞'很'，但也都可以依照'A 裡AB'的形式重疊，例如：㉗

⑻ 妖裡妖氣，怪裡怪氣，傻裡傻氣，粗裡粗氣，寶裡寶氣，嬌裡嬌氣。

另外，由名詞、動詞、形容詞、副詞修飾語與形容詞被修飾語合成的形容詞(如'膚淺、火熱、筆直、漆黑、烏黑、雪白、粉紅、冰涼、賊亮、滾熱、噴香、焦黃、嶄新、翠綠、通紅、鮮紅、腥臭、精瘦'等)，雖然不能以'AABB'的形式重疊，卻可以照'ABAB'的形式重疊，例如：

⑻ 雪白雪白的皮膚，冰涼冰涼的汽水，烏黑烏黑的頭髮，滾熱滾熱的開水，噴香噴香的米飯，翠綠翠綠的楊柳。

這是由於這些偏正式形容詞的被修飾語（又叫做「中心語」center或「主要語」head）是形容詞，加上名詞、動詞、形容詞、副詞等

㉗ 形容詞'福氣'似乎很少重疊，這可能是由於這個形容詞在語義上表示主觀的評價而不描述外表的情狀。形容詞'神氣'與'闊氣'也較少重疊，這可能是由於這兩個形容詞在語義上介於褒稱與貶稱之間，既有褒揚又有貶抑的意思。因此，如果有適當的上下文，這些形容詞也都可以重疊，例如：

(i) 這個人講話神裡神氣的，真討厭！

(ii) 老爺已經答應為小姐闊闊氣氣的辦一件喜事了。

修飾語以後，所形成的複合詞，也是形容詞。㉘由於修飾語語素(A)與被修飾語語素(B)的關係很緊密，整個偏正式形容詞的語法功能就有如單音形容詞，不能把A與B兩個語素隔開而重疊成'AABB'。

(五)並列：「並列式」(coordinate construction)形容詞，由詞義相同、相似、相反或相對的兩個語素並列而成，又稱「並立式」或「聯合式」。由詞義相反或相對的語素合成的並列詞彙，在語法功能上大都屬於名詞(如'父子、姊妹、男女、師生、大小、高低、長短、遠近、死活')、動詞(如'呼吸、坐立、出入、進退')、副詞(如'早晚、反正、橫豎')，只有由詞義相同、相似或相關的兩個語素合成的並列詞彙纔能當形容詞用。國語的並列式形容詞，根據並列語素的詞性與前後排列的次序，可以分爲下列幾種。

(1) **名詞與名詞並列**：

例如，'狼狽、矛盾、寶貝、風光、風流、風趣、危險、恩愛、理智、馬虎、羞恥、禮貌、光彩、體面、極端、仁慈、吉利、吉祥、根本、基本、模範、標準、典型、勢利、方便、便利'等。

(2) **動詞與動詞並列**：

例如，'透徹、對稱、節省、畏縮、隨和、拘束、保守、成

㉘ 因此，偏正結構又叫做「同心」或「向心」結構(endocentric construction)，因爲整個結構的詞性與中心語的詞性相同。

熟、固執、驚奇、驚訝、驚異、震驚、奇異、詫異、恐慌、惶恐、勉強、絕對、肯定、悲哀、哀痛、悲痛、悲憤、痛憤、憤怒、憤慨、氣憤、衰老、老邁、喧鬧、喧嘩、開放、富饒、興奮、振奮、尊敬、恭敬、敬佩、佩服、突出、冒失、刺激、感激、感動、感謝、缺乏、孝順、經濟、合適、鎮定、檢點、流行、腐敗、顯著、從容、歡喜'等。

(3) **形容詞與形容詞並列：**

例如，'爽快、緊急、涼爽、涼快、簡單、簡陋、複雜、誠懇、誠實、老實、忠實、忠誠、苛薄、苛刻、冷淡、冷漠、冷酷、漂亮、美麗、華麗、豪華、優雅、優秀、重要、忙碌、匆忙、精巧、精密、奇怪、古怪、寒酸、辛酸、辛苦、困難、快樂、快活、愉快、懶惰、勤勉、眞實、眞正、正直、健康、健壯、健美、硬朗、高大、肥胖、微妙、大方、平實、平滑、平坦、巧妙、乖巧、靈活、活潑、溫順、溫和、溫柔、暖和、明白、清楚、清晰、廣大、寬敞、重大、狹窄、直率、偏僻、僻靜、冷僻、熱鬧、繁華、冷靜、幽靜、幽雅、孤獨、孤單、和睦、和諧、麻煩、謹愼、瘋狂、貧窮、貧困、窮困、猛烈、激烈、兇猛、醜陋、愚蠢、聰明、正確、明確、精確、確實、淒涼、慌忙、通順、雜亂、混亂、紊亂、混濁、清澈、穩當、妥當、安定、安穩、穩定、親密、嚴密、嚴厲、嚴肅、嚴重、清潔、清白、整潔、整齊、雅潔、輕鬆、緩慢、迅速、文雅、微弱、樸素、樸實、簡樸、平庸、偉大、巨大、短小、遠大、危急、安全、平安、平靜、強健、強壯、強大、善良、賢慧、軟弱、脆弱、粗野、遲鈍、矮小、坦白、莊嚴、壯麗、高貴、潮濕'等。

(4) 名詞在前、動詞在後的並列:

例如,'節省、浪費、風騷、中肯、圓滿、機警、理想'等。

(5) 名詞在前、形容詞在後的並列:

例如,'名貴、珍貴、寶貴、天眞、機靈、技巧、友善、友好、圓滑、端正、公平、公正、艱難、艱苦、害怕'等。

(6) 動詞在前、形容詞在後的並列:

例如,'成熟、扎實、漂亮、切實、結實、充實、逼眞、混亂、混濁、悲慘、通常、崇高、透明、顯明、流利、湊巧'等。

(7) 形容詞或副詞在前、動詞在後的並列:

例如,'盛行、苦幹、能幹、緊張、慌張、頑固、高尚、貧乏、直接、間接'等。

(8) 形容詞在前、名詞在後的並列:

例如,'甜蜜、寒心、熱心、虛心'等。

(9) 動詞在前、名詞在後的並列:

例如,'安分、徹底、積極、消極'等。㉙

㉙ 列在 (4) 到 (9) 的並列式形容詞中,有許多例詞也可以分析為偏正結構。因此,這裡所擧的有些例詞與偏正式形容詞的例詞重複。

(10) **其他**（包括「連綿詞」、「準連綿詞」、靠譯音傳進來的「外來詞」、以及不容易決定語素詞性的形容詞）：

例如，‘尷尬、朦朧、恍惚、骯髒、糊塗、滑稽、詼諧、瀟灑、籠統、慷慨、模糊、荒唐、摩登、幽默、浪漫’等。

國語雙音形容詞中，能以重疊形式出現者，多半屬於並列式形容詞。但是並列式形容詞的重疊，所牽涉的問題較為複雜，使用者之間對於可以重疊或不可以重疊的判斷也比較紛歧。不過我們仍然可以舉出下列幾個原則來。

(一)能重疊的並列式形容詞，在語義上大都表示可以從外表辨別或認定的形狀（如㊽的例詞）、情狀（如㊾的例詞）或行為外表（如㊿的例詞）。

⑻⑸ 高高大大，矮矮小小，肥肥胖胖。

⑻⑹ 整整齊齊，端端正正，平平整整，潦潦草草，零零散散，孤孤單單，清清楚楚，明明白白，模模糊糊，樸樸素素，平平凡凡，扎扎實實。

⑻⑺ 大大方方，匆匆忙忙，快快活活，快快樂樂，恩恩愛愛，甜甜蜜蜜，輕輕鬆鬆，緊緊張張，瘋瘋狂狂，老老實實，冷冷淡淡，斯斯文文，自自在在，爽爽快快。

國語裡有些雙音詞彙（如‘密麻、白淨、方正、堂正、病歪、彎曲、拉雜、瘋顛、四方’等），不重疊的時候不能當形容詞用、或不能帶程度副詞‘很’。但是重疊以後就可以做名詞的定語用（如⑻⑻的例句），而這些形容詞也都是描述形狀、情狀或行為外表的形容詞。

⑻⑻ 密密麻麻的螞蟻，白白淨淨的皮膚，堂堂正正的中國

人，彎彎曲曲的小路，瘋瘋顛顛的酒鬼，四四方方的臉。

另一方面，表示心理反應（如⑧⑨句）、感受（如⑨⓪句）或主觀評價（如⑨①句）等的形容詞都不易重疊。

⑧⑨ *驚驚訝訝，驚驚奇奇，害害怕怕，羞羞恥恥。

⑨⓪ *感感動動，感感激激，滿滿足足，憤憤慨慨，矛矛盾盾。

⑨① *偉偉大大，下下賤賤，殘殘忍忍，重重要要，莊莊嚴嚴。

這就說明爲什麼我們可以說'恭恭敬敬'，而不說'尊尊敬敬'；因爲'恭敬'可以描寫行爲外表，而'尊敬'則只能表示心中的感受。這也就說明爲什麼我們可以說'高高大大'，而不說'重重大大'或'遠遠大大'；因爲'高大'描寫可以由事物的外表辨認的屬性，而'重大'與'遠大'則表示憑主觀的判斷決定的程度。

(二)一般說來，雙音節形容詞的重疊多見於口語詞彙，而少見於文言或書面語詞彙。而且，越是常見常用的詞彙越容易重疊，越是冷僻罕用的詞彙越不容易重疊。例如，口語詞彙'快快活活'或'快快樂樂'，比書面語詞疊'愉愉快快'自然；口語詞彙'老老實實'或'誠誠實實'也比書面語詞彙'誠誠懇懇'或'忠忠實實'通順。他如'漂亮'可以重疊爲'漂漂亮亮'，而與此意義相似的'美麗'則不能重疊爲'美美麗麗'。這一方面是由於口語與書面語的分別，另一方面也是由於'美麗'的語義內涵牽涉到說話者的主觀

評價。㉚

(三)在並列式形容詞中，以詞性相同的語素（如形容詞與形容詞、動詞與動詞）合成者，較容易重疊。其中又以兩個語素能自行重疊或自由運用者，較容易重疊。例如，形容詞'雜亂'由自由語素'(很)雜'與'(很)亂'合成，所以可以重疊爲'(房間裡）雜雜亂亂的'㉛；而形容詞'混亂'與'紊亂'裡卻含有附着語素'混'與'紊'，所以較少重疊。又如形容詞'嚴密'由自由語素'(很)嚴'與'(很)密'合成，所以可以重疊爲'嚴嚴密密(的警備)'；而形容詞'嚴厲'與'嚴肅'裡卻含有詞性不甚顯明的附着語素'厲'與'肅'，所以較少重疊。當然這裡也牽涉到了常用口語詞彙與罕用書面語詞彙的區別。

(四)國語的形容詞，重疊以後可以有定語與狀語兩種用法，但是一般都偏向於狀語。這種趨向尤以雙音形容詞爲顯著。因此，'溫溫柔柔的太太'不如'溫溫柔柔的依偎在丈夫懷裡'自然，'勇勇敢敢的戰士'也不如'勇勇敢敢的上戰場'來得通順。

(五)經過「譯音」(transliteration) 而傳來的外來詞，如'摩登'(來自英語 modern)、'幽默'(來自英語 humor 或 humorous)、'浪漫'(來自英語的 romance 或 romantic) 等，只借字音而不借字義，整個並列式形容詞等於是一個語素，因此原則上不能重

㉚ 形容詞'漂亮'的語義內涵較少涉及說話者的主觀評價。因此，'漂亮'除了人以外，還可以修飾事物與動作，例如：

(i) 他買了一輛漂漂亮亮的新車。

(ii) 他打了一支漂漂亮亮的全壘打。

㉛ 也有人認爲可以說'房間裡雜亂雜亂的'。這些人似乎把'雜亂'分析爲爲由形容詞修飾語'雜'與形容詞被修飾語'亂'合成的偏正結構。

疊。但是'浪漫'與'幽默'這兩個形容詞所借用的漢字本身所具有的含義，與其原有的英語單字似乎有某些連帶關係，也就發揮了類似語素的作用。因此，有很多人認爲'浪浪漫漫'似乎比'幽幽默默'好，而'幽幽默默'又比'摩摩登登'好。

(六)一般說來，由外國語（主要是日語）借入的雙音形容詞（如'積極、消極、主觀、悲觀'等）或由名詞或動詞轉類的形容詞（如'禮貌、寶貝、幽默、同情、感激、佩服'等）都不能重疊或不容易重疊。但是有些外來詞彙或轉類詞彙經過常年使用的結果，變成了一般大衆的常用口語詞彙，也會開始發生重疊的現象。

(七)國語形容詞的重疊，特別是雙音形容詞的重疊，方言差異與個人差別相當大。例如，溫州話的雙音形容詞都用'ABAB'的重疊式，臺語的形容詞兼用'AABB'（如'做人就要老老實實'）與ABAB'（'這個人老實老實'）兩種重疊式。就是屬於同一個方言區域的人之間也難免有個別差異。在與香港大學中文部華語老師討論那些形容詞可以重疊、那些形容詞不能重疊當中，我們發現有些老師的重疊規律比較嚴格，有些老師的重疊規律則比較放鬆。例如，關於'荒唐、和諧、慷慨、舒適、涼爽、渺小、小心、乖巧、伶俐、清晰、幽靜、明確、慌忙、恐慌、通順、流利、妥當、文雅、穩定、平庸、枯燥、粗魯、遲鈍、平坦、透澈、富態、高貴、利落'這些形容詞之能否重疊，大家的意見就有相當的出入。不過大家都同意，國語形容詞的重疊，有一定的語義、語法（包括詞彙與句法）與語用上的限制；個人的自由裁量也在這個限制下纔能容許存在。

根據以上的分析與討論，我們可以做一個結論。國語形容詞彙重疊是有一定的規律的。我們初步的討論可能還沒有了解到問題的全貌，但是我們已經發現了許多有關國語詞彙結構與功能的有意義的規律。希望今後有更多的人來參加這個問題的研究。㉜

* 本文是作者利用休假在香港大學講學期間所從事的研究的一部分。文中有關國語形容詞重疊的合法度判斷大都是根據香港大學語文研習所中文部老師的集體意見而決定的，在此謹向該所中文部老師表示由衷的謝意。

引用文獻

Li, Charles N. & Sandra A. Thompson (1981) *Mandarin Chinese: functional reference grammar*. University of California Press. Berkley.

湯廷池（1979）國語語法研究論集，臺北臺灣學生書局。

* 原刊載於師大學報（1982）第二十七期（279—294頁）。

㉜ 作者另有一篇研究國語詞彙學的文章，「國語詞彙學導論：詞彙結構與構詞規律」，發表於教學與研究（1982）第四期（39-57頁），並收錄於本書中。

國語詞彙的『重男輕女』現象

語言是民族文化的產物。凡是民族文化的產物，無論是文物制度、風俗習慣或語言文字，都會受到這個民族的歷史背景與社會形態的影響。美國人類語言學家 Benjamin L. Whorf 曾提出一個假設（世稱 Sapir-Whorf hypothesis），認爲人類的語言不但受社會環境與文化背景的影響，而且語言也反過來影響人的思維與認知。

國語是漢民族的共同語言，是在漢民族特有的社會環境與文化背景的孕育下產生的。只要仔細觀察我們的語言文字，就不難發現一些足以反映我國固有文物制度與歷史背景的事實。例如，在春秋戰國的古代社會裡，馬匹在戰鬪、交通、運輸、農耕各方面扮演極重要的角色，所以在古代漢語裡有關馬的詞彙特別多。不僅因牝牡、年歲、高度、用途或優劣的不同而區別馬，而且還根據馬身的毛色或馬身某部分(如額、嘴、足、脊、尾等)的毛色來給不同的名稱。甚至，馬的左後足白、右後足白、馬毛逆刺，都備有專名。但是馬在現代社會的重要性已大不如從前，不需要這麼多的詞來區別種類或功用，所以現代人只用一個'馬'字。連從前爲馬專用的動詞，如'馳、馭、馴、駁、駐、駕、駛、駭、騁、騎、騙、驚'等，也只用來描述車輛或人類的活動了。

又如我國的宗祧與繼承制度，對於親屬的分類與建制異常重視。不僅有直系與旁系、尊親與卑親、血親與姻親、男性與女性之分，而且還有長幼次序之列。因此，對於父母兄弟、姊妹，以及其配偶，英語只有 uncle 與 aunt 這兩個籠統的稱呼，而國語則把 uncle 再細分爲'伯(父)、舅(父)、姑丈、姨丈'，把 aunt 再詳別爲'伯母、嬸(母)、妗(母)、姑(母)、姨(母)'，並且以'大伯、二伯、三伯……'、'大叔、二叔、三叔…'等來表示長幼之序。同樣的，英語的brother在國語再分爲'兄、弟'或'哥哥、弟弟'，sister 再分爲'姊、妹'或'姊姊、妹妹'，而 cousin 則可以細分爲'堂兄、堂弟、堂姊、堂妹、表兄、表弟、表姊、表妹'等。而且還有'連襟、婭婿'(姊妹之夫相稱)、'妯娌'(兄弟之妻相稱)、'娣姒'(衆妾同事一夫相稱)等相當特殊的身分名詞。

再如封建制度下的婚姻，要憑'媒妁之言'、奉'父母之命'而行，而且一定要講求'門當戶對'不能依照男女當事人的自由意志來決定。這種婚姻乃家門大事而非男女小事的觀念就表現在'一門親事'與'一房媳婦'這兩句話裡的「量詞」'門'與'房'上面。

另外，我國社會尊重私有財產與男子繼承的結果，就產生男子本位的父系社會，因而在國語的詞彙結構中可以發現許多重男輕女的現象。雖然我國的姓氏中有許多姓，都含有'女'字旁（如'姚、姬、姜、婁、姞、嬀'等），連表示起源的'始'（從女台聲）與姓氏的'姓'（從女從生）都含有'女'字，顯示在文字初創時期的中國社會可能保留着母系社會的痕跡。但是無論就爲孩子取名、夫妻間彼此的稱呼、文字的結構、詞句與成語的組成規律等各方面來觀察，都可以發現從前的社會在本質上是一個「重男輕女」的社會。以給孩子取名爲例，一般女孩子的命名都強調三從四德（如'淑、貞、愼、順、惠'等）與容貌姿色（如'美、雅、媛、婉、嫻'等），或取譬於風花雪月（如'蘭、菊、桂、英、萍、雪、月'等）或金銀財寶（如'金、銀、寶、玉、珍'等）；與男孩子取名常用'昌、榮、輝、煌、鴻、耀、雄、魁、傑、範、宗、祖'等字來表示光耀門楣或期求家運興隆的情形迥然相異。同時，女兒是'賠錢貨'，嫌多不嫌少，所以臺語中有'招弟'、'招治'與（'招弟'諧音）、'招男'、'招兒'、'罔腰'、'罔市'，（臺語裡'罔'表示'隨便、姑且'，'腰'與'市'與表示'養'的臺語詞語諧音）、'滿、尾、妹'（均表示希望是最後一個）這樣的命名。今天的社會，女孩子的命名已經有脫離這種傳統而趨向於'中性化'或'男性化'（如'若男'、'亦男'或'亦乾'、'亦璋'）的現象。但是有趣的是，只有女孩子的名字越來越不像女孩子，或越來越像男孩子的現象，卻沒有男孩子的名字越來越不像男孩子，或越來越像女孩子的現象。

再以夫妻間彼此的稱呼爲例，妻子以'奴家、妾'來稱呼自己，而以'當家的、先生、丈夫、君、老公、外子、孩子的爸或爹'稱呼丈夫。但是丈夫對於妻子的稱呼卻通常是:'妻子、娘子、內子、內人、太太、太座、賤內、拙荊、舍內、內助、老婆、黃臉婆、管家婆、長舌婦、煮飯的、孩子的媽(或娘)、牽手、三八、神經、瘋子(最後四句常用於臺語,特別是在鄉下社會)'。就是所謂的'國罵'或'三字經',也只片面的提到'媽、娘、姥姥'決不會提到'爸、爹、爺爺'。

如再翻字典看看,就不難發現凡是含有'女'字旁的字,除了表示婚姻、懷孕、生產的字(如'婚、姻、嫁、娶、娩、媒、媾、妊、娠、娩、嬰、奶'),指示親屬關係或女子身分的字(如'媽、娘、媼、婆、姊、妹、姑、嬸、姨、妗、嫜、嫂、媳、姪、媛、孃、姹、妯、娌、娅、妣、孀、姬、妃、婢、嫗、姥、姆'等)或描寫女人姿色容貌的形容字(如'嬌、孅、嫚、嫣、嫵、妮、姝、姚、妍、姿、娃、娉、娓、婀、娜、娟、娥'等)以外,幾乎是清一色的表示貶抑的字,這些貶義字,包括:'奴、奸、妄、妓、婊、娼、嫖、妖、妨、婁、姘、姦、妒、嫉、妬、嫌、媿(通愧)、姍(通訕)、嬾(通懶)、婾(巧黠)、媟(欺玩不恭)、姣(侮也淫也)、嫚(輕侮也褻污也)、媢(諂也)、威(害也)、婣(狎近)'。最沒有道理的是以'姦'字而不以''字或'奷'字表示淫行,而且只有'嫐'字卻沒有'嬲'字。連乍看之下不表示貶義的字,也在字的來源或解義上多少含有貶抑的意思。例如:'如'(女子從人)、'妥'(以手壓女)、'妻'(與夫齊體,疾敬持事)、'婦'(持帚灑掃,服于家事)。有人甚至開玩笑說:一男('子')一'女'纔'好',沒有兒子就不好;'少''女'纔'妙',老了就不妙。其次就詞彙結構而言，國語也無形中顯現重男輕女的趨向。國語詞彙結構中的重男輕女現象包括：

(一)除了專指女性的名詞（如‘姊妹、姨母、小姐、太太’以外，女性幾乎無例外的都是在男性名詞（或通性名詞）的詞首或詞尾加上表示女性的名詞或修飾語而成，例如：(女)老師、(女)作家、(女)詩人、(女)記者、(女)警察、(女)議員、(女)市長、(女)狀元、(女)老闆、(女)房東、(女)工程師、(女)總經理……；老闆(娘)、師(母)、理髮(小姐)、英(雌)……；(巾幗)英雄、(女中)英豪，(掃眉)才子……。僅有的例外可能是‘男護士’與‘師丈’但是這兩個名詞似乎都不甚通用。

(二)表示泛指或通稱，都以男性名詞來兼指男性與女性，很少以女性名詞來代替，例如：千‘夫’所指、‘父’慈‘子’孝、虎‘父’虎‘子’、‘子’‘孫’滿堂、桂‘子’蘭‘孫’、天之驕‘子’、‘兄’友‘弟’恭、難‘兄’難‘弟’、添‘丁’發財、母以‘子’貴、有其‘父’必有其‘子’、養‘子’不教‘父’之過……。如果偶有使用女性名詞的情形，那麼多半含有貶義（如‘婦人之仁’、‘婦人之見’、‘婦道人家’、‘唯女子與小人爲難養也’）或從男性的觀點看事物(如‘女爲悅己者容’、‘情人眼裡出西施’)。

(三)遇有男性名詞與女性名詞同時出現，通常的次序是男性名詞在前，女性名詞在後，例如：‘男女’、‘男’才‘女’貌、‘男’歡‘女’愛、曠‘男’怨‘女’、小‘男’幼‘女’、‘男’婚‘女’嫁、‘男’耕‘女’織、‘男’盜‘女’娼、‘男女’平等、金‘童’玉‘女’、孤‘男’寡‘女’、紅‘男’綠‘女’、善‘男’信‘女’、牛‘郎’織‘女’、‘才子佳人’、‘父母’、‘爹娘’、‘爸媽’、嚴‘父’慈‘母’、‘兄弟’、‘姊妹'、'弟妹'、'子女'、'兒女'、'夫婦'、'夫妻'、'夫'唱'婦'隨、'夫'貴'妻'榮、'公婆'、'翁姑'、'舅姑'、'怙恃'、'考妣'、'生旦'、'奴婢'、'帝后'、'皇'天'后'土、'鰥寡'、各位'先生''女士'。雖然有些雌性名詞出現於雄性名詞之前，但是這種情形多半屬於代表家畜鳥獸的非屬人名詞(如'雌雄'、'牝牡'或指稱較廣不限於屬人名詞的名詞(如'陰陽')，而且這些還是屬於例外的情形(比較'公母'、'鳳凰'、'鴛鴦')。

最後，國語的複合詞與固定成語裡有許多貶抑女性的詞句。這些詞句的詞語成分都不能以相對的男性名詞來代替女性名詞，也就是說沒有與此相對的貶抑男性的說法，例如：'潑婦'、'晚娘'、'騷貨'、'禍水'、'三八'、'破鞋'、'長舌婦'、'多嘴婆'、'黃臉婆'、'母老虎'、'老處女'、'老姑婆'、'黑寡婦'、'白蛇精'、'狐狸精'、'潑辣貨'、'掃帚星'、'白虎星'、'十三點'、'女兒賊'、'娘娘腔'、'婆婆媽媽'、'三姑六婆'、'女流之輩'、'婦人之仁'、'婦人之見'、'婦人短視'、'徐娘半老'、'牝雞司晨'、'河東獅吼'、'最毒婦人心'、'春天後娘面'、'慈母多敗兒'、'女大不中留'、'連娘四個賊'、'三個女人亂天下'、'十個婦人九個妒'、'癡人畏婦、賢女畏夫'、'婦人可以共患難，不可以共富貴'。同時，同樣是一件事卻用全然不同的說法來敍述或描寫男性與女性。例如，生男兒是'弄璋'，生女兒卻是'弄瓦'。男人再婚是'續弦'，但是女人再婚就叫做'改嫁'或'再醮'。男人有'再娶之義'，可以'停妻再娶'，不妨娶個'三妻四妾'而且'家花那有野花香'，所以男人'飽暖思淫欲'後的'尋花問柳'與'左擁右抱'只能算是無傷大雅的'逢場作戲'，足以表現男人的'風流倜儻'何況'娶妻娶德，娶妾娶色'，男人還有權'金屋藏嬌'享受'齊人艷福'，但是女人卻要以'三從四德'、'三貞九烈'爲範，婚前要做'守身如玉'的'處女'，夫死則要做'從一而終'的'節婦'。因爲'一女不受兩家茶'、'烈女不事二夫'；否則就是'不守婦道'、'不安於室'、'紅杏出牆'的'奔女'、'淫娃'、'蕩婦'，弄得'覆水難收'，'一失足成千古恨'！

後記：本文中有些見解、分析與例詞曾披露於許彬彬女士的輔仁大學語言研究所碩士學位論文'Male Chauvinism in the Lexical Structure of Chinese'。另外，文章裡有關夫妻間的稱呼與許多貶抑女性的詞句都採自許女士的論文。又本文的部分內容（尤其是後半部）是「半趣味性」的，希望「女男」讀者不要過於認眞纔好。

＊原刊載於語文週刊（1982）第一七二四期。

如何研究華語詞彙的意義與用法

兼評國語日報辭典處理同義詞與近義詞的方式

一、前　言

國人研究語文，一向偏重字形、字音、字義，卻常常忽略了「字用」的研究。所以傳統的語文研究，有研究字形的文字學、有研究字音的聲韵學、有研究字義的訓詁學，唯獨缺少研究詞句結構與功用的詞法學或句法學。影響所及，無論是語文的教學或字典、辭典的編纂，都偏重詞句語義內涵的解釋，而忽略了這些詞句在表情達意上的功用。換句話說，只注重字義或詞義的解釋，而忽視了詞性、詞類或詞用的分析與研究。其實，詞的意義與用法，可以說是一體的兩面，必須兼顧意義與用法纔能窺得詞的全貌，必須使意義與用法相輔相行始能發揮詞的功用。而要了解「詞」的意義與用法，光認識個別的「字」還不夠，非更進一步分析詞的內部結構與外部功能不可。詞的內部結構研究字與字如何形成詞，而詞的外部功能則討論詞與詞如何組合成為詞組或句子。

詞的意義與用法，不能僅從字義方面去解釋。這一點可以從華語同義詞或近義詞（例如'幫助、幫忙'，'怕、害怕、恐怕'，'關於、對於、至於'，'向來、從來、素來、原來、歷來'）的解釋，或一對字序相反的詞（例如'動搖'與'搖動'，'生產'與'產生'，'喜歡'與'歡喜'）的解釋上面看得出來。因為這些詞或者含有共同的字，或者由相同的字組合而成，無法全靠組合成份的字義來了解或辨別。本文擬就國語日報辭典有關這些同義詞與近義詞的處理方式來檢討其得失，以說明如何從詞的內部結構與外部功能來研究華語詞彙的意義與用法。我們選擇國語日報辭典來做為討論的對象，因為這是近年來國內出版的最好的國語詞典之一。我們所提出的檢討，也不僅針對着國語日報辭典的缺失，而是針對國內所有同類辭典的缺失而言。作者虔誠的希望本文所提出的檢討與批評將有助於今後華語字典的改進。

二、'動搖'與'搖動'

根據國語日報辭典的註解，'動搖'是'不穩定、不堅固'(103頁)，而'搖動'是'(1)擺動(2)不穩'（353頁)，但是讀者卻不容易從這些註解中去了解這一對字序相反的詞，在意義與用法上究竟有什麼區別。其實，'動搖'是由兩個字義相近的動詞'動'與'搖'並立而成的並列式詞，含有'動之搖之'的意思。另一方面，'搖動'是由表示動作的動詞'搖'與表示結果的補語'動'合成的動補式詞，含有'搖而使之動'的意思。因此，我們可以說'搖得動、搖不動'，卻不能說'動得搖、動不搖'。另外，'搖動'的含義牽涉到事物的移動或運動，所以賓語必須是具體名詞；'動搖'無此含義，賓語必須是抽象名詞，因此，我們只能說'他用力搖動樹枝'或'敵人的宣傳不能動搖我們的意志'，卻不能說'他用力動搖樹枝'或'敵人的宣傳不能搖動我們的意志'。

三、'喜歡'與'歡喜'

國語日報辭典把'喜歡'注為'(1)快樂(2)愛好'（146頁），而把'歡喜'注為'(1)歡樂(2)同"喜歡"，是心愛的意思'(439頁)，顯然是把這兩個詞做同義詞或近義詞處理。但是根據一般人的實際用法，'喜歡'是及物用法，後面常帶賓語；'歡喜'是不及物用法，後面不能帶賓語。因此，我們可以說'我們都很喜歡你'或'聽了他的話，我們都很歡喜'，卻不能說'我們都很歡喜你'或'聽了他的話，我們都很喜歡'。

四、'生產'與'產生'

國語日報辭典541頁對'生產'一詞所做的註解相當煩瑣，但最重要的動詞用法可能是'(3)生息產業…憑勞作掙錢過生活(4)生孩子'。另外對'產生'所做的註解是'(1)生下來；耕作，製作(2)發生'(542頁)。但是，有關'產生'的註解(1)實際上是'產'字字義的解釋，而不是'產生'這個詞的詞義的註解。'生產'與'產生'最重要的區別，是前者以有形的具體名詞為賓語，而後者則以無形的抽象名詞為賓語。因此，我們可以說'我們的工廠一年可以生產一萬輛汽車'或'工廠的廢物產生了很大的公害'，卻不能說'我們的工廠一年可以產生一萬輛汽車'或'工廠的廢物生產了很大的公害'。

五、'痛苦'與'苦痛'

國語日報辭典對'痛苦'所做的註解是'身體或精神上感到不快活'(552頁)，而對'苦痛'所做的註解是'同"痛苦"'(701頁)，顯然又是把'痛苦'與'苦痛'做為同義詞處理。但是'苦痛'與'痛苦'的通用僅限於名詞用法，形容詞用法則只能用'痛苦'，因為我們只能說'很痛苦'，卻不能說'很苦痛'。而動詞用法也只能用'痛苦'，因為我們只可以說'痛苦了一生'，卻不能說'苦痛了一生'。

六、'緊要'與'要緊'

國語日報辭典註'緊要'為'重要'(637頁)，而註'要緊'為'急切重要'(755頁)，似乎暗示這兩個詞是近義詞，只是'要緊'

在重要的程度上超過'緊要'而已。但是事實上'緊要'的用法比較受限制，通常出現於固定成語（如'緊要關頭'、'十分緊要'）；而'要緊'的用法則比較自由，常可以用來做形容詞謂語(如'這件事很要緊／不要緊')。另外，李振清先生還指出，只有'要緊'可以出現於正反問句(比較：'要（緊）不要緊'與'＊緊（要）不緊要')，可見在現代華語裡只有'要緊'做動詞謂語用，'緊要'則常做名詞定語用。

七、'適合'與'合適'

國語日報辭典以'相配合得正好'（838頁）註'適合'，然後以'適合'（130頁）來註'合適'，這種以同義詞來處理的方式是偏重字義的解釋當然的結果。根據一般年輕人的反應，'適合'與'合適'這兩個詞，在不及物的形容詞用法上常可以通用，如'這件衣服(對你)很適合／很合適'。但是有些人認為在這個例句裡用'合適'比較適當，而在'這裡的環境對你不適合／不合適'這個例句裡則以用'適合'比較妥當。另一方面，在及物用法裡卻只能用'適合'，如'這種行為不適合你的身分'或'這裡的氣候很適合種甘蔗'。

八、'幫助'與'幫忙'

國語日報辭典於254頁為'幫助'與'幫忙'所做的註解，分別是'幫忙，援助'與'助人辦事'。我想一個初次來華學華語的外國學生大概沒有辦法從這些註解來眞正學會這兩個詞的用法。其實，就內部結構而言，'幫助'是由兩個字義相似的動詞'幫'與'助'合成的並列式詞，而'幫忙'卻是由動詞'幫'與其賓語名詞'忙'組成的動賓式詞。因此，我們可以說'幫了忙、幫你的忙、幫過幾次忙、幫了很大的忙'卻不能說'幫了助、幫你的助、幫過幾次助、幫了很大的助'。又這兩個詞後頭帶有賓語的時候，本來是應該說'幫助你'或'幫你的忙'的。但是有許多人忽視了'幫忙'的內部結構而比照'幫助你'造句，結果'幫忙你'的說法也逐漸出現了。

九、'怕'、'害怕'與'恐怕'

國語日報辭典對這三個詞的註解分別是'(1)恐懼(2)想是，或者，猜測的意思'(287頁)、'心裡恐慌'(221頁)與'①害怕，恐懼②疑慮的詞，有點兒"或者""似乎""大概"的意思'(290頁)。這種偏重詞義而忽略詞法功能的註解，大概也不容易幫助學生了解這些詞的意義與用法。首先，我們要了解'怕'與'害怕'是形容詞，因爲這些詞可以用程度副詞'很、太、最'等來修飾，也可以出現於比較句中。但是'恐怕'不是形容詞，所以沒有這種用法。試比較：

① 我{很怕（○）／很害怕（○）／很恐怕（×）／很恐怕不能來（×)}。

② 我比你還要{怕（○）／害怕（○）／恐怕（×)}。

其次，'怕'後面可以接名詞或子句做賓語，'害怕'卻較少這樣使用。試比較：

③ 我們都{很怕他(○)／很害怕他(＊？)很恐怕他(×)}。

最後，'恐怕' 是表示推測的副詞，因此與其他語義相似的副詞（如'也許、或許'）一樣，可以移到句首來。'怕'也有類似的用法，但只能出現於句中的位置，不能出現於句首。試比較：

④ 他{怕不能來(○)／害怕不能來(×)／恐怕不能來(○)}。

⑤ {怕 (×)／害怕 (×)／恐怕 (○)} 他不能來。

在報章雜誌文章中，'恐怕'也常做動詞用，與 '擔心' 或 '怕' 同義。可是與'怕'不同，只能接子句做賓語，不能接名詞做賓語。試比較：

⑥ 他{怕 (○)／害怕 (×)／恐怕 (○)} 你不肯來。

十、'關於'、'對於'、'至於'

國語日報辭典對這三個介詞的註解分別是：'介詞，表示某種動作所牽涉的一定範圍'(887 頁)、'表關係的介詞' (231 頁) 與 '就是提起、談到的意思；是轉話題談到有關的或附帶的事情的用詞' (687頁)，並附了下面三個例句。

⑦ 關於這件事，我全不知道。

⑧ 我對於哲學是門外漢。

⑨ 至於旁的事情，等以後再說吧。

介詞的語義內涵很虛靈，所以無法全靠詞義解釋清楚，必須附上例句。但是就編纂詞典的目標來說，我們還需要更進一步把隱藏在這些例句裡的每一個介詞的句法功能清清楚楚的交代出來。例如，我們發現：'對於'可以出現於主語之前，也可以出現於主語之後；'關於'與'至於'卻只能出現於主語之前；而'至於'則必須承受上文，也就是說在原話題之外引進另外一個話題。試比較：

⑩ 對於（○）／關於（○）／至於（○）這個問題，我沒有什麼意見。

⑪ 我對於（○）／關於（×）／至於（×）這個問題，沒有什麼意見。

⑫ 經費由你來籌劃，演出由他來主持，對於（×）／關於（?）／至於（○）宣傳則由我來負責。

從其他例句中我們也發現：'關於'可以單獨做文章的標題，'對於'必須在後面加上名詞纔可以做文章的標題，而'至於'則沒有這種用法。試比較：

⑬ 對於（×）／至於（×）／關於（○）大專聯考。

⑭ 至於（×）／關於（?）／對於（○）大專聯考的看法。

十一、'向來'、'從來'、'素來'、'歷來'、'原來'、'本來'

國語日報辭典爲'向來'所註的解是'素來、從來'（131頁），並以'從以前到現在'（278 頁）註'從來'，以'原來，一向'（628 頁）註'素來'、以'從以前到現在；向來'（442 頁）註'歷來'，以'本來'（116頁）註'原來'，而以'原來'（408頁）註'本來'，似乎暗示'向來、從來、素來、歷來、原來、本來、一向'這些副詞都是同義詞，可以互相通用。但是如果就詞性與詞用的觀點來加以分析，這些副詞至少有下列幾點差別。

‘原來、本來’與其他的副詞不同義，並不含有‘從以前到現在’的意思；也就是說，在所表示的時間意義上並沒有包括‘現在’在內。這一點可以從下面的例句裡看得出來。

⑮ 我原來（○）／本來（○）／向來（？）／從來（？）／素來（？）／歷來（？）／一向（？）不喜歡數學，但現在却很喜歡。

‘原來’與‘本來’可以出現於句首修飾整句，其他副詞沒有這樣的用法。又‘原來’與‘本來’都表示‘以前、先前、原先’的意思；但是只有‘原來’表示發現原先不知道的情況而含有恍然醒悟的意思，而且只有‘本來’表示按道理應該如此的意思。試比較：

⑯ 我原來（○）／本來（○）／向來（×）／從來（×）／素來（×）／歷來（×）／一向（×）不想去，但後來給他說動了。

⑰ 原來（○）／本來（×）／向來（×）／從來（×）／素來（×）／歷來（×）／一向（×）你在這裡，我一直在找你啊！

⑱ 原來（○）／本來（○）／向來（×）／從來（×）／素來（×）／歷來（×）／一向（×）這條路很窄，以後纔拓寬的。

⑲ 你原來（×）／本來（○）／向來（×）／從來（×）／素來（×）／歷來（×）／一向（×）就應該幫他忙的。

‘從來’與其他的副詞不同，多用於否定句；‘歷來’也與其他的副詞不同，不用於否定句；'向來'、'素來'與'一向'，肯定句與否定句都可以用。又'向來、從來、一向'，口語與書面語都可以用，而'素來、歷來'則多用於書面語，特別是'歷來'。試比較：

⑳ 我向來（○）／從來（×）／素來（○）／歷來（？）／一向（○）很喜歡數學。

㉑ 我向來（○）／從來（○）／素來（○）／歷來（×）／一向（○）不喜歡數學。

十二、'常常'、'時時'、'每每'、'往往'

國語日報辭典以'時時、每每'（253頁）註'常常'，以'時常'（393頁)註'時時'，以'常常'（448頁）註'每每'，而以'每每、常常'（274頁）註'往往'，似乎暗示這些副詞是可以彼此互註的同義詞，因此也可以互相通用。但是這些副詞在詞用上至少有下列幾點不同。

'往往'與'每每'不能涉及未來時間，這一點從下面的例句裡看得出來。

㉒ 想學好英語要時時（○）／常常（○）／往往（×）／每每（×）練習。

'每每'很少單獨使用，而常與另外一個子句連用。'往往'不能直接出現於動詞的前面，必須在動詞之前要有表時間、處所、情狀等狀語。試比較：

㉓ 他時時（○）／常常（○）／往往（×）／每每（×）提

到你。

㉔ 他談話的時候時時（○）／常常（○）／往往（×）／每每（○）提到你。

㉕ 他時時（○）／常常（○）／往往（○）／每每（？）在信中提到你。

'時時'在頻度上似乎比'常常'更爲頻繁。例如，在下面的例句裡用'常常'似乎比用'時時'好，因爲吃零食的習慣大概不會頻繁到'時時'的地步。

㉖ 他小時候時時（？）／常常（○）吃零食。

十三、'認為'與'以為'

國語日報辭典對於'認爲'的註解是'以爲、斷定'(771頁)，而對於'以爲'的註解是'(1)當做(2)認爲'(543頁)，似乎也表示這兩個表示推測或判斷的動詞是同義詞。辭典裡所舉的例句'這麼辦我以爲不好'裡的'以爲'也可以用'認爲'取代。但是在一般人的實際用法裡，'認爲'與'以爲'在詞用上有下列幾點區別。

'以爲'多用來做與事實不符的判斷；也就是說，'以爲'後頭的子句裡所提出的命題，其眞假值常爲假。另一方面，'認爲'則可以用來做一般的判斷，後面命題的眞假值可眞可假。試比較：

㉗ 原來是你，我還認為（×）／以為（○）是我弟弟在搗蛋呢。

'以爲'可以用'滿、很'等程度副詞修飾，'認爲'似乎沒有這樣的用法。試比較：

㉘ 我滿認為（×）／以為（○）自己有十分的把握，結果還是失敗了。

‘以爲’常用於口語，而‘認爲’則比較接近書面語。因此，在被動語態裡‘以爲’常用‘讓’，而‘認爲’則多用‘被’。試比較：

㉙ 這樣做會讓人認為（？）／以為（○）是你自己理屈。

㉚ 這樣做會被人認為（○）／以為（？）是你自己理屈。

十四、‘因為’、‘由於’、‘所以’、‘因此’、‘因而’

以上這幾個表示因果關係的連詞，國語日報辭典僅列其中的‘因爲’與‘所以’爲詞而加以註解，其他三個連詞則只能在‘由’字與‘因’字的註解中尋找可能的解釋。‘因爲’與‘所以’的註解分別是‘提起所述的原因’（158頁）與‘因此，常與"因爲"相應’（311頁）；而‘由於’、‘因此’與‘因而’則在‘由’字與‘因’字的註解裡分別找到有關的解釋‘原因(如原由、理由)’（544頁）與‘於是，因此’(158頁)。換句話說，在國語日報辭典裡根本找不到‘由於’與‘因而’這兩個詞，對這些連詞的意義與用法則更無說明。

華語的連詞，根據在句中出現的位置，可以大別爲兩類。第一類連詞，常出現於前半句（從屬子句）裡，不妨稱爲「起接連詞」。第二類連詞，經常出現於後半句(主要子句)裡，可以稱爲「承接連詞」。根據這個分類，表示原因的‘因爲’與‘由於’是起接連詞；表示結果的‘所以、因此、因而’是承接連詞。起接連詞與承接連詞，可以前後搭配使用。‘所以’可以與‘因爲，由於’搭配使用，而‘因此，因而’則通常只能與‘由於’搭配。試比較：

㉛ 因為（○）／由於（○）老師熱心指導所以學生進步得很快。

㉜ 因為（×）／由於（○）老師熱心指導因此／因而學生進步得很快。

口語裡多用'因爲'，而較少用'由於'。而且，由'因爲'所引導的表原因的子句還可以移到句尾放在表結果的子句後面；而連詞'由於'則似乎沒有這種用法。同時注意，這個時候出現於句首的表結果的子句，不可以加上承接連詞。試比較：

㉝ 明天恐怕不能一道去，因為（○）／由於（×）我有急事要辦。

㉞ 所以（×）明天恐怕不能一道去，因為我有急事要辦。

可是如果起接連詞前面有判斷動詞'是'出現，那麼'因爲'與'由於'都可以用，例如：

㉟ 我明天不能去是因為（○）／由於（○）有急事要辦。

又口語裡多用'所以'，較少用'因此'，而'因而'則多半用於書面語。試比較：

㊱ 我肚子疼所以(○)／因此(？)／因而(??)不想吃飯。

十五、'偶然'與'偶爾'

國語日報辭典先用'(1)料想不到的(2)恰巧遇到的，不是常有的'(61頁)註'偶然'，然後在同頁裡以'偶然'註'偶爾'，似乎又暗示'偶然'與'偶爾'是同義詞，可以互相通用。其實，這兩個詞無論在意義與用法上都有區別，決不能混用。例如在語義上，'偶然'表示意外，與'必然'相對；而'偶爾'則表示次數少，與'經常'或'時常'相對。同時'偶然'可以直接修飾名詞，而'偶爾'則必須借助'的'字纔能修飾名詞。因此，我們雖然可以說'偶然現象'或'偶然事件'，卻不能說'偶爾現象'或'偶爾事件'，必須說成'偶爾的現象'或'偶爾的事件'。又'偶然的錯誤'與'偶爾的錯誤'這兩句話都可以說，但是第一句話的意思是'偶然意外的錯誤'，而第二句話的意思卻是'偶爾幾次的錯誤'，兩句話的含義並不相同。另外'偶然'除了副詞用法以外還有形容詞用法，而'偶爾'則只能有副詞用法。因此，我們可以說'很偶然、不偶然'，卻不能說'很偶爾、不偶爾'。

十六、'忽然'與'突然'

國語日報辭典先在 286 頁以'一種動作或事物的出現很快'來註解'忽然'，然後在603頁裡以'忽然'來註解'突然'，顯然是又以同義詞的方式來處理這兩個詞。有人認爲'突然'比'忽然'更強調情況發生得迅速而出人意料，但是我們不容易找到適當的例句來顯示這兩個詞在語義程度上的對比。也有人認爲'突然'可以出現於主語之前或主語之後，而'忽然'則很少出現於主語之前。但是徵諸實際用法，'突然'與'忽然'似乎都可以出現於主語之前或句首的位置來修飾整句，因此'所有的人忽然／突然都站了起來'與'忽然／突然所有的人都站了起來'都有人說。'突然'與'忽然'最大的區別，乃是'突然'有副詞與形容詞兩種用法，而'忽然'則只有副詞用法。因此，我們雖然可以說'事情來得(很)突然'、'感到十分突然'、'突然(的)事件'，卻不能說'事情來得(很)忽然'、'感到十分忽然'、'忽然(的)事件'。

十七、'雖然'、'縱然'、'固然'

國語日報辭典對於這三個起接副詞分別做下列的註解。'雖然'(901頁):(1)推想或轉折連詞,有'縱然、即使'等的意思,下面常常有'但是,仍' 等詞;(2)總結上文另起下文的連詞,常常獨用,禮記有'雖然,吾君老矣,子少國家多難'。'固然'(159頁):(1)本來如此(2)雖然,如'這話固然不錯,但實行起來有困難'。'縱然' (642頁,見於'縱'與'縱使'的註解中,國語日報辭典中沒有收入'縱然'這個詞做註解):'假使','即使',推想的詞。讀了這些註解,我們難免有一點眼花撩亂的感覺,因爲'固然'等於'雖然',而'雖然'等於'縱然',而'縱然'又等於'假使',難道'固然'就可以當做'假使'用?可見這一種用近義詞註解的處理方式是很有問題的,很容易導致錯誤的類推。

在語義上,'雖然'側重於讓步,轉折的意味較重,前後兩個子句所表達的意思常互相對立或矛盾,後面一個子句常用承接連詞'但是、可是'或連接副詞'却'配合。另一方面,'固然'側重於確認某一個事實,接着說同時也應該承認另外一個事實;轉折的意味較輕,前後兩個分句所表達的意思並不互相矛盾,後面一個子句多用連接副詞'也'配合。因此,下面例句裡的'固然'都不宜用'雖然'代替:

㊲ 陳先生固然很好,林先生也不錯。

㊳ 成功了固然值得驕傲,失敗了也不必氣餒。

其次,'雖然'可以出現於主語的前面或後面,而'固然'則較少出現於主語的前面，試比較：

㊴ 運動雖然（○）／固然（○）重要，但是過度的運動却對身體有害。

㊵ 雖然（○）／固然（？）運動重要，但是過度的運動却對身體有害。

最後，'雖然'可以與'如此'連用而單獨成子句，在書面語裡也可以出現於主要子句的後面；'固然'則似乎沒有這種用法。試比較：

㊶ 雖然（○）／固然（??）如此，我還是非去不可。

㊷ 該公司至今尚無回音，雖然（○）／固然（×）我們一再去函查詢。

至於'縱然'表示假設的讓步，同樣是表示轉折，卻與'雖然、固然'之確認事實的讓步不同，是純粹的假設而不涉及事實的確認。因此，'雖然'與'固然'可以與後半句的承接副詞'可是、但是、然而'等呼應，而'縱然'卻很少與這些連詞搭配。試比較：

㊸ 今天我們的物質生活雖然(○)／固然(○)／縱然（×）很豐富，但是精神生活却仍然很貧乏。

與'雖然'同義的，還有'雖、雖說、雖說是'等。'雖'多用於書面語，而'雖說'與'雖說是'則多用於口語。與'縱然'同義的，還有'就是、就算、就算是、卽使、縱使、縱令、卽使、卽令、卽或'等。'就是、就算、就算是'多用於口語，'卽使'兼用於口語與書面語，其他多用於書面語。

十八、'縱使'、'卽使'、'假使'

國語日報辭典對於'縱使'（642頁）的註解是'即使、假使，推想的詞'，似乎把'縱使、即使、假使'當做同義詞處理。這三個起接連詞都表示假設，但是'假使'表示一般的假設與後半句的承接連詞或副詞'那（麼）、就、便、則'等呼應。而'縱使、即使'則表示假設兼讓步，常與後半句的承接副詞'也、也還'等呼應。試比較：

㊹ 假使（○）／縱使（×）／即使（×）待遇很好，（那麼）我就會接受這個工作。

㊺ 假使（×）／縱使（○）／即使（○）待遇再好，我也不會接受這個工作。

又'即使'後面可以接名詞或由介詞'跟、對、在'等所引導的介詞片語。這種用法的'即使'與介詞'連'的用法有一點相似，後面常與副詞'也、都、也都'呼應。試比較：

㊻ 即使（○）／假使（×）／連（○）一毛錢也不能浪費。

㊼ 即使（○）／假使（×）／連（○）跟自己的太太，他都很少講話。

㊽ 即使（○）／假使（×）／連（○）在辦公室裡，她也都戴着帽子。

㊾ 即使（○）／假使（×）／連（○）對學生講話，他都那麼客氣。

這個用法的'即使'仍然屬於連詞而不是介詞，因此上面例句裡的'即使'都可以用'即使是'來代替。與'即使'同義而常用於口語的'就是、就算（是）、哪怕（是）'都有與此類似的用法，但是專用於書面語的'縱然、即令、即使、即或'等則很少這樣使用。

十九、'要是'、'如果'、'假使'、'假如'、'假若'、'假令'、'倘若、倘如、倘使、倘然'、'假設'、'假定'

國語日報辭典對這些表示假設的連詞，都一律以互相註解的方式做同義詞處理。但是這些連詞，不僅有風格或體裁上的區別，而且還可能有用法上的差異。'要是'是純粹的口語詞，不但可以接子句而且還可以接名詞，例如：

㊿ 要是星期天，人就很多呢！

(51) 要是我，就不曉得該怎麼做了。

除了'要是'以外的連詞，都必須補上動詞'是'纔能接名詞，例如：

(52) 如果／假使／假如……是我，就不知道該怎麼辦了。

'要是'還可以有否定式'要不是'，常可以用來表示與事實相反的假設，例如：

(53) 要不是你伸手抓住我，我就掉進海裡去了。

'如果'多用於口語，'假如、假使'多用於書面語，而'假若、假令、倘若、倘如、倘使、倘然'等則似乎專用於書面語。這種口語與書面語的區別，不僅與承接連詞'那、那麼、就、便、則'等的搭配有關，而且在句法上也可能有不同的表現。例如，口語的'要是、如果'與比較接近口語的'假如、假使'都可以出現於主語之前或後，也可以與'……的話'連用，還可以用於後半句，例如：

(54) 要是／如果／假如／假使你有什麼問題，盡管問我。

(55) 你要是／如果／假如／假使有什麼問題，盡管問我。

(56) 要是／如果／假如／假使你有什麼問題的話，盡管問我。

(57) 我明天再來，要是／如果／假如／假使你現在有事（的話）。

但是專用於書面語的‘假令、倘若、倘如、倘使、倘然’等則多半出現於主語之前，很少與‘……的話’或‘是’連用，也很少用於後半句。又‘要是、如果、假如、假使’等口語連詞可以與‘(是)說’連用來表示理論上的假定或假設，但是‘假令、倘若、倘使、倘然’等書面語連詞很少如此使用。試比較：

(58) {要是(○)／如果(○)／假如(○)／假使(○)(是)說 假令(？)／倘若(？)／倘如(？)／倘使(？)／倘然(??)(是)說}

有賄選行為就要停止鄉鎮民代表選舉(的話)，那麼監委與立委等中央級民意代表也不要選舉了。

至於‘假定’與‘假設’，本來是動詞而且是屬於書面語，多半用在主語之前，很少用在主語之後，更少用於後半句。

二十、‘應該’、‘應當’、‘應’、‘該’

國語日報辭典 305 頁對於‘應該’與‘應當’的註解分別是‘(1)應當(2)須，要’與‘應該’，而對於‘應’與‘該’的註解則分別爲‘應當’(304頁)與‘應當’(767頁)，顯然又是做爲同義詞處理。但是這些近義詞，在體裁風格與句法表現上至少有下列幾點區別。

(一)'該'用於口語，'應該、應當'可以用於口語，也可以用於書面語，'應'只用於書面語。因此，在一些四字成語裡，只用'應'不用其他的字，例如'應有盡有''理應如此''罪有應得''應興應革'。

(二)雙音詞'應該、應當'可以單獨回答問題，單音詞'應、當'不能單獨回答問題。試比較：

⑲ 你認為我應該(○)／應當(○)／該(○)／應(??)去嗎？

⑳ 應該(○)／應當(○)／該(×)／應(×)。

(三)'應該、應當、該'可以出現於主語之前，'應'不能。試比較：

㉑ 今天我領了稿費，應該(○)／應當(○)／該(○)／應(×)我請客。

(四)只有'應該'可以單獨成謂語，並有否定式'很不應該'，其他的詞不能，例如：

㉒ 他這樣說真不應該(○)／應當(??)／該(×)／應(×)。

(五)在'有多(形容詞)'之前只可以用'該'，不能用其他的詞，例如：

㉓ 要是父親還在，那應該(??)／應當(×)／該(○)／應(×)有多好啊！

(六)正反問句常用'應(該)不應該'、'該不該'，少用'應(當)不應當'，不用'應不應'，例如：

㉔ 我應(該)不應該(○)／該不該(○)／應(當)不應當(?)／應不應(??)借錢給他？

二十一、結　語

從以上的分析與討論，我們可以明白華語詞彙的意義與用法不能光靠「字義」來說明，還要更進一層研究詞的「內部結構」、「外部功能」、「風格體裁」。所謂詞的「內部結構」，包括「主謂式」、「動賓式」、「動補式」、「偏正式」、「並列式」、「重疊式」等。所謂詞的「外部功能」，包括詞類的畫分（名詞、動詞、形容詞、副詞等「主要詞類」的區別，以及動詞與形容詞底下及物、不及物、雙賓、使動、事實、非事實等「次要詞類」或小類的區分），詞在句子中所出現的位置、詞與詞的連用等。至於詞的「風格體裁」，則除了「口語」與「書面語」的差別以外，還應該區別「正式語」與「非正式語」（包括「俚語」與「隱語」）、「文言詞」與「白話詞」等。同時，研究華語詞彙的意義與用法，不能僅憑個人的主觀來判斷，也不能奉辭典的註解爲金科玉律，而必須針對現代社會裏所實際運用的語言去調查詞的意義與用法。因爲語言（包括語音、詞彙、句法）與所有人爲的措施（包括文物、制度、風俗、習慣）一樣，是會隨着「時」「空」「人」「用」等因素的變遷而發生變化的。一部現代華語辭典的功用，就是把我們現在所使用的語言照實記錄下來，並且用概括性的文字加以清晰精確的說明，爲國內外人士提供學習或了解華語的有效途徑。我們現有的華語辭典離這個理想尚有一段距離，有待大家今後更進一步的努力。

參考文獻

國語日報社（何容主編）1974 國語日報辭典· 臺北：國語日報社。

湯廷池 1973. 國語格變語法試論·臺北：海國書局。

—— 1977a. 國語變形語法研究：第一集，移位變形·臺北：臺灣學生書局。

—— 1977b. 英語教學論集·臺北：臺灣學生書局。

—— 1979. 國語語法研究論集·臺北：臺灣學生書局。

—— 1981. 語言學與語文教學·臺北：臺灣學生書局。

—— 1982a. 「國語詞彙學導論：詞彙結構與詞彙規律」·教學與研究 第四期39—57頁。

—— 1982b. 「國語形容詞的重疊規律」·師大學報第二十七期 279—294 頁。

—— 1983a. 「國語語法的主要論題：兼評李訥與湯遜著漢語語法」· 師大學報 第二十八期 391—441頁。

—— 1983b. 「從國語詞法的觀點談科技名詞漢譯的原則」·國語日報國語文教育專欄。

—— 1984a. 「國語'移動α'的邏輯形式規律」·教學與研究第六期79—114頁。

—— 1984b. 「國語疑問句研究續論」·師大學報第二十九期

381—437頁。

—— 1984c. 英語語言分析入門：英語語法教學問答· 臺北：臺灣學生書局。

—— 1984d. 英語語法修辭十二講：從傳統到現代。臺北：臺灣學生書局。

＊原刊載於教學與研究（1983）第五期（1—15頁）；修正稿刊載於第一屆世界華文教學研討會論文集(37—47頁)。

從國語詞法的觀點談科技名詞漢譯的原則

一、前　言

在一次科學月刊的編輯會議裡，大家不期然而然地談到當時正在流行的魔術方塊。有一些編輯認爲‘魔術方塊’這個譯名並不妥當，有人甚至主張以‘色幻體’這個新的譯名來代替。我是在座唯一代表人文科學的編輯，所以也站在語言學家的立場對這個問題發了言。我的看法是‘魔術方塊’或許不是很好的翻譯，但是‘色幻體’這個譯名也不見得高明，甚至比原有的翻譯還要差。有些編輯要我申述理由，我就做了如下的說明。

‘魔術方塊’這個譯名有相當清楚明晰的語義內涵，‘魔術’與‘方塊’都是國語詞彙裡現成的詞，兩個詞之間的語法關係也非常淸楚。'魔術'修飾'方塊'，中心語'方塊'描述其形體，修飾語'魔術'表示其屬性或功用。因此，看了'魔術方塊'這四個字，就不難推想所代表的必定是一種形狀似方塊，而且奇妙、有趣或好玩的東西。反之，'色幻體'這三個字，語義內涵相當模糊，'見名'而無法'思義'，不容易讓人猜測所指的究竟是甚麼樣的東西。同時，'色'、'幻'、'體'這三個字雜然的並陳在一起，詞與詞的語法關係並沒有交代淸楚。國語裡沒有'色幻'這個詞，也沒有'幻體'這個詞，卽使有也絕不是常用詞。而且在詞彙結構上究竟是'色幻'修飾'體'，還是'色'修飾'幻體'？國語裡沒有'色幻'這個詞，雖然我們可以把'色幻'解釋爲主謂式'顏色變幻'而修飾'體，'但是國語詞彙裡的主謂式詞爲數不多，而且'色'與'幻'都是不能獨立出現的附着語，'幻'的動詞用法在現代國語裡尤其少見，整本國語大詞典裡只有在'幻滅'與'變幻'的不及物動詞中纔出現。另一方面，卽使國語有'幻體'這個詞，'色'修飾'幻體'的可能性也不大。因爲國語裡大多數含有三音節的詞彙都是由前兩個字共同形成一個雙音詞來修飾後面一個單音詞(如'立方體、圓錐體、四邊形、三角形、可塑性、能見度、機械化'等)，而只有極少數是由前面第一個字單獨形成單音詞來修飾由後面兩個字所合成的雙音詞。而且，在後一種情形下，第一個單音詞絕大多數是形容詞(如'正方形、外錯角、眞分數、假分數'等)，但是國語的'色'卻只能做名詞用，不能做形容詞用。❶因此，我的結論是：'色

---

❶ 這裡所謂的形容詞，是指原則上可以用程度副詞'很、太、最'等修飾的詞類。因此，在'色素、色鬼'等這些詞裡'色'是名詞做名詞的修飾語，不能說是形容詞修飾名詞。

幻體'這個譯名，不僅語義內涵含糊不清，而且違反了國語的造詞規律而與國人的詞感相背，恐怕不易爲一般人所接受。

這一件事情，使我聯想到科技名詞漢譯在今日社會的需要與重要，也使我對於如何評定科技名詞漢譯的優劣這個問題感到很濃厚的興趣。本文的用意，就是從國語詞法的觀點來討論科技名詞漢譯的原則。因爲我們相信科技名詞的漢譯絕不能違背漢語的造詞規律，所以凡是從事科技名詞翻譯的人，必須對於國語詞法的內容具有相當清楚的了解。

二、國語的詞彙結構

在未談科技名詞漢譯的原則之前，我們先就國語的詞彙結構做一個概括性的說明。國語的詞彙，可以根據下列幾種不同的觀點加以分類：㈠詞裡面所包含的音節或字數的多寡，㈡詞裡面所包含的語素的多寡，㈢詞裡面自由語與附着語組合成詞的情形，㈣詞的內部詞法結構，㈤詞的外部詞類功能。所謂「詞」，簡單的說，是詞彙的單位。也就是說，詞是語言裡能夠獨立出現或自由運用的最小單元。「語素」是語言裡能夠代表語義的最小的單元，但是語素與詞不同，不一定能夠獨立出現或自由運用。語素中能夠獨立出現、自由運用的(如'人、貓、狗、豬、書'等)，叫做「自由語」；不能獨立出現或自由運用的（如'孩、虎、鼠、椅'等)，就叫做「附着語」。「自由語」，如'人、貓、狗、豬、書'等，必定是「詞」，但是「附着語」則必須與別的語素運用，如'孩

子、老虎、老鼠、椅子'等，纔能形成「詞」❷

三、國語的單音詞、雙音詞與複音詞

國語的詞，依其所包含的音節或字數的多寡，可以分爲單音詞、雙音詞與多音詞三種。「單音詞」，或「單音節詞」，是只含有一個音節或一個字的詞；也就是說，只含有一個單音節的自由語的詞，例如'人、狗、貓、書、家、門、大、小、坐、站'等是。

「雙音詞」或「雙音節詞」，係指含有兩個音節或由兩個字形成的詞。雙音詞又可以分爲兩類。第一類是由一個雙音節單獨形成的雙音詞。也就是說，如果把組成雙音詞的兩個字或兩個成份拆開就會失去意義，必須兩個字合用纔能表達語義的雙音詞。許多古漢語的「連綿詞」、「象聲詞」、「外來詞」，以及經過譯音而來的「現代外來詞」都屬於這一類，例如'忸怩、惆悵、蹉跎、抖擻、嗚咽、嘀咕、玻璃、葡萄、蘿蔔、蟋蟀、芙蓉、琺瑯、檬檸、嗶嘰、琵琶、菩薩、摩登、幽默、浪漫、巴士'等是。這些雙音詞裡個別的字，本身不是語素，因爲這些單獨出現的時候並不具有語義，至少不代表字本來的意義。例如'摩登、幽默、巴士'等外來詞，都只取其音而不取其義，因此這些外來詞所代表的意義都與個別的字（如'登、默、士'等）原來的含義不同，甚至無關。

第二類雙音詞，由兩個單音節的語素組合而成；也就是說，

---

❷ 以下有關國語詞彙結構的許多例詞採自拙著「國語詞彙學導論：詞彙結構與構詞規律」。

由兩個分別具有意義的字合成，例如'孩子、老子、男兒、女兒、饅頭、阿姨、老大、親人、惡狗、野貓、書本、鋼筆、家鄉、大難、巨大、渺小、靜坐、飛翔、扣除'等是。這些雙音詞，與第一類雙音詞不同，拆開以後個別的字或語素仍然表示固定的語義。

「多音詞」或「多音節詞」，也可以分成兩類。第一類多音詞，由一個含有多音節的語素單獨形成；也就是說，由好幾個字合為一個單一的語素而形成的詞。國語裡有一些象聲詞或經過譯音而來的外來詞，如'叮噹噹、劈哩啪啦、凡士林、沙丁魚、哀的美敦書'等，都屬於這一類。這些詞一經拆開就無法成為詞。連最後兩個例詞，如果分別把'魚'與'書'抽離，所剩下的'沙丁'與'哀的美敦'就無法形成詞或語素。因此，'沙丁'與'魚'，以及'哀的美敦'與'書'，都是譯音與借義兩個部分共同形成的多音詞。

第二類多音詞，是由兩個以上的單音節、雙音節或多音節語素組合而成的三音節或三音節以上的詞。例如菜名'佛跳牆'，由三個單音節的語素'佛'、'跳'與'牆'，以主語、動詞、賓語的語法關係結合而成；例如'計程車'，由三個單音節語素'計'、'程'與'車'而成；'計'與'程'兩個語素的關係是動詞與賓語的語法關係，而'計程'與'車'的關係是修飾語與被修飾語的關係。再如在'坦克車手'這一個多音詞裡，'坦克車'是個三音節的語素，'坦克車'修飾代表人的'手'而成為'坦克車手'。他如'十字街頭'與'馬路新聞'這兩個多音詞，都由四個語素而成，前後兩個語素各以修飾語與被修飾語的關係形成雙音節語素的雙音詞('十字'、'街頭'、'馬路'、'新聞')，然後前後兩個雙音詞又以修飾語與被修飾語的語法關係分別形成'十字街頭'與'馬路新聞'。

四、國語的詞根、詞綴、詞首、詞尾與詞嵌

有些中國語言學家，把國語詞彙的成分分爲詞根與詞綴。❸「詞根」是雙音詞或多音詞中代表根本的詞彙意義的語素。「詞綴」，又叫做「附加成分」，是本身不能獨立而必須依附詞根纔能存在的語素。詞綴又可分爲詞首、詞尾與詞嵌三種。

「詞首」，又叫做「前加成分」，經常出現於詞根的前首。例如，在'阿姨、阿嫂、阿爸、阿哥'這些雙音詞裡或出現的第一個語素'阿'，以及在'老師、老虎、老鼠、老鷹、老張'這些雙音詞裡所出現的第一個語素'老'，都有人分析爲表示名詞的詞首。又如在'第一、第二、第三'，'初四、初五、初六'，'老大、老二、老三'這些雙音詞裡所出現的第一個語素'第'、'初'、'老'，也有人分析爲表示序數的詞首。

「詞尾」，又叫做「後加成分」，經常出現於詞根的後頭。例如，在'孩子、兒子、嫂子、老子、瞎子、椅子、桌子'這些雙音詞裡所出現的第二個語素'子'在'男兒、女兒、孩兒、頭兒、信兒、花兒、今兒、明兒'裡所出現的第二個語素'兒'，以及在'饅頭、骨頭、石頭、丫頭、苦頭'裡所出現的第二個語素'頭'，都有人分析爲表示名詞的詞尾。同樣是表示名詞的詞尾，在語義上卻可能有些差別。例如，'老頭子'與'老頭兒'都可以說，但是在

---

❸ 國語詞彙結構裡究竟有沒有詞根與詞綴的存在，以及需要不需要做詞首、詞尾、詞嵌這樣的分析，是一個頗有爭論的問題。這裡姑且承認有這樣的存在與需要，藉以進一步了解國語詞彙結構的全貌。

國人的語感上似乎稱‘老頭兒’比叫‘老頭子’親切而可愛。

「詞嵌」，又叫做「中加成分」，經常出現於詞根的當中。有許多語言學家認爲國語裡沒有詞嵌，但是也有一些語言學家把在‘拿得動、走得開、看得出’這些詞或詞組裡所出現的表示能力的‘得’，或把在‘糊裡糊塗、傻裡傻氣、馬裡馬虎’這些重疊形容詞裡所出現的表示貶稱的‘裡’分析爲國語的詞嵌。

更有人把可以用來表示特定詞類的詞綴（例如前面所談到的形容詞性詞首‘第、初、老’或名詞性詞尾‘子、頭、兒’等），或可能產生與詞根原來的詞類不同詞類的詞綴(例如‘美化、綠化、工業化、機械化’裡的動詞性詞尾‘化’，‘溫度、高度、能見度、文明度’裡的名詞性詞尾‘度’，‘黏性、酸性、可塑性、警覺性’裡的名詞性詞尾‘性’，‘學員、專員、技術員、指導員’裡表示人員的名詞性詞尾‘員’等）稱爲「構詞成分」；而把附加於特定的詞類而不改變詞根原來詞類的詞綴(例如：‘我們、你們、孩子們、老師們’裡加在代詞或名詞後面的複數標誌‘們’以及‘來了、看着、見過’裡加在動詞後面的動貌標誌‘了、着、過’等）稱爲「構形成分」。

五、國語的單純詞、派生詞與複合詞

國語的詞彙，也可以依據詞裡頭詞根與詞綴的組合情形，分爲單純詞、派生詞與複合詞三種。由一個詞根，不加任何詞綴，單獨形成的詞，叫做「單純詞」。單純詞，可能是「單音詞」（如‘人、貓、狗、書’），可能是「雙音詞」如‘玻璃、忸怩、梧桐、咖啡')，也可能是「多音詞」如'開麥拉、模特兒、金鷄納霜、歇斯底里'等)。由一個詞根加上一個或一個以上的詞綴而成的詞，叫做「派生詞」，例如'孩子、孩子們、前天、大前天、後年、大後年'等是。由兩個或兩個以上的詞根結合而成的詞，叫做「複合詞」。複合詞裡所包含的詞根可能是可以獨立出現的「自由語」；例如，'矛盾、山茶、百日紅、長毛腿'是分別由「自由語」'矛'、'盾'、'山'、'茶'，'百日'、'紅'，'長毛'、'腿'組合而成的複合詞。複合詞也可能含有不能獨立出現的「附着語」；例如'鞠躬'裡的'鞠'與'躬'，便是不能獨立出現的附着語。如果有需要把這兩類複合詞加以區別，我們可以把第一類自由語詞根組合而成的詞叫做「狹義的複合詞」，而把第二類含有附着語詞根的複合詞叫做「合成詞」。

六、國語的主謂式詞、偏正式詞、動賓式詞、動補式詞、並列式詞與重疊式詞

國語的詞彙，還可以依據詞內部的詞法結構，分為主詞、偏正式詞、動賓式詞、動補式詞、並列式詞與重疊式詞等幾種。每一種不同詞法結構的詞，都有其語法功能上的特點，謂式分類說明。

(一)主謂式詞：「主謂式」，又稱「主謂結構」，其構詞成分的語素之間，具有語法上的主語與謂語的關係。有些主謂式詞，是由主語名詞與謂語動詞合成的，有時候還含有賓語名詞，而整個詞的詞類功能是名詞；例如'秋分、夏至、地震、兵變、輪廻、

(落)花生、金不換、佛跳牆'等是。國語詞彙裡許多表示疾病的名稱，在詞法結構上屬於主謂式名詞，例如‘氣喘、便秘、頭痛、耳鳴、胃下垂、肺結核、腦充血’等。另外有些主謂式詞，是由主語名詞與謂語形容詞合成的，而整個詞的詞類功能是形容詞，因此常可以在前面加上程度副詞‘很、太、最’等；例如‘面熟、頭疼、心煩、手硬、眼紅、膽怯、肉麻、性急、命薄、命苦、年輕、耳朵軟、肝火旺’等是。

(二)偏正式詞：「偏正式」，又稱「偏正結構」，其構詞成分的語素之間具有修飾語與被修飾語的關係，而且修飾語必定出現於被修飾語的前面。被修飾語，又叫做「中心語」。國語的偏正式詞，有一個詞法特徵：整個詞的詞類必定與中心語的詞類相同。❹因此，偏正結構又叫做「同心結構」，或「向心結構」。國語的偏正式詞，又可以分為幾類。第一類是以名詞為中心語的結構，下面又可以分為幾個小類。

(甲)修飾語是名詞，中心語也是名詞，而且整個詞也當名詞用：如‘文法、手册、雨衣、草書、家庭教育、經濟制裁’等。

(乙)修飾語形容詞，中心語是名詞，而整個詞也當名詞用：如‘美德、甘草、野孩子、老實話、明白人、安全火柴、普通考試’等。

---

❹ 我在舊作「國語詞彙學導論：詞彙結構與構詞規律」中曾說由名詞修飾量詞而成的偏正式詞‘車輛、船隻、紙張、文件、布匹、馬匹、銀兩’等是這個原則的例外。但是我現在認為這些例詞屬於並列結構，並不構成原則的例外。

(丙)修飾語是動詞，中心語是名詞，而整個詞也當名詞用：如'學力、臥車、航線、考古學、洗臉盆、升降機、守財奴'等。

(丁)修飾語是數詞，中心語是名詞，而整個詞也當名詞用：如'二叔、三嬸、百姓、千金、萬歲'等。

(戊)修飾語是代詞，中心語是名詞，而整個詞也當名詞用：如'自家、自己人、我方、此刻、何處'等。❺

第二類偏正式詞以動詞為中心語，下面又可以分幾個小類。

(甲)修飾語是名詞，中心語是動詞，整個詞也可以當動詞用：如'面談、夢想、風行、聲請'等。

(乙)修飾語是動詞，中心語是動詞，整個詞也可以當動詞用：如'破費、改組、代理、誤傷、回拜'等。

(丙)修飾語是形容詞，中心語是動詞，整個詞也可以當動詞用如：'熱愛、冷笑、輕視、重賞、傻笑'等。

第三類偏正式詞以形容詞為中心語，又可以分成幾個小類。

(甲)修飾語是名詞，中心語是形容詞，整個詞也可以當形容詞用：如'筆直、天眞、火熱、冰涼、雪白、膚淺'等。

(乙)修飾語是動詞，中心語是形容詞，整個詞也可以當形容詞用：如'垂直、逼眞、鎮靜、沈悶、滾熱、飛快'等。

(丙)修飾語是形容詞或副詞，中心語是形容詞，整個詞也可以當形容詞用：'小康、大紅、早熟、狂熱、酸痛'，以及'相同、自新、絕妙、不滿'等。

---

❺ '此刻、何處'等可以當副詞用，但這種用法與'今天、明天、上週、下週'一樣可以分析為名詞的轉用，也就是語法上所謂的「狀語」。

最後一類偏正式詞以副詞爲中心語，通常只能以副詞爲修飾語；例如：'親自、獨自、早就、早已、不必、未必、好不'等。

(三)動賓式詞：「動賓式」又稱「動賓結構」，由動詞性語素與名詞性語素合成，而且在動詞與名詞之間具有動詞與其賓語的關係。動賓式詞，在詞類功能上可能是名詞（如'將軍、同學、靠山、扶手、披風、知音、結核'等，可能是動詞（如'打仗、動粗、得罪、失守、鞠躬、爲難'），也可能是形容詞（如'生氣、出力、得手、失禮、值錢、受用'）或副詞（如'改天、就近、趁機、埋頭、加意、刻意、到底、徹底'）。有些動賓式詞，如'得罪、失守、爲難、埋怨、關心'等，雖然在內部的詞法結構中由動詞與賓語合成，但是在整個詞的外部的詞類功能上，屬於及物動詞或及物形容詞，所以後頭還可以接上另外一個句法上的賓語，例如'得罪你、失守名城、爲難大家、埋怨別人、很關心你的健康'。又有些動賓式詞，如'生氣、叨光、託福'等，其語義上的賓語可以出現於動詞語素與名詞語素之間而成爲名詞語素的修飾語，如'生我的氣、叨你的光、託大家的福'。另有些動賓式詞，特別是具有名詞或副詞這兩種詞類功能的動賓式詞如'知己、披風、靠背'或'索性、刻意、挨戶'等，構成成分的語素之間的結合關係比較緊密，中間無法插入別的詞或語素。但是有些動賓式詞，特別是詞類功能上屬於動詞的動賓式詞如'虧空、動粗、打仗、幫忙'等，動詞語素與名詞語素之間的結合比較鬆懈，中間常可以插進動貌標誌，如'虧了空、動過粗、幫着忙、打起仗來'。

(四)動補式詞：「動補式」，又叫做「動補結構」，由動詞與形容詞語素（如'吃飽、提高、看破、漂白、澄清'），或動詞與動詞語素（如‘看見、聽到、分開、叫醒、打倒、拆散’）合成，而且在第一個語素的動詞與第二個語素的動詞或形容詞之間具有動詞與補語的詞法關係。有少數形容詞語素（如‘穩、急’），也可以用動詞語素（‘穩住’），或用形容詞語素（如‘急壞’）做補語而成爲動補式詞。動補式詞，一般都可以在動詞與補語之間插進表示能力的‘得’或其否定式‘不’，如‘吃得飽、吃不飽’、‘看得見、看不見’、‘穩得住、穩不住’。但是也有些動補式詞，動詞與補語之間的結合比較緊密，因而無法插進‘得’或‘不’的，如‘擴大、說明、削弱、搗毀’等是。又動補式係以動詞爲中心語，而以補語爲修飾語，性質上仍然屬於廣義的向心或同心結構。因此，動補式詞的詞類功能大多數都屬於動詞，只有極少數的動補式詞可以當形容詞用（如‘很吃得開、很吃不開’、‘很對得起、很對不起’），而在這些動補式形容詞裡‘得’與‘不’都不能刪略。

(五)並列式詞：「並列式」，又稱「並立式」或「聯合式」，由語義相反、相對、相同或相似的兩個語素並立而成，下面又可以分成幾個小類。

(甲)反義並列式詞，係由語義相反或相對的名詞語素（如‘師生、父子、男女、天地’），形容詞語素（如‘大小、高低、濃淡、早晚’），動詞語素（如‘出入、呼吸、坐立、生死’），方位詞語素（如‘上下、左右、裡外’）等並立而成。反義並列式詞，在詞類功用上大都屬於名詞，但也有保留原來語素的詞性的（如‘呼吸’）。

(乙)同義並列式詞，係由語義相同或相似的名詞語素（如‘江河、丘陵、風雲、行伍’），動詞語素（如‘幫助、推薦、動搖、譏笑')，形容詞語素(如'痛癢、清楚、明白、美麗、高貴')等聯合而成。同義並列詞，在詞類功用上大都保留原來語素的詞類，但也有轉用為名詞的(如'痛癢'等)。

(丙)其他並列式詞，例如由名詞語素與量詞語素並列而形成許多集合名詞，如'車輛、船隻、紙張、文件、布匹、馬匹、銀兩'。

各類並列式詞，在語素排列的次序上常有一定的規律或限制。例如，由反義形容詞語素並立而成的並列式詞，大都是表示積極的正面意義的語素(如'大、多、高、深、長、厚、濃、遠、寬、強、快')出現在前頭，而表示消極的反面意義的語素(如'小、少、寡、低、矮、淺、短、薄、淡、近、窄、弱、慢')則出現在後頭，如'大小、多少、多寡、高低、高矮、深淺、長短、厚薄、濃淡、遠近、寬窄、強弱、快慢'。這是由於表示積極的正面意義的形容詞語素，還可以用來表示不偏不倚的中立意義，所以國語詞彙裡許多表示度量衡的抽象名詞都以正反兩義的形容詞語素並列，或以正面意義形容詞語素加上表示度量衡的詞尾(如'度、量、性'等)的方式成詞，例如'高矮＝高度、身高'、'深淺＝深度、水度'、'厚薄＝厚度'、'長短＝長度'、'濃淡＝濃度'、'快慢＝速度'、'強弱＝強度、韌性'等。其他並列式詞的語素，也都依照一定的語義限制排列。❻

(六)重疊式詞：「重疊式詞」，以語素重疊的方式形成詞。國語詞彙裡許多表示親屬稱呼的名詞(如'爸爸、媽媽、太太、公

❻ 詳見拙著「國語詞彙學導論：詞彙結構與構詞規律」。

公、婆婆'等)以及一些表示細小的人或事物的名詞(如'娃娃、寶寶、乖乖、星星'等)都是常見的重叠式詞。除了名詞以外,量詞、數詞、動詞、形容詞、副詞等都可以重叠的方式出現,而且能否重叠與如何重叠都常有一定的規律或限制。❼

＊原刊載於語文週刊(1983)一七七三期至一七七五期,這是一篇因故而未能完成的文章。

❼ 詳見拙著「國語句法中的重叠現象」與「國語形容詞的重叠規律」。

國語語法與功用解釋

一、前　言

當前的語言教學越來越重視語言在表情達意上的功用。因此，最近的語法教學與語法研究也反映這種趨勢，從偏重句法結構分析的「句子語法」(sentence grammar)邁進了兼顧語言的「言談功用」(communicative function)與「功用背景」(functional perspective)的「言談語法」(discourse grammar)。例如，國語裡有許多「認知意義」(cognitive meaning)相同，而「句子形態」(surface realization)卻相異的句子。這些句子，似乎都含有同樣的「命題內容」(propositional content)，但是在言談功用上有什麼區別？這些言談功用上的區別，能否用一些簡單的規則來做有系統的說明？

本文擬提出四個簡單的「功用原則」(functional principles)來解釋國語的句子形態與言談功用之間的關係。這四個原則是：(一)「從舊到新」的原則、(二)「從輕到重」的原則、(三)「從低到高」的原則、(四)「從親到疏」的原則。本文的內容，以從事華語教學 (teaching Chinese as a second or foreign language) 的老師爲主要對象，所以文中的例句力求詳盡，而分析與說明則力求簡明。爲了參考的方便，文中的語法術語都附上了相對的英文術語。❶

二、「從舊到新」的原則

從言談功用的觀點來說，句子的每一個成分都傳達某一種信息。有些句子成分傳達「舊的」(old)或「已知的」(known)的信息，而有些句子成分則傳達「新的」(new)或「重要的」(important)信息。新的信息中，最重要的信息叫做「信息焦點」(information focus)。例如，在下面①到⑤的對話裡，針對着 a 的問話，b 的答話中標有黑點的句子成分是信息焦點：

①a 誰二十年前在美國學語言學？

---

❶ 本文是筆者在撰寫中的國語功用語法(*A Functional Grammar of Spoken Chinese*) 的一部分。有關國語功用語法更詳細的分析與討論，請參照該書。

b 湯先生二十年前在美國學語言學。

②a 湯先生什麼時候在美國學語言學？

b 湯先生二十年前在美國學語言學。

③a 湯先生二十年前在什麼地方學語言學？

b 湯先生二十年前在美國學語言學。

④a 湯先生二十年前在美國做什麼？

b 湯先生二十年前在美國學語言學。

⑤a 湯先生二十年前在美國學什麼？

b 湯先生二十年前在美國學語言學。

這些代表信息焦點的句子成分，通常都要讀得重些，響亮些。國語的句子，除了利用重讀、音高、語調等「節律因素」(prosodic features) 來表示信息焦點以外，還可以運用句子成分在句子裡的分佈情形以及特殊的句法結構來強調信息焦點。

一般說來❷，國語裡出現於句首的句子成分都代表「舊的」信息，而出現於句尾的成分都代表「新的」信息。我們把這一個功用原則稱爲「從舊到新」的原則 ("From Old to New" Principle)，並且利用這一個原則來討論一些國語句子的形態與功用。

二・一「主題句」

國語的句子常含有「主題」(topic)。主題可能出現於句子本身裡面，也可能由前面的句子來引介。主題是談話者雙方共同的

❷ 也就是說，在國語裡「無標的」(unmarked) 句法結構裡，而沒有特別的重讀或語調的情況下。

話題，因爲代表舊的、已知的信息，所以經常出現於句首的位置。例如，在下面⑥到⑨的例句裡，代表舊信息的「定指」(definite) 名詞組（如⑥的'這一條魚'）、「泛指」(generic) 名詞組（如⑦的'魚'）與「殊指」(specific) 名詞組（如⑧的'有一條魚'）都可以充當句子的主題。但是代表新信息的「無定」(indefinite) 名詞組(如⑨的'一條魚')則無法充當主題。我們可用「有定」(determinate) 來概括「定指」、「泛指」、「殊指」，以別於「無定」(indeterminate)。

⑥ 這一條魚，我很喜歡吃。

⑦ 魚，我很喜歡吃黃魚。

⑧ 有一種魚，我很喜歡吃。

⑨??一條魚，我很喜歡吃。

國語的句子裡，與主題相對（或主題以外）的部分叫做「評論」(comment)。評論是在主題之下所做的陳述或解釋。有時候，主題在代表評論的句子成分裡含有與主題名詞組「指涉相同」(coreferential) 的稱代詞。❸在這一種句子裡，出現於句首的主題名詞組仍然限於「定指」、「泛指」、「殊指」等有定名詞組。試比較：

⑩ 那一個人，我認識他。

⑪ 韓國人，我非常了解他們的歷史與文化背景。

⑫ 有一個人，我想你可以去找他。

---

❸ 有些變形語法學家把這一種句子分析爲由「向左轉位」(Left Dislocation) 的變形而衍生的句子。

⑬??一個人，我跟他很熟。

傳統語法上所謂的「雙主（語）句」，也可以分析爲含有主題與評論的句子，因此也受同樣的限制。例如：

⑭ 中國，面積廣大，人口衆多。

⑮ 李小姐，(她的)眼睛很漂亮。

出現於句首的句子成分，除了主題以外，還有主語❹與「主題副詞」(thematic adverb)。這些句子成分，因爲出現於句首，所以也必須由有定名詞組來充當。例如：

⑯ {這一些人都／有些人／??一些人} 是從臺北來的。

⑰ {昨天晚上／有一天晚上／??一天晚上} 我到公園去散步。

二・二「引介句」:「有字句」、「存在句」、「隱現句」、「氣象句」

國語裡有一些句型，其言談功用在於爲談話的對方引介人或事物，這一種句子可以統稱爲「引介句」(presentative sentence)。被引介的人或事物都代表新的、重要的信息，所以代表這些信息

❹「主題」主要是屬於「言談功用」(discourse function) 的概念，而「主語」則主要是屬於「語法關係」(grammatical relation) 的概念，因此有時候主語似乎也可以兼充主題。但是如後所述，主語可以成爲分裂句的信息焦點，而主題與主題副詞卻無法成爲分裂句的信息焦點，所以二者之間仍應有區別。

的句子成分常出現於句尾的位置，成爲句子的信息焦點。例如，下面⑱的句子是引介句。

⑱　桌子上有一本書。

在這一個句子裡，說話者爲聽話者引介放在桌子上的'一本書'，以便做爲底下談話的主題，如'這一本書是我昨天在臺北買的。書裡提到…'。因此，這一個句子以表示處所的'(在)桌子上'做爲主題副詞放在句首，而以表示新信息的無定名詞組'一本書'爲信息焦點而放在句尾。另一方面，⑲的例句卻不是引介句。

⑲　那一本書在桌子上。

在這一個句子裡，主語有定名詞組'那一本書'代表舊信息，並且出現於句首而成爲談話的主題。談話的目的不在於引介，而在於告知聽話者事物所在的處所，所以處所副詞'在桌子上'出現於句尾而成爲信息焦點。

引介句引介無定名詞組在句尾出現；而非引介句則以有定名詞組爲主語放在句首。國語的這一個詞序特徵，在下面⑳與㉑兩個句子的比較裡仍然看得出來。雖然在這兩個句子裡事物名詞的'書'在形態上並不帶有表示名詞組定性的標誌，但在語意解釋上⑳的'書'是「無定」的（聽話者，甚至說話者都不知道是哪一本書），而㉑的'書'卻是「有定的」（說話者與聽話者都知道是哪一本書）。試比較：

⑳　桌子上有書。

㉑　書在桌子上。

據此，我們可以推斷：有定名詞組很少出現於「有字句」的句尾成爲信息焦點，而無定名詞組也很少出現於「在字句」的句首充當主語。下面例句㉒到㉙的合法度判斷，似乎支持上面的推論是正確的。

㉒a　桌子上有一本書。

　b??一本書在桌子上。

㉓a　那一本書在桌子上。

　b??桌子上有那一本書。

㉔a　桌子上有幾本書。

　b??幾本書在桌子上。

㉕a　你的書在桌子上。

　b??桌子上有你的書。

㉖a　桌子上有許多書。

　b??許多書在桌子上。

㉗a　每一本書都在桌子上。

　b??桌子上有每一本書。

㉘a　桌子上沒有書。

　b??沒有書在桌子上。

㉙a　所有的書都在桌子上。

　b??桌子上有所有的書。

有些人認爲㉕b的句子似乎可以接受，但是這些人都把‘你的書’當做‘一本你的書’或‘一些你的書’來解釋，而不是當做‘你的一本書’或‘你的一些書’來解釋。‘一本你的書’相當於英語的‘a book of yours’，而‘你的一本書’則相當於英語的‘one of your books’。這兩種名詞組在定性上的差別，可以從下面的例句裡看得出來。

㉚a　桌子上有一本（／些）你的書。

b??一本（／些）你的書在桌子上。

c　你的一本（／些）書在桌子上。

d??桌子上有你的一本（／些）書。

㉛a　There is *a book of yours* on the desk.

b??*A book of yours* is on the desk.

c　*One your books* is on the desk.

d??There is *one of your books* on the desk.

大多數的人都認為㉒b、㉔b、㉖b的例句不能接受或不太順口。但是如果在這些例句的句首加上表示殊指的'有'（或者加上動詞的'有'）來避免無定名詞組在句首出現的話，那麼這些句子都可以通。試比較：

㉜a　有一本書在桌子上。

b　有幾本書在桌子上。

c　有許多書在桌子上。

另外，許多人認為㉝a的句子有問題，但是如果在無定名詞組'兩本書'的後面加上「範域副詞」(scope adverb)'都'就可以通。試比較：

㉝a??兩本書在桌子上。

b　兩本書都在桌子上。

可見副詞'都'除了範域以外，還含蘊名詞的「有定性」(definiteness 或 specificity)。英語裡這種區別，用'two'與'both'來表示。試比較：

㉞a??Two books are on the desk.

b Both books are on the desk.

國語的引介句，除了「有字句」以外，還包括含有動詞'坐、站、躺、掛、貼'等的「存在句」與含有動詞'來、去、走、跑'等的「隱現句」。在引介性的存在句與隱現句裡，無定名詞組出現於句尾；在非引介性的存在句與隱現句裡，有定名詞組出現於句首。試比較下面㉟到㊲a的引介句與b的非引介句。

㉟a 牀上躺着一個人。

b 那一個人躺在牀上。

㊱a 牆上貼着一張像片。

b 他的像片貼在牆上。

㊲a 前面來了兩個人。

b 那兩個人從前面來了。

㊳a 昨天走了三個客人。

b 那些客人昨天走了。

人稱代詞(如'我、你、他'等)在性質上代表舊的、已知的信息，所以不能出現於引介性的存在句或隱現句，只能出現於非引介性的存在句或隱現句。試比較：

㊴a??牀上躺着他。

b 他躺在牀上。

㊵a??昨天走了他們。

b 他們昨天走了。

又在引介句的句尾慣用無定名詞組的結果，連專有名詞（如'小李子、楊大媽'等）也要在前面加上數量詞(如'(一)個、(一)位'等）來沖淡其定性。例如，在下面㊶與㊷的例句裡，'個小李子'

與'位楊大媽'分別等於是說'有一個叫小李子的'與'有一位叫楊大媽的'，表示這些句子成分都代表新的信息。試比較：

㊶a??牀上躺着小李子。

b 牀上躺着個小李子。

㊷a??昨天來了楊大媽。

b 昨天來了位楊大媽。

在表示氣象的國語句子裡，氣象名詞常出現於動詞後面，形成所謂的「倒裝句」。其實，這些句子也可以視為引介句，信息焦點落在句尾的氣象名詞。試比較下面㊸與㊹a的引介句與b、c的非引介句。

㊸a 下雨了！

b 雨已經停了。

c 雨還在下，但是風已經停了。

㊹a 出太陽了！

b 太陽還高掛在天空。

c 太陽都出來了，你還不起來嗎？

二·三「直接賓語提前」:「把字句」

國語句子的賓語名詞組常可以用介詞'把'提前移到動詞的前面去，形成所謂的「處置句」。過去討論「處置句」或「把字句」的語法學家，都提到賓語名詞組的有定性與動詞的多音節性或動詞後面補語的存在，卻很少談到這些句法特徵與言談功用之間的關係。國語的「把字句」，最主要的言談功用是把原來出現於動詞後面的賓語名詞組（通常是代表舊信息的有定名詞組）移到動詞的前面，一方面使主語名詞組與賓語名詞組的關係更加密切❺，一方面使述語動詞或補語出現於句尾而成爲句子的信息焦點。試比較：

㊺a　他看完了書了。

　b　他把書看完了。

因此，一般說來，「把字句」的述語動詞必須含有「表示動貌的標誌」(aspect marker) 或補語；因爲根據後面「從輕到重」的原則，「份量」(weight)越重的句子成分越要靠近句尾的位置出現。這就說明了「把字句」裡述語動詞的多音節性與動詞後面補語的存在；也就是說，說明了爲什麼動詞後面不帶動貌標誌與補語的㊻句不如帶有動詞標誌與補語的㊼句自然。

㊻ ??他把書放。

㊼ 他把書放｛好了。
下來了。
在桌子上。(比較：他在桌子上放了書。)
得很整齊。(比較：他很整齊的放了書。)
得整整齊齊的。(比較：他整整齊齊的放了書。)｝

這也就說明了爲什麼在㊽句加上表示'纔'的副詞'一'就可以通，因爲動詞前面如有'一'來修飾，就表示這一句話還沒有說完，後面要說的話纔是句子的信息焦點。

㊽　他把書一放，就跑出去玩了。

國語的「直接賓語提前」，把代表舊信息的賓語名詞組從句尾

❺ 參後面有關「從親到疏」的原則的討論。

的位置移到句中來，並且把動詞與其補語移到句尾成爲句子的信息焦點，因此也符合了「從舊到新」的功用原則。

二·四「間接賓語提前」

國語的句子，除了可以把直接賓語提前移到動詞的前面以外，也可以把間接賓語提前移到直接賓語的前面來。例如，在下面㊾的例句裡，a句的間接賓語在b句裡移到直接賓語的前面來。

㊾a　我要送一本書給他。

b　我要送(給)他一本書。

㊾的a句以出現於句尾的間接賓語'他'爲信息焦點，而b句則以出現於句尾的直接賓語'一本書'爲信息焦點。因此，我們可以推定：如果句義的對比落在間接賓語上面，就會用a的句型；反之，如果句義的對比落在直接賓語上面，就會用b的句型。下面例句㊿與51的合法度判斷，似乎支持我們這個推定。

㊿a　我要送一本書給小明，不是(給)小華。

b ?我要送(給)小明一本書，不是(給)小華。

51a　我要送(給)小明一本書，不是一枝鋼筆。

b ?我要送一本書給小明，不是一枝鋼筆。

二·五「被動句」

國語的「被動句」或「被字句」，把主動句原來的主語改爲介詞'被'的賓語，而把主動句的賓語改爲被動句的主語，例如：

52a　老李打了老張。

b　老張被老李打了。

在(52)的a句裡，句子的信息焦點可能是‘老張’(例如a句是問句‘老李打了誰？’的答句）或‘打了老張’（例如 a 句是問句‘老李做了什麼？’的答句)，所以‘老張’代表新的信息。但是在 b 句裡，‘老張’只能代表舊的信息，句子的信息焦點可能是‘老李’（例如b句是問句‘老張被誰打了？’的答句）或‘被老李打了’（例如b句是問句‘老張怎麼了？’的答句)，所以‘老李’代表新的信息。因此，如果句義的對比落在動詞與受事者名詞，就用主動句的句型；反之，如果句義的對比落在施事者名詞與動詞，就用被動句的句型。下面例句(53)與(54)的合法度判斷，支持我們這種看法。

(53)a　老李打了老張，踢了老王。

　b??老張被老李打了，老王被老李踢了。

(54)a　老張被老李打了，被老王踢了。

　b??老李打了老張，老王踢了老張。

在國語的被動句裡，述語動詞出現於句尾，所以動詞通常代表新的信息。特別是被動句裡介詞‘被’後面的施事者名詞省略的時候，述語動詞就單獨成爲句子的信息焦點。下面以動詞爲對比重點的例句(55)，支持我們這種看法。

(55)a　老張被（老李）打了，踢了。

　b??老李打了老張，踢了老張。

在國語的被動句裡，述語動詞出現於句尾而成爲信息焦點；而在英語的被動句裡，則施事者名詞出現於句尾成爲信息焦點。因此，就言談功用而言，與 (56)a 的英語句子相對應的國語句子，不是 b 的「被動句」，而是c的「分裂句」(cleft sentence)。試比較：

(56)a　This book was written *by my father.*

b??這一本書被我父親寫（由我父親寫成）。

c　這一本書是我父親寫的。

在國語的「把字句」與「被字句」裡，述語動詞都出現於句尾成爲信息焦點。這就說明，爲什麼在「把字句」裡出現的述語動詞與在「被字句」裡出現的述語動詞有許多相類似的句法特徵與限制。從言談功用的觀點來說，國語被動句的功用在於把原來代表新信息的主動句賓語受事者名詞，改爲被動句主語而代表舊信息，把原來代表舊信息的主動句主語施事者名詞改爲被動句介詞‘被’的賓語而代表新信息，並以出現於句尾的述語動詞爲句子的信息焦點。因此，在主動句與被動句裡，新舊信息分佈的情形都符合「從舊到新」的功用原則。

二·六「假及物句」

國語裡還有一種比較特殊的句法結構，不妨稱爲「假及物句」(pseudo-transitive sentence)。在這一種結構裡，不及物動詞‘(腿)斷、(手)痲、(眼睛)瞎、(耳朶)聾、(臉)紅、(人)死、(東西)丟’等後面出現名詞組，從外表上看來很像及物動詞的賓語。試比較：

㊼a　他的腿斷了。

b　他斷了腿了。

㊽a　她的父親死了。

b　她死了父親了。

首先，我們要注意在㊼與㊽的例句裡a、b兩句的認知意義相同。無論在㊼的a句或b句裡，動詞‘斷’都要做不及物動詞解釋。因爲這裡的‘斷’字與‘我要（打）斷你的手，（打）斷你的腿’的‘斷’字不同，並不含有「使動」(causative)與「起始」(inchoative)的意義。但是在這兩對例句裡，句子成分之間新舊信息分佈的情形則有差別。在 a 句裡，主語‘他的腿’與‘她的父親’代表舊的、已知的信息，而謂語‘斷了’與‘死了’則是代表新信息的信息焦點。但是在 b 句裡，‘腿’與‘父親’卻出現於句尾而代表新的信息，並單獨或連同述語動詞‘斷了’與‘死了’而成爲句子的信息焦點。換句話說，a句的信息焦點在於句尾動詞所表達的「事故」，而b句的信息焦點則在於句尾名詞所表達的「身體器官」或「人物」。因此，如果句子的對比或重點落在「事故」上面，就用a的句型；反之，如果句子的對比或重點落在「身體器官」就用b的句型。試比較：

⑲a　他的腿斷了，不是麻了。

　b ?他斷了腿了，不是麻了。

⑳a　他斷了腿，不是手。

　b ?他的腿斷了，不是手。

我們也可以說，在⑰與⑱的a句裡，‘他的腿’與‘她的父親’是主題，而‘斷了’與‘死了’是信息焦點。而在 b 句裡，‘他’與‘她’是主題，而‘腿’與‘父親’是信息焦點。可見，國語「假及物句」的「信息結構」(information structure) 也符合「從舊到新」的功用原則。

二・七「對稱謂語」

國語的詞彙，與其他語言的詞彙一樣，含有‘(很)像、見(面)、親(嘴)、擁抱、撞上’等「對稱謂語」(symmetric predicate)。這些動詞常可以用三種不同的句型來敍述同一事件，而在其認知意義上並無顯著的差異。例如，㉑裡三個例句的句義在基本上幾乎相同。

㉑a　張先生很像李先生。

b　李先生很像張先生。

c　張先生跟李先生(或李先生跟張先生)很像。

但是從言談功用的觀點來說，這三個句子卻有區別。a句以'張先生'爲談話的主題，並從他的觀點來加以敍述，表示'張先生'是說話者關心的對象❻，而以'很像李先生'爲評論，'李先生'是信息焦點。b句以'李先生'爲主題與關心的對象，而以'張先生'爲信息焦點。c句則以'張先生跟李先生'兩人爲談話的主題與關心的對象，而以'很像'爲信息焦點。

㉒裡的三個句子也是含有對稱謂語的例句。

㉒a　卡車撞上了公車。

b　公車撞上了卡車。

c　卡車跟公車（或公車跟卡車）撞上了。

這三個例句，除了在言談功用上有類似㉑三個例句的差別以外，還多了一種「含蘊」(implication)。在a句裡，主語的'卡車'很可能是移動的，而賓語的'公車'很可能是靜止的；也就是說，行駛中的卡車撞上了停在馬路上的公車。在b句裡，移動的是主語'公車'，而靜止的是賓語的'卡車'。在c句裡，'卡車'與'公車'都是主語，都在移動；也就是說，兩輛車在行駛間相撞了。這一種

❻ 參後面有關「從親到疏」的原則的討論。

句義上的差別是由於運動動詞的主語常表示發起行動的「施事者」(agent 或 initiator)，而賓語則常表示因行動而受影響的「受事者」(patient)。

含有對稱謂語的句子，主語名詞與賓語名詞的位置可以對換，也可以把兩個名詞並列而成爲句子的主語。在這三種句法結構裡，代表舊信息的句子成分都出現於句首，而代表新信息的句子成分都出現於句尾，所以也都符合「從舊到新」的功用原則。

二·八「期間補語、回數補語與賓語名詞的合併」

國語表示期間（如‘一整天、兩星期、三小時’等）與回數（如‘一次、兩趟、三下’等）的補語常出現於不及物動詞的後面，或及物動詞與賓語名詞的後面。如果是及物動詞的話，還要把這一個及物動詞在賓語名詞的後面重複一次。但是也可以把這些補語與賓語名詞合併，變成名詞的修飾語，例如：

㊈ a.他看了一整夜。

b.他看書看了一整夜。

c.他看了一整夜的書。

㊉ a.她跳了兩次。

b.她跳舞跳了兩次。

c.她跳了兩次舞。

在這些例句裡，b 句與 c 句的認知意義相同，但言談功用卻有差別。例如㊈b句的信息焦點通常都是期間補語‘一整夜’，而㊈c句的信息焦點卻是事物名詞‘(一整夜的)書’。因此，如果以期間補語爲對比焦點，就用 b 的句型；如果以事物名詞爲對比焦點，就用c的句型。試比較：

⑥⑤a　他看書看了一整夜，不是一整天。

b ?他看了一整夜的書，不是一整天。

⑥⑥a　他看了一整夜的書，不是（一整夜的）電視。

b ?他看書看了一整夜，不是電視。

從⑥⑤與⑥⑥的例句裡可以看出，新舊信息在句子裡分佈的情形也符合了「從舊到新」的功用原則。

二·九「從屬子句的移後」

國語的從屬子句通常都出現於主要子句的前面❼，但是在書面語裡有些表示條件的從屬子句（如'如果…(的話)、要是…(的話)、除非…'等）可以出現於主要子句的後面。試比較：

⑥⑦a　如果昨天動身的話，他今天該到了。

b　他今天該到了，如果昨天動身的話。

⑥⑧a　除非你去勸他，他不會聽的。

b　他不會聽的，除非你去勸他。

這些後置的條件子句都有「補充說明」(afterthought）的作用，但是也由於出現於句尾的位置而加強了其信息價值，所以也可以說是符合了「從舊到新」的功用原則。

三、「從輕到重」的原則

第二個有關功用解釋的基本原則是「從輕到重」的原則("From

❼ 這是國語語法裡修飾語出現於被修飾語的前面的句法表現之一。

Light to Heavy" Principle)。這一個原則表示，「份量」(weight)越重的句子成分越要靠近句尾的位置出現。決定句子成分份量輕重的因素主要地有二：(一)句子成分所包含的字數越多，其份量越重；(二)句子成分在句法結構上越接近句子，其份量越重。因此，獨立的句子或主要子句的份量比從屬子句的份量重，從屬子句的份量又比「名物化」(nominalized)或「修飾化」(adjectivalized)的名詞組或形容詞組的份量重，而詞組的份量又比單詞或複合詞的份量重。一般說來，越重要的信息都用越長、越複雜的句子成分來表達，而且越長、越複雜的句子成分都在越靠近句尾的位置出現。例如，國語語法允許下面㊴裡a與b的兩種說法。

⑲a　桌子上有一本書。

b　有一本書在桌子上。

但是如果以較長、較複雜的名詞組'一本討論國語語法的書'來代替⑲的'一本書'，那麼一般人都會選擇a的句型而不用b的句型。試比較：

⑳a　桌子上有一本討論國語語法的書。

b ?有一本討論國語語法的書在桌子上。

可見，國語語法在有所選擇的時候，或可允許的範圍內，盡量把份量較重的句子成分移到靠近句尾的位置，一方面藉此加重其信息價值，一方面也使句子的節奏臻於流暢。下面我們逐項討論「從輕到重」這一個功用原則在國語語法的應用。

三・一「直接賓語提前」

在前面'二・三'的討論裡，我們提到'把字句'的言談功用之一是使述語動詞與補語出現於句尾成爲信息焦點。因此，動詞與補語的份量越重，在句尾的位置出現的可能性也越大。例如，'澄清'是由動詞'澄'與形容詞'清'合成的動補式複合動詞，可以出現於賓語名詞的前面或後面。出現於賓語名詞的後面時，常用'加以'等詞語來加重動詞的份量。試比較：

⑺a　我們應該立刻澄清這一個問題。

　b　我們應該立刻把這一個問題澄清。

　c　我們應該立刻把這一個問題加以澄清。

但是如果把⑺句的複合動詞'澄清'改爲⑻句的動詞片語'弄清楚'，那麼b的「把字句」似乎比a的「非把字句」自然順口。

⑻a ?我們應該弄清楚這一個問題。

　b　我們應該把這一個問題弄清楚。

如果動詞的前面還有狀態副詞修飾，那麼「把字句」就比「非把字句」更加順當。試比較：

⑼a ?我們應該追根究底的弄清楚這一個問題。

　b　我們應該把這一個問題追根究底的弄清楚。

⑽a ?他原原本本的告訴我事情的經過。

　b　他把事情的經過原原本本的告訴我。

有些狀態副詞（如'一清二楚、一乾二淨'等）的語氣特別重，因而經常出現於句尾的位置，也就幾乎只能出現於「把字句」。試比較：

⑾a??我們應該一清二楚的調查這一個問題。

　b　我們應該把這一個問題調查得一清二楚。

⑿a??他一乾二淨的推掉了責任。

b　他把責任推得一乾二淨。

可見國語的「把字句」，不僅符合「從舊到新」的功用原則，而且也符合「從輕到重」的功用原則。

國語語法除了可以用介詞'把'將直接賓語提到動詞的前面以外，也可以不用介詞，逕把直接賓語移到主語的後面去，而且有時候還可以用「領位標誌」(genitive marker)'的'把原來的主語與賓語全併爲名詞組成爲新的主語。

⑰a　他做完功課了。

b　他把功課做完了。

c　他功課做完了。

d　他的功課做完了。

這一種直接賓語提前的情形與「把字句」裡直接賓語提前的情形不同：後者把直接賓語移到動詞的前面，副詞與情態助動詞的後面；而前者則把直接賓語移到主語的後面，副詞與情態助動詞的前面。❽試比較：

⑱a　我已經把功課做完了。

b ?我把功課已經做完了。

c　我(的)功課已經做完了。

d *我已經功課做完了。

---

❽「把字句」的動詞限於「動態動詞」(actional verb)，但這裡所討論的直接賓語提前卻沒有這一種限制。不過以「靜態動詞」(stative verb)爲述語時，主語與賓語不能合併成爲主語名詞。試比較：
(1)他很喜歡數學。(2)*他把數學很喜歡。
(3)他數學很喜歡。(4)*他的數學很喜歡。

⑲a　他昨天把房子賣掉了。

b ＊他把房子昨天賣掉了。

c　他(的)房子昨天賣掉了。

d ＊他昨天房子賣掉了。

⑳a　我們打算把車子賣掉。

b ＊我們把車子打算賣掉。

c　我們(的)車子打算賣掉。

d ＊我們打算車子賣掉。

由於這一種直接賓語的提前把賓語移到句首主語的後面，所以賓語名詞組的份量不能太重，否則會違背「從輕到重」的功用原則。下面有關例句㉛的合法度判斷似乎支持我們這一個推斷。

㉛a　他已經做完了你昨天交給他的工作。

b　他已經把你昨天交給他的工作做完了。

c ？他你昨天交給他的工作已經做完了。

根據一般人的反應，㉛c的例句必須在賓語名詞組'你昨天交給他的工作'的前後有較長的停頓纔可以接受。

三·二「間接賓語提前」

如前所述，國語的間接賓語可以出現於直接賓語的後面而成爲信息焦點，也可以出現於直接賓語的前面而使句尾的直接賓語成爲信息焦點。「從輕到重」的功用原則告訴我們：如果間接賓語的份量較重，間接賓語就會出現於直接賓語的後面；反之，如果直接賓語的份量較重，間接賓語就會移到直接賓語的前面。下面例句㉜與㉝的合法度判斷支持我們這一個推論是正確的。

⑻a　我要送這一本書給一位專門研究語意與語用的朋友。

b ?我要送(給)一位專門研究語意與語用的朋友這一本書。

⑻a　我要送(給)他一本專門討論語意與語用的書。

b ?我要送一本專門討論語意與語用的書給他。

又如果直接與間接兩種賓語的份量都一樣的重，那麼一般人都喜歡把間接賓語放在直接賓語的後面。因爲這個時候份量較重的介詞組（間接賓語）出現於名詞組（直接賓語）的後面，符合「從輕到重」的功用原則。

⑻a　我要送一本討論語用的書給一位研究國語的朋友。

b ?我要送(給)一位研究國語的朋友一本討論語用的書。

有些人士還認爲，如果把⑻b裡間接賓語前面的介詞‘給’加以刪略，句子就會順口些。這似乎也是爲了把間接賓語的份量從介詞組減爲名詞組的緣故。

三·三「正反問句」

國語的「正反問句」(A-not-A question) 有幾種不同的形態。上一輩的北平人多用肯定動詞與否定動詞前後相應的 b 句，下一輩的北平人常用肯定動詞與否定動詞緊接相連的c句，而在臺灣長大的年輕一代則喜歡用省略雙音節肯定動詞第二個音節的 d 句。試比較：

⑻a　你願意幫他的忙(還是)不願意幫他的忙？

b　你願意幫他的忙不願意？

c　你願意不願意幫他的忙？

d　你願不願意幫他的忙？

㉟的b句可以說是由a的「選擇問句」(alternative question)經過「順向刪略」(forward deletion) 得來的。也就是說,保留出現於前面的'幫他的忙'而刪略出現於後面的相同詞語。c句是由a句經過「逆向刪略」(backward deletion) 而產生的,刪略了出現於前面的'幫他的忙',而保留了後面的相同詞語。而d句則把「逆向刪略」更往前一步進行,連前面'願意'的第二個音節'意'都刪略了。國語正反問句之從順向刪略變成逆向刪略,至少有三個動機或理由可以說明。第一,國語「並列結構」(coordinate structure)中相同詞語的刪略,一般說來,如果相同詞語出現於詞組結構的左端,就採用從左到右的順向刪略;反之,如果相同詞語出現於詞組結構的右端,就採用從右到左的逆向刪略。試比較:

㊱a　張三唱歌,張三跳舞。

b　張三唱歌並跳舞。

㊲a　張三唱歌,李四唱歌。

b　張三和李四唱歌。

在㉟的a句裡相同詞語'幫他的忙'出現於動詞組的右端,所以c句保留右邊(即後面)的'幫他的忙'而刪略左邊(即前面)的'幫他的忙',完全符合國語並列結構相同詞語刪略的原則。

第二,國語裡有許多情形,如㊳a句的不及物動詞、b句的形容詞、c句的助動詞單用,都要以肯定與否定動詞緊接相連的形式來構成正反問句。這一個語法事實無形中觸動了我們「類推」(analogy) 的本領與「語法規律簡易化」(rule simplification) 的希求:所有的述語,不管是動詞或形容詞、本動詞或助動詞、及物或不及物動詞,都一律以肯定與否定緊接相連的方式來形成正反問句。

⑧⑧a　你來不來？

　b　他快樂不快樂？

　c　你們願意不願意來？

　d　你認識不認識他？

第三，就說話者的「記憶負擔」(memory burden) 與聽話者的「理解困難」(perceptual difficulty) 而言，由肯定動詞與否定動詞緊接相連而成的正反問句，似乎比由肯定動詞與否定動詞前後相應而成的正反問句來得容易簡便。因爲如果肯定動詞後面有很長的賓語或補語，那麼等到句尾纔補上否定動詞的時候很容易忘掉前面的動詞是什麼，就是聽話的人也不容易了解這句問話的意思。試比較：

⑧⑨a　你願意不願意幫他去勸他太太不要天天跳舞打麻將？

　b ?你願意幫他去勸他太太不要天天跳舞打麻將不願意？

至於 ⑧⑤d 句則更進一步對動詞本身進行逆向刪略，把重複出現的第二音節加以省略。這不但是類推作用的自然結果，而且把重複的詞語加以刪略後，並無碍於詞意的傳達，甚且合乎人類‘好逸惡勞’的本性。有人還認爲從五音節的‘願意不願意’簡化爲四音節的‘願不願意’，是國語「四音化」節奏傾向的表現之一。

除了以上三點理由以外，我們還應該注意到⑧⑤裡 b 句的順向刪略中前面‘願意幫他的忙’的份量比後面‘不願意’的份量重，而在 c 句與 d 句的逆向刪略中前面‘願(意)’的份量比後面‘不願意幫他的忙’的份量輕。同樣的，⑧⑨a 句裡逆向刪略的結果也比 b 句裡順向刪略的結果自然而順口。因此，「從輕到重」的功用原則也促使國語的正反問句由順向刪略改爲逆向刪略。

四、「從低到高」的原則

「從舊到新」的原則與「從輕到重」的原則，都與句子成分在「線列次序」(linear order)上，從左到右或從右到左的移位有關。而「從低到高」的原則，卻與句子成分在「階層組織」(hierarchical structure)上，從上到下或從下到上的移位有關。在討論句子成分的份量時，我們曾經提到：句子成分在句法結構上越接近句子，其重要性越高。如果我們以「階級」(rank)來稱呼這一種重要性，那麼句子成分的重要性可以大略分爲下列五個等級：(一)「獨立句子」(independent sentence)、(二)「對等子句」(coordinate clause)、(三)「從屬子句」(subordinate clause)、(四)詞組(phrase)、(五)詞語(word)。「從低到高」的原則("From Low to High" Principle)表示，要加強某一個句子成分，就要把這一個句子成分改爲階級較高的句法結構，或是把這一個句子成分移入階級較高的句法結構裡面。

例如，⑩裡的'他的無辜'是個名詞組，如果要加強這一個句子成分所傳達的信息，就可以把這一個名詞組改爲名詞子句'他是無辜的'。試比較：

⑩a　我們都相信他的無辜。

b　我們都相信他是無辜的。

同樣的，⑪b句的疑問子句'她到哪裡去了'也比a句的名詞組'她的去向'，更能強調有關的信息。

⑨a　沒有人知道她的去向。

　b　沒有人知道她到哪裡去了。

以下依據「從低到高」的功用原則來討論一些國語的句法結構與現象。

四·一「分裂句」與「分裂變句」

國語句子的信息焦點，除了利用節律因素與句尾的位置來強調以外，還可以運用特殊的句法結構來指示。在國語語法裡，指示信息焦點的句法結構主要的有三種：「分裂句」、「分裂變句」與「準分裂句」。所謂「分裂句」(cleft sentence)，是用表示判斷的動詞'是'與表示斷定的語氣助詞'的'，把一個句子分為兩段；含有'是'的一段代表說話者的信息焦點，其餘一段代表說話者的「預設」(presupposition)。

例如，針對着㉜到㉞的 a 句裡標有黑點部分的信息焦點，可以有b的分裂句。

㉜a　湯先生二十年前在美國學語言學。

　b　是湯先生二十年前在美國學語言學。

㉝a　湯先生二十年前在美國學語言學。

　b　湯先生是二十年前在美國學語言學的。

㉞a　湯先生二十年前在美國學語言學。

　b　湯先生二十年前是在美國學語言學的。

分裂句的句法結構，在北方話裡還有一種體裁上的變形，不妨稱此為「分裂變句」。在這一種變句裡，'的'字不出現於句尾，而出現於述語動詞與賓語名詞之間。例如，針對着㉜到㉞裡 b 的分裂句，北方話裡可以有⑮到⑰的分裂變句。

⑮　是湯先生二十年前在美國學的語言學。

⑯　湯先生是二十年前在美國學的語言學。

⑰　湯先生二十年前是在美國學的語言學。

在⑫到⑭裡 b 的分裂句或在⑮到⑰的分裂變句裡，句子的信息焦點分別是主語名詞、時間副詞與處所副詞。這些句子成分之成爲信息焦點，主要是靠判斷動詞'是'的出現。判斷動詞'是'的出現，在句法結構上把這個動詞與後面代表信息焦點的句子成分提升爲主要子句，而把其餘代表預設的句子成分下降爲從屬子句（例如 '二十年前在美國學語言學的是湯先生'、'湯先生在美國學語言學是二十年前'、'湯先生二十年前學語言學是在美國'）。在分裂句與分裂變句裡，判斷動詞'是'是主句動詞，所以可以用情態副詞（如 '可能、也許、或許、一定' 等）修飾，可以否定（'不是'），也可以形成正反問句（'是不是'），例如：

⑱a　湯先生可能是二十年前在美國學語言學的。

　b　湯先生可能是二十年前在美國學的語言學。

⑲a　湯先生二十年前不是在美國學語言學的。

　b　湯先生二十年前不是在美國學的語言學。

⑳a　是不是湯先生二十年前在美國學語言學的？

　b　是不是湯先生二十年前在美國學的語言學？

國語的引介句，包括指示事物的有無或存在的「有字句」與「存在句」，或表示事物的出現或消失的「隱現句」，其信息焦點本來就是句尾的無定名詞組，因此不需要（而事實上也很少）改爲分裂句。試比較：

⑩a　桌子上有一本書。

b ＊是桌子上有一本書的。

c??桌子上是有一本書的。

⑩a　床上躺着兩個人。

b ＊是床上躺着兩個人的。

c??床上是躺着兩個人的。

⑩a　昨天來了三個朋友。

b ＊是昨天來了三個朋友的。

c??昨天是來了三個朋友的。

⑩a　前面來了一羣小太保。

b ＊是前面來了一羣小太保的。

c??前面是來了一羣小太保的。

表示天候氣象的「氣象句」，也可以視爲引介句的一種，因此也很少改爲分裂句。但是如果在氣象句的句首加上時間副詞而改爲敍述過去事實的直述句，那麼就可以改爲以這些時間副詞爲信息焦點的分裂句。試比較：

⑩a　(昨天)下雨了。

b ＊是下(了)雨的。

c　是昨天下雨的。

⑩a　(剛剛)出太陽了。

b ＊是出(了)太陽的。

c　是剛剛出太陽的。

在國語的主題句裡，主題代表舊信息，所以不能成爲分裂句或分裂變句的信息焦點。試比較：

⑩⑦a　魚，黃魚最好吃。

b　魚，是黃魚最好吃的。

c　魚，黃魚是最好吃的。

d *是魚，黃魚最好吃。

⑩⑧a　這一本書我看過。

b　這一本書我是看過的。

c *是這一本書我看過的。

⑩⑨a　今天我不去。

b　今天我是不去的

c *是今天我不去的。

除了移到句首的賓語（如⑩⑧句）以外，提到動詞前面的賓語也不能成爲分裂句的信息焦點，因爲根據「從舊到新」的功用原則這些向左移位的句子成分都代表舊的信息。同時，賓語提前以後，判斷動詞'是'必須出現於這個賓語的後面。試比較：

⑪⓪a　我昨天看完這一本書。

b　是我昨天看完這一本書的。

c *是我這一本書昨天看完的。

d *我是這一本書昨天看完的。

e　我這一本書是昨天看完的。

但是由介詞'連'提前的賓語名詞，在有些例句裡卻似乎可以成爲分裂句的信息焦點。這可能是由於介詞'連'有加強後面的賓語名詞而成爲重要信息的功用。試比較：

⑪①a　他不會寫這一個字。

b *他是這一個字不會寫的。

c ?他是這一個字都不會寫的。

d 他是連這一個字都不會寫的。

分裂句與分裂變句的言談功用，乃是就句子所敍述的命題內容提出某一部分事實做爲信息焦點，以促請聽話者或讀者的注意。因此，原則上只有直述句纔能成爲分裂句，祈使句與感嘆句不能改爲分裂句，例如：

⑿a (你)到美國學語言學去(吧)！

b *是(你)到美國學語言學去(吧)的！❾

⒀a 她多麼漂亮啊！

b *是她多麼漂亮的啊！

c??她是多麼漂亮的啊！❿

在含有疑問詞的特殊疑問句裡，「疑問焦點」(focus of question) 落在疑問詞上面，因此判斷動詞'是'只能出現於疑問詞的前面。試比較：

⒁a 誰打破玻璃杯呢？

b 是誰打破玻璃杯的呢？

c *誰是打破玻璃杯的呢？

⒂a 他什麼時候起床了呢？

b *是他什麼時候起床的呢？

c 他是什麼時候起床的呢？

---

❾ '你是到美國去學語言學的吧'這一個句子是可以通的，但是這是表示推測的句子，並不是祈使句。

❿ '她是多麼的漂亮啊！'這一個句子可以通，但是不能加上語氣助詞'的'。

「修辭問句」(rhetorical question)係以疑問句的形式來表示強烈的肯定或否定，在言談功用上類似感嘆句，所以不能改爲分裂句。試比較：

⑯a 誰喜歡他！(＝沒有人喜歡他。)

b *是誰喜歡他(的)！

⑰a 她什麼東西沒有！(＝她什麼東西都有。)

b *她是什麼東西沒有(的)！

國語的正反問句很少改爲分裂句。這似乎是因爲正反問句本身已經以動詞的肯定式與否定式並列的方式來強調疑問焦點在於述語動詞，就不必再用分裂句。試比較：

⑱a 他是應該學語言學的。

b?? 他是應該不應該學語言學的呢？

c 他是不是應該學語言學的呢？

四•二「準分裂句」

國語的分裂句與分裂變句可以拿主語名詞、述語動詞、情態助動詞以及各種副詞(adverb)與狀語(adverbial)爲信息焦點，卻不能以賓語名詞爲信息焦點。例如，在國語的句法結構裡沒有與⑲a句相對應的以賓語名詞爲信息焦點的分裂句。

⑲a 湯先生二十年前在美國學語言學。

b *湯先生二十年前在美國學是語言學的。

要以賓語名詞爲信息焦點，國語利用另一種句法結構，叫做「準分裂句」(pseudo-cleft sentence)。準分裂句把從屬子句標誌'的'與判斷動詞'是'安挿於動詞與賓語名詞之間，因此也就把句子分為兩段；前半段代表句子的預設部分，後半段代表句子的信息焦點。例如：

⑽ 湯先生二十年前在美國學的是語言學。

就句子的表面形態而言，準分裂句在句法結構上屬於'甲是乙'的「等同句」(equation sentence)，由主語名詞組與補語名詞組合而成，並由判斷動詞'是'來連繫二者。不過主語名詞組由不含「中心語」(center 或 head word) 的關係子句而成，所以常可以在關係子句後面加上'人、東西、時間、地方'等具有代詞功能的名詞 (general noun 或 pronominal noun) 為中心語，例如：

⑿a 二十年前在美國學語言學的（人）是湯先生。

b 湯先生二十年前在美國學的（東西）是語言學。

c 湯先生在美國學語言學的時間是二十年前。

d 湯先生二十年前學語言學的地方是在美國。

在這些例句裡，代表預設的部分都出現於從屬子句，而代表信息焦點的部分都出現於主要子句，所以也符合「從低到高」的功用原則。

國語的準分裂句係以含有關係子句的名詞組為主語，而以另一個名詞組為主語補語。因此，準分裂句的主語名詞組必須受到國語關係子句的一般限制。這些限制包括：

(一)祈使句、感嘆句、疑問句、修辭問句都不能改為關係子句。

(二)「是字句」，包括分裂句與分裂變句，也不能改為關係子句。

(三)引介句與非引介句的區別在關係子句裡常看不出來，例如：

⑿a 桌子上有一本書。 ??桌子上有的是一本書。

b 我的書在桌子上。 (在)桌子上的是我的書。

⑫a　牆上掛着一張畫。　　?牆上掛着的是一張畫。

b　你的畫掛在牆上。　　掛在牆上的是你的畫。

⑫a　昨天走了一個客人。　?昨天走的是一個客人。

b　我的客人昨天走了。　　昨天走的是我的客人。

⑫a　前面來了一位小姐。　?前面來的是一位小姐。

b　那位小姐從前面來了。　從前面來的是那位小姐。

⑫a　下雹了；下霰了。

b　今天早上下的是雹，還是霰？

我們有理由相信，除了 ⑫b 敍述過去事實的氣象句以外，引介句都不能改爲關係子句。因爲關係子句裡由於「指涉相同」(coreference）而刪略的必須是「有所指的」名詞或代詞（referring expression)，也就是代表舊信息的有定名詞，而引介句所引介的卻是代表新信息的無定名詞。例如，「分類動詞」(classificatory verb)「有所指」的主語名詞組可以因爲與中心語名詞組的指涉相同而在關係子句裡刪略，但是「無所指的」(non-referential) 補語名詞組則不易如此刪略。試比較：

⑫a　姓湯的是我，不是他。

b ?我姓的是湯，不是唐。

⑫a　(名字)叫(做)小明的是他。

b *他(名字)叫(做)的是小明。

四·三「賓語子句提前」

在表示推測（如‘想、認爲、以爲’等）的動詞後面出現的賓語子句常可以移到句首的位置來，結果主語名詞與述語動詞就出現於賓語子句的後面。試比較：

⑫⑨a 他想一會兒可能要下雨。

b 一會兒可能要下雨，他想。

⑬⓪a 我認為人類社會總是向前發展的。

b 人類社會總向前發展的，我認為。

⑬①a 他以為這些都是天經地義的。

b 這些都是天經地義的，他以為。

在這些例句裡，原來出現於動詞後面的從屬子句都移到句首的位置，而且在子句後面有停頓。結果原來的從屬子句就變成了主要子句，而原來的主語名詞與述語動詞就變成一種「補充說明」，反而降爲次要的地位。「賓語子句提前」把句法結構上的從屬子句改爲言談功用上的「主要命題」(main proposition)，用以加強命題內容的斷言語氣，所以符合「從低到高」的功用原則。

五、「從親到疏」的功用原則

國語句子從左到右的線列次序，除了可以表示傳達信息的新舊以外，還可以表達說話者「敍述的觀點」(viewpoint)或「關心」(empathy)的對象。日人久野暲曾經爲英語提出了下面四個有關關心對象的功用原則。

(一)說話者在句子「表面結構上關心對象的優先次序」(Surface Structure Empathy Hierarchy)，依次是：主語≥賓語≥…>'被'施事者。(符號'≥'表示'先於或同於'，符號'>'表示'先於')

(二)「關心對象矛盾的禁止」(Ban on Conflicting Empathy Foci)：在同一句子裡不能有互相矛盾或衝突的關心對象。

(三)「談話當事人關心對象的優先次序」(Speech-act Participant Empathy Hierarchy)，依次是：說話者（或）聽話者＞第三者。

(四)「談話主題關心對象的原則」(Topic Empathy Hierarchy)：談話的主題或前面已經提到的 (discourse-anaphoric) 名詞組優先於非談話的主題或第一次提到的 (discourse-nonanaphoric) 名詞組。

我們把這些功用原則統稱爲「從親到疏」的原則。這裡所謂的「親」，是指在談話當事人的關心對象上佔優先地位的主語、說話者、聽話者等；而所謂的「疏」，是指間接賓語、'被'施事者、第三者等優先地位比較低的關心對象。以下我們逐項討論「從親到疏」的功用原則與國語裡幾種句法結構的關係。

五・一「被動句」

如前所述，國語的被動句有改變信息焦點的功用。但是主動句與被動句，除了在新舊信息的傳達上有區別以外，在關心對象的優先次序上也有差異。例如，下面⒀到⒅的例句都敍述同一件事情'丈夫阿明打了太太阿華'，卻有七種不同的說法。試比較：

(132) 阿明打了阿華。

(133) 阿明打了他的太太。

(134) 阿華的丈夫打了她。

(135) 阿華被阿明打了。

⒀ 阿華被她的丈夫打了。

⒁??阿明的太太被他打了。

⒂??阿華的丈夫打了他的太太。

根據久野的分析，以上七個句子的「認知內容」（cognitive content）都相同。所不同的，只是說話者敍述的觀點或關心的對象。⒆的句子，對於事件中所牽涉的兩個人都直呼其名（'阿明'與'阿華'），所以說話者是從客觀的第三者的觀點平淡的敍述事件的發生。⒇句仍然以'阿明'爲主語，但是賓語的'阿華'改稱爲'他的太太'，所以說話者顯然是從關心'阿明'的觀點來敍述的。說話者甚至可能不認識'阿華'，否則不會間接的以'他的太太'來稱呼'阿華'。(134)句的主語以'阿華的丈夫'來代替'阿明'，表示說話者是從關心'阿華'的觀點來說話，甚至可能不認識'阿明'，否則不會以'阿華的丈夫'這樣迂迴的說法來稱呼他。(135)句把(132)的主動句改爲被動句，特意以'阿華'爲句子的主語或談話的主題，說話者顯然是從關心'阿華'的觀點來發言的。(136)句則更進一步把賓語的'阿明'改稱爲'她的丈夫'，表示說話者對於'阿華'更加一層的關心。至於(137)句之在言談功用上不妥當，是既然以'阿明'引介的'阿明的太太'爲主語來表示說話者關心的對象是句首的'阿明'，何不直截了當的採用(133)的主動句，而特地改用以'阿明的太太'爲主語的被動句？結果指涉'阿明'的'他'在介詞'被'的後面出現，暗示說話者關心的對象並不是'阿明'，也就發生了說話者關心對象的矛盾。同樣的，(138)句以'阿華的丈夫'爲主語，表示說話者關心的對象是'阿華'，然而又以'他的太太'爲賓語，表示說話者關心的對象是'阿明'，不是'阿華'。於是發生了說話者關心對象的衝突。

再看下面⑬到⑭的例句。

⑬ 我打了阿華。

⑭？阿華被我打了。

⑭ 你打了阿華。

⑭？阿華被你打了。

⑬與⑭兩句以及⑭與⑭兩句都分別敍述同一件事情，但是⑬與⑭兩句的「可接受度」（acceptability）似乎分別比⑭與⑭兩句的可接受度爲高。這是因爲⑬與⑭的主動句都分別以說話者'我'與聽話者'你'爲主語，而以第三者'阿華'爲賓語，表示說話者關心的對象是說話者自己或聽話者。反之，⑭與⑭兩句則分別改用被動句，以第三者的'阿華'爲主語，而以說話者'我'或聽話者'你'爲賓語，表示說話者關心的對象是說話者與聽話者以外的第三者。但是就人之常情而言，說話者對於說話者（本身）或聽話者（對方）的關心在一般的情形下總是勝過對於第三者的關心。久野所提出的「談話當事人關心對象的優先次序」，對於這些例句在可接受度上的差異，提出了相當合理的解釋。

最後看下面⑭到⑭的例句。

⑭ 老張打了一個小孩子。

⑭？有一個小孩子被老張打了。

⑭ 有一個瘋子打了老張。

⑭ 老張被一個瘋子打了。

根據久野有關與國語句子相對應的英語句子的判斷⓫，⑭與⑭兩

⓫ John hit a boy. ?? A boy was hit by John.

句都敍述同一件事情，但是⑭句似乎比⑭句好。因爲⑭句的主動句以專有名詞'老張'爲主語，表示說話與聽話者都認識'老張'這一個人，並且以此做爲談話的主題或關心的對象。而⑭句則把⑭的主動句改爲被動句，把無定名詞組'(有)一個小孩子'優先於他們所認識的'老張'做爲談話的主題或關心的對象，有違人之常情。又⑮的主動句與⑯的被動句都敍述同一件事情，而且都可以接受。這是因爲⑮句雖然以無定名詞組'有一個瘋子'爲主語，卻是以「無標的」(unmarked)主動句的形式出現，因此並不一定表示說話者對'一個瘋子'的關心勝過對'老張'的關心，可以說是一種「善意的忽略」(benign neglect)，而不是「故意的違背」(intentional violation)。⑯句則改用被動句而以'老張'爲主語，表示說話者對於'老張'的關心。

從以上有關國語被動句初步的觀察與討論，可以看出久野所提出的四個有關說話者敍述觀點或關心的功用原則似乎大致可以適用於國語語法的功用解釋。

五・二「直接賓語提前」

句子的信息焦點與說話者關心的對象，是運用語言與了解語言的過程中必須考慮的重要因素。因爲這些言談功用上的考慮常決定語句形態上的選擇。例如下面⑰到⑮的例句都敍述同一個事件。但是⑰句以人物'他的父親'爲信息焦點，⑱到⑩句以動作'打死了'爲信息焦點，而⑮句則以'父親'爲信息焦點。

⑰ 土匪打死了他的父親。

⑱ 土匪把他的父親打死了。

⑭ 他的父親被土匪打死了。

⑮ 他被土匪把父親給打死了。

⑯ 他被土匪打死了父親。

又在⑭與⑭兩句裡說話者以'土匪'爲關心的對象，或從'土匪'的觀點敍述，而在⑭到⑯三句裡說話者則分別以'他的父親'與'他'爲關心的對象。同時，⑭句以介詞'把'將'他的父親'提到動詞的前面，顯出⑭句的說話者比⑭句的說話者更加關心'他的父親'。⑫如果說話者關心的對象是'他'與'他的父親'，那麼⑭句是最妥當的說法，因爲在這一個句子裡'他'與'(他的)父親'都出現於句首或主題的位置。⑮句是比較不妥當的說法，因爲說話者一方面把'他'放在句首表示對這一個人的關心，另一方面卻把'(他的)父親'放在'土匪'後面來暗示對他父親的關心不如對土匪的關心。⑯句是最不妥當的說法，因爲說話者一方面把'他'放在句首來表示對'他'的關心，一方面卻又把'父親'放在句尾來暗示對'他的父親'的漠不關心，顯出說話者關心的對象有衝突或矛盾。如果把⑭到⑯句的主語從第三者的'他'改爲聽話者的'你'或說話者的'我'，那麼這一種關心對象的衝突或矛盾就更加顯著。試比較：

⑰ 你(／我)的父親被土匪打死了。

⑱ 你(／我)被土匪把父親給打死了。

⑲ 你(／我)被土匪打死了父親了。

---

⑫ 如果這一個觀察正確，說話者在國語句子「表面結構上關心對象的優先次序」就要修正爲：主語＞動前賓語＞動後賓語……。

相形之下，⑮到⑰的例句卻沒有這一種關心對象的衝突或矛盾。因爲在這裡說話者與主語‘我’是同一個人，關心的對象都是‘我’，而且‘錢包’是一個無生名詞，在關心的比重上不能與‘父親’相提並論。我們也可以說在下面三個例句裡說話者關心對象的次序分別是：⑮我的錢包＞小偷；⑯我＞小偷＞錢包；⑰我＞小偷＞錢包。

⑮ 我的錢包被小偷給偷走了。

⑯ 我被小偷把錢包給偷走了。

⑰ 我被小偷偷走了錢包了。

如果以上的觀察正確（我們所調查的可接受度判斷大都支持這些觀察)，那麼有關國語的「表面結構上關心對象的優先次序」依次是：主題＞主語＞‘被’施事者＞動前賓語＞動後賓語……。

五・三「間接賓語提前」

如前所述，國語的間接賓語可以出現於直接賓語的後面，也可以提前出現於直接賓語的前面，例如：

⑱ 老張送那一本書給一個小孩子。

⑲？老張送給一個小孩子那一本書。

⑳ 老張送一本書給那一個小孩子。

㉑ 老張送給那一個小孩子一本書。

⑱句可以說是「無標的」雙賓句，以直接賓語在前、間接賓語在後的次序出現；不但因代表舊信息的有定名詞組‘那一本書’出現於代表新信息的無定名詞組‘一個小孩子’的前面而符合「從舊到新」的功用原則，而且也因份量較輕的名詞組出現於份量較重的介詞

組的前面而符合「從輕到重」的功用原則。同時，就「從親到疏」的功用原則而言，主語與直接賓語都是主題或前面已經提到的(discourse-anaphoric）名詞組，而間接賓語是前面沒有提到的(discourse-nonanaphoric) 名詞組，因此也符合「談話主題關心對象的原則」。反之，⑲卻特意把代表新信息（也就是在前面的談話裡沒有提到）的間接賓語‘一個小孩子’移到代表舊信息（也就是在前面的談話裡已經提到）的直接賓語‘那一本書’的前面來，不僅同時違背了「從舊到新」與「從親到疏」這兩種功用原則，而且是「故意的違背」。在⑯句裡，雖然代表新信息的直接賓語‘一本書’出現於代表舊信息的間接賓語‘那一個小孩子’的前面，但這個句型是「無標的」雙賓句，只能說是「善意的忽略」，其違背的情形沒有⑲句那麼厲害。至於⑯句，代表舊信息的間接賓語‘那一個小孩子’移到代表新信息的直接賓語‘一本書’的前面來，符合「從舊到新」與「從親到疏」的功用原則，所以句子的可接受度也沒有問題。

六、後　語

以上從「功用解釋」(functional explanation) 的觀點，討論了國語語法教學與表情達意或言談功用的關係。過去有關「功用教學觀」(functional approach) 或「表達教學觀」(communicative approach) 的討論，都偏重語言情況的設定、「言語行爲」(speech acts) 的分類、詞彙的選擇、語言體裁的辨別等，卻很少有人從語法的觀點來有系統的討論各種句型與表達功用的關係。如果說，在語法教學上以「模仿」(imitation) 與「反覆」(repetition) 來訓練學生造'什麼'(what) 句子，而以「認知」(cognition) 與「運用」(manipulation) 來幫助學生學習'怎麼樣'(how) 造句子，那麼「功用解釋」(functional explanation) 可以說是用來向學生說明'為什麼'(why) 用這一個句子而不用別的句子。

本文對於國語句子的功用解釋提出四條基本原則：「從舊到新」、「從輕到重」、「從低到高」、「從親到疏」，並且詳細舉例說明這些原則的內容與應用。國語裡有許多認知意義相同，而表面形態不同的句子。本文的結論是：凡是表面形態不同的句子，都有不同的言談功用；而且這些不同的言談功用，都可以用一些簡單而有用的基本原則來說明。但是國語的功用語法還有許多問題需要做更深入的分析，更周詳的討論。本文的用意只不過是'拋磚引玉'，希望更多的國語與華語老師共同來參加國語言談功用的研究。

* 原發表於全美華文教師協會年會 (1985)，並刊載於華文世界(1986) 第三十九期(1-11頁)、第四十期(41-45頁)、第四十一期 (30-40頁)。

國語語法的主要論題：
兼評李訥與湯遜著漢語語法
（「之一」至「之五」）

前　　言

在漢語語言學中，語法的研究可以說是一門新興的學問。不僅研究的歷史短，而且至今尚未建立一套普遍爲大家所接受的理論體系。一般研究漢語語言學史的人，大都以清光緒二十五年（公元一八九八年）馬建忠所著的馬氏文通爲我國第一部研究漢語語法的著作。因爲在此以前，有關語法的研究大都限於所謂虛字或助字的研究，嚴格說來只能算是訓詁學的一部分，不能說是一門獨立的語法學。就是以馬氏文通這部書而言，也不過是爲了幫助學者讀寫文言文與了解西方語言的文法結構而寫的參考書，不但所討論的資料限於唐朝韓愈以前的文言文，而且書中的語句分析幾乎完全蹈襲了拉丁文法。到了民國以後，經由黎錦熙、楊樹達、高明凱、王力、呂叔湘等人參照歐美語言學家 Jespersen、Bloomfield、Vendryes、Maspero 諸人的理論與分析，提出文法革新的主張，想利用或修改西洋的語言理論來建立國語語法的體系，並且逐漸開始對於國語的詞彙與句法結構做調查研究的工作。可是自從一九四九年政府播遷臺灣以後，國內的語法研究忽又轉為沈寂。在七十年代以前，非但在臺灣出版的有關國語語法研究的著作少得可憐❶，而且國內大學中國文學系裡很少有開設漢語語法或語法理論的課程的。

最近十五年來，在國外研習現代語言學與語法理論的人逐漸增多，也開始有人在國內外的學術刊物上發表有關漢語語法的論文。不過這些論文在內容方面偏重語法專題的專業性的分析，而且多半都以英文撰寫，因此不容易為國內一般讀者接受。到了一九六八年趙元任先生的中國話的文法(*A Grammar of Spoken Chinese*) 出版，纔有第一部以一般讀者為對象而且在內容上涵蓋國語語法全貌的著作問世。❷這一本書全書共八百四十七頁，參考資料共一百零六篇，可以說是趙先生嘔心完成的漢語語法的鉅著。可惜，在語料的選擇方面稍嫌守舊，而且在學術觀點上依

❶ 這一個時期的代表性著作是許世瑛先生在一九五四年出版並在一九六八年修訂的中國文法講話。

❷ 中國話的文法原書以英文發表，中文版已由丁邦新先生翻譯，由香港中文大學出版社出版。

舊偏向以詞爲本位的傳統語法分析，所以在國內似乎並沒有引起太大的反應。接著李訥與湯遜❸兩位教授於一九八一年出版漢語語法（*Mandarin Chinese: A Functional Reference Grammar*），全書共六百七十五頁，並列有參考文獻一百二十八篇，幾乎網羅了到一九七九年爲止的主要漢語語法論著。❹趙先生是屬於美國結構學派的語言學家，而李、湯二位是對於變形衍生語法理論很有造詣的學者。學術的觀點與理論的背景不同，對於漢語語法分析的態度與討論的方式自然也不同。根據兩位作者在序文中的說明，漢語語法是從「功用」（function）的觀點來敍述國語語法的。也就是說，從「語用」（pragmatics）的觀點來討論國語語句的結構的，因此特別注意國語語句所出現的上下文或言談情況。漢語語法同時也是爲學國語的學生或教國語的教師而寫的語法參考書。換句話說，該書以一般讀者爲對象，而不以語言學家爲對象，因此書裡所用的專門術語減少到最低限度，而且每一個術語都在書上仔細下定界說。另一方面，漢語語法的作者主張他們所做的語法分析，絕大部分是獨創的（original），書中每一個論點或分析都忠實的提出國語語料上的證據（'present the empirical facts of Mandarin faithfully'），簡要的敍述推理的過程（'describe the steps of our reasoning concisely'），清晰的歸納出概括性的結論（'state the generalizations we arrive at clearly'），並且盡量的從功用的觀點來解釋這些結論（'whenever

❸ 這是筆者爲了論述的方便所採用的譯名，沒有徵求 Thompson 教授的同意而貿然把她改爲'本家'，在此謹致歉意。

❹ 漢語語法臺灣版由臺北文鶴出版有限公司出版。

possible, provide a functional explanation of these generalizations')。因此，他們認爲這一本書對於語言學家，尤其是關心國語功用語法的語言學家，有所貢獻。

筆者研究國語語法十餘年，對於國語的功用語法也素感興趣，願意在這篇文章裡討論國語語法分析上幾個重要的問題與論點。同時，也想藉此機會評估漢語語法這一本書的內容與成就，因爲國語語法上的主要論題幾乎全都在這一本書上出現。爲了配合漢語語法全書二十四章的內容，本文除了前言與結語之外的其他部分也共分二十四節，而且每一節都以漢語語法二十四章的章名爲標題以便討論其內容。並且，爲了討論的方便，本文每一節的討論都預先扼要敍述漢語語法書裡的觀點、分析或結論，然後纔提出筆者個人的批評、建議或分析。由於漢語語法每一章內容的份量都不同，所以本文裡每一節討論的份量也會隨此變動。文中所援用的國語例句或所做的重要結論，都以光寫阿拉伯數字而不加括號的方式（如 1.2.3.4………）標示其序數。本文所引用的漢語語法書中的例句，卽在原有的阿拉伯數字後頭另以圓括號夾阿拉伯數字的方式（如 6 (16b)。7 (16a)。………）加註。需要提起漢語語法的頁數時，也把這個頁數置於圓括號中。文中主要的語言學中文術語，都盡其可能於第一次出現時與其英文術語並列對照，以資讀者的參考或查閱。

一、緒　論

漢語語法在緒論中，先就「國語」一詞的涵義提出討論，認爲「純粹畫一」（‘truly uniform’）的國語事實上並不存在。因爲我國地域遼闊，方言差別相當大，不同地區的人所講的「國語」難免有些「差異」（variation），對於國語句子合法度的判斷也可能會有出入。但是漢語語法的作者認爲凡是書上沒有標星號‘*’的例句都會有人認爲妥當無碍而使用。同時，他們保證遇到方言差別可能影響書中的結論或說明時，一定設法向讀者交代清楚。緒論裡接著討論漢語在漢藏語系的地位，漢語的方言在地理與人口上的分佈，並簡單扼要的介紹國語音韻的大概。這些問題，因爲與國語語法無直接的關係，所以不在此詳論。

二、國語的類型特徵

漢語語法第二章（10—27頁）從(1)詞彙結構的複雜度（the structural complexity of words），(2) 詞裡所包含的音節多寡 (the number of syllables per word)，(3) 主題句與主語句之間的取向（the basic orientation of the sentence: ‘topic’ versus ‘subject’），(4) 詞序（word order）這四個觀點來觀察國語在「語言類型」(language typology) 上的特點。他們的結論是：國語是(1)詞彙結構頗爲簡單的「孤立性語言」(isolating language)，每一個詞都單獨由一個「語素」（morpheme）形成，不能再分析爲更小的成分（11頁）；(2) 國語已不再是「單音節語言」（monosyllabic language），因爲國語詞彙含有大量的「多音詞」（polysyllabic word），而這些多音詞的數量可能佔現代國語詞彙總數一半以上（14頁）；(3)國語是「取向於主題句的語言」

(topic-prominent language),因爲在國語裡「主題」(topic)的概念遠比「主語」(subject) 的概念來得重要 (16頁);(4) 國語在表面結構的基本詞序上兼具「主動賓語言」(SVO language)與「主賓動語言」(SOV language) 的句法特徵,不易硬性歸入某一種特定的詞序語言。但是國語裡「主賓動語言」的特徵似乎比「主動賓語言」的特徵爲多,可能顯示國語本來屬於「主動賓語言」,而現在卻正演變成爲「主賓動語言」(26頁)。

以上四點國語在語言類型上的特徵,從過去一直到現在都是爭論很多的問題。就國語的詞彙結構簡單,在基本上是一詞一語素的「單語素語言」(monomorphemic language) 這一點而言,漢語語法列舉了下面幾點事實來支持他們的結論:(1) 國語的名詞與代名詞沒有表示「格」(case) 或「數」(number) 的「標誌」(marker);(2) 動詞也沒有表示與主語之間的「呼應」(agreement) 以及「時制」(tense)、「動貌」(aspect) 等的標誌。這並不是說國語完全無法表示這些語法概念,因爲「格」可以用介詞'被、把、給、從、到、拿'等來表示,「數」也可以用'們、些、許多'等詞或語素來表示,「動貌」也可以用'了、過、著、完、掉、在、起來、下去'等各種說法來表示。這只是說,這些說法與西方語言「詞綴」(affix) 的概念不同,這些詞或語素並不構成名詞或動詞形態上的成分 (morphological component)。但是問題就在這種硬用西方語言的詞彙概念來分析國語詞彙結構的作風。這種作風本來就有點牽強附會,很容易因而迷失國語詞彙的基本特徵。例如,西方語言詞彙結構的複雜度通常是依據一個詞裡所包含的語素成分的多寡,以及這些語素成分在詞裡組合的情形來判斷的。但是國語裡「詞」與「語素」、「詞」與「複合詞」(compound)、「詞」與「詞組」(phrase) 的界限卻不十分清楚,「自由語」(free morph) 與「附著語」(bound morph) 之間的區別尤感困難。國語裡有許多語素在文言詞彙裡是自由語,在白話詞彙裡卻是附著語。文言與白話之間本來就不容易畫定界限,在盛行文白雜用的今天自由語與附著語的分辨尤其不容易。因此,到現在爲止還沒有一個爲大家所共同接受的有關國語「詞」的定義,也還沒有人提出一個精確畫分自由語與附著語的標準。連這些基本的詞彙概念都還沒有澄清,又怎麼能憑據「詞」(自由語) 裡所包含的「詞綴」(附著語) 的多寡來評定國語詞彙結構的複雜度?而且漢語語法一方面認爲國語是孤立性語言,每一個詞都只含有一個語素因而無法再分析成更小的成分 (11頁) ;另一方面又主張國語的詞彙有一半以上是多音詞(14頁),這兩種說法似乎是前後矛盾的。因爲所謂多音詞,除了「雙聲詞」(如'彷彿、參差')、「疊韻詞」(如'窈窕、螳螂')、「聯綿詞」(如'倉庚、蝴蝶')、「象聲詞」(如'嘀咕、嗚咽')、「外來詞」(如'葡萄、菩薩')以及現代國語的「借音詞」(如'幽默、摩登、馬拉松、歇斯底里')等只含有一個語素以外,絕大多數是由很多個語素形成的。一面說國語的詞只能含有一個語素,一面又說國語的詞含有很多個語素,豈不自相矛盾?

嚴格說來,孤立性語言的特徵,並不在於詞之能否再分析成爲更小的構成成分,而在於這個語言之是否擁有許多「構形成分」(inflectional affix) 與「構詞成分」(derivational affix),以及大多數「詞根」(root) 之在形態上是否固定不變 (invariant)。

❺因此，或許有人會說國語缺少這些成分，而且國語大多數的詞根都是固定不變的，所以國語還是屬於孤立性語言。但是漢語語法的作者卻不能如此自圓其說。因爲該書在第三章裡承認國語有許多構形與構詞成分，包括「詞首」、「詞尾」，甚至「詞嵌」。如果我們把英語的'malleability'這個詞與國語的'可塑性'這個詞拿來比較，二者的「孤立性」或「綜合性」是幾無差別的。就是以詞根在形態上是否固定不變這一點而言，這也只是相對的程度上的差別，而不是絕對的實質上的差別。因爲漢語裡有許多詞根還是會引起語音上的變化的。最顯著的例子是閩語等南方方言裡所呈現的相當廣泛而複雜而周全的「連調變化」(tone sandhi)，結果是每一個語素都至少有兩個不同語音形態的「同位語」(allomorph)。就是語音變化較少的國語詞根，也會因爲連調變化（如「全上」在「全上」之前變成「後半上」而在其他聲調之前變成「前半上」，去聲在去聲之前變成「半去」，以及'一、七、八、不'的變調等）、輕聲、兒化、破音等而發生語音上的變化。這些「上加音素」(suprasegmental phoneme) 層面的語音變化，雖不如「成段音素」(segmental phoneme) 的語音變化那麼顯著，仍然不能不說是一種變化。

而且，換成另外一個觀點來看，國語的詞彙結構是相當複雜的。國語的多音詞，除了成爲獨立的詞而具有詞的「外部功能」(external function) 以外，還因構成成分的組合方式而具有「內

---

❺ 參 Fromkin and Rodman (1978:337)，Hartmann and Stork (1976:119) 與 Crystal (1980:195) 等。

部結構」(internal structure)。因此，國語的語素都具有固定的「語性」❻，由這些語素形成的詞或複合詞也具有一定的詞法結構，包括「主謂式」(subject-predicate construction)、「動賓式」(verb-object construction)、「動補式」(verb-complement construction)、「偏正式」(modifier-head construction)❼、「並列式」(coordinate construction)、「重疊式」(reduplication)。例如'佛跳牆'(菜名)、'肺結核'、'腦充血'都是由具有主語名詞、謂語動詞、賓語名詞這些語法功能與語性的三個語素依次組合而成的主謂式名詞；'落花生'是由主語名詞語素'落花'與謂語動詞語素'生'合成的主謂式名詞，而'落花'卻是由修飾語動詞語素'落'與中心語名詞語素'花'合成的偏正式名詞語素；'胃下垂'是由主語名詞語素'胃'與謂語動詞語素'下垂'合成的主謂式名詞，而'下垂'卻是由修飾語副詞語素'下'與謂語動詞語素'垂'合成的偏正式動詞語素；'百日紅'(植物名)是由修飾語名詞語素'百日'與中心語形容詞語素'紅'合成的偏正式名詞，而'百日'卻是由修飾語數詞語素'百'與中心語名詞語素'日'合成的偏正式名詞語素；'夜來香'是由修飾語動詞語素'夜來'與中心語形容詞語

❻ 我們不用「詞類」而用「語性」來稱呼語素的詞素的詞法功能，因爲「詞類」是屬於「詞」而不是屬於「語」(morph)的功能。如果有需要，我們也可以用「名字、動字、形容字、副字」等名稱來區別「語性」的種類，猶如我們用「名詞、動詞、形容詞、副詞」等來區別「詞類」。

❼ 丁邦新先生在中國話的文法漢譯本裡用「主從式」來代替「偏正式」。我們這裡仍用「偏正式」，因爲這個名稱與其他名稱「主謂式、動賓式、動補式」一樣名副其實的反映了修飾語素與中心語素在複合詞裡排列的前後次序。

素'香'合成的偏正式名詞，而'夜來'卻是由修飾語名詞語素'夜'與中心語動詞語素'來'合成的偏正式動詞語素；'動粗'是由謂語動詞語素'動'與賓語形容詞語素'粗'合成的動賓式動詞，而'值錢'卻是由謂語動詞語素'値'與賓語名詞語素'錢'合成的動賓式形容詞；'聽懂'是由謂語動詞語素'聽'與補語動詞語素'懂'合成的動補式動詞，而'提高'卻是由謂語動詞語素'提'與補語形容詞語素'高'合成的動補式動詞；'早晚'是由反義副詞語素'早'與'晚'並立而成的並列式副詞，'明白'是由同義或近義形容詞語素'明'與'白'並立而成的並列式形容詞；'慢慢'是由單音節形容詞語素'慢'重疊而成的重疊式副詞，而'骯骯髒髒'與'骯裡骯髒'都是由雙音節形容詞'骯髒'重疊而成的重疊式形容詞。❽

有些詞的內部結構與其外部功能之間存有極密切的關係。例如'幫忙'與'幫助'這兩個動詞雖然所表達的語義大致相同，但是'幫忙'是動賓式動詞而'幫助'卻是並列式動詞，因此二者的句法表現也就不同（比較：'幫了他的忙'與'幫助了他'）。又如'搖動'與'動搖'雖然都由同樣的動詞語素合成，但是'搖動'是動補式動詞而'動搖'卻是並列式動詞，所以二者的句法表現也不同（比較：'搖得動樹枝'與'動搖意志'）。再如'譏笑'與'冷笑'，雖然都含有相同的動詞語素'笑'，但是'譏笑'是並列式動詞而

❽ 有關國語詞彙與構詞規律的進一步討論，請參湯（1982a）「國語詞彙學導論：詞彙結構與構詞規律」、(1982b)「國語形容詞的重疊規律」、（1983a）「從國語詞法的觀點談科技名詞漢譯的原則」、(1983b)「如何研究國語詞彙的意義與用法：兼評國語日報辭典處理同義詞與近義詞的方式」、（1978a）「國語句法的重疊現象」等。

'冷笑'是偏正式動詞，所以二者的句法表現又有不同(比較：'譏笑他'與'對他冷笑')。而且同樣是含有中心語名詞語素'手'的偏正式名詞，'打手'表示施事者'打人的人'，'選手'表示受事者'被選的人'，而'選民'則既可表示施事者（如'選民的眼睛是雪亮的'）又可表示受事者（如'他們自認是上帝的選民'）。由此可見，國語的詞彙結構並沒有漢語語法的作者所稱那麼簡單，反而可以說相當複雜，只是複雜的情形與程度並不一定與其他的語言相同罷了。

與國語的孤立性一樣，國語的單音節性(monosyllabicity)也是有關漢語特徵的神話之一。不過在這一點漢語語法的觀點是正確的：古漢語或許是單音節語言，但現代國語已不再是單音節語言。❾漢語語法並從 F.F. Wang (1967) 的國語辭典(*Mandarin Chinese Dictionary*) 提出統計數字說該詞典裡的多音詞約佔百分之六十七。另外根據普通話三千常用詞彙的統計，在總數一千六百二十一個名詞中多音詞佔了一千三百七十九個（約百分之八十五)；在總數四百五十一個形容詞中多音詞佔了三百十二個（約百分之六十九）；在總數九百四十一個動詞中多音詞佔五百七十五個（約百分之六十一）。陸志韋先生也蒐集了北平話常用

❾ 守白先生最近在國語日報語文週刊第 1578期裡也以「中國語原只是單音節嗎？一讀『語言學與語言教學』有感」爲題對鄧守信先生「中國語言是單音節語言」的說法提出質疑。依守白先生的看法'〔古漢語的〕單音節語詞極可能從多音節語詞演進而來，也很可能古代中國語中，多音節語詞遠較我們現在所知道的爲多'。

的單音詞彙四千詞，僅佔北平話常用詞彙的百分之六。❿

現代國語不但擁有大量多音詞彙，而且國語多音詞在詞彙總數所佔之比率也遠高於其他方言。推其理由，不外乎國語在歷史上所發生的「語音演變」(sound change) 遠比其他方言急劇而廣泛 (例如入聲韻尾‘-p、-t、-k’的全然消失，鼻音韻尾‘-m’與‘-n’的合併)，本來不同的音節結構也變成相同，結果產生了大量的「同音詞」(homophone)。⓫據統計，國語「音節類型」(syllable type) 的總數約爲四百，而粵語的音節類型總數則達八百 (聲調的不同不計算在內)。華語常用詞彙的調查也顯示，在爲數三千七百二十三個常用字裡只發現三百九十七種音節類型，其中只有三十個音節類型沒有同音字。除了音節類型的總數少以外，國語的「聲調種類」(tone type) 也比其他南方方言的聲調種類 (如上海話六種、福州話七種、陸豐話七種、廣州話九種) 爲少，「同音現象」(homophony) 因而更加嚴重。同音詞的大量增多必然加重音節類型在功能上的負擔 (functional load)，產生許多「一音多字」或「一音多義」的現象。例如，國語裡與‘一’同音的字總共有六十九個：陰平七個、陽平十七個、上聲七個、

❿ 另有一件平常不爲人注意的事實顯示國語單音詞數量之出人意料的少。在日常口語裡，除了人稱代詞‘你、我、他’、親屬稱呼‘爸、媽、爹、娘’以及‘人’這一個名詞以外幾乎找不到其他單音節的「屬人名詞」(human noun)。

⓫ 語言學上區別「同音異形詞」(homophone)、「同音同形詞」(homonym) 與「同形異音詞」(homograph)。國語裡除了一詞多義的情形以外可以說沒有「同音同形詞」，而所謂的「破音字」則似乎可以歸入「同形異音詞」。

去聲三十八個。⑫為了避免或減輕同音現象妨碍語言信息的順利溝通，雙音詞與多音詞乃應運而生。今日社會，不以文字通訊而以語言交談的機會，尤其是在電視廣播等大衆傳播裡向不特定多數的聽衆發表談話的機會一再的增加，更需要增加多音詞來確保信息迅速而確實的傳達。這也就是說，在信息傳播的領域裡，我們已經從'看的文明'轉入'聽的文明'，而且在環境嘈雜的工業社會裡更要求我們的語言容易聽得懂、聽得清楚。西方科技新觀念的不斷湧入，更促進了科技名詞的漢譯，結果也產生了更多的多音詞。因此，我們敢斷言，國語詞彙未來的趨勢是朝多音節化的方向快速前進！

談到國語究竟取向於「主語」(subject) 抑或取向於「主題」(topic)，這也是應該由經驗事實 (empirical facts) 來決定的問題。漢語語法對於這一件事情並沒有提出調查與統計的資料，只是簡單的敍述了主語與主題的區別 (15 頁)，然後籠統的比較國語與英語，做了如下的結論。國語的主語沒有英語的主語那麼顯著 (prominent) 或重要 (significant)，主語本身既沒有「格標誌」(case marker)，與動詞之間又沒有「身」(person) 或「數」(number) 的「呼應」(agreement)。相形之下，國語的主題反而在句法結構的分析上具有決定性的 (crucial) 地位。

我們認為漢語語法在論點上有若干弱點。首先，國語句子的主語容易不容易從形態上 (morphologically) 辨別是一回事，國

---

⑫ 根據一項統計，英語的同音詞只佔詞彙總數的百分之三，而國語的同音詞則達詞彙總數百分之三十八點六。就是把聲調的不同也加以區別，國語的同音詞也會達到百分之十一點六。參 T'sou (1977)。

語的主語重要不重要又是另外一回事。二者之間沒有必然的因果關係，不能說主語不容易從形態上辨別就說主語不重要。何況國語裡的主語並沒有漢語語法所說那麼不容易分辨，因爲主語與謂語動詞或形容詞之間，在語意上有一定的選擇關係。難以認定的，不是主語本身，而是主語名詞所扮演的「語意角色」(semantic role)。趙元任先生（1968: 69—70）說：國語的主語與謂語之間的語意關係，並不是「施事者」(agent) 與其「行爲」(action) 的關係，指的就是主語的語意角色。據趙先生的估計，國語裡主語表達施事者而謂語表達其行爲的句子，連含有被動意義的句子都算在內，也只不過是佔句子總數的百分之五十左右而已。因此，他主張拿語意涵蓋比較周延的「主題」與「評論」(comment) 來分別代替「施事者」與「行爲」，並且認爲「主題」即是「主語」，「評論」即是「謂語」。對於趙先生這個看法，我在另一篇文章已有評述⑬，不在這裡重複。

我們不否認，國語的主語並沒有英語的主語那麼樣容易認定，因爲國語的主語除了與謂語動詞之間沒有「身」與「數」的呼應以外，不一定出現於句首，甚至還可以省略。⑭我們也承認，國語的主題比主語容易認定，因爲主題經常出現於句首。可是國語的主題與主語有時候並不容易分辨，因爲許多名詞在句子裡兼具主題與主語兩種功能。我們不能說，有主題就不需要主語，因爲有些名詞在句子裡純粹是主題，而有些名詞卻兼具主語或賓語的

---

⑬ 參湯（1978b)「主語與主題的畫分」。

⑭ 參湯（1978c)「主語的句法與語意功能」。

功能，二者的異同不能不辨。而且，主語名詞與賓語名詞都與謂語動詞之間具有一定的語意上的選擇關係（主題卻沒有這種關係），因此主語與賓語的概念決不可缺少。而且主題這一個語意角色也未免太籠統、太含糊，因為主語所能扮演的語意角色，除了「施事者」(如'他打了我一個耳光') 以外，還有「起因」(如'颱風吹倒了所有的樹')、「工具」(如'這一把鑰匙可以開大門')、「受事者」(如'我挨了一頓大罵')、「感受者」(如'我覺得很榮幸')、「客體」(如'地球是圓的')、「處所」(如'這一個運動場可以容納三萬人')、「時間」(如'後天放假')、「事件」(如'比賽正在進行中') 等等，把這些各種不同的語意角色統統稱為主題並無濟於事。

漢語語法的作者說主題重要，可能是指在語用上 (pragmatically) 重要。但這是由於主語與主題是屬於不同範疇的兩個不同的概念。「主語」表示「語法關係」(grammatical relation)，與「謂語」相對；「主題」表示「言談功用」(discoursal function)，與「評論」相對。主語與謂語之間常有句法與語意上的選擇關係，而主題與評論之間則只有語用上的邏輯關係。主題代表「已知的舊信息」(old information; theme)，而評論則包含「重要的新信息」(new information; rheme)。因此，依照「從舊信息到新信息」("From Old to New") 的「語用原則」(pragmatic principle)，主題經常出現於評論的前面，即句首的位置；而評論可以包含主語，所以主題又經常出現於主語的前面。主題在語用上比較重要，那是由於主題本來就是屬於語用的概念。另一方面，主語在句法結構及與動詞之間的語意選擇關係上，就顯得比主題重要。主語與主題，既然是兩個不同的概念，又具有兩種不同的功用，就不能輕易的相提並論而比較孰重孰輕。

同時，主語與主題是獨立但是可以並存的概念。同一個名詞在句子裡既可以當主語分析，又可以當主題解釋。例如在下面(1)的例句裡'小明'既可以解釋爲'小明很喜歡吃這種糖果'這一個句子的主語，也可以解釋爲'很喜歡吃這種糖果'這一個評論的主題。漢語語法說主題後面可以有停頓（15頁），但這一種停頓可有可無，不能做爲畫分主語與主題的依據。唯有在(2)與(3)這樣的例句裡，纔能把主題'小明'與主語'他'，或主題'這種糖果'與主語'小明'，加以區別。⑮

① 小明很喜歡吃這種糖果。

② 小明他很喜歡吃這種糖果。

③ 這種糖果小明很喜歡吃。

又同一個主題，可以一連有好幾個評論。例如在④的例句裡，'外面進來了一個人'是一個「引介句」(presentative sentence)，把'一個人'引介給讀者或聽衆，然後以這個人爲主題描寫他的情狀或言行。

④ 外面進來了一個人。（他）頭上戴著一頂笠帽，（他）手

---

⑮ 我們似乎應該區別兩種不同的主題，一種是在基底結構就存在的主題，可以用(S'→NP S)這樣的詞組律產生。這一種主題不需要與動詞之間存有直接的語意關係（如'婚姻的事我自己做主'）。另一種是由句子裡的名詞組經過移位變形移到句首而產生的主題。這一種主題必須與句子中的動詞發生直接的語意關係，例句②與③的主題，'小明'與'這一種糖果'，都是屬於後一類的主題。

裡提着一件行李，(他) 說是從屏東的鄉下來的。

引介句後面的三個句子，主語都是'他'，指涉引介句裡的 '一個人'。我們可以保留第一個句子的'他'而省略後兩個句子的'他'，也可以保留最後一個句子的'他'而省略前兩個句子的'他'，甚至可以把前後三個'他'統統省去。根據漢語語法有關主題的定義，引介句不可能有主題；也就是說，不是每一個國語的句子都含有主題。但是後面三個句子，究竟有沒有主題？這些句子究竟要分析爲含有主題的句子，還是含有主語的句子？在這些基本問題未獲得解決以前，要決定國語有關主語與主題的取向，似乎爲時過早。⑯

至於國語句子在表面結構的基本詞序究竟是「主語—動詞—賓語」還是「主語—賓語—動詞」？這也是爭論已久至今尚無結論的問題。Greenberg (1963) 曾經對於世界上三十來種具有代表性的語言加以分析與統計，並且利用布拉克學派 (Prague school)「含蘊規律」(implicational law) ⑰的概念就自然語言表面結構的詞序類型提出了下面「含蘊的普遍性」(implicational universals)。

⑤ 如果某一個語言是「主動賓語言」(如法語、班圖語等)，那麼在這一個語言裡：

a 名詞的修飾語 (如形容詞、領位名詞、關係子句等)

---

⑯ 漢語語法17頁引用日語例句來說明「主賓動語言」時用 'Topic' (主題標誌) 來註解日語的格標誌 'ga' (が)。在日語裡 'ga' 是主語標誌，wa (は) 纔是主題標誌。

⑰ 即'如果有a則有b，有a則無b，或無a則無b'。

出現於名詞的後面。

b 動詞的修飾語(如副詞、狀語等)出現於動詞的後面。

c 動貌與時制標誌附加於動詞的前面。

d 情態助動詞出現於主動詞的前面。

e 比較級形容詞出現於被比較的事物的前面。

f 前置詞出現於名詞的前面。

g 沒有句尾疑問助詞。

⑥ 如果某一個語言是「主賓動語言」(如日語、土耳其語等),那麼在這一個語言裡:

a 名詞的修飾語(如形容詞、領位名詞、關係子句等)出現於名詞的前面。

b 動詞的修飾詞(如副詞、狀語等)出現於動詞的前面。

c 動貌與時制標誌附加於動詞的後面。

d 情態助動詞出現於主動詞的後面。

e 比較級形容詞出現於被比較的事物的後面。

f 後置詞出現於名詞的後面。

g 有句尾疑問助詞。

漢語語法承認國語不能完全歸入「主動賓語言」,也不能完全歸入「主賓動語言」,並提出了下面幾點理由(19—26頁):

(一)主語在國語的句法結構上不是一個十分明確的概念。

(二)決定國語詞序的主要因素,不是語法關係,而是語意或語用上的考慮。例如主題在國語的地位非常重要,連動詞的賓語都可以出現於句首而成爲主題。Greenberg (1963) 有關詞序類型的研究,沒有考慮主題的存在,當然無法圓滿解釋國語句子的全貌

(20 頁)。而且，名詞出現於動詞的前面或後面，常牽涉到名詞的定性 (definiteness)。一般說來，出現於動詞前面的名詞，無論是主題、主語或賓語，都屬於「定指」(definite) 或「殊指」(specific)，而出現於動詞後面的名詞則可能是「任指」(indefinite)。⓲ 主題代表舊的已知的信息，所以必須是「有定」的（包括「定指」、「殊指」與「泛指」(generic)，而且必須出現於句首。主語通常代表舊的信息，所以出現於動詞的前面，但也可能代表新的信息而出現於動詞的後面。例如在⑦的引介句裡主語名詞'人'是「無定」的所以出現於動詞'來'的後面。而在⑧的非引介句裡主語名詞'人'是「有定」的，所以出現於動詞的前面。試比較：

⑦ ⑯b 來了人了。

⑧ ⑯a 人來了。

相似的情形，在賓語名詞（如例句⑨）、時間狀語（如例句⑩）、期間狀語（如例句⑪）、處所狀語（如例句⑫）上也可以發現。

⑨ ⑰a 我買書了。⓳

b 我把書買了。

c 書我買了。

⓲ 漢語語法裡僅提到「定指」，即說話者與聽話者都知道指涉的對象是什麼，而沒有提到「殊指」，即只有說話者知道指涉的對象是什麼。由於在國語裡殊指的名詞也可以出現於動詞的前面（如'我把一個玻璃杯打破了'），我們在下文裡以廣義的「有定」這個名稱來包括「定指」與「殊指」。

⓳ 原例句裡'我在買書了'的'在'字删去了。

d 我書買了。

⑩ ⑱a 我三點鐘開會。

b*我開會三點鐘。

⑪ ⑲a 我睡了三個鐘頭。

b*我三個鐘頭睡了。

⑫ ⑳a 他在桌子上跳。(表示動作發生之處所)

b 他跳在桌子上。(表示動作結束之處所)

由於名詞在句子中出現的位置與名詞的定性之間具有密切的關係，漢語語法認爲國語的基本詞序不容易確定，只有以有定名詞爲主語，而以無定名詞爲賓語時，纔可以認定國語的基本詞序是「主語—動詞—賓語」(23頁)。

(三) 根據 Greenberg (1963)「含蘊的普遍性」的原則，國語兼具「主動賓語言」與「主賓動語言」二者的句法特徵 (24頁)。

⑬ 屬於「主動賓語言」的句法特徵

a 動詞出現於賓語之前。

b 有前置詞出現於名詞之前。

c 情態助動詞出現於主動詞之前。

d 以子句為賓語的複句結構的詞序經常是「主語—動詞—賓語」。

⑭ 屬於「主賓動語言」的句法特徵

a 動詞也可能出現於賓語之後。

b 介詞組 (prepositional phrase) 出現於動詞之前，但表期間與處所的介詞組可能出現於動詞之後。

c 有後置詞出現於名詞之後。

d 關係子句出現於名詞之前。

e 領位名詞 (genitive phrase) 出現於名詞之前。

f 動貌標誌出現於動詞之後。

g 某些狀語出現於動詞之前。

根據以上的觀察，漢語語法認為國語裡「主賓動語言」的句法特徵多於「主動賓語言」的句法特徵，並因而推測國語可能是逐漸由「主動賓語言」演變成為「主賓動語言」(26頁)。⑳

以上漢語語法的論點，無論就論理或分析而言，都不無瑕疵，而且缺乏積極的經驗證據 (empirical evidence) 來支持他們的結論。首先，漢語語法認為國語的「主賓動語言」特徵多於「主動賓語言」特徵，但是書中有些分析與例句頗有商榷的餘地。例如⑭裡所列舉的「主賓動語言」的句法特徵中，有四個特徵(b・d・e・g・) 事實上可以歸成一類：即「修飾語」(modifier) 出現於「被修飾語」(head) 或「中心語」(center) 之前。而且，這個基本句法特徵，還可以用來說明其他有關國語句法的事實：修飾整句的副詞或狀語出現於句子之前；「從句」(subordinate clause) 出現於「主句」(main clause) 之前㉑。顯然的，在這些句法結構裡，前後兩個句子成分之間具有修飾語與被修飾語的關係。這些句法特徵究竟要歸入一類或分為數類來計算比較？不管結果如何處理，都難免有任意武斷 (ad hoc) 之嫌。

⑳ 詳參 Li and Thompson (1974a，1974b，1974c)。

㉑ 這個原則有少數的例外：即由'因為、如果、除非'等連詞所引導的從句有時候出現於主句之後。許多語言學家認為'如果、除非'等連詞之出現於主句之後是「中文歐化」的現象。

其次，國語裡並沒有眞正的「後置詞」(postposition)。雖然漢語語法 25 頁認爲例句⑮中的'裡'就是後置詞，我們卻不敢苟同。

⑮ ㉖ 他在厨房裡炒飯。

因爲這個'裡'與國語其他詞彙'外(面)'、'前(面)'、'後(面)'、'上(面)'、'下(面)'一樣，都是「方位詞」(locative particle 或 localizer)。方位詞可以當處所名詞用（如例句⑯），而且例句⑮可以說是從⑰的基底結構中删略'的'與'面'而產生的。㉒

⑯a 他在裡面炒飯。

b 裡面有人在炒飯。

c 裡面是厨房。

⑰a 他在厨房的裡面炒飯。

b 他在厨房裡面炒飯。

c 他在厨房裡炒飯。

這一種方位詞似乎沒有理由稱爲後置詞，就是在漢語語法第十一章處所詞組與方位詞組的討論中也沒有把方位詞稱爲後置詞。㉓

此外，漢語語法中所列舉的「主賓動語言」的七個特徵中至少有三個特徵是有例外的。該書在⑭的說明中自己也承認表示時

㉒ 湯 (1972:109) 把這些名詞與前面領位名詞(爲例句⑰的'厨房的')之間的關係分析爲「不可轉讓的屬有關係」(inalienable possession)。

㉓ 注意在最典型的「主賓動語言」如日語裡，這種方位詞也會出現。例如，在'炊事場の中で'（＝在厨房裡）這一句日語裡，與國語的'裡'相當的是'中'（而'の'則與'的'相當）。但是據我所知，所有語言學家都把'で'分析爲後置詞，而沒有人把'中'分析爲後置詞。

間與處所的介詞組可以例外的出現於動詞後面。另外⑭的動貌標誌中'了、著、過'等固然出現於動詞後面，但表示進行貌的'在'（如'他在炒飯'）與完成貌的'有'（如'他還沒有把飯炒好'）卻可以出現於動詞的前面。㉔同樣的，國語有些狀語或具有狀語功能的詞語（如'他有錢得很''他走路走得很快''他氣得渾身都發抖'）也會出現於動詞的後面。因此，我們似乎不能以如此脆弱的證據來斷定，國語的「主賓動語言」特徵多於「主動賓語言」特徵。㉕

又漢語語法認為賓語既可以出現於動詞的後面，又可以出現於動詞的前面，因而兼具「主動賓」與「主賓動」兩種語言的句法特徵。但是我們有理由相信，「主動賓」是正常的一般的詞序(unmarked order)，而「主賓動」是特殊的例外的詞序(marked order)。正常的一般的詞序是純粹依據語法關係而決定的，而特殊的例外的詞序是常由於語意或語用上的考慮而調整的。更明確的說，國語的基本詞序本來是「主動賓」，但是為了符合「從舊信

㉔ W. Wang (1965) 把這個'有'分析為完成貌標誌'了'的同位語 (allomorph)，但是漢語語法的作者不同意這種分析。關於這一點我們在十二節「國語的否定」中再加以評論。

㉕ 漢語語法的作者當然還可以從 Greenberg (1963) 找到更多有利於「主賓動」論點的句法特徵。例如，「比較級形容詞」(comparative adjective) 出現於「被比較的事物」(standard) 的後面，而在國語比較句（'張三比李四高（一些）'）裡比較級形容詞（'高（一些）'）確實出現於被比較的事物（'比李四'）的後面。但是這個特徵仍然可以歸入修飾語（'比李四'）出現於被修飾語（'高（一些）'）這個句法特徵。

息到新信息」的普遍性語用原則（universal pragmatic law），要把代表舊信息的賓語名詞移到動詞的前面或句首，並把「信息焦點」(information focus) 放在句尾的動詞，結果就產生了「主賓動」或「賓主動」這種特殊的例外的詞序。㉖我們可以提出五點更具體的理由來支持我們的論點。

(一)只有「有定」賓語名詞纔可以出現於動詞的前面（如'我已經把書買了''我書已經買了'），而動詞後面的賓語則沒有這種限制，無論「有定」與「無定」名詞都可以出現（如'我想買書''我要買很多書''我買了書了''我買了那一本書'）。

(二)出現於動詞前面的賓語，或者要加上介詞而變成介詞的賓語（如'我把這一本書看完了'），或者用重讀或停頓來表示「對比」(contrast) 或「強調」(emphasis) （如'我這一本書看完了，那一本書還沒有看完'），或者移到句首而成為主題（如'這一本書我看完了'） 並且還可以加上語助詞或停頓來表示這個句子成分與其他成分獨立（如'這一本書啊我已經看完了'）。

(三)賓語名詞出現於動詞的前面時，動詞常在動貌、補語或修飾成分上受到特別的限制。例如，我們可以說'我要買書'，卻不能說'我要把書買'。我們也可以說'我賣書'或'我賣了書'，卻不能

㉖ 依同理，主語出現於謂語後面的「倒裝句」也是特殊的例外的詞序，也可以用「從舊信息到新信息」的語用原則來說明。例如'下雨了''前面來了一位小姐''昨天走了三個客人''桌子上有一封你的信''床上躺著一個病人'等「引介句」裡句尾的名詞都代表新的信息。國語各種句式與語用原則之間的關係，請參湯（1980）「語言分析的目標與方法：兼談語句、語意與語用的關係」。

說'我把書賣'或'我書賣'，而只能說'我把書賣了'或'我書賣了'。㉗

(四)在以子句爲賓語的國語「複句」(complex sentence) 裡，動詞經常出現於賓語的前面。㉘因爲在這樣的句式裡，在語用上不需要，在句法結構上也不容易，把賓語子句移動到動詞的前面。

(五)國語裡大多數的介詞都是從動詞演變過來的，因此有些介詞至今仍然保留著動詞的句法特徵或痕跡。例如，否定詞可以出現於介詞的前面 (如'我不跟你一起去''他不比你幸福')，有些介詞在形態上還帶著動貌標誌 (如'對著''爲著''爲了''除了')。但是這些介詞經常都出現於賓語的前面；也就是說，介詞後面的賓語不能移動或刪略。㉙

從以上的討論，我們可以了解，就「共時」或「斷代」(synchronic) 的觀點而言，國語表面句法結構的基本詞序無疑是「主語—動詞—賓語」，但是基於語用上的考慮可以把這個基本詞序改爲「主語—賓語—動詞」或「賓語—主語—動詞」的語用詞序。我們既然不承認國語句子的「主賓動語言」特徵多於「主動賓語言」特徵，也就無法支持現代國語是逐漸由「主動賓語言」演進爲「主賓動語言」的說法。要支持這個論點，必須要有更多更明

㉗ 這種加重句尾動詞份量的限制 (structural compensation)，很可能是動詞在這些句式裡成爲「信息焦點」(information focus) 與加強句尾分量 (end-weight) 的自然結果。

㉘ 嚴格說來，這個原則也有例外。至少在歐化的國語裡有些動詞可能出現於賓語子句的後面，例如'好人總是有好報的，我認爲'。

㉙ 介詞'被'是唯一的例外，因爲'被'後面的賓語有時候可以刪略，例如'他被 (人) 騙了'。

確的證據。同時，除了「共時」或「斷代」的觀點以外，還要從「異時」或「移代」(diachronic) 的觀點來分析或討論這一個問題。㉚

如果我們承認國語在本質上是一種「主動賓語言」，那麼所剩下來的問題是如何說明國語裡許多「主賓動語言」的句法特徵。關於這個問題，我們首先要了解的是，所謂的「含蘊的普遍性」實際上是一種「統計上的普遍性」(statistical universals)。㉛ Greenberg 把世界上三十來個語言根據詞序的不同分為「主動賓」、「主賓動」、「動主賓」三種類型，並把各個語言的主要句法特徵一一列舉，然後把這些句法特徵與三種詞序類型加以對照，結果發現句法特徵與詞序類型之間有某些特定的對應關係。但是 Greenberg 並沒有主張，動詞與賓語的相對次序是決定這些句法特徵的唯一甚或主要的因素。這一個因素（或者這些因素）究竟是什麼，毋寧是留待以後的語言學家去發現。Lehmann (1973, 1978) 與 Stockwell (1977 : 74) 都認為，在這三種基本詞序裡主語的存在並不重要，重要的只是動詞與賓語的前後次序；因此，事實上只需要「動賓」(VO) 或「賓動」(OV) 這兩種分類。另外，C-T

㉚ 從「異時」或「歷時」(diachronic) 的觀點支持這個論點的立場，請參 Li and Thompson (1974a，1974b，1974c)；反對這個論點的立場，請參 S. F. Huang (1978) 與 Mei (1980)。C-T. J. Huang (1982) 也從「普遍語法」(universal grammar) 的觀點反對李、湯兩位的結論。

㉛ Grinder and Elgin (1973:211) 也用 'statistical universals' 這個名稱來稱呼 Greenberg 的 'implicational universals'。

J. Huang (1982 : 33-41) 則認爲修飾語與被修飾語的前後位置纔是重要的因素，因而主張把語言類型分成「中心語在首」(head-initial)、「中心語在尾」(head-final)、「中心語在中」(head-medial) 三種。但是這些分類能否圓滿合理地解釋每一種類型的句法特徵，則有待今後更進一步的研究。

筆者認爲，國語有關詞序的重要原則有二：(一)修飾語出現於中心語之前；(二)補語出現於中心語之後。我們把這兩個基本原則與應用的細節分別整理在下面。

⑱ 修飾語出現於中心語的前面：

a 限定詞、數量詞、領位名詞、形容詞、關係子句等定語㉜出現於名詞的前面。

b 表示時間、處所、工具、手段、情狀等副詞或狀語㉝出現於動詞或形容詞的前面。

c 程度副詞或狀語出現於形容詞或副詞的前面。

d 從句出現於主句的前面。

e 修飾整句的副詞或狀語出現於句子的前面(卽句首)。

f 偏正結構詞彙裡的修飾語素出現於中心語素的前面。

⑲ 補語出現於中心語的後面：

a 賓語出現於動詞的後面。

b 介詞賓語出現於介詞的後面。

c 期間補語（如'我睡了三個小時'）、回數補語（如'我

㉜「定語」泛指名詞的修飾語，相當於英語的 (adjectival)。

㉝「狀語」泛指動詞、形容詞、副詞等名詞以外的修飾語，相當於英語的 (adverbial)。

看了三次''我打了兩下')、趨向與方位補語(如'他走出去''她躺在床上')、情狀補語(如'他笑得很開心')、程度補語(如'他氣得臉色都發青了')等都出現於動詞的後面。

d 動詞出現於情態助動詞後面。

e 動貌標誌出現於動詞的後面。

f 謂語出現於主語的後面。

g 評論出現於主題的後面。

h 在主謂、動賓、動補等詞彙結構裡,謂語、賓語、補語等語素都出現於主語與動詞語素的後面。

第一個原則⑱是國語語法裡應用非常廣泛的原則,「修飾語」與「中心語」的界說也相當明確。Chao (1968:274) 早就為國語的「修飾語」與「中心語」做了如下的定義:如果詞組 XY 是一個「同心結構」,而 Y 是詞組的「中心」,那麼 X 就叫做「修飾語」,Y 就叫做「中心語」。最後一項 ⑱f,把句法上的特徵進一步擴展到了詞法上的特徵,大概不會有人反對。

第二個原則,在細節的解釋與應用上,可能會引起爭論,雖然在歐美語言學或漢語語言學「補語」(complement) 都不算是個新名詞。西方語言學家一向把出現於動詞後面的句子成分,包括賓語在內,都叫做「補語」。在漢語語言學裡,「補語」也是久為衆所接受的術語。Chao(1968:274)對於「補語」也做了如下的定義:如果詞組XY是一個「同心結構」,而詞組的「中心」不是Y而是X,那麼 XY 可能是由動詞與賓語所組成的「動賓結構」(如'寫信''看戲'),或是由動詞與補語所組成的「動補結構」(如'走遠了'

‘說對了’)。雖然有 Stockwell (1977：74) 等人曾經主張把賓語分析爲動詞的修飾語，以便把⑱與⑲的兩個原則合而爲一，但是這一個辦法在國語裡行不通，而且在我們的語感裡賓語比較像補語而不像修飾語。許多期間與回數補語，本來也可以放在名詞前面做修飾語，但也可以放在名詞後面做句法上的補語與語用上的信息焦點（比較：‘我睡了三個小時的覺’與‘我睡覺睡了三個小時’；‘我看了三次電影’與‘我看電影看了三次’）。方位補語與處所狀語的功用也不同：前者的功用是「補述」(predicative)，補充說明動作的結果（如‘他跌倒在厨房裡’‘他散步到公園’）；後者的功用是「限制」(restrictive)，明白指示動作發生之地點（如‘他在厨房裡跌倒’‘他到公園散步’）。情狀與程度補語，更是與情狀副詞或狀語不同。含有情狀或程度補語的句子，信息焦點通常都在這些補語。因此，含有這些補語的動詞，不但不能帶有動貌標誌，而且正反問句(A-not-A question)也由這些補語來形成。因此，我們說‘他笑得開心不開心？’，卻不常說‘他笑不笑得開心？’。這種用法是一般副詞或狀語所沒有的，因爲我們雖然可以說‘他開心的笑’，卻不能說‘他開心不開心的笑？’。情態助動詞與主動詞的關係，本來也可以視爲修飾語與中心語的關係而歸入第一個原則的管轄，但是我們認爲在基底結構裡助動詞與主動詞的關係是動詞與賓語的關係。㉞所以按理應該歸入第二個原則。把動貌標誌視爲補語，可能會有人反對，但是事實上國語裡有許多表示動貌的補語；例如‘做完了／做不完’‘賣掉了

㉞ 詳參本文第五節「國語助動詞」的討論。

／賣不掉’。而且動貌標誌歸入補語，似乎比歸入修飾語好，至少不比歸入修飾語差。謂語與評論的功用在於補述主語或主題，因此可以視爲主語與主題的補語。最後一項有關主謂、動賓、動補等詞彙結構中語素排列的次序，只不過是把句法上的詞序原則帶進詞法的領域而已。㉟

三、國語的詞彙結構

第三章「國語的詞彙結構」(28-84頁) 簡單扼要的介紹了「語素」(morpheme) 的定義，「自由語」(free morph) 與「附着語」(bound morph) 的區別，「詞綴」(affix，又稱「附加成分」)、「詞首」(prefix，又稱「前綴」或「前加成分」)、「詞尾」(suffix，又稱「後綴」或「後加成分」)、「詞嵌」(infix，又稱「中綴」或「中加成分」)、「複合詞」(compound noun) 等的概念與例子。漢語語法把國語的「造詞過程」(morphological process) 分爲「重疊」(reduplication)、「附加」(affixation) 與「複合」(compounding) 三種。

「重疊」包括「動態動詞」(volitional verb) 以重疊來表示動詞的「短暫貌」(delimitative aspect) 或「嘗試貌」(tentative aspect)

㉟ 這種補語的概念還可以說明，因爲國語的「準關係子句」(‘pseudo-relative clause’) 有補述的功用，所以出現於中心語的後面。試比較：

a. 我要那一頂放在衣架上的帽子。

b. 我要那一頂帽子，放在衣架上的。

（如'請你唱(一)唱這首歌'、'我們來討論討論這一個問題'）；形容詞以重疊來表示生動（vivid）、親切、好惡、愛憎等感情色彩或主觀評價（比較：'高個子'與'高高的個子'，'骯髒的手'與'骯裡骯髒的手'）；量詞以重疊來表示'每一'或'一切'（如'個個學生'、'條條大路'）㊱；名詞以重疊來稱呼親屬（如'爸爸、媽媽、哥哥、姊姊'）㊲等。

在「附加」過程的討論裏，漢語語法承認國語有「詞首」（如'小張、老張、第一、初二㊳、可愛㊴、好看㊵、難看'等）；

㊱ 漢語語法（34頁）認爲'座座山'可以重疊，而'隻隻鷄'則不可以重疊。但是清華大學選讀漢語語法導論的同學們對這兩句話的接受度判斷卻恰好與漢語語法的判斷相反，至少後一句話不比前一句話差。

㊲ 漢語語法（35頁）認爲重疊式的親屬稱呼裡只有'爸'與'媽'可以不重疊而單獨使用。但是在臺灣年輕一代的人的國語裡'哥'與'姊'也可以獨用，特別是做「呼語」(vocative) 用的時候。

㊳ 漢語語法（37頁）認爲詞首'初'還可以表示初級中學的年級（如'初一、初二、初三'），但是這裡的'初'與表示日期的'初'不同，是由'初中一年'等經過「修剪」(clipping) 或「簡稱」(abbreviation) 而得來的，如果把這種'初'都要分析爲詞首，那麼'國（中）一（二、三年)''高（中）一（二、三年)''大（學）一（二、三、四年)'的'國''高''大'都要分析爲詞首了。

㊴ 漢語語法（38頁）有'可吃'的例詞。但是我們旣不能說'很可吃'，也不能像'可見'那樣做副詞用。因此，'可吃'應否分析獨立的詞，不無疑問。

㊵ 漢語語法（38頁）有'好受'的例詞。但'好受'是一個'否定性的詞'(negative-polarity word)，通常都要說成'不好受'。

有「詞尾」(如'鳥兒、這兒、玩兒、我們、老師們❹、動物學、心理學、作家、科學家、學員、技術員、學者、工作者、醫師、工程師、歌手、坦克手、酸性、可塑性、能量、工作量、高度、靈敏度❷、氧化、腐化❸、梯子、兒子、饅頭、外頭'),甚至有「詞嵌」(如'說得清楚、說不清楚')。

漢語語法對於「複合詞」的討論相當詳細(45-83頁),在內容方面大都承襲傳統漢語詞法的分析。不過在分類上有些紊亂,在舉例與合法度判斷上也未盡妥善。❹例如,漢語語法把複合詞分爲(a)「複合名詞」(nominal compound)、(b)「複合動詞」(verbal compound)、(c)「主謂式複合詞」(subject-predicate compound)、(d)「動賓式複合詞」(verb-object compound)、(e)「反義形容詞並列式複合名詞」(antonymous adjectives

---

❹ 國語名詞複數標誌'們'的使用頗受限制:例如,①名詞限於「屬人名詞」(human noun)、②不能與數量詞連用、③名詞不能有關係子句等限制性的修飾語,但是做爲「呼語」用時則不在此限(如'親愛的同胞們')。漢語語法(40頁)認爲名詞必須是多音詞,但是事實上有'我們、你們、他們、人們'等用例。而且,問題不在'們'不能加上單音名詞,而在國語詞彙裡沒有幾個單音節的屬人名詞。參本文❿。

❷ 以上例詞中有關詞尾'員、者、師、手、性、量、度'的用例是由筆者補充的。

❸ 漢語語法(42頁)列有'美化'的例詞,並以英文'Americanize'註解。但是依照這裡的一般用法,'美化(環境)'與'美國化'是不同的詞。

❹ 例如漢語語法(31頁)把'小心'視爲動賓式複合詞,但是似也可與'粗心、大意'一樣分析爲偏正式。該書45頁的'小心'也附上了'small heart=be careful'的英語註解。又如該書38頁'瘦'與'長'都不能重疊,但是一般人都接受'他的個子瘦瘦的''長長的鼻子'等用例。

forming nominal compounds)、(f)其他「次要複合詞」(minor types of compounds) 等六類，並在最後一類下再分五個小類：(i)「形名〔偏正式〕複合詞」(adjective-noun compound)、(ii)「複合副詞」(adverb compound)、(iii)「名量〔並列式〕複合詞」(noun-classifier compound)、(iv)「名動〔偏正式〕複合詞」(noun-verb compound)、(V)「副動〔偏正式〕複合詞」(adverb-verb compound)。可見 (a) 與 (b) 是依據複合詞的「外部功能」(即整個複合詞的詞類) 來分類，(c)、(d)、(e) 是依據複合詞的「內部結構」(即語素成分間的語法關係)來分類，而 (f) 的內容則有依據「外部功能」而分類的 (如 (ii) 的複合副詞)、有依據「內部結構」而分類的 (如 (ii) 以外的其他小類)。其實，「複合名詞」中也有屬於「偏正式」的 (如'床單、槍彈、油漬'等)，也有屬於「同義並列式」(如'花木、家鄉、國家'等)、「反義並列式」(如'大小、輕重'等) 或「名量並列式」(如'船隻、車輛'等)的。「複合動詞」中也有「名動偏正式」(如'夢想、聲請')、「動動偏正式」(如'誤傷、回拜')、「形動偏正式」(如'熱愛、傻笑')、「動賓式」(如'得罪、鞠躬')、「動補式」(如'看到、聽見')、「同義並列式」(如'幫助、推薦')、「反義並列式」(如'呼吸、看到') 等不一而足。不如依照傳統的國語詞法，先把「複合詞」根據內部結構分爲「主謂式」、「動賓式」、「動補式」、「偏正式」、「並列式」、「重疊式」等數種，然後再把各類按照外部功能分爲名詞、動詞、形容詞、副詞等小類，最後纔把每一個小類依據語意內涵分類 (如偏正式複合名詞裡修飾語素與中心語素的語意關係可以分爲表示用途、目的、原因、產品、來源、整體、使用處所、服務機關等（參漢語語法 49～53 頁）。如此，不但分類的系統與依據整齊而畫一，而且許多有關詞彙結構的規律或限制也更容易表達清楚。這些規律或限制包括：㊺

(一)「偏正式」在詞彙結構上屬於「同心結構」，整個複合詞的詞類一定與中心語素的詞類相同。

(二)「動補式」在詞彙結構上也屬於「同心結構」，不過以動詞語素爲中心語而以動詞語素（如'聽到、分開、叫醒、打倒、拆散'）或形容詞語素（如'吃飽、提高、看破'）爲補語，所以整個複合詞的詞類屬於動詞。㊻

(三)「動賓式」在詞彙結構上可能是「同心結構」（如'打仗、得罪、爲難'等在詞類上屬於動詞），也可能是「異心結構」（如'將軍、同學、靠山、扶手'等屬於名詞，'得手、値錢、受用'等屬於形容詞，'改天、趁機、到底'等屬於副詞）。㊼

(四)「主謂式」在詞彙結構上屬於「異心結構」，其詞類大半屬於名詞或形容詞。「主謂式複合名詞」的主語語素多半是與疾病（如'氣喘、便秘、耳鳴、胃下垂、胃潰瘍、肺結核、耳下腺腫'等）或節令（如'春分、秋分、夏至、冬至'）有關的名詞，而謂語語素多半是動詞。「主謂式複合形容詞」的主語語素多半是表示

㊺ 參湯（1982a，1983a）的討論。

㊻ 只有極少數的動補式複合詞（如'吃得／不開''對得／不起'）可以做形容詞用，而且必須含有詞嵌'得'或'不'。

㊼ 我們把「動賓式複合詞」視爲「同心結構」，是由於我們在第三節有關國語詞序類型的討論中把動詞與賓語的關係視爲中心語與補語的關係；我們把「動賓式複合詞」視爲「異心結構」，是「動賓式」與「偏正式」有別，並不是修飾語與中心語的關係。

身體器官或部位的名詞，而謂語語素多半是形容詞(如'面熟、頭疼、心煩、膽怯、眼紅、手硬、性急、肉麻，命薄')。

(五)「同義或近義並列式複合詞」的詞類大都與原來語素的詞類相同，如'江河、丘陵、風雪、行伍'等屬於名詞，'幫助、推薦、動搖、譏笑'等屬於動詞，'清楚、明白、美麗、高貴'等屬於形容詞，'剛纔、時常'等屬於副詞，但也有少數轉用爲其他詞類的(如'痛癢、根本'等)。

(六)「反義或對義並列式複合詞」的詞類大都屬於名詞(如'師生、父子、男女、天地、裡外''大小、高低、濃淡、輕重''出入、開關、呼吸、坐立、生死'等)或副詞(如'反正、橫豎、早晚'等)，但也有些保留原來語素的詞類(如'呼吸、來回'的動詞用法)或轉用爲其他詞類的(如用在名詞後面的'左右')。

(七)「同義或反義並列式複合詞」的組成語素，在前後排列的次序上常有一定的語義限制。這些限制包括：(1)「天」在前，「人」在後；(2)「人」在前，「獸」或「物」在後；(3)「公」在前，「私」在後；(4)「家」在前，「人」在後；(5)「長」在前，「幼」在後；(6)「尊」在前，「卑」在後；(7)「親」在前，「疏」在後；(8)「男」在前，「女」在後；(9)「優」在前，「劣」在後；(10)「盈」在前，「虧」在後；(11)「主」在前，「副」在後；(12)「鳥」在前，「魚」在後；(13)「上」在前，「下」在後；(14)「軟」在前，「硬」在後(或「流體」在前，「固體」在後)；(15)「裡」在前，「外」在後等。㊽

(八)「反義或對義形容詞並列式」，其組成語素前後排列的次

㊽ 詳參湯(1982a:52-56)。

序通常是表示中立與積極意義的形容詞（unmarked adjective）在前，表示消極意義的形容詞（marked adjective）在後（如'大小、多少、高低、深淺、長短、厚薄、濃淡'等）。㊾

（九）各種詞類的「重疊式複合詞」通常都保留原來的詞類，但是也有「轉類」（conversion）的情形（如'太太、乖乖、天天、（綠）油油'等）。這些轉類的重疊式複合詞，如果不重疊（如單用'太、乖、天、油'等）則不能當重疊式複合詞的詞類用。

（十）雙音形容詞的重疊式有'AABB'與'A裡AB'兩種形式：'A裡AB'的重疊式限於貶義形容詞（如'傻氣、小氣、俗氣、邪氣、流氣、土氣、老氣、嬌氣、骯髒、馬虎、糊塗'等），'AABB'的重疊式則沒有這種限制（如'和氣、秀氣、客氣、骯髒、馬虎、糊塗'等）。㊿

（十一）在各種內部結構的複合詞當中，「偏正式複合詞」的「孳生力」（productivity）或造詞能力最強，「動補式」、「動賓式」、「同義並列式複合詞」的造詞能力次之，「主謂式」、「反義並列式複合詞」的孳生力最低。

由於篇幅的限制，我們不能在這裡詳談國語詞法的規律或限制。但是無可否認的，詞的「內部結構」與「外部功能」之間具有極密切的關係，而且這些關係可以用一般性的規律（general rule）清清楚楚的表達出來。因此，我們不能同意漢語語法13頁上國語形容詞的能否重疊並無規律可循這種說法。漢語語法還特別舉了

㊾ 詳參湯（1982a:50-51）。

㊿ 詳參湯（1982b:287）。

一些語義相對的例詞（‘簡簡單單’與‘*複複雜雜’，‘誠誠實實’與‘*狡狡猾猾’，‘規規矩矩’與‘*野野蠻蠻’，‘平平凡凡’與‘*重重要要’等）來說明沒有什麼規律可以來規定那些形容詞可以重疊，那些形容詞不能重疊。但是如果說國語形容詞的能否重疊並無規律可循，那麼我們又爲什麼能夠判斷那些形容詞可以重疊，那些形容詞不可以重疊？我們不可能把所有可以重疊的國語形容詞一一記在腦子裡，然後根據這些記憶來逐一判斷那些形容詞可以重疊或不可以重疊。因爲從來沒有人，甚至沒有一本詞典，敎我們或告訴我們那些形容詞可以或不可以重疊。而且，有許多形容詞的重疊，我們自己未曾用過，也未曾聽見別人說過，但是仍然可以判斷這些形容詞能否重疊。唯一可能的解釋是，我們都具有了解與運用國語詞彙的「語言本領」(linguistic competence) 或「語法規律」(grammatical rules)，並根據這種本領或規律來判斷個別形容詞的重疊是否符合國語的詞法。但是這種本領或規律是「內化的」(internalized)、「無形的」(formless)，必須經過仔細的觀察與分析纔能「條理化」(generalize) 或「形式化」(formalize) 成爲具體可見的規律，而發現這個規律正是語言學家的工作。漢語語法說‘無規律可循’，恐怕是說得太武斷了一點。他們的意思或許是‘不容易發現這些規律’或‘這些規律不容易歸納出來，因爲例外的現象很多’。關於這一個問題筆者另有一篇文章詳論[51]，不在此重述。這裡僅就國語形容詞的能否重疊提出一些一般性的原則。

---

[51] 詳參湯 (1982b)。

(一)越是顯現於外表而容易直接靠五官（如視覺、味覺、嗅覺、觸覺）清楚的辨認的屬性，表示這個屬性的單音形容詞就越容易重疊。另一方面，憑主觀判斷的屬性，或不容易從事物的外表辨認而決定的屬性，表示這些屬性的單音形容詞也就不容易或不能重疊。同時，形容詞做狀語的時候，似乎比做定語的時候更容易重疊。

(二)「主謂式」與「動補式」複合形容詞一概不能重疊。「動賓式」複合形容詞原則上也不能重疊，但是有些描寫行爲外表而動賓關係比較含蓄的複合形容詞(如‘認眞、拘謹、含糊、隨便、徹底’等）則例外的可以重疊而做爲狀語用。「偏正式」複合形容詞原則上也不常重疊，但是描寫行爲外表的偏正式形容詞，特別是由形容詞修飾語與名詞中心語合成（如‘正式、正派、正經、厚道、小心、和氣、秀氣、高興、富態、空洞’等）以及一些由名詞、形容詞、副詞修飾語與動詞中心語合成的形容詞（如：‘體貼、筆挺、公開、自由、自在’等）則例外的可以重疊。這些複合形容詞在語義上都描寫行爲或事態的外表情狀，而且在語法功能上多半都做狀語用。

(三)國語雙音形容詞之能重疊者，多半屬於「並列式」複合形容詞。並列式形容詞的重疊，所牽涉的較爲複雜，使用者之間對於可以重疊或不可以重疊的判斷也較多出入。不過我們仍然可以舉出下列幾個原則來。

(a) 能重疊的並列式形容詞，在語義上都表示可以從外表來辨別或認定的「形狀」(如‘高大、矮小、肥胖’)、「事態」(如‘整齊、端正、平整、潦草、零散、孤單、清楚、明白、模糊、樸素、平凡、札實’)、「行爲外表」(如‘大方、匆忙、快活、快樂、恩愛、甜蜜、輕鬆、緊張、瘋狂、老實、冷淡、斯文、自在、爽快’)等。另一方面,表示「心理反應」(如‘驚訝、驚奇、害怕、羞恥’)、「感受」(如‘感動、感激、滿足、憤慨、矛盾’)、「主觀評價」(如‘偉大、下賤、殘忍、重要、莊嚴’)等形容詞則不容易重疊。這就說明我們爲什麼可以說‘恭恭敬敬’而不說‘尊尊敬敬’,因爲‘恭敬’可以描寫行爲外表,而‘尊敬’則只能表示心中的感受。

(b) 一般說起來,雙音形容詞的重疊多見於「口語」詞彙,而少見於「文言」或「書面語」詞彙。而且,越是「常見常用」的詞彙越容易重疊,而越是「冷僻罕用」的詞彙越不容易重疊。例如,口語詞彙‘快快活活’或‘快快樂樂’,比書面語詞彙‘愉愉快快’自然;口語詞彙‘老老實實’與‘誠誠實實’,也比書面語詞彙‘誠誠懇懇’與‘忠忠實實’通順。

(c) 在並列式形容詞中,以詞類相同的「自由語素」(如形容詞與形容詞、動詞與動詞)合成者,較容易重疊。例如,‘雜亂’由自由語素‘(很)雜’與‘(很)亂’合成,所以可以重疊爲‘雜雜亂亂’或‘雜裡雜亂’;而‘混亂’與‘紊亂’則含有「附着語素」‘混’與‘紊’,所以較少重疊。又如,‘嚴密’由自由語素‘(很)嚴’與‘(很)密’而成,可以重疊爲‘嚴嚴密密’;而‘嚴厲’與‘嚴肅’則含有詞類不甚明顯的附着語‘厲’與‘肅’[52],所以較少重疊。當然這裡也

[52] 從‘厲聲’與‘肅清’的例詞來看,‘厲’屬於形容詞而‘肅’則屬於形容詞或副詞。

牽涉到了「常用口語」詞彙與「罕用書面語」詞彙的區別。

(d) 經過「譯音」(transliteration) 而傳來的外來詞，如'摩登、幽默、浪漫'等，只借字音而不借字義，整個並列詞等於是一個語素，因此原則上不能重疊。但是'浪漫'與'幽默'這兩個形容詞所借用的漢字本身所具有的意義，似乎與英語原詞('romantic'與'humorous')的含義多少有些連帶關係，所以個別的字也開始發揮類似語素的作用。因此，有很多人認爲'浪浪漫漫'似乎比'幽幽默默'好，而'幽幽默默'又比'摩摩登登'好。㊼

(e) 一般說來，由外國語(主要是日語)借入的雙音形容詞(如'積極、消極、主觀、悲觀'等)，或是由名詞或動詞「轉類」的形容詞(如'禮貌、寶貝、幽默、同情、感激、佩服'等)，都不能重疊或不容易重疊。但是有些外來詞彙或轉類詞彙(例如'幽默'是外來名詞經過轉類而變成形容詞'(很)幽默')，如果經過常年使用的結果成爲一般大衆的常用口語詞彙，也會開始發生重疊的現象。但是這個時候，仍然要受詞彙結構的限制(例如，偏正式複合形容詞不容易重疊)。

(f) 國語形容詞的重疊，特別是雙音形容詞的重疊，「方言差異」(dialectal variation) 與「個人差別」(idiolectal difference) 相當大。例如，溫州話的形容詞都用'ABAB'的重疊式，而臺語的形容詞則兼用'AABB'(如'做人就要老老實實')與'ABAB'

㊼ 注意在這些例詞裡，'浪'屬於名詞，'漫、幽、默'等屬於形容詞'摩、登'屬於動詞。

(如'這個人老實老實')兩種重疊式。就是屬於同一個方言區域的人，對於某些形容詞（特別是那些不屬於常用口語詞彙的形容詞）的能否重疊，看法難免有些出入。根據筆者在香港大學中文部所做的試驗與調查，我們發現有些華語老師的重疊規律限制較嚴，有些老師的重疊規律限制較鬆。不過大家都同意，國語形容詞的重疊有一定的語意、語法（包括句法與詞法）與語用上的限制，個人的自由裁量也在這個限制之下纔能容許存在。

目前從事國語詞法研究的人似乎不多，從現代語言學的觀點分析國語語法的人更是寥寥無幾。其實，詞法研究的範圍要比句法研究的範圍小得多，所牽涉的問題也比較單純，並不需要太多的語言理論基礎。希望有志研究現代國語的學者，能就國語詞彙與構詞規律多做一點分析，多發表一些文章，共同努力把國語詞法的研究水準更往上提高一層。

四、國語的單純直述句

漢語語法第四章以「單純直述句」(simple declarative sentence) 爲題，講述了國語的基本句式。主要內容分爲三部分：(1) 主題與主語的畫分 (85-102頁)，(2) 名詞組的結構 (103-138頁)，與 (3) 動詞組的結構 (141-171頁)。

主題與主語的概念，我們在第二節裡已經做了相當詳細的介紹。漢語語法在這一章裡更進一步對主題與主語的畫分提出了下面的結論。

(一)主題是談話的話題，是句子敍述的對象 (what the sentence is about)，為句子的「主要陳述」(main predication) 提出空間、時間以及特殊的背景。

(二)主題以已知的事物為敍述的對象，所以主題名詞必須是「定指」或「泛指」，不能以無定名詞為主題。國語名詞的定性，並沒有一定的標誌。但是指示詞'那'常可以用來表示定指，而數詞'一'可以用來表示任指。主題名詞即使沒有特殊的標誌，也都應該解釋為定指或泛指。含有數詞'一'的任指名詞不能做為主題。

(三)主題經常出現於句首，而主題後面可以有停頓或表示停頓的語助詞(如'啊、呀、嘛、吶、吧'等)。這些表示停頓的語助詞可以視為「主題標誌」(topic marker)，但這種主題標誌可有可無，例如：

⑳ ④ 那隻狗(啊，)我已經看過了。

(四)主語與動詞的語意關係是'做'(doing) 或'是'(being) 的關係。這種關係的確切內容，端視動詞的語義內涵而定。因此，動詞與主語之間常有特定的「共存限制」(cooccurrence restriction) 或「選擇限制」(selectional restriction)。例如，動詞'娶'要以男性名詞為主語，'嫁'要以女性名詞為主語；'搖動'要以具體名詞為主語，'動搖'要以抽象名詞為主語。[54]

(五)主題與主語出現於同一個句子時，主題經常出現於句首。但是在有些句子裡，同一個名詞可能兼具主題與主語兩種身

[54] 原文裡沒有「共存限制」與「選擇限制」這兩個術語，後面國語的例子也是筆者自己加上去的。

份，例如：

㉑ ⑤ 我喜歡吃蘋果。

有些句子光有主題而沒有主語。在這些句子裡，主語被省略了，例如：

㉒ ⑧ 那一本書出版了。

同樣的，在有些句子裡，主題也可以省略。例如，在祈使句或命令句裡主題（或主語）名詞可以省略（如㉓句）。如果主題已經在前面的言談（previous context）或對方的問話裡出現，那麼這個主題在後面的言談或答話裡可以省略（如㉔句）。另外，在國語的引介句裡主語經常出現於句尾（如㉕與㉖句）。這些句子本身不含有主題，但是仍然可以從上下文或言談情況中尋找談話的主題。

㉓ ⑫ 進來！

㉔ ⑪ 甲：'橘子壞了嗎？'乙：'壞了。'

㉕ ⑬ 〔外面〕進來了一個人。

㉖ ⑮ 下雨了。

(六)主題與主語，可以根據名詞與動詞的關係來畫分。如果名詞與動詞之間有'做什麼'或'是什麼'的關係，那麼這個名詞便是主語。

(七)國語有些句子，同時會有主題與主語，可以稱爲「雙主句」(double-subject sentence)，例如：

㉗ ⑱ 張三女朋友〔很〕多。

㉘ ⑳ 五個蘋果兩個壞了。

㉙ ㉒ 家具舊的好。

主題與主語之間常有特定的語意關係，例如「整體」與「部分」的關係，包括「物主」與「屬物」（如㉗的‘張三’與‘女朋友’）、「全部」與「部分」（如㉘的‘五個蘋果’與‘兩個(蘋果)’）、「集合」與「成員」（如㉙的‘家具’與‘舊的(家具)’）等關係。

（八）出現於句首的時間或處所狀語應該分析爲主題，因爲這些狀語具有主題所應具備的一切要件，例如：

㉚ ㉕ 昨天雪下得很緊。

㉛ ㉚ 在臺北可以吃得很好。

（九）主語與謂語之間具有特定的語意或語法關係，但是主題與句子之間的關係卻是相當開放的。一個句子，只要其語意內容在語用上可以與主題搭配，就可以成爲主題的評論。而且，除了名詞以外，動詞（如㉜句）、動詞組（如㉝句）、甚至句子（如㉞句）都可以成爲主題。

㉜ ㊹ 住，臺北最方便；吃，還是香港好。

㉝ ㊻ 天天買菜，我真不知道該買什麼好。

㉞ ㊾ 張三明天去美國我覺得很奇怪。

主題有時候還可以出現於從屬子句裡（如㉟句）或對等連詞後面（如㊱句）。[55]

㉟ ㊿ 我想〔那件衣服我穿起來很好看〕。

㊱ 51 我很飽了，所以〔橘子我不吃了〕。

---

[55] 這並不是說，主題可以出現於任何從屬子句。一般說來，主題的出現似乎限於「言談動詞」(discourse verb) 與「推測動詞」(verbs of propositional attitude)，如‘說、問、猜、想、以爲、認爲、覺得、猜想、料想、推測、相信’等，後面的賓語子句。

(十)主語的存在受囿於句子，以句子爲界限。但主題是屬於言談或篇章的概念，其功用可以超越句子的界限。因此，主題可以承接前面的話題（包括引介「小主題」(subtopic) 與再介舊話題)，也可以與後面的主題形成「對比」(contrast)，例如：

㊲ ⑸ 衣服新的好；朋友舊的好。

同時，出現於主題後面的名詞，如果與主題名詞的指涉相同，常可以省略，例如：

㊳ ⑺ 張三是在加州念的大學，(他)主修語言學。

雖然主語名詞也具有類似的功用，但是如果句子裡兼有主題與主語，那麼後面的名詞都因與主題名詞指涉相同而刪略，例如：

㊴ ⑻ 那一棵樹葉子很大，(所以)我不喜歡(那一棵樹)。

㊵ ⑼ 那一塊田稻子長得很大，(所以)(那一塊田)很值錢。

對於以上漢語語法有關主題與主語的討論，我們有以下的補充、疑問或意見。

(一)國語名詞的定性，主要有四種：定指、殊指、任指、泛指。「定指」，表示說話者與聽話者都了解指涉的對象是那一個；「殊指」，只有說話者知道指涉的對象是那一個；而「任指」，則說話者與聽話者都沒有指定指涉的對象。至於「泛指」，則指某一種集合的所有成員或整體，在性質上屬於有定。國語名詞的定性，不能僅憑形態來判斷，還得考慮其他因素，包括名詞在句子裡出現的位置。除了「專名」(proper name) 與「人稱代詞」(personal pronoun) 屬於定指以外，含有「指示詞」(如‘這、那’或「限定性關係子句」(如‘站在門口的小孩子’)的名詞也都是定指。僅有「數量詞」而沒有其他修飾語的名詞，可能是無定（如‘前面來了兩個人'），可能是殊指（如'我有兩個弟弟在美國'），也可以是定指（'我把兩本書都放在桌子上'），端視名詞在句子中出現的位置與範域副詞'都'的有無等而定。含有「普遍量化詞」(universal quantifier)(如'每一個人都來了'，以及與'每'有相似功用的'所有、凡是'等)、重疊的名詞或量詞(如'家家都有一本難唸的經''條條大路通羅馬')以及不帶「數量詞」的名詞(如'鯨魚是一種哺乳動物''我不喜歡都市')都可以表示泛指。殊指名詞沒有什麼特別的標誌(如'我昨天買了一本書')㊻，雖然有些語言學家認爲出現於名詞前面的'有'字(如'有人在外面等你''有一件事我一直想告訴你')可以分析爲表示殊指示詞而且只能出現於句首，但是也有語言學家認爲這裡的'有'仍應該視爲動詞。任指名詞，沒有什麼特別的標誌。雖然 L. Wang (1970:465-467)認爲數詞'一'(特別是'一個'與'一種')在現代國語裡擔當類似英語無定冠詞 a(n)的職務，但是含有數詞'一'的名詞可能是任指(如'請來一碗牛肉麵')，也可能是殊指（'(他的)一條腿斷了，另一條腿也有一寸長的傷痕''我昨天遇見了一個朋友'），甚至還可能表示泛指或定指（如'(每)一個人(都)有兩隻手、兩條腿''(一個)人不能太自私''一斤糖多少錢？'）；全看這些名詞在句子裡所出現的位置而定。一般說來，不含指示詞而含有數詞'一'的名詞在句首出現的時候表示泛指或定指；在動詞前面出現的時候表示殊指；而在動詞後面出現的時候則可能表示殊指或任指，要看所出現的語境在

㊻ 雖然書面語詞彙裡有一個代表殊指的指示詞'某'，但在口語裡卻很少出現。

指涉上是「含混」(referentially opaque) 還是「清明」(referentially transparent)。

(二)主語與主題的畫分，不是漢語語法所稱那麼簡單而容易。例如，漢語語法說主語與動詞的關係是'做'與'是'的關係，但是主語的語意內容決不是這麼單純的概念所能涵蓋的。因爲主語所扮演的語意角色，除了「施事者」(agent) 或「客體」(object 或 theme) 以外，還包括「起因」(cause)、「受事者」(patient)、「感受者」(experiencer)、「處所」(place)、「時間」(time)、「事件」(event) 等。例如，例句㊶到㊽的謂語都沒有說明主語'做'什麼或'是'什麼。

㊶ 我昨天挨了一頓大罵。

㊷ 僑胞受到了熱烈的歡迎。

㊸ 老張前天開了刀。

㊹ 她感到無比的幸福。

㊺ 我心裡覺得很難過。

㊻ 他嚇了一大跳。

㊼ 這一張牀可以睡五個人。

㊽ 明天放假。

如果勉強擴張'做'與'是'的語義內涵來容納上面㊶到㊽句的謂語內容，那麼'做'與'是'的語義內涵就會變得很虛靈；等於說任何可想像的關係都可能存在於主語與謂語之間，而且同樣的定義也可以用來界說主題的功用。結果是爲主語下了定義，卻又等於沒有下定義。

(三)漢語語法 (88頁) 說主語與主題可以合而爲一，等於承認主題與主語有時候無從畫清。該書雖然也說，主題後面可以有停頓或可以有表示停頓的語助詞，甚至把這種語助詞稱爲「主題標誌」；但是這種停頓可有可無，不是一個很可靠的依據。而且，漢語語法並沒有說主語後面不可以有停頓，所以只要有停頓是否前面的名詞一定就要解釋爲主題？還是照樣可以解釋爲主語？又在同一個句子裡，可以在前後不同的地方停頓（如㊾與㊿的例句）。這個時候，是否就表示不同的主題？如果說有些停頓前面的成分是主題，而有些停頓前面的成分卻不是主題，那麼辨別的依據又是什麼？[57]

㊾a 老張啊，跳舞跳得很好。

b 老張跳舞啊，跳得很好。

㊿a 老李啊，說他最近很想念你。

b 老李說啊，他最近很想念你。

c 老李說他啊，最近很想念你。

d 老李說他最近啊，很想念你。

（四）漢語語法（98-99頁）說動詞、動詞組與子句都可以成爲主題，又說以動詞或動詞組爲主題時語助詞'啊、嘛、呢、吧'可以出現於後面做主題標誌（168頁❹），並且舉了下面三個例句。[58]

51 喝酒啊（／吧），也可以。

[57] 注意在例句（㊿ b. c.d）裡出現於語助詞'啊'前面的詞語都不是完整的句子成份（constituent），但似乎都具備了漢語語法上有關主題的要件。

[58] 根據一般學生的反應，只有53句裡表示交替的假設的'啊'可以用'吧'代替，51與52的'啊'都不宜用'吧'來代替。

(52) 唱歌啊(／吧)，沒有什麼興趣。

(53) 去啊(／吧)不好意思；不去啊(／吧)又不開心。

如果說停頓語助詞是認定主題的主要依據，那麼下面表示舉例(如(54)到(56)句)、「讓步」(如(57)句)或「交替的假設」(如(58)句)的語助詞'吧'前面的句子成分是否都要分析爲主題？

(54) 譬如我吧，我就不如你聰明。

(55) 就拿青菜來說吧，最近可漲價得很厲害。

(56) 就說瓦斯費這一項吧，我們上個月就付了八百多元。

(57) 就算你有理吧，你也不必這樣大吼大叫。

(58) 這一件大衣我真不知道該怎麼辦？買吧，錢不够；不買吧，又怕被人買走。

同樣的，下面表示「猶豫」(如(59)句)、「列舉」(如(60)句)、「假設」(如(61)句)、「條件」(如(62)句)的語助詞'啊'的句子成分、以及(63)到(67)句的語助詞'嘛'前面的句子成分，是否也都要分析爲主題？如果說有些句子成分是主題，而有些句子成分卻不是主題，那麼辨別的依據又是什麼？

(59) 以前啊，以前這個地方啊，全都是水田。

(60) 這裡的山啊、河啊、海啊，都是我從前常來玩的地方。

(61) 我要是自己有錢啊，就不會來向你借錢了。

(62) 你早說啊，我就早借給你了。

(63) 有意見嘛，大家提出來一起討論。

(64) 這個問題要是答不出嘛，就算了。

(65) 他自己願意去的嘛，我有什麼辦法。

(66) 餓就先吃嘛，別客氣了。

⑰ 你去問他嘛，他不理你；你不去問他嘛，他又說你不尊重他。

(五)漢語語法（94頁）說出現於句首的時間與處所狀語也是主題，並且除了前面㉚與㉛兩個例句以外，還列了下面的例句。

⑱ ㉘ 牆上爬著很多壁虎。

但是筆者認爲⑱句與下面⑲到⑫句一樣應該屬於引介句。

⑲ 桌子上有一本書。

⑳ 醫院裡躺着許多病人。

⑪ 外面進來了一個人。

⑫ 前面來了很多車子。

在這些例句裡，說話的人並不在談論出現於句首的處所，而在引介出現於句尾的人或事物。因此，在言談功用上句首的處所名詞不可能成爲後面談話的主題，只有句尾的事物名詞纔有可能成爲主題。同時，根據漢語語法（102頁）的看法，只有主題纔能刪略後面指稱相同的名詞。試比較：

⑬a 牆上爬着很多壁虎。??(這座牆)是用磚頭砌成的。

b 牆上爬着很多壁虎。李小姐看了(這些壁虎)不由得驚叫起來。

⑭a 桌子上有一本書。??(這張桌子)是用木頭做的。

b 桌子上有一本書。(這一本書)是講漢語語法的。

另外該書（95頁）認爲在下面⑮的例句裡，'大學'是主題，而'多半'是主語。

⑮ ㊵ 大學現在多半是男女同校。

那麼出現於'大學'與'多半'之間的'現在'究竟是什麼？是另外一

個主題？是整個主題的一部分？還是純粹的時間狀語？如果是時間狀語，那就要承認時間與其他狀語可以出現於主題與主語之間，而且還得承認出現於句首的時間與處所狀語不一定就是主題。最後請注意在一個句子裡可以出現的停頓可能不只一個。例如在下面⑯的說法裡，主題究竟是一個('大學')，還是兩個('大學'與'現在')？

⑯ 大學啊現在呀多半是男女同校。

(六)漢語語法(93頁)說在「雙主句」裡主題名詞與主語名詞的語意關係常常是「整體」與「部分」的關係。但這只是主題與主語之間可能存在的語意關係之一，還有其他不同的關係存在。而且，如果說⑰的例句是「雙主句」，那麼為什麼不說⑱到㉓的例句也是「雙主句」？因為在這些例句裡，'鼻子'、'我'、'雪'、'我'、'(他的)衣服'、'多半'、'我'等都可以分析為名詞，而且都在句子裡當主語。

⑰ ⑰ 象鼻子長。

⑱ ② 那隻狗我已經看過了。

⑲ ㉖ 昨天雪下得很緊。

⑳ ㉟ 籃球我打得不太好。

㉑ ㊳ 那個孩子(他的)衣服都破了。

㉒ ㊵ 大學現在多半是男女同校。

㉓ ㊸ 婚姻的事我自己做主。

漢語語法之所以單獨把⑰句列為「雙主句」，可能是因為在其他的例句裡主題與句子的其他部分具有特定的語意或語法關係。例如，⑱的'那隻狗'與⑳的'籃球'分別是'看過'與'打'的賓語；⑲的'昨天'與㉒的'大學'分別是句子的時間與處所狀語；而㉑的'那個孩子'與'(他的)衣服'之間則具有物主與屬物的關係。漢語語法的作者既然認爲主題是屬於言談功用的概念，而主題的「語意特性」(semantic characteristics)是「談話的話題」與「定指或泛指」，「形態特性」(formal properties)是「出現於句首」與「後面有停頓」(86頁)，那麼何必又拘泥於這些主題與句子之間可能存在的語意或語法關係而不承認其「雙主句」的地位？而且⑰句可以分析爲'象(它的)鼻子長'，事實上是與㉑句屬於同一種句式。倒是㉓句的主題'婚姻的事'，在語法上比較能獨立存在，可是連這一句都可以解釋爲來自'我對(於)婚姻之事自己做主'。我們這樣分析句子，並不是要主張所有含有主題的句子都來自不含有主題的句子。[59]我們只是說「主題」與「主語」是屬於不同範疇的兩個不同的概念，決不可混爲一談，因而似乎也不應該使用「雙主句」、「大主語」(main subject)、「小主語」(minor subject)[60]這些名稱來混淆二者的區別。同時，我們也認爲主題與句子之間的語意或語法關係應該是語法研究的對象。無論含有主題的句子是否從不含有主題的句子衍生[61]，下面㉔a到㉔f的例句裡主題與

---

[59] 有些句子的主題顯然在基底結構裡卽已存在；例如，'哺乳動物，鯨魚最大'。

[60] 參 Chao (1968:67-104) 與漢語語法 (94頁)。

[61] 注意我們可能有三種選擇：(一)所有含有主題的句子都從不含有主題的基底結構經過變形而衍生；(二)所有主題都在基底結構中卽已存在；(三)有些主題經過變形而衍生，有些主題在基底結構中卽已存在。

句子之間可能存在的語意與語法關係都應該交代清楚。❻❷

㊹a 老張昨天在會議上跟老李討論過這個問題。

b 老張，(他)昨天在會議上跟老李討論過這個問題。

c 這個問題，老張昨天在會議上跟老李討論過。

d 老李，老張昨天在會議上跟他討論過這個問題。

e 昨天，老張在會議上跟老李討論過這個問題。

f 在會議上，老張昨天跟老李討論過這個問題。

(七)漢語語法(102頁)以下面的例句來主張主題名詞經常優先於主語名詞把後面指涉相同的名詞加以刪略。

㊺ ㊳ 那棵樹葉子大，(所以)我不喜歡(那棵樹)。

㊻ ㊳ 那塊田稻子長得很大，(所以)(那塊田)很值錢。

但是我們可以舉出下面的反例來證明主語名詞也可以優先於主題名詞把後面指涉相同的名詞加以刪略。

㊼a 那棵樹葉子很大，(葉子)比你的手掌還要大。

b 那棵樹葉子很大，(所以)(葉子)可以用來包年糕。❻❸

㊽a 那塊田稻子長得很快，(所以)再過半個月(稻子)就可以收割了。❻❹

b 那塊田稻子長得很大，(所以)附近的農民都跑來看(稻

---

❻❷ 以下例句採自湯(1978a:75)。

❻❸ 這一句的後半句也可以分析為'…(所以)可以用(葉子)來包年糕。'。

❻❹ 這一句的後半句也可以分析為'…(所以)再過半個月就可以收割(稻子)了。'。

子)。[65]

湯 (1978b:77-78) 也舉了下面的例句來說明主語名詞可以優先於主題名詞把後面指涉相同的名詞改為人稱代詞、反身代詞或加以刪略。

⑻ 陳先生,他太太跟(她的)朋友一起出去了。

⑼ 陳先生,他太太很會照顧(她)自己。

⑼ 陳先生,他太太很會唱歌,(她)也很會跳舞。

⑼ 陳先生,他太太不小心,(她)給椅子絆倒了。

當然我們可以把這些主語名詞分析成主題的一部分,句首第一個主題('那棵樹''那塊田''陳先生')是狹義的話題,第二個主題('葉子''稻子''他太太')表示對比。但是不管如何解釋,這兩個名詞都可以使句中指涉相同的名詞得以刪略。

漢語語法從語意與語法功能兩方面來為名詞組下定義。就語意功能而言,名詞組表示人、物、類、行動、事件、抽象的屬性或概念等。就語法功能而言,名詞組可以充當主題、主語、直接賓語、間接賓語或介詞的賓語。再就形態而言,名詞組可能是代詞、名詞、複合名詞或名詞加上修飾語。名詞的修飾語經常出現於名詞的前面。這些修飾語包括 (1) 數量詞組 、(2) 聯合詞組、(3)修飾詞組等 , 被修飾的名詞叫做被修飾語名詞、中心語名詞或主要語名詞 (head noun)。漢語語法對於各種修飾語的內容,更做了下面的說明。

---

[65] 當然我們也可以拿'那塊田'來代替句尾的'稻子'。另外,我們也可以舉'那塊田稻子長得很大,(稻子)已經有孩子的個子這麼大了。'這樣的例句。

(一)「數量詞組」(classifier measure phrase) 由「指示詞」(如'這、那、哪')、「數詞」(如'一、半、十'等) 或「量化詞」(如'整、幾') ⑥⑥ 與「量詞」(如'個、張、件、架、條'等) 而成 (如'這一個'或'整張')。有些「度量衡名詞」(measure word) (如'塊、里、斤、兩、尺、天'等) 不能與量詞運用，而且本身還可以當量詞用 (如'十塊錢、六里路、一百兩銀子')。這些度量衡名詞，又可以分為表「距離」(如'里、尺')、「重量」(如'斤、兩')、「面積」(如'畝、甲')、「容量」(如'斗、加侖')、「羣體」(如'羣、堆、打、行、串')、「容器」(如'瓶、杯、盒、缸')、「事件」(如'場、次、盤(棋)、班(飛機)')。另外有一些借用身體部位或房屋方位等名稱的量詞 (如'一臉灰、一肚子氣、一屋子賊、一地麵粉')。量詞的選擇由名詞來決定，雖然事物的形狀與量詞之間有某些固定的關係 (如細長的事物用'條'、四隻腳的動物用'隻')、通常要靠記憶來學習。

(二)所謂「聯合詞組」(associative phrase) 是由名詞組與助詞'的'所組成的修飾語，語意上可以表示「領屬」(如'我的襯衫''他們的家''兔子的耳朵') 以及「作者、發明者、來源、屬性、質料、種類、用途、度量衡」等各種意思。⑥⑦聯合詞組裡所包含的助字'的'有時候可以省去(如'你(的)妹妹、你(的)那一本書')。

(三)「修飾詞組」(modifying phrase) 包括「關係子句」(如

---

⑥⑥ 漢語語法 (104頁) 在「量化詞」(quantifier) 中還列了'某一'。但是依'某一個人、某些書'這些分佈來看，'某'似乎應該與'這、那、哪'一樣分析為「指示詞」(demonstrative)。

⑥⑦ 參湯 (1979b:144)。

'張三買的書''騎自行車的人'）與「限定形容詞」（如'好人、假話、國立大學、天然顏色'）。同一個形容詞可以出現於關係子句（如'紅的花'），也可以做限定形容詞用（如'紅花'）。一般說來，不含有'的'字的形容詞修飾語與名詞被修飾語的關係比較密切，共同形成一個「類名」（a name for a category of entities）。另一方面，含有'的'字的形容詞修飾語則更進一步把名詞被修飾語加以辨別或限制。形容詞的重疊式修飾名詞必須加上'的'字（如'紅紅的花'），而有些形容詞（如'舒服、漂亮、容易、胖、高'等）則不重疊也必須加上'的'字纔可以修飾名詞（如'舒服的椅子、漂亮的女孩子、高的男孩子'）。又在文言或書面語詞彙中，形容詞修飾語後面的'的'字比較容易省略（如比較：'重要(的)人物'與'重要的人'）。但是沒有一般性的規律可以用來預測形容詞後面的'的'字什麼時候可以省略（123頁）。

（四）各種修飾語在名詞組中出現的詞序有兩種：(a) 聯合詞組＋數量詞組＋關係子句＋形容詞＋名詞（如'我的那一個住在美國的朋友'）；(b)聯合詞組＋關係子句＋數量詞組＋形容詞＋名詞（如'我的住在美國的那一個朋友'）

漢語語法有關名詞組的討論裡，數量詞組部分的敍述大致依照傳統漢語語法的說法[68]，另外有關關係子句的分析我們在第二十節「國語句子的名物化」中再加以詳論。這裡我們只討論所謂聯合詞組中有關助詞'的'的省略，以及各種修飾語在名詞組中出現的次序。

---

[68] 如 Chao（1968:584-620）。

漢語語法在聯合詞組與修飾詞組的討論中前後提到助詞'的'有時候可以省略，卻又說沒有規律可以預測什麼時候可以省略或不可以省略。但是我們既然有能力可以判斷'的'字什麼時候可以省略，什麼時候不可以省略，那麼我們就應該發現一般性的規律來說明這種能力。例如，有些量詞後面可以加上'的'字，有些量詞後面卻不能加上'的'字。⑥⑨ 一般說來，狹義的量詞（即 Chao (1968:585) 所稱的「個別量詞」(individual measures)) 後面不能用'的'（如'*一個的人、*一張的桌子'），但是借用身體部位或房屋方位等名稱的量詞（即 Chao (1968:603) 所稱的「暫用量詞」(temporary measures)，如'一肚子(的)氣、一屋子(的)賊'）與表示度量衡的量詞（即 Chao (1968 : 605) 所稱的「標準量詞」(standard measures)，如'三公里(的)路、五加侖(的)汽油'）都可以在量詞後面加上'的'字。其他量詞，如表示羣體的量詞（如'一系列(的)問題'）、表示部分的量詞（如'一擔子(的)活魚'）、表示容器的量詞（如'一箱子(的)書'）等，也都可以在後面加上'的'字。狹義的量詞，幾乎全都是單音節的附着語，必須依附後面的名詞出現，所以不能在量詞與名詞中間加上'的'字。在後面可以加上'的'字的量詞，本身大都具有名詞的內部結構與外部功能（例如除了表示度量衡的量詞以外本身都可以帶上

---

⑥⑨ 參 Chao (1968:619)。

數量詞組），而且多半都是多音節自由語⑩，因此都可以帶上'的'字與名詞形成聯合詞組。我們甚至可以說這些含有'的'字的量詞在基底結構上是聯合詞組，因爲量詞與名詞在語意上結合得很緊密，所以中間的'的'字可以省略。這就說明了爲什麼這些量詞前面另有數量詞組修飾後面的名詞的時候，'的'字不能省略（如比較：'二十層(的)樓房'與'一棟二十層的樓房'；'十碼(的)布'與'一塊十碼的布'）。因爲這個時候這些量詞的功用不是純粹的量詞，而是名詞做修飾語。

同樣的，聯合詞組裡修飾語名詞與被修飾語名詞之間的語意關係，對於中間'的'字的省略也具有極密切的關係。湯（1980b: 127-129）曾經指出，如果修飾語名詞與被修飾語名詞之間具有「不可轉讓的屬有關係」（inalienable possession），如人與家屬親戚之間（如㊈的例句）、人與身體各部分之間（如㊉的例句）、物體與空間的相對方位之間（如㊊的例句）那樣密切得不能分離或轉讓的關係，那麼出現於這兩個名詞之間的'的'字就可以省略。

㊈ 我(的)太太（父親、母親、哥哥、姊姊、弟弟、妹妹、舅舅……朋友……）

㊉ 太太(的)眼睛（鼻子、嘴巴、耳朵、小腿、聲音、脾氣、個子……）

㊊ 桌子(的)上面（下面、裡面、外面、左邊、右邊、旁

⑩ 有些表度量衡的單音節詞(如'一斗(的)米''十里(的)路''三碗(的)飯'等）後面可以省去'的'字。又如果這些量詞的前面另外有數量詞組，那麼就非加上'的'字不可（如'一根三尺(長)的棍子''一棟二十層的樓房'。參湯（1979b）「國語的'的'字句」。

邊、周圍……）

漢語語法（115-116頁）也認爲'你（的）妹妹、你（的）那一本書'裡面的'的'字可以省略，但是又說'的'字之能否省略必須放在動詞後面直接賓語的位置上來檢驗，不能放在句首主語的位置上去檢查（169-170頁❿）。因爲他們認爲出現於句首而不帶'的'字的名詞不是聯合詞組，而是主題；所以'張三女朋友很漂亮'的'張三'是主題，而'張三的女朋友很漂亮'的'張三的'是聯合詞組，二者之間在句法結構上並沒有連帶關係。但是他們似乎未注意到表示「不可轉讓的屬有」的聯合詞組（如'張三的女朋友''林先生的太太''李小姐的眼睛'）與表示'可以轉讓的屬有'的聯合詞組（如'張三的女客人''林先生的狼狗''李小姐的眼鏡'），有不同的語意關係與句法表現。[71] 例如，「不可轉讓的屬有」裡代表「物主」的名詞可以成爲主題，而「可以轉讓的屬有」裡代表「物主」的名詞卻不能成爲主題。試比較：

⑯a　張三，女朋友很漂亮。

b??張三，女客人很漂亮。

⑰a　林先生，太太很兇。

b??林先生，狼狗很兇。

⑱a　李小姐，眼睛很可愛。

b??李小姐，眼鏡很可愛。

而且，出現於介詞或動詞後面的賓語，也只有「不可以轉讓的屬

[71] 參湯（1980b:128-129）的討論。

有」的聯合詞組纔可以省略'的'字。試比較：㊷

⑲a　他跟張三女朋友一起出去了。

b??他跟張三女客人一起出去了。

⑳a　他帶林先生太太散步去了。

b??他帶林先生狼狗散步去了。

嚴格來說，'女朋友'並不是表示家屬親戚的名稱，但是與人的關係也非常密切，其密切的程度僅次於'太太'，而遠高於'女佣人''女房東''女房客''女客人'等。因此，許多人認爲在⑩的例句裡，(a-b) 的例句似乎都比 (c-e) 的例句好。

⑩a　張三，太太很漂亮。

b　張三，女朋友很漂亮。

c??張三，女佣人很漂亮。

d??張三，女房東很漂亮。

e??張三，女房客很漂亮。

聯合詞組裡修飾語名詞與被修飾語名詞間的語意關係是否密切，對於中間'的'字的能否刪略具有決定性的作用，還可以從下面例句的比較中看得出來。在這些例句裡'佣人、導師、總經理'等都不是表示個人與個人間關係的名詞，而是表示羣體或機構（如

㊷ 我們並不否認聯合詞組裡的'的'字在賓語的位置上比較不容易刪略（如'我們很欣賞李小姐的眼睛'），但是國語其他刪略變形在賓語的位置也比主語的位置來得難（如比較：'張三打了李四，(張三) 也踢了李四'與'張三打了李四，也踢了 *(李四)'），似乎應該從不同的層次來處理。另外注意，出現於事物名詞與方位名詞中間的'的'字，在句尾的位置也可以省略，如'張三把書放在桌子(的)上面'。

'家、班、學校、公司'等）與個人地位關係的名詞。因此，出現於這些名詞前面的單數名詞（如'你'）不容易刪略後面的'的'字(如(b)句)，但是複數名詞或羣體名詞（如(b)以外的例句）後面的'的'字則可以省略。試比較：⑬

⑽a　你的佣人一個月拿多少錢？

b ?你佣人一個月拿多少錢？

c　你們(的)佣人一個月拿多少錢？

d　你們家(的)佣人一個月拿多少錢？

⑽a　你的導師是敎什麼的？

b ?你導師是敎什麼的？

c　你們(的)導師是敎什麼的？

d　你們班上(的)導師是敎什麼的？

e　你們學校(的)導師一共有幾位？

⑽a　你的總經理姓什麼？

b ?你總經理姓什麼？

c　你們(的)總經理姓什麼？

d　你們公司(的)總經理姓什麼？

其他，如表示'質料'或'材料'的名詞後面的'的'字也可以省略，例如：⑭

⑽　皮(的)大衣、尼龍(的)襪子、羊毛(的)襯衫

---

⑬ 參湯 (1979b，1980b) 與 J. C-C. Tang (1983a)。

⑭ 但是在比喻用法裡，特別是單音節修飾語名詞後面，'的'字不宜省略，例如'鐵(一般)的事實''血的敎訓''鋼的紀律'。參湯 (1979b: 145)。

⑯ 鐵(的)門、木頭(的)房子、鋼筋水泥(的)樓房

表示國家、省份等專名後面的'的'字也常可以省略，例如：

⑰ 中國(的)人民、美國(的)政府、韓國(的)工業、日本(的)汽車、四川(的)榨菜、臺灣(的)名產

可見聯合詞組裡'的'字的省略，並不像漢語語法（115—116頁）所稱那樣限於人稱代詞之後、表示親屬關係的名詞之前（如'你(的)妹妹'），或人稱代詞之後、數量詞組之前(如'你(的)那一本書')，也不像 Chao (1968:289) 所稱那樣限於人稱代詞之後，表示人際關係（如'我(的)爸爸''他(的)先生'）或方位(如'我(的)左邊''你(的)上頭'）名詞之前。因為被修飾語名詞，除了表示親屬（如⑬句)、身體部位（如⑭句)、方位（如⑮句）的名詞以外，還可以包括其他各種各類的名詞（如(⑫—⑰)句)。修飾語名詞，也除了人稱代詞以外，凡是有定名詞如專名（如'林先生(的)太太')、定指名詞（如'那一個人(的)太太')、泛指名詞(如'狗(的)尾巴、皮(的)大衣')、甚至殊指名詞（如'有一本書(的)封面破了'）後面的'的'字都在某些限制下可以省略。有時候，'的'字的有無會影響語意。試比較：

⑱a 你的孩子的脾氣太壞了。

b 你的孩子脾氣非改不可。

⑲a 你(的)這一個孩子太不像話。

b 你這一個孩子太不像話。

⑳a 美國的朋友來信沒有？

b 美國(這一個)朋友可靠不可靠？

⑲b與⑳b的例句顯示，有些修飾語名詞與被修飾語名詞之間具有

「同位」(apposition)的關係，中間不能加上'的'字。⑱b的例句顯示，有些修飾語名詞與修飾語名詞的組合，如'孩子脾氣、孩子氣、牛脾氣、木頭人、神鎗手、苦瓜臉、娃娃臉、狐狸精、黃毛丫頭、問題學生、關鍵人物、紅色炸彈'等，前後兩個名詞之間的語意關係非常密切，整個名詞所代表的語意並不完全等於其所包含的兩個名詞的涵義之和，應該視爲複合詞或成語來處理，不應該分析爲由聯合詞組裡省略'的'字而得來。其他含有附着語名詞語素的複合名詞（如'羊毛衫、辦公桌'），也不能在兩個名詞語素之間加上'的'字（比較'羊毛衫'與'羊毛(的)襯衫'；'辦公桌'與'辦公(的)桌子'），應該視爲獨立的「詞項」(lexical item)而貯備於詞彙中。另一方面，表示事物的「固有屬性」(如⑪句)或「界說」(如⑫句)的被修飾語名詞前面的'的'字則不常省略，例如：

⑪ 水的密度、物體的重量、田的面積、皮膚的顏色

⑫ 主席的職位、科學的定義、舅舅的稱呼

從以上的討論可以知道，聯合詞組裡'的'字的能否刪略，是有一定的準則可循的。

至於修飾詞組裡修飾語形容詞與被修飾語名詞中間'的'字的能否刪略，我們也可以提出下面一些準則來。❼❺

(一)一般單音節形容詞，都可以不用'的'字直接修飾名詞。但是如果要強調形容詞所表示的屬性，就可以加上'的'字。試比較：

⑬a 他是個好學生，不是個壞學生。

❼❺ 參湯 (1979b:146-148)。

b 好的學生比壞的學生多。

⑪④a 留長頭髮好看嗎？

b 只有長的頭髮纔可以做假頭髮。

(二)雙音節形容詞，特別是修飾單音節名詞的雙音節形容詞，通常都保留後面的'的'字，例如：

⑪⑤ 快樂的人比有錢的人幸福。

⑪⑥ 睡柔軟的床比睡堅硬的床舒服。

(三)在書面語裡，不論修飾語形容詞或被修飾語名詞音節的多寡，中間的'的'字常加以省略。這可能是受了文言文法裡形容詞直接修飾名詞的影響，也可能是出於盡量刪去多餘的贅詞以求詞句簡練的考慮，例如：

⑪⑦ 好人、壞人、忙人、閒人、大事、小事、傻事、急事、生人、陌生人

⑪⑧ 重要問題、密切關係、優秀份子、親密戰友、緊急事變、緊要關頭、長程計畫、短程目標、流行歌曲、熱門音樂

(四)附着語形容詞後面不能加上'的'字，必須與後面的名詞直接合成複合詞，例如：

⑪⑨ 盲人、聞人、愚人、方臉、縱坐標、橫坐標

附着語名詞前面的形容詞也不能加上'的'字，必須直接合成複合詞，例如：

⑫⓪ 假鈔、新衣、舊衣、新郎、新娘、圓桌、方桌

(五)一般說來，不含'的'字的形容詞，其功用在於限制或分類名詞的「指涉對象」(referent)；而含有'的'字的形容詞，其功

用則在修飾或描寫名詞的「情狀」(quality)。因此，僅指涉類名而未描寫情狀的形容詞，後面都不加'的'字，例如：

(121) 快車、慢車、快車道、慢車道、新聞、晚報、快餐、輕武器、重武器

又有些形容詞與名詞在語意上的結合很密切，幾乎形成一個複合名詞或成語。這個時候'的'字常省略或必須省略。試比較：

(122)a 一個聰明的人不會做這樣糊塗的事情。

b 你是個聰明人，我不必多解釋。

(123)a 這樣老實的人竟然受人冤枉！

b 他是一個老實人，不太會說話。

形容詞與名詞的結合很緊密，事實上形成複合名詞，必須做爲獨立的詞項貯備於詞彙的尙有：

(124) 紅包、紅娘、黑板、黑市、黄牛、大舌頭、大笨蛋、大笨牛、大傻瓜、大美人、大忙人、大好人、小丈夫、小寡婦、香水、香腸、臭豆腐、臭脚丫、急驚風、慢郎中

另一方面，「重疊式形容詞」(如'紅紅、紅通通、紅通紅通、糊糊塗塗、糊裡糊塗')、有「程度副詞」(如'很、挺、太、最、非常、特別、這麼、那麼'等) 修飾的形容詞，以及「偏正式複合詞」裡本身含有修飾語素的形容詞(如'粉紅、鮮紅、朱紅、通紅、雪白、蒼白、雲白、漆黑、噴香、筆挺'等)，其功用都在描寫情狀，所以在這些形容詞後面通常都需要加上'的'字，例如：

(125) 紅紅的臉、紅通通的臉、紅通紅通的臉

(126) 很薄的紙、太髒的衣服、最貴的菜、非常聰明的學生、特別重的箱子、這麼厚的禮、那麼有趣的人

⑫⑦ 粉紅的面頰、鮮紅的嘴唇、雪白的皮膚、蒼白的臉、漆黑的晚上、筆挺的西裝

從⑫⑥的例詞我們可以看出，有些形容詞與名詞的組合可以表示「類名」，前面的形容詞所表示的屬性是後面的名詞所代表的事物所必須具備的固有或重要的屬性，所以形容詞前面的程度副詞與形容詞後面的'的'字都可以刪略（如⑫⑧的例句）。但是有些形容詞與名詞的組合並不表示類名，因爲形容詞所表示的屬性並不代表名詞所具備的固有或重要的屬性（如⑫⑨的例詞），所以必須在形容詞後面加上'的'字，並且可以把形容詞重疊或加上程度副詞來描寫事物的情狀（如⑬⓪的例詞）。試比較：

⑫⑧ 薄紙、髒衣服、貴東西、聰明學生、重擔子、厚禮、有趣故事

⑫⑨ *薄書、髒帽子、貴菜、聰明狗、重箱子、厚書、有趣人

⑬⓪ 薄薄的書、骯髒的帽子、昂貴的菜、非常聰明的狗、挺重的箱子、相當厚的書、蠻有趣的人

同時注意，因爲「對比」而需要加強形容詞所代表的屬性時，這些形容詞後面也常加'的'字。試比較：

⑬① 我買了一張圓桌子與一張方桌子。

⑬② 我們需要的是圓的桌子，不是方的。

（七）關係子句後面的'的'字不能刪略，同位子句的'的'字在數量詞組之前常省略。試比較：

⑬③a 你填寫的報告

b 你填寫的這一份報告

⑬④a 你破產的消息

b 你破產(的)這一個消息

又根據 J. C-C. Tang (1983b) 的分析，聯合詞組與修飾詞組裡‘的’字的刪略還要受「詞組結構」(constituent structure) 或「理解策略」(perceptual strategy) 上的限制。首先，我們注意到‘的’字的刪略必須從詞組結構最裡面的名詞組開始，然後依次往外刪略。試比較：

⑬⑤a 〔〔林先生的太太〕的弟弟〕在那裡工作？

b 林先生的太太的弟弟在那裡工作？

c 林先生太太的弟弟在那裡工作？

d *林先生的太太弟弟在那裡工作？

e??林先生太太弟弟在那裡工作？[76]

⑬⑥a 〔〔林先生的弟弟〕的太太〕在那裡工作？

b 林先生的弟弟的太太在那裡工作？

c 林先生弟弟的太太在那裡工作？

d *林先生的弟弟太太在那裡工作？

e??林先生弟弟太太在那裡工作？

⑬⑦a 〔〔好的學生〕的宿舍〕很難找。[77]

b 好的學生的宿舍很難找。

c 好學生的宿舍很難找。

d *好的學生宿舍很難找。

---

[76] 聯合詞組與表示親屬名詞之間的‘的’字只能刪略一次，不能繼續往下刪略而產生‘林先生太太弟弟’或‘林先生太太弟弟女朋友’等結構。

[77] 有關⑬⑦與⑬⑧‘的’字刪略的接受度判斷與可能牽涉到的「多義」(ambiguity) 請參 Chao (1968:288)。

e　好學生宿舍很難找。

⑬a　〔好的〔學生的宿舍〕〕很難找。

b　好的學生的宿舍很難找。

c　好的學生宿舍很難找。

d *好學生的宿舍很難找。

e　好學生宿舍很難找。

⑬a　〔〔你們的鄰居〕的小孩子〕上了學沒有？

b　你們的鄰居的小孩子上了學沒有？

c　你們鄰居的小孩子上了學沒有？

d *你們的鄰居小孩子上了學沒有？

e　你們鄰居小孩子上了學沒有？

但是在含有三個以上'的'字的較爲複雜的詞組結構裡，國人對於'的'字刪略次序的接受度判斷就不那麼一致。大家對於依照上述原則，從最裡面的名詞組開始，依次往外較大的名詞刪略'的'字，都一致認爲可以接受。但是，對於不嚴格依照這個原則的'的'字刪略，大家所做的接受度判斷就會有出入。有人認爲這些句子不好；有人認爲這些句子差一些，但還是可以通；也有人認爲這些句子沒有問題，都可以通。根據 J. C-C. Tang (1983a) 的分析，這是由於大家對於這些聯合詞組所做的詞組結構分析的內容不盡相同的緣故。因爲有些人會把詞組結構分析上並非「姊妹成分」(co-constituents 或 sister constituents) 的名詞的組合當做複合名詞看待 (如⑭的'隔壁(的)房子'或'房子(的)屋頂')；也就是說，大家似乎根據句子表面結構的理解策略來判斷有關'的'字刪略的接受度。因此，她的結論是只要'的'字的刪略不影響句義的了解，即不致於產生誤解或引起了解上的困難，就可以刪略。試比較：

⑭a 〔〔〔你們的隔壁〕的房子〕的屋頂〕會漏水。
 b 你們的隔壁的房子的屋頂會漏水。
 c 你們隔壁的房子的屋頂會漏水。
 d 你們隔壁房子的屋頂會漏水。
 e 你們隔壁房子屋頂會漏水。
 f (?)你們的隔壁的房子屋頂會漏水。
 g (?)你們的隔壁房子的屋頂會漏水。
 h (?)你們的隔壁房子屋頂會漏水。
 i (?)你們隔壁的房子屋頂會漏水。

⑭a 〔我們的〔〔英國的文學〕的老師〕〕是美國人。
 b 我們的英國的文學的老師是美國人。
 c 我們的英國文學的老師是美國人。
 d 我們的英國文學老師是美國人。
 e 我們英國文學老師是美國人。
 f *我們英國的文學的老師是美國人。
 g *我們的英國的文學老師是美國人。
 h *我們的英國的文學老師是美國人。
 i (?)我們英國文學的老師是美國人，

⑭a 他是〔〔我們的學校〕的〔英文的老師〕〕。
 b 他是我們的學校的英文的老師。
 c 他是我們學校的英文的老師。
 d 他是我們學校的英文老師。

e 他是我們的學校的英文老師。

f 他是我們學校英文老師。

g (?)他是我們的學校英文的老師。

h (?)他是我們學校英文的老師。

i (?)他是我們的學校英文老師。

最後，我們對於漢語語法中有關名詞修飾語的詞序的討論，提出下面的補充。

(一)帶'的'字的修飾語與不帶'的'字的修飾語同時出現時，帶'的'字的修飾語經常出現於不帶'的'字的修飾語之前。[78]這似乎是不含'的'字的形容詞係表示分類而直接限制名詞，而含有'的'字的形容詞則描寫情狀而間接修飾名詞當然的結果。試比較：

(143)a 黑的大狗

b 大的黑狗

c *黑大的狗

d *大黑的狗

e 大黑狗[79]

(144)a 瓷的小茶杯

b 小的瓷茶杯

c *瓷小的茶杯

d *小瓷的茶杯

---

[78] 參湯(1979:148)。

[79] 這個例句顯示表形狀、大小的形容詞通常出現於表顏色的形容詞之前。

e　小瓷茶杯⑳

(二)「關係子句」可以出現於數量詞組之前或後，而「同位子句」則通常出現於數量詞組之前。㉑試比較：

⑭a　這一位剛升任經理的張先生你認識嗎？

b　剛升任經理的這一位張先生你認識嗎？

⑭a　張先生升任經理的消息是真的嗎？

b　張先生升任經理(的)這一個消息是真的嗎？

c　?這一個張先生升任經理的消息是真的嗎？

又在語意上同位子句與中心語的關係，比關係子句與中心語的關係密切，所以同位子句與關係子句共同修飾同一個中心語時，其出現的次序是關係子句在前，同位子句在後；也就是說，同位子句要緊靠著中心語出現，例如：㉒

⑭a　我們立刻來討論我們如何籌措經費這個問題。

b　我們立刻來討論主席提出的這個問題。

c　我們立刻來討論主席提出的我們如何籌措經費這個問

---

⑳ 這個例句顯示表形狀、大小的修飾語出現於表質料、材料的修飾語之前。

㉑ 參湯（1980b:133–134）。有許多人認爲⑭句的ⓒ句比ⓓ句差。這可能是基於理解策略的考慮，因爲聽到ⓒ句的人很容易把本來修飾'消息'的數量詞組'這一個'誤爲修飾同位子句的主語'張先生'。又ⓐ句的'的'字不能刪略，因爲刪略的結果同位子句的界限就不很清楚。而ⓑ句的'的'字則可以刪略，因爲這個時候有數量詞組'這一個'來擔任同位子句與中心語界限的標誌。可見這裡'的'字的能否刪略，亦與理解策略有關。

㉒ 參湯（1980b:134）。

題。

d *我們立刻來討論我們如何籌措經費(的)主席提出的這個問題。

(三)漢語語法(124—126頁)在討論各種修飾語在名詞組裡出現的次序時，提到關係子句可以出現於數量詞組之前或後，卻沒有說明這兩種詞序在語意或語用上有什麼不同。依照 Chao (1968:286) 的看法，⑭⑧a 的關係子句是「描寫性」(descriptive) 的，談話的兩造已經知道'那位先生'所指的是哪一個人，'戴眼鏡的'只不過是附帶描寫而已。另一方面，⑭⑧b 的關係子句卻是「限制性」(restrictive)的，如果沒有指出'戴眼鏡的'這個特徵，就無法知道'那位先生'究竟指的是哪一個人。趙先生還說，如果把⑭⑧a的'戴眼鏡'重讀，就變成「限制性」的關係子句，在意義上與⑭⑧b相同。

⑭⑧a 那位戴眼鏡的先生是誰？

b 戴眼鏡的那位先生是誰？

A. Y. Hashimoto (1971:24—25) 也贊同趙先生這種分類，並且主張：只有描寫性的關係子句可以修飾無定名詞，限制性的關係子句則只能修飾有定名詞。湯(1973，1978d)從實際語料中去證明，現代國語在描寫用法與限制用法之間並不做嚴格的限制。事實上，這兩種詞序都有人用，而且選用哪一種詞序似乎與關係子句裡面所刪略的是主語或是賓語，以及關係子句所修飾的是主語或是賓語有關。如果關係子句裡所刪略的是主語，而且關係子句所修飾的名詞是句子的主語，那麼關係子句多半出現於數量詞組之後。如果關係子句裡所刪略的是賓語而所修飾的名詞是句子的主語，那麼兩種詞序都有人用，但是似乎以關係子句出現於數量詞組之前的情形為多。如果關係子句修飾的名詞是動詞的賓語，那麼關係子句又多半出現於數量詞組之後。這種詞序上的選擇，顯然與句子的理解策略有關，卽說話的人盡量選擇適當的詞序，以幫助聽話的人辨認句子的主語與賓語，而不致於有所誤解。例如，在原則上可以由⑭的a、b兩個句子產生⑮或⑮的句子。但是實際上大家都常用⑮句而不用⑮句，因為⑮句很容易使人誤解為'三個男孩子'喜歡'一個女孩子'。

⑭a　男孩子喜歡那三個女孩子。

　b　她們來了。

⑮　男孩子喜歡的那三個女孩子來了。

⑮　那三個男孩子喜歡的女孩子來了。

同理，⑮的a、b兩句在原則上可以產生⑮句或⑮句，但是實際上幾乎沒有人用⑮句，因為⑮句比⑮句容易了解得多。[83]

⑮a　那三個男孩子喜歡那一個女孩子。

　b　她來了。

⑮　那三個男孩子喜歡的那一個女孩子來了。

⑮　那一個那三個男孩子喜歡的女孩子來了。

---

[83] 參湯（1978:251-255）。關於「數量詞組」對於「理解策略」的關係，L. Wang（1979:467）也說了如下的話：'這種無定冠詞性的"一個"和"一種"〔……〕不但能憑藉造句的力量使動詞、形容詞在句中的職務（主語、賓語等）更為明確〔……〕，更重要的是，在很長的修飾語前面放一個"一個"或"一種"，令對話人或讀者預先感覺到後面跟着的是一個名詞性的仂語'。

有時候，不同的詞序還可能表達不同的意思。例如，⑮句暗示他寫的書不只三本（但是我只讀了其中三本），而⑯句卻表示他總共只寫了三本書。試比較：

⑮ 我讀完了三本他寫的書。

⑯ 我讀完了他寫的三本書。

(四)又漢語語法(124頁) 認爲「聯合詞組」經常出現於「數量詞組」之前。但是事實上表示領屬的聯合詞組可能出現於數量詞組之前（如‘你的一封信’)，也可能出現於數量詞組之後（如‘一封你的信’)。而且，這兩種詞序的不同，與名詞組的定性有關；卽‘你的一封信’是有定名詞，而‘一封你的信’卻是無定名詞。[84]試比較：

⑰a 你的一封信在桌子上。

b??桌子上有你的一封信。

⑱a 桌子上有一封你的信。

b *一封你的信在桌子上。

另外，‘你這一個孩子’這種說法可能有兩種不同的含義。一種是‘你’與‘這一個孩子’之間，具有同位的關係，‘你’與‘這一個孩子’是指同一個人。另一種是‘你’與‘這一個孩子’之間，具有領屬的關係，與‘你的這一個孩子’同義。這兩句話的形態與語意既然不同，就應該加以區別。

漢語語法第四章，除了主題、主語、數量詞組、聯合詞組、各種修飾語在名詞組裡的詞序以外，還談到了名詞的「定性」

[84] 參湯 (1977d:191-192)。

(definiteness) 與「指涉」(referentiality)、代詞、反身代詞、動詞組的類型等問題。爲了節省篇幅，扼要討論如下。

(一)漢語語法裡有關「指涉性的」(referential) 與「非指涉性的」(nonreferential) 名詞組的界說並不十分淸楚。根據該書(126—129頁)的分析，下面的名詞組是「非指涉性的」：(1)表示主語屬性的補語名詞組 (如'王先生是工程師')、(2) 動賓式複合名詞裡面的賓語名詞 (如'我不會唱歌')、(3) 偏正式複合名詞裡面的修飾語名詞 (如'他穿着一條羊毛褲子')、(4)某些謂語動詞的賓語名詞 (如'那個商人賣水果')、(5)出現於否定詞否定範圍內的名詞組 (如'他不喜歡鴨子,) 、(6)泛指名詞 (如'猫喜歡喝牛奶') 。在這幾類名詞組裡，第(4)類的名詞組必須出現於「泛時式」(generic tense) 的句子裡；第(5)類與第(4)類實際上是同一類，因爲否定詞的有無並不影響名詞的指涉(如'他喜歡鴨子')；第(4)、(5)、(6) 三類甚至可以歸入同一類。同時，根據該書 (129 頁) 的見解，只有「指涉性的」名詞組纔有「定指」(definite) 與「任指」(indefinite) 之分，「非指涉性的」名詞組與定性是無關的。但是如此見解無法說明爲什麼非指涉性的泛指名詞與指涉性的定指名詞都可以充當句子的主題或主語 (參漢語語法85頁)。因爲依照該書 129 頁 (124) 的名詞組定性與指涉性的分類圖，指涉性的定指名詞與非指涉性的泛指名詞是不具有任何共同的語意或語用成分來擔當同樣的句法關係或語用角色的。另外該書 130 頁說，非指涉性的名詞組不能帶有數量詞組。但是在'兩個人一起做事比一個人單獨做事強得多''一個孩子太少、三個孩子太多、兩個孩子恰恰好'這些例句裡帶有數量詞組的名詞組卻是非指涉性的，可見漢語語法所指的應該是指示詞，而不是數詞與量詞。又該書 130 頁又說，僅含有數詞與量詞的名詞組一定是任指。但是根據該書的見解，上面非指涉性的名詞組是不具有定性的；也就是說，談不上任指或定指的，所以這種說法也有待商榷。同時，沒有指示詞而只有數詞與量詞的名詞組也不一定是任指，因爲在‘兩本書都在桌子上’‘我把十本書統統看完了’這些例句裡的名詞組都不含有指示詞，但是都是定指而不是任指。

(二)漢語語法對於名詞的定性只做了定指與任指的區別，而且光從說話者的觀點來說明這兩種定性。根據該書 130 頁，「定指」是說話者認爲聽話者知道名詞組所指涉的對象是誰或是什麼；「任指」是說話者認爲聽話者不知道名詞組所指涉的對象是誰或是什麼。如此，我們前面所談到的「殊指」就必須歸入任指，也就無法說明爲什麼殊指名詞組與定指名詞組一樣，可以出現於動詞的前面當賓語（如‘他把一些書看完了’）或主語（如‘某些人／有些人是不喜歡吃魚的’）。

(三)漢語語法（132頁）說國語的「人稱代詞」經常出現於與此指涉相同的名詞組的後面。換句話說，國語只有「順向代名」(forward pronominalization)，而沒有「逆向代名」(backward pronominalization) 的現象。但是臺灣年輕一代的人說國語或寫國文，似乎在一定的限制下逐漸接受逆向代名。例如，根據李梅都女士未正式發表的論文，下列逆向代名的例句都可以通：‘自從他認識瑪麗以後，李四就跟王小姐絕交了’‘大家信任他，因爲李四從不撒謊’‘大家都去看望他，因爲汽車撞上了李四’。她並且試圖從「成分統制」(constituent-commanding 或 c-commanding)

的觀點來說明這些逆向代名的限制。可是清華大學中語系漢語語法理論課的學生都認為這些例句都有問題，國語的逆向代名在翻譯小說中纔可以發現，在國人的實際口語中絕少出現。依筆者的看法，李女士的合法度判斷很可能是受了句義的影響；依她所舉例句的上下文，'李四'與'他'很容易解釋為指涉同一個人。但是要證明國語語法是否允許逆向代名，必須更進一步把所要調查的語料加以擴大，考慮更多逆向代名的例句，如'自從她認識瑪麗／張三以後，李四就跟王小姐絕交了''自從瑪麗／張三認識她以後，李四就跟王小姐絕交了''大家很信任他，因為李四很尊敬張三''大家很信任他，因為李四很尊敬張三'等。因為依照李女士所提出的逆向代名的限制，上面的例句應該都可以通。另外一方面，我們並不否認，違背逆向代名限制的句子比不違背這個限制的句子還要差（試比較'因為李四很用功，所以他成功了''因為他很用功，所以李四成功了''李四成功了，因為他很用功''他成功了，因為李四很用功'這些例句)。而且，我們也應該研究所謂「零代詞」(zero pronoun)（參漢語語法657頁以後的討論）是否屬於國語人稱代詞之一部分，因為許多人認為刪去'自從(他)認識瑪麗以後，李四就跟王小姐絕交了'的代詞'他'以後這個句子就可以通，至少比含有代詞'他'的句子好。但是我們也不能據此就草率地認為國語的「零代詞」允許逆向代名，因為把'自從(她)認識張三以後，李四就跟王小姐絕交了'的代詞'她'刪去以後，句子還是不通。聽到這個句子的人還是認為李四認識張三，不是王小姐認識張三。可見我們還不能以這些有限的語料來對於國語代詞的用法遽下結論，而必須擴大語料做更縝密的研究。關於國語代詞（包括「零代詞」）的用法，我們在第二十四節做更詳細的討論。又根據漢語語法（134頁），只有第一身人稱代詞‘我’可以用表主觀評價的形容詞修飾（如‘可憐的我’）。但是根據一般人的反應，人稱代詞並不限於第一身（如‘可憐的他、倒楣的他、可惡的他’），修飾語也不限於表主觀評價的形容詞（如‘少年的我、以前的他、現在的你、從前的你’）。另外漢語語法（135頁）說兼充主題與主語的第三身人稱代詞不能指涉無生物，但是許多年輕人都認爲‘你看到了我們新聘的秘書沒有？她很漂亮吧’與‘你看到了我們新買的汽車沒有？它很漂亮吧’都可以通。

（四）漢語語法（141—142頁）把‘蒼白’與‘圓’這兩個形容詞歸入不能比較程度的「絕對形容詞」（absolute adjective）。但是根據一般人的反應，‘他的臉色比你的臉色還要蒼白’與‘外國的月亮比較圓’都可以通。漢語語法（144頁）也承認有些絕對形容詞（如‘對、圓’）可以與程度副詞‘很’連用。又該書（143頁）說，可以用程度副詞修飾的「相對形容詞」（scalar adjective）可以單獨形成謂語，並舉了‘他胖’這個例句。但是不及物形容動詞，除了在(1)正反問句與答句（如‘他胖不胖？’‘他胖’）及(2)選擇問句與答句（如‘你胖還是他胖？’‘他胖’）以外很少單獨出現，一般都與‘很、太、最’等程度副詞連用。另外該書（145頁）說，不能單獨形成謂語的絕對形容詞不能與句尾助詞‘了’或否定詞‘不’連用，但是一般人都接受‘今晚的月亮又圓了’‘他說的話一點也不假’這些例句。

（五）漢語語法（148頁）認爲判斷動詞‘是’不能與表預斷的助動詞‘會’連用，但是一般學生都接受‘怎麼會是他呢？’‘這種消息怎麼會是眞的呢？'這一類例句。另外一方面，該書(149頁)認爲動詞'是'可以與助動詞'得、必要、必得'連用，但是一般學生都不肯接受'張三得／必要／必得是一個語言學家'這樣的例句。

(六)漢語語法(156頁)說不及物動詞組可以含有介詞或副詞組，並舉了'張三明年到這裡來'的例句。但是在這個例句裡，主要動詞是及物動詞的'到'而不是不及物動詞的'來'。因爲如果把這個句改爲正反問句，我們只能說'張三明年到不到這裡來'，而不能說'張三明年到這裡來不來？'。

(七)漢語語法(161頁)承認「主語一動詞一賓語」是一般的正常的詞序(參本文第二節的有關討論)，而「主語一賓語一動詞」的詞序則限於說話者所表達的意思與對方的期望有出入的時候(163頁)。例如，'他功課已經做完了'這一句話表示'你或許認爲他應該讀書，不應該看電視。但是他功課已經做完了。'又如有人勸你退選某一門功課，而你卻已經買好了書，你就可以說'可是我書已經買了'。但是筆者認爲「與對方的期望有出入的語言情況」(a contrary-to-expectation situation)這個條件並不是最重要的語用因素，因爲在與對方的期望毫無出入的情況下我們也可以說'他功課已經做完了，是不是可以讓他休息一下'或'我(雖然)書已經買了，但是聽你的話退選吧'這類話。事實上，在'可是我書已經買了'這句話裡表達說話者的意思與對方的期望有出入這種語氣的，並不是賓語與動詞的詞序，而是連詞'可是'的存在。筆者認爲，眞正影響「主語一賓語一動詞」這個詞序的是「從舊信息到新信息」這個語用原則。也就是說，賓語名詞代表已知的或不重要的信息，因而移到動詞前面句中的位置；動詞代表新的重要的信息，因而出現於句尾的位置。因此，在‘他功課已經做完了’與‘(可是)我書已經買了’這兩句話裡，信息焦點分別是‘已經做完了’與‘已經買了’。決定「主語—動詞—賓語」與「主語—賓語—動詞」這兩個詞序的關鍵因素，是信息焦點的不同，與對方的期望有無出入並無必然的關係。又該書（163頁）說，我們通常只說‘我碰見朋友了’而不說‘我朋友碰見了’，是在語用上很難想像碰見朋友竟會與對方的期望有所出入。事實上，‘碰見’與‘碰到、遇見、遇到、撞見’等都是語法上所謂的「對稱謂語」(symmetric predicate)，通常都以「名詞(甲)—動詞—名詞(乙)」或「名詞(乙)—動詞—名詞(甲)」的詞序出現，很少以「名詞—名詞—動詞」的詞序出現。

六、國語的助動詞

漢語語法第五章（172-182頁）討論國語的「助動詞」(auxiliary verb)，認為助動詞與一般動詞一樣，(一)可以形成「正反問句」(A-not-A question)，(二)可以否定；但是與一般動詞不一樣，(三)不能單獨出現，而必須與主要動詞運用，(四)不能帶上「動貌標誌」(aspect marker)，(五)不能用‘很、太、更、嚴’等「加強詞」(intensifier)來修飾，(六)不能「名物化」(nominalize)[85]，(七)不能移到句首出現於主語名詞的前面，(八)不能

[85] 也就是說，不能做為「分裂句」的焦點。 參湯 (1980b)。

帶上直接賓語。下面(159)到(166)的例句，分別說明了國語助詞動詞(一)到(八)的語法特徵。

⑮⑨ ① 他能不能唱歌？(正反問句)

⑯⓪ ② 他不能唱歌。(否定)

⑯① ③a 他能唱歌。(必須與主要動詞連用)

b 他能。(必須解釋為省略了後面的主要動詞)

⑯② ④ *他能了／過／著唱歌。(不能帶上動貌標誌)

⑯② ⑤ *他很／更能唱歌。(不能以加强詞修飾)

⑯③ ⑥ *他是能的。(不能「名物化」或成為「分裂句」的焦點)

⑯④ ⑦ *能他唱歌。(不能出現於主語名詞的前面)

⑯⑤ ⑧ *他能那一件事。(不能帶上直接賓語)

該書同時認爲，‘要、情願、繼續、需要、希望、想、表示、可能、容易、難’等動詞都不能視爲助動詞。因爲在這些動詞裡，有的動詞(如‘要、繼續、需要、想、表示’)可以直接帶上名詞組(如‘我要一個蘋果’‘我想他’)或子句(如‘我要他洗澡’‘我想他很開心’)做賓語，有的動詞(如‘情願、希望’)則非以表事件的子句爲賓語不可(如‘我情願他做總統’‘我希望(我)去中國’)；而有的動詞(如‘可能、容易、難’)則可以用加強詞修飾(如‘很可能、太容易、最難’)，可名物化(如‘那種衝突是可能的’)，甚且可以移到句首的位置(如‘可能他明天來’)。因此，根據漢語語法(182-183頁)國語的助動詞總共只有十四個，即‘應該、應當、該、能、能夠、會、可以、敢、肯、得、必須、必要、必得、會’㊱。

㊱ 其中‘能’與‘可以’均可表示「能力」與「許可」兩種意義。

我們認為，漢語語法有關國語助動詞語法特徵的限制未免過嚴，如果嚴格的依這些限制來界說國語的助動詞，那麼書上所列舉的十四個助動詞幾乎都有瑕疵，都不能說是完整的助動詞。下面分五點來提出討論與批評。

(一)漢語語法說國語的助動詞不能用加強詞修飾，但是既然有可以用加強詞修飾的動詞，為什麼不能有可以用加強詞修飾的助動詞？漢語語法有什麼獨立的證據或理由把這些助動詞排斥在外？而且該書上所列舉的助動詞中，至少有五個助動詞(即'能、會、可以、敢、肯') 可以用加強詞來修飾，例如：

⑯a　我們家小寶很能吃。

b　他很會唱歌。[87]

c　這個例子很可以做你的參考。[88]

d　他一向很敢說話。

e　她很肯幫助別人。

(二)漢語語法又說國語助動詞可以形成正反問句，而且也是國語一般動詞所具有的語法特徵。但是該書所列舉的助動詞中就至少有三個助動詞（'得、必須、必得'），不常用來形成正反問句。例如，國立清華大學中語系漢語語法課與外語系英語構詞與

---

[87] '漢語語法'(183頁) 在②裡說'很會說話'是「成語」或「熟語」(idiom)，並認為'他很會游泳'這句話不通。但是'很會'的用法並不限於成語或熟語，因為'很會讀書、跳舞、演戲、彈鋼琴、做事、做人、做菜、說英語、觀言察色、看風使舵'等各種各樣的說法都可以通。

[88] 這種用法的'可以'與'值得'同義。同時注意，'這篇文章還可以'裡的述語用法也可以用加強詞修飾。

句法課的學生都認爲下面的例句不能接受。

⑱ 他明天很不得／必須不必須／必得不必得來？

漢語語法也說助動詞可以否定，但是至少有兩個助動詞(‘必須、必得’)[89]，不能用‘不’來否定，必須說成‘不必’或‘無須’。可見這些詞似乎應做副詞來處理。又該書只舉了否定詞‘不’的例句，而沒有提到國語裡另外一個否定詞‘沒(有)’。如果把這個否定詞也考慮進去，那麼‘應該、應當、該、能夠、會、可以、得’這幾個助動詞也不能用‘沒(有)’來否定。

(三)漢語語法說國語助動詞不能名物化，但是一般人都認爲下面的句子可以通。

⑲a 說英語我是會的。

b 冒險犯難他是敢的。

其他助動詞如‘應該、應當、可以’等也可以有類似的用法。

(四)漢語語法又認爲‘要’與‘想’這兩個動詞不能視爲助動詞，因爲這兩個動詞可以直接帶上名詞或子句做賓語，但是該書所列舉的助動詞中‘應該、應當、該、得、可以’都可以帶子句做賓語，例如：

⑰a 有危險的地方應該我去。

b 大家的事情該大家一起來做。

c 這件事得你來做。

d 一個人抬不動，可以兩個人抬。

---

[89] ‘得’讀如‘ㄉㄜˇ’可以有否定式，但讀如‘ㄉㄟˇ’則不能有否定式。根據漢語語法(183頁，‘得’的注音是‘ㄉㄟˇ’；因此不能用‘不得’，應該用‘不用’或‘甭’。

同樣的，助動詞'會'也可以直接帶上名詞做賓語，可見'會'有助動詞與動詞兩種用法，例如：

⑰ 他會英語／漢語／什麼？

同時，這個表「能力」的'會'，與表「預斷」的'會'不同，可以用加強詞來修飾[90]，例如：

⑰a 他很會說英語。

b 她很會照顧弟妹。

表「預斷」的'會'，有時候也可以用'很'來修飾。這個時候的'很會'可做'常常會'或'很容易'解，例如：

⑰a 他很會發脾氣

b 我的小女兒很會感冒。

漢語語法沒有區別這兩種用法，因此也忽略了這兩種'會'在句子表現上的許多差別。(詳參湯 (1976a)。) 同樣的，漢語語法 (177頁) 在討論動詞'想'的用法時，也沒有區別表示'想念'的'想'與表示'認爲'的'想'二者的差異。表示'想念'的'想'只能接名詞做賓語，而且可以用加強詞修飾；表示'認爲'的'想'只能接子句做賓語，而且不可以用加強詞修飾。試比較：

⑰a 我(很)想他。[91]

b 我(*很)想他很開心。

助動詞'想'在意義上表示'希望、打算'，而且可受加強詞修飾，似乎不能因爲國語的字素'想'有幾種意義與用法，就認定'想'不

---

[90] 參湯 (1976a)。

[91] 表示'想念'的'想'可以帶上'了、著、過'等動貌標誌(如'他日夜想著異鄉的妻子兒女')，表示'認爲'的'想'沒有這種用法。

是助動詞。這裡不僅牽涉到「一詞多義」(polysemy) 抑或「異詞同音」(homonymy) 的問題，而且還牽涉到「一詞多類」(multiple category membership) 的可能性。我們似乎不能先驗 (a priori) 而武斷的認為，某一個詞如果屬於動詞就不能屬於助動詞，因為我們並沒有經驗事實上的證據或理由來排除這一個詞同屬於動詞與助動詞的可能性。

(五)另外漢語語法認為‘可能’不屬於助動詞，而是跟‘容易、難’一樣屬於以子句為主語的形容詞。因為‘可能’可以單獨成為謂語、可以受加強詞修飾、還可以出現於句首的位置，而這些語法特徵都是其他國語助動詞所沒有的。但是助動詞‘應該’與‘可以’也可以單獨成謂語，而且還可以名物化，例如：

⑰⑤a　我幫你的忙是應該的。[92]

　　b　你要我借一點錢給他是可以的。

而且‘可能’與‘容易、難’這類形容詞之間，以及與‘大概、一定、或許、也許’這類副詞之間，都各有其語法功能上的差別。例如，‘容易、難’等形容詞不能出現於句首（比較：‘可能你忘記了’與‘*容易你忘記了’），也不能出現於助動詞的前面（比較：‘他可能要／會來’與‘*他容易要／會來’）。又如‘大概、一定、或許、也許’等副詞，不能單獨成謂語（比較：‘這個事情不太可能’與‘*這個事情不太一定／或許’），也不能受加強詞修飾，更不能形成正反問句。所以堅持「一詞一類」(one word, one category) 的立場而認定‘可能’是形容詞或副詞，都無法說明‘可能’與其他形

[92] 謂語用法‘應該’的否定式還可以受加強詞修飾，如‘很不應該’。

容詞或副詞在語法功能上的不同。同時，如果把'可能'完全擯棄於國語助動詞範疇之外，那麼下面⑰⑥的例句中（b）的正反問句與（c）到（g）的各式否定句，勢將難以獲得自然（natural）而統一（uniform）的解釋。

⑰⑥a　他可能會來。

b　他可能不可能會來？

c　他不可能會來。

d　他可能不會來。

e　他可能會不來。

f　他不可能會不來。

g　他不可能不會不來。

這裡我們不能以'可能'出現於助動詞'會'的前面爲理由來否決'可能'成爲助動詞的可能性。因爲漢語語法所列舉的助動詞中，'應該、應當、該'等也可以出現於其他助動詞的前面，例如：

⑰⑦a　他應該會來的。

b　這批錢應當可以向事務處申請的。

從以上的討論，我們可以明白，單憑語法特徵來爲國語助動詞下定界說，是有困難的。如果把國語助動詞的語法特徵限制得太寬，那麼助動詞與一般動詞的界限就不容易辨別。反之，如果把助動詞的語法特徵限制得太嚴，那麼國語的助動詞就所剩無幾。漢語語法爲國語的助動詞提出了三個積極的限制與五個消極的限制，結果把助動詞的語法特徵限制得過嚴，等於否定了國語助動詞的存在。就「認知」或「語意功能」(cognitive or semantic function）而言，助動詞表示「情態意義」（modality）[93]；而就表面結構上的「句法功能」（tactical function）而言，助動詞出現於主要動詞之前並具有形成否定或正反問句等一般動詞的語法功能。我們也可以說，就「嚴密的次類畫分」（strict subcategorization）而言，助動詞是可以接「動詞組」（verb phrase, VP）爲補語（complement）的詞類。我們也應該了解，詞類與詞類之間本來就沒有黑白分明的界線。特別是國語的助動詞，既缺乏英語助動詞那樣明確的「形態標誌」（只有現在式與過去式，而沒有第三身單數現在式、現在分詞或過去分詞），又沒有英語助動詞那樣獨特的「句法表現」（在直接問句中移到主語名詞的前面），實不易成爲一個明確而獨立的語法範疇。因此，與其在動詞與助動詞之間勉強畫出界線，不如對這些動詞的意義與用法做更詳盡的觀察與深入的分析，以增進我們對於國語動詞與助動詞的了解。

---

[93] 這種語意上的限制似乎是需要的。例如，年輕一輩人的國語中副詞'常'不但可以否定（如'他不常來'），而且還可以形成正反問句（如'他常不常到這裡來'），完全符合漢語語法所規定的八種限制。但是我們似乎不能說'常'是國語的助動詞。

參考文獻

Chao, Y. R.(趙元任) 1968. *A Grammar of Spoken Chinese.* Berkeley and Los Angeles: University of California Press.

Crystal, D. 1980. *A First Dictionary of Linguistics and Phonetics.* Cambridge: the University Press.

Fromkin, V., and R. Rodman. 1978. *An Introduction to Language.* N.Y.: Holt, Rinehart, and Winston.

Grinder, J. T., and S. H. Elgin. 1973. *Guide to Transformatinal Grammar: History, Theory, Practice.* N.Y. · Holt, Rinehart, and Winston.

Hartmann, R. R. K., and F. C. Stork. 1972. *Dictionary of Language and Linguistics.* Applied Science Publishers Ltd.

Hashimoto, Anne Y.（橋本余靄芹）1971. "Mandarin Syntactic Structures." *Unicorn 8:* 1-149.

Huang, C-T. J.（黄正德）1982. "Logical Relations in Chinese and the Theory of Grammar." Ph. D. dissertation, MIT.

Huang, S. F.（黄宣範）1978. "Historical Change of Prepositions and Evidence of SOV Order." *JCL 6:* 212-242.

Lehmann, W. P. 1973. "A Structural Principle of Language and Its Implications." *Language 49*:47-66.

______1978. *Syntactic Typology.* Austin: Uuiversity of Texas Press.

Li, C. N., and S. A. Thompson. 1974a. "Co-Verbs in Mandarin Chinese: Verbs or Prepositions?" *JCL 2:* 257-278.

______1974b. "Historical Change of Word Order: A Case Study in Chinese and Its Implications." *Historical Linguistics.* (eds.) C. J. M. Anderson, and C. Jones. Amsterdam: North Holland Publishing Co.

______1974c. "An Explanation of Word Order Change: SVO→SOV." *Foundations of Language* 12: 201-214.

______1981. *Mandarin Chinese: A Functional Reference Grammar.* Berkeley and Los Angeles: University of California Press.

Mei, Kuang. (梅廣) 1980. "Is Modern Chinese Really a SOV Language?" *Papers from the 1979 Asian and Pacific Conference on Linguistics and Lauguage Teaching.* (eds.) Tang T. C., Tsao F.F., and Li I. Taipei: Student Books Co.

Stockwell, R. P. 1977. *Foundations of Syntactic Theory.* N.J.: Prentice-Hall.

Tang, C-C. J. (湯志眞) 1983a. "On the Deletion of *de* in the Possessive and Modifying Phrase." M.S.

______1983b. "More on the Deletion of *de* in Mandarin Chinese." M.S.

Tang, T.C. (湯廷池) 1972. *A Case Grammar of Spoken Chinese.* (國語格變語法試論) 臺北：海國書局。

______1973. "A Contrastive Study of Chinese and English Relativization"。收錄於湯（1977b）。

______1976a.「助動詞'會'的兩種用法」。收錄於湯(1979a)。

______1976b.「'跟'的介詞與連詞用法」。收錄於湯(1979a)。

______1977a. 國語變形語法研究：第一集，移位變形。臺北：臺灣學生書局。

______1977b. 英語教學論集。臺北：臺灣學生書局。

______1977c.「國語助詞'了'的兩種用法」。收錄於湯（1979a）。

______1977d.「國語的'有無句'與'存在句'」。收錄於湯(1979a)。

______1978a.「國語句法的重疊現象」。收錄於湯（1979a)。

______1978b.「主語與主題的畫分」。收錄於湯（1979a)。

______1978c.「主語的句法與語意功能」。收錄於湯(1979a)。

______1978d.「中文的關係子句」 師大學報 24:181-218.。收錄於湯（1979a)。

______1979a. 國語語法研究論集。臺北：臺灣學生書局。

______1979b.「國語的'的'字句」。收錄於湯（1979a)。

______1979c.「動詞與介詞之間」。收錄於湯（1979a)。

______1980a.「語言分析的目標與方法：兼談語句，語意與語用的關係」。收錄於湯（1981)。

______1980b.「國語分裂句、分裂變句、準分裂句的結構與限制之研究」師大學報 25:251-296。收錄於湯(1981)。

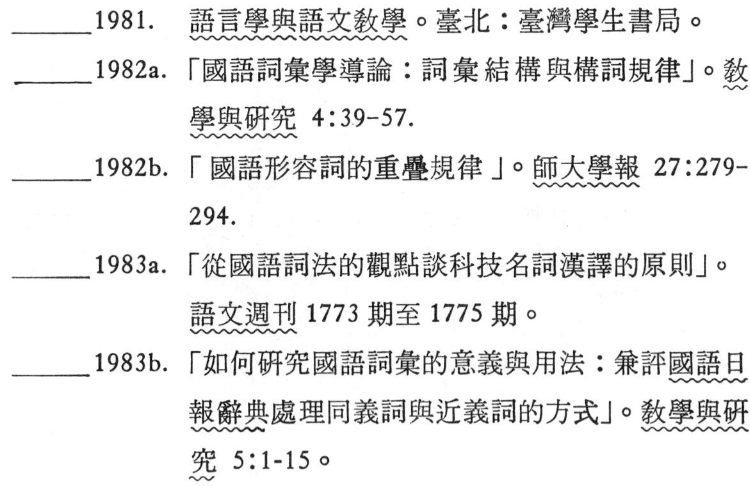
______1981. 語言學與語文教學。臺北：臺灣學生書局。

______1982a.「國語詞彙學導論：詞彙結構與構詞規律」。教學與研究 4:39-57.

______1982b.「國語形容詞的重疊規律」。師大學報 27:279-294.

______1983a.「從國語詞法的觀點談科技名詞漢譯的原則」。語文週刊 1773 期至 1775 期。

______1983b.「如何研究國語詞彙的意義與用法：兼評國語日報辭典處理同義詞與近義詞的方式」。教學與研究 5:1-15。

T'sou, B. K. (鄒嘉彥) 1979. "Three Models of Writing Reform in China." M.S.

Wang, L. 1979. 漢語史稿。臺北：泰順書局。

Wang, William S. Y. 1965. "Two Aspect Markers in Chinese." *Language* 41:457-470.

許世瑛，1968. 中國文法講話。臺北：臺灣開明書店。

守白，1983. '中國語原只是單音語嗎？—讀語言學與語言教學有感'。語文週刊 1578 期。

後　語

這一篇文章的字數比起筆時所預期的字數超出很多，寫到第四節就遠超過了師大學報所限制的篇幅，只好暫時擱筆。那知這一擱筆，就失去了原來的'衝勁'，一直未能重新提起筆來完稿。

這裡先把前五節的討論加以付印，其餘部分等待拾回'衝勁'以後纔來完成，敬祈　讀者原諒。

* 原文「之一」至「之四」刊載於師大學報（1983）第二十八期（391-441頁），「之五」刊載於中國語文（1984）五五卷二期(22-28頁)。

國語疑問句的研究

一、引　言

日本大阪市立大學漢語語言學教授望月八十吉先生最近在中國語發表的一篇論文裡❶，注意到含有「疑問詞」'誰'的疑問句，'誰來'雖然在①句裡表示疑問，但是在②句卻並不表示疑問。試比較：

① 你想誰來？

❶ 「中國語の世界創造的述語」（中國話的創造世界性述語），中國語一九八〇年六月號，二二～二五頁。「創造世界性述語」是英文 'world-creating predicate'的日文翻譯。

② 你知道誰來。

望月先生認爲‘誰來’在①句裡是「疑問句」，而在②句裡卻是「陳述句」。他更認爲這個語意或語用上的差別是由於母句動詞‘想’與‘知道’而起；與‘想’同類的還有‘以爲、認爲、相信、猜’等；與‘知道’同類的尙有‘忘了、記得、告訴、問’等，例如：❷

③ 你以為誰來？

④ 你認為誰來？

⑤ 你相信誰來？

⑥ 你猜誰來？

⑦ 我忘了誰來了。

⑧ 我記得誰來。

⑨ 我告訴你誰來。

⑩ 我問你誰來。

爲了討論的方便，望月先生把‘知道’這一類動詞稱爲「A類述語」而把‘想’這一類動詞稱爲「B類述語」。他認爲A類與B類述語都可以接上「疑問詞問句」爲賓語（如上面①到⑩的例句），但是只有A類述語可以接上「正反問句」（如⑪句）與「選擇問句」（如⑫句）的賓語。試比較：

⑪ 你知道他來不來。

⑫ 你知道是張三去還是李四去。

⑬ *你想他來不來。❸

---

❷ 以下④到⑭的例句與合法度判斷，根據望月（1980:22）。

❸ 筆者認爲‘你想他來不來（呢）？’與‘你想是張三去（呢）還是李四去（呢）？’這兩個句子是可以通的。關於這一點容後詳論。

⑭ *你想是張三去還是李四去。❸

接著望月先生注意到 A 類與 B 類述語的差別可能與「事實動詞」(factive verb) 與「非事實動詞」(nonfactive verb) 的區分有關係❹，並引用渡邊照夫 (1979) 的論文❺指出，幾乎大多數的事實動詞都屬於A類述語，而非事實動詞則大半屬於B類述語。他還引用大石敏之 (1979) 的分析結果❻，以下列⑮與⑯的語法屬性來分別表示 A 類述語與 B 類述語的語法特徵。

⑮ A類述語：〔+〔(Q)S——$QS_{1,2}$〕〕

⑯ B類述語：〔+〔QS——QS_1〕〕

⑮的語法屬性表示：A 類述語，不管母句是「疑問句」或「直述句」(卽'(Q) S')，都可以接上「疑問詞問句」('QS_1')與「正反問句」或「選擇問句」('QS_2') 爲賓語子句。另一方面，⑯的語法屬性則表示：B 類述語只能在母句是疑問句 (卽'QS') 的時候，才可以接上「疑問詞問句」('QS_1') 爲賓語子句。

然而望月先生本人仍然不以這些分析或結論爲足，因此另外提出「創造世界性述語」(world-creating predicate) 的概念來解釋這個問題。根據望月先生的說法，所謂「創造世界性述語」是指能提出假想世界，並敍述這個假想世界與現實世界之間關係的

---

❹ 有關國語'事實動詞'與'非事實動詞'的分類，湯廷池 (1977:63-4)有試探性的初步討論。

❺ 渡邊照夫「普通話における 'Presupposition' について」(關於普通話裡的'預設')，中國語研究，第十八號，一～二二頁，龍溪書舍。

❻ 大石敏之「現代漢語における間接疑問」(現代漢語裡的間接疑問)，大阪市立大學文學部修士論文。

述語[7]。爲了中文翻譯的方便，我們不妨把「創造世界性述語」稱爲「假想世界動詞」，而把與此相對的「非創造世界性述語」稱爲「現實世界動詞」。望月先生認爲A類述語乃是「現實世界動詞」，而B類述語乃是「假想世界動詞」。例如，動詞'研究'的對象是存在於現實世界的現象法則，而動詞'知道'是認識存在於現實世界的事物；所以'研究'與'知道'是「現實世界動詞」。同樣的，'試驗'是就已經存在於現實世界的技術加以檢驗，而'討論'是對現實世界裡所發生的問題加以檢討；所以這些動詞也都屬於「現實世界動詞」，也就是A類述語。反之，動詞'想'則可以涉及不存在於現實世界的事物(如'地獄'、'極樂世界'等)，而動詞'希望'與'期待'係對尙未發生於現實世界的現象有所期盼；所以這些動詞是「假想世界動詞」，也就是B類述語。

本文擬從一個完全不同的觀點來討論望月先生所注意到的問題，並且希望能提出一個更自然、更合理的解釋；附帶的，也對渡邊與大石兩位先生的論文內容作一番概略的檢討。爲了確實掌握有關國語疑問句的語言資料與語法事實，本文先在第二與第三兩節分別闡述「國語疑問句的特徵與分類」以及「國語疑問詞的意義與用法」。接著在第四節研究「國語的直接問句與間接問句」，最後在第五節結論裡根據自己的分析來解決望月先生所提出的許多問題。

二、國語疑問句的特徵與分類

[7] 參望月 (1980:24)。

根據一般語言學家的分析，「問話」(questioning) 是一種由說話者向聽話者請求反應的「表意行爲」(illocutionary act)。❽ 更精確的說，問話是屬於「央求」(mand)❾ 的一種行爲，由「表明」(asserting) 與「(提出) 央求」(issuing mands) 兩個基本概念而成。❿ 例如在'誰拿走了我的鋼筆'這句問話裡，說話者一方面表明他心裡所假設的命題'有人拿走了我的鋼筆'，一方面央求聽話者提供有關這個人是誰的訊息。但是 Lyons (1977：754) 卻認爲疑問句最主要的語意概念或語用要素不是「央求」，而是「疑念」(doubt)。他認爲所有疑問句都表達說話者心中的疑念，但不一定傳達說話者的央求。⓫ 例如在⑰與⑱的「熟慮問句」(deliberative question)⓬ 裡，說話者係以自言自語或心中暗想的方式來考慮應該採取何種行動或是否採取某種行動；既沒有聽話者的存在，也就不可能央求聽話者回答。

⑰ 我該怎麼辦？

⑱ 我今天要不要洗頭髮呢？

---

❽ 參 Austin (1962) 與 Searle (1969)。

❾ 這個術語與概念來自 B. F. Skinner；「央求」包括「命令」(command)、「要求」(demand)、「請求」(request) 等行爲。

❿ 參 Lyons (1977:745)。

⓫ 例外的情形是所謂的「修辭問句」(rhetorical question)，如'誰要你管?!'、'誰不知道你家裡有錢?!'、'那有什麼關係?!'等。修辭問句在形式上是疑問句，但在實質上卻是直述句，既不表示說話者心中的疑念，也不央求聽話者回答。關於國語修辭問句的結構與功用，容後詳論。

⓬ 這個術語與概念採自 Curme (1931:212) 與 Onions (1932:44.5)。

⑲與⑳的「推測問句」(speculative question)⑬也僅表示說話者個人的疑惑或推測，並不期待有人回答。

⑲　這是什麼意思呢？

⑳　不曉得她來了沒有？

有時候，說話的人並不直接發問要人回答，而只是間接的表達心中的疑念；但是聽到這句話的人，仍然可能提供回答來解除他的疑念，例如：

㉑a　(我)不曉得現在幾點鐘。

　b　我想快三點了吧。

同時，一般問句的答話不是答應央求的'好、行、可以'或拒絕央求的'不好、不行、不可以'，而是解除疑念的'是、對、有'或'不是、不對、沒有'。可見疑問句主要的「表意功能」(illocutionary force)是表示說話者的疑念，而聽話者的回答只是因這個「表意功能」而附帶發生的「遂意行為」(perlocutionary act)，二者之間只有「習俗上的連帶關係」(conventional association)。⑭因此，Lyons (1977:755) 主張在「提出疑問請求回答」(asking a question of someone)與「表示疑問(但不一定請求回答)」(simply posing a question) 之間做一個區別。他進而分析「言談」(utterance)邏輯結構的三要素：「內涵」(phrastic)、「功用」(tropic)與「情態」(neustic)。所謂「內涵」，係指句子裡所包含的「命題內容」(propositional content) 或「認知內容」(cognitive content)。

⑬ 參 Curme (1931:212)。

⑭ 參 Lyons (1977:755)。

所謂「功用」，係指與「言語行爲」(speech act) 相對應的區別，如「陳述」(declarative; statement)、「請求」(jussive; request) 與「發問」(interrogative; question) 等而言。而所謂「情態」則指說話者有關命題內容的是否實在 (factuality) 與是否希望發生 (desirability) 等看法而言。「陳述」(直述句)、「請求」(祈使句) 與「發問」(疑問句) 三者的命題內容雖然可能相同，但其功用卻不同。「直述句」的功用在於「陳述」(it is so),「祈使句」則旨在「請求」(be it so)，而「疑問句」的目的則是「發問」(pose a question)。如果把疑問句的言談功用限於發問而不一定要涉及請求，那麼疑問句就可以是要求回答的「徵訊問句」(information-seeking question) 或「眞實問句」(factual question)，也可以包括不要求回答的「非徵訊問句」(non-information-seeking question)，如「熟慮問句」、「推測問句」、「修辭問句」等。這幾種問句的「內涵」或命題內容都可能相同，但是「情態」與「功用」卻不同。在「眞實問句」裡，說話的人因爲心中有疑惑而藉發問來請求別人回答。在「熟慮問句」與「推測問句」裡，說話的人心中也有疑惑，但是以向自己發問的方式來思量或忖度，並不期盼別人回答。在「修辭問句」裡，說話的人心中並沒有疑惑，只是以發問的方式來表示個人的觀點或看法。因此，修辭問句在形式上雖然是疑問句，但在功用上卻與直述句無異。

依照傳統的文法，國語的疑問句可以分成四類：(一)語助詞問句、(二)選擇問句、(三)正反問句、(四)疑問詞問句。

(一)語助詞問句：

「語助詞問句」(particle question)，係在直述句的句尾附上疑問語助詞'嗎'而成⓯，例如：

㉒　你明天要上臺北去嗎？

㉓　他已經把房間掃好了嗎？

在語助詞問句裡，問話的人把一件事情原原本本的說出來，並請求答話的人對這件事情做肯定或否定的表示。答話裡可以用問話裡原來的助動詞或動詞(如㉔與㉕句)；也可以在句首冠上表肯定的'是、對'，或表否定的'不是、不對'來回答（如㉖與㉗句)。

㉔a　要，我明天要上臺北去。

b　不要，我明天不要上臺北。

㉕a　掃好了，他已經把房間掃好了。

b　沒有，他還沒有把房間掃好。⓰

㉖a　是，我明天要上臺北去。

b　不(是)，我明天不要上臺北去。

㉗a　對，他已經把房間掃好了。

b　不(對)，他還沒有把房間掃好。

語助詞問句可以用'是'或'不是'來回答，因此又叫做「是非

⓯ 我們也可以不用語助詞，而只靠語調來表達疑問。國語問話的句調用上升調，而且是整個問句的語調升高，不像英語問句的語調那樣到了句尾的實詞或詢問焦點纔升高。

⓰ 這個例句裡'沒有'的用法顯示表示完成動貌的'有'應該分析爲助動詞，參湯 (1972:71,136)。

問句」(yes-or-no question)。⑰根據 Chao (1968:800) 的看法，以疑問語助詞'嗎'結尾的是非問句對於肯定答句的期望還不到百分之五十。也就是說，問話的人對於是非問句裡所包含的命題內容（如'你明天要上臺北去'或'他已經把房間掃好了'）的實在性或可能性表示稍微或相當的懷疑。如果把疑問語助詞由'嗎'改為'吧'，那麼問話的人對於肯定答句的期望就顯著的提高⑱，例如：

㉘ 你明天要上臺北去吧？

㉙ 他已經把房間掃好了吧？

又根據 Chao (1968:801)，疑問語助詞常唸輕聲而不重讀。⑲同時，以'嗎'結尾的問話，句調都比較高，句尾略微拖長。相形之下，疑問語助詞'吧'的音較短，句調也較低。這可能是由於以'吧'結尾的疑問句比較接近直述句，話中所包含的疑惑比較輕微的緣故。因此，表示推測的副詞（如'大概、或許、也許、恐怕'等）常與'吧'連用，卻少與'嗎'連用。試比較：

㉚ 他恐怕已經走了{?嗎／吧}？

㉛ 大概再一個鐘頭就可以到家了{?嗎／吧}？

---

⑰ 這個英文名稱採自 Chao(1968:800)。比較與國語㉒、㉓兩句相對應的英語「是非問句」(yes-no question)：'Are you going to Taipei tomorrow?'與'Has he cleaned up the room already?'。

⑱ 根據 Chao (1968:807-8)，'吧'是由'不'與'啊'兩音融合而來的。

⑲ 但是根據 Elliot (1965:90)，疑問語助詞'嗎'在含有副詞'眞的、絕對'等的「強調問句」(emphatic question) 裡（如'你眞的要去嗎？'）不唸輕聲。

語助詞問句可能用肯定式（如㉒與㉓句），也可能用否定式，例如：

㉜a　你明天不上臺北去嗎？

　b　他還沒有把房間掃好嗎？

「否定問句」(negative question) 雖以否定句式提出命題內容，卻表示問話者相當肯定的假設 (assumption)，並要求答話者對這個假設做肯定或否定的判斷。因此，答話者可以用'是、對'來同意問話者所提出的假設，並重述其否定句式命題來表示事實確是如此（如㉝句）；答話者也可以不同意問話者的假設，然後以肯定句式來表明他個人不同的看法（如㉞句）。結果，肯定答詞'是、對'可以與否定答句連用（如㉝句），而否定答詞'不是、不對'也可以與肯定答句連用（如㉞句⓴），例如：

㉝　是，我明天不上臺北去。

㉞　不，我明天要上臺北去。

依照 Chao (1968:800) 的說法，否定問句是一種修辭問句；問話者對問句命題內容的假設是肯定的，也期望答話者對他的假設做肯定的表示。例如在㉟的問句裡，問話的人認為答話的人當然是怕老虎的；又在㊱的問句裡，問話者也預先假定答話者必然已經聽見那件大新聞了。因此，㉟的答句很可能是㊲句，而㊱的答句很可能是㊳句。

㉟　你不怕老虎嗎？

⓴ Cheung(1973:325) 把肯定答詞與肯定答句的連用、或否定答詞與否定答句的連用稱為「照合」(concordant)；而把肯定答詞與否定答句的連用、或否定答詞與肯定答句的連用稱為「不照合」(discordant)。

㊱　你沒聽見那件大新聞嗎？

㊲　怕，我很怕老虎。

㊳　聽見了，我早就聽見了。

但是 Cheung（1974:330）卻認爲在否定問句裡對於假設命題的眞假值的期望是中立的，既不偏向肯定、也不偏向否定。他把否定問句分爲「(眞）否定問句」（(genuine) negative question）與「假否定問句」（pseudo-negative question），並認爲㉟與㊱這類否定問句是「假否定問句」，是分別由㊴與㊵的基底結構中刪略'是不是'，並把疑問語助詞'呢'改爲'嗎'而得來的。

㊴　你是不是不怕老虎呢？

㊵　你是不是沒聽見那件大新聞呢？

Cheung 認爲這樣的分析不但可以說明㉟與㊱兩句分別跟㊴與㊵兩句同義，而且還可以解釋爲什麼答詞'是'與'不(是)'可以在㊶與㊷的答句裡出現。㉑注意在這些答句裡，肯定答詞與否定答句連用，而否定答詞卻與肯定答句連用。

㊶a　是，我不怕老虎。

b　不，我怕老虎。

㊷a　是，我沒聽見那件大新聞。

b　不，我聽見那件大新聞了。

根據 Cheung 的分析，㊸與㊹這樣的例句纔是眞正的否定問句。

㊸　你不是怕老虎嗎？

㉑ 關於Cheung所提出的第一個論據，我們不敢貿然接受，因爲這些句子是否「同義」尚待證明。關於他的第二個論據，雖然可以說明'是、不是'的出現，卻無法解釋其他答詞如'對、不對'的出現。

㊹　你不是聽見那件大新聞了嗎？

在這些否定問句的答句裡肯定答詞與肯定答句連用，否定答詞也跟否定答句連用。試比較：

㊺a　是，我怕老虎。

b　不，我不怕老虎。

㊻a　是，我聽見那件大新聞了。

b　不，我沒聽見那件大新聞。

以上所述，Chao (1968) 與 Cheung (1974) 兩人的看法似乎頗有出入。但是我們認爲國語的「正反問句」纔是對於命題眞假值採取中立態度的「開放問句」(open question)。在㊼的肯定語助詞問句裡，問話的人假設對方怕老虎而提出一個肯定命題‘你怕老虎’並要求答話的人表示接受或拒絕這個命題的內容。㉒

㊼　你怕老虎嗎？

另一方面，在像㊽這樣的否定語助詞問句裡，問話的人假設對方不怕老虎而提出否定命題‘你不怕老虎’，並要求答話的人表示接受或拒絕這個命題內容。

㊽　你不怕老虎嗎？

Lyons (1977:764-5) 認爲，否定問句與肯定問句的差別在於：問話的人不用㊼的肯定問句而用㊽的否定問句，因爲他原以爲肯定命題‘你怕老虎’是眞的，而現在卻有證據顯示或有理由認爲否定命題‘你不怕老虎’纔是眞的。就在這種先前的了解（肯定命題是

㉒ 當然問話的人可以用語調、重讀等「節律因素」(prosodic feature)，或者用語氣、表情、手勢等「非語言因素」(paralinguistic feature) 來表示他期望答話的人做肯定或否定的回答。

眞的）與當前的證據（否定命題纔是眞的）互相衝突之下，問話的人乃對否定命題感到疑惑或驚訝而以否定問句表達疑問。如果 Lyons 的分析是對的，那麼 Cheung（1974:330）的看法是有道理的：否定問句的問話者並不期望答話者做肯定或否定的回答。因此，否定問句也跟肯定問句一樣，可以用來做僅表示疑惑而不請求回答的「推測問句」，例如：

㊾ 我心中暗想：他不怕老虎嗎？

另一方面，Chao（1968:800）認爲否定問句的問話者對於命題內容的認定或假設多少偏向於肯定，因此也期望答話者對他的假設做肯定的表示。Chao 這個看法也並非完全錯誤，因爲問話的人本來一直以爲肯定命題是眞的，後來有理由相信否定命題可能是對的，所以纔用否定問句發問。因此，問話的人很可能以某一種語調或語氣來表示他期望答話的人做肯定的答覆，來證實他先前的看法是對的。例如，問話的人可以用語氣副詞'難道'來表示他期望答話的人做肯定的回答：

㊿ 你難道不怕老虎嗎？

同時，我們應該注意到判斷動詞'是'在問句中的出現，與問話者心中對於命題內容眞僞的認定，以及問話者期望答話者回答的趨向具有密切的關係。例如在51到54的例句裡，51句與52句分別跟㊼句與㊽句相對應，'是'字的出現有強調「詢問焦點」(question focus)'眞的怕老虎'與'眞的不怕老虎'的作用。在53句裡，問話的人先以動詞'是'來假設或認定對方是'怕老虎'的，然後再以否定問句來徵求對方同意不同意。同樣的，在54句裡問話的人先以'是'來假設或認定對方是'不怕老虎'的，然後再以否定問句來徵求對方的同意。

51 你是真的怕老虎嗎？

52 你是真的不怕老虎嗎？

53 你不是怕老虎嗎？

54 你不是不怕老虎嗎？

針對著51到54的問句，分別可以有55到58的答句。

55a 是，我怕老虎。

b 不，我不怕老虎。

56a 是，我不怕老虎。

b 不，我怕老虎。

57a 是，我怕老虎。

b 不，我不怕老虎。

58a 是，我不怕老虎。

b 不，我怕老虎。

51與52兩句都是肯定問句，但是51的答句55係以肯定答詞與肯定答句連用或否定答詞與否定答句連用的方式回答，而52的答句56則以肯定答詞與否定答句連用或否定答詞與肯定答句連用的方式回答。另一方面，同樣是否定問句，53的答句57是以肯定答詞與肯定答句或否定答詞與否定答句連用的方式回答，而54的答句58卻以肯定答詞與否定答句或否定答詞與肯定答句連用的方式回答。從以上的觀察可以明白：答詞與答句之間肯定與否定的「照合」(concordant) 或「不照合」(discordant) 的問題，並非完全決定於疑問句表面形態的肯定或否定，而是與問話者在問話裡所顯示的有關命題內容眞實性與可能性的「假設」(assumption) 有關。如果問話者在問話裡顯示他心中已經有某種假設，而請求答話者對此表示同意或不同意，那麼無論這個假設是以肯定命題或否定命題的形式表達，答話者都以'是(的)、對(了)'等肯定答詞來表示同意，而以'不是(的)、不(對)'等否定答詞來表示不同意。如果問話者以肯定命題的形式提出他的假設，而答話者係以肯定答詞表示同意，那麼肯定答詞就與肯定答句連用而「照合」。又如果問話者係以肯定命題的形式提出他的假設，而答話者則以否定答詞來表示不同意，並另外以否定命題的形式提出他個人的看法，那麼否定答詞就與否定答句連用而前後照合。反之，如果問話者以否定命題的形式來提出他的假設，而答話者係以肯定答詞來表示同意，或者以否定答詞表示不同意並另外以肯定命題的形式提出他個人的看法，那麼肯定答詞就與否定答句連用，而否定答詞也與肯定答句連用而產生前後「不照合」的現象。爲了更清楚的表明自己的假設，問話者常在問句裡使用語助詞'吧'、強調副詞'眞的'、語氣副詞'難道'、判斷動詞'是'等。例如下面的例句裡標有黑點的部分代表問話者的假設，也就是答話者在回答中要表示接受(同意)或拒絕(不同意)的觀點。試比較：㉓

(59) 你喜歡狗嗎？

a 是，我喜歡狗。

㉓ 例句(59)到(74)的合法度判斷是根據一羣國中、高中與大專學生的實際反應而決定的：'(?)'表示有些人認爲合語法而有些人則認爲有問題，'?'表示有些人認爲有問題，'??'表示許多人認爲有問題，'?*'表示有些人認爲有問題而有些人則認爲不合語法，'*'表示大多數人都認爲不合語法。

b　不，我不喜歡狗。

c　*是，我不喜歡狗。

d　*不，我喜歡狗。

(60)　你不喜歡狗嗎？

a　??是，我喜歡狗。

b(?)不，我不喜歡狗。

c　是，我不喜歡狗。

d　不，我喜歡狗。

(61)　你喜歡狗吧？

a　是，我喜歡狗。

b　不，我不喜歡狗。

c　*是，我不喜歡狗。

d　*不，我喜歡狗。

(62)　你不喜歡狗吧？

a　?*是，我喜歡狗。?

b　不，我不喜歡狗。

c　?是，我不喜歡狗。

d　不，我喜歡狗。

(63)　你真的喜歡狗嗎？

a　是，我真的喜歡狗。

b　不，我不喜歡狗。

c　*是，我不喜歡狗。

d　*不，我喜歡狗。

(64)　你真的不喜歡狗嗎？

a　*是，我喜歡狗。

b　?不，我不喜歡狗。

c　是，我(真的)不喜歡狗。

d　不，我喜歡狗。

⑮　你難道喜歡狗嗎？

a　是，我喜歡狗。

b　不，我不喜歡狗。

c　*是，我不喜歡狗。

d　*不，我喜歡狗。

⑯　你難道不喜歡狗嗎？

a　*是，我喜歡狗。

b　?不，我不喜歡狗。

c　是，我不喜歡狗。

d　不，我喜歡狗。

⑰　你不是喜歡狗嗎？

a　是，我喜歡狗。

b　不，我不喜歡狗。

c　*是，我不喜歡狗。

d　*不，我喜歡狗。

⑱　你不是不喜歡狗嗎？

a　*是，我喜歡狗。

b　?不，我不喜歡狗。

c　是，我不喜歡狗。

d　不，我喜歡狗。

⑲ 你是真的喜歡狗嗎？

a 是，我(是真的)喜歡狗。

b 不，我不喜歡狗。

c *是，我不喜歡狗。

d *不，我喜歡狗。

⑳ 你是真的不喜歡狗嗎？

a *是，我喜歡狗。

b ?*不，我不喜歡狗。

c 是，我(是真的)不喜歡狗。

d 不，我喜歡狗。

㉑ 你難道真的喜歡狗嗎？

a 是，我(真的)喜歡狗。

b 不，我不喜歡狗。

c *是，我不喜歡狗。

d *不，我喜歡狗。

㉒ 你難道真的不喜歡狗嗎？

a *是，我喜歡狗。

b ?*不，我不喜歡狗。

c 是，我(真的)不喜歡狗。

d 不，我喜歡狗。

㉓ 你不是真的喜歡狗吧？

a 是，我(是真的)喜歡狗。

b(?)不，我不喜歡狗。

c 是，我不喜歡狗。

d　不，我喜歡狗。

⑭　你不是真的不喜歡狗吧？

a　?是，我喜歡狗。

b(?)不，我不喜歡狗。

c　是，我(是真的)不喜歡狗。

d　不，我喜歡狗。

以上例句的合法度判斷大致支持我們上述的結論，不過有兩點應該注意：(一)例句⑩、⑫、⑭、⑯、⑱裡答句 c 的合法度判斷顯示，有許多學生認爲以否定命題的形式所提出的假設可以用否定答詞與否定答句連用的方式回答㉔；⑬與⑭的例句顯示，如果表明問話者心中假設的語助詞、副詞、判斷動詞等一下子用得太多(而且其中有些詞的語意內涵可能互相衝突)，那麼學生的反應就顯得猶豫不決、不敢斷定。

(二)選擇問句：

「選擇問句」(disjunctive question ; choice-type question)，係在疑問句中提出兩種或兩種以上的可能性要求答話者選擇其中的一種出來。國語的選擇問句最常用的句型是'(是)……還是……'，在有些句子裡所選擇的連詞'還是'可以省略(如⑮、㉒、㉕、㉘句)。選擇的對象可能是主語名詞(如⑮句)、時間狀語(如⑯句)、處所狀語(如⑰句)、工具狀語(如⑱句)、狀態副詞

㉔ 這種回答的方式是否受了英語問答方式的影響，有待今後更進一步的調查與研究。

(如⑲句)、動貌副詞（如⑳句)、情態助動詞（如㉑句)、直接賓語名詞（如㉒句)、間接賓語名詞（如㉓句)、述語動詞（如㉔句)、趨向補語（如㉕句)、回數補語（如㉖句)、期間補語（如㉗句)、情狀補語(如㉘句)、結果補語（如㉙句）等；也就是說，凡是句子的組成成分都可以做爲選擇的對象。

⑮ (是)張三去(還是)李四去？

⑯ 你(是)今天還是明天去？

⑰ 你(是)在家裡(吃飯)還是在外頭吃飯？

⑱ 你(是)用筷子(吃飯)還是用刀叉吃飯？

⑲ 你(是)仔細地看還是大略地看？

⑳ 你(是)已經看了還是正在看？

㉑ 你(是)願意做還是應該做？

㉒ 你(是)要錢(還是)要命？㉕

㉓ 你(是)借書給小明還是(給)小華？

㉔ 你(是)笑還是哭？

㉕ 你(是)要跳上(還是)跳下？

㉖ 你(是)看了四遍還是(看了)十遍？

㉗ 你(是)睡了七個小時還是(睡了)一個小時？

㉘ 他(是)跳得高(還是)跳得遠？／他(是)跳得高還是遠？

㉙ 她(是)高興得笑了還是(高興得)哭了？

選擇問句裡可供選擇的項目並不限於兩種，例如：

⑳ 你(是)今天去、(還是)明天去、還是後天去？

㉕ 例句來自 Chao (1968:266)。

⑼ (是)小明、(還是)小華、(還是)小强、還是小杰考了第一名？㉖

在語助詞問句裡問話者把心中的假設以肯定或否定命題的形式提出來，並要求答話者接受或拒絕這個假設；因此答話者可以用肯定答詞'是(的)'、'對(了)'來表示同意，或用否定答詞'不是、不(對)'來表示不同意。另一方面，在選擇問句裡問話者把心中的假設逐一列舉出來要求答話者選擇，因此答話者不能逕以肯定或否定答詞回答，而必須選擇假設中的某一個項目來做爲回答。例如，⑽的問句的回答，可能是'今天'、'明天'或是'後天'；而⑼的問句的回答可能是'小明'、'小華'、'小強'或是'小杰'。又在語助詞問句裡疑問語助詞用'嗎'或'吧'，而在選擇問句裡疑問語助詞則用'啊'或其變體'呀、哇、哪'等㉗，但是在書寫上最常用的語助詞是'呢'。同時，語助詞'呢'可以單獨出現於句尾，也可以出現於句中每一個可供選擇的項目後面，例如：

⑽ 瓶子裡裝的是酒(啊／哇／呢)，還是水啊／呀／呢？

⑽ 你是今天要去(呢)，明天要去(呢)，還是後天要去呢？

這個事實顯示，選擇問句是由兩個以上的疑問句並列連接而得來的。

㉖ 國語的選擇問句與日語的選擇問句一樣，把每一個可供選擇的項目都唸升調；而不像英語的選擇問句那樣，把最後一個選擇項目唸降調。

㉗ '啊'唸純元音'ㄚ'，在說話的時候受前一字韵母的影響發生變音：如果前一個字末了的音是'ㄧ、ㄨ、ㄋ'或者'ㄫ'，'啊'就分別唸成'呀(ㄧㄚ)、哇(ㄨㄚ)、哪(ㄋㄚ)'或者'ㄫㄚ'。又 Chao (1968:803) 認爲就國語音素的觀點而言，韵母'ㄚ'與'ㄝ'後面唸'呀'，在其他韵母後面唸'啊'。

國語表選擇的連詞，除了'還是'以外，還有'或是'與'或者'。根據 Chao (1968:265) 的說法㉘，'還是'表示兩者之間僅能選其一 (disjunctive, 與英語'whether……or……'的'or'相當)，而'或是'與'或者'則表示兩者之間的任何一個都可以選 (alternative, 與英語'either……or……'的'or'相當)。因此，'還是'只能出現於選擇問句，而'或是'與'或者'則常出現於語助詞問句。試比較下面兩句問話與答話：

⑼ 你是今天去(呢)，還是明天去呢？

今天去。／明天去。

⑼ 你是今天或是明天去嗎？

是，我是今天或是明天去。／不，我今天或是明天都不去。我後天去。

不過目前在臺灣許多人都以'或是、或者'來代替'還是'，可是'還是'卻仍然不能代替'或是、或者'，例如：

⑼ (?)你是今天去(呢)，或是明天去呢？

⑼ *你今天還是明天去嗎？

(三)正反問句：

「正反問句」(A-not-A question 或 V-not-V question)㉙，可以說是國語裡一種很特殊的選擇問句，是由動詞（如⑼句）、

㉘ 同樣的說法見於 Chao (1947:56,59,145)。

㉙ Chao (1948:59) 用 'A-not-A question' 而 Chao (1968:269) 則用 'V-not-V question'。事實上，能夠形成正反問句的，除了動詞（包括助動詞）以外，還有形容詞。

助動詞（如⑲句）、形容詞（如⑩句）的肯定式與否定式連用的方式提供選擇，請求答話者就肯定與否定之間選擇其一。

⑱a　你是不是中國人？

　b　他姓不姓張？

　c　他們明天來不來？

　d　你買不買這本書？

⑲a　你能不能跟我一道去？

　b　你願意不願意幫我的忙？

⑩a　他的個子高不高？

　b　這個問題麻煩不麻煩？

表完成貌的動詞，有兩種不同形態的正反問句，例如：

⑩①　他來了沒有？

⑩②　他有沒有來？

許多人認爲，⑩①句是純正的國語，而⑩②句是「臺灣國語」，是受方言污染的影響而產生的句法。但是閩南語並不說'他有沒有來？'而說'伊有來無？'而且把句尾的'無'字讀得很輕，有如語助詞。㉚其實，國語的'了'與'有'雖然字形不同，但在字義上都表示動作的完成：'了'與動詞的肯定式連用（如⑩③句），'有'與動詞的否定式連用（如⑩④句），而同一個動詞不能同時運用'了'與'有'（如⑩⑤句）。㉛

㉚ 同時，閩南語的'無'並不限於完成貌，表未來時間的疑問句也可以加上'無'，例如：'你明天有要去無（＝你明天要不要去）？'。

㉛ Wang (1965) 據此把'了'與'有'分析爲屬於同一個「語素」(morpheme) 下的兩個「同位語」(allomorph)。

⑩ 他來了。

⑩ 他沒有來。

⑩ *他沒有來了。㉜

結果，閩南語的正反問句連用兩個‘有’來前後照應，而國語的正反問句卻肯定動詞用‘了’，而否定動詞則用‘有’，顯然不如閩南語的有規則。由於大多數的國語正反問句是有規則的連用動詞或形容詞的肯定式與否定式（如前面⑱到⑩的例句），說國語的人就不知不覺的希求語法的「條理化」(generalization)與「簡易化」(simplification)，因而逐漸採用⑩的句式。在初學國語的兒童看來，國語裡用兩個不同的詞‘了’與‘有’來表達同一個意思是不規則的，也是不經濟的。因此，他們就利用天賦的類推與條理化的能力，用‘有’來代替‘了’；久而久之，新的語法於焉產生。㉝

正反問句，與一般選擇問句一樣，疑問語助詞用‘呢’不用‘嗎’。但是與一般選擇問句不一樣，語助詞只能出現於句尾，不能出現於句中。又一般選擇問句裡可供選擇的項目沒有一定的排列次序，而正反問句則必須依照肯定式在前、否定式在後的次序

㉜ 這裡的‘了’不是語助詞的‘了（＝啦）’，而是‘完了’的‘了’。

㉝ 影響所及，連肯定直述句都以‘有’為完成貌標誌（如‘他有來’）。無可否認的，這個變化是可能受了閩南語的影響，但問題是為什麼有些閩南語的句法現象會影響國語的句法，而另外有些句法現象（例如形容詞的三音節重疊，如‘白白白’、‘金金金’、‘長長長’等）卻絲毫不發生影響。答案是唯有合乎語言規律條理化、規則化、簡易化的現象纔能影響語言的變化，因此這個變化可能是沒有閩南語的影響也會發生的。

排列。試比較：

⑯a　你是去(呢)，還是不去呢？

b　你是不去(呢)，還是去呢？

⑰a　你去不去呢？

b *你不去去呢？

國語的正反問句，上一輩的北平人多用肯定動詞與否定動詞前後相應的b句，下一輩的北平人常用肯定動詞與否定動詞緊接相連的c句，而生活在臺灣的年輕一代則喜歡用省略雙音節肯定動詞第二個音節的d句。試比較：

⑱a　你願意幫我的忙(還是)不願意幫我的忙？

b　你願意幫我的忙不願意？

c　你願意不願意幫我的忙？

d　你願不願意幫我的忙？

這種句法上的演變，並非任意偶然 (arbitrary or accidental)，而是有其一定的道理的。b句可以說是a句的選擇問句經過「順向刪略」(forward deletion) 得來的；也就是說，保留出現於前面的詞語('幫我的忙')而刪略出現於後面的詞語('幫我的忙')。這是國語語法裡常見的刪略方式。c句是a句經過「逆向刪略」(backward deletion) 而產生的，省略了前面的相同詞語而保留了後面的詞語。正反問句之從「順向刪略」變成「逆向刪略」，至少有兩個動機或理由可以說明。一個是國語裡有許多情形，如⑲裡a句的不及物動詞、b句的形容詞、c句的助動詞單用，都要以肯定式與否定式緊接相連的形式來形成正反問句。這一個句法事實無形中觸動了我們類推的本領與學習簡易化的希求，促進了語法的「規則化」(regularizatidn) 或「條理化」(generalization)：所有的述語，無論是動詞或形容詞、助動詞或主動詞、及物或不及物動詞，都一律以肯定與否定緊接相連的方式來形成正反問。

⑽a　你來不來？

b　他高興不高興？

c　她們願意不願意？

另外一個可能的理由是，就說話者的「記憶負擔」(memory burden)而言，由肯定與否定動詞緊接相連而成的正反問句似乎比由肯定與否定動詞前後相應而成的正反問句容易簡便。因為如果肯定動詞後面有很長的賓語或補語，那麼等到句尾纔來補上否定動詞的時候很容易忘掉前面的動詞是什麼，就是聽話的人也不容易了解這句話的意思。試比較：

⑾a　你願意不願意幫我去勸我太太不要天天跳舞打麻將？

b ?你願意幫我去勸我太太不要天天跳舞打麻將不願意？

至於⑻的 d 句則更進一步對動詞本身進行「逆向刪略」，把重複出現的第二音節動詞加以省略。這不但是「類推作用」(analogy)的自然結果，而且把重複的詞語刪略後並無碍於語意的傳達，甚且合乎人類'好逸惡勞'的本性。㉞

㉞ 可見兒童學習語言並非完全模仿成人的語言習慣，悉照成人的語法來構詞或造句。事實上，兒童是根據成人所提供的「原初語言資料」(primary linguistic data)，運用自己的「語言本領」(linguistic competence) 自行建立一套自己的語法的。這一套語法大體上與「成人的語法」(adult grammar) 一致，卻不完全相同。因為如前所述兒童所建立的語法常有條理化、規則化、簡易化的趨向。這一種語法上的創新可能在兒童語言成長的過程遇到周遭的反對或干擾而被迫放棄，但是也很可能一直保留到成人階段，成為根深蒂固的語言習慣，也成為人類的語言變遷最主要的原因之一。

如上所述，幾乎所有的述語動詞、助動詞、形容詞都可以形成正反問句。㉟因此，能否形成正反問句這個句法功能，也成爲檢驗這些詞類最主要的依據之一。但是有些動詞或形容詞，特別是表示推測的動詞（如‘以爲、猜測、想、猜’等）與不能以程度副詞修飾的絕對形容詞（如‘眞、假、錯、方、空’等）則很少出現於正反問句。試比較：

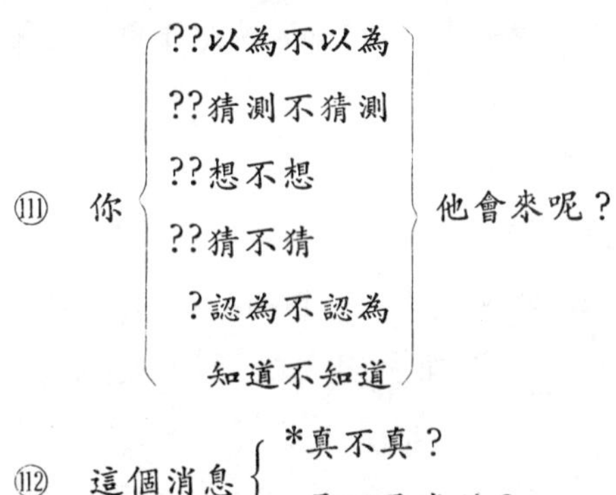

(111) 你
??以為不以為
??猜測不猜測
??想不想
??猜不猜
?認為不認為
知道不知道
他會來呢？

(112) 這個消息 { *真不真？ / 是不是真的？ }

(四)疑問詞問句：

「疑問詞問句」(interrogative-word question; question-word question)，在疑問句裡含有疑問詞如‘誰、什麼、怎麼、怎麼樣、哪、多、幾、多少’等。這種問句不能以表同意或不同意的‘(不)是、(不)對’回答，也沒有提出幾種可能性供回答的人選擇，而必須由答話的人針對著疑問詞所詢問的事項提出特定的

㉟ 除了述語動詞與形容詞以外，「情狀補語」形容詞也可以形成「正反問句」(如‘他跑得快不快？’、‘房間掃得乾淨不乾淨？’)。

人、事物、時間、處所等來回答 所以又叫做「特殊問句」(special question)。㊱例如在下面(113)的問句裡，問話的人「預設」(presuppose)'有人拿走了我的鋼筆'這個前提是眞的，因而詢問這個人是誰。答的人必須針對著'誰'這個「變項」(variable) 從「言談宇宙」(the universe of discourse) 的可能範圍內指認這個人出來。如果答話的人回以'沒有人拿走你的鋼筆'，這不算是回答問題而是拒絕回答。如果答話的人回以'某人拿走了你的鋼筆'，這也不能算是回答而只能說是廻避回答㊲。

(113) 誰拿走了我的鋼筆？

國語的疑問詞問句，與英語的疑問詞問句不同，疑問詞並不移到句首而留置於句中原來的位置。疑問詞在句中出現的位置原則上沒有什麼特別的限制㊳，在問句裡所出現的疑問詞也不限於一個，例如：

(114) 誰在什麼地方做了什麼事？

(115) 哪一個人跟哪一個人花了多少錢買了幾棟房子？㊴

㊱ Jespersen (1933:305) 稱這一種問句爲「X問句」(X-question)，因爲這種問句裡的疑問詞在功用上相當於代數方程式上的未知數'X'。又 Kruisinga (1931:2465) 與 Zandvoort (1966:601) 則稱此種問句爲「代詞問句」(pronominal question)，因爲這些問句裡都含有「疑問代詞」(interrogative pronoun) 或「疑問副詞」(interrogative adverb)。

㊲ 參 Lyons (1977:758)。

㊳ 只有少數例外的情形，例如疑問詞'什麼'只能在'是'字句中當主語。

㊴ 這種疑問詞問句常由於沒有聽清楚對方所說的話，因而把沒有聽清楚的部分用疑問詞代替來發問。有些語法學家稱此種疑問句爲「回響問句」(echo question)。

有關各個疑問詞的用法，留待下一節「國語疑問詞的意義與用法」纔詳論。

以上四種國語的疑問句中，正反問句在功用上屬於選擇問句，所以事實上只有三種疑問句。而在這三種疑問句中，選擇問句與疑問詞問句又可以分析爲屬於同一種。因爲這兩種疑問句都可以在句尾加上疑問語助詞‘呢’，而且都不能以肯定答詞‘是(的)、對(了)’表示同意或以否定答詞‘不(是)、不對’表示不同意的方式來回答。二者的差別只是：疑問詞問句裡所詢問的事項(也就是疑問句裡以疑問詞所代表的未知數‘X’)可能牽涉的範圍由談話者雙方的「言談宇宙」來決定；而選擇問句則把這些可能的事項一一列舉出來。例如，我們可以從星期一、星期二、星期三、星期四、星期五、星期六、星期日這七天裡選擇一天來回答⑪⑯的疑問詞問句，但是只能從星期三與星期四這兩天裡選擇一天來回答⑪⑦的選擇問句。❹⓪

⑪⑯　今天星期幾？

⑪⑦　今天是星期三，還是星期四？

因此，疑問詞問句可以說是「不列舉的選擇問句」而選擇問句也可以說是「有限制的疑問詞問句」(restricted X-question)❹①。疑問詞問句與選擇問句之間的相似性，可以從二者的可以共用語氣助詞‘呢’與語氣副詞‘到底、究竟’，卻不能與語氣助詞‘嗎’與語

❹⓪ 當然，我們也可以說‘不，今天不是星期三，也不是星期四。今天是星期五。’但這不是回選擇問句，而是糾正問話者在選擇問句中所顯示的錯誤。

❹① 參 Lyons (1977:762)。

氣副詞'眞的、難道'連用這個事實上看得出來。試比較：

(118)a　你要去嗎？

b　*你今天去還是明天去嗎？

c　*你去不去嗎？

d　*你什麼時候去嗎？

(119)a　*你要去呢？

b　你今天去還是明天去呢？

c　你去不去呢？

d　你什麼時候去呢？

(120)a　你真的／難道要去(嗎)？

b　*你真的／難道今天還是明天去(呢)？

c　*你真的／難道去不去(呢)？

d　*你真的／難道什麼時候去(呢)？

(121)a　*你到底／究竟要去(嗎)？

b　你到底／究竟今天去還是明天去(呢)？

c　你到底／究竟去不去(呢)？

d　你到底／究竟什麼時候去(呢)？

另一方面，語助詞問句也並非與選擇問句完全無關，因爲語助詞問句也可以分析爲一種選擇問句。語助詞問句與選擇問句的不同點在於：選擇問句提出兩個或兩個以上的命題要求答話者從中選擇一個，而語助詞問句則只提出一個命題要求答話者表示接受（同意）或拒絕（不同意）。例如，(122)的選擇問句把'你要去'、與'你不要去'兩個命題並列提出，而要答話者選擇其中的一個命題；(123)的語助詞問句則僅提出一個命題'你要去'，而把另外一個命題'你不要去'按下不說，並要求答話者就這個命題決定取捨。因此，我們可以說，語助詞問句是一種「含蘊」的，或「未言明」的選擇問句。如此，國語所有的疑問句在語意或邏輯結構上都可以分析爲選擇問句。

(122) 你要(去還是)不要去？

(123) 你要去嗎？

除了上面幾種問句以外，有些語法學家認爲國語的疑問句還可以有「附帶問句」(tag question)。所謂附帶問句，是在直述句或祈使句之後附加語助詞問句或正反問句而表示詢問或請求同意的疑問句，例如：

(124) 你喜歡她，是嗎？

(125) 你喜歡她，不是嗎？

(126) 你喜歡她，是吧？

(127) 你喜歡她，是不是？

(128) 你喜歡她，對不對？

(129) (你)快一點來，好嗎？

(130) (你)快一點來，好不好？

(131) (你)快一點來，行嗎？

(132) (你)快一點來，行不行？

(133) (你)快一點來，可以嗎？

(134) (你)快一點來，可以不可以？

與英語的附帶問句不同，這些例句裡前面的陳述句與後面的疑問句之間並沒有密切的結構關係。這些例句似乎可以分析爲以前面的陳述句爲主語，而以後面的疑問句爲述語；也可以分析爲以前面的陳述句爲「前行句」(antecedent sentence)，而以「零代詞」(zero pronoun)(或「小代號」(pro))爲「照應語」(anaphor)並以疑問句爲述語。如此，所謂的附帶問句在實質上與一般的是非問句與正反問句無異，似無另立一類的必要。

三、國語疑問詞的意義與用法

國語的疑問詞主要有'誰、什麼、哪、怎麼、怎(麼)樣、多(麼)、多少、幾'等。這些疑問詞的用法大致可以分爲兩類：疑問用法與非疑問用法。

(一)疑問用法：

所謂「疑問用法」，是指疑問詞出現於疑問句中以形成疑問詞問句。下面就各個疑問詞詳論其意義與用法。

(甲)誰：詢問人，也就是說在疑問句中取代直述句裡的「屬人名詞」(human noun)；無論這名詞是單數或複數，也不問是主位或賓位，都一律用'誰'，與英語的'who, whom'相當，例如：

⑬⑤ 誰是你們的導師？

⑬⑥ 你到底得罪了誰？

出現於領位的'誰'通常要加上'的'，但是在「不可分割的屬有關係」(inalienable possession)裡'的'字有時候可以省去，例如：

⑬⑦ 這是誰的手錶？

⑬⑧ 這隻手錶是誰的？

⑬⑨ 她是誰(的)女兒？

(乙)什麼：詢問事物，也就是說在疑問句中取代直述句裡的「非屬人名詞」(non-human noun)，與英語的 'what' 相當。但是'什麼'，做主語限於'是'字句，做其他句子的主語要用'什麼事(情)、什麼東西'等。試比較：

⑭⓪ 什麼是人生最重要的東西？

⑭① {*什麼 / 什麼東西} 掉下來？

⑭② {*什麼 / 什麼事(情)} 使你這樣高興？

⑭③ 你要什麼？

⑭④ 你想做什麼？

⑭⑤ 這是什麼？

⑭⑥ 青蛙後來變成什麼？

⑭⑦ 你把我當做什麼？

'什麼'也與英語的'what'一樣，可以加在名詞的前面來詢問或指認人或事物，也就是說在疑問句中取代名詞前面的「無定限定詞」(indefinite determiner)。這個時候，'什麼'後面不帶'的'字，名詞的種類不受限制㊷，例如：

⑭⑧ 這是什麼東西？

⑭⑨ 你喜歡玩什麼遊戲？

㊷ 要表示名詞的複數，常在'什麼'的前面加'些'，例如：'你手裡拿了些什麼東西？'、'你認識些什麼人？'。

⑮ 他有什麼意見？

又‘什麼’後面很少接形容詞或動詞，但是像‘好、爛、怪、寶貝、稀奇古怪’等用來表示主觀評價並加強疑問語氣的形容詞，則可以出現於‘什麼’與名詞的中間。㊸

⑮ 你買了些什麼｛？大／？小／好／？壞／怪｝東西？

‘什麼’可以與‘人、東西、事情、時候、地方、樣子’等具有代名詞作用的名詞(pronominal noun)連用來詢問人(‘什麼人’)、事物(‘什麼東西、什麼事情、’)、時間(‘什麼時候’)、處所(‘什麼地方’)、情狀(‘什麼樣(子)’)等；也可以與介詞‘爲、憑、用、拿’等連用來詢問原因(‘爲什麼’)、理由(‘憑什麼’)、工具手段(‘用什麼、拿什麼’)等。‘什麼人’與‘誰’都用來詢問人，但是二者的用法不盡相同。‘誰’的用法似乎比‘什麼人’的用法爲廣。‘誰’可以詢問人的姓名、職務、身分等，而‘什麼人’則主要的詢問人的職務或身分。又詢問的對象有所限制或較爲確定時比較常用‘誰’(在語意上比較接近‘哪一個人’)，而少用‘什麼人’。就是‘誰’與‘什麼人’可以通用的時候，‘誰’也比‘什麼人’客氣。試比較：

⑮ 那兩位小姐，你比較喜歡｛誰／哪一位；??什麼人｝？

⑮ ｛誰／哪一位；??什麼人｝是你的老師？

㊸ 但在修辭問句中的‘什麼’後面卻可以直接帶上形容詞，例如：‘他有什麼了不起?!’、‘這有什麼不好?!’、‘那有什麼奇怪？’。

⑮④ 你是{誰？(較為客氣)
什麼人？(不客氣)㊹

‘什麼’與‘什麼樣(子)的’都可以修飾名詞，但是前者要求答話的人指認人或事物，而後者則要求答話的人描寫人或事物，二者的區別相當於英語‘what’與‘what kind of’的差異。試比較：

⑮⑤ 李先生是什麼人？

(可能的回答：我的舅舅、張小姐的男朋友、省中的數學老師。)

⑮⑥ 李先生是什麼樣的人？

(可能的回答：長得高高胖胖的人、說一不二的人、忠厚而能幹的人。)

⑮⑦ 桌子上有什麼書？

(可能的回答：一本參考書、我從圖書館借來的書、海明威的老人與海。)

⑮⑧ 什麼樣的書你纔會感到興趣？

(可能的回答：文情並茂的小說、有許多挿圖的書、故事生動而印刷精美的書。)

(丙)哪：常出現於數、量詞的前面，詢問指涉或選擇，也就是說在疑問句中取代直述句名詞組裡面的指示詞(如‘這、那’)，與英語出現於名詞前面的‘which’相當，例如：

⑮⑨ 您找哪(一)位？㊺

⑯⓪ 你要帶哪些人去？

⑯① 哪幾個人要跟你一道去？

⑯② 他們準備哪(一)天走？

也有人用‘哪’來取代整個名詞組，與英語單獨出現的‘which

㊹ 如果用‘你是什麼東西！’就變成罵人的話了。

㊺ ‘哪’後面的數詞‘一’常省去，而讀音也從‘ㄋㄚˇ’變成‘ㄋㄟˇ’。

(one)'相當，例如：

⑯③ 哪是你的家？

⑯④ 哪(些)是要給我的？

'哪裡'與'哪兒'用來詢問處所，也就是說在疑問句中取代直述句裡的處所詞（如'這裡／兒、那裡／兒'），與英語的'where'相當㊻，例如：

⑯⑤ 他到哪裡／哪兒去了？

⑯⑥ 您哪裡／哪兒不舒服？

⑯⑦ 您是哪裡／哪兒(的)人？

(丁)怎麼：詢問方式、原因、性狀等，也就是說在疑問句中取代直述句裡面表方式、原因、性狀等的副詞或狀語。詢問方式的'怎麼'出現於動詞的前面（動詞不能用否定式），與英語的'how'相當。有時候動詞的前面可以加上量詞'個'，後面可以加上名詞'法'，例如：

⑯⑧ 你早上是怎麼來上班的？

⑯⑨ 這件事我該怎麼辦？

⑰⓪ 你是怎麼學會游泳的？背泳是怎麼個游法？

詢問原因、理由的'怎麼'出現於動詞、形容詞、句子的前面，也就是說在疑問句中取代直述句裡出現於這個位置的原因或理由狀語，與英語的'why'或'how come'相當。這個時候，動詞與形容詞都可以用否定式，例如：

㊻ '哪裡、哪兒、什麼地方'都詢問處所，但是'哪裡'與'哪兒'多用於口語，'哪兒'尤其多用於北平口語。

⑰ 你怎麼也來了？

⑰ 你怎麼沒有跟他打個招呼？

⑰ 你怎麼這樣緊張？

⑰ 他怎麼這樣不禮貌？

⑰ 怎麼天氣這麼熱？

⑰ 怎麼你太太還沒有來？

詢問原因、理由的'怎麼'在語意上與'爲什麼'很接近。但是'怎麼'除了多用於口語以外，還比較富於情感色彩，因而常含有詰問或責備的語氣。試比較：

⑰ 他{怎麼/為什麼}到現在還沒有來？

⑰ 你{怎麼/為什麼}可以這樣不講道理？

詢問性狀的'怎麼'出現於'(一)＋量詞＋名詞'的前面，也就是說在疑問句中取代直述句裡的'這麼、那麼'。數詞'一'常可省去，量詞多用'個'或'回'等，名詞常用「代名性名詞」(pronominal noun)'人、東西、事'。'怎麼＋(一)＋量詞＋名詞'的說法常與'一＋量詞＋什麼樣的＋名詞'的說法通用，例如：

⑰ 你們新上任的主管是怎麼一個人(＝一個什麼樣的人)？

⑱ 這到底是怎麼(一)回事？

⑱ 您這是怎麼個說法？

也有'怎麼個'後面直接帶上形容詞的情形，例如：

⑱ 他到底是怎麼個了不起？

'怎麼'也可以用來詢問主語或主題的狀況，也就是說在疑問句中取代直述句的整個謂語（特別是表示事件（event）或歷程（process）的謂語㊼），與英語的'what becomes of…'、'what happens to…'、'what is the matter with…'相似㊽。這個時候，疑問句的句尾常加語助詞'了、啦'，答句裡常用靜態動詞或形容詞回答，例如：

⒅ 你是怎麼了？
（可能的回答：我病了、我覺得很累、我身體不舒服。）

⒅ 你答應的事怎麼了？已經辦好了沒有？

（戊）怎（麼）樣：詢問性質、方式、狀況等。詢問性質的'怎（麼）樣'，在後面加上'的'並出現於名詞的前面，也就是說在疑問句中取代直述句裡名詞前面的「定語」（adjectival）或「修飾語」（modifier）。如果'怎（麼）樣的'出現於數、量詞的前面，'的'字可以省去。試比較：

⒅ 你準備採取怎（麼）樣的措施？

⒅ 李先生是（一）個怎（麼）樣的人？

⒅ 李先生是怎（麼）樣（的）一個人？

'怎（麼）樣'與'什麼樣的'都可以詢問性質，在許多場合都可以通用；但是'怎（麼）樣的'似乎要求比'什麼樣的'更進一步詳盡的描寫㊾。因此，在以引介爲目的而非以描寫爲目的的「引介句」

㊼ 表示「行動」（action）的謂語常用'做什麼'來詢問，例如：'你在做什麼？'、'他到底做了什麼？'

㊽ 如果單獨用'怎麼了？'就表示'What happened? What's up?'。

㊾ 在許多場合，'什麼樣的'比較注重外表的描寫，可以翻成英語的'what…is like?,；而'怎（麼）樣的'則比較注重內面的描寫，可以翻成英語的'what kind of…'。

(presentative sentence)[50]裡，常用‘什麼樣的’而少用‘怎(麼)樣的’。試比較：

⒅ 桌子上有{什麼樣的 / (？)怎麼樣的}書？

⒆ 前面來了{什麼樣的 / (？)怎麼樣的}人？

詢問方式的‘怎(麼)樣’出現於動詞的前面，在口語裡‘怎麼樣’與‘怎麼’似乎比‘怎樣’常用，例如：

⒇ 我們應該{怎麼樣 / 怎麼 / 怎樣}推行國語？

詢問狀況的‘怎(麼)樣’取代「靜態(特別是形容詞)謂語」或「情狀補語」，例如：

⒈ 你最近身體怎(麼)樣？

⒉ 你覺得這幅畫怎(麼)樣？

⒊ 他們以後打算怎(麼)樣？

⒋ 期考準備得怎(麼)樣？

⒌ 她唱歌唱得怎(麼)樣？

⒍ 他還能把我們怎(麼)樣？

(己)‘多’：詢問程度或數量，也就是說在疑問句中取代直述句裡的「程度副詞」(如‘這麼、那麼、很、太、非常’)，後面常跟著單音節形容詞、前面常用動詞‘有’，與英語出現於形容詞前

---

[50] 有關國語引介句的討論 請參湯(1980)「國語分裂句、分裂變句、準分裂句的結構與限制的研究」，師大學報第二五期二五一～二九六頁)，並收錄於湯(1981)。

面的'how'相當，例如：

⑲⑺ 這一座高樓有多高？

⑲⑻ 他今年(有)多大歲數？

⑲⑼ 這種樹能長多高？

⑳⑽ 你能跑得多快？

⑳⑴ 多大的房間纔够用？

'多會兒'在北平口語裡表示'什麼時候'，例如：

⑳⑵ 您多會兒到的？

⑳⑶ 你們準備多會兒動身？

(庚)'多少'：詢問數量；也就是說在疑問句中取代直述句裡的(1)「數詞」，(2)「數詞」與「量詞」(3)「數詞」、「量詞」與「名詞」(即整個數量名詞組)，與英語的'how many'或'how much'相當，例如：

⑳⑷ 你要{多少張紙 / 多少紙 / 多少}？

⑳⑸ 你買了{多少斤米 / 多少米 / 多少}？

⑳⑹ 昨天的會議來了多少(個)人？

⑳⑺ 你這一件衣服花了多少(錢)？

(辛)'幾'：詢問數量，但是只能取代「數詞」，不能取代「量詞」或「名詞」，例如：

⑳⑻ 要幾張紙？

⑳⑨ 你買了幾斤米？

⑳⑩ 昨天的會議來了幾個人？

除了可以取代的詞類或詞組不同以外，用'幾'詢問的時候問話者心中已經預料數目不會太多，而'多少'的時候問話者則沒有這種「預設」(presupposition)。❺❶試比較：

㉑① 瓶子裡還有{多少／幾滴}水？

㉑② 你們學校有{多少／?幾個}學生？

(二)非疑問用法：

除了上面的疑問用法以外，國語的疑問詞還有下列幾種非疑問用法。在這些用法裡，疑問詞都不表示詢問。

(甲)「任指」用法：表示任何人、事物、方式、性狀、狀況、程度、數量等，前面常以'不管、無論、不論、隨便、任憑'等引導，後面常以'也、都、總'等呼應，句式不限於肯定或否定，與英語的不定代名詞或副詞'anyone, anybody, anything, anyway, anywhere, any…'等相當，例如：

㉑③ {不管／無論／不論}{誰／什麼人}來説，我都不會答應。

㉑④ {誰／什麼人}也不許偷懶。

---

❺❶ 注意，如果問答的雙方都知道學校的規模本來就很小，那麼'你們學校有幾個學生？'這個問句是可以通的。

㉑⑤ 無論{什麼／什麼樣的}酒，我都愛喝。

㉑⑥ 這裡隨便哪一個人都認識我。

㉑⑦ 無論到{哪裡／哪兒}他都受人歡迎。

㉑⑧ 任憑我怎麼勸他，他也不聽。

㉑⑨ 不論怎(麼)樣痛苦，我們也得忍受。

㉒⓪ 無論情況怎(麼)樣，你也得照實向我報告。

㉒① 不管工作多(麼)忙，總要抽點時間陪孩子。

㉒② 多苦的生活我也甘願跟你一起過。

㉒③ 不論工作有多危險，我們也一定要把它完成。

㉒④ 無論你有多少錢，我也不稀罕。

㉒⑤ 不論你要多少，我都可以給你。

㉒⑥ 不管你要借幾本書，儘管拿去。

任指用法的疑問詞，如果在獨立的句子裡出現於賓位就要移到動詞的前面或句首。例如：

㉒⑦ {我(無論)誰／(無論)誰我}都不相信。

㉒⑧ 你這個管家婆什麼事都要管。

㉒⑨ 這麼多位姑娘他哪一位也不中意。

㉓⓪ 太累了，我哪裡也不想去。

㉓① 無論什麼樣的酒我都愛喝。

㉓② 不管怎麼樣的工作他都願意做。

---

52 疑問用法的賓位疑問詞似乎也可以移到動詞的前面或句首。試比較：(1)你最喜歡誰(呢)？(2)你誰最喜歡(呢)？(3)誰你最喜歡(呢)？

㉝ 只要你喜歡，不管多貴的東西我也會買給你。

㉞ 我多少錢都願意借給你。

㉟ 無論幾塊錢你都可以存。

但是如果賓位疑問詞出現於副詞子句（如㉓到㉖句）或名詞子句（如㊱與㊲句），那麼疑問詞就不必移到動詞的前面。

㊱ 〔你要娶哪一位小姐〕都可以。

㊲ 〔你想借幾本書〕都行。

疑問詞的任指用法還可以與'就(是)、只(是)'等連接副詞連用來表示例外，或與'卻、偏（偏）、竟（然）'等語氣副詞連用來表示意外。表示例外的時候，前半句用肯定式，後半句就要用否定式（如㊳與㊴句）；前半句用否定式，後半句就要用肯定式（如㊵與㊶句）。表示意外的時候，通常是前半句用否定式，後半句用肯定式（如㊷句到㊺句）。注意在這些例句裡，賓位疑問詞也都出現於動詞的前面。

㊳ 我誰都見過了，就是沒有見過李先生。

㊴ 我什麼海鮮都愛吃，就是不愛吃螃蟹。

㊵ 他跟誰都合不來，就是跟老張合得來。

㊶ 她對什麼運動都不感興趣，就是喜歡跳土風舞。

㊷ 誰不好來，偏偏來了丈母娘。

㊸ 他誰不去找，却去找我太太要錢。

㊹ 你什麼時候不好生病，偏在我的生日生病？

㊺ 他哪兒不好去，竟然去那種地方！

（乙）「虛指」用法：表示不特定的人、事物、方式、性狀、狀況、程度、數量等，與英語的不定代名詞、或副詞 'someone

somebody, something, sometime, somewhere, somehow, some …'等、以及在疑問句與條件子句裡出現的'anyone, anybody, anything, any…'等相似。所謂不特定，包括不知道、不能肯定、以及雖然知道但是無需或無法說出來。含有虛詞用法疑問詞的疑問句，語助詞用'嗎'而不用'呢'。有些疑問詞（特別是'誰'與'什麼'）還可以在前面加上數量詞'(一)個'，例如：

(246) 今天有誰來找我嗎？

(247) 你昨晚上街遇見了誰嗎？

(248) 我們找個誰來問路好不好？

(249) 你要吃點什麼嗎？[53]

(250) 她手裡好像提個什麼。

(251) 他最近有什麼新的著作嗎？

(252) 他們好像在討論什麼事情。

(253) 我不覺得這樣有什麼不好。

(254) 我們找個什麼地方來坐下。

(255) 你哪一天有空到我家來坐坐。

(256) 我們好像在哪兒見過面。

(257) 你昨天沒有到哪裡去嗎？

---

[53] 疑問詞的虛詞用法也可以出現於「正反問句」裡，例如：'你要不要吃點什麼（呢）？'。試比較'什麼'的疑問用法：'你要吃什麼(呢)？'。在下面的例句裡疑問詞的疑問用法與虛指用法以疑問語助詞'呢'與'嗎'相對照：⑴'你有什麼問題要問我{呢/嗎}？'；⑵'你有哪些書可以借給我{呢/嗎}？'。

㉘ 不知從哪兒來的勇氣，他忽然站起來發言。

259 不知道怎麼(樣)一來，我就滑倒了。

260 你能想出怎麼個解決辦法嗎？

261 多會兒也沒有看到他來看你。

262 多會兒有空，我們就來看你。

263 多少年輕小夥子曾經拜倒在她的石榴裙下。

264 他有幾個臭錢就自以為了不起。

疑問詞的虛指用法也可以與否定詞連用來加強否定語氣，與英語的不定代名詞‘nobody, no one, nothing, nowhere, not very, no …’等用法相似，例如：

265 我沒有誰可以幫我找工作。

266 這一點不算什麼，請你不要再提。

267 我並不缺少什麼東西，請不要費心。

268 天下沒有哪一個人可以比得上你。

269 他的功課並不怎麼樣。

270 今天的天氣並不怎麼冷。

271 他跑不多遠就倒下去了。

272 沒有多會兒他就來了。

273 我對他沒有多少好感。

274 我手頭沒有幾個錢。

疑問詞的虛詞用法與任指用法一樣，不能與疑問語助詞‘呢’連用；但是與任指用法不同，賓位疑問詞不必移到動詞的前面或句首來。

(丙)「照應」用法：同一個疑問詞可以連用兩次，以使前後呼應指相同的人、事物、方式、性狀、狀況、程度、數量等，與英語的複合關係代名詞 'whoever, whatever, whenever, wherever, however, whichever…' 等相似，例如：

(275) 誰能够娶到他的女兒，誰就可以繼承他的事業。[54]

(276) 他愛罵誰就罵誰，一點也不客氣。

(277) 她要什麼就有什麼。

(278) 什麼人得罪我，我就跟什麼人過不去。

(279) 你想什麼時候來，就什麼時候來。

(280) 他喜歡住什麼地方，就讓他住什麼地方。

(281) 你哪時有空就哪時來。

(282) 你看完哪本就還我哪本。

(283) 哪樣的男人就娶哪樣的女人。

(284) 你愛怎(麼)樣，我就怎(麼)樣。

(285) 他過去怎(麼)樣待我，我現在就怎(麼)樣待他。

(286) 該怎麼辦就怎麼辦。

(287) 你說他有多壞就有多壞。

(288) 你要我跑得多快我就跑得多快。

(289) 你要買多大號的襯衫，我們店裡就有多大號的襯衫。

(290) 多會兒有空，多會兒來。

(291) 你要多少就拿多少。

(292) 你有多少錢，我就想借多少錢。

---

[54] 也有人用'他'來代替第二個'誰'，但是用'它'來代替第二個'什麼'的情形比較少見。試比較：(1) 誰願意為大家服務，我們就選他做班長。(2) ?? 他 有什麼就把它分給大家。

㉙③ 來幾個人就收幾個人。

㉙④ 你能多待幾天就多待幾天。

有時候連用兩個疑問詞卻指不相同的人或事物。這種情形多見於否定句或疑問句，例如：

㉙⑤ 我們倆誰也不欠誰。

㉙⑥ 他們一家人誰也不關心誰。

㉙⑦ 不管誰對誰錯，都不必大聲叫嚷。

㉙⑧ 海上一片朦朧，分不清楚哪是水，哪是岸。

㉙⑨ 他年紀還小，不懂得什麼叫做善，什麼叫做惡。[55]

(300) 他們根本不知道怎(麼)樣答纔算對，怎(麼)樣答纔算錯。

(301) 你能告訴我幾個是太多，幾個是太少嗎？

（丁）「修辭問句」用法：所謂「修辭問句」(rhetorical question)，在句子的形式上是問句，但在實質的功用上卻是直述句。一般而言，肯定修辭問句在功用上等於否定直述句，而否定修辭問句則在功用上等於肯定直述句，例如：

(302) 誰（＝沒有人）像你這麼傻?![56]

(303) 誰不想（＝人人想）發財?!

(304) 還有什麼東西（＝沒有什麼東西）比健康更寶貴?!

(305) 我為什麼要（＝不必要）聽你的話?!

(306) 鎮裡什麼人不認識（＝人人都認識）我?!

(307) 他什麼樣的場面沒有見過（＝什麼樣的場面都見過）?!

---

[55] ㉙⑨到(301)的例句可以分析爲疑問詞「虛指」用法的並列連接。

[56] 我們用問號和驚嘆號並用（'?!'）的標點符號來表示修辭問句。

308 天下哪有（＝沒有）白吃的午餐?!

309 哪一個父母不愛（＝每一個父母都愛）自己的兒女?!

310 我哪裡能（＝不能）記得這些鷄毛蒜皮的事情?!

311 我怎麼會（＝決不會）騙你?!

312 他怎麼不會（＝當然會）游泳?!

313 他又能把我怎(麼)樣（＝不能把我怎(麼)樣)?!

314 我幾時／什麼時候／多會兒（＝從來沒有）撒過謊?!

315 他有幾個錢（＝沒有幾個錢）可以花?!

316 他在公司裡有多少權力（＝沒有多少權力)?!

在修辭問句裡賓位疑問詞要移到動詞的前面或句首來，試比較：

317a 他沒有唸過什麼書？(疑問詞問句)[57]

b 他什麼書沒有唸過?!(修辭問句)

c 什麼書他沒有唸過?!(修辭問句)

318a 他不認識哪一個人？(疑問詞問句)

b 他哪一個人不認識?!(修辭問句)

c 哪一個人他不認識?!(修辭問句)

又修辭問句與疑問詞問句，除了賓位疑問詞的位置不同以外，在形態上完全一樣。因此，同一個句子常可以解爲疑問詞問句，也可以解爲修辭問句。除了言談的背景或文章的上下文可以消除這

---

[57] 317a與318a的否定疑問詞問句多用於「回響問句」。除了詢問原因、理由的‘爲什麼、怎麼’可以用於否定疑問句以外，其他的疑問詞用於否定疑問句的時候通常都表示回響問句或修辭問句。又疑問詞‘怎麼樣、多少、幾’通常出現於肯定修辭問句，很少出現於否定修辭問句（參例句313、315、316)。

個歧義以外，語氣副詞'到底、究竟'只能出現於疑問詞問句的句首，而不常出現於修辭問句的句首。㊽

⑲a 誰知道他到哪裡去了(呢)$\left\{\begin{matrix}?\\?!\end{matrix}\right\}$

b 究竟誰知道他到哪裡去了(呢)？

c 誰知道他究竟到哪裡去了(呢)$\left\{\begin{matrix}?\\?!\end{matrix}\right\}$

在修辭問句中疑問詞'什麼'後面可以單獨出現形容詞㊾；前面常用動詞'有'，後面常可補上'的地方'或'的'，例如：

⑳ 他有什麼了不起(的地方)？

㉑ 這有什麼好高興的？

'誰知道'除了在修辭問句中表示'沒有人知道'以外，還可以放在句首表示'出乎大家意料之外、想不到、不料'，例如：

㉒ 我一向待他很好，誰知道他竟然恩將仇報。

'誰想、誰料'也有類似的用法，例如：

㉓ 誰想他把太太也帶來了。

㉔ 誰料第二天他就去世了。

'什麼'還可以用來表示不以爲然、不同意或不滿意，句尾的標點符號常用驚嘆號，例如：

㊽ 又根據實地調查的結果發現修辭問句比疑問詞問句少用疑問語助詞'呢'。這可能是由於修辭問句在語用上是直述句而不是純粹的疑問句的緣故。

㊾ 多半是表「主觀的價值判斷」(subjective value judgement)或「情貌」(emotional attitude)的形容詞，如'了不起、特別、稀奇、奇怪、好笑、好看、好吃、好玩、好高興、好得意、可笑'等。

325 小孩子懂什麼！不要插嘴！

326 急什麼！慢慢地來。

327 這是什麼玩意兒！一用就壞了！

328 你說的是什麼話！一點道理都沒有。

329 年輕什麼啊，都快六十囉！

330 纔讀了幾分鐘書，還說什麼累！

331 什麼'你'呀'我'的，我們之間還分什麼彼此！

332 什麼'不知道'！我早在一個月前就告訴過你了！

(戊)「感嘆」用法：疑問詞'多'或'多麼'可以與形容詞或動詞[60]連用來表示強烈的情感色彩或感嘆的語氣，句尾常用'啊、呀、哇、哪'等表感嘆的語助詞，例如：

333 這個小孩子多(麼)可愛呀！

334 這是多(麼)令人感動的故事啊！

335 他的話多(麼)有趣呀！

336 老師多(麼)關心我們哪！

337 我們多麼想念家鄉哪！

338 他跑得多快呀！

國語的感嘆句一般都用肯定句，不用否定句。試比較：

339 他的個子多{高 / *不高}哇！

240 你們的房子多{漂亮 / *不漂亮}哪！

[60] 特別是可以用程度副詞修飾的動詞如'希望、喜歡、熱愛、相信、關心、擔心、想念、愛護'等。

但是有些形容詞以'不'否定以後，仍然可以用程度副詞修飾❻❶。這些帶上'不'的形容詞可以出現於感嘆句，例如：

㉞❶ 這個人{很/多(麼)}不簡單哪！

㉞❷ 他{很/多(麼)}不願意離開他的家鄉哪！

在口語裡很多人都用'好'來代替'多(麼)'，例如：

(343) 這個小孩子好可愛呀！

(344) 這個人好不簡單哪！

'什麼'與'怎麼'可以單獨用來做感嘆詞，分別表示驚訝與驚異❻❷。這個時候疑問詞常出現於句首，而且後頭常有停頓，例如：

(345) 什麼！他們已經離婚了，我怎麼不知道。

(346) 什麼！已經把功課做完了，我不相信。

(347) 怎麼，你還沒有回去呀！

(348) 怎麼，你又在三心兩意了！

'哪裡、哪兒'也可以單獨用來表示客氣的否定，例如：

(349) 甲：實在太麻煩你了。

乙：哪裡(的話)，這是應該的。

---

❻❶ 如'(很)不簡單、(很)不容易、(很)不客氣、(很)不禮貌、(很)不得意、(很)不老實'等。湯(1972)國語格變語法試論把這種否定稱為「詞語否定」(morphological negation)，以別於「句子否定」(sentential negation)或「謂語否定」(predicate negation)。比較英語裡相類似的情形：(1)*How willing he is not to leave his home!；(2)How unwilling he is to leave his home!。

❻❷ 英語的'why'與'what'也有類似的用法。

㊿ 甲：這一幅畫畫得太好了！

乙：哪裡，哪裡，還差得遠呢！

(己)其他用法：除了上述用法以外，疑問詞'什麼'還可以加在並列成分之前表示列舉，或與'的'連用放在一個成分或幾個並列成分之後表示'等等'，與英語'and what not'的用法相似，例如：

351 什麼數學呀英文呀，一天到晚都忙着補習。

352 什麼煮飯、洗衣、打掃都是女人的工作。

353 他不喜歡打牌（、看電視）什麼的，就只愛看書。

354 桌子上擺滿了紅燒牛肉、宮保鷄丁、麻婆豆腐什麼的，都是他最愛吃的家鄉菜。

偶爾也看到有人用'什麼人的'來表示屬人名詞的'等等'，但是其他疑問詞則很少見。

355 在座的李先生、張先生、還有什麼人的，都是我先生公司裡的同事。

以上所述疑問詞的非疑問用法，都出現於直述句或疑問詞問句以外的語助詞問句或正反問句。但是仍然與疑問詞的疑問用法有密切的關係，甚至可以說是從疑問詞的疑問用法引申而來的。例如疑問詞的「任指」用法，指的是疑問詞所代表的未知數的整個「集合」(set)。又如疑問詞的「虛指」用法，指的是疑問詞所代表的未知數的某一個「元素」(member)。在許多印歐語系的語言裡，疑問詞的形態與表示任指或虛指的不定代名詞或副詞有字源上的關聯，國語的疑問詞也可以表示任指或虛指。他如疑問詞的「照應」用法，是任指用法與虛指用法的前後搭配使用，與英語的複合關係代名詞'whoever, whatever, whenever, wherever…'或不定代名詞與關係代名詞的連用'anyone…who, anything…which, any place… where, any time… when…'有異曲同工之妙。至於疑問詞的「修辭」用法，是以反問的方法表示強烈的肯定句或否定句；而疑問詞的「感嘆」用法，是從表驚訝的疑問而轉爲感嘆句。這兩種用法也都是國語與英語的疑問詞所共享的。連表驚訝或驚異的感嘆詞'什麼'與'怎麼'以及表示'等等'的'什麼的'，都可以在英語分別找到類似的用例'what'、'why'與'and what not'。可見這些雷同不是偶然的，而是有其語意與語用上的動機或理由的。

四、國語的直接問句與間接問句

國語的疑問句不僅可以做爲直接問句獨立使用，而且也可以包接在另外一個句子裡做爲間接問句或疑問子句使用。例如在下面㊻到㊾的例句中，放在方括弧裡面的疑問子句分別充當母句的主語、賓語、表語與名詞'這個問題'的同位語。

(356) 〔他來不來〕跟我有什麼關係？

(357) 我不知道〔他要來還是他太太要來〕。

(358) 我們今天要討論的是〔究竟由誰來主持這個計畫〕。

(359) 〔我們怎麼樣籌措經費〕這個問題以後再討論。

有時候這種疑問子句包接的情形相當的複雜，例如：

(360) 他想知道（你認為〔他會不會來〕）。

(361) 我從來沒有想到（他會要（你來問我〔由誰來主持這個計畫〕））。

就是直接問句也可以在基底結構中分析為包接於含有說話者'我'、聽話者'你'、與「行事動詞」(performative verb)'問'或'請(你)告訴(我)'的「行事句子」(performative sentence)裡,例如:

㊳62 (我問你:)你明天來不來?

㊳63 (我請你告訴我:)究竟誰來主持這個計畫?

被包接的疑問子句不能含有表疑問的語助詞,所以必須附上語助詞'嗎'或'吧'的語助詞問句不能成為疑問子句(如㊳64句),含有語助詞'呢'的選擇問句、正反問句、疑問詞問句也不能成為疑問子句。試比較:

㊳64 *〔他來嗎〕跟我有什麼關係?

㊳65 *〔他來不來呢〕跟我有什麼關係?

㊳66 *我不知道〔他要來(呢)還是他太太要來呢〕。

㊳67 *我們今天要討論的是〔究竟由誰來主持這個計畫呢〕。

㊳68 *〔我們怎麼樣籌措經費呢〕這個問題以後再討論。

另一方面,㊳69a是合語法的句子。在這個例句裡,句尾的疑問語助詞'嗎'不屬於疑問子句'他要來還是他太太要來',而是屬於母句'你知道嗎?'。這一點從㊳69裡a、b、c三個句子的比較可以明白。

㊳69a 你知道〔他要來還是他太太要來〕嗎?

b *你知道〔他要來還是他太太要來嗎〕?

c *你知道〔他要來還是他太太要來呢〕?

同樣地,㊳70a句的疑問語助詞'呢'屬於母句'誰知道呢',而不屬於疑問子句'他要來還是他太太要來';㊳71a句的疑問語助詞'嗎'

也屬於母句'有人知道嗎？'，而不屬於疑問子句'誰知道'或'他要來還是他太太要來'。

㊱a　誰知道〔他要來還是他太太要來〕呢？

b　*誰知道〔他要來還是他太太要來呢〕？

c　*誰知道〔他明天還會來嗎？〕

㊲a　有人知道〔誰知道〔他要來還是他太太要來〕〕嗎？

b　*有人知道〔誰知道〔他要來還是他太太要來嗎〕〕？

c　*有人知道〔誰知道〔他明天還會來嗎〕〕？

疑問語氣副詞'到底、究竟'等能否出現於疑問子句？關於這一點大家的合法度判斷並不一致。許多人認爲疑問子句中的'到底、究竟'似乎多餘，不如删去。但是也有許多人認爲，如果母句是否定句或疑問句，那麼疑問子句裡的'到底、究竟'就可以保留。試比較：

㊳a　我知道〔誰要來〕。

b　？我知道〔到底誰要來〕。

c(？)我不知道〔到底誰要來〕。

d(？)你知道〔到底誰要來〕嗎？

㊴a　〔誰要來〕跟我很有關係。

b　？〔到底誰要來〕跟我很有關係。

c(？)〔到底誰要來〕跟我根本沒有關係。

d(？)〔到底誰要來〕跟我有什麼關係？

但是有些疑問子句確實可以含有疑問語助詞或疑問語氣詞，例如：

㊵a　我問你〔他明天會來嗎？〕

b 我問你〔他明天來還是後天來呢？〕

c 我問你〔他到底來不來呢？〕

d 我問你〔到底誰要來呢？〕

㊵a 請你告訴我〔你明天在家嗎？〕

b 請你告訴我〔你明天到底在不在家呢？〕

c 請你告訴我〔你到底什麼時候在家呢？〕

這些例外的句子是由於句子裡的'我問你'與'請你告訴我'都是在「直接談話」(direct discourse) 裡表示問話的詞句。我們可以把這些直接用來問話的動詞稱爲「直接問話動詞」(direct question verb)。因此，㊴與㊵的例句雖然在句中並沒有加上引號或冒號，但是在實質上是含有直接問話的句子。也就是說，這兩個例句分別以㊶的a與b爲基底結構。63

㊶a 我問你：'…？'

b (我)請你告訴我：'…？'

表示直接問話的詞句在用法上受到一些限制：

(一)必須以說話者'我'與聽話者'你'爲主語或賓語，因爲如果以'你、我'以外的第三者爲主語或賓語就不能算是直接問話了。試比較：

㊷a *我問他〔他明天會來嗎？〕

b *你問他〔他到底來不來呢？〕

c *他問你〔到底誰要來呢？〕

---

63 在更深一層的分析裡，'我問你'與'(我)請你告訴我'也可以解釋爲「行事句子」的表面化。

㊳78a　*請你告訴他〔你明天在家嗎？〕

b　*請他告訴我〔你到底什麼時候在家呢？〕

(二)直接問話動詞只能用肯定式，不能用否定式，因爲如果用否定式就不表示問話而失去了直接問話的效用，例如：

379a　*我不(想)問你〔他明天會來嗎？〕

b　*我不能問你〔他到底來不來呢？〕

c　*我沒有問你〔到底誰要來呢？〕

380a　*請你不要告訴我〔你明天在家嗎？〕

b　*我沒有請你告訴我〔你到底什麼時候在家呢？〕

(三)直接問話動詞的「時制」(tense)必須是現在，而「動貌」(aspect) 必須是單純貌或進行貌。因爲直接問話必須於談話的時候發生或進行，所以不用表未來或過去的時間副詞、也不與表完成或經驗的動貌標誌連用，例如：

381a　我問你〔你來不來呢？〕

b　我在問你〔你來不來呢？〕

c　??我昨天問了你〔你來不來呢？〕[64]

d　??我早就問過你〔你來不來呢？〕

e　??我明天要問你〔你來不來呢？〕

從以上的討論可以知道，'問'與'告訴'之能否成爲直接問話動詞，全要看其語用上的實際功能。例如，'告訴'本來是表示述說的動詞，但是在'請你告訴我'的用法裡卻具有直接問話的功

---

[64] 381c、d、e的句子只有把'你來不來呢'當做直接問句的引用而加上冒號與引號的時候纔能解釋爲合語法的句子，與380 a、b 之以直接問句爲動詞的賓語子句的情形不同。

用，因此可以接上直接問句爲賓語。反之，在下面㊳句中‘你昨天已經告訴我’的用法裡卻不具有直接問話的功用，所以不能以直接問句爲賓語，而只能以間接問句爲賓語(如㊳句)。試比較：

382 你昨天已經告訴我 {他要來了。 / *他要來嗎？ / *他要來還是他不要來呢？ / *他要不要來呢？ / *誰要來呢？}

383 你昨天已經告訴我 {他要來還是不要來。 / 他來不來。 / 誰要來。}

國語裡表示詢問或述說的動詞，除了‘問’與‘告訴’以外，其他如‘請問、請教、請示、打聽’與‘說、(請你)回答、(請你)答覆、(請你)指示’等也可以做爲直接問話動詞使用而接上直接問句，例如：

384 請問你明天什麼時候來呢？

385 (我想向你)請教我該向誰報到呢？

386 我想向你打聽我是不是應該在這裡登記呢？

387 你說我應該穿這件衣服(呢)還是那件衣服呢？

388 請你回答我我應該明天再來嗎？

除了直接問話動詞以外，表示「推測」的動詞(如‘猜、想、說、以爲、認爲、覺得、猜想、料想、猜測、推測’)與表示「意見」的動詞(如‘相信、確信、希望、打算、提議、建議、主張、保證、喜歡、討厭、贊成、同意、歡迎、反對、避免、阻止、擔心、(害)怕、決定'❻❺)也可以接上直接問句爲賓語，例如：

(389) 你猜他還會來嗎？

(390) 你想他們什麼時候會來呢？

(391) 你們以為誰會當選呢？

(392) 你覺得他能不能勝任呢？

(393) 你相信哪一隊會贏呢？

(394) 你希望誰來主持這個計畫呢？

(395) 你們打算買怎麼樣的房子呢？

(396) 你們建議誰來當主席呢？

(397) 你主張什麼方法最有效呢？

(398) 你保證這個工作什麼時候會完成呢？

(399) 你喜歡誰來主管這個業務呢？

(400) 你贊成他們投資多少錢呢？

(401) 你擔心什麼事情會發生呢？

(402) 你們決定什麼時候舉行董事會呢？

這些動詞與直接問話動詞不同，在基底結構裡仍需要'我問你'或'我請你告訴我'的行事句子，因此可以用第二身人稱代詞'你、你們'以外的人稱代詞或名詞爲主語，例如：

(403) 他認為誰會當選呢？

---

❻❺ 我們承認「表意見的動詞」是過分籠統的名稱，裡面的動詞還可以根據語意內涵與句法表現（例如能否兼帶直接與間接賓語、以動詞或形容詞爲賓語子句述語、賓語子句的主語名詞組是否因與母句的主語名詞組指涉相同而删略等）而再分成小類，但是由於篇幅的限制，我們這裡只談與我們當前的問題有關的句法表現。

㊿404 他們討厭誰來當主席呢？

405 李小姐邀請多少人來參加她的舞會呢？

406 我們應該建議哪一個人來主持這個計畫呢？

407 吳先生害怕會遇到怎麼樣的阻碍呢？

表示「推測」的動詞與表示「意見」的動詞，在語意功用上都屬於「非事實動詞」(non-factive verbs)，說話者對於這些動詞的賓語子句裡所陳述的命題內容沒有預先做有關事實與否的認定。但是同樣是非事實動詞，表「推測」的動詞對於賓語子句裡所陳述的命題內容的事實與否卻似乎比表「意見」的動詞更沒有把握[66]。這一點可以從下列幾個句子表現看得出來：

(一) 以'你(們)'爲主語的「推測」動詞通常都以疑問句爲賓語子句，而「意見」動詞則不受這種限制。試比較：

408 你猜／想／以為／覺得 { 他會來嗎？ / ??他會來。 }

409 你希望／相信／保證／擔心 { 他會來嗎？ / 他會來。 }

(二)如果把賓語子句加以省略，表「推測」的動詞只能與疑問語助詞'呢'連用，而表「意見」的動詞則只能與疑問語助詞'嗎'連用。試比較：

410 你猜／想／以為／認為／覺得 { 呢？ / *嗎？ }

411 你相信／希望／喜歡／贊成／同意／擔心 { *呢？ / 嗎？ }

---

66 事實上，推測動詞裡有些動詞（如'以爲'是「反事實」(counter-factive) 的。例如，在'我以爲你今天不來了'這個句子裡說話者本來認爲聽話者不來，但是實際上卻來了。

(三)表示「推測」的動詞都可以接正反問句為賓語，但是表示意見的動詞卻不能以正反問句為賓語。試比較：

⑫ 你猜／想／以為／認為他會不會來呢？

⑬ 你？相信／*?希望／*決定他會不會來呢？

(四)表示「推測」的動詞與疑問語助詞'嗎'連用的時候，'嗎'似乎是附屬於賓語子句的；而在含有表示意見的動詞的句子裡，'嗎'則附屬於母句。試比較：

⑭ 你猜／想／以為／認為〔他會來嗎？〕

⑮ 你相信／希望／擔心〔他會來〕嗎？

我們至少有兩點理由支持上面的分析。第一，表「意見」的動詞可以有與⑮句同義的正反問句，而表「推測」的動詞則不能有如此的正反問句。試比較：

⑯ 你*猜不猜／*想不想／*以為不以為／??認為不認為〔他會來〕？

⑰ 你相信不相信／希望不希望／擔心不擔心〔他會來〕？

第二，把「推測」動詞的賓語子句提前移到句首的時候，語助詞'嗎'必須一併移動；而把「意見」動詞的賓語子句移首的時候，'嗎'則要留在動詞的後面。試比較：

⑱ 他會來嗎，你猜／想／以為／認為？
*他會來，你猜／想／以為／認為嗎？

⑲ *他會來嗎，你相信／希望／擔心？
他會來，你相信／希望／擔心嗎？

此外，⑰與⑲的問句可以僅用表「意見」的動詞回答，而⑯與⑱的問句卻不能只用表「推測」的動詞回答。試比較：

⑳ *我猜／想／以為／??認為。

㉑ 我相信／希望／擔心。

在含有推測動詞的疑問句裡語氣副詞'到底、究竟'通常出現於子句疑問詞的前面，而在含有意見動詞的疑問句裡這些語氣副詞則常出現於母句動詞的前面。試比較：

㉒ 你猜／想／說／以為／認為到底誰會來呢？
*你到底猜／想／說／以為／認為誰會來呢？

㉓ *你相信／希望／保證／擔心到底誰會來呢？
你到底相信／希望／保證／擔心誰會來呢？

從以上的觀察可以知道，表「推測」的動詞對於疑問句的實質意義沒有什麼貢獻。㊅這些動詞雖然佔據母句述語的要位，但是在語意功用上只不過是承受基底結構的行事句子'我問你'、或'我請你告訴我'來表示問話，因此可以包括在廣義的「直接問話動詞」。廣義的直接問話動詞，除了表示推測的動詞以外，還

㊅ Hooper & Thompson (1973:477)也認爲英語的推測動詞如'suppose, believe, think, expect, imagine' 等本身幾無意義，旣不表示心智的過程，也不做獨立的陳述（'〔…〕 are practically meaningless in themselves, neither denoting a mental process nor making an independent assertion〔…〕'）。

可以包括'不曉得、不知道'等具有問話功用的動詞⑱，例如：

㊵ 不曉得 {他會來還是他太太會來？ / 他會不會來？ / 誰會來？}

表「意見」的動詞，與表推測的動詞不同，動詞本身對於句義有實質的貢獻但並不具有問話的功用。含有意見動詞的疑問句，其問話功用來自基底結構的行事句子'我問你'或'我請你告訴我'。這些動詞可以容納直接問句爲賓語，或者更嚴密的說，可以連同賓語子句形成各種疑問句。除了整個句子可以形成語助詞問句以外，母句與賓語子句都可以形成選擇問句、正反問句、或疑問詞問句，例如：

㊷a 你相信他會來嗎？

b 你相信他會不會來(呢)？

---

⑱ 國語的'不曉得、不知道'與英語的'I wonder'相當，只提出疑問而不一定請求回答。這種語用上的差別似乎也反映在句法表現上，因爲一般人都不在'不曉得、不知道'後面的選擇問句、正反問句、疑問詞問句附上疑問語助詞'呢'(參照例句㊵)，也很少在'不曉得、不知道'後面帶上語助詞問句：例如'??不曉得他會來(嗎)？'。又根據Burling (1973)，在美國一些方言裡問話動詞如'ask, wonder, tell'等後面的間接問句常採取直接問句的形式，例如：

(i) I asked Bill does he know how to play basketball.

(ii) I wonder could you do me a favor.

(iii) Will you tell me what time is it, please?

但「非問話動詞」後面的間接問句則不能採取直接問句的形式，例如：

(iv) *I know can Bill play basketball.

(v) *John told me what time is it.

c 你相信不相信他會來(呢)?

d 你相信他還是他太太會來(呢)?

e 你還是你太太相信他會來(呢)?

f 你相信誰會來(呢)?

g 誰相信他會來(呢)?

表意見的動詞之所以具有這樣的句法特徵，是由於這些動詞對於賓語子句裡所包含的命題內容沒有預先做有關事實的認定；也就是說，在命題內容裡允許未知數'X'的存在。因此，這些動詞後面的疑問句，其疑問範圍及於全句。

除了「直接問話」動詞、「推測」動詞、「意見」動詞以外的動詞都不能接上直接問句爲賓語，而只能接上間接問句爲賓語。這些動詞包括表示「認知、研究、注意」等的動詞，如'知道、發現、發覺、認出、看出、看到、看見、聽出、聽到、聽見、想出、想到、想起、料到、猜到、記得、記起、明白、清楚、忘記、忘了、研究、調查、討論、注意、留心'等。這些動詞大多數都屬於「事實動詞」，至少不是「非事實動詞」。因此，這些動詞後面的疑問句，其疑問範圍只能及於子句；也就是說，來自賓語子句裡面的「疑問語素」(question morpheme)'Q'㊴，例如：

㈣㉖a 你知道誰會來{嗎?
*呢?}

㊴ 有關「疑問語素Q」的句法與語意功能，請參 Baker (1970) 與 Tang (1972:58-60)。

b 你發現他們逃到什麼地方去{嗎？ / *呢？}

c 你認出哪一個人偷你的錢{嗎？ / *呢？}

d 你記得你拿了多少錢{嗎？ / *呢？}

㊷a 他們在研究怎麼樣提前達成目標。

b 警察正在調查什麼人把手槍放在保險箱裡。

c 我們正要討論派幾個人去調查這件事。

d 你們是不是應該考慮請誰來主持這個計畫？

至於出現於賓語以外的位置（包括主語、表語、同位語、關係子句等）的疑問子句，也可能是間接問句，（如㊸句）也可能是直接問句（如㊹句）端視述語動詞或形容詞等而定。試比較：

㊸a 〔（無論）誰當主席〕都無所謂。

b 〔我們能不能成功〕要看〔我們有沒有決心〕。

c 我想知道的是〔你在什麼地方見到她〕。

d 大家一起來討論〔我們怎麼樣推廣語言學〕這個問題。

㊹a 〔我們什麼時候買股票〕最好呢？

b 〔我弟弟念什麼〕比較適合呢？

c 〔哪一家山東館包的餃子〕最合你的胃口呢？

d 〔誰勸你〕，你纔肯聽話呢？

五、結　論

經過以上的觀察與討論，我們就可以回答望月先生所提出的問題了。望月先生在論文裡所提到的「表示疑問的疑問詞」實際上就是我們所分析的「出現於直接問句的疑問詞」；而他所謂的「不表示疑問的疑問詞」，就是指「出現於間接問句的疑問詞」。前者可以與語助詞'呢'連用，後者不能與'呢'連用。試比較下面㊿與㊿的例句，這些例句包括望月先生所提出的①到⑧的例句：

(430) 你想／以為／認為／相信／猜誰來呢？

(431) 你知道／忘了／記得誰來{嗎？／*呢？}

例句⑨（(432)a）的'誰來'是間接問句，但是動詞'告訴'並不是決定性的因素，因爲含有同樣動詞的(432)b句則可以帶上直接問句爲賓語。試比較：

(432) a.我告訴你誰來(了)。

b.請你告訴我誰來(了)呢？

我們對於⑩句'我問你誰來'的合法度判斷與望月先生的看法不同。我們認爲如果把這一句解釋爲(433)的a與b兩句是可以通的，都含有直接問句；只有解釋爲(433)c句的時候纔含有間接問句。試比較：

(433) a.我問你誰來了呢？

b.我問你誰會來呢？

c.我(昨天)問過你誰(會)來。

我們對於⑬（＝(434)）與⑭（＝(435)）兩句的合法度判斷，也與望月先生不同。我們認爲「B類述語」可以接上各種疑問句爲賓語，並不受特別的限制。

㊹ 你想他來不來(呢)?

435 你想是張三去還是李四去(呢)?

或許望月先生的本意是說這類動詞不能以「正反問句」與「選擇問句」為間接問句賓語，但是根據我們的分析這些動詞只能接上直接問句為賓語、不能接上間接問句為賓語。因此，這些動詞與疑問詞問句連用的時候，也只能解釋為直接問句。試比較：

436 你猜／想／以為／認為誰來(了){呢?／*。}

其他望月先生所提出的例句，都可以從直接問句與間接問句的觀點來決定是否'表示疑問'，例如：

437 今天應該誰去(呢)?(＝望月㉖)

438 你一分鐘能打幾十個字(呢)?(望月㉗)

439 誰勸你，你纔能聽呢?(望月㉘)

440 哪個要發言請舉手。(*呢?)(望月㉙)

441 有什麼事，就不用來。(*呢?)(望月㉚)

442 我問你他知道誰來{嗎?／*呢?} (望月㉛)

443 我問你他想誰來{*嗎?／呢?}

在442句裡'我問你'的疑問功用只能及於'他知道'而不能及於'誰來'，所以語助詞只能用'嗎'；在443句裡'我問你'的疑問功用可以越過'他想'而及於'誰來'，所以語助詞要用'呢'。

以上的分析與結構也告訴我們大石(1979)在⑮與⑯所列出的A類述語與B類述語的語法特徵是有瑕疵的，因為他的分析只考慮到「動詞」與「疑問子句」之間的「共存限制」（cooccurrence restriction），而沒有注意到「動詞」與「說話者」、「聽話者」、「時制」之間的語意與語用關係。同樣的，我們也認為A、B兩類述語的區別與「事實」、「非事實」動詞的分類有相當密切的關係，但是不是唯一的決定性的關係。

參考資料

Austin, J. L. (1962). *How To Do Things With Words.* Oxford: Clarendon Press.

Bach, Emmon. (1971). "Questions," *Linguistic Inquiry* 2: 153-166.

Baker, C. L. (1970). "Notes on Description of English Question: The Role of a Q Morpheme," *Foundation of Languages* 6: 197-219.

Barling, Robbins. (1973). *English in Black and White.* New York: Holt, Rinehart & Winston.

Chao, Y. R. (1948). *Mandarin Primer.* Mass.: Harvard University Press.

——(1968) *A Grammar of Spoken Chinese.* Berkeley & Los Angeles: University of California Press.

Cheung, Y-S. (1973). "Negative Questions in Chinese," *Journal of Chinese Linguistics* 2: 325-329.

Curme, G. O. (1931). *Syntax.* New York: Heath.

Elliot, Dale. (1965). "Interrogation in English and Mandarin Chinese," in *Project on Linguistic Analysis* 11:56-117. Columbus: Ohio State University.

Grimshaw, Jane. (1979) "Complement Selection and Lexicon," *Linguistic Inquiry* 10: 279-326.

Hooper, J. B. (1975). "On Assertive Predicates," *Syntax and Semantics* (*ed.*) Kimball, John P. 4: 91-124.

——and Sandra A. Thompson (1973). "On the Applicability of Root Transformations," *Linguistic Inquiry* 4: 465-498.

Jespersen, O. (1933). *Essentials of English Grammar.* London: Allen & Unwin.

Lyons, John. (1977). *Semantics.* London & New York: Cambridge University Press.

Kruisinga, E. (1931). *A Handbook of Present-day English.* 4 vols. Groningen: Noordhoff.

Mochizuki, Y. (望月八十吉)(1980).「中國語の世界創造的述語」,中國語 June, 1980: 22-25.

Onions, C. T. (1932). *An Advanced English Syntax.* London: Kegan Paul.

Ooishi, T. (大石敏之)(1979).「現代漢語における間接疑問」,大阪市立大學文學部修士論文。

Quirk R., Greenbaum, S., Leech G., and Svartvik J. (1972). *A Grammar of Contemporary English.* London: Longmans.

Rand, Earl (1969). *The Syntax of Mandarin Interrogatives.* Berkeley & Los Angeles: University of California Press.

Searle, J. (1969). *Speech Acts.* London: Cambridge University Press.

Tang, Ting-chi(湯廷池)(1972). *A Case Grammar of Spoken Chinese.*

臺北：海國書局。

——(1977). 國語變形語法研究第一集：移位變形。臺北：學生書局。

——(1979). 國語語法研究論集。臺北：學生書局。

——(1980).「國語分句、分裂變句 、 準分裂句的結構與限制的研究」，師大學報 25:251-296.

——(1981). 語言學語文教學。臺北：學生書局。

Wang, William S. Y. (1965).“Two Aspect Markers in Mandarin”, *Language* 41: 457-471.

Watanabe, T. (渡邊照夫) (1979).「普通話における"Presupposition"について」,中國語研究。

Zandvoort, R. W. (1966). *A Handbook of English Grammar.* London: Longmans.

* 原刊載於師大學報 (1981) 第二十六期 (219-277頁)。

國語疑問句研究續論*

壹、前　言

筆者於年前撰寫「國語疑問句的研究」一文，發表於師大學報第二十六期 219-278 頁。發表後覺得有一些問題還可以做更進

* 在完成本文的過程中，曾就部分內容與黃正德教授交換過意見，在此謹表謝意。不過黃教授並沒有機會看本文，所以文中一切內容都應由筆者負全責。筆者也在此感謝女兒志眞，她不但在百忙中替我校對全文，而且還提供了許多可貴的意見。其中有些意見已經在本文中採用，另外有些意見（例如「c 統制」與「管轄」的關係，以及單句裡含有複數疑問詞時是否應解釋爲「回響問句」或「直接問句」等）則因爲牽涉較多，只好留待以後的機會來討論。

一步的討論。最近拜讀了 Li 與 Thompson、陳炯、鄭良偉、黃正德等幾位先生有關國語疑問句的大作，裡面所討論的正是筆者有意討論的問題。因此，在本文裡選擇兩個主題：即(一)是非問句、正反問句的語法與語用限制，(二)直接問句與間接問句的疑問範域，做為國語疑問句研究的續論。文章裡若干有關國語疑問句的基本概念與分析，直接引述筆者前已發表的「國語疑問句的研究」，不擬一一加註。同時，為了深入討論有關的問題，必須介紹一些最新語法理論的概念，包括「成分統制」(c-command)、「句法領域」(syntactic domain)、「疑問範域」(scope of question)、「邏輯形式」(logical form)、「移動 α」(Move α)、「限界理論」(bounding theory)、「承接條件」(subjacency condition)、「特定條件」(specificity condition)、「屬性滲透」(feature percolation) 與「吸收」(absorption) 等。雖然由於篇幅的限制，我們無法詳盡討論這些概念與理論，但是希望讀者在了解與國語疑問句有關的問題之外，還可以窺見最近語言理論新貌的一斑。

貳、是非問句、正反問句與語法語用限制

二、一　國語疑問句的分類

依照傳統的分析，國語的「疑問句」(question) 可以根據其結構與功用分為四類：(一)是非問句、(二)選擇問句、(三)正反問句、(四)特指問句。

(一)「是非問句」(yes-no question)，又叫做「語助詞問句」(particle question)，是含有「疑問語助詞」(question particle)‘嗎、啊、吧’❶等的疑問句，而要求得到肯定或否定的回答，例如：

① 你明天要上臺北去嗎？

② 你說的是真話啊？

③ 他大概已經走了吧？

(二)「選擇問句」(disjunctive question)，是在疑問句裡提出兩個或兩個以上的項目，而要求選擇其中的一個項目做為回答。選擇問句最常見的形式是‘(是)…還是…’，例如：

④ 你是今天去還是明天去？

選擇問句的疑問助詞通常用‘呢’，但也有用‘啊’的；而且可以用兩個，也可以用一個，例如：

⑤ 他是姓湯(呢)，還是姓唐呢？

⑥ 你是贊成呢，還是反對呢？

⑦ 是買蘋果還是買梨子啊？

⑧ 你喝茶、喝咖啡、還是喝果汁？

(三)「正反問句」(A-not-A question；V-not-V question)，又叫做「反複問句」，是國語裡一種比較特殊的選擇問句。由動詞、助動詞、形容詞的肯定式與否定式並列的方式來提供選擇，

---

❶ 疑問語助詞‘啊’帶着商量的語氣，顯得比‘嗎’委婉而親切；‘吧’帶着揣測的語氣，常與表示揣測的副詞‘大概、也許’等連用。又疑問語助詞有時候可以省略，而用句尾上升語調來表示疑問的語氣。

要求在肯定式與否定式之間選擇其一來回答，例如：

⑨ 你是不是法國人？

⑩ 你能不能跟我一道去？

⑪ 她的個子高不高？

⑫ 他們來了沒有？

(四)「特指問句」(special question)，又叫做「疑問詞問句」(question-word question)，是含有「疑問詞」(question word)'誰、什麼、哪、怎麼、怎麼樣、多少、幾'等的疑問句，要求就疑問詞所問的內容提出回答，例如：

⑬ 這隻手錶是誰的？

⑭ 你想做什麼？

⑮ 您找哪一位？

⑯ 這件事我該怎麼辦？

⑰ 昨天的會議來了多少人？

⑱ 你要買幾斤米？

特指問句的疑問語助詞通常用'呢'，有時候也用'啊、哪、呀'等。用這類語助詞，常常帶着一些特殊的情感，如驚異、擔心等，例如：

⑲ 這隻手錶是誰的呢？

⑳ 你這樣緊張不安，到底是什麼事啊？

㉑ 要是真的出了事，我可怎麼辦哪？

除了以上四種疑問句以外，有些語法學家認爲國語的疑問句還可以有「附帶問句」(tag question)。所謂附帶問句，是在直述句或祈使句之後加上是非問句或正反問句，以表示詢問或請求同意，例如：

㉒ 你喜歡她，(不)是嗎？

㉓ 你喜歡她，是不是／對不對？

㉔ (你)快一點來，好／行／可以嗎？

㉕ (你)快一點來，好不好／行不行／可(以)不可以？

與英語的附帶問句不同，這些例句裡前半部的陳述句與後半部的疑問句之間，並沒有密切的結構關係。這些例句似乎可以分析爲以前面的陳述句爲主語，而以後面的疑問句爲述語；也可以分析爲以前面的陳述句爲「前行句」(antecedent sentence)，而後面的子句則以「零代詞」(zero pronoun) 爲「照應語」(anaphor)，並以疑問句爲述語。如此，所謂的附帶問句，在實質上與一般的是非問句與正反問句無異，似無另立一類的必要。

二、二 是非問句與正反問句的語法特徵

在湯（1981:236-238）裡，筆者曾說：以上四種國語的疑問句中，正反問句在功用上屬於選擇問句，所以事實上只有三種疑問句。而在這三種疑問句中，選擇問句與特指問句又可以分析爲同屬於一種。因爲這兩種疑問句都可以在句尾加上疑問語助詞‘呢’，也都可以與語氣副詞‘到底、究竟’連用，而且都不能以肯定答詞‘是(的)、對(了)’表示同意，或以否定答詞‘不(是)、不對’表示不同意的方式來回答。二者的差別只是：特指問句裡所詢問的事項（也就是疑問句裡以疑問詞所代表的未知項‘X’）可能牽涉的範域由談話者雙方的「言談宇宙」(the universe of discourse) 來決定；而選擇問句則把這些可能的事項一一列舉出

來。例如，我們可以從星期一到星期日這七天裡選擇一天來回答㉖的特指問句，但是只能從星期三與星期四這兩天裡選擇一天來回答㉗的選擇問句。

㉖ 今天星期幾？

㉗ 今天是星期三，還是星期四？

因此，「特指問句」可以說是「不列舉的選擇問句」，而「選擇問句」也可以說是「有限制的特指問句」。另一方面，是非問句也並非與選擇問句完全無關，因爲是非問句也可以分析爲一種選擇問句。是非問句與選擇問句之不同點在於：選擇問句提出兩個或兩個以上的命題要求答話者從中選擇一個，而是非問句則只提出一個命題要求答話者表示接受（同意）或拒絕（不同意）。例如，㉘的選擇問句把‘你要去’與‘你不要去’兩個問題並列提出，而要答話者選擇其中的一個命題；㉙的是非問句則僅提出一個命題‘你要去’或‘你不要去’，並要求答話者就這個命題決定取捨，表示同意或不同意。

㉘ 你要去還是不要去？

㉙ 你(不)要去嗎？

因此，我們可以說，是非問句是一種「含蘊的」或「未言明」的選擇問句。如此，國語所有的疑問句在語意或邏輯結構上都可以分析爲選擇問句。

以上的分析只強調各種疑問句在語意或邏輯結構上的相似性，卻忽略了這幾種疑問句在句法、語意與語用上的差別。本文的目的，就是要對於是非問句與正反問句在句法、語意、語用上的異同做更深入的分析。我們先把這兩種疑問句的語法特徵分述如下。

是非問句有下列語法特徵：

(一)是非問句的句法結構比較簡單，只要在肯定句(如㉚句)或否定句（如㉛句）的句尾，加上疑問語助詞'嗎、啊、吧'就可以形成是非問句。是非問句常用句尾上升語調唸出。

㉚ 你明天要去嗎？

㉛ 你明天不要去吧？

(二)是非問句可以用肯定答句來回答，也可以用否定答句來回答；並且可以在答句前面加上表示肯定的答詞'是(的)、對(了)'，或表示否定的答詞'不是(的)、不(對)'，例如：

㉜ 是的，我明天要去。

㉝ 不，我明天不要去，我後天去。

(三)是非問句可以與語氣副詞'眞的、難道'等連用，卻不能與語氣副詞'究竟、到底'等連用，例如：

㉞ 你真的／*到底明天要去嗎？

㉟ 你難道／*究竟明天不要去嗎？

(四)是非問句的疑問語助詞只能加在直接問句的句尾，不能加在間接問句的句尾。例如，㊱a 的句法結構應該分析爲㊱b，不能分析爲㊱c。換句話說，在㊱a 的例句裡，疑問句是'你希望嗎？'，而不是'他跟你一道去嗎？'

㊱a 你希望他跟你一道去嗎？

b 你希望〔他跟你一道去〕嗎？

c 你希望〔他跟你一道去嗎〕？

依同理，㊲與㊳的是非問句'他會來嗎？'是直接問句，不是間

接問句。❷

㊲ 我問你〔他會來嗎〕?

㊳ 你想〔他會來嗎〕?

正反問句有下列語法特徵：

(一)正反問句把謂語裡的動詞、助動詞、形容詞的肯定式與否定式並列而成。其出現的次序，必須是肯定式在前，否定式在後。句尾還可以加上疑問語助詞'呢'或'啊'。不帶疑問語助詞的正反問句，常用句尾下降語調唸出，顯得口氣直率。加上疑問語助詞以後，改用句尾上升語調，口氣比較委婉親切。

㊴ 你明天去不去？

㊵ 你明天要不要去呢？

㊶ 你高(興)不高興啊？

㊷ 他們來了沒有／有沒有來？

(二)正反問句必須從述語肯定式與否定式中選擇一項來回答，而且不能在前面加上答詞'是(的)、對(了)'或'不是(的)、不(對)'，例如：

㊸a 你明天要不要去？

b (要，)我明天要去。

c (不要，)我明天不要去。

(三)正反問句可以與語氣副詞'究竟、到底'等連用，不能與語氣副詞'眞的、難道'等連用。試比較：

---

❷ 關於國語直接問句與間接問句的辨別，詳見本文'三、直接問句、間接問句與疑問範域'。

㊹　你究竟／到底要不要去？

㊺ *你真的／難道要不要去？

(四)與是非問句一樣，正反問句的疑問語助詞只能加在直接問句的句尾，不能加在間接問句的句尾。例如，㊻a 的句法結構應該分析爲㊻b，不能分析爲㊻c。換句話說，在㊻a 的例句裡疑問句是'你希望不希望呢？'，而不是'他跟你一道去呢？'。

㊻a　你希望不希望他跟你一道去呢？

　b　你希望不希望〔他跟你一道去〕呢？

　c　你希望不希望〔他跟你一道去呢〕？

在㊼的例句裡，動詞'知道'後面的疑問子句是間接問句，所以不能加上'呢'；但在㊽與㊾的例句裡，同一個疑問子句是直接問句，所以可以加上'呢'。試比較：

㊼　我不知道〔他會不會來（*呢？）〕❸

㊽　我問你〔他會不會來呢〕？

㊾　你想〔他會不會來呢〕？

(五)如果句子裡含有助動詞與主動詞（包括形容詞），必須以助動詞來形成正反問句，例如：

㊿a　你明天可以去。

　b　你明天可(以)不可以去？

　c *你明天可以去不去？

51a　他們會生氣。

　b　他們會不會生氣？

---

❸ 括弧裡面的星號表示，如果含有括弧內的詞語，句子就不合語法。

c *他們會生(氣)不生氣？

如果句子裡含有一個以上的助動詞，那麼必須以第一個助動詞來形成正反問句，試比較：

㊾a　他可能會來。

b　他可不可能會來？

c *他可能會不會來？

二、三　正反問句的語法限制

美國語言學家 Li 與 Thompson 兩人在一九七九年發表的「國語是非問句與正反問句的語用分析」❹一文中，對於國語的正反問句與是非問句提供了兩點相當重要的觀察。首先，他們認為國語的正反問句，除了上面所述的語法特徵以外，還有一個有趣的「分佈上的限制」(distributional constraint)：含有情狀副詞而不帶有助動詞的句子，不能形成正反問句，並舉了下面的例句。❺試比較：

㊿a　他慢慢的跳舞。

b *他慢慢的跳舞不跳舞？

c　他肯不肯慢慢的跳舞？

其次，他們認為以上所討論的有關正反問句的語法特徵與分佈限制，都可以用一個共同的「語意原則」(semantic principle)㊴來

❹ Charles N. Li and Sandra A. Thompson (1979) "The Pragmatics of Two Types of Yes-No Questions in Mandarin and Its Universal Implications"。

❺ 我們為了比較上的方便，加上了 c 的例句。

概括：

㊺ 形成正反問句的述語成分，必須是句子的「信息焦點」(information focus)，也就是句子裡代表新的信息的成分。

依照他們的意思，在 ㊸ b 的例句裡，信息焦點是情狀副詞'慢慢的'，而不是述語動詞'跳舞'，所以不能形成正反問句。但在㊸c 的例句裡，助動詞'肯'是信息焦點，所以可以形成正反問句。同樣的，在㊿到㊷的例句裡，信息焦點分別是助動詞'可以'、'會'與'可能'，而不是'去'、'生氣'、'會'或'來'，所以必須以助動詞形成正反問句。而在 ㊻a 含有母句與子句的例句裡，信息焦點是母句動詞'希望'，而不是子句動詞'去'，所以用母句動詞形成正反問句。

Li 與 Thompson (1979) 這兩點觀察，乍看之下似乎很有道理，但仔細檢討起來卻難免有些問題。第一個問題是，我們應該如何決定句子的信息焦點？也就是說，我們怎麼知道句子的信息焦點落在情狀副詞而不落在述語動詞，落在助動詞而不落在動詞或形容詞，落在母句動詞而不落在子句動詞？我們絕不能說，句子的信息焦點落在情狀副詞、助動詞或母句動詞，因爲正反問句就形成在這些句子成分上面。這是倒'果'爲'因'的分析，正犯了所謂「循環性的解決方法」(circular solution)的毛病，在語言分析上並不具有眞正的「詮釋能力」(explanatory power)。因此，他們必須另外提出「獨立的證據」(independent evidence) 來決定句子的信息焦點，然後纔能根據這個證據來主張正反問句正是形成於信息焦點上面。例如，爲什麼在含有情狀副詞的句子裡信息焦點是這個情狀副詞；但是如果同樣的句子含有助動詞，信息焦點就移到助動詞上面來？是什麼原則決定在信息焦點的選擇上助動詞優先於情狀副詞？又如在下面55與56的例句裡，信息焦點的選擇是如何決定的？

55a 他跑得快；他跑不快。

b 他跑不跑得快？

56a 他跑得很快；他跑得不快。

b 他跑得快不快？

再如在57的例句裡信息焦點是什麼？爲什麼這個句子無法形成正反問句？

57a 他每天讀英語讀三個小時。

b *他每天讀不讀英語讀三個小時？

c ??他每天讀英語讀不讀三個小時？

除非這些問題獲得自然合理的解釋，否則54的語意原則難免有任意武斷之嫌。

第二個問題是，他們所提出的分佈限制與語意原則並不周全，有些正反問句的合語法或不合語法並不能由這些限制與原則獲得圓滿的解釋：

(一)有些述語成分無法形成正反問句。例如，依照傳統的文法，'眞、假、錯、方、空'等都屬於形容詞❻，但是這些形容詞卻絕少形成正反問句。例如，在下面的例句裡'眞'與'錯'都是代

❻ 這些形容詞具有以下的語法特徵：(一)不能用'很、更、最、大、非常'等程度副詞修飾；(二)在句子裡必須以等同句'…是…的'形式出現，如'這個消息是眞的'、'你的答案是錯的'。

表信息焦點的述語成分，卻不能直接形成正反問句。

(58)a *這個消息真不真？

b 這個消息是不是真的？

(59)a *你的答案錯不錯了？

b 你的答案是不是錯了？

（二）Li 與 Thompson（1979:198-199）認爲母句動詞與子句動詞同時出現的時候，信息焦點落在母句動詞，所以用母句動詞形成正反問句，不用子句動詞形成正反問句。但是在下面(60)與(61)的例句裡，形成正反問句的並不是母句動詞'想、猜、以爲'或'覺得'，而是子句助動詞'會'與形容詞'好'。試比較：

(60)a 你想／猜／以為他會不會來(呢)？

b *你想不想／猜不猜／以不以為他會來(呢)？

(61)a 你們覺得這樣好不好(呢)？

b *你們覺不覺得這樣好(呢)？

關於這一點，Li 與 Thompson（1979:205）在註解①上提到，如果母句動詞是屬於「語意空靈的動詞」(semantically bleached verb)，如'想、說、看、覺得'等，那麼句子信息焦點就落在子句動詞。可是我們如何決定個別動詞在語意上是否空靈？其實，這些動詞屬於在「次類畫分」(subcategorization) 上不能帶上疑問子句的動詞，在例句(60)a 與(61)a 裡出現的正反問句都是直接問句，因此在句尾可以加上疑問語助詞'呢'。而且如例句(60)b所示這些動詞本身無法形成正反問句。❼

---

❼ 有關這些動詞的其他語法特徵，請參湯（1981:263-264）。

（三）Li 與 Thompson（1979:198-199）又說，助動詞與動詞或形容詞同時出現的時候，信息焦點是助動詞而不是動詞或形容詞，因此必須以助動詞形成正反問句。根據他們二人合著的漢語語法❽ 182 至 183 頁，國語的助動詞包括'應該、應當、該、能、能夠、會、可以、敢、肯、得、必須、必要、必得'等，但不包含'可能、要、希望'等。❾但是㉜的例句表示，有些他們心目中的助動詞，實際上並不能形成正反問句；而㉝的例句則表示，被他們排除在助動詞範疇之外的'可能'，卻反而可以形成正反問句。

㉜ *他得不得／必須不必須／必得不必得來？

㉝ 他可不可能會來？

㉞的例句又表示，同樣的助動詞'應該'在有些語境裡可以形成正反問句，在另外一些語境裡卻不能形成正反問句。

㉞a 他應該不應該來？

b *他應該不應該會來？

㉟與㊱的例句更表示，同樣含有趨向助動詞'來'的句子卻形成兩種不同的正反問句。試比較：

㉟a 他明天來看你。

b 他明天來不來看你？

㊱a 他昨天來看過你。

b 他昨天來看過你沒有？

---

❽ Charles N. Li and Sandra A. Thompson (1981) *Mandarin Chinese: a functional reference grammar*。

❾ 參 Li 與 Thompson (1981:174-181)。

(四) Li 與 Thompson (1979:198-199) 更說，如果句子裡含有情狀副詞而不含有助動詞，就不能形成正反問句，因爲在這一個句子裡信息焦點是情狀副詞，而不是主要動詞。但這個限制是否周全？有無反例？首先注意，下面含有情狀副詞與否定式動詞的例句㊿b與㊿b也是不合語法的句子。試比較：

⑥⑦a 他靜靜的跳舞。

b *他靜靜的不跳舞。

⑥⑧a 他很仔細的看了信。

b *他很仔細的沒有看信。

其次注意，許多人認爲下面⑥⑨與⑦⓪裡a與b的句子可以接受，至少比 c 的句子好得多。

⑥⑨a 他靜靜的跳了舞沒有？

b 他有沒有靜靜的跳舞？

c *他靜靜的跳不跳舞？

⑦⓪a 他很仔細的看了信沒有？

b 他有沒有很仔細的看信？

c *他很仔細的看不看信？

然後注意，除了含有情狀副詞的句子以外，含有時間、處所、工具、方位等副詞或狀語的句子所形成的正反問句也不太通順自然。

⑦①a 他每天吃飯。

b ??他每天吃不吃飯？

⑦②a 他在飯館吃飯。

b ??他在飯館吃不吃飯？

⑬a　他用筷子吃飯。

b ??他用筷子吃不吃飯？

⑭a　他到公園散步。

b ??他到公園散不散步？

最後注意，含有處所、方位、期間、回數等補語的句子似乎也不宜形成正反問句。

⑮a　他去年死在香港。

b ??他去年死不死在香港？

⑯a　他跑進屋裡去。

b ??他跑不跑進屋裡去？

⑰a　他跑三個小時。

b ??他跑不跑三個小時？

⑱a　他跳三下。

b ??他跳不跳三下？

⑥⑦與⑥⑧的例句表示，Li 與 Thompson 的分佈限制不夠「一般化」(general) 未能包括否定式動詞；⑥⑨與⑦⓪的例句表示，含有情狀副詞的句子在某一種情形下還是可以形成正反問句；而⑦①到⑦⑧的例句則表示，不合語法的正反問句並不限於含有情狀副詞的句子，還包括其他副詞、狀語或補語。

(五)除了以上幾個問題以外，因爲動詞的重疊而同樣的動詞在句子裡前後出現兩次的時候，也會產生信息焦點究竟落在那一個動詞的問題。例如，在下面⑦⑨到⑧①的例句裡下面標有黑點的述語成分中，究竟那一個是代表信息焦點的述語成分？如何決定？

⑦⑨　他跑步跑得(很)快。

⑧⓪ 他看書看了三個小時。

⑧① 他們跳舞跳了很多次。

又如下面⑧②到⑧⑤的例句都含有兩個可以分析爲述語的成分，但是究竟如何決定那一個是代表信息焦點的述語成分？試比較：

⑧②a 他在家吃飯。

b 他在不在家吃飯？

⑧③a 你在家是一家之主。

b 你在家是不是一家之主？

⑧④a 他跟你一起去。

b 他跟不跟你一起去？

c ？他跟你一起去不去？

⑧⑤a 她比我高。

b(?)她比不比你高？

c ??她比你高不高？

根據以上的觀察與討論，我們認爲 Li 與 Thompson 所提出的分佈限制與語意原則並不周全，應該加以補充或修改如下。

(一)首先，我們要注意，並非所有述語成分都可以形成正反問句。⑤⑧與⑤⑨的例句、⑥⓪b 與 ⑥①b的例句、以及⑥②與⑥④b的例句，分別表示有些形容詞、動詞以及助動詞無法形成正反問句。這些反例表示，'眞、假、錯、方、空'等不應該歸入一般的形容詞，'得、必得、必須、必要'等也不應該歸入一般的助動詞。至於'想、猜、以爲、認爲'等「非事實性」(nonfactive)與「非斷言性」(nonassertive) 的動詞，根本無法形成正反問句，也應該另做處理。又 ⑥④b 的助動詞'應該'與'會'連用下，只能表示說話者'我'

認爲情理上必須如此或情況必然如此，因此不可能對於自己所肯定的「情態」(modality) 向人發問。另一方面，㊳的助動詞‘可能’則不一定表示說話者本人的估計，所以可以形成正反問句來徵詢別人的估計。可見，要決定助動詞能否形成正反問句，除了要求這個助動詞具有動詞的屬性以外，還要考慮它所表達的「表意功效」(illocutionary force)的內容。另外㉜到㉟的例句表示，國語的許多介詞都由動詞虛化而來，因爲虛化的程度不同，其句法功能也就有差別。有些介詞(如‘關於、對於、由於、自從、根據、依照’等「雙音介詞」) 完全不具有動詞的句法功能，不能形成正反問句；但是有些介詞 (如‘跟、比、用、到、在’等) 卻仍然保留某些動詞的功能，在一定的條件下可以形成正反問句。

(二)其次，我們應該注意到動詞的「限定」(finite 或 tensed) 與否的問題。以往國語語法的研究，很少提到「限定動詞」(finite verb) 與「非限定動詞」(nonfinite verb) 的區別。國語的限定動詞與英語的限定動詞不同，在語音形態上並沒有明顯的「時制標誌」(tense marker)，在句法功能上也沒有主語與(助) 動詞倒序等足以表示限定動詞的特徵。但是我們有理由相信，國語的動詞可能有「限定」與「非限定」的區別。例如，在‘叫、勸、委託、強迫、鼓勵、選(舉)、推(舉)、任命’等「作爲動詞」(factitive verb) 的補語子句裡出現的動詞，通常都不能帶上助動詞⑩，也不能與‘着、得、在、有’等「動貌標誌」(aspect marker) 或‘已

⑩ 唯一的例外是表示祈使語氣的助動詞‘要、(不)能、(不)可以’，如‘他叫我要好好用功’、‘他強迫我不可以把實情說出來’。

經、還(沒)'等時間副詞連用，因而很像非限定動詞 。試比較：

㊱a 他叫你寫一份報告。

b *他叫你會／能／可以／應該寫一份報告。

c *他叫你寫着／寫得完一份報告。

d *他叫你在／(沒)有／已經寫一份報告。

㊲a 你們選他當班長。

b *你們選他會／能／可以／應該當班長。

c *你們選他當着／當得上班長。

d *你們選他在／(沒)有／已經當班長。

在補語子句裡出現的'了、過'等動貌標誌，並不屬於子句動詞，而屬於母句動詞。因此，在這些句子的否定句裡，'沒(有)'出現於母句(限定)動詞之前，而不是子句(非限定)動詞之前。在這些句子裡所出現的正反問句也是屬於母句的限定動詞的。試比較：

㊳a 他〔叫你寫〕了／過一份報告

b 他沒(有)叫你寫(過)一份報告。

c 他叫你寫了／過 一 份 報 告沒有 ？(＝他有沒有叫你寫(過)一份報告？)

㊴a 你們〔選他當〕了／過班長。

b 你們沒(有)選他當(過)班長。

c 你 們 選 他 當了／過班長沒有 ？(＝你們有沒有選他當(過)班長？)

同樣的，在㊵(＝㊱)裡出現於趨向助動詞'來'後面的經驗貌標誌'過'，也不單獨屬於'看'，而屬於'來看'。

⑩a 他昨天〔來看〕過你。

b 他昨天來看過你沒有？（＝他昨天有沒有來看過你？）

又在含有期間、回數等補語的句子裡前後重複出現的動詞中，在第二個動詞後面出現的動貌標誌也應該分析爲同屬於兩個動詞。注意，這個時候不能把動貌標誌單獨加在第一個動詞後面，但是第一個動詞後面的動貌標誌卻可以刪略。試比較：

⑪a 他〔看書看〕了三個小時。（＝他看了三個小時的書。）

b *他看了書看三個小時。

c 他看(了)書，看了三個小時。

d 他〔看書看〕了三個小時沒有？（＝他看了三個小時的書沒有？＝他有沒有看三個小時的書？）

⑫a 他們〔跳舞跳〕了很多次。（＝他們跳了很多次(的)舞。）

b *他們跳了舞跳很多次。

c 他們跳(了)舞，跳了很多次。

d 他們〔跳舞跳〕了很多次沒有？（＝他們跳了很多次舞沒有？＝他們有沒有跳很多次舞？）

又在表示「能力」的動補式複合動詞如'跑得／不快'裡，'跑'是限定動詞而'快'是非限定的補語成分，所以正反問句形成於限定動詞上面。

⑬a 他跑得快；他跑不快。（比較：你打得開；你打不開。）

b 他跑不跑得快(呢)？（比較：你打不打得開？）

但在描寫或情狀補語裡（如⑭句）所出現的'快'是完全獨立的限定形容(動)詞，所以可以形成正反問句。試比較：

㊾a 他跑得很快；他跑得不快。

b 他跑得快不快？

以上的觀察顯示，國語的正反問句必須形成於限定動詞上面。我們甚至可以推定：助動詞與動詞或形容詞一起出現的時候正反問句必須形成於助動詞；因爲助動詞是限定動詞，而助動詞後面的動詞與形容詞是非限定動詞。

(三)最後，我們注意到，在幾乎所有的例句裡形成正反問句的述語成分都出現於「根句」(root sentence) 的兩大主要成分之間 (major constituent break) ⓫，卽母句的主語與謂語之間。這一個事實間接說明，爲什麼母句動詞與子句動詞都是限定動詞的時候，正反問句通常都形成於母句動詞上面。同時，我們更應該注意，正反問句並不一定要形成於代表信息焦點的句子成分上面，但是正反問句的形成一定要把這些句子成分包括在選擇項目之內。湯 (1980)「國語分裂句、分裂變句、準分裂句的結構與限制之研究」曾經指出，國語的正反問句不能改爲強調信息焦點的「分裂句」(cleft sentence) '…是…的'，因爲正反問句本身就是一個強調疑問焦點的句式結構。⓬，試比較：

㊿a 他昨天來／他可能會來。

b 他是昨天來的／他是可能會來的。

c 他昨天來了沒有／他可不可能會來？

d *他是昨天來了沒有(的)／他是可不可能會來(的)？

⓫ 我們已經注意到動詞'想、猜、以爲、覺得'是例外。

⓬ 注意特指問句的疑問詞可以成爲信息焦點，如'是誰告訴你的？'。

正反問句的選擇事項（卽肯定式與否定式述語成分）既然表示句子的疑問焦點與信息焦點，那麼代表信息焦點的句子成分就必須包括於正反問句的「疑問範域」(scope of question)之內。因此，如果疑問範域要包括主語名詞在內，就要把判斷動詞'是'放在這個名詞的前面形成正反問句，例如：

㊅a 他告訴你這消息。

b 是他告訴你這消息(的)。

c 是不是他告訴你這消息(的)？

如此我們就可以說明爲什麼含有情狀副詞的正反問句㊹c與㊺c不合語法⓭，因爲這些句子的疑問範圍都應該包括情狀副詞在內，但是形成正反問句的動詞卻出現於情狀副詞之後。如果情狀副詞之前有助動詞或判斷動詞而以這些動詞形成正反問句，那麼原來不合語法的句子就變成合語法的句子。試比較：

㊆a *他靜靜的跳不跳舞？

b 他肯不肯靜靜的跳舞？

c 他是不是靜靜的跳舞？

d 他有沒有靜靜的跳舞？

e 他靜靜的跳了舞沒有？

在㊆e的例句裡，形成正反問句的助動詞出現於情狀副詞的後面。可見重要的不是助動詞或動詞出現於情狀副詞的前面，而是這些助動詞或動詞要「C統制」(c-command)情狀副詞。我們說：

⓭ 就語意內涵或功用而言，情狀副詞只能修飾「積極的作爲」而不能修飾「消極的不作爲」。這就說明爲什麼㊷b與㊸b的句子在語意上有瑕疵；在這些例句裡情狀副詞的修飾範域都大於否定範域。

句子成分 A「C 統制」B ，如果支配 A 的第一個分枝節點（first branching node）「支配」(dominate)B，而且A 與 B不互相支配。例如在下面的「樹狀圖解」(tree diagram) 中，⑱a 的動詞'跳'並沒有「C 統制」情狀副詞'靜靜的'，但是⑱b的助動詞'肯'、⑱c的判斷動詞'是'、⑱d 與 ⑱e的動貌助動詞'有'與'了'⑭都「C統制」'靜靜的'，所以除了⑱a不能形成正反問句以外其餘的句子都可以形成正反問句。也就是說，在⑱b到⑱e的句式結構裡，情狀副詞都出現於形成正反問句的述語成分的「句法領域」(syntactic domain) 內，所以合語法。

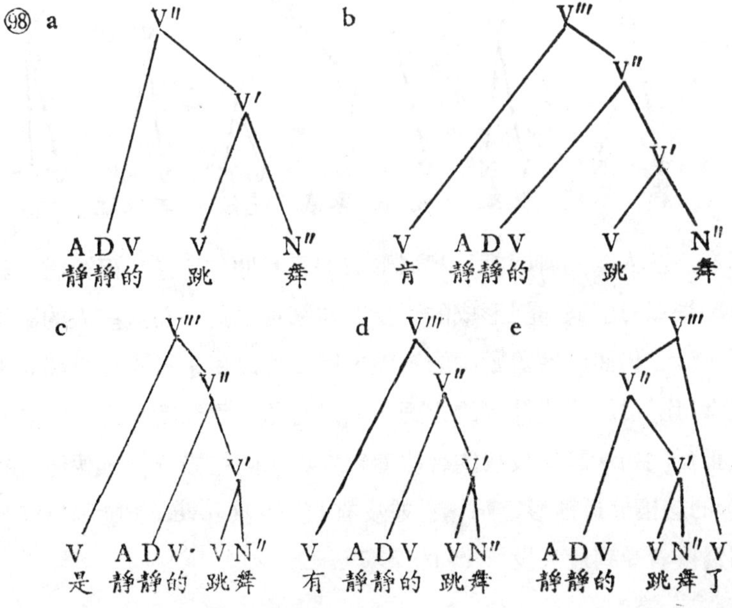

---

⑭ 我們暫且把'了'分析爲動貌助動詞'有'的「變體」(variant) 或「同位語」(allomorph)。

除了情狀副詞之外，含有其他期間、處所、工具、方位等副詞的句子要形成正反問句，也要受到同樣的限制。如果我們一一檢查前面所討論的所有合語法與不合語法的例句，莫不合乎這個限制。例如(100)的樹狀圖解，分別說明(99)的合法度判斷。

(99) a ??你在家裡吃不吃飯?

b　你是不是在家裡吃飯?

c　你在不在家裡吃飯？⑮

(100)

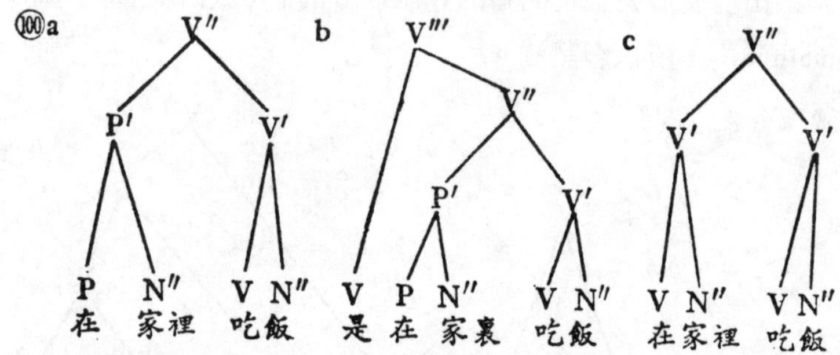

又有許多人認爲(101)c 裡以'高'形成的正反問句不通，但是(101)a 與(101)b 裡以'比'與'是'形成的正反問句卻可以通。在這些人的語法裡，'比'仍然保留着動詞的屬性，所以可以用來形成正反問句；或者'比'已經變成純粹的介詞，所以必須借用判斷動詞'是'來形成正反問句。試比較(101)的合法度判斷與(102)的結構分析，並注意在(102)c的結構分析裡形容詞'高'並沒有「管轄」(govern) 動詞'比'，因爲後者受到最大投影 P′ 的保護。

---

⑮ 我們把這個句子分析爲由謂語'在家'與'吃飯'並列而成的「連動句」(serial-verb construction)，相似的例句如'你到不到市場去買菜？'、'韓國人用不用筷子吃飯？'。

⑩a(?)他比不比我高？

b　他是不是比我高？

c ??他比我高不高？

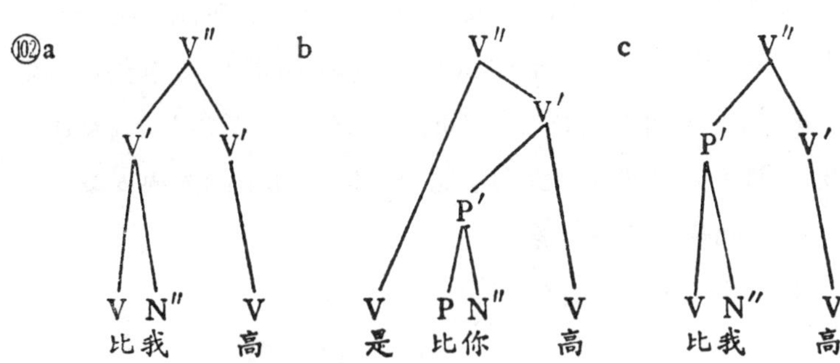

同樣的限制也可以說明，爲什麼⑩a到⑩d的句子都可以通，因爲在這些例句裡形成正反問句的述語成分'是不是'都「C 統制」疑問範域內的句子成分。

⑩a 他是不是看信看得很仔細？

b 他看信是不是看得很仔細？

c 他看信看得是不是很仔細？

d 是不是他看信看得很仔細？

⑩a的句子合語法，是因爲在這個句子裡'在家裡'是所謂的「主題副詞」(thematic adverb)，並不只修飾謂語'是一家之主'而修飾整句，因此可以不受述語成分'是'的「C 統制」而移到句首來。

⑩a 你在家裡是不是一家之主？

b 在家裡你是不是一家之主？

又同樣是帶有處所補語的句子，⑩a 的句子通而 ⑩b 的句子卻不通。這似乎由於'住'是「二元述語」(two-place predicate)，所以處所補語‘在香港’要受動詞‘住’的「管轄」；而‘死’是「一元述語」(one-place predicate)，所以處所補語‘在香港’不受動詞‘死’的管轄。我們也可以說‘〔V 住〕〔P′ 在香港〕’經過「再分析」(re-analysis) 而成爲‘〔V住在〕〔N″ 香港〕’，因此動詞‘住 (在)’「C統制」‘香港’。另一方面，‘〔V死〕〔P′在香港〕’卻無法經過這樣的「再分析」，所以動詞‘死’不能「C統制」‘香港’。(106)結構分析上的差別，至少部分的說明了(105)合法度判斷上的差異。[16]

(105) a　他住不住在香港

b　*他死不死在香港?

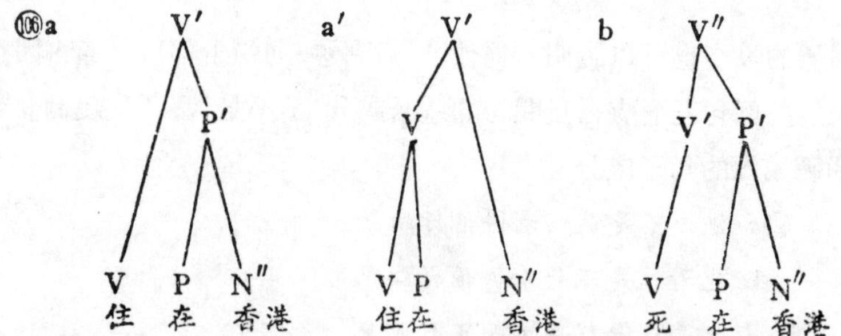

如果以上的分析與結論正確，那麼我們不但以比較妥善的句法限制取代了缺乏獨立證據而不周全的語意原則，而且也無形中支持了現代語法理論「句法自律的論點」(autonomous syntax thesis)。

---

[16] 我們說‘至少部分地說明了’，因爲這些句子的合法度判斷可能還牽涉到「泛時制」(generic tense) 與動貌標誌的問題。例如，有很多人認爲‘他坐不坐在椅子上？’比((105)b)句好，但是比((105)a)句差。

二、四　正反問句與是非問句的語用限制

Li 與 Thompson (1979) 第二個重要的觀察是有關「正反問句」與「是非問句」在語用上的區別。他們兩人認爲國語的正反問句與是非問句都是'直截了當的'「疑問句」('straight' question) 而且都屬於廣義的是非問句 (yes-no question)。⓱。但是究竟什麼場合纔用正反問句而不用是非問句，或用是非問句而不用正反問句？關於這一點，Chao(1968:800) 認爲加上疑問語助詞'嗎'的是非問句對於答話者提出肯定答句的期望還不到百分之五十。也就是說，當問話者提出是非問句'他會來嗎？'的時候，他對於命題內容'他會來'的眞實性或可能性表示稍微或相當的懷疑。另一方面，正反問句則對於答話者的回答採取「完全中立」(completely noncommittal)的態度，既不期望答話者做肯定的表示，也不期望他做否定的表示。

Li 與 Thompson 對於 Chao (1968) 的看法表示懷疑，認爲本地人的語感以及實際的語料都無法支持 Chao 的觀點。他們認爲，正反問句與是非問句在語用上的差別，不在於「問話者對於答話內容的期望」(肯定抑或否定)，而在於「問話者對於問話內容的假設」(眞抑或假)。他們把語言情況分爲「中立」與「非中立」的語言情況。所謂「中立的語言情況」(neutral contex)，是指問話者對於問話的命題內容不預先做任何有關命題眞假值的假

⓱ Li與Thompson(1979:204) 認爲正反問句是「句式化的選擇型是非問句」(grammaticalized disjunctive form of the yes-no question)。

設，而單純的提出問句來要求對方就問句中所提出的命題內容回答'眞'還是'假'、'是'還是'不是'。所謂「非中立的語言情況」(nonneutral context)是指問話者對於問話的命題內容預先有'眞'或'假'的假設，然後要求對方回答'對'或'不對'。他們對於國語正反問句與是非問句所提出的「語用限制」(pragmatic constraint)如下：

⑩⑦ 正反問句只能用於中立的語言情況，而是非問句則用於中立或非中立的語言情況。

他們並提出下面的理由與例句來支持他們的結論。

(一)國語裡有些動詞(如'姓、生病、傷風'等)不常出現於正反問句，卻可以出現於是非例句⑱。試比較：

⑩⑧a ??你姓不姓李？

b 你姓李嗎？

⑩⑨a ??他生病不生病？

b 他生病嗎？

⑪⓪a ??他傷風不傷風？

d 他傷風嗎？

Li 與 Thompson 認爲⑩⑧a的正反問句很不自然。因爲在一般的情形下，問話者預先認爲對方大概姓李，纔會問人家的姓氏。而這一種語言情況正是「非中立的語言情況」，應該用是非問句，不應該用正反問句。他們甚至認爲⑩⑧a的正反問句在一種非常特殊的情況下纔會使用。⑲譬如，有人被匪徒綁票了，而匪徒由於某種

⑱ 例句裡的合法度判斷悉依 Li 與 Thompson (1979)。

⑲ 參 Li 與 Thompson (1981:552)。

理由威脅被綁票的人自稱姓李。威脅了半天之後，匪徒想知道被綁票的人是否肯聽話，就可以問：'〔我現在問你〕你姓不姓李？'。

(二)在下面⑪的對話裡，對於A的陳述，只能用B的是非問句來反應，不能用C的正反問句來反應。試比較：

⑪ A　：你好像瘦了一點。

B　：是嗎？你看我瘦了嗎？我自己倒不覺得。

C　：??是不是？??你看我瘦了沒有？我自己倒不覺得。

根據Li 與 Thompson的看法，在這一個對話裡，談話者B對於問話內容的眞假值預先做一個認定（'我自己倒不覺得瘦了'）。因爲語言情況是非中立的，所以只能用是非問句。同樣的，在⑫的例句裡，問話者一直以爲對方不吃蘋果，可是有一天發現對方竟然在吃蘋果。這也是非中立的語言情況，所以只能用⑫a的是非問句。

⑫a 你吃蘋果嗎？

b 你吃不吃蘋果？

(三)如前所述，在中立的語言情況，可以用正反問句，也可以用是非問句。因此，如果在請客的時候，想問客人要不要喝酒，就可以用⑬的兩種問句。

⑬a 你要不要喝酒？

b 你要喝酒嗎？

同樣的，跟朋友一起看了一場電影之後，你想問他是否喜歡這一部電影。因爲這是一個單純的問句，中立的語言情況，所以⑭的兩種問句都可以用。

⑭a 你喜歡不喜歡這一部電影？

b 你喜歡這一部電影嗎？

筆者認為 Li 與 Thompson 有關是非問句與正反問句語用限制的觀察大致正確，但是仍然不夠周全，因此願意提供下面幾點補充意見。

(一)是非問句先提出一個肯定或否定命題的句子來表示問話者對於某一件事情的看法或假定，然後在句尾加上疑問語助詞來表示問話者就這個命題內容的假定央求聽話者回答。因此，下面⑮與⑯的是非問句a，無論在語意或語用上都相當於b句。⑳

⑮a 你明天要去臺北嗎？

b 你明天要去臺北，是嗎？

⑯a 你明天不去臺北嗎？

b 你明天不去臺北，是嗎？

是非問句中命題句子的肯定或否定，只表示問話者對於命題內容眞假值的假定或趨向，並不表示問話者對於肯定答句或否定答句的期望。這種期望通常都用不同的疑問語助詞'嗎、啊、吧'或語氣副詞'眞的、難道'等來傳達，與是非問句的肯定或否定似乎無關。

(二)正反問句同時提出肯定與否定兩個命題句子，表示問話者對於這兩個命題內容的選擇有疑念而央求聽話者回答。因此，下面⑰的正反問句a，在語意與語用上相當於b的選擇問句。

⑰a 你明天要不要去臺北(呢)？

b 你明天要(去臺北還是)不要去臺北(呢)？

---

⑳ 所不同的只是，b句的疑問語氣因為判斷動詞'是'的介入而顯得比a句重。

正反問句與是非問句不同，問話者沒有利用命題句子來表示他對於某一件事情的看法或假定。但是如果利用判斷動詞'是'形成正反問句而加在直述句的後面，那麼仍然可以表達問話者對於命題句子的看法。試比較：

⑱a 你明天要去臺北。

b 你明天要去臺北嗎？

c 你明天要去臺北，是嗎？

d 你明天要不要去臺北？

e 你明天要去臺北，是不是？

不過在這些句子裡，是非問句 b 與 c 裡問話者的肯定趨向仍然比正反問句 d 與 e 更加顯著。

(三)我們可以用是非問句或正反問句來做言談的開始，也可以附加在直述句或祈使句之後做「附帶問句」，卻只能用是非問句來做「回響問句」(echo question)。試比較：

⑲a 你明天要去臺北，是嗎？／不是嗎？／是不是？

b 你明天要不要去臺北？

c 你明天要去臺北嗎？

⑳A：我明天要去臺北。

B：是嗎？／*不是嗎？

C：*是不是？

⑲的例句表示，問話者對於自已的看法可以提出是非問句或正反問句來徵求對方的同意；而⑳的例句則表示，問話者對於別人的看法或所說的話只能以(肯定)是非問句提出回響問句。更注意，這裡B的回響問句並不一定要像 Li 與 Thompson (1979:201) 所

說那樣「詰問」(question the validity of) A 的命題內容而表示不同意，也可以「呼應」(respond) 而表示同意。例如在前面⑪的對話裡，B 固然可以用‘是嗎？你看我瘦了嗎？我自己倒不覺得’來表示不同意，也可以用 ‘是嗎？你看我瘦了嗎？我自己也是這樣想’來表示同意。

(四)是非問句不一定要在語言情況與問話者的假設有衝突時纔可以使用 。只要問話者對於問話的命題內容有所認定或假設時，即可使用是非問句。例如⑫a與⑫a的肯定是非問句。只要看見對方在吃蘋果或喝酒而認定對方吃蘋果或喝酒就可以問，而⑫b與⑫b的否定是非問句則只要看見對方沒有在吃蘋果或喝酒而認定對方不吃蘋果或喝酒就可以問，都不必去管語言情況與說話者的假設是否有衝突。另一方面，⑫c與⑫c的正反問句則在問話者沒有這種肯定或否定的認定時使用。

⑫a 你(也)吃蘋果嗎？

b 你不吃蘋果嗎？

c 你吃不吃蘋果？

⑫a 你(也)喝酒嗎？

b 你不喝酒嗎？

c 你喝不喝酒？

因此，所謂的「非中立的語言情況」，以問話者對於問話命題內容的眞假值有所認定爲已足，而不必問這個認定是否與眞正的語言情況有所衝突。據此，我們提議把⑩的語用限制簡化如下：

⑫ 凡是問話者對於問句命題內容的眞假值有所認定時（相當於 Li 與 Thompson「非中立的語言情況」)，用是非

問句；凡是問話者對於問句命題內容的眞假值無所認定時（相當於 Li 與 Thompson「中立的語言情況」），用正反問句。

⑩7的語用限制說，「是非問句」可以用於「中立」與「非中立」的語言情況；而⑫3的語用限制則說，「是非問句」只用於「非中立」語言情況。前面 Li 與 Thompson 所討論的例句都可以用⑫3的語用限制來說明。例如⑫4與⑫5的是非問句在語用上比正反問句妥當。

⑫4a 你姓李嗎？

b 你姓不姓李？

⑫5a 你(最近)好嗎？

b 你(最近)好不好？

在⑫4a的問句裡，問話的人認定對方大概姓李 所以用是非問句。在 ⑫4b 的問句，問話的人沒有這種認定，卻冒冒失失的問人家是否姓李，因而在語用上有欠妥當。㉑ 同樣的，在 ⑫5a 的說法裡，問話的人認爲對方應該很好，所以用是非問句。但在 ⑫5b 的正反問句裡卻沒有這種認定或關心，因而在語用上顯得冷漠不親切。如果依照 Li 與 Thompson 的說法，是非問句與正反問句都可以用於中立的語言情況，那麼⑫4與⑫5裡a、b兩句在語用上的差別就無法說明。當然，他們可以解釋說，這裡發問 a 句的語言情況正是非中立的語言情況，所以應該用是非問句。但是依照我們的語用限制，使用 a 的是非問句是當然的結果，不需要另外解釋。而

㉑ 事實上⑫4的兩種問句都不能說是語用上最妥當的說法，因爲比較禮貌的說法應該是'先生您貴姓？'或'請問貴姓？'。

且，我們的語用限制可以說明爲什麼⑫⑥的否定是非問句只能用於非中立的語言情況 而 Li 與 Thompson 的語用限制卻需要另外加上特別的條件說：否定是非問句只能用於非中立的語言情況。

⑫⑥a 你不姓李嗎？

b 你最近不好嗎？

(五)我們的語用限制，除了比 Li 與 Thompson 的語用限制在概念上簡單而在適用上周全以外，還可以自然合理的解釋下列幾個語言現象。

(甲)是非問句含有問話者的認定或假設，所以答話者纔用'是、對'來對問話者的認定或假設表示同意，或用'不(是)、不對'來表示不同意。正反問句沒有這種認定或假設，所以不能用'是、對'或'不(是)、不對'來答話。

(乙)是非問句含有問話者的認定或假設，因此可以用語氣副詞'眞的、難道'等來加強這種認定或假設。正反問句沒有這種認定或假設，所以不能用'眞的、難道'等語氣副詞。但是正反問句提出正反兩方面的可能性以供對方的選擇，所以可以用表示選擇的語氣副詞'到底、究竟'等。試比較：

⑫⑦ 你{真的／難道 | *到底／究竟}姓李嗎？／要去嗎？

⑫⑧ 你{*真的／難道 | 到底／究竟}姓不姓李？／㉒要不要去？

㉒ 這一個例句顯示，正反問句常常是冷漠、不親切甚至不禮貌的問句。因此，這個正反問句的實際使用並不需要 Li 與 Thompson 所設定那樣牽強附會的語言情況（即匪徒勒人並威脅此人姓李）。

這也就說明了爲什麼，正反問句與選擇問句、特指問句一樣，疑問語助詞都用'呢'而不用'嗎'，都不能用答詞'(不)是、(不)對'來回答，都不能用語氣副詞'眞的、難道'來修飾，卻可以用'到底、究竟'來修飾：因爲這些問句都提供列舉的或未列舉的選擇，卻沒有提出問話者對命題內容的認定或假設。

(丙)是非問句提出一個肯定或否定的命題來表示問話者的認定或假設，並要求對方同意，但是對於命題內容的「信息焦點」(information focus)或「疑問焦點」(focus of question)卻沒有做清楚的交代。因此，是非問句可以利用判斷動詞'是'來加強其信息焦點或疑問焦點，例如：

⑫⑨a 你明天要到臺北去嗎？

b 是你明天要到臺北去嗎？

c 你是明天要到臺北去嗎？

d 你明天是要到臺北去嗎？

另一方面，正反問句並沒有提出這種認定或假設要求對方同意，卻提出正反兩方面的可能性要求對方選擇。而這個選擇就是正反問句的疑問焦點。因此正反問句不能再利用判斷動詞'是'來加強其他的疑問焦點。㉓試比較：

⑬⓪a 你明天要不要到臺北去？

b *是你明天要不要到臺北去？

c *你是明天要不要到臺北去？

㉓ 但是我們卻可以利用⑫⑨的是非問句裡所包含的判斷動詞'是'來形成正反問句，如'是不是你明天要到臺北去？你是不是明天要到臺北去？你明天是不是要到臺北去？'。

d　*你明天是要不要到臺北去？

三、直接問句、間接問句與疑問範域

三、一　問題的由來

日本大阪市立大學漢語語言學教授望月八十吉先生於一九八〇年以「中國話的創造世界性述語」爲題發表論文，討論國語動詞與疑問子句之間的共存限制。他注意到含有疑問詞'誰'的疑問子句'誰會來'，在⑬表示疑問，而在⑬卻不表示疑問。

⑬　你想誰會來？

⑬　你知道誰會來。

他認爲'誰會來'在⑬是疑問句，而在⑬卻是陳述句。他更認爲這個語意或語用上的差別是由於母句動詞'想'與'知道'而起。與'想'同類的還有'以爲、認爲、相信、猜'等；與'知道'同類的尚有'忘了、記得、告訴、問'等。爲了討論的方便，他把'知道'這一類動詞稱爲「A類述語」而把'想'這一類動詞稱爲「B類述語」。他認爲A類與B類述語都可以帶上特指問句爲賓語，但是只有A類述語可以帶上正反問句與選擇問句爲賓語，並以下列⑬與⑬的句法屬性來分別表示A類與B類述語的語法特徵。㉔

⑬　A類述語：〔+〔(Q)S——$QS_{1,2}$〕〕

⑬　B類述語：〔+〔QS——QS_1〕〕

㉔　⑬的句法屬性表示：「A類述語」，不管母句是疑問句或直述句都可以帶上特指問句、正反問句或選擇問句爲賓語。⑬的句法屬性表示：「B類述語」只能在母句是疑問句的時候纔可以帶上特指問句爲賓語。

望月先生另外提出「創造世界性述論」(world-creating predicate)的概念來解釋這兩類動詞在語意內涵上的區別。根據他的說法，所謂「創造世界性述語」是指能提出假想世界，並敍述這個假想世界與現實世界之間的關係的述語，而B類述語則屬於這個語意範疇。與「創造世界性述語」相對的是「非創造世界性述語」，這種述語不能牽涉到假想世界而只能談論現實世界，A類述語則屬於這個語意範疇，他也提到大多數的「事實動詞」(factive verb)都屬於A類述語，而「非事實動詞」(nonfactive verb)則大半屬於B類述語。

三、二　湯(1981)的評述與分析

筆者於一九八一年在師大學報第二十六期(219～278頁)發表「國語疑問句的研究」一文，對望月(1980)所討論的問題從另外的角度提出解決的方法。爲了確實掌握有關國語疑問句的語法資料與事實，湯(1981)先討論國語疑問句的特徵與分類，以及國語疑問詞的意義與用法，特別是疑問詞的「疑問」用法與「非疑問」用法(包括「任指」、「虛指」、「照應」、「修辭」、「感嘆」與「列舉」等用法)。湯(1981)並在國語的直接問句與間接問句之間做一個區別，認爲間接問句只能包接在另外一個句子裡做爲疑問子句使用，但是直接問句則除了獨立使用以外還可以依附著別的句子出現。總結湯(1981)對於望月(1980)的評述與分析，可以分爲下列幾點：

(一)望月(1980)企圖從動詞的「次類畫分」(subcategorization)的觀點，即以「母句動詞」與「母句句式」(「陳述句」抑或

「疑問句」）之間以及「母句動詞」與「子句句式」（「陳述句」抑或「疑問句」）之間的「共存限制」(coocurrence restriction)來解決問題有其先天的困難。因爲「母句動詞」與「子句句式」的關係屬於動詞與賓語的語法關係，固然可以用動詞的次類畫分來規定，但是「母句動詞」與「母句句式」之間卻沒有這種語法關係，無法用動詞的次類畫分來處理。就句法結構而言，決定母句句式的是抽象的「疑問語素」(question morpheme) 'Q' (「疑問」) 或抽象的「行事句子」(performative sentence) '我問你'，而所有國語的動詞都可以出現於直述句或疑問句。把這兩種異質的關係合併成一個同質的「語境屬性」(contextual feature) 來分析問題，不但有其理論上的瑕疵，而且還有其事實上的困難。例如依照望月 (1980) 的分析，動詞'想'與'猜'都屬於B類述語，只能在母句句式是疑問句的時候，纔可以接上特指問句做賓語。㉕但是，動詞'想'與'猜'以第一人稱或第三人稱爲主語時根本不能接上特指問句，不管全句的語氣是直述句或疑問句。試比較：

⑬⑤ {我/他} {想/猜} {李四/*誰} 會來 {。/？}

更注意，如果動詞前後有適當的「時制」標誌或「動貌」標誌，第一人稱與第三人稱爲主語的句子也可以接上疑問子句做賓語。但是這個時候全句的語氣是直述句，例如：

⑬⑥ 我(／他)根本沒有想過(／到)誰會來。

㉕ 事實上，除了特指問句以外，其他疑問形式如正反問句、選擇問句等也可以成爲賓語子句。請參湯(1981:268❸)與本文後面的討論。

⑬⑦ 我(/他)昨天猜過(/中)誰會來。

而且注意，以第二人稱爲主語的時候，'想'與'猜'不但可以帶上特指問句還可以帶上是非問句、正反問句、選擇問句爲賓語，例如：

⑬⑧ 你{想/猜}{誰會來(呢)？/他會來嗎？/他會不會來(呢)？/他會來還是不會來(呢)？}？

(二)根據以上的觀察，湯(1981)認爲望月(1980)所提出的問題不是純粹句法上的問題，而改從語用或語意解釋的觀點來探討問題。湯(1981)認爲爲動詞與賓語子句句式的連用固然可以由母句動詞來決定，但是母句句式卻不能由母句動詞來決定。因爲所謂母句的句式其實就是全句的語氣或「表意功效」(illocutionary force)，不能單獨由母句動詞來決定，而必須參照母句主語的人稱(說話者、聽話者、第三者)與母句動詞的時制、動貌、肯定或否定等。因此，湯(1981)把可能與全句疑問語氣有關的動詞主要的分爲二類。第一類動詞是表示「詢問」或「述說」的動詞如'問、告訴、請問、請教'等。這些動詞可以直接用來問話，也就可以引用直接問句，而全句語氣是疑問句。第二類動詞是表示「推測」(如'猜、想、說、以爲、認爲、覺得'等)與「意見」(如'相信、希望、贊或、同意、反對'等)的動詞。這一類動詞後面所帶的疑問子句是直接問句，因此全句的語氣是疑問句。湯(1981)對於這幾類動詞的語法屬性，包括主語與賓語名詞的人稱、動詞的時制與動貌、句式的肯定與否定等，做了相當仔細的討論。

(三)除了以上兩類動詞以外，其他表示「認知、研究、注意」等意義的動詞後面所帶的疑問子句是間接問句，因此全句的語氣是陳述句，例如：

⑬⑨a 我(／你／他)(已經)知道誰會來(了)。

b 我(／你／他)已經發現他們逃到什麼地方去了。

即使全句的語氣是疑問句，這個疑問語氣也來自母句本身，而非來自賓語的疑問子句。因此，在以特指問句為賓語的例句裡，句尾的疑問語助詞是'嗎'而不是'呢'，例如：

⑭⓪a 你知道〔誰會來〕{嗎？ / *呢？}

b 他已經發現〔他們逃到什麼地方〕{嗎？ / *呢}

依照湯 (1981) 的看法，這類動詞的賓語子句裡所包含的疑問子句都是間接問句，其疑問範域不及於母句。只有前面(二)裡面所引述的動詞所帶上的賓語子句纔是直接問句，其疑問範域可以及於母句。

三、三　鄭 (1982) 對於望月 (1980) 的評述與分析

夏威夷大學東亞語言學系教授鄭良偉先生在一篇提交給第十三屆國際漢藏語言學會議的論文「漢語疑問的形式及意義」㉖中，

㉖ "Chinese Question Forms and Their Meanings"。筆者所根據的是由黃正德先生所提供的影印原稿，本文中所揭示的頁數也悉依此稿。據說，這個原稿中間經過幾次修改。因為尚未正式出版而原稿的參考書目中有一九八二年出版的資料，就暫且以一九八二年為其出版年份。

也對望月（1980）的分析提出了若干修正與補充。鄭（1982：2）在基本上同意望月（1980）分類的基礎，但認爲還需要更進一步說明爲什麼母句動詞的不同會導致全句語氣的差別。他的分析也從國語疑問句的分類與特徵着手，也把國語的疑問句依據其形式分爲「特指」、「選擇」、「正反」、「是非」等四種，並且把疑問句與疑問詞依據其語意分爲六類：

(1)「取向於說話者與聽話者的選擇」(speaker-addressee-oriented selection)，(2)「取向於母句的選擇」(higher-sentence-oriented selection)，(3)「延緩的選擇」(deferred selection)，(4)「周遍的選擇」(comprehensive selection)，(5)「條件的選擇」(conditional selection)，(6)「列舉的剩餘」(residue of listing)。(1)與(2)的用法分別與湯(1981)的「直接問句」與「間接問句」相當，而(3)到(6)的用法則分別與湯（1981）的疑問詞、非疑問用法裡的「虛指」、「任指」、「照應」與「列舉」的用法相似。在這六種用法中，後四種非疑問用法比較容易區別，而前兩種用法則由於缺乏明確的結構標誌常不易辨別。鄭（1982）認爲望月(1980)所謂的疑問句與陳述句的區別，其實就是「取向於說話者與聽話者的疑問句」與「取向於母句的疑問句」的區別，並設定抽象的疑問標誌‘Q’來說明這兩種疑問句的不同。根據鄭（1982：25）的分析，‘Q’在句子中出現的情形可以分爲下列幾種：

(一)出現於單句或母句的‘Q’，通常都表示取向於說話者與聽話者的選擇，也就是「眞問句」(real interrogative)。另一方面，「取向於母句的選擇」或「由母句動詞決定的疑問子句」是「假問句」(nonreal interrogative sentence)。

(二)出現於賓語子句的'Q'，可能是眞問句也可能是假問句，全看母句動詞而定。如果母句動詞是'認爲、以爲、相信、贊成、同意、感到、覺得、希望、盼望'等表示「想像」的動詞，那麼'Q'是眞問句而全句的語氣是疑問句。如果母句動詞是'問、調查、請示、猜、試驗、看看、想知道、討論、關心'等表示「詢問」的動詞或'知道、記得、忘了、看清楚、明白、想到、懂得'等表示「認知」的動詞，那麼'Q'是假問句而全句的語氣是陳述句。如果母句動詞是'說、告訴、通知、回答、警告、提醒'等表示「言談」的動詞、'決定、判斷、承認、估計、猜、看'等表示「判斷」的動詞或'發現、猜到、看到、看出、聽見、發覺、夢見'等表示「發現」的動詞，那麼'Q'可能是眞問句也可能是假問句，而全句的語氣也可能是疑問句或陳述句。例如，如果主語是第二人稱，那麼全句的語氣偏向於疑問句；如果主語是第一人稱，那麼全句的語氣偏向於陳述句；如果主語是第三人稱，那麼全句的語氣可能是疑問句也可能是陳述句。㉗

(三)'Q'也可能出現於另外一個'Q'裡面。這個時候，如果母句動詞是表示「認知」、「詢問」、「言談」或「想像」的動詞，那麼母句是眞問句而全句的語氣是疑問句。

總結鄭（1982）對於望月（1980）的評述與分析，可以分爲下列幾點：

(一)鄭（1982：34）認爲「世界創造性」這個語意屬性並不能周全地包括所有決定眞問句的動詞，也沒有考慮到表示「言談、

㉗ 參鄭（1982:31）。

判斷、發現」的動詞可能產生歧義的現象。

(二)鄭 (1982：38-39) 仍然認爲母句動詞之能否選擇疑問子句爲賓語由動詞的語意類別來決定。他引用 Grimshaw (1979)㉘ 的看法，認爲補語的選擇都是經由語意來決定的：述語動詞不是選擇某一種「句法形式」的補語，而是選擇某一種「語意類別」的補語。因此，述語動詞與補語子句的連用必須滿足兩個條件：補語子句不但必須屬於符合述語動詞次類畫分的句法形式，而且必須屬於述語動詞所選擇的語意類別。

(三)疑問句在本質上表示「要求從幾個項目中選擇一項」。是非、正反、選擇與特指四種問句都可以表示「取向於說話者與聽話者的選擇」。但是只有正反、選擇、特指三種問句可以表示「取向於母句動詞的選擇」與「周遍的選擇」(「任指」用法)，只有選擇與特指問句可以表示「延緩的選擇」(「虛指」用法)，而只有特指問句可以表示「條件的選擇」(「照應」用法) 與「列舉的剩餘」(「列舉」用法)。

(四)最後，鄭(1982：44)提出了下面的準則做爲判斷眞問句的依據。國語的疑問形式除了下列情形以外都應該解釋爲取向於說話者與聽話者的眞問句：(1) 出現於疑問句裡面的疑問子句；(2)出現於「可以參與選擇的動詞」(selection participating verb) 即表示「認知、詢問、言談」等動詞後面做賓語的疑問子句；(3) 疑問子句裡的疑問詞前面帶有數量詞或限定詞 (「虛指」用法)；(4) 疑問子句裡的句式是否定句 (「虛指」用法)；(5) 疑問子句裡

㉘ Jane, Grimshaw (1979). "Complement Seletion and Lexicon"。

的疑問詞表示「周遍的選擇」(「任指」用法)、「條件的選擇」(「照應」用法)或「列舉的剩餘」(「列舉」用法)。

三、四　陳（1982）對望月（1980）、湯（1981）、鄭（1982）的評述與分析

陳烱先生在於一九八二年完成的碩士學位論文「關於疑問形式的子句做賓語的問題」裡也討論了同一個問題，並就望月（1980）、湯（1981）與鄭（1982）分別提出了下面的評述。

陳（1982）認爲望月（1980）的主要貢獻在於發掘了一個國語語法研究上向未受人注意的問題，並提供了相當有價值的研究與結論，但是在觀點與分析上有下列兩點值得商榷的地方：

(一)以「世界創造性」這個語意特徵做爲畫分動詞次類的標準，有其任意性，缺乏科學的標準。另外，在句法特徵方面，A、B兩類述語都可以帶上特指、正反或選擇問句爲賓語㉙，而且這個賓語子句都可以提前㉚。既然做爲畫分次類依據的語意特徵與句法特徵都有瑕疵，A、B兩類述語的畫分就失去了憑藉。

(二)陳（1982：8-9）認爲望月(1980)的分析只考慮到‘母句動詞的次範疇與全句語氣的關係，卽動詞與子句賓語之間的共存限制’㉛，而‘沒有注意到影響全句句意的其他因素，如主語、子

㉙ 參湯（1981:220,268❸)。

㉚ 參湯（1981:264)。

㉛ 筆者按：根據望月（1980）的原文意義而言，應該說是：‘母句動詞的次範疇與全句語氣以及子句賓語之間的共存限制’。

句的疑問形式等'[32] 但是並沒有提出具體的例句來解釋或討論。

陳（1982：11）承認鄭（1982）從疑問形式與意義來考察動詞與疑問子句之間的共存限制，並在這個基礎上解釋全句的語氣，不但注重動詞次類的分析而且還注意到主語對全句意義的影響。因此，在分析的內容方面比望月（1980）要細緻，但仍有下列幾點缺失：

(一)鄭（1982）雖然指出了望月（1980）的問題所在，可是依然沒有找到畫不清 A、B 兩類述語的根源，因為他仍舊從意義出發來分析問題，畫分動詞的次類。所謂「言談、認知」類動詞，所謂「判斷、想像、發現」類動詞，雖然在畫分時偶爾舉一些句法特徵，但就整個分類而言還是依據詞義，分析的結果仍然有很大的任意性。陳（1982：12）並提出一些例詞來說明這種分類的任意性。

(二)就類別意義而言，'說'與'說過'都屬於鄭（1982：48）的「言談」類動詞，但是帶上了疑問子句做賓語之後，全句的語氣就不一樣。

⑭a 你說誰來了？

b 你說過誰來了(？)[33]

產生不同語氣的原因，是由於動詞帶有不同的動貌標誌，如果籠統的按類別意義歸為一類，就不能正確的說明動詞的次類與疑問

[32] 關於影響全句句意的其他因素，如主語的人稱、動詞的時制與動貌、子句的疑問形式等，湯（1981）與鄭（1982）均有相當詳細的討論。

[33] 我們襲用鄭（1982）的體例，以句尾括弧內的問號'(?)'來表示該句的全句語氣可能是陳述句，也可能是疑問句。

子句之間的共存限制。

(三)鄭（1982：35）提出了'他想知道'這一句話做爲檢驗眞問句的框架，認爲這個框架後面只能帶眞問句而不能帶假問句做賓語，例如：

⑭ *他想知道〔你知道誰會來〕。

但是陳（1982：13）認爲⑭是合語法的句子，因而對於'他想知道'這個框架表示懷疑。

陳（1982：15）承認湯（1981）從另一個角度提出了更爲細緻的分析㉞，因而指出這個問題不但與(一)動詞的次類、(二)主語的選擇有關，而且與(三)賓語疑問子句的形式、(四)語氣的肯定與否、(五)動詞的時制與動貌等有着密切的關係。雖然這些見解對於進一步探討全句的句義很有啓發，但是仍然有些地方值得商榷。

(一)湯（1981）試圖從語用的觀點，特別是從直接問句與間接問句的區別來解釋問題。但是動詞次類與疑問子句之間的共存限制是屬於句法層面的問題，而直接問句與間接問句的畫分按湯（1981）的解釋卻是屬於語用層面的問題。二者之間雖然有密切的關係，但畢竟不是一個平面上的東西，不能混爲一談。

(二)湯（1981）所提出的直接問句與間接問句之間的界限並不清楚。他一方面從結構上畫分直接與間接問句（能否獨立使用），另一方面又從語用上畫分直接與間接問句（是否具備直接

㉞ 陳(1982:15)有'並在鄭良偉研究的基礎上，想做出更爲合理的解釋，於是做了更加細緻的分析'這一段話，但事實上湯(1981)與鄭(1982)是各自獨立的研究，並沒有互相討論或參考。

談話的功用），這就不能不自相矛盾。同時，從語用上來判斷一個動詞是否直接問話動詞難免有其任意性，而且也會犯循環論證的毛病。

(三)湯（1981）認爲動詞‘知道、發現、發覺’等後面的疑問子句，其疑問範域只能及於子句。但是動詞‘知道’後面的疑問子句，其疑問範域也可能及於母句。例如，⑭a的問句可以用b回答，也可以用 c 回答。

⑭a 你知道他是誰？

b 我知道。

c 他是李明。

接着陳（1982：19-44）就提出了自己對這個問題的看法。他認爲國語的「主語＋動詞＋疑問子句」這個句式在結構上有下列幾個特點：

(一)主語一般都是名詞、人稱代詞或名詞性詞組，大多數爲「施事」(agent) 而且是有生名詞。㉟動詞一般都屬於「雙向動詞」㊱，其類別意義多數表示「猜測、希望、認知」等思想心理活動。

(二)在動詞後面出現的疑問子句，包括特指問句、選擇問句、正反問句與是非問句，但是不包括不含疑問語助詞的是非問

㉟ 依照現代語法（特別是「格變語法」）的概念，表示「猜測、希望、認知」等動詞的主語名詞所擔任的語意角色並不是「施事（者）」(agent 或 agentive)，而是「感受者」或「經驗者」(experiencer)。又陳(1982:20) 所舉的例句顯示，主語名詞不僅是「有生」(animate) 而且都是「屬人」(human)。

㊱ 按陳（1982）的用法，「雙向動詞」表示「二元述語」(two-place predicate)，也可以說是及物動詞。

句。

(三)能帶疑問子句做賓語的動詞，主要地分爲三類。「A類動詞」(包括'研究、討論、調查、探討'等)的所帶的賓語子句必須含有疑問詞語，動詞後面能加上完成貌標誌'了'或持續貌標誌'着'。「B類動詞」(包括'認識、知道、明白、忘記、曉得、懂得、看見、看清、認出、聽見、記住、猜到、遇見'等)所帶的賓語子句不一定要含有疑問詞語，動詞後面能加上完成貌標誌'了'，但不能加上持續貌標誌'着'。「C類動詞」(包括'覺得、認爲、以爲、企圖、估摸、看、猜、想、當、怕、愛'等)後面既不能加上'了'，也不能加上'着'。

(四)最後，陳(1982：37-38)提出了五點結論來說明如何從主語的人稱、動詞的類別與疑問子句的形式去識別全句的語氣。關於這一點，我們在後面介紹筆者的評述時再做詳論。

三、五　黃(1982)的分析與陳(1983)的評述

麻省理工學院的黃正德先生在於一九八二年發表的英文論文'Move WH in a language without wh-movement'中也討論到了與望月(1980)有關的問題。他指出，下面⑭的三個例句都含有疑問子句'誰買了書'，但是這一個疑問子句在a裡要解釋爲出現於陳述句的間接問句，在b裡要解釋爲出現於疑問句的直接問句，而在c裡則可以有間接問句與直接問句兩種解釋。他認爲這種解釋上的差別是由於母句動詞與賓語子句之間共存限制的不同：a的動詞'問'必須以疑問子句爲賓語，b的動詞'相信'不能以疑問子句爲賓語，而c的動詞'知道'則可以也可以不以疑問子

句為賓語。

⑭a 張三問我誰買了書。

b 張三相信誰買了書？

c 張三知道誰買了書(？)

他並且指出在這些例句裡疑問詞'誰'所涵蓋的範域有寬狹之別；疑問詞'誰'的範域，在a裡只及於賓語子句，在b裡及於全句；而在c裡則可以解釋為只及於賓語子句也可以解釋為兼及於全句。他把疑問詞視為一種「數量詞」(quantifier) 或「運作語」(operator)，並把這三個句子在語義上的異同用「邏輯形式」(logical form) 表現如下：

⑮ 〔張三問我〔誰x〔X買了書〕〕〕

⑯ 〔誰x〔張三相信〔X買了書〕〕〕

⑰a 〔張三知道〔誰x〔X買了書〕〕〕

b 〔誰x〔張三知道〔X買了書〕〕〕

如此，這些句子在語意上的差異就可以用疑問詞疑問範域的寬狹來區別。在⑮與⑰a裡，出現於子句句首的疑問詞'誰'是「'狹域'數量詞」('narrow scope' quantifier)，其疑問範域只及於賓語子句。在⑯與⑰b裡，出現於整句句首的疑問詞'誰'是「'寬域'數量詞」('wide scope' quantifier)，其疑問範域及於全句。這也就是說，國語的疑問詞在特指問句的表面形態上不像英語那樣把疑問詞移到句首「補語連詞」(complementizer) 的位置，因而在句法裡並沒有「疑問詞移位」(WH-movement) 這個「移動α」(Move α) 的變形規律。但是在邏輯形式裡卻需要這樣的規律來說明直接問句與間接問句在語意上的差別。此外，黃 (1982) 還對於國語的疑問句做了許多有趣的觀察。有關這些觀察的內容，我們在後面筆者的評述裡做詳細的介紹與討論。

陳炯先生於一九八三年發表「動詞的類與疑問形式子句之間的同現限制」一文㊲，對於黃 (1982) 的分析加以評述。他不贊成黃(1982：371)有關動詞的次類畫分或共存限制 (即'必須'、'不能'或'可以'帶上疑問子句爲賓語)決定疑問詞範域的說法，而認爲有反例。他也對於黃 (1982) 所提出的一些例句的合法度判斷表示懷疑。結果，他仍然堅持陳 (1982) A、B、C三類的動詞次類畫分，並且主張'要說清楚…動詞與疑問子句賓語之間語義上的制約關係，首先必須正確找到母句動詞的各種不同的語法功能，給它們畫分次類'。㊳他認爲黃(1982) 的分析對於這個問題並沒有提供很好的解決方法，而且沒有考慮到句子主語對全句語氣的影響。

三、六　筆者對於陳 (1982、1983)、鄭 (1982)、黃 (1982) 的評述與結論

望月 (1980) 所提出的一個素未爲國人所重視的語法問題，竟然引起了這麼多位學者的評論與分析，可以說是近幾年來國語語法研究史上一個相當奇特的現象。正如陳(1983：9) 所指出，這個問題不僅牽涉到動詞次類的畫分，而且還關係到語法、語意與語用的問題，可以說是觸及了國內語法界研究最弱的一環。基

㊲ 筆者所根據的資料是由望月八十吉教授寄來的手抄原稿。

㊳ 陳 (1983:6)。

於眞理越辯越明的道理，不同的觀點與分析必能有助於漢語語法研究的進步。筆者願意在這裡對於有關論文做一番評析，並且更進一步討論到問題的核心。

陳（1982）認為句法與語用屬於不同的兩個層面，這一點我們同意。但是他說根據語意或語用的分類或歸類缺乏科學的標準，這一點我們卻不敢苟同。依照現代語言學的目標與方法，凡是對於語言某一個層面的問題（無論是語音、詞法、句法、語意、語用）所提出的概括性的規律，都要獲得語言事實的支持。換句話說，無論研究的對象是句法、語意或語用都應該重視經驗事實的證據。例如；陳（1982：41）反對湯（1981：258）'被包接的疑問子句不能含有表疑問的語助詞'的說法，認為這種說法太絕對化，其理由也不充分。但是陳先生在做這個結論之前必須說明，為什麼在湯（1981：258）所提出的例句中，不含有疑問語助詞的疑問子句都合語法，而含有疑問語助詞的疑問子句都不合語法。㊴

⑭⑧〔他來(*嗎)〕跟我有什麼關係？

⑭⑨〔他來不來(*呢)〕跟我有什麼關係？

⑮⓪我不知道〔他要來(*呢)還是他太太要來(*呢)〕。

⑮①我們今天要討論的是〔究竟由誰來支持這個計畫(*呢)〕。

⑮②〔我們怎麼樣籌措經費(*呢)〕這個問題以後再討論。

雖然陳（1982：41）提出了下面⑮③到⑮⑤的反例，認為這些句子的

㊴ 其實，除了直接引句以外的所有包接的子句都不能含有語氣助詞：例如，'我們都知道〔地球是圓的(*呢)〕'、'〔地球是圓的(*呢)〕這個事實我們都已經知道了'、'〔你昨天看完(*了吧)〕的書放在什麼地方？'、'〔小明學數學(*哩)〕最合適'。

結構分析應該是 a 而不是 b，更認爲⑯的結構分析可能是 a 也可能是 b。但是他卻沒有提出證據來支持他這個分析，也沒有設法去解釋這些反例的存在。例如，這些反例裡面所包含的疑問子句是間接問句（不可以帶上疑問語助詞）還是直接問句（可以帶上疑問語助詞）？

⑬a　你斷定〔他來了嗎〕？

b　*你斷定〔他來了〕嗎？

⑭a　你猜〔他來了嗎〕？

b　*你猜〔他來了〕嗎？

⑮a　你說〔他來了嗎〕？

b　*你說〔他來了〕嗎？

⑯a　你知道〔他來了嗎〕？

b　你知道〔他來了〕嗎？

爲了更深入的討論這個問題，並獲得一個大家都能共同接受的結論，我們應該先把幾個有關的基本概念弄清楚：

(一)湯、鄭、陳、黃四人都用不同的術語或概念，如「直接問句」與「間接問句」、「取向於說話者與聽話者的疑問句」（眞問句）與「取向於母句動詞的疑問句」（假問句）'、「全句語氣是疑問句」與「全句語氣是陳述句」、「疑問詞的範域及於母句」與「疑問詞的範域只及於子句」等，來討論同一個問題。其實，「直接問句」就是「取向於說話者與聽話者的疑問句」或「眞問句」，其「疑問詞的範域及於母句」，所以「全句語氣是疑問句」。「間接問句」就是「取向於母句動詞的疑問句」或「假問句」，其「疑問詞的範域只及於子句」，所以「全句語氣是陳述句」。疑問語助詞可以出現於「直接問句」或「取向於說話者與聽話者的眞問句」，卻不能出現於「間接問句」或「取向於母句動詞的假問句」。

(二)全句語氣究竟是疑問句還是陳述句，不能僅憑純粹主觀的判斷，而應該利用比較客觀的檢驗方法來決定。含有疑問語助詞的疑問句是直接問句，因而比較容易判斷全句語氣是疑問句。但是這個疑問語助詞究竟屬於子句抑或屬於母句，則不能不愼辨。例如⑮⑦的'嗎'不可能屬於子句'誰會來'，只可能屬於母句'你知道'。但是⑮⑧的'呢'究竟屬於子句'誰會來'還是母句'你知不知道'？

⑮⑦　你知道〔誰會來〕嗎？

⑮⑧　你知不知道〔誰會來〕呢？

至於不含有疑問語助詞的疑問句，則比較不容易辨別究竟是直接問句還是間接問句（或全句語氣究竟是疑問句還是陳述句），更難以決定全句的疑問語氣究竟來自母句還是來自子句。例如陳（1982）與黃（1982）都說，⑮⑨的全句語氣可能是陳述句，也可能是疑問句。但是全句語氣是疑問句的時候，究竟是與⑯⓪a 同義，是與⑯⓪ b 同義，還是兩種解釋都可能？注意，這個語意上的區別是重要的：因爲如果與⑯⓪ a 同義，那麼'誰會來'是直接問句，其疑問範域及於母句。

⑮⑨　你知道〔誰會來〕(？)

⑯⓪a　你知道誰會來嗎？

　　b　你知道誰會來呢？

爲了客觀的處理這些問題，我們提出下面三個檢驗全句語氣的框架：

（i）一個句子如果可以出現於「(我告訴你)〔主語＋動詞＋疑問子句〕哩」的框架，那麼這個句子的全句語氣是陳述句，疑問子句是間接問句。

（ii）一個句子如果可以出現於「(我問你)〔主語＋動詞＋〔疑問子句呢／嗎〕〕」的框架，那麼這個句子的全句語氣是疑問句，疑問子句是直接問句。

（iii）一個句子如果可以出現於「(我問你)〔主語＋動詞＋〔疑問子句〕呢／嗎〕」的框架，那麼這個句子的全句語氣是疑問句，但疑問子句是間接問句。

同時，我們主張，在利用這些框架檢驗的時候，還應該注意下列幾點：

（i）主語的人稱不要限於第二人稱，也要利用第一人稱與第三人稱來檢驗。

（ii）動詞的時制與動貌不要限於現在時間單純貌，也要利用過去時間、完成貌或經驗貌來檢驗。

（iii）疑問子句的形式不要限於某一種類型的疑問句，要利用特指、選擇、正反、是非等各種問句來檢驗。

（iv）檢驗疑問詞範域的寬狹可以參考與疑問句相搭配的答句，但必須愼重決定疑問句與答句是否眞正互相搭配。

（v）檢驗個別句子的合法度或疑問範域，還要參照與這個句子屬於同一類型的其他句子的合法度判斷，更要考慮與這個例句有關的語言事實。因爲句子的合法度常無法靠單獨個別的句子來決定，而要比較同類句子或有關句子的合法度判斷後始能確定。

我們現在利用上面的框架與注意事項來檢驗前面所提到的一些例句。⑯b的合法度判斷顯示，⑯a的全句語氣可以是陳述句，因而疑問子句可以是間接問句。

⑯a 你／他(已經)知道誰會來。

b (我告訴你)〔你／他(已經)知道〔誰會來〕哩！〕

另一方面，⑯b的合法度判斷顯示，⑯a的全句語氣可以是疑問句，而疑問子句可以是間接問句。但⑯c的合法度判斷顯示，疑問子句不可能是直接問句。❹⓪

⑯a 你／他(已經)知道誰會來？

b (我問你)〔你／他(已經)知道〔誰會來〕嗎？〕

c *?(我問你)〔你／他(已經)知道〔誰會來呢了？〕〕

再拿⑯a的問句與⑯a,b,c的答句來相搭配。一般人都認爲⑯a的問句可以用⑯a的答問來回答，然後答話的人還可以用⑯b進一步提供信息，但是較少用⑯c來直接回答⑯a。

⑯a 我／他(已經)知道(誰會來)。

b 李四會來。

c 我／他(已經)知道李四會來。

再看⑯a與⑯a的問句。一般人也都認爲與b同義，而不是與c同義；也都用⑯a回答，而不是用⑯c回答。

⑯a 你／他知不知道誰會來？

b (我問你)〔你／他知不知道〔誰會來〕呢？〕

---

❹⓪ 根據筆者的實際調查，大多數的人都認爲⑯c有問題，至少⑯b比⑯c好得多。

c *?(我問你)〔你／他知不知道〔誰會來呢〕?〕

⑯a　誰(已經)知道誰會來?

b　(我問你)〔誰知道〔誰會來〕呢?〕

c *?(我問你)〔誰(已經)知道〔誰會來呢〕?〕

最後拿⑯a與⑯a來比較。⑯a只可能與b同義，不可能與c同義；只可能用e回答，不可能用d回答。

⑯a　你猜／想／說／以為誰會來?

b　(我問你)〔你猜／想／看／以為〔誰會來呢〕?〕

c　*(我問你)〔你猜／想／看／以為〔誰會來〕呢?〕

d　我猜／想／看／以為 *(李四會來)。

e　(我猜／想／看／以為) 李四會來。

注意⑯的動詞'猜、想、說、以爲'與⑯的動詞'知道'不同，不能在特指問句前面形成是非問句或正反問句，也不能同時在母句與子句含有特指問句（除非是「回響問句」），但是可以單獨與疑問助詞連用而形成疑問句。試比較：

⑯a　*你猜／想／看／以為誰會來嗎?

b　*你猜不猜／想不想／看不看／以為不以為誰會來(呢)?

c(*)誰猜／想／看／以為誰會來(呢)?

d　你{猜／想／看／以為 | *知道}呢?

e　你{*猜／想／看／以為 | 知道}嗎?

另外⑯a也只可能與b同義，不可能與c同義；而且只可能用e

回答，不可能用d回答。注意，⑯的動詞‘希望、確信、保證、擔心’也與動詞‘猜、想、看、以為’一樣，不能在特指問句前面形成是非問句或正反問句，也不能同時在母句與子句含有特指問句(除非是「回響問句」)；但是與後者不一樣，不能單獨與‘呢’連用卻可以與‘嗎’連用，而且⑯a的答句通常都用‘我希望／確信／保證／擔心李四會來’，而不單獨用‘李四會來’回答。

⑯a　你希望／確信／保證／擔心誰會來？

b　(我問你)〔你希望／確信／保證／擔心〔誰會來呢〕？〕

c　*(我問你)〔你希望／確信／保證／擔心〔誰會來〕呢？〕

d　我希望／確信／保證／擔心 (*誰會來)。

e　我希望／確信／保證／擔心李四會來。

f　*你希望／確信／保證／擔心誰會來嗎？

g　*你希望不希望／確信不確信／保證不保證／擔心不擔心誰會來(呢)？

h(*)誰希望／確信／保證／擔心誰會來(呢)？

i　你希望／確信／保證／擔心{嗎？ / *呢？}

從以上的觀察，我們可以獲得下面的結論。就望月(1980)所提出的問題而言，國語的動詞主要的可以分為兩類。一類是在次類的畫分上不能帶上疑問子句為賓語的動詞，如‘猜、想、看、想想看、怕、說、以為、認為、料想、希望、確信、保證、擔心、喜歡、贊成、同意、反對’等。這些動詞本身不能與疑問子句連用，也就不能帶上「間接問句」為賓語。這些動詞與疑問子句連用的時候，只能解釋為「直接問句」，也就是「取向於說話者與聽話者（'我問你'）的疑問句」，其「疑問範域擴及全句」，所以「全句語氣是疑問句」。這樣的分析可以說明，爲什麼這一類動詞的問句不用第一人稱主語'我'，因爲一般說來除了「反身問句」以外說話者不會向自己發問。這樣的分析也可以說明，爲什麼這一類動詞帶上疑問子句後不能再在母句形成疑問句。因爲這時候疑問子句的疑問範域已經擴及母句，所以不允許母句另外形成自己的疑問句。

⑯⑨a　*你猜／希望〔誰會來〕嗎？

b　*你猜不猜／希望不希望〔誰會來〕呢？

c　*你猜還是不猜／希望還是不希望〔誰會來〕呢？

d　*誰猜／希望〔誰會來〕呢？

這一類動詞再可以分爲兩類：一類包括'猜、想、看、以爲'等，另一類則包括'希望、確信、保證、擔心'等。前一類（IA）動詞是語意內涵空靈而句法功能微弱的「挿入動詞」（parenthetical verb）。這一類動詞對於句義幾無貢獻，省去母句後對於句義的了解也無多大影響。而且這些動詞通常都不帶動貌標誌，不能否定，不能形成正反問句，不能單獨做答句或與'嗎'連用做問句，也不能帶上'到底、究竟'等語氣副詞。後一類（IB）動詞的語意內涵相當具體，句法功能也正常，因此不能隨便省略。這些動詞可以帶上動貌標誌，可以形成正反問句，可以單獨做答句或與'嗎'連用做問句，也可以帶上'到底、究竟'等語氣副詞。試比較：

⑰⓪a　（你猜）誰會來（呢）？

b　（我猜）李四會來。

c　你猜（*過）他會來嗎？

d　*你不猜他會來嗎？

e　我猜*(他會來)。

f　你猜{*嗎 / 呢}？

g　你{*到底猜 / 猜到底}誰會來(呢)？

⑰a　你希望誰會來(呢)？

b　我希望李四會來。

c　你希望過他會來嗎？

d　你不希望他會來嗎？

e　我希望(他會來)。

f　你希望{嗎 / *呢}？

g　你{到底希望 / *希望到底}誰會來(呢)？

同時注意，'猜'類動詞可以引介各種形式的疑問子句，而'希望'類則似乎限於特指問句與選擇問句。試比較：

⑰　你猜{他會來嗎 / 他會不會來(呢) / 他會來還是不會來(呢) / 誰會來(呢)}？

⑰　你希望{??他來不來(呢) / 他來還是不來(呢) / 誰來(呢)}？

⑰a 你猜〔他會來嗎〕？　　　*你猜〔他會來〕嗎？

b 你希望〔他會來〕嗎？　　*你希望〔他會來嗎〕？

⑰對於'猜'類動詞與'希望'類動詞做了不同的結構分析。這個結構分析可以從下面的事實獲得支持：'猜'類動詞後面的是非問句提前移到句首的時候，疑問語助詞'嗎'必須一併移動；而'希望'類動詞後面的賓語子句移首的時候，'嗎'則要留在句尾。試比較：

⑰⑤ 他會來嗎，你猜／想／看／以為？
*他會來，你猜／想／看／以為嗎？

⑰⑥ *他會來嗎，你希望／確信／保證／擔心？㊶
他會來，你希望／確信／保證／擔心嗎？

另一類動詞是'知道、發現、看見、想起、記得、忘了、研究、調查、討論、探討'等。出現於這些動詞後面的疑問子句是「間接問句」，也就是「取向於母句動詞的疑問句」，其「疑問範域只及於子句」。因爲疑問子句的疑問範域不及於母句，所以允許母句形成疑問句。如果母句是疑問句，那麼全句語氣是疑問句；如果母句是陳述句，那麼全句語氣是陳述句。這樣的分析可以說明，爲什麼 ⑰⑦a 的句子會產生 b 與 c 的歧義。因爲是非問句的疑問語助詞'嗎'可以省略，而用句尾上升調來表示疑問語氣。㊷

㊶ 一般說來，'希望'類動詞後面的疑問子句都不能移到句首來。試比較：

{誰會來呢 / 他(會)來還是不(會)來呢}，你{猜／想／看／以爲 / *希望／相信／保證／擔心}？

㊷ 參鄭 (1982:32)。

這樣的分析也可以說明，爲什麼這類動詞在帶上疑問子句做賓語以後還可以在母句形成是非、正反、選擇、特指等各種形式的疑問句（如⑱句），而且都可以用⑲的答句回答。

⑰a 你知道誰會來(？)

b (我告訴你)〔你知道〔誰會來〕(哩)。〕

c (我問你)〔你知道〔誰會來〕(嗎)?〕

⑱a 你知道〔誰會來〕嗎？

b 你知不知道〔誰會來〕呢？

c 你知道還是不知道〔誰會來〕呢？

d 誰知道〔誰會來〕呢？

⑲ 我知道(誰會來)。

就動詞與疑問子句的共存限制而言，這一類動詞又可以分爲兩類：一類包括'知道、發現、看見、想起、記得、忘了'等，而另一類則包括'研究、調查、討論、探討'等。前一類(IIA)動詞可以帶上疑問子句爲賓語，也可以帶上陳述子句爲賓語；後一類(IIB)動詞只能帶上疑問子句爲賓語。但是這兩類動詞的賓語疑問子句，其疑問範域都只能及於子句。試比較：

⑱a 你知道／發現／看見／想起／記得／忘了〔誰打了他〕

{嗎 / ??呢}？㊸

㊸ 有些人接受'呢'，可能是因爲特指問句（'誰打了他'）通常都與'呢'連用；而現在卻與母句是非問句的'嗎'出現在一起，很容易引起「理解上的困難」(perceptual difficulty)。

b 你們在研究／調查／討論／探討〔由誰來主持這個計畫〕{嗎 / *呢}？

疑問子句的主語，如果與母句主語相同或指涉不特定的人或物，常可省略。這個時候，IIA 與 IIB 兩類動詞後面的疑問子句的範域也與 IA 與 IB 兩類動詞後面的疑問子句的範域不一樣，而有寬狹之分。試比較：

⑱a 你們想／希望〔在什麼地方吃飯{呢 / *嗎}〕？

b 你們知道／在研究〔在什麼地方吃飯〕{*呢 / 嗎}？

並注意，'知道'後面的疑問子句移到句首的時候，可以在母句動詞後面加上'嗎'，但是不能在疑問子句後面加上'呢'。試比較：

⑱a 你知道{誰會來 / 他會來 / 他會不會來 / 他會來還是不會來}？

b {誰會來 / 他會來 / 他會不會來 / 他會來還是不會來}你知道嗎？

c *{誰會來 / 他會不會來 / 他會來還是不會來}呢，你知道？

另外，IIA 類動詞大都是表示感官知覺的靜態動詞，所以不能帶上持續、經驗等動貌標誌，也不能用動詞的重疊來表示嘗試貌。而 IIB 類動詞則多半屬於表示心智活動的動態動詞，所以可以帶上各種動貌標誌。

如果以上的分析與結論都正確，那麼陳 (1982,1983)、鄭 (1982)、黃 (1982) 的有些觀點似乎應該修正，而彼此間對有些句子合法度的異見也可能獲得解釋。例如，陳 (1982：8) 說'你知道誰來了' 這一句話的全句語氣可以是疑問句，但這個疑問句可能是是非問句 ('你知道誰來了嗎？') 而不是特指問句 ('你知道誰來了呢?')。果如此，無論全句語氣是陳述句還是疑問句，疑問子句都是間接問句。又如，依照鄭(1982：35) 的看法'他想知道〔你知道誰會來〕。'這一句話是不通的，但是陳 (1982：13) 卻認爲通。這可能是由於他把這個句子解釋爲'(我問你) 他想知道〔你知道誰會來〕嗎?'。另外，陳 (1982：39-40) 以'疑問子句必須是一個有一定的形式標記的眞正的疑問句'與'缺乏了形式標記，〔句義與句子的合法度〕判斷起來就有很大的任意性'爲理由，否定不含有'嗎'的是非問句可以做爲疑問子句。但是他自己也承認⑱的句子合語法 (例句裡的圓括弧與圓括弧內的詞語由筆者自加)，而且還可以用 ⑱ 的答句回句。可見我們並沒有理由把不含有'嗎'的是非問句排拒在疑問句之外。

⑱a　(我問你) 你說〔他姓陳 (嗎)〕?

　b　(我問你) 你希望〔他來〕(嗎) ?

⑱a　是，他姓陳。

　b　是，我希望他來。

他另外提出 ⑱⑤ 的例句與合法度判斷，並認爲把‘他來了’與‘他姓陳’放在‘請問’後面做賓語‘都不成話，或者使人感到彆扭’，因而應該分別改爲‘請問他來了嗎?’與‘請問他姓陳嗎?’。

⑱⑤a　*請問他來了？

b　?請問他姓陳？

但是陳先生本人的合法度判斷並不穩定(例如，陳先生認爲⑱③a,b合語法、⑱⑤a 不合語法、⑱⑤b 有問題)，也沒有說明這種合法度不穩定的理由而逕歸諸判斷上的任意性。其實，含有‘嗎’的是非問句固然容易了解，就是不含有‘嗎’的是非問句如果以明顯的句尾上升調唸出也不致於產生誤解。至於 ⑱⑤ 比 ⑱③ 差，是由於‘請問’(=‘我問你’) 不但是湯 (1981) 所謂的「直接問話動詞」其語用功能在引介直接問句，而且‘請問’是一種很禮貌的問話，後面的是非問句以加上‘嗎’爲宜。又黃 (1982：371) 說，⑱⑥a 有 b 與 c 兩種歧義 (例句裡 (b,c) 的中文部分與 d 由筆者自加)。但是很多人認爲不是 b 與 c 兩種歧義，而是 c 與 d 兩種歧義。

⑱⑥a　張三知道誰買了書(？)

b　Who does Zhangsan know bought books?

〔=?? (我問你) 張三知道〔誰買了書(呢)〕?〕

c　Zhangsan knows who bought books.

〔= (我告訴你) 張三知道〔誰買了書〕(哩)。〕

d　Does Zhangsan knows who bought books?

〔= (我問你) 張三知道〔誰買了書〕(嗎)？〕

此後十幾個例句裡黃(1982) 卻一直用‘想知道’，而再也不用‘知道’。但是‘想知道’與‘知道’不同，前者必須以疑問子句爲賓語而後者則兼以陳述子句與疑問子句爲賓語。試比較：

⑱a 我{知道／想知道}誰會來／他會不會來。

b 我{知道／*想知道}他會來。

如果以上的觀察正確，那麼黃（1982：371）的分析："「問」類動詞必須以疑問子句爲補語，其疑問範域只及於子句；「相信」類動詞不能以疑問子句爲補語，其疑問範域及於母句；「知道」類動詞可以也可以不以疑問子句爲補語，其疑問範域可以及於子句或母句"似乎應該修正爲：「不能以疑問子句爲補語的動詞，其疑問範域及於母句；必須或可以以疑問子句爲補語的動詞，其疑問範域只及於子句」。也就是說，不必把有關的動詞分成三類，而分成兩類就夠了。㊹

(三)依照一般語言學家所接受的定義，所謂動詞的「次類畫分」或「次範疇」(subcategorization) 或「嚴密的次類畫分」(strict subcategorization)，指的是形成「動詞組」(VP) 的「主要語動詞」(V) 與其賓語或補語之間的共存限制，並不包括動詞與主語之間的共存限制，更不能用來指主語、動詞與賓語三者之間同時存在的共存限制。因此，在陳（1982）所提出的分析中只有動詞與賓語子句之間的連用可以做爲共存限制來處理，其他如動詞與主語的人稱之間的關係，動詞與時制、動貌及時間副詞之間的關係

㊹ 如果說還需要第三類，那應該是'我問你、請問(你)、請你告訴我'等直接引介直接問句的「直接問話動詞」(參湯 (1981))。這些動詞必須以疑問子句爲補語，而其疑問範域卻及於母句。

以及動詞與句式的肯定或否定之間的關係等，都不屬於動詞的次範疇或共存限制的問題。而且事實上，陳（1982）所提出的動詞都可以與任何人稱的主語連用，也可以用在現在時間或過去時間、肯定式或否定式，根本無法用共存限制來限制。因此，陳(1982) 雖然批評湯 (1981) 的語用分析有很大的任意性，並主張只有依據動詞的次範疇或共存限制的句法分析纔有科學的客觀性，但是他自己所提出的分析卻是不折不扣的語用分析或語意解釋。因爲當他說“如果主語是…人稱，動詞是…類，而動詞後面加了‘了’…前後(沒)有表示完成或過去的詞語…全句是陳述句或疑問句”的時候，他所提出的並不是動詞與主語、賓語、動貌、時制等之間的共存限制，而是語用分析或語意解釋的前提或條件。而且如果仔細檢查陳 (1982：37—38) 所提出的五個結論，就不難發現有許多瑕疵。

例如第一個結論說：“若主語是第二人稱，動詞屬於C類(如‘覺得、認爲、以爲、猜、想’等)，賓語是正反問句或選擇問句，則全句一般是疑問句”。但是主語應該包括第三人稱，賓語也應該包括特指問句與是非問句，因爲‘他以爲誰會來(呢)?’、‘他們認爲她會來嗎？’都是合語法的句子，而且全句語氣都是疑問句。

又如第二個結論說：“若主語是第一人稱，動詞屬於 A類(如‘研究、討論、調查’等)或B類(如‘知道、認識、明白、忘記、記得’等)，賓語是特指問句，則全句一般是陳述句”。但是事實上第一人稱主語的疑問句，除了自己問自己（如‘我該怎麼辦?’、‘難道我忘記已經付了多少錢了?’）的反身問句與以包括聽話者在內的'我們、咱們'(inclusive 'we') 爲主語的疑問句(如'我們要不要去調查他是什麼人?' 等比較特殊的語言情況以外,一般都是陳述句。因此,賓語並不需要限於特指問句,動詞也不需要限於A、B兩類。

再如第三個結論說:"若主語是第二人稱,動詞是 A、B 兩類,並且動詞後邊加'了';或者動詞是 C類,並且動詞前面加上表示過去或完成的詞語 ,則全句一般是陳述句"。但是這裡重要的,不是主語的人稱或動詞的種類,而是時制與動貌。只要時制是過去時間或動貌是完成貌或經驗貌(事實上這兩個動貌與過去時間有密切的關係),那麼賓語的疑問子句就要解釋爲間接問句,全句語氣也就成爲陳述句。因此,主語不需要限於第二人稱,動詞也不需要區別A、B兩類與C類。㊺

更如第四個結論說:"若主語是第二人稱,動詞是B類,並且動詞前後不加表示完成或過去的詞語,則全句可能是陳述句,也可能是疑問句"。這個結論的內容與第三個結論的內容有部分的重複,而且也沒有說明在什麼條件下全句語氣纔可能是疑問句。其實,主語可以是第三人稱,動詞前後也可以加表示完成或過去的詞語,全句語氣仍然可能是疑問句,例如'他昨天看見你跟誰在一起(嗎)?'、'李四已經知道誰跟你在一起了(嗎)?'。而且如例句所示,這些句子的疑問語氣來自母句的是非問句,而非來自子句的疑問子句。

㊺ 實際上,C 類動詞根本不能帶上任何動貌標誌。同時注意,這些陳述句可以加上'嗎'而形成是非問句,如'你/他研究過/已經知道誰來了(嗎)?'。

最後第五個結論說：“若主語是第三人稱，動詞是 A、B 兩類，全句一般是陳述句；動詞是 C類，前邊有表示完成或過去的詞語，全句也是陳述句；動詞是 C類，前邊無表示完成或過去的詞語，則全句可能是陳述句，也可能是疑問句”。這一個結論的問題與缺失尤多。有關 A、B 兩類動詞的部分，其內容與第三與第四個結論重複，其缺失已在前面指出。至於有關 C類動詞的部分，則相當令人費解。因爲 C類動詞只能以直接問句爲補語，所以全句語氣一定是疑問句，不可能是陳述句。陳（1982）之所以達到這個結論，可能是把‘看見、看到、看清’與‘猜出、猜到、猜中’分別與‘看’與‘猜’一併歸入C類。但是C類的‘看’表示‘認爲’，不能帶上動貌標誌，與‘看見、看到、看清’的‘看’之表示「觀看」而能帶上動貌標誌的情形不同。同樣的，C 類的‘猜’表示‘想’或‘認爲’，不能帶上動貌標誌，與‘猜出、猜到、猜中’的‘猜’之表示「揣測」而能帶上動貌標誌的情形不同。㊻另外陳（1982：33）把動詞‘問’也歸入C類，但是這個動詞必須以疑問子句爲賓語，並且可以加上動貌標誌，根據他自己訂的分類標準似不應歸入C類。

黃（1982）是一個很有意義，也很有價值的研究。他不但利用「疑問詞的疑問範域」㊼與「邏輯形式」的概念做了廣泛而深入的

㊻ 這是語言裡常見的「一詞多義」或「一詞多用」的現象；例如，英語的動詞‘believe’（在‘I believe him’、‘I believe in him’、‘I believe it will rain’三個句子中的意義與用法並不相同。

㊼ 湯（1981）雖然也提到疑問範域的問題，但是並沒有把疑問範域限制於疑問子句或疑問詞，也沒有利用邏輯形式把疑問範域交代清楚。

分析，而且還利用「約束理論」(Binding thoery)提出了很有內容的結論。對於黃（1982）的部分內容，我們在前面做了簡單的介紹，也提出了一些修正的意見。這裡我們再就其他部分做更詳細的檢討。

黃（1982）的重要貢獻之一，是把討論的範圍推廣到望月(1980)所提出的問題之外，而包括了在關係子句、主題名詞或主語名詞子句等裡面所出現的疑問詞的範域。例如，他利用Fiengo與 Higginbotham(1981) 所提出的「特定條件」(specificity condition) 來說明，出現於「特定名詞組」(specific NP) 裡面的疑問詞，其疑問範域不能越過這個名詞組而涉及全句。這個條件說明，爲什麼下面⑱與⑲的 a 句合語法，而 b 句則不合語法。

⑱a 〔誰買的書〕很有趣？
 b *〔誰買的那一本書〕很有趣？
⑲a 〔愛做什麼的小孩子〕最沒出息？
 b *〔愛做什麼的小明〕最沒出息？

我們知道 a 句裡的疑問詞‘誰’與‘什麼’，其疑問範域可以超出非特定名詞組而涉及全句，因爲我們可以用這些問句開始言談。但是 b 句的‘誰’與‘什麼’的疑問範域卻局限於特定名詞組，所以我們只能用這些問句來對自己或別人剛說過的話提出「回響問句」。黃(1982：380) 也指出，⑲與⑲的例句不通，因爲疑問詞‘誰’在⑲出現於「主語子句」(sentential subject)，在⑲出現於「主題子句」(sentential topic)。

⑽ *〔張三娶了誰〕真可惜？㊽

⒆ *〔張三娶了誰〕，你知道了？

黃（1982）認爲這兩個例句的不合語法可以用「承接條件」(subjacency)㊾ 來說明。所謂「承接條件」是說：句子成分的移位或解釋不能同時越過兩個「限界節點」(bounding node)，即NP與S。雖然黃(1982)沒有詳細說明，但他的意思大概是說，這兩個例句裡的'張三娶了誰'都是包接在名詞組（NP）的子句（S），所以疑問詞'誰'的範域不能超出主語子句與主題子句。下面⒇與⒆的合法度判斷表示這個結論是對的。

⒇ *張三娶了誰真可惜呢？

⒆ 張三娶了誰你知道(了){嗎/*呢}？

但是如果上面的分析是正確的，那麼'張三娶了誰'出現於賓語的位置時，'誰'的疑問範域應該也不能超出賓語子句，因爲我們似乎沒有理由可以主張賓語子句不包接在名詞組裡面。下面⒆的合法度判斷支持我們這個看法，而且也支持我們先前所說動詞'知道'後面的疑問子句是間接問句，不是直接問句。㊿

⒆ 你知道〔張三娶了誰〕{嗎/??呢}？

㊽ 原文裡'娶'字用'討'，但在國人的一般用法裡'討'通常都與'老婆'連用，所以改爲'娶'。

㊾ 亦有人翻譯爲「毗連條件」。

㊿ 黃（1982:380）也認爲這樣的句子是通的，但是他卻說這裡的'張三娶了誰'是直接問句。

黃 (1982：382) 更指出，賓語子句裡面所出現的疑問詞可能不只一個。例如⑲⑤的疑問句含有疑問詞'誰'與'什麼'，可以有⑲⑥a與⑲⑥b兩種不同的邏輯形式。因此，可以用⑲⑦a回答，也可以用⑲⑦b回答。

⑲⑤ 你想知道〔誰買了什麼〕?

⑲⑥a 〔誰x〔你想知道〔什麼y〔X買了Y〕〕〕〕

b 〔什麼y〔你想知道〔誰x〔X買了Y〕〕〕〕

⑲⑦a 我想知道〔李四買了什麼〕。

b 我想知道〔誰買了書〕。

同樣的，⑲⑧有⑲⑨的邏輯形式。

⑲⑧ 誰買了什麼？

⑲⑨ 〔誰x什麼y〔X買了Y〕〕

爲了說明⑲⑧與⑲⑨的合語法，黃 (1982：383) 引用了「吸收」(Absorption) 的邏輯形式規律。這個規律把n個數量詞或疑問詞裡所各自包含的「屬性母體」(feature matrices) (如〔WHx_1，WHx_2，…WHx_n〕) 加以吸收而合併成爲擁有 n 個屬性母體的單一數量詞或疑問詞 (即〔WHx $(_{1,2,\ldots,})_n$〕)。

對於以上的分析與討論，我們有一個疑問。那就是，⑲⑤的疑問句是否眞的有⑲⑥的兩種邏輯形式？首先我們來檢查⑲⑤的疑問子句'誰買了什麼'究竟是直接問句還是間接問句？⑳⓪與⑳①的合法度判斷告訴我們，'誰買了什麼'在⑲⑨是直接問句，但在⑳①卻是間接問句。

⑳⓪ 誰買了什麼{呢／*嗎}？

㉑ 你想知道〔誰買了什麼〕$\left\{\begin{matrix}\text{??呢}\\ \text{嗎}\end{matrix}\right\}$？51

同時，如果黃（1982）的分析正確，那麼⑲的'誰'與'什麼'應該也與⑱一樣，可以經過吸收合併而有㉒的邏輯形式。

㉒ 〔誰x什麼y〔你想知道〔X買了Y〕〕〕

與⑱或⑲相對的答句應該是㉓，而與㉒相對的答句應該是㉔。

㉓ 李四買了書。

㉔ 我想知道李四買了書。

黃（1982）沒有提到㉒的邏輯形式，也沒有提到㉔的答句。而且⑲與⑱的邏輯形式爲什麼有這樣顯著的不同，黃（1982）也沒有說明。我想可能是由於㉔並不是合語法的句子，因爲我們應該說成'我想知道李四是不是買了書'。但是㉔的不合語法，與㉒的不合語法無關，而是由於'想知道'是必須以疑問子句爲賓語的動詞。這一點可以從下面例句的合法度判斷的比較中看得出來。

㉕ 我想知道$\left\{\begin{matrix}\text{誰買了什麼}\\ \text{李四買了什麼}\\ \text{*李四買了書}\\ \text{李四是不是買了書}\end{matrix}\right\}$。

51 有些人認爲'你想知道誰買了什麼呢？'的疑問句合語法，但是這種疑問句在功用上屬於「回響問句」(echo question)；也就是說，把對方所說的話（如'我想知道…買了…'）裡沒有聽清楚的部分（即以…表示的部分）用疑問詞代替以後發問，要他重說一遍。

⑳⑥　我知道｛誰買了什麼／李四買了什麼／李四買了書／李四是不是買了書｝。

並且注意，與⑳⑤及⑳⑥相對的問句是⑳⑦。

⑳⑦　你｛想知道／知　道｝｛誰買了什麼／李四買了什麼／誰買了書｝（嗎）？

根據以上的觀察，我們的結論是'想知道'是屬於必須以疑問子句爲賓語的動詞。[52]這個疑問子句是間接問句，其範域不能超出子句，因此⑲⑤的邏輯形式似乎應該是⑳⑧。

⑳⑧　〔你想知道〔誰x什麼y〔X買了Y〕〕〕

而且我們也可以說明，爲什麼⑳④不適於做⑲⑤的答句。因爲⑳④不但違背了動詞'想知道'必須以疑問子句爲賓語的句法限制，而且如果賓語子句不含有疑問詞或疑問句，就等於說沒有'想知道'的問題或答案，在語用上也不妥當。

其次，黃（1982：382—383）認爲⑳⑨的疑問句可能有㉑⓪三種邏輯形式。[53]

⑳⑨　誰想知道〔誰買了什麼〕？

---

[52] 黃（1982:390）也認爲'想知道'必須以疑問子句爲賓語，那麼依照黃(1982:371)的分析，'想知道'後面的疑問子句應該解釋爲間接問句。

[53] 黃（1982）有關國語例句的邏輯形式，有時候用國語寫出，有時候卻用英語寫出。我們依照黃（1982）的分析內容，把所有邏輯形式一律用國語寫出。又許多人認爲⑳⑨的特指問句只能做回響問句用。

⑳a　〔誰x什麼z〔X想知道〔誰y〔Y買了Z〕〕〕〕

b　〔誰x誰y〔X想知道〔什麼z〔Y買了Z〕〕〕〕

c　〔誰x〔X想知道〔誰y什麼z〔Y買了Z〕〕〕〕

但是他沒有說明，與這三個邏輯形式相對的答句是什麼；也沒有討論，爲什麼⑳的疑問句沒有㉑的邏輯形式。

㉑　〔誰x誰y什麼z〔X想知道〔Y買了Z〕〕〕

依照黃(1982)所提出的「吸收規律」(Rule of Absorption)，沒有理由把被吸收的疑問詞的數目限於兩個。同時，他的分析允許⑳c的邏輯形式在疑問子句裡吸收合併'誰'與'什麼'，也允許⑲的邏輯形式在單句裡吸收合併'誰'與'什麼'，卻沒有允許⑳的邏輯形式在母句裡吸收合併'誰'與'什麼'。而且他的分析可以說明㉒a,b是與⑳a,b相對的答句，卻無法說明㉒c並不是與⑳c相對的答句。

㉒a　我想知道〔誰買了書〕。

b　我想知道〔李四買了什麼〕。

c　我想知道〔李四買了書〕。

根據以上的觀察，我們認爲⑳的邏輯形式似乎應該是㉓。也就是說，'想知道'的賓語子句'誰買了什麼'是間接問句，兩個疑問詞的範域都不能超出賓語子句。

㉓　〔誰x〔X想知道〔誰y什麼z〔Y買了Z〕〕〕〕

這個邏輯形式不但可以說明，⑳的答句不只是㉒a,b，也可能是㉔；而且還可以說明㉕是不可能的答句。因爲只有母句的疑問詞'誰'的範域涉及全句，所以答句裡必須先回答這個疑問詞。至於賓語疑問子句裡的疑問詞'誰'與'什麼'，其範域只能及於賓語子句，所以不一定要在答句裡回答（如㉑④句）。答話者在回答母句疑問詞'誰'之後，還可以自行提供子句疑問詞'誰'與'什麼'的回答（如㉑②a與㉑②b）。至於㉑②c的不合語法，主要是由於這個句子違背了動詞'想知道'必須與疑問子句連用的共存限制，而且如果把⑳⑨解釋爲「回響問句」，那麼㉑②c仍然是可能的回答。

㉑④ 我想知道〔誰買了什麼〕。

㉑⑤a 誰想知道〔誰買了書〕。

b 誰想知道〔李四買了什麼〕。

c 誰想知道〔李四買了書〕。

其次，黃(1982：384)認爲㉑⑥與㉑⑧所包含的疑問子句都是直接問句，但是只有'誰'的疑問範域可以及於母句或全句，而'爲什麼'與'怎麼'的疑問範域則只能及於子句。根據黃(1982)的分析，這是由於'誰'與'什麼'是「實體性的」("objectual")疑問詞，是屬於名詞組(NP)的；而'爲什麼'與'怎麼'是「非實體性的」("nonobjectual")，是屬於介詞組(PP)或形容詞組(AP)的。[54]換句話說，㉑⑥與㉑⑧的邏輯形式只可能是㉑⑦a與㉑⑨a，而不可能是㉑⑦b與㉑⑨b。

㉑⑥ 你想知道〔誰為什麼打了張三〕？

㉑⑦a 〔誰x〔你想知道〔X為什麼打了張三〕〕〕

b 〔為什麼y〔你想知道〔誰Y打了張三〕〕〕

㉑⑧ 你想知道〔誰怎麼騙了張三〕？

[54] 黃(1982:411[15])並提到，「實體性」與「非實體性」數量詞或疑問詞的區別可以分析爲擴充解釋「空範疇原則」(Empty Category Principle)的結果。

㉑⑨a 〔誰x〔你想知道〔X怎麼騙了張三〕〕〕

b 〔怎麼y〔你想知道〔誰Y騙了張三〕〕〕

根據我們的分析，㉑⑥與㉑⑧所包含的疑問子句是間接問句，而不是直接問句，因爲這兩個疑問句在語意上分別與㉒⓪及㉒①相同。

㉒⓪ （我問你）你想知道〔誰為什麼打了張三〕{嗎 / ??呢}？

㉒① （我問你）你想知道〔誰怎麼打了張三〕{嗎 / ??呢}？

我們再看㉑⑤與㉑⑧可能的答句。我們認爲在㉒②的句子裡，除了 d 是由於前面所討論的理由不用做答句以外，其他的三個句子都是合語法的答句。

㉒②a 我想知道〔誰{為什麼 / 怎　麼}打了張三〕。

b 我想知道〔李四{為什麼 / 怎　麼}打了張三〕。

c 我想知道〔誰{為了討賭債 / 狠狠的}打了張三〕。

d 我想知道〔李四{為了討賭債 / 狠狠的}打了張三〕。

根據以上的觀察，我們認爲 ㉑⑥ 與㉑⑧的邏輯形式應該分別是 ㉒③ 與㉒④。而且，就以黃（1982）所提出的語料與問題而言，似無需要區別「實體性」疑問詞‘誰’與「非實體性」疑問詞‘爲什麼、怎麼’的疑問範域或移位限制。

㉒③ 〔你想知道〔誰x為什麼y〔XY打了張三〕〕〕

㉔ 〔你想知道〔誰x怎麼y〔XY打了張三〕〕〕

我們認為 ㉕a 與 ㉖a 的邏輯形式分別是㉕b與㉖b。這些邏輯形式與㉓及㉔的邏輯形式相同，所以我們不需要解釋為什麼這些邏輯形式與⑯及⑱的邏輯形式有顯著的差異。❺❺ 而且，㉕c與㉖c的答句更間接證明疑問詞'誰'與'為什麼、怎麼'儘管有「實體」與「非實體」的區別，仍然可以經過吸收而合併。

㉕a 誰為什麼打了張三？

b 〔誰x為什麼y〔XY打了張三〕〕

c 李四為了討賭債打了張三。

㉖a 誰怎麼打了張三？

b 〔誰x怎麼y〔XY打了張三〕〕〕

c 李四狠狠的打了張三。

最後，黃(1982：386ff) 認為，國語的正反問句也可以應用與特指問句疑問詞相似的概念與方式來衍生其邏輯形式。簡單的說，黃(1982)主張在邏輯形式的解釋部門擬設一個「移動α」(Move α) 的邏輯形式規律。這個規律把正反問句裡所並列的肯定句式(正)與否定句式(反)移到句首「補語連詞」的位置來，並且把所移動的正反疑問詞做為「疑問數量詞」(question quantifier)或「疑問運作語」(question operator)來處理。例如，下面㉗a的正反問句可以用 ㉗b 的邏輯形式來表示。❺❻

---

❺❺ 依黃 (1982) 的分析則需要設法說明這個差異。

❺❻ 事實上，黃 (1982:387-389) 談到 ㉗a 可能有好幾個形態不同而真假值卻相同的邏輯形式。為了討論的方便，我們權宜的選擇了其中的一種。

㉗a 〔他〔〔喜歡〕(還是)〔不喜歡〕你〕〕?

b 〔〔哪一個x;X〔〔喜歡〕,〔不喜歡〕〕〕〕〔他X你〕〕

黃(1982:390)認爲,「正反疑問詞」(A-not-A)的移位必須受「承接條件」的限制,因爲㉘的疑問句只能用㉙a回答,不能用㉙b回答。

㉘ 你想知道〔誰喜不喜歡他〕?

㉙a 我想知道〔李四喜不喜歡他〕。

b 我想知道〔誰喜歡他〕。

他更認爲,動詞'想知道'必須以疑問子句爲賓語,所以兩個疑問詞'誰'與'喜不喜歡'中必須有一個疑問詞留在疑問子句裡形成間接問句,但是另外一個疑問詞則可以移到母句而形成直接問句。㉙a 是可能的答句,表示疑問詞'誰'的範域可以及於母句,㉘整個句子可以解釋爲特指問句。㉙b是不可能的答句,表示疑問詞'喜不喜歡'的範域只能及於子句,㉘整個句子不能解釋爲正反問句。因此,他的結論是:特指疑問詞'誰'可以違背「承接條件」移到母句,而正反疑問詞'喜不喜歡'則不能違背「承接條件」移到母句。關於這一點,我們的觀察與結論,與黃(1982)有很大的差距。首先,我們認爲㉘的疑問句不合語法。[57] 這一點,可以從㉚與㉛的不合語法看得出來。在㉚裡兩個疑問詞都出現於單句或「根句」(root sentence),在㉛裡動詞'以爲'不能以疑問子句爲賓語;因此,兩個例句都沒有理由要把其中一個疑問詞留下來,

---

[57] 關於這一點,黃(1982:390)也以'〔㉘的句子〕如果合語法的話'來表示他個人對句子合法度判斷有所保留,但是接在下面的分析與結論卻都是從這個例句得來的。〔參本書 439 頁[30]。〕

但都是不合語法的句子。

㉚ *誰喜不喜歡他？

㉛ *你以為誰喜不喜歡他？

同時，我們已經在前面一再的證明，出現於'想知道'後面的疑問子句只能解釋爲間接子句，不能解釋爲直接問句。黃(1982:390)也指出，'想知道'必須以疑問子句爲賓語，那麼依照黃（1982：371）的分析'想知道'後面的疑問子句應該解釋爲間接問句。[58] 同時，下面的例句顯示，在某一種情形下，正反問句可以不受「承接條件」的限制而成爲直接問句，其疑問範域可以及於母句或全句。這些例句的正反問句都出現於不能以疑問子句爲賓語的IA類動詞（如'猜、想、看、以爲、認爲'等）後面。

㉜a 你猜／想／以為／認為〔他會不會來(呢)〕？

b 我猜／想／以為／認為〔他(不)會來〕。

可見，疑問詞（不管是特指疑問詞或正反疑問詞）之能否超出子句而及於母句，與其相對答句之是否合語法似乎沒有直接或必然的關係，而是決定於母句動詞之能否以疑問子句爲賓語。因此，㉘、㉚、㉛的不合語法，必須另外找理由來說明。我們認爲最直截了當的說明是：特指疑問詞與正反疑問詞是兩種屬性不相同的疑問詞；所以不能經過吸收而合併。這樣的限制，不但以最自然而簡單的方式說明這些句子之所以不合語法，而且還有獨立的證據來支持這個限制。因爲我們需要類似的限制（「特指疑問詞」、

[58] 黃(1982:371)的英文原文是"…must be interpreted as a statement taking an indirect question"。

「選擇疑問詞」、「正反疑問詞」、「是非疑問詞」不能互相吸收[59]來說明，爲什麼下面的例句都不合語法。

㉝a　*誰會來嗎？

b　*他會不會來嗎？

c　*他明天來還是後天來嗎？

d　*他來不來還是去不去？

e　*你是在什麼時候還是什麼地方吃飯？

黃(1982：391) 也提議類似的吸收限制來說明㉘、㉚、㉛等疑問句的不合語法，但是他認爲只有「實體性的」疑問詞可以互相吸收，而包括正反疑問詞在內的「非實體性的」疑問詞則不能如此吸收。與我們的吸收限制相比，黃 (1982) 的吸收限制有下列幾個問題。

(一)根據前面的討論，我們還沒有找到非實體性疑問詞如‘爲什麼、怎麼’等不能與實體性疑問詞如‘誰、什麼’等互相吸收的例證。也就是說，到現在爲止我們還沒有找到理由需要區別實體性與非實體性這兩種疑問詞。而且，爲了達成「詮釋上的妥當性」(explanatory adequacy)，黃 (1982) 的吸收限制應該設法說明，爲什麼實體性疑問詞可以互相吸收，而非實體性疑問詞則不能互相吸收。

(二)具有形容詞或定語性質的疑問詞，如‘哪、幾、多少’等，究竟是實體性的還是非實體性的疑問詞？就語意內涵與句法

[59]「選擇疑問詞」可能與正反疑問詞同屬一類，也可能單獨成一類，參照例句㉝d, e。

功能而言，這些疑問詞似乎是非實體性的，因為在本質上並不屬於名詞組。但這些疑問詞都可以與實體性疑問詞'誰、什麼'等一起出現，並且可以有適當的答句。例如：

㉞a　誰付了多少錢買這一本書？

b　李四付了四百元買這一本書。

㉟a　誰買了幾本書？

b　我買了十本書。

㊱a　哪一個人買了什麼(書)？

b　這一個人買了故事書。

他如'什麼時候、什麼地方'等疑問詞究竟是實體性的還是非實體性的？如果說這些疑問詞是實體性的，它們卻可以與非實體性的疑問詞互相吸收。如果說這些疑問詞是實體性的，它們卻可以與非實體性的疑問詞互相吸收。如果說這些疑問詞是非實體性的，它們卻可以彼此間互相吸收。例如：

㊲a　你什麼時候在什麼地方見到他？

b　你在什麼地方為了什麼打他？

c　我什麼時候怎麼樣的侮辱過你？

(三)黃 (1982) 的吸收限制並沒有妥當的說明，在同一個疑問句裡不能同時有特指、選擇、正反、是非等幾種疑問詞，似乎必須另外規定一項限制來處理這個問題。

又黃 (1982：391) 認為，他的吸收限制可以說明㊳a的不合語法。

㊳a　*誰相信〔張三來不來〕？

b　我相信〔張三不來〕。

乍看之下㉓⑧a的疑問句應該合語法，因爲特指疑問詞'誰'與正反疑問詞'來不來'分別出現於母句與子句，所以並不發生吸收的問題，而且還可以有㉓⑧b的答句。其實，㉓⑧a是不合語法的句子，因爲動詞'相信'不能以疑問子句爲賓語，所以正反疑問詞'來不來'必須移到母句來。但是母句裡已經有自己的疑問詞'誰'，不能再容許另外一個疑問詞移入，所以句子纔不合語法。或許黃(1982)的意思是說，正反疑問詞本來可以移到母句來，不過因爲'來不來'是非實體性的疑問詞 所以不能與實體性的疑問詞'誰'合併。但是我們認爲，問題的關鍵不在於母句疑問詞與子句疑問詞之能否互相吸收，而在於母句含有自己的疑問詞時子句疑問詞能否移到母句。下面的例句表示，母句含有某類疑問詞的時候，與此同類的子句疑問詞仍然無法移到母句來。[60]

(239) *你相信不相信〔李四會不會來〕?

(240) *誰以為〔誰會來〕?

因此，我們的結論是：母句本身含有疑問詞的時候，子句疑問詞無法再移入這個母句。這本來就是「複數補語連詞塡位的濾除」(Multiply Filled COMP Filter)的當然結果，因此不需要另外設定限制。

---

[60] 黃 (1982) 不只一次的提到，疑問詞的範域與其合法度可以從相對的答句來推定，而我們卻一再的強調答句只能參考卻不能做爲依據。例如，(238)a是不合語法的疑問句，卻可以有合語法的答句(238)b。又如(239)與(240)都可以找出'我相信李四會來'與'我以爲李四會來'做爲答句，但我們卻不能因此說(239)與(240)是合語法的句子，也不能說疑問子句裡面出現的'會不會'與'誰'的疑問範域可以及於母句或全句。

另外，黃（1982：390-391）還舉了下面㉔的例句做爲正反疑問詞必須遵守「承接條件」的佐證。

241a　*〔〔你買不買的〕書〕比較貴？

*〔張三念不念數學〕比較好？

c　*〔張三娶不娶李小姐〕，你比較贊成？

黃（1982）的意思大概是說，在這些例句裡正反疑問詞的範域都不能及於母句，所以全句語氣無法成爲疑問句。但是把這些例句改爲陳述句以後，句子仍然不合語法。而且更有反例表示，正反問句可以充當句子的主語或名詞組的同位子句，例如：

242　〔你來不來〕都無所謂。

243　〔我去不去〕跟〔你來不來〕有什麼關係呢？

244　〔〔你要不要辭職的〕問題〕，我們以後再討論吧。

因此，我們必須擴大語料更全面的研究有關的問題。例如241a的不合語法，可能與命令句245、感嘆句246、是非問句247、特指問句248等之不能成爲關係子句有關，似乎應該一併考慮與處理。

245　*〔〔快去買的〕書〕很有趣。

246　*我們應該尊敬〔〔多麼偉大的〕老師〕。

247　*這是〔〔你難道要看的〕書。

248　*〔〔你今天還是明天要做的〕工作〕難不難？

249　*你最喜歡吃〔〔究竟誰煮的〕菜〕（呢）？

又249的例句似乎表示，特指疑問詞'誰'並不能完全免受「承接條件」的限制。但是下面250的例句卻表示，疑問詞'誰'並不受這個條件的限制。試比較：

250　你究竟最喜歡吃〔〔誰煮的〕菜〕（呢）？

可見，問題不能單純的從特指疑問句與正反問句的區別以及承接條件的限制來解決，而要更進一步深入研究這些句子所應該具備的邏輯形式究竟如何。例如，㊾的邏輯形式可能是㉕1，因爲以疑問子句爲關係子句，所以不合語法。而㉕0的邏輯形式可能是㉕2，並沒有以疑問子句爲關係子句，所以合語法。這些問題的詳細討論，勢必牽涉到國語語法有關關係子句、同位子句、名詞子句、主語子句、主題子句等句法結構的分析，以及這些結構與「承接條件」或「特定條件」的關係，已經超出了本文的討論範圍。

㉕1　〔你最喜歡吃〔〔誰 x〔究竟X煮菜〕〕的菜〕〕

㉕2　〔誰x〔你究竟喜歡吃〔〔X 煮菜〕的菜〕〕〕

最後剩下的問題是，如何從句法的觀點去說明 I（A、B）類動詞後面的疑問子句是直接問句，其疑問範域涉及全句；而II（A、B）類動詞後面的疑問子句是間接問句，其疑問範域只及於子句？我想最直截了當的處理方式是把 II 類動詞後面的疑問子句分析爲由子句與名詞組支配的賓語子句，因而受「承接條件」的限制；而把 I 類動詞後面的疑問子句分析爲只受子句的支配，而不受名詞組的支配，因而不受「承接條件」的限制。鑒於 I 類動詞多半屬於語意內涵空靈而句法功能微弱的「挿入動詞」，只能以子句爲賓語，以及這些疑問子句之能隨意移到句首，這個提議似乎值得考慮並做今後更進一步的研究。至於這兩類動詞與疑問子句連用時所產生的語意上的差別，則可以用下面的邏輯形式來表示。

㉕3a　你猜誰會來(呢)？

b　〔誰 x〔你猜〔X會來〕〕〕

a　你知道誰會來(嗎)？

b　〔你知道〔誰 x〔X 會來〕〕〕

以上的分析與討論顯示，黃（1982）所提出的「移動疑問詞」(Move WH) 的邏輯形式規律可能需要在內容與限制方面做一些斟酌與檢討。但是這個問題又要牽涉到純粹語法理論的細節，我們只好留待以後的機會來討論。

參考文獻

Chao, Y. R. （趙元任）（1968）. *A Grammar of Spoken Chinese,* Berkeley & Los Angeles: University of California Press.

Cheng, Robert L. （鄭良偉）（1982）. "Chinese Question Forms and Their Meanings," ms.

Fiengo, R. and J. Higginbotham （1981）. "Opacity in NP," *Linguistic Analysis,* 7: 395-422.

Grimshaw, Jane. （1979）. "Complement Selection and Lexicon," *Linguistic Inquiry,* 10: 279-326.

Huang, C. T. James （黃正德）（1982）. "Move WH in a Language Without WH Movement," *Linguistic Review,* 1: 369-416.

Li, Charles N. and Sandra A. Thompson （1979）. "The Pragmatics of Two Types of Yes-No Question in Mandarin and Its Universal Implications," *Papers from the Fifteenth Regional Meeting of the Chicago Linguistic Meeting of the Chicago Linguistic Society,* pp. 197-206, Chicago: University of Chicago Department of Linguistics.

—— （1981）. *Mandarin Chinese: a Functional Reference Grammar.* Berkeley and Los Angeles: University of

California Press.

Mochizuki, Yasokichi（望月八十吉）(1980). "中國語の世界創造的述語"，中國語，June, 1980: 22—25

陳炯（1982）「關於疑問句形式的子句作賓語的問題」，油印本。

——(1983)「動詞的類與疑問形式子句之間的同現限制」，油印本。

湯廷池（1981）「國語疑問句的研究」，師大學報，26:219—277。

*原刊載於師大學報（1984）第二十九期（381—435頁）。

國語裡「移動α」的邏輯形式規律

一、前　言

筆者於一九七二年在國內開始介紹現代語法理論，並從事國語語法的分析❶以來，至今已十年有餘。在這一段期間，現代語法理論的面貌與內容起了革命性的變化。當年的「標準理論」(standard theory) 已經爲「擴充的標準理論」(extended standard

❶ 國語格變語法試論於一九七二年從臺北海國書局出版，國語變形語法研究第一集：移位變形與國語語法研究論集分別於一九七七年及一九七九年從臺北學生書局出版。

theory)❷與「管轄約束理論」(GB theory)所取代，語意不再需要靠「深層結構」(deep structure)來決定，「變形」(transformation)在整個「衍生語法」(generative grammar)中的重要性也大大的降低。依照新的語法理論，「普遍語法」(universal grammar, UG)的體系可以分爲「規律系統」(rule system)與「原則系統」(system of principles)兩大系統。規律系統，又可以分爲「詞彙」(lexicon)、「句法」(syntax)與「解釋部門」(interpretive component)。在這三個部門裡，句法部門可以再分爲「基底規律」(base rules)與「變形規律」(transformation rules)，而解釋部門則可以再分爲「邏輯形式」(logical form;LF)與「語音形式」(phonetic form; PF)。另一方面，原則系統則包括「X標槓理論」(X-bar theory)、「主題(關係)理論」(θ理論，θ-theory)、「(抽象)格位理論」((Abstract)Case theory)、「約束理論」(Binding theory)、「限界理論」(Bounding theory)、「控制理論」(Control theory)與「管轄理論」(Government theory)。這些規律與原則系統，本來是由彼此獨立的規律或原則而成，但在實際的應用上卻互相密切配合，構成一套「模組語法」(modular grammar)。

例如，「詞彙」是語言裡所有「詞項」(lexical item 或 lexical formative)的總和，並以「詞項記載」(lexical entry)把這些詞項有關句法、語音與語意的固有屬性一一加以標明。在詞項記載

---

❷ 亦有人稱爲「修正的擴充標準理論」(revised extended standard theory)，但是這個名稱有意把「標準理論」以後的發展分爲兩個階段，而自稱爲「擴充的標準理論」的學者則認爲這是一個前後連貫的發展。

的句法屬性中，包括動詞的「主題關係標誌」(thematic-relation-marking 或 θ-marking) 屬性。這個屬性，根據動詞的含義，把適當的「主題角色」(thematic role; θ-role)，如「主事」(agent)、「受事」(patient)、「客體」(theme)、「起點」(source)、「終點」(goal) 等，分派給動詞的賓語、補語、主語等。「基底律」與詞彙互相配合，衍生無限多的「深層結構」(D-structure)。深層結構，經過變形規律的適用，產生「表層結構」(S-structure)。根據新的語法理論，變形規律可能只有「移動α」(Move α) 這一條移位變形。❸這一條變形規律，把屬於任何語法範疇的句子成分α，從句子上任何位置移到任何其他位置去。但是移動的時候，必須在原來的位置留下與所移動的句子成分「指標相同的」(co-indexed)「痕跡」(trace)。❹這樣漫無限制的移動變形，必然衍生許多不合語法的句子結構。但是這一些不合語法的句子結構，可以在邏輯形式或語音形式部門，依照「θ 理論」、「格位理論」、「約束理論」、「限界理論」、「管轄理論」等，一一加以淘汰。

簡單的說，「θ理論」，除了規定如何把主題角色分派給與動詞的「次類畫分」(subcategorization)有關的「論元」(argument)，並且更以「主題關係準則」(θ 準則，θ-criterion) 規定：每一個

---

❸ 其他「刪除規律」(deletion rules) 與「體裁規律」(stylistic rules) 則可能分別出現於「音韻規律」(phonological rules) 之前面或後面；而且都適用於表層結構，非適用於深層結構。參 Newmeyer (1980:230)。

❹ "trace" 一詞亦有人譯爲「踪跡」。

論元都必須擔任一種主題角色，而且只能擔任一種主題角色；每一種主題角色也都只能分派給一個論元，不能同時把同一種主題角色分派給一個以上的論元。其次，「格位理論」把「主位」(nominative)、「賓位」(objective)、「領位」(genitive 或 possessive) 等「格位」(Case)❺依次分派給受「呼應語素」(agreement morpheme, AGR)「管轄」(govern)❻的主語名詞、受動詞或介詞管轄的賓語名詞、以及受「領位」管轄的領位名詞組，並規定移位的疑問詞要繼承其痕跡 (Wh-trace) 原來的格位。「格位理論」更規定：非空號（卽具有語音形態）的名詞組必須具有「格位」，否則不合語法（「格位濾除」，Case Filter）❼，「指涉性名詞組」(referential NP; R-expression) 不能同時具有一個以上的「格位標誌」(「格位衝突的濾除」，Case Conflict Filter)；「稱代照應詞」(pronominal anaphor; PRO) 不能受管轄，因此不能分派格位（「PRO 濾除」，PRO Filter）；移位名詞組的痕跡 (NP-trace) 不具有格位（「名詞組痕跡濾除」，NP-trace Filter)。「約束理論」則規定：(一)「反身代詞」(reflexive)、「相互代詞」(reciprocal) 與「名詞組痕跡」(NP-trace) 等「照應詞」(anaphors)，

❺ 這裡的「格位」（以大寫起首的 Case）不一定指「形態上的格」(morphological case)，而是指「抽象的格」(abstract case)。

❻ α「管轄」β，如果①α是「最小投影」(X°)；②α「c統制」(c-command) β，卽「支配」(dominate) α 的第一個分枝節點 (first branching node) 支配β，而 α 與 β 不互相支配；而 ③β 沒有受到「最大投影」(maximal projection) 的保護。

❼ 「擴充的格位濾除」(Extended Case Filter) 更規定，疑問詞痕跡雖然沒有語音形態，也必須具有格位標誌。

在其「管轄範疇」(governing category)的句子(S)或名詞組(NP)內,必須「受到約束」(be bound),即必須有一個與這一個照應語指標相同而且「c統制」(c-command)這個照應語的「前行語」(antecedent);(二)非照應詞的「稱代詞」(pronominal)如人稱代詞等,在其管轄範疇內必須「自由」(be free),即不受約束,也就是不能有與這一個稱代詞指標相同而且「c統制」這個稱代詞的前行語;(三)其他「指涉性名詞組」或「指涉詞」,包括「專名」(proper noun或name)、「詞彙名詞組」(lexical NP)、「疑問詞痕跡」(Wh-trace)等,則無論在其管轄範疇之內外都必須不受「論元約束」(A-binding)而自由。「約束理論」也要求:(一)在邏輯形式裡所有包括疑問詞與冠詞在內的「數量詞」(quantificational expression)都出現於「運作語」(operator)的位置,而所有「非數量詞」(non-quantificational expression)都出現於論元的位置(「數量詞準則」,Q 準則,Q-criterion);(二)疑問詞痕跡等「變項」(variable)必須受到「非論元約束」(Ā-binding),含有不受約束的變項的句子不合語法(No Free-variable Principle);(三)每一個數量詞都必須約束一個變項(Principle of Non-vacuous Quantification)。另外「限界理論」中的「承接條件」(Subjacency Condition)則規定;句子成分的移位(如英語的「名詞組移位」(NP-movement)、「疑問詞移位」(Wh-movement)、「從名詞組移外」(Extraction-from-NP)等)都不能同時越過兩個以上的「限界節點」(bounding node),如S與NP。最後,「管轄理論」中的「空號範疇的原則」(Empty Category Principle)則規定:所有的空號範疇($[_{\alpha}e]$)都必須「受到適切的管轄」(be properly governed)，即必須(1)受到動詞(V)、名詞(N)、形容詞(A)或介詞(P)等詞彙範疇的管轄（「詞彙管轄」，“lexically governed”），或(2)受到指標相同的前行語的管轄（「局部控制」，“locally controlled”）。

有了以上的原則系統，「移動α」的變形規律在實際的適用上就會受到下列幾個限制。

(一)「痕跡原則」(Trace Principle) 要求：移位的句子成分必須在原來的位置（即「移出點」，extraction site）留下與這個句子成分指標相同的空號節點痕跡（empty node trace)“t_i”。這個規定是「θ 準則」與後述「投影原則」(Projection Principle) 當然的結果。

(二)「空號節點原則」(Empty Node Principle) 要求：移位的句子成分只能移入「空號範疇」(empty category)。因此，基底律所衍生的深層結構中的詞組節點並不一定都要塡入詞項。

(三)「θ準則」要求：移位變形只能把出現於「主題角色位置」(θ 位置，θ-position) 的句子成分移到「非主題角色位置」($\overline{\theta}$ 位置，$\overline{\theta}$-position)，即「移入點」(landing site) 限於「空號範疇」或「補語連詞」(complementizer, COMP) 所出現的位置。

(四)「格位理論」要求：「名詞組痕跡」由於沒有「格位分派語」(Case-assigner) 所以不具有格位，而「疑問詞痕跡」則必須有「格位分派語」而具有格位；也就是說，不具有格位的名詞組(如出現於被動式動詞後面的名詞組，或出現於非限定子句主位的名詞組）纔能適用「名詞組移位」，而具有格位的句子成分纔能適用「疑問詞移位」。

(五)「限界理論」要求：句子成分的移位不能同時越過兩個限界節點，如 S 與 NP，因此所有的移位變形都屬於「限界規律」(bounded rule)。句子成分如果要移過兩個限界節點或移到兩個限界節點之外，那麼必須以連續循環移位的方式一次越過一個限界節點；例如從子句補語連詞(COMP)的位置移到母句補語連詞(COMP)的位置，叫做「從COMP到COMP的條件」(the COMP-COMP Condition)或「迴避條款」(Escape Clause)。

其他限制「移動α」的句法原則尚有：

(一)「X標槓理論」與「結構保存原則」(Structure-preserving Principle)要求：屬於某一種詞類範疇的句子成分，只能移入與這個詞類範疇相同的空號範疇。

(二)「嚴密的循環原則」(Strict Cyclic Principle)規定：「循環規律」(cyclic rules)必須先適用於「子句成分」(subordinate constituent)，然後纔能適用於「母句成分」(superordinate constituent)，而且適用於母句之後不能再回頭適用於子句。

同樣的，原則系統對於基底規律的內容與形態也規定了相當嚴格的限制。例如，「X標槓理論」規定，詞組範疇(X)必須以與此範疇相同的詞彙範疇(X°)爲主要語(head)，要求基底規律的基本形式必須是「$X^{n} \rightarrow \cdots X^{n-1} \cdots$」。「投影原則」(Projection Princple)與「θ 準則」又要求動詞的「θ 標誌屬性」(θ-marking property)在深層結構、表層結構與邏輯形式上都一貫的表達出來。因此，動詞的賓語與補語以及其主題角色等，只要在詞項記載裡標明一次即可，不必在基底規律中再度做規定。另外「鄰接原則」(Adjacency Principle)❽與「格位濾除」(Case Filter)共同要求，「格位分派語」(Case-assigner)與「格位被分派語」(Case-assignee)（如動詞與其賓語）在原則上必須互相鄰接，中間不能挿入副詞或狀語。至於不同語言之間有關句子結構詞序上的差別，則可以用數目有限的「參數」(parameter)(如「佈局性語言」(configurational)、「主要語在前」(head-first)、「主語—動詞組的詞序」(subject-VP order)、「空號代詞刪略」(pro-drop) 等）來處理。❾

基底規律衍生「深層結構」(D結構，D-structure)，而深層結構則經過「移動α」的變形成爲「表層結構」(S結構，S-structure)。表層結構，一方面經過語音形式部門的删除規律、音韻規律、體裁規律等而成爲「表面語音形態」(phonetic representation) 的「表面結構」(surface structure)，另一方面經過邏輯形式部門的「數量詞提升」(Quantifier Raising, QR) 等邏輯形式規律成爲表現有關句子語法語意的「邏輯形式」(LF)。「表層結構」與「表面結構」不同，含有「痕跡」(t)、「稱代照應詞」(PRO)等不含有語音屬性的句子成分。又從表層結構經過邏輯形式規律的適用而產生的「邏輯形式」，仍然含有「名詞組痕跡」、「疑問詞痕跡」、「稱代照應詞」等代表深層結構的句子成分，每一個論元所擔任的「主題角色」(θ角色，θ-role) 與「語法功能」(grammatical function; GF) 也都完整無遺的表達出來。因此，在新的語法體系，不必再往深

❽ 參 Chomsky (1982:9)。

❾ 參 Chomsky (1982:10)。

層結構尋求語意，而可以直接從邏輯形式獲得解決。例如，名詞組痕跡與疑問詞痕跡都可以分別從空號範疇與補語連詞裡面指標相同的句子成分找出「移位語」(mover) 與其痕跡之間的約束關係。又如稱代照應詞，則可以依照「控制理論」來決定其「控制語」(controller)。不過邏輯形式所代表的語意，只是與「句子語法」(sentence grammar) 有關的部分語意，如數量詞與疑問詞的範域、前行語與照應語關係的決定等。其他與「言談」或「篇章」(discourse)、「語用」(pragmatics) 或「信念」(beliefs) 等有關的語意，則用另外一套「語意解釋規律」(semantic interpretation rules) 來處理。

以上的理論內容，仍在不斷的修正與改進。同時，世界各地的語言學家也都積極的把這個語法理論應用到各種不同語言的分析研究上面，用以檢討其「詮釋上的妥當性」(explanatory adequacy)，已經獲得了相當豐碩的成果。有關國語在這方面的研究，目前最有成績的是新近從麻省理工學院畢業的黃正德博士。可惜，他的論文都用英文發表，而且文章的內容比較深奧，國內一般學者恐怕不易完全了解。筆者有鑒於此，擬用中文撰寫本文，專門討論其中一篇論文 "Move WH in a Language Without WH Movement" (「無WH移位語言裡移動WH的規律」)⑩。本文首先介紹黃先生論文的大要，接着討論其細節，最後就與黃先生的觀點與筆者的觀點有出入的地方提出個人的分析。為了避免討論的範圍過於廣泛，我們把討論的重點放在有關語言事實的

⑩ 以下簡稱黃 (1982)。

分析與語法理論的應用，而不做語法理論本身的檢討。希望這一篇文章，不但能幫助讀者了解現代語法理論的一斑，而且能引起讀者利用現代語法理論分析國語語法的興趣。

二、國語裡「移動疑問詞」與「移動焦點」的邏輯形式規律

國語疑問句的形成，與英語的疑問句不同，並不牽涉到主語名詞與助動詞的倒序。國語的疑問詞問句，也與英語的疑問詞問句不同，並不需要把疑問詞移到句首來。試比較：

① 你喜歡誰？(＝1)⓫

② Who(m) do you like?

③ Do you like whom?

傳統變形語法的分析認爲，②的英語疑問詞問句是由③的基底結構，經過「移動疑問詞」(Move WH) 的變形而衍生的。這個變形規律，把疑問詞（如③的"whom"）從句子裡原來的位置（即動詞賓語的位置），移到句首補語連詞的位置來。國語的疑問詞問句，疑問詞停留於句子裡原來的位置（如①的'誰'出現於動詞賓語的位置），因此並不需要「移動疑問詞」的變形規律，但是黃 (1982:370) 認爲，在國語語法的邏輯形式部門裡仍然需要類似

⓫ 例句後放在圓弧裡以等號引介的號碼，表示黃 (1982) 原文的例句號碼。又黃 (1982) 有關國語例句的邏輯形式，有時候用國語寫出，有時候用英語寫出。爲求統一，我們依照他的分析內容，把所有邏輯形式一律用國語寫出，因此在細節上可能有若干出入的地方。

「移動疑問詞」的邏輯形式規律。這個規律把①的表層結構裡的疑問詞'誰'移到句首的補語連詞或運作語的位置來，並且在原來的位置（即「移出點」留下與移位的疑問詞指標相同的痕跡（即疑問詞痕跡"e_i"）。結果產生④的邏輯形式。

④ 〔誰$_i$（你喜歡e_i)〕（＝2)

黃（1982:371）更指出，下面⑤到⑦的例句都含有疑問子句'誰買了書'，但是這一個疑問子句在⑤裡要解釋爲出現於陳述句的間接問句，在⑥裡要解釋爲出現於疑問句的直接問句，而在⑦裡則可以解釋爲間接問句、也可以解釋爲直接問句。他認爲這種語意解釋上的差別，來自母句動詞與賓語子句之間共存限制的不同：⑤的動詞'問'必須以疑問子句爲賓語；⑥的動詞'相信'不能以疑問子句爲賓語；而⑦的動詞'知道'則可以也可不以疑問子句爲賓語。

⑤ 〔張三問我（誰買了書)〕（＝4)

⑥ 〔張三相信（誰買了書)〕（＝5)

⑦ 〔張三知道（誰買了書)〕（＝6)

如果承認國語有「移動α」的邏輯形式規律，那麼⑤、⑥、⑦這三個句子在語意上的差異就可以分別用⑧、⑨、⑩三個邏輯形式裡疑問詞'誰'所涵蓋的疑問範圍的寬狹來區別。試比較：

⑧ 〔張三問我〔誰$_x$〔X買了書〕〕〕（＝7)

⑨ 〔誰$_x$〔張三相信〔X買了書〕〕〕（＝8)

⑩a 〔張三知道〔誰$_x$〔X買了書〕〕〕（＝9_a)

b 〔誰$_x$〔張三知道〔X買了書〕〕〕（＝9_b)

在⑧與⑩a 的邏輯形式裡，出現於子句句首的'誰'是「狹域數量詞」(“narrow scope” quantifier)，其疑問範域僅及於賓語子句。在⑨與⑩b的邏輯形式裡，出現於母句句首的‘誰’是「寬域數量詞」(“wide scope” quantifier)，其疑問範域及於全句。

黃(1982:372)又認爲，可以利用類似的邏輯形式規律⓬把⑪分裂句(cleft sentence)裡代表「信息焦點」(information focus)的句子成分‘是我’移到運作語的位置來。結果產生⑫的邏輯形式，運作語‘是我’代表焦點，而含有痕跡‘X’的句子⓭則代表「預設」(presupposition)，即代表句子裡舊的已知的信息。移位的「焦點成分」(focussed constituent)，與移位的疑問詞一樣，可以視爲一種數量詞，而因移位而留下的痕跡‘X’則可以視爲受移位的數量詞約束的變項(bound variable)。

⑪ 是我明天要買那一本書。(＝10a)

⑫ 〔〔是我〕$_X$〔X明天要買那一本書〕〕(＝11)

他更指出，⑬的句子可以有兩種解釋：信息焦點‘是明天’可能是由母句主語‘張三’所強調的，也可能是「說話者」(speaker)‘我’所強調的。這兩種不同的語意，可以用⑭a、b的邏輯形式表示。

⑬ 張三說〔李四是明天來〕(＝12)

⑭a〔張三說〔(是明天)$_X$〔李四X來〕〕〕

⓬ 黃(1982:372)指出，這個規律可以與前面「移動疑問詞」的規律合併成「移動α」的規律。這個「移動α」的規律把「最大投影」(x^3)的句子成分移到句首(也可能是句尾)「補語連詞」(COMP)或「運作語」的位置來。在移出點所留下的痕跡就成爲受運作語管束的變項(bound variable)。

⓭ 叫做「開放句」或「開口句」(open sentence)。

b〔(是明天)x〔張三說〔李四X來〕〕〕

三、國語的分裂句與焦點成分

接着黃（1982: 374ff）就開始詳細討論國語的分裂句與焦點成分。他首先指出，在⑮的例句裡焦點成分出現於動詞的賓語子句裡面。但是⑮到⑰的例句却顯示，焦點成分不能出現於「關係子句」或「主語子句」(sentential subject)裡面。

⑮ ＊〔我喜歡〔是張三買的那隻狗〕〕(＝13)

⑯ ＊〔〔張三是昨天買的那本書〕很好〕(＝14)

⑰ ＊〔〔張三是明天來〕沒關係〕(＝15)

他認爲這是由於國語的分裂句，與關係子句及「主題句」(topicalized sentence)一樣，受「承接條件」的限制所致。所謂「承接條件」，簡單的說，是指句子成分的移位(movement)，不能同時越過兩個限界節點。根據黃(1982:375)，國語的限界節點是句子(S)與名詞組(NP)，而關係子句與主語子句都在結構描述上同時受 NP 與 S 的支配。因此，如果我們能擬設「移動焦點」(Move Focus)的邏輯形式規律，讓這個規律把出現於子句裡的焦點成分移到「最高的句子」(the highest sentence)或「根句」(root sentence)的句首運作語的位置，那麼⑬的合語法（焦點移位沒有違背承接條件）與⑮到⑰的不合語法（焦點移位違背承接條件）就可以獲得自然合理的解釋。

黃（1982:375）同時也指出，一個句子裡不能同時含有兩個焦點，因此⑱的例句不合語法。

⑱ *〔$_{\bar{S}}$〔$_{S}$ 是張三是明天要來〕〕(＝16)

他認爲，這種不合語法的情形可以用邏輯形式上運作語與受其約束的變項之間「適切約束」(proper binding) 的條件來說明。因爲在⑱句的邏輯形式⑲裡，同時把兩個焦點成分移入補語連詞的位置裡面去，結果形成分枝的補語連詞 (branching COMP)，所以無法(c 統制)其焦點成分痕跡。⓮

⑲ 〔$_{\bar{S}}$〔$_{comp}$ (是張三)$_{x}$ (是明天)$_{y}$〕〔$_{S}$XY要來〕〕(＝18)

同樣的，在⑳的例句裡，子句的焦點成分‘是明天’只能解釋爲母句主語‘張三’所強調的焦點，而不能解釋爲說話者所強調的焦點。因爲，如㉑的邏輯形式所示，母句裡已經有說話者強調的焦點成分‘是張三’移入補語連詞裡，所以不容許子句的焦點成分‘是明天’再移入這裡。

⑳ 〔$_{\bar{S}}$〔$_{S}$是張三說〔$_{\bar{S}}$〔$_{S}$李四是明天來〕〕〕〕(＝19)

㉑ 〔$_{\bar{S}}$〔$_{comp}$ (是張三)$_{x}$〕〔$_{S}$X說〔$_{\bar{S}}$〔$_{comp}$ (是明天)$_{y}$〕〔$_{S}$李四Y來〕〕〕〕

黃 (1982:376) 又說，㉒的例句不合語法，因爲這個句子可能的邏輯形式只有㉓、㉔與㉕三種，而這三種邏輯形式都不合語法。㉓與㉔的邏輯形式不合語法，因爲子句的補語連詞裡同時含有兩個焦點成分；㉕的邏輯形式也不合語法，因爲母句焦點成分‘是李四’與受其約束的變項‘X’之間的約束關係違背了承接條件

⓮ 亦有人把這個條件稱爲「複數補語連詞塡位的濾除」(Multiply Filled COMP Filter)，參 Radford (1981:295-6, 305-6)。

的限制。試比較：

㉒ *〔$_{\bar{S}}$〔$_S$張三説〔$_{\bar{S}}$〔$_S$ 是李四是明天來〕〕〕〕(＝20)

㉓ 〔$_{\bar{S}}$〔$_S$張三説〔$_{\bar{S}}$〔$_{comp}$(是李四)$_x$ (是明天)$_y$〕
〔$_S$ XY來〕〕〕〕

㉔ 〔$_{\bar{S}}$〔$_{comp}$(是李四)$_x$〕〔$_S$張三説〔$_{\bar{S}}$〔$_{comp}$(X)(是明天)$_y$〕
〔$_S$XY來〕〕〕〕(＝21)

㉕ 〔$_{\bar{S}}$〔$_{comp}$ (是李四)$_x$〕〔$_S$張三説〔$_{\bar{S}}$〔$_{comp}$ (是明天)$_y$〕
〔$_S$XY來〕〕〕〕(＝22)

㉒的例句顯示，分裂句也與⑮、⑯的關係子句與⑰的主語子句一樣，形成一種「句法上的孤島」(syntactic island)⑮，使得焦點成分在邏輯形式裡無法從這個孤島移到母句上面來。另外㉖與㉗的例句顯示，疑問詞問句也形成一種「疑問詞孤島」(WH Island)，因為在疑問詞問句裡出現的焦點成分也無法移到母句上面去。

㉖ *〔$_{\bar{S}}$〔$_S$是張三打了誰〕〕?(＝23)

㉗ *〔$_{\bar{S}}$〔$_S$他想知道〔$_{\bar{S}}$〔$_S$是張三打了誰〕〕〕〕?(＝24)

根據黃 (1982:377) 的説法，㉖句不合語法，因為這個句子同時含有焦點'是張三'與疑問詞'誰'，所以不能同時移入母句補語連詞的位置裡面去。而在㉗句裡，母句動詞'想知道'需要以疑問子句為賓語，所以疑問詞'誰'必須移入子句補語連詞的位置。結果，焦點成分'是張三'就無法移入子句補語連詞的位置，也就無法經過這裡再移入母句補語連詞的位置。但是，如果焦點與疑問詞分別出現於母句與子句，而且疑問詞的疑問範域僅及於子句，

⑮ 嚴格説來，是「邏輯形式上的孤島」。

那麼這個句子是合語法的。試比較：

㉘a　是李四想知道〔誰打了他〕(＝25a)

b　〔$_{\bar{S}}$〔$_{comp}$ (是李四)$_x$〕〔$_S$ X想知道〔$_{\bar{S}}$〔$_{comp}$ 誰$_y$〔$_S$ Y打了他〕〕〕〕〕

㉙a　*是李四相信〔誰打了他〕？(＝25b)

b　〔$_{\bar{S}}$〔$_{comp}$(是李四)$_x$ 誰$_y$〕〔$_S$X相信〔$_{\bar{S}}$〔$_S$Y打了他〕〕〕〕

㉚a　是李四知道〔誰打了他〕

b　〔$_{\bar{S}}$〔$_{comp}$ (是李四)$_x$〕〔$_S$X知道〔$_{\bar{S}}$〔$_{comp}$ 誰$_y$〔$_S$Y打了他〕〕〕〕〕

〔$_{\bar{S}}$〔$_{comp}$ (是李四)$_x$ 誰$_y$〕〔$_S$X知道〔$_{\bar{S}}$〔$_S$Y打了他〕〕〕〕

㉘與㉚b句合語法，因爲焦點‘是李四’與疑問詞‘誰’分別出現於母句與子句，而‘誰’的疑問範域僅及於子句，所以不發生兩個數量詞同時出現於補語連詞位置的情形。㉙與㉚c不合語法，因爲焦點與疑問詞雖然分別出現於母句與子句，但是子句疑問詞的範域卻及於母句(參照前面⑨與⑩句的討論)，結果是兩個數量詞同時出現於母句補語連詞的位置，因而違背了數量詞適切約束其變項的限制。

黃 (1982:378) 也注意到㉛與㉜這樣的例句。在這些例句裡「焦點標誌」(focus marker)‘是’與疑問詞‘誰’在同一個句子裡出現，結果卻是合語法的句子。

㉛a　是誰打了他？(＝27)

b　〔$_{\bar{S}}$〔$_{comp}$(是誰)$_x$〕〔$_S$ X 打了他〕〕

㉜a　他想知道〔是誰打了他〕(＝28)

b　他想知道〔$_{\bar{S}}$〔$_{comp}$ (是誰)$_x$〕〔$_S$X打了他〕〕

黃（1982）認為，無論是「移動疑問詞」或是「移動焦點」的邏輯形式規律，實際上所移動的是語法屬性〔＋疑問詞〕（〔＋WH〕）與〔＋焦點〕（〔＋Focus〕）。因此，如果利用「屬性滲透」的公約（convention of feature percolation），在疑問詞同時是焦點的情形下，把這兩個屬性合併成為〔＋疑問詞，＋焦點〕，那麼「移動α」的規律就可以把這個「雙重數量詞」(double quantifier)移入補語連詞的位置，結果並不違背數量詞適切約束其變項的條件。黃（1982:379-380）更認為，在㉜句裡'誰'的疑問範域僅能及於子句。但是焦點標誌'是'則可能表示母句主語'他'所強調的焦點，也可能表示說話者所強調的焦點。根據他的解釋，表示母句主語的焦點時，〔＋疑問詞，＋焦點〕是一個雙重數量詞；但是表示說話者的焦點時，〔＋焦點〕卻不是數量詞，而是敍述疑問詞數量詞「外延」(extension) 的「述語」(predicate)。後一種情形，可以用下面的邏輯形式來表示：

㉝ 〔$_{\bar{S}}$〔是Y〕〔$_{S}$他想知道〔$_{\bar{S}}$〔誰$_{x}$；XY〕〔$_{S}$X 打了他〕〕〕〕
(＝31)

以上的分析與結論，都用邏輯形式來表示各種語意上的差別，並且都用約束理論來有系統的說明句子的合語法與不合語法之由來，可以說是一個很有意義與價值的研究。不過在分析的細節上似乎還牽涉一些問題。

(一)黃(1982:373)認為⑬是合語法的句子，而且可以有⑭a b兩種邏輯形式。為了說明⑭b 的合語法，句裡「直接談話動詞」(direct discourse verb)'說'的賓語子句'李四是明天來'似乎必須解釋為只受 S 的支配而不受 NP 的支配，而且焦點'是明天'也必須解釋爲經過子句補語連詞的位置移到母句補語連詞的位置來，如㉞：

㉞　〔$_{\bar{S}}$〔$_{comp}$（是明天）$_{x}$〕〔$_{S}$張三說〔$_{\bar{S}}$〔$_{comp}$X〕〔$_{S}$李四X來〕〕〕〕

另一方面，「非直接談話動詞」如'知道'的賓語子句則似乎沒有理由來主張這個子句不同時受 NP 與 S 的支配。這就表示，在㉟的例句裡，焦點'是明天'只能解釋爲「母句主語」所強調的焦點，而不能解釋爲「說話者」所強調的焦點。

㉟　〔他知道〔$_{NP}$〔$_{S}$李四是明天來〕〕〕

但是許多人認爲，如果⑬句的'是明天'可以解釋爲母句主語與說話者所強調的焦點，那麼㉟句的'是明天'也同樣可以解釋爲母句主語與說話者所強調的焦點。如此，必須尋找理由來說明，爲什麼賓語子句焦點的移位與主語子句焦點的移位不同，不受「承接條件」的限制。也有些人認爲，在⑬與㉟的例句裡，焦點'是明天'都只能解釋爲母句主語所強調的焦點。根據這些人的語意判斷，在賓語子句裡出現的焦點與在主語子句裡出現的焦點一樣，都受承接條件的限制。或許問題的關鍵在於：主語子句受名詞組的支配，因而必須受承接條件的限制；而賓語子句則不一定受名詞組的支配，因而可以經過子句補語連詞的位置移到母句補語連詞的位置。

(二)根據黃（1982:377）的解釋，㉗的不合語法是由於焦點成分'是張三'不能移入母句補語連詞的位置。因爲此句的母句動詞'想知道'必須以疑問子句爲賓語，所以疑問詞'誰'必須移入子句補語連詞的位置來形成疑問子句。如此一來，子句的補語連詞裡已經含有疑問詞，焦點'是張三'就無法再經過這個位置移入母句補語連詞的位置。但是，在㊱的例句裡，母句動詞'相信'不能以疑問子句為賓語，所以疑問詞'誰'必須移入母句補語連詞的位置（參照前面⑨與下面㊲的例句）。如此，焦點'是張三'應該可以移入子句補語連詞的位置成為母句主語'他'所強調的焦點。但是一般人都認為㊱是不合語法的句子。可見，㉗、㊱的不合語法，與㉖的不合語法一樣，主要是由於在同一個句子裡同時含有焦點與疑問詞兩個數量詞，而這兩個數量詞無法合併在一起。

㊱ *〔他相信〔是張三打了誰〕〕？

㊲ 〔他相信〔張三打了誰〕〕？

(三)國語「分裂句」的「焦點成分」在移位或與其所約束的變項之間語意解釋上所受的限制，與「關係子句」的「關係成分」(relativized constituent)或「主題句」的「主題成分」(topicalized constituent) 所受的限制，並不完全相同。⓰ 例如，動詞的賓語名詞可以成為主題句的主題，也可以在關係子句裡刪略，卻不能在分裂句成為焦點。試比較：

㊳a 我很喜歡狗。

b 狗，我很喜歡。

c 我很喜歡的狗不能送給你。

d *我很喜歡是狗。⓱

⓰ 有關國語關係子句與主題句的結構限制，參湯(1972,1973,1978)；有關國語分裂句的結構限制，請參湯 (1980)。

⓱ 賓語名詞可以在「準分裂句」(pseudo-cleft sentence) 裡成為焦點，例如'我很喜歡的是狗'。又黃先生 (p.c.) 指出：國語分裂句之(→)

因此，以分裂句'是張三買(那隻狗)'爲關係子句的⑮句固然不合語法，就是以賓語複合名詞'張三買的那隻狗'爲焦點的㊴句亦不合語法。試比較：

㊴　〔我喜歡是〔NP〔S張三買的〕那隻狗〕〕。

可見，有些有關國語分裂句的限制，並不能用「承接條件」來處理。這些限制有屬於「語法關係」的（例如賓語名詞組不能成爲分裂句的焦點），有屬於「語用功能」上的（例如代表舊信息的主題名詞組不能成爲分裂句的焦點），與國語主題句及關係子句的移位限制不同，不能以「移位焦點」的規律與「承接條件」的限制來解釋。

(四)黄（1982:375），以「承接條件」的限制來說明⑮到⑰這三個句子的不合語法，因此需要在邏輯形式部門擬設「移動焦點」這個抽象的移位規律（abstract movement rule）。但是這三個句子的不合語法，還可以用另外一個方法來處理。那就是用一個「表面濾除」（surface filter）⓲來規定：分裂句只能出現於「根句」，或出現於根句以外的焦點成分不合語法。以黄（1982）所提出的例句而言，這兩種方法幾乎有同樣的優點與缺點。例如，

(一)所以不能以賓語名詞組爲信息焦點，可能是由於'是'是表示強調的情態助動詞（emphatic modality），所以只能出現於助動詞（或狀語）的位置，不能出現於動詞與賓語的中間。而我個人的分析則'是'是不及物動詞，因而不但本身無法分派「格位」給賓語名詞組，而且還阻碍了原來及物動詞與其賓語名詞組的「鄰接」。

⓲ 又叫做「表面結構限制」(surface structure constraint) 或「輸出條件」(output condition)。

在合語法的⑬句裡不受 VP 支配的賓語子句應該解釋爲根句；有問題的㉟句，其賓語子句應否解釋爲根句，也是一個問題。我們無意在這裡從「前設理論」(metatheory)的觀點⓳來比較這兩種方法的優劣。我們只要指出就分裂句的焦點限制而言，「移位焦點」這個邏輯形式規律的擬設，充其量只能滿足「充足的條件」(sufficient condition)，卻似乎沒有滿足「必需的條件」(necessary condition)。同時，我們也不要忘記，前面所談的有些分裂句焦點的限制，並沒有獲得圓滿的解決。又除了分裂句不能出現於關係子句與主語子句以外，他如「命令句」、「感嘆句」、「是非問句」、「疑問詞問句」等也都不能出現於關係子句或主語子句。其中，疑問詞問句與是非問句或許可以用「移動α」的邏輯形式規律來處理。但是，命令句與感嘆句是否也都可以用(或要用)類似的規律來處理，不無疑問。

(五)黃(1982:377)以「疑問詞孤島」與「複數補語化詞塡位的濾除」來說明㉖句的不合語法，而以「疑問詞孤島」以及母句動詞'想知道'的次類畫分爲理由來說明㉗句的不合語法，再以「屬性滲透」的公約來說明㉛與㉜句的合語法。但是我們也可以另外提出一個在概念上較爲簡單 (conceptually simpler) 而且在語用上有良好理由 (pragmatically well-motivated) 的限制來說明這些句子的合語法與不合語法：卽疑問詞問句必須以疑問詞爲焦點成分，因此焦點標誌'是'必須出現於疑問詞的前面。因爲在疑問詞

⓳ 包括「理論內的」(theory-internal) 與「理論外的」(theory-external) 的觀點。

問句裡，疑問詞徵求新的重要的信息，而其餘的部分則代表舊的已知的信息，所以應以疑問詞爲信息焦點。我們在這裡也不準備從前設理論或兒童語言習得(language acquisition)的觀點來討論這兩種方法的優劣。我們只想指出，有了這個句法•語用限制，國語語法就不需要「疑問詞孤島」或「焦點孤島」的條件。而且，在㉖與㉗的例句裡，究竟是「疑問詞孤島」使得焦點無法移位？還是「焦點孤島」使得疑問詞無法移位？又所謂「屬性滲透」的具體內容，我們應該如何限制？這些限制有何獨立的證據 (independent evidence)？例如，國語的疑問詞問句似乎允許兩個以上的疑問詞在同一個疑問句裡出現。但是國語的分裂句卻似乎不容許兩個以上的焦點在同一個句子裡出現。試比較：

㊵　誰在什麼地方買了什麼？

㊶　*是張三是在臺北買了一棟房子。

這似乎表示疑問詞可以經過「屬性吸收」(feature absorption) 而合併，而焦點則不能如此吸收合併。但究竟是什麼限制使得某一種屬性可以吸收合併，而另外一種屬性則不能吸收合併？⑳又如在含有複數疑問詞的疑問句裡，原則上只允許一個疑問詞（而且通常都是從句首算起第一個疑問詞）前面加上焦點標誌'是'。試比較：

⑳ 有關「屬性滲透」的進一步內容，可以參照 Higginbotham & May(1981)。又黃先生 (p.c.) 指出：「吸收」(Absorption) 是用來表示「配對」的方法，其必要條件是'x'與'y'各有'一個無定數的個體爲外延'；'焦點以單項個體爲外延，而兩個焦點沒有配對的意義'，所以不能吸收。

㊷a 是誰在什麼地方買了什麼東西？

b ??是誰是在什麼地方買了什麼東西？

c *誰是在什麼地方買了什麼東西？

㊸a 你是在什麼地方怎麼樣認識他的？

b ?你是在什麼地方是怎麼樣的認識他的？

c *你在什麼地方是怎麼樣的認識他的？

我們不知道，屬性滲透或吸收的公約將如何說明這些例句的合語法與不合語法。㉑但是，根據我們的句法・語用限制，這些句子的好壞卻可以得到相當自然合理的解釋。在 a 與 b 的句子裡，焦點標誌'是'出現於所有疑問詞的前面；或者更精確的說，把所有的疑問詞都包括在其「c統制的領域」(c-command domain) 內。在 c 句裡，焦點標誌'是'出現於第二個疑問詞的前面，因而把第一個疑問詞排拒在其「c 統制的領域」外；所以 c 句比a、b句差。而 b 句比 a 句差，可能是由於 b 句裡重複出現了焦點標誌'是'。但也有人認爲，如果在 ㊷b 句裡'是誰'與'是在什麼地方'之間，或在 ㊸b 句裡'是在什麼地方'與'是怎麼樣'之間，加上明顯的停頓 (pause)，這些句子就可以通。㉒至於 ㊸b 比 ㊷b 好，可能是

㉑ 黃 (1982) 在疑問詞問句與疑問詞範域的討論裡，對於屬性吸收的問題有較詳細的介紹。因此，我們也準備在這一個部分的評述裡再做更詳細的討論。

㉒ 贊成屬性滲透或吸收的人，可能會主張在這些例句裡發生了〔＋疑問詞＋焦點〕這個複合屬性的「再吸收」。但是我們懷疑，這種漫無限制或缺乏獨立證據的屬性滲透或吸收，在句法分析上是否具有「眞正的詮釋上的功效」(real explanatory power)。黃先生 (p.c.) 指出：有關屬性滲透的獨立證據，近來頗有所發現。例如「X標槓理論」裡把名詞、動詞、形容詞、介詞等詞彙範疇分析爲由'±N'與'±V'等屬性而成，並把這些屬性從「最小投影」(X^0) 滲透到「最大投影」(如 X″)，卽已含有「屬性滲透」的概念。

由於前者牽涉到兩個「並列」(coordinate)而互成「姊妹成分」(sister constituents)的狀語(adverbials)'在什麼地方'與'怎麼樣',而後者則牽涉到「非並列」、「非姊妹成分」且詞類不相同的主語名詞'誰'與狀語'在什麼地方'。有關㊷與㊸的合法度判斷或許有些「個別差異」(idiolectal difference),但是恐怕難望藉屬性滲透或吸收的公約來對這些合法度判斷予以自然合理的解釋。

又黃(1982:379-380)認為,㉜的例句可以有兩種不同的解釋:(一)'是誰'(〔+焦點〕,+〔疑問詞〕)經過屬性滲透而合併為〔+焦點,+疑問詞〕之後,移入子句補語連詞的位置來表示母句主語所強調的焦點;(二)子句補語連詞裡面的'是'(〔+焦點〕)再單獨移入母句補語連詞的位置來表示說話者所強調的焦點。我們暫且不問這一種屬性「滲透」與「分離」的分析是否有獨立的證據或是否自然合理。但是許多人認為㉜句的焦點只能解釋為母句主語所強調的焦點,我們也找不出任何句法上或音韻上的證據來支持或否認這個例句事實上有兩種不同的解釋。

四、國語的疑問詞問句與疑問詞的範圍

在討論國語的分裂句與焦點成分之後,黃(1982:380ff)就開始討論國語的疑問詞問句與疑問詞的範圍。他首先利用Fiengo與 Higginbotham (1981) 所提出的「特定條件」(Specificity Condition)來說明,出現於「特定名詞組」(specific NP)裡面的疑問詞,其疑問範域不能越過名詞組而及於全句。這個條件說

明，為什麼下面㊹與㊺的 a 句合語法，而 b 句則不合語法。

㊹a 〔誰買的書〕最有趣？

b *〔誰買的那一本書〕最有趣？

㊺a 〔愛做什麼的小孩子〕最沒出息？

b *〔愛做什麼的小明〕最沒出息？

我們知道，a句裡的疑問詞'誰'與'什麼'，其疑問範域可以超出非特定名詞組而及於全句，因為我們可以用這些問句開始言談(initiate a discourse)。但是 b 句裡'誰'與'什麼'的疑問範域卻局限於特定名詞組，所以我們只能用這些問句來對自己或別人剛說過的話提出「反身問句」或「回響問句」(echo question)。黃(1982:380)也指出，㊻與㊼的例句不通；因為疑問詞'誰'在㊻出現於主語子句，在㊼出現於「主題子句」(sentential topic)。

㊻ *〔張三娶了誰〕真可惜？(＝34)㉓

㊼ *〔張三娶了誰〕，你知道了？(＝35)

這兩個例句的不合語法，與出現於主語子句的分裂句一樣，可以用「承接條件」來說明。下面㊽與㊾的合法度判斷支持這個結論是對的：這兩個疑問句都不能在句尾加上疑問語助詞'呢'，表示疑問詞'誰'的範域沒有及於全句。

㊽ *張三娶了誰真可惜呢？

㊾ 張三娶了誰，你知道了{嗎/*呢}？

㉓ 原文裡'娶'字用'討'字，但在國人的一般用法裡'討'通常都與'老婆'連用，所以改為'娶'。

但是，如果說出現於主語子句與主題子句的疑問詞是由於這些子句是同時受兩個限界節點（NP與S）的支配而受到承接條件的限制，那麼出現於賓語子句的疑問詞也應該受到同樣的限制。因爲除了「直接談話」動詞（如'說、問'），與表示「推測」而只能以子句爲賓語的動詞（如'猜、想、看'等）㉔的賓語子句可以分析爲只受S的支配而不受NP的支配，因而可以利用連續移位的方式移位以外，其他的賓語子句都應受NP與S的支配，因而應受承接條件的限制。下面㊿的合法度判斷支持我們這個看法。

㊿　你知道〔張三娶了誰〕{嗎 / ??呢}？

黃（1982:380）也認爲'你知道張三娶了誰？'這樣的句子是通的，但是他卻認爲這裡的'張三娶了誰'是直接問句。在前面的討論裡，黃（1982:371）說，⑦句有⑩a與⑩b兩種邏輯形式，因爲該句有51b與51c兩種解釋。但是根據筆者的實地調查，多數人都認爲51a（＝⑦）的歧義並不是b與c，而是c與d。㉕

51a　張三知道〔誰買了書〕（＝6）

b　Who does Zhangsan know bought books?

㉔ 參湯（1981, 1984）。

㉕ 爲了幫助讀者能比較客觀的確定句子的含義，我們在英文的註解下面加上了中文的註解。在這個註解裡，我們把「行事句子」(performative sentence) 附在句首，把語氣助詞附在句尾。黃先生(p.c.)指出：㊿句不易解釋爲直接問句，可能是由於'知道'是「事實動詞」(factive verb)；事實動詞的賓語通常具有較高的「指涉性」(more referential，亦即 more specific)，而「事實性」(factivity) 與「特定性」(specificity) 是相關的，可以用「特定條件」來處理。

=?? (我問你) 張三知道〔誰買了書呢〕?

c Zhangsan knows who bought books.

= (我告訴你) 張三知道〔誰買了書〕哩。

d Does Zhangsan know who bought books?

= (我問你) 張三知道〔誰買了書〕嗎?

在此後十幾個例句中黃(1982)都統統用'想知道',而沒有用'知道'。但是'想知道'與'知道'不同,前者必須以疑問子句爲賓語,而後者則兼以陳述子句與疑問子句爲賓語。試比較:

㊾a 我{知道/想知道}誰會來/他會不會來。

b 我{知道/*想知道}他會來/他不會來。

如果以上的觀察正確,那麼黃 (1982:371) 的分析:"'問'類動詞必須以疑問子句爲補語,其疑問詞範域僅及於補語子句;'相信'類動詞不能以疑問子句爲補語,其疑問詞範域及於母句;'知道'類動詞可以也可不以疑問子句爲補語,其疑問詞範域可以及於子句或母句」,似乎應該修正爲"不能以疑問子句爲補語的動詞,疑問詞範域及於母句;必須或可以以疑問子句爲補語的動詞,疑問詞範域僅及於子句"。

黃(1982:382)更指出,在補語子句裡出現的疑問詞可能不只一個。例如㊿的疑問句含有疑問詞'誰'與'什麼',可以有(54)a與(54)b兩種不同的邏輯形式。因此,可以用(55)a回答,也可以用(55)b回答。

(53) 〔你想知道〔誰買了什麼〕〕?(=39)

(54)a 〔$_{\bar{S}}$誰x〔$_{S}$ 你想知道〔$_{\bar{S}}$什麼$_{y}$〔$_{S}$ X 買了Y〕〕〕〕(=42) b　〔$_{\bar{S}}$什麼$_y$〔$_S$你想知道〔$_{\bar{S}}$誰$_x$〔$_S$ X買了Y〕〕〕〕（＝43）

(55)a　〔我想知道〔李四買了什麼〕〕（＝40）

b　〔我想知道〔誰買了書〕〕（＝41）

同樣的，(56)有(57)的邏輯形式。

(56)　誰買了什麼？（＝44）

(57)　〔誰$_x$ 什麼$_y$〔X買了Y〕〕

爲了說明(56)與(57)的合語法，黃（1982:383）援用了「吸收」（Absorption）的邏輯形式規律。這個規律把n個數量詞或疑問詞裡所各自包含的「屬性母體」（feature matrices），如〔WH_{x1}，WH_{x2}，…，WH_{xn}〕，加以吸收而合併成爲擁有n個屬性母體的單一數量詞或疑問詞，即〔$WH_x(_{1,2,\cdots n})$〕。

對於以上的分析與討論，我們有一個疑問。那就是，(53)的疑問句是否眞的有(54)a與(54)b兩種邏輯形式？首先讓我們來檢查(53)的疑問子句'誰買了什麼'究竟是直接問句還是間接問句？(58)與(59)的合法度判斷告訴我們，'誰買了什麼'在(58)（＝(56)）是直接問句，但是在(59)（＝(53)）卻是間接問句。

(58)　誰買了什麼{呢 / *嗎}？

(59)　你想知道誰買了什麼{??呢 / 嗎}？

同時，如果黃（1982）的分析正確，那麼(53)的'誰'與'什麼'應該也與(56)一樣，可以經過吸收合併而有(60)與(61)的邏輯形式。

(60)　〔$_S$你想知道〔$_{\bar{S}}$ 誰$_x$ 什麼$_y$〔$_S$ X買了Y〕〕〕

(61)　〔$_{\bar{S}}$ 誰$_x$ 什麼$_y$〔$_S$ 你想知道〔$_S$ X買了Y〕〕〕

與(57)、(60)與(61)相對的答句應該分別是(62)、(63)與(64)。

⑥② 李四買了書。

⑥③ 是，我想知道誰買了什麼。

⑥④ 我想知道李四買了書。

黃(1982)沒有提到⑥⓪與⑥①的邏輯形式，也沒有提到⑥③與⑥④的答句，因此也沒有說明⑤⑥與⑤③的邏輯形式爲什麼有如此顯著的不同。我想黃(1982)沒有提到⑥⓪的邏輯形式，可能是由於他在這裡把⑤③的'誰買了什麼'做爲直接問句解釋，而不做爲間接問句解釋。他沒有提到⑥①的邏輯形式，大概是由於他認爲'想知道'必須以疑問子句爲賓語，所以必須把一個疑問詞留在子句補語連詞的位置，否則不合語法。因此，問題的關鍵似乎是下面兩點：(一)⑤③句的'誰買了什麼'究竟是直接問句還是間接問句？(二)如果⑤③句的'誰買了什麼'是直接問句或是間接問句，疑問詞的範圍應該如何解釋？

根據筆者的實地調查，幾乎所有的人都接受⑥⑤是合語法的句子。這就表示，'誰買了什麼'確實可以解釋爲間接問句。相反的，只有極少數的人認爲⑥⑥的句子可以接受。但是這些人認爲，這個疑問句在功用上屬於「回響問句」；也就是說，把對方所說的話(如'我想知道…買了…')裡沒有聽清楚的部分（即以'…'所表示的部分）用疑問詞來代替形成問句以便要求對方重說一遍。㉖

㉖ 這些人中也有許多人認爲含有複數疑問詞的直接問句⑤⑥('誰買了什麼(呢)?')通常也做爲「回響問句」使用。又如果是⑤⑥句是一個回響問句，那麼似乎應該以'(我問你)〔你想知道誰買了什麼〕呢?'來表示。另一方面，黃先生(p.c.)則認爲⑤③句有三義；(i)整個賓語子句是間接問句(＝60)；(ii)直接詢問'誰'，而間接詢'什麼'(＝54a)；(iii)直接詢問'什麼'，而間接詢問'誰'(＝54b)。以下論點的差距，都是由於黃(1982)與本文對於這個句子的合法度與語意解釋上的判斷不同而起。

㊸ （我問你）你想知道〔誰買了什麼〕嗎？

㊹ ??（我問你）你想知道〔誰買了什麼呢〕？

我們在前面㊹與㊺的討論時，曾經提到這兩個不合語法的句子都可以當「回響問句」來使用，卻不能以此開始言談。所以根據㊻的合法度判斷來主張'誰買了什麼'是直接問句的理由十分薄弱。同時，黃(1982:377,390) 也認為'想知道'必須以疑問子句為賓語。那麼依照黃（1982:371）的分析與結論，'想知道'後面的疑問子句似乎應該解釋為間接問句，疑問詞的範域應該僅及於子句。問題發生在：他認為疑問子句裡同時含有兩個以上的疑問詞時，有的留在子句，有的移入母句。如此一來，'想知道'後面的疑問子句既是間接問句，又是直接問句，形成黃（1982:371）結論的例外。他之所以採用如此分析，可能是由於他認為㊼（＝㊳）的問句可以用㊽b(＝㊵a＝㊴a)與㊽c（＝㊵b＝㊴b）的答句來回答，卻不能用 ㊽d （＝㊹＝㊶）的答句來回答。因為他在文中不只一次的提到，疑問詞的範域與其合法度，可以從與疑問句相對的答句來推定。

㊼ 你想知道誰買了什麼？

㊽a （是，）我想知道（誰買了什麼)。

b 我想知道李四買了什麼。

c 我想知道誰買了書。

d *我想知道李四買了書。

但是我們判斷這些句子的合語法或不合語法，事實上並不是根據這些句子是不是㊼的問句可能的答句來判斷，而仍然是根據動詞'想知道'的「次類畫分屬性」(subcategorization feature) 即'想知道'必須以疑問子句爲補語：68a, b, c 的句子以疑問子句爲補語，所以合語法；68d 的句子以陳述子句爲補語，所以不合語法。我們並不否認 68b,c 是67的問句可能的答句，但是我們似乎不能就據此認定67的句子有54a與54b兩種邏輯形式。因爲如果我們把67解釋爲是非問句，那麼 68a,b,c 分別是與 69a,b,c 相對的答句。也就是說，單憑68 a,b,c 是可能的答句，我們似乎不能有效的決定與此相對的問句67應該分析爲直接問句還是間接問句。

69a 你想知道誰買了什麼嗎？

b 你想知道李四買了什麼嗎？

c 你想知道誰買了書嗎？

又如，以'知道'爲母句動詞的疑問句70，可以有71a到71d四種可能的答句。

70 你知道誰買了什麼 {嗎 / ??呢} ？

71a 我知道誰買了什麼。

b 我知道李四買了什麼。

c 我知道誰買了書。

d 我知道李四買了書。

但是其中 71b,c,d 又分別是 72a,b,c 可能的答句。試比較：

72a 你知道李四買了什麼嗎？

b 你知道誰買了書嗎？

c 你知道李四買了書嗎？

以上的觀察顯示，我們不能逕以可能的答句來推定補語子句疑問詞的範域，更不能據此決定邏輯形式的是否合語法。我們不能

「先驗地」(a priori) 決定邏輯形式，然後再找「吸收」的邏輯形式規律來說明如何衍生這些邏輯形式。相反地，我們應該「後驗地」(a posteriori) 確立「吸收」的邏輯形式規律，然後再用這個規律來對有關的語言現象做原則性的說明 (a principled account)。這樣的邏輯形式規律，纔具有「詮釋上的妥當性」(explanatory adequacy)，纔能在模組語法裡佔一席之地。黃（1982）似乎先考慮有關英語疑問句的合法度判斷與語意解釋而決定其邏輯形式，然後把這些合法度判斷、語意解釋與邏輯形式應用到與英語相對的國語疑問句上面來。從「普遍語法」(universal grammar) 與兒童語言習得 (language acquisition) 的觀點而言，這是相當合理的假設。不過我們希望能更多方涉獵國語的語料並尋求其他可能的分析方法 (alternative analyses)。

其次，黃 (1982: 382-383) 認爲，⑬的疑問句可能有 ⑭a,b,c 三種邏輯形式。

⑬　誰想知道〔誰買了什麼〕?（＝㊺）

⑭a　〔誰$_x$什麼$_z$〔X想知道〔誰$_y$〔Y買了Z〕〕〕〕（＝㊺a）

b　〔誰$_x$誰$_y$〔X想知道〔什麼$_z$〔Y買了Z〕〕〕〕（＝㊺b）

c　〔誰$_x$〔X想知道〔誰$_y$什麼$_z$〔Y買了Z〕〕〕〕（＝㊺c）

但是他沒有說明，這些邏輯形式是如何決定的；也沒有說明，與這些邏輯形式相對的答句是什麼。依照他所提出的「吸收規律」(Rule of Absorption)，似乎沒有理由把被吸收的疑問詞限於兩個，因此必須另外提出理由來說明爲什麼三個疑問'誰、誰、什麼'不能在母句裡吸收合併。這個理由顯然是由於'想知道'在次類畫分上要求以疑問子句爲補語，所以不能讓所有的疑問詞都合併到母句上面去。因此'想知道'與'知道'這兩個動詞的次類畫分必須區別清楚；前者必須以疑問子句爲補語，後者可以也可以不以疑問子句爲補語。同時，他的分析允許 ⑭c 的邏輯形式在疑問子句裡吸收合併'誰'與'什麼'，也允許⑰的邏輯形式在單句裡吸收合併'誰'與'什麼'，而在⑬的邏輯形式⑭中卻沒有談到'誰'與'什麼'是否能在疑問子句或母句裡吸收合併。又他的分析，雖然可以說明 ⑮a, b 是與 ⑭a,b 相對的答句，卻沒有說明⑮c並不是與⑭c相對的答句，也沒有說明⑮d也是⑬可能的答句。

⑮a　我想知道〔誰買了書〕。

b　我想知道〔李四買了什麼〕。

c　我想知道〔李四買了書〕。

d　我想知道〔誰買了什麼〕。

我們認爲⑬的邏輯形式應該是⑯。也就是說，'想知道'的補語子句'誰買了什麼'是間接問句，兩個疑問詞的範域都不能超出補語子句。

⑯　〔誰$_x$〔X想知道〔誰$_y$什麼$_z$〔Y買了Z〕〕〕〕

這個邏輯形式不但可以說明，⑬的答句不只是 ⑮a,b，也可能是⑮d；而且還可以說明⑰是不可能的答句。

⑰a　誰想知道〔誰買了書〕。

b　誰想知道〔李四買了什麼〕。

c　誰想知道〔李四買了書〕。

因爲只有母句的疑問詞'誰'的範域及於全句，所以在答句裡必須先回答這個疑問詞。至於補語子句裡的疑問詞'誰'與'什麼'，其範域僅及於子句，所以在答句裡不一定要回答（參照⑮d的答句)。答話者在回答母句疑問詞'誰'之後，可以自行提供子句疑問詞'誰'與'什麼'的回答（如⑮a與⑮b的答句)。至於⑮c的不合語法，主要是由於這個句子在句法上違背了動詞'想知道'必須與疑問子句連用的共存限制。而且補語子句裡不含有疑問詞，等於說沒有'想知道'的問題，在語用上也不妥當。不過如果把⑬解釋爲回響問句，那麼⑮d仍然是可能的回答。

其次，黃(1982:384)認爲，⑱與⑳所包含的疑問子句都是直接問句，但是只有'誰'的疑問詞範域可以及於全句，而'爲什麼'與'怎麼'的疑問詞範域則僅能及於子句。根據他的分析，這是由於'誰'與'什麼'是「實體性的」("objectual")疑問詞，是屬於名詞組(NP)的；而'爲什麼'與'怎麼'卻是「非實體性的」("nonobjectual")的疑問詞，是屬於介詞組（PP）或形容組(AP)的。㉗換句話說，⑱與⑳的邏輯形式只可能是⑲a與㉑a，而不可能是⑲b或㉑b。試比較：

⑱ 你想知道〔誰為什麼打了張三〕?(＝53)

⑲a 〔誰$_x$〔你想知道〔X為什麼打了張三〕〕〕

b 〔為什麼$_y$〔你想知道〔誰Y打了張三〕〕〕

⑳ 你想知道〔誰怎麼樣打了張三〕?(＝54)㉘

㉑a 〔誰$_x$〔你想知道〔X怎麼樣打了張三〕〕〕

㉗ 黃（1982:411，註⑮），並提到，「實體性」與「非實體性」疑問詞或數量詞的區別，可以分析爲擴充解釋「空號範疇原則」(Empty Category Principle) 的結果。

㉘ 我們爲了討論的方便，把原文裡面的'誰怎麼騙了張三'改爲'誰怎麼樣打了張三'。

b　〔怎麼樣$_y$〔你想知道〔誰Y打了張三〕〕〕

根據我們的分析，⑱與⑳這兩個句子所包含的疑問子句是間接問句，而不是直接問句，因爲這兩個疑問句在語意上分別與㉜及㉝相同。

㉜　（我問你）你想知道〔誰為什麼打了張三〕{嗎 / ??呢}？

㉝　（我問你）你想知道〔誰怎麼樣打了張三〕{嗎 / ??呢}？

我們再看⑱與⑳可能的答句。我們認爲在㉞的句子裡，除了㉞d是由於前面已經討論過的理由不用做答句以外，其他三個句子都是合語法的答句。

㉞a　我想知道〔誰{為什麼 / 怎麼樣}打了張三〕。

b　我想知道〔李四{為什麼 / 怎麼樣}打了張三〕。

c　我想知道〔誰{為了討賭債 / 狠狠的}打了張三〕。

d　我想知道〔李四{為了討賭債 / 狠狠的}打了張三〕。

根據以上的觀察，我們認爲⑱與⑳的邏輯形式應該分別是㉟與㊱。而且，就黃（1982）所提出的語料與問題而言，似無需要區別「實體性」疑問詞'誰'與「非實體性」疑問詞'爲什麼、怎麼'的疑問範域或移位限制。

㉟　〔你想知道〔誰$_x$ 為什麼$_y$〔XY打了張三〕〕〕

⑯ 〔你想知道〔誰$_x$ 怎麼樣$_y$〔XY打了張三〕〕〕

同樣的，我們認爲⑰a與⑱a的邏輯形式分別是⑰b與⑱b。

⑰a　誰為什麼打了張三(呢)?

b　〔誰$_x$為什麼$_y$〔XY打了張三〕〕

c　李四為了討賭債打了張三。

⑱a　誰怎麼樣打了張三(呢)?

b　〔誰$_x$怎麼樣$_y$〔XY打了張三〕〕

c　李四狠狠的打了張三。

這些邏輯形式與及⑮及⑯裡面疑問子句的邏輯形式相同，所以我們不需要解釋爲什麼這些形式與⑦與⑧的邏輯形式（即⑨與⑪）有顯著的差異。而且，⑰c與⑱c的答句更間接的證明，疑問詞'誰'與'爲什麼、怎麼樣'之間，儘管有「實體」與「非實體」的區別，仍然可以經過吸收而合併。依據同樣的理由，我們也認爲⑲a與⑳a的邏輯形式分別是⑲b與⑳b，而可能的答句則分別是⑲c與⑳c。

⑲a　你想誰為什麼打了張三(呢)?

b　〔誰$_x$ 為什麼$_y$〔你想〔XY打了張三〕〕〕

c　我想李四為了討賭債打了張三。

⑳a　你想誰怎麼樣打了張三(呢)?

b　〔誰$_x$ 怎麼樣$_y$〔你想〔XY打了張三〕〕〕

c　我想李四狠狠的打了張三。

另一方面，㉑a與㉒a的邏輯形式則分別是㉑b與㉒b，而可能的答句是㉓。試比較：

㉑a　你知道誰為什麼打了張三(嗎)?

b　〔你知道〔誰$_x$ 為什麼$_y$〔XY打了張三〕〕〕

㊈a　你知道誰怎麼樣打了張三(嗎)？

b　〔你知道〔誰$_x$ 怎麼樣$_y$〔XY打了張三〕〕〕

㊉a　我知道誰$\left\{\begin{array}{l}\text{為什麼}\\ \text{怎麼樣}\end{array}\right\}$打了張三。

b　我知道李四$\left\{\begin{array}{l}\text{為什麼}\\ \text{怎麼樣}\end{array}\right\}$打了張三。

c　我知道誰$\left\{\begin{array}{l}\text{為了賭債}\\ \text{狠 狠 的}\end{array}\right\}$打了張三。

d　我知道李四$\left\{\begin{array}{l}\text{為了賭債}\\ \text{狠 狠 的}\end{array}\right\}$打了張三。

在㊇與㊈的邏輯形式裡，疑問詞出現於母句補語連詞的位置。因爲疑問詞的範域及於全句，所以必須回答這些疑問詞而只能有㊇c與㊈c的答句。在㊉與㊈的邏輯形式裡，疑問詞出現於子句補語連詞的位置。因爲疑問詞的範域僅及於子句，所以不必回答這些疑問詞而可以有 ㊉a 的答句。但是答話者可以**自願**回答這些疑問詞而可以有㊉b到㊉d的答句。

五、國語的正反問句與正反疑問詞的範圍

最後，黃(1982:386ff) 認爲，國語的正反問句也可以應用與「移動疑問詞」相似的概念與方法來衍生其邏輯形式：即以「移動α」的邏輯形式規律把正反問句裡所並列的肯定述語與否定述語移到句首補語連詞的位置。例如，下面㊉a的正反問句可以用㊉b

的邏輯形式來表示㉙。

㉔a 〔$_s$他〔$_{vp}$〔$_v$〔$_v$喜歡〕(還是)〔不喜歡〕〕你〕〕?(=⑦⓪)

b 〔〔哪一個$_x$;x〔〔喜歡〕,〔不喜歡〕〕〕〔他X你〕〕

黃(1982:390)認爲,「正反疑問詞」(A-not-A)的移位必須受承接條件的限制,因爲⑨⑤的疑問句只能用⑨⑥a句回答,不能用⑨⑥b的回答。

⑨⑤ 你想知道〔誰喜不喜歡他〕?(=⑦⑧)

⑨⑥a 我想知道〔李四喜不喜歡他〕。(=⑦⑨)

b 我想知道〔誰喜歡他〕。(=⑧⓪)

他更認爲,動詞'想知道'必須以疑問子句爲賓語,所以在兩個疑問詞'誰'與'喜不喜歡'中必須有一個留在疑問子句裡形成間接問句。但是另外一個疑問詞則可以移到母句形成直接問句。⑨⑥a是可能的答句,因而表示疑問詞'誰'的範域可以及於母句,全句可以解釋爲疑問詞問句。⑨⑥b是不可能的答句,因而表示疑問詞'喜不喜歡'的範域僅及於補語子句,全句不能解釋爲正反問句。因此,他的結論是:特指疑問詞'誰'可以違背承接條件移到母句,而正反疑問詞'喜不喜歡'則不能違背承接條件移到母句。關於這一點,我們的分析與結論,與黃(1982)有很大的差距。

㉙ 事實上,黃(1982:387-389)談到⑨④可能有好幾個形態不同而眞假值卻相同的邏輯形式。爲了討論的方便,我們權宜的選擇了其中的一種來代表。

首先，我們認為⑮的例句不合語法。㉚ 這一點，可以從下面⑰與⑱的不合語法看得出來。在⑰的例句裡，兩個疑問詞都出現於單句或根句；在⑱的例句裡，動詞'以為'不能以疑問子句為補語。因此，這兩個例句都沒有理由要把其中一個疑問詞留下來，卻都是不合語法的句子。㉛

⑰ *誰喜不喜歡他？

⑱ *你以為誰喜不喜歡他？

㉚ 關於這一點，黃 (1982:390) 自己也以"〔⑮的句子〕如果合語法的話" (in so far as the sentence〔⑮〕is grammatical)，來表示對該句合法度判斷有所保留。但是黃先生 (p.c) 說，他的原意並不表示對該句的合法度有所保留，而只表示此句話只有一個解釋，比"你想知道誰買了什麼？"少了兩個解釋。

㉛ 如果說這兩個句子是合語法，那麼也只能解釋為針對別人所說'……喜不喜歡他？'與'你以為……喜不喜歡他？'而發的回響問句。又黃先生 (p.c.) 認為⑰與⑱兩句的不合語法只能證明'誰喜不喜歡他'沒有間接問句的解釋，並不能證明沒有直接詢問'誰'而間接詢問'喜不喜歡'的解釋。但是在這些例句裡'誰喜不喜歡他'的疑問範域都及於全句，似乎應該做為直接問句分析。我們不容易想像國語疑問句有不能做為直接問句卻可以做為間接問句的情形存在。同時，'誰喜不喜歡他'無論做為直接問句或間接問句都不容易翻譯成其他語言，似乎也暗示這一句話的合法度有問題。另外，黃先生 (p.c.) 還指出⑯a是可能的答句而⑯b是不可能的答句，並且認為這一點可以間接證明⑮是合語法的疑問句。但是我們已經在前面指出，答句與疑問範域以及其邏輯形式之間的關係，只能做為參考，而不能做為決定疑問句合法度與邏輯形式的依據。

㉜同時，下面的例句顯示，出現於不能以疑問子句為補語的動詞（如'猜、想、看、以為、認為'等）後面的正反問句，其疑問範域可以及於母句。

⑲a　你猜／想／看／以為／認為〔他會不會來(呢)〕？

b　我猜／想／看／以為／認為〔他(不)會來〕。

但是出現於這些動詞後面的'誰會不會來'，如⑽a 句，仍然不合語法，雖然這一疑問句可以有⑽b的答句。

⑽a　*你猜／想／看／以為／認為〔誰會不會來(呢)〕？

b　我猜／想／看／以為／認為〔李四(不)會來〕。

可見，疑問詞（無論是特指疑問詞或正反疑問詞）之能否移入母句而使其疑問範域及於全句，與其相對的答句之是否合語法，並沒有直接或必然的關係；而是決定於母句動詞之能否以疑問子句為補語。因此，㉟、㊲、㊳、⑽a等例句的不合語法，必須另找理由來說明。我們認為最簡單而直截了當的解釋是：「特指疑問詞」（'誰、什麼、……等）與「正反疑問詞」（A-not-A）是兩種屬性不相同的疑問詞，所以不能經過「吸收」而合併。這樣的限制，不但以最自然合理的方式來說明這些句子的不合語法，而且我們還需

㉜ 黃先生(p.c.)認為，單說「特指、選擇、正反、是非」等幾類疑問詞的屬性不同還不够，還必須說明如何不同，而「實體性的」疑問詞與「非實體性的」疑問詞就是對於疑問詞「屬性不同」的一種解釋方式。但是黃（1982）所提出的「實體性」與「非實體性」的區別，以及後來所提出的「補語」（complement）與「附加語」（adjunct）的區別，似乎都無法用來界定「特指、選擇、正反、是非」這四類疑問詞的差異。這是屬於語法理論中有關「執行」（execution）部分的問題，我們不擬在此詳論。

要類似的限制（即「特指疑問詞」、「選擇疑問詞」、「正反疑問詞」、「是非疑問詞」等屬性不同的疑問詞不能互相吸收㉝）來說明，爲什麼下面⑩的例句都不合語法。

⑩a　*誰會來嗎？
　b　*他會不會來嗎？
　c　*他明天來還是後天來嗎？
　d　*他來不來還是去不去？
　e　*你是在什麼時候還是在什麼地方吃飯？

黃（1982:391）也提議類似的吸收限制來說明⑮、⑰、⑱等例句的不合語法，但是他認爲只有實體性的疑問詞可以互相吸收，而包括正反疑問詞在內的非實體性的疑問詞則不能如此吸收。與我們的吸收限制相比，黃(1982)的吸收限制有下列幾個問題。

(一)根據前面的討論，我們還沒有找到非實體性疑問詞。(如'爲什麼、怎麼、怎麼樣'等）不能與實體性疑問詞（如'誰、什麼'等）吸收的例證。也就是說，到現在爲止，我們還沒有找到需要區別實體性與非實體性這兩種疑問詞的理由。而且，爲了達成詮釋上的妥當性，黃（1982）的吸收限制應該設法說明，爲什麼實體性疑問詞可以互相吸收，而非實體性疑問詞則不能互相吸收。

(二)有形容詞或定語性質的疑問詞，如'哪、幾、多少'等，究竟是實體性的，還是非實體性的疑問詞？就語意內涵與句法功

㉝「選擇疑問詞」可能與「正反疑問詞」同屬一類，也可能單獨成一類，但請參照例句⑩d與⑩e。

能而言，這些疑問詞似乎是非實體性的，因爲在性質上並不屬於名詞組。但是這些疑問詞似乎都可以與實體性疑問詞'誰、什麼'等一起出現，並且可以有適當的答句。例如：㉞

⑩a　誰付了多少錢買這一本書？

b　李四付了四百元買這一本書。

⑩a　誰買了幾本書？

b　我買了十本書

⑩a　哪一個人買了什麼(書)？

b　這一個人買了故事書。

他如'什麼時候、什麼地方'等疑問詞，究竟是實體性的還是非實體性的？如果說這些疑問詞是實體性的，卻可以與非實體性的疑問詞互相吸收。如果說這些疑問詞是非實體性的，卻可以彼此間互相吸收。例如：

⑮　你什麼時候在什麼地方見到他？

b　你在什麼地方為(了)什麼打他？

c　我什麼時候怎麼樣的侮辱過你？

(三)黃 (1982) 的吸收限制不能妥當的說明，在同一個疑問句裡不能同時有特指、選擇、正反、是非等種類不同的疑問詞，必須另外設定一項限制來處理這個問題。

㉞ 這些例句都含有複數的特指疑問詞，因此有些人認爲通常都只能做爲回響問句使用。又黃先生 (p.c.) 認爲，在⑩到⑩的例句中，'誰'可以與'多少錢'及'幾本書'配對(但不能與'多少'或'幾'配對)而吸收。'哪一個人'可以與'什麼書'配對(但不是'哪'與'什麼'配對)而吸收，所以都是實體性的疑問詞。

又黃（1982:391）認爲，他的吸收限制可以說明 ⑯a 的不合語法。

⑯a　*誰相信〔張三來不來〕？（＝⑯）

b　我相信〔張三（不）來〕。

乍看之下，⑯a 的例句似乎應該合語法，因爲特指疑問詞'誰'與正反疑問詞'來不來'分別出現於母句與子句，所以並不發生吸收的問題，而且還可以有 ⑯b 的答句。其實，⑯a 是不合語法的句子，因爲'相信'是不能以疑問子句爲補語的動詞，所以正反疑問詞'來不來'必須移到母句來。但是母句裡已經有自己的特指疑問詞'誰'，不能再容許另外一個疑問詞移入，所以句子纔不合語法。或許黃（1982）的意思是說，正反問詞本來可以移到母句來，不過因爲'來不來'是非實體性的的疑問詞，所以不能與實體性的疑問詞'誰'合併。但是我們卻認爲，問題的關鍵不在於母句疑問詞與子句疑問詞之能否互相吸收，而在於母句含有自己的疑問詞時子句疑問詞能否移到母句。下面的例句表示，母句含有某類疑問詞的時候，與此同類的子句疑問詞仍然無法移入母句。[35]

⑰　*你相信不相信〔李四會不會來〕？

---

[35] ⑱的例句如果解釋爲回響問句，似乎可以通。同時，我們在這裡再一次提醒：與疑問詞相對的可能的答句，只可以做爲推定疑問詞範域的參考，卻不能做爲決定疑問詞範域的依據。例如，⑯a 是不合語法的問句，但可以有 ⑯b 合語法的答句。又如⑰與⑱都可以找出與此相對的合語法的答句（如'我相信李四（不）會來'、'我以爲李四會來'），但是我們不能因此就說⑰與⑱是合語法的句子，也不能說在這些例句裡出現於補語子句的疑問詞範域及於全句。

⑱　*誰以為〔誰會來〕？

因此，我們的結論是：母句本身含有疑問詞的時候，子句疑問詞無法再移入這個母句。這本來就是「複數補語化詞填位的濾除」(Multiply Filled COMP Filter）的當然結果，因此不需要另外設立限制。

另外，黃（1982:390-391）還舉了下面⑲的例句做爲正反疑問詞必須遵守承接條件的佐證。

⑲a　*〔〔你買不買的〕書〕比較貴？（＝⑧1）

b　*〔張三念不念數學〕比較好？（＝⑧2）

c　*〔張三娶不娶李小姐〕，你比較贊成？（＝⑧3）

他的意思大概是說，在這些例句裡正反疑問詞出現於關係子句、主語子句、主題子句，其疑問詞範域不能及於母句，所以全句語氣也無法成爲疑問句。但是把這些例句改爲陳述句以後，所得的句子還是不合語法。可見，這些例句的不合語法主要來自語意㊱：'張三念數學'或'不念數學'都還沒有決定，怎麼能問那一種選擇比較好？'張三娶李小姐'或'不娶李小姐'都還沒有決定，怎麼能徵求對方贊成那一種選擇？而且更有例句表示，正反問句可以充當句子的主語或名詞組的同位語，例如：

㊱ 黃先生（p.c.）指出，⑲的不合法是由於述語'比較貴、比較好、比較贊成'等必須以陳述句爲主語，並且認爲這樣的說明比"不合語法主要來自語意"更爲具體。但是這些述語可以以疑問句爲主語（如'你在哪裡買(的)書比較貴?''張三念什麼比較好?''張三娶哪一位，你比較贊成?'。如果以陳述句爲主語，那麼這些句子就要解釋爲是非問句（如'你買(的)書比較貴嗎?''張三念數學比較好嗎?''張三娶李小姐，你比較贊成嗎?'

⑽〔你來不來〕都無所謂。

⑾〔我去不去〕跟〔你來不來〕有什麼關係呢？

⑿〔〔你要不要辭職的〕問題〕，我們以後再談吧。

因此，在未做最後結論之前，我們必須擴大有關語料做更全面的研究。例如⑽的不合語法，可能與「命令句」⒀、「感嘆句」⒁、「是非問句」⒂、「選擇問句」⒃、「疑問詞問句」⒄等之不能成爲關係子句有關，似應一併考慮並做有系統的處理。

⒀ *〔〔快去買的〕書〕很有趣。

⒁ *我們應該尊敬〔〔多麼偉大的〕老師〕。

⒂ *這是〔〔你難道要看的〕書〕。

⒃ *〔〔你今天還是明天要做的〕工作〕難不難？

⒄ *你最喜歡吃〔〔究竟誰煮的〕菜〕（呢）？

又⒄的例句似乎表示，特指疑問詞'誰'雖出現於「非特定名詞組」(nonspecific NP)，卻受承接條件的限制，表示不能單用「特定條件」來說明這個句子的不合語法。但是下面⒅的例句卻表示，疑問詞'誰'並不受承接條件的限制。試比較：

⒅ 你究竟最喜歡吃〔〔誰煮的〕菜〕（呢）？

可見，問題不能單純地從「疑問詞疑問句」與「正反問句」的區別，以及「承接條件」與「特定條件」的限制來解決，而要更進一步深入研究這些句子所應該具備的邏輯形式究竟如何。例如，⒄的邏輯形式可能是⒆，因爲以疑問子句爲關係子句，所以不合語法。而⒅的邏輯形式可能是⒇，並沒有以疑問子句爲關係子句，所以合語法。

⒆〔你最喜歡吃〔〔誰$_x$〔究竟X煮菜〕〕的菜〕〕

⑿ 〔誰$_x$〔你究竟喜歡吃〔〔X葷菜〕的菜〕〕〕

至於如何正確而合理的導出這些邏輯形式？這些問題的詳細討論，勢必牽涉到國語法有關關係子句、同位子句、名詞子句、主語子句、主題子句等句法結構之分析，以及這些結構與「承接條件」或「特定條件」的關係，已經超出了本文的討論範圍。

六、結　語

以上的分析與討論似乎顯示，黃（1982）所提出的「移動α」的邏輯形式規律，在具體的內容、運用與限制方面還需要做更進一步的檢討。無論是語法理論的進步或國語語法研究的提升，都要靠大家不斷的批評、建議與討論。唯有經過批評與討論的千錘百煉，國語語法的研究纔能茁壯而強大起來。本文對於國語裡「移動α」的邏輯形式規律提出了一些疑問與意見。由於個人的才識有限，難免有許多誤解、偏頗或缺失的地方。盼望國內外漢語語言學家，大家一起來討論這個頗有意義的問題。如此，不但可以促進我們對於最新語法理論的了解，更可以提高我國國語語法研究的水平。

後　記

完成本文之後，曾寄一份原稿請黃正德先生過目。黃先生在百忙中看完了全文，並提供了一些意見與建議。我們把這些意見與建議，儘量以「私人交換意見」(p.c.; personal communication) 的形式納入於附註中，並在此再一次向黃先生誌謝。

參考文獻

Chomsky, Noam (1982). *Some Concepts and Consequences of the Theory of Government and Binding,* The Massachusetts Institute of Technology.

Fiengo, R. and J. Higginbotham (1981). "Opacity in NP," *Linguistic Analysis,* 7:395-422.

Higginbotham, J. and R. May (1981). "Questions, Quantifiers, and Crossing," *Linguistic Review,* 1.41-80.

Huang, C-T. J. (黃正德) (1982). "Move WH in a Language Without WH Movement," *Linguistic Review,* 1:369-416.

Radford, Andrew (1981). *Transformational Syntax,* Cambridge University Press.

Tang, T. C. (湯廷池) (1972). *A Case Grammar of Spoken Chinese.* (國語格變語法試論)，臺北：海國書局.

——(1973) "Contrastive Study of Chinese and English Relativization," 收錄於湯(1977).

——(1977) 英語教學論集，臺北：臺灣學生書局.

——(1978)「中文的關係子句」，師大學報，24:181-218, 收錄於湯(1979).

——(1979) 國語語法研究論集，臺北：臺灣學生書局.

——(1980)「國語分裂句、分裂變句、準分裂句的結構與限制之研究」，收錄於湯(1981a).

——(1981a) 語言學與語文教學，臺北：臺灣學生書局.

——(1981b)「國語疑問句的研究」，師大學報，26:219-277.

——(1984)「國語疑問句研究續論」，師大學報 29:381-435.

*原刊載於教學與研究（1984）第六期（79-114頁）。

關於漢語的詞序類型

一、前　言

自從 Greenberg (1963) 爲人類自然語言的詞序類型提出「含蘊普遍性」(implicational universals) 以及「主動賓語言」(SVO language)、「主賓動語言」(SOV language) 與「動主賓語言」(VSO language) 的分類與詞序特徵以來，現代漢語的詞序類型一直是學者間爭論最多的問題。Tai (1973) 認爲現代漢語在詞序類型上應該屬於「主賓動語言」，因爲現代漢語裡「主賓動語言」的詞序特徵多於「主動賓語言」的詞序特徵。Li & Thompson (1974 a, 1974b, 1974c, 1975, 1981) 也認爲現代漢語的「主賓動」詞序特徵多於「主動賓」詞序特徵，並據而推測現代漢語可能逐漸由「主動賓語言」演變成爲「主賓動語言」。

另一方面，Huang (1978), Chu (1979), Mei (1979), Li (1979), Light (1979), Erbaugh (1982), Tang (1983), Sun & Givón (1985) 等則分別從漢語的語言事實、歷史演變、兒童的語言習得、以及「主動賓句」與「主賓動句」在口語與書面語資料中出現的頻率等各方面來主張現代漢語應該屬於「主動賓語言」。Huang(1982) 更提出「X標槓結構限制」(X-bar Structure Constraint) 來主張現代漢語是「主動賓語言」，並用這個限制來說明爲什麼現代漢語兼具「主賓動語言」的詞序特徵。Li (1985, 1986) 也認定現代漢語是「主動賓語言」，並且主張漢語的詞序特徵可以由「管轄約束理論」(Government-Binding Theory) 中的「格位理論」(Case theory) 等原則系統獲得相當自然合理的詮釋，不必另求其他限制。

本文擬就漢語詞序類型論爭的歷史背景做一番簡明扼要的論述，並且從當代語法理論的觀點對各家的分析與結論做一番客觀的評估。在論述與評估的過程中，將一併討論 Greenberg 的「含蘊普遍性」、Vennemann 的「自然序列原則」(Natural Serialization Principle)、Keenan 的「相異原則」(Dissimilation Principle)、Hawkins 的「分布普遍性」(Distributional Universals) 與「跨類和諧原則」(Cross-category Harmony Principle)、Tai 的「時間序列原則」(Temporal Sequence Principle) 等對於詞序類型與詞序特徵分析的主張，以及「管轄約束理論」中「X 標槓理論」(X-bar theory)、「投影原則」(projection principle)、「θ

理論」(θ-theory)、「格位理論」(Case theory)(特別是「格位濾除」(Case Filter))、「鄰接條件」(Adjacency Condition)與「格位分派方向」(Case-assignment Directionality)、「管轄理論」(Government theory)等原則系統對於現代漢語詞序特徵的「詮釋功能」(explanatory power)。在結語中並將指出現代漢語語法的一些主要論題，當代語法理論對於解決這些論題所具有的潛力，以及漢語語法學家今後的努力方向。

二、Greenberg的「含蘊詞序普遍性」與漢語的詞序類型論爭

Greenberg (1963, 1966) 曾經對於世界上三十種具有代表性的語言加以分析與整理❶，並且利用布拉克學派 (Prague school)「含蘊規律」(implicational law) 的概念❷就自然語言的「表面結構類型」(surface structure typology) 提出了下面「含蘊的詞序普遍性」(implicational word-order universals)。

① 如果某一個語言是「主動賓語言」(SVO language)，如法語、班圖語等，那麼在這一個語言裡：

a 名詞的修飾語（如形容詞、領位名詞、關係子句等）出現於名詞的後面。

b 動詞的修飾語（如副詞、狀語等）出現於動詞的後面。

---

❶ 在 Greenberg (1966) 的「附錄二」中所列舉的語言，共達一百四十二種。

❷ 即“如果有P則有Q”，“有P則無Q”，或“無P則無Q”。

c「動貌」(aspect) 與「時制」(tense) 標誌附加於動詞的前面。

d「情態助動詞」(modal auxiliary) 出現於「主動詞」(main verb) 的前面。

e 比較級形容詞出現於被比較的事物(standard) 的前面。

f 前置詞出現於名詞的前面。

g 沒有句尾疑問助詞。

② 如果某一個語言是「主賓動語言」(SOV language)，如日語、土耳其語等，那麼在這一個語言裡：

a 名詞的修飾語（如形容詞、領位名詞、關係子句等）出現於名詞的前面。

b 動詞的修飾語（如副詞、狀語等）出現於動詞的前面。

c 動貌與時制標誌附加於動詞的後面。

d 情態助動詞出現於主動詞的後面。

e 比較級形容詞出現於被比較的事物的後面。

f 後置詞出現於名詞的後面。

g 有句尾疑問助詞。

Lehmann (1973) 也根據他有關日語、土耳其語、希伯來語、泰語等的觀察，提出下面有關「主動賓語言」與「主賓動語言」的構詞特徵❸：

---

❸ Lehmann (1973:61) 還舉出「主賓動語言」趨向於具有'(C)CV'「(輔音)輔音·元音」的音節結構，常有「元音和諧」(vowel harmony) 的現象，多使用「高低重音」(pitch accent) 而少使用「輕重重音」(stress accent)，多辨別「音拍」(mora)而少辨別「音節」(syllable)。

③ 如果某一個語言是「主動賓語言」，如古希伯來語、葡萄牙語、Squamish 等，那麼這個語言：

a 傾向於「屈折性語言」(inflectional language)；

b 表示「使役」(causativity)、「反身」(reflexivity)、「互相」(reciprocality)等動詞的修飾成分 (verbal modifier)，以及表示否定、疑問、可能（potentiality）、願望（desiderativity）等句子的限制成分 (sentence qualifier marker) 都出現於動詞的前面。

④ 如果某一個語言是「主賓動語言」，如日語、土耳其語、Quechua、Sanketi，那麼這個語言：

a 傾向於「膠著性語言」(agglutinative language)；

b 動詞的修飾成分與句子的限制成分都出現於動詞的後面。

Lehmann (1973:48) 觀察③與④的構詞類型特徵而歸納爲如下的原則：如果動詞出現於賓語的前面，動詞的修飾成分就出現於其主要成分的後面；如果動詞出現於賓語的後面，動詞的修飾成分就出現於其主要成分的前面❹。Lehmann（1973:55）還認爲如果某一個語言在詞序類型的特徵上發生彼此不調和的現象，那就可能表示這一個語言正在演變之中。如此，有關「共時」或「斷代」的語言普遍性（synchronic universal）還可以用來檢驗甚或預言「異時」或「歷代」的語言變遷 (diachronic change)。

❹ Lehmann (1973:48) 的原文是："modifiers are placed on the opposite side of a basic syntactic element from its primary concomitant"。

雖然以上有關詞序類型的普遍性只是「統計上的普遍性」(statistical universals)，而不是沒有例外的「絕對的普遍性」(absolute universals)；只能表示一種趨勢(tendencies)，人類的自然語言很少是「一貫」(consistent)而「固定」(permanent)的「主動賓語言」或「主賓動語言」。但是這些兩種不同詞序類型的語言之間，跨越語言而在不同的詞類上所呈現的詞序對應關係(cross-linguistic and cross-categorial word-order correspondence)，絕不可能是純然的巧合，而有其必然的道理在。因此，許多語言學家乃開始研究人類語言的「詞序類型」(word-order typology)，並進而探討「詞序類型的普遍性」(word-order universals)，也就是詞序類型背後的道理或規律。關於漢語的詞序類型問題，第一個提出研究論文的應該是 Tai (1973)。他參考了 Greenberg (1963)與其他語言學家的研究結果，在「主賓動語言」的詞序特徵②之外，還加了下面⑤的詞序特徵。

⑤a 副詞出現於形容詞的前面。

b 「專有名詞」(proper noun)出現於「普通名詞」(common noun)的前面。

c 「疑問句」(question)與「陳述句」(statement)採用同樣的詞序。

d 「是非問句」(yes-no question)附有「句尾語氣助詞」(final particle)。

Tai (1973:663)認爲②與⑤有關「主賓動語言」的大多數詞序特徵可以經過條理化而歸納爲"「限制成分」(restricting elements)出現於「被限制成分」(restricted elements)的前面"的原則，而且認爲連「主賓動」這個詞序也可以從這一個原則推斷出來：主語限制謂語，所以主語出現於謂語的前面；賓語限制動詞，所以賓語出現於動詞的前面。根據 Tai（1973:668）的看法，漢語應該屬於「主賓動語言」，因爲漢語不僅在表面結構上呈現「主賓動」的詞序，而且還具有（②. a, b, f）與（⑤. a, c, d）等多種「主賓動語言」的詞序特徵。

Li & Thompson（1974a, 1974b）也認爲漢語的「主賓動」詞序特徵多於「主動賓」詞序特徵，但是他們卻主張漢語不能完全歸入「主動賓語言」也不能完全歸入「主賓動語言」，並提出了下面幾點理由。❺

(一)主語在漢語的句法結構上不是一個十分明確的概念。

(二)決定漢語詞序的主要因素，不是語法關係，而是語意或語用上的考慮。例如，「話題」(topic）在漢語的地位非常重要，連動詞的賓語都可以出現於句首而成爲話題。Greenberg（1963）有關詞序類型的研究，沒有考慮話題的存在，自無法圓滿解釋漢語句子詞序的全貌。而且，名詞出現於動詞的前面或後面，常牽涉到名詞的「定性」(definiteness)。一般說來，出現於動詞前面的名詞，無論是話題、主語或賓語，都屬於「定指」(definite）或「殊指」(specific)，而出現於動詞後面的名詞則可能是「任指」

---

❺ 下面的敍述主要根據 Li & Thompson（1981:19-26）。

(indefinite)。❻話題代表舊的已知的信息，所以必須是「有定」(determinate)的（包括「定指」、「殊指」與「泛指」(generic))，而且必須出現於句首。主語通常代表舊的信息，所以出現於動詞的前面，但也可能代表新的信息而出現於動詞的後面。例如在⑥的「引介句」(presentative sentence)裡主語名詞'人'是「無定」(indeterminate)的，所以出現於動詞'來'的後面。而在⑦的非引介句裡主語名詞'人'是「有定」的，所以出現於動詞的前面。試比較：

⑥ 來了人了。

⑦ 人來了。

相似的情形，在賓語名詞(如例句⑧)、時間狀語(如例句⑨)期間狀語(如例句⑩)、處所狀語(如例句⑪)上也可以發現。

⑧a 我買書了。

b 我把書買了。

c 書我買了。

d 我書買了。

⑨a 我三點鐘開會。

b *我開會三點鐘。

---

❻ Li & Thompson (1981) 僅提到「定指」，即說話者與聽話者都知道指涉的對象是什麼，而沒有提到「殊指」，即只有說話者知道指涉的對象是什麼。由於在漢語裡「殊指」名詞也可以出現於動詞的前面（如'我把(某)一個玻璃杯打破了'），所以我們在本文裡以廣義的「有定」(determinate)這個名稱來包括「定指、殊指、泛指」，而以「無定」(indeterminate)來包括「任指」與「未指」(non-referential)。

⑩a　我睡了三個鐘頭。

b　*我三個鐘頭睡了。

⑪a　他在桌子上跳。（表示動作發生之處所）

b　他跳在桌子上。（表示動作結束之處所）

由於名詞在句子中出現的位置與名詞的定性之間具有密切的關係，他們認爲漢語的基本詞序不容易確定，只有以有定名詞爲主語，而以無定名詞爲賓語時，纔可以認定漢語句子的基本詞序是：主語・動詞・賓語。

(三)根據 Greenberg (1963)「含蘊的詞序普遍性」，漢語兼具「主動賓語言」與「主賓動語言」二者的詞序特徵。

⑫　屬於「主動賓語言」的詞序特徵：

a　動詞出現於賓語之前。

b　有前置詞出現於名詞之前。

c　情態助動詞出現於主動詞之前。

d　以子句為賓語的複句結構經常是「主語・動詞・賓語」。

⑬　屬於「主賓動語言」的詞序特徵：

a　動詞也可能出現於賓語之後。

b　介詞組出現於動詞之前，但表示時間與處所的介詞組可能出現於動詞之後。

c　有後置詞出現於名詞之後。

d　關係子句出現於名詞之前。

e　領位名詞出現於名詞之前。

f　動貌標誌出現於動詞之後。

g　某些狀語出現於動詞之前。

根據以上的觀察， Li & Thompson (1974b, 1974c, 1975, 1981) 認爲漢語裡「主賓動語言」的詞序特徵多於「主動賓語言」的詞序特徵，並因而推論漢語可能是逐漸由「主動賓語言」演變成爲「主賓動」語言。依照他們的看法，漢語中含有以「主語・動詞・賓語・動詞」爲詞序的「連動複句」(complex serial verb construction)，其中的第一個動詞漸由動詞而演變成爲「表示格位的標誌」(case-marking particle)，如「把字句」裡的'把'，因而產生了「主語・介詞・賓語・動詞」的「主賓動」句式，而且這種句式越來越佔優勢。❼ Tai (1976) 也認爲漢語的詞序是由「主動賓」演變成爲「主賓動」，並且主張漢語詞序的演變是受了北方阿爾泰語的影響。❽ 依據他的看法，許多「主賓動」詞序特徵在北方官話裡有，而在南方方言（如閩語、粵語等）則沒有：例如北方官話的'公牛、母豬'等複合名詞把形容詞放在名詞之前，而南方方言的'牛公、牛母'則把形容詞放在名詞之後；北方官話的'他到臺北去'採用「主語・介詞・賓語・動詞」的詞序，而南方方言的'他去臺北'則採用「主語・動詞・賓語」；「把字句」在北方官話出現的頻率也遠高於南方方言。他並指出北方曾在南北朝、五代至宋朝、元、清時爲北方異族所統治的事實。

另一方面，Chu (1979)、Mei (1979)、Li (1979)、Light

---

❼ 有關 Li & Thompson (1974b, 1974c, 1975) 漢語詞序演變的評述，請參 Tai (1973)，Huang (1978) 與 Chu (1979)。有關 Tai (1973) 的評述，請參 Huang (1978)。

❽ Tai (1976) 的主張來自 Hashimoto (1976) 的理論觀點，並請參 Hashimoto (1984)。

(1979)、Erbaugh(1982)、Tang(1983)、Sun & Givón(1985)❾等則分別從語言事實、歷史演變、兒童的語言習得、「主動賓」句式與「主賓動」句式在口語與書面語中出現的頻率等觀點來主張現代漢語並不屬於「主賓動語言」，而是相當穩定的「主動賓語言」。Chu (1979) 認爲許多所謂的「主賓動」詞序特徵，實際上與詞序並無必然的關係；雖然有些漢語的詞序特徵，如動詞補語、「把字句」、「被字句」等，確實可以使詞序發生某種程度的變遷。他認爲漢語中所以有「詞序變遷」的問題，主要是由於「話題句」的興起，而「話題句」與漢語句子利用句子中位置來表示名詞的定性有密切的關係。Mei (1979) 則研究「把字句」變形的內容、限制與功用，並指出「把字句」的出現並不足以證明現代漢語的詞序趨向於「主賓動」。相反的，現代漢語有一種保守的趨向，致使漢語的詞序「規則化」(regularized)而保有「主動賓」的基本詞序。Li (1979)則就漢語的八種句法結構或現象(「把字句」、「被字句」、比較句、數詞與量詞的詞序、關係子句、賓語代詞與疑問詞的位置)來探討漢語詞序的演變。她的結論是：就詞序而言，古漢語與現代漢語都不是十足穩定的「主動賓」或「主賓動」語言，因而漢語的詞序也就無所謂由「主動賓」演變成「主賓動」的趨勢。至於現代漢語的修飾結構中修飾語多出現於主要語之前的現象，則可視爲一種局部修飾結構規則化的趨向。Light (1979)則認爲漢語中

---

❾ Sun & Givón (1985:330) 把 Hashimoto (1976)、Givón (1978)、Huang (1978) 與 Tai (1984) 等列爲 Li & Thompson (1974b, 1974c, 1975) 有關漢語詞序演變論點的支持者，而僅舉出 Light (1979) 爲反對者，顯然忽略了在國內出版的有關論著。

「主賓動」的句式是表示「加強」(emphasis)或「對比」(contrast)的「有標的」(marked)結構。而 Erbaugh (1982) 則觀察研究我國國內兒童習得❿國語的過程而獲得如下結論：(一)兒童一直到五歲，甚至五歲以後，都不容易熟練運用「把字句」，而且「把字句」在兒童日常的談話中出現的頻率也遠比在成人談話中出現的頻率爲低；(二)保姆與兒童的交談中使用「把字句」的頻率也比一般成人在日常交談中使用「把字句」的頻率爲低。Sun & Givón (1985) 則更從「主動賓」與「主賓動」句式在國語口語與書面語語料出現次數的統計分析中，發現「主動賓」句式的出現頻率，無論是口語(92%)或書面語(94%)都遠比「主賓動」句式的出現頻率爲高。⓫其中，無定賓語名詞與有定賓語名詞分別以'99%比1%'與'90%比10%'的比例在「主動賓」與「主賓動」的句式中出現。

Tang(1983:401-405) 也在有關 Li & Thompson (1981, 以下簡稱漢語語法) 的評介中，就漢語的詞序類型做了如下的論述：

(一)漢語語法認爲漢語的「主賓動」詞序特徵多於「主動賓」詞序特徵，但是書中有些分析與例句不無商榷的餘地。例如⑬裡所列舉的「主賓動語言」的詞序特徵，有四個特徵(即 b, d, e, g 四項)事實上可以歸成一類：即「修飾語」(modifier)出現於「主要語」(head)之前。而且，這個基本特徵，還可以用來說

❿ 我們用「習得」(acquire)來表示與「學習」(learn)在含義與用法上的差別。

⓫ Chu (1979:104) 也以社論與小說各一篇爲對象，做非正式的統計。其結果是「主動賓」與「主賓動」句式出現的比例分別是社論(32:1)與小說(44:7)。

明有關漢語詞序的其他事實：①修飾整句的副詞或狀語出現於句子之前；②「從句」(subordinate clause) 出現於「主句」(main clause) 之前。⑫顯然的，在這些句法結構裡，前後兩個句子成分之間存有修飾語與主要語的關係。這些詞序特徵究竟要歸入一類或分爲數類來計算比較漢語的詞序類型？不管結果如何處理，都難免有「任意武斷」(ad hoc) 之嫌。

(二)漢語裡並沒有眞正的「後置詞」(postposition)。雖然漢語語法 25 頁認爲例句⑭中的'裡'就是後置詞，但我們卻不敢苟同。

⑭ 他在廚房裡炒飯。

因爲這個'裡(面)'與漢語其他詞彙'外(面)、前(面)、後(面)、上(面)、下(面)'一樣，都是「方位詞」(localizer)。方位詞本身可以當處所名詞用（如例句⑮）或與其他名詞連用而形成處所名詞（如例句⑯）。而且例句（⑯c）可以說是從（⑯a）的基底結構中刪略'的'與'面'而產生的。⑬

⑮a 他在裡面炒飯。

b 裡面有人在炒飯。

---

⑫ 也就是說，從句是修飾主句的「全句修飾語」(sentential modifier)。不過這個原有極少數的例外：卽由'因爲、如果、除非'等連詞所引導的從句有時候出現於主句之後。許多語言學家認爲'如果、除非'等連詞之出現於主句的後面是「中文歐化」的語言現象之一。

⑬ Tang (1972:109) 把方位詞與前面領位名詞（如例句⑯的'廚房的'）之間的關係分析爲「不可轉讓的屬有關係」(inalienable possession)。在這種關係中領位標誌的'的'都可以省略。

c 裡面是厨房。

⑯a 他在厨房的裡面炒飯。

b 他在厨房裡面炒飯。

c 他在厨房裡炒飯。

這一種方位詞似乎沒有理由稱爲後置詞，就是在漢語語法第十一章「處所詞組與方位詞組」(locative and directional phrases) 的討論中也沒有把這種方位詞稱爲後置詞。⑭

(三)漢語語法中所列舉的「主賓動語言」的七個詞序特徵中，至少有三個特徵是可以有例外的。該書在(13b)的說明中也自己承認表示時間與處所的介詞組可以例外的出現於動詞後面。另外，(13f) 的動貌標誌中‘了、著、過’等固然出現於動詞後面，但是表示進行貌的‘在’(如‘他在炒飯’) 與表示完成貌的‘有’(如‘他還沒有把飯炒好’)卻可以出現於動詞的前面。⑮同樣的，漢語裡有些狀語或具有狀語功能的詞語（如‘他有錢得很’‘他走路走得很快’‘他氣得渾身都發抖了’）也會出現於動詞的後面。因此，我們似乎不能以如此脆弱的證據來斷定漢語的「主賓動」詞序特徵

---

⑭ 注意在最典型的「主賓動語言」如日語裡，這種方位詞也會出現。例如，在‘炊事場の中で’（＝在厨房裡）這句日語裡，與漢語的‘裡’相當的是‘中’（而‘の’則與‘的’相當）。但是據我所知，所有語言學家都把‘で’分析爲後置詞，而沒有人把‘中’分析爲後置詞。

⑮ Wang (1965) 把這個‘有’分析爲完成貌標誌‘了’的「同位語」(allomorph)，但是漢語語法的作者不同意這種分析。見該書434-436頁。

多於「主動賓」詞序特徵。⑯

(四)漢語語法認爲賓語既可以出現於動詞的後面，又可以出現於動詞的前面，因而兼具「主動賓」與「主賓動」兩種語言的詞序特徵。但是我們有理由相信，「主動賓」是正常的一般的詞序，也就是所謂的「無標的詞序」(unmarked order)；而「主賓動」是特殊的例外的詞序，也就是「有標的詞序」(marked order)。⑰正常的一般的詞序是純粹依據句法關係 (syntactic relation) 而決定的，而特殊的例外的詞序是常由於語意或語用上的考慮 (semantic or pragmatic consideration)而調整的。更明確的說，漢語的基本詞序本來是「主動賓」，但是爲了符合「從舊信息到新信息」的普遍性語用原則 (universal pragmatic law)，要把代表舊信息的賓語名詞移到動詞的前面或句首，並把「信息焦點」(information focus) 放在句尾的動詞，結果就產生了「主賓動」或「賓

---

⑯ 漢語語法的作者當然還可以從 Greenberg (1963)找到更多有利於「主賓動」論點的詞序特徵，例如"比較級形容詞出現於被比較的事物的後面"，而在漢語的比較句(如'張三比李四高(些)') 裡比較級形容詞('高(些)') 確實出現於被比較的事物 ('比李四') 的後面。但是這個特徵仍然可以歸入"修飾語 ('比李四') 出現於主要語('高(些)')"這個詞序原則。

⑰ 一般說來，「無標的」詞序在句法結構上比較沒有特別的限制，本地人有關合法度的判斷也比較一致，在各地方言都會出現，在兒童習得母語的過程中也較早學會。相反的，「有標的」詞序在句法結構上常有特別的限制，本地人的合法度判斷常有不一致的現象，在某些方言可能不出現，兒童的習得也比較晚。

主動」這種比較特殊的詞序。⑱我們可以提出六點更具體的理由來支持我們的觀點。

(甲)只有「有定」賓語名詞纔可以出現於動詞的前面(如'我已經把書買了''我書已經買了''書我已經買了'),而動詞後面的賓語則沒有這種限制,無論「有定」或「無定」名詞都可以出現(如'我想買書''我要買書''我每星期都買一本書''我買了書了''我買了那本書了')。

(乙)出現於動詞前面的賓語,或者要加上介詞而變成介詞的賓語(如'我把這本書看完了'),或者用重讀或停頓來表示「對比」(contrast)或「強調」(emphasis)(如'我這本書看完了,那本書還沒有看完'),或者移到句首成爲「話題」(如'這本書我看完了')並且還可以加上語氣詞或停頓來表示這個句子成分與其他成分獨立(如'這本書啊我已經看完了')。

(丙)賓語名詞出現於動詞的前面時,動詞常在動貌、補語或修飾成分上受到特別的限制。例如,我們可以說'我要買書'卻不能說'我要把書買'。我們也可以說'我賣書'或'我賣了書',卻不能說'我把書賣'或很少說'我書賣',而只能說'我把書賣了''我

⑱ 依同理,主語出現於謂語後面的「倒裝句」也是特殊的例外的詞序,也可以用「從舊信息到新信息」的語用原則來說明。例如'下雨了''前面來了一位小姐''昨天走了三個人''桌子上有一封你的信''床上躺着一位李先生'等引介句裡句尾的名詞都代表新的信息。漢語各種句式與語用原則之間的關係,請參Tang (1979)「語言分析的目標與方法:兼談語句、語意與語用的關係」與 Tang (1985)「華語語法與功用解釋」。

書賣了'或'我書賣，但是書包不賣'。⑲

(丁)在以子句爲賓語的漢語「複句」(complex sentence)裡，動詞常出現於賓語的前面，很少出現於賓語的後面。⑳因爲在這樣的句式裡，在語用上不需要，在句法結構上也不容易，把賓語子句移到動詞的前面去。

(戊)漢語裡大多數的介詞都是從動詞演變過來的，因此有些介詞至今仍然保留着一些動詞的句法特徵或痕跡。例如，否定詞可以出現於介詞的前面(如'我不跟你一起去''他不比你高')，有些介詞可以形成正反問句(如'你跟不跟我一道去？''他比不比你高'？)，有些介詞在形態上還帶着「動貌標誌」(如'對着、爲着、爲了、除了')。但是這些介詞都一定要出現於賓語的前面，介詞後面的賓語不能移動，也不能刪略。㉑

(己)在漢語的詞彙結構裡，只有「動賓式」複合詞(如'將軍、枕頭、知音、動粗、得罪、爲難、生氣、失禮、改天、趁

---

⑲ 這種加重句尾動詞份量(structural compensation 或end-weightiness)的限制，很可能是動詞在這些句式裡成爲信息焦點的自然結果。參 Tang (1985) 有關「從舊到新」與「從輕到重」兩個語用與節奏原則的討論。

⑳ 嚴格說來，這個原則也有例外。至少在歐化的漢語句子裡有些動詞可能出現於賓語子句的後面，例如'好人總是有好報的，我認爲''他一定會來，我們相信'。另外，與名詞一起出現的「同位子句」(appositional clause)也可以移到句首來，例如'老張破產的消息你聽到了沒有？'

㉑ 介詞'被'似乎是唯一的例外，因爲'被'後面的賓語名詞有時候可以刪略，例如'他被(人)騙了'。

機、刻意'等)，而很少「賓動式」複合詞。漢語詞彙裡由名詞語素㉒與動詞語素合成的複合詞都是「主謂式」(如'地震、兵變、秋分、夏至、輪廻、氣喘、耳鳴、面熟、心煩、膽怯')或「偏正式」㉓(如'筆談、風行、鐵定、筆挺、聲請')。因爲漢語裡句法與構詞的界限並不分明，都受同樣詞序規律的限制，這也可以說是漢語「主動賓」詞序的佐證。㉔

從以上的討論我們可以了解,從「共時」或「斷代」(synchronic)的觀點而言，漢語表面句法結構的基本詞序無疑是「主語·動詞·賓語」，但是基於語意或語用上的考慮可以把這個基本詞序

㉒ 過去一向多譯爲「詞素」或「詞位」，這裡爲分辨「詞」(word)與「語」(morph)的區別，並保持「音」(phone)、「音素」(phoneme)、「同位音」(allophone)與「語」(morph)、「語素」(morpheme)、「同位語」(allomorph)的對比，試譯爲「語素」。如果有需要，「詞素」或可做爲"lexeme"的譯名。

㉓ 丁邦新先生在Chao(1968)的漢譯本裡用「主從式」來代替「偏正式」。這裡仍用「偏正式」，因爲這個名稱與其他名詞「主謂式、動賓式、動補式」一樣名副其實的反映了修飾語與主要語在複合詞裡出現的前後次序。

㉔ 「賓動」詞序雖然在複合詞裡不出現，但是在詞組裡卻可能出現(如'錯誤分析、屬性分類、科學研究方案、結構保存原則、工業促進委員會'等)。在這些詞組結構裡，名詞與動詞的句法關係多半是修飾語與主要語的關係，因此常可以在名詞與(名物化的)動詞之間安插修飾語標誌'的'。又詞組經過「簡稱」(abbreviation)的結果也會產生「附着語素」(bound morpheme)的「賓動」詞序，如'品(質)管(理)、生(活)促(進)會、空(氣)調(節)設備'。我們只找到'雨刷、耳挖、蒼蠅拍'等少數「賓動式」複合詞，但是這些複合詞可能分析爲「偏正式」。

改爲「主語・賓語・動詞」或「賓語・主語・動詞」的語用詞序。基本詞序是「無標」的詞序，應該屬於「句子語法」(sentence grammar)的範圍；語用次序是「有標」的詞序可能部分屬於「言談語法」(discoursc grammar) 的範圍。既然不承認漢語句子的「主賓動」詞序特徵多於「主動賓」詞序特徵，也就無法支持現代漢語是逐漸由「主動賓」演進爲「主賓動語言」的說法。要支持這個論點，必須要有更多更明確的證據。

Tang (1983) 認爲漢語有關詞序的重要原則有二：(一)修飾語出現於主要語之前；(二)補語出現於主要語之後。這兩個原則的應用如下。

⑯ 修飾語出現於主要語的前面：

a 限定詞、數詞、量詞、領位名詞、形容詞、關係子句、同位子句等定語㉕出現於名詞的前面。

b 表示時間、處所、工具、手段、情狀等副詞或狀語㉖出現於動詞或形容詞的前面。

c 程度副詞或狀語出現於形容詞或副詞的前面。

d 從句出現於主句的前面。

e 修飾整句的副詞或狀語出現於句子的前面（卽句首）。

f 「偏正式」複合詞裡的修飾語素出現於主要語素的前面。

⑰ 補語出現於主要語的後面：

a 賓語出現於動詞的後面。

㉕ 「定語」泛指名詞的修飾語，相當於英文的術語 “adjectival”。

㉖ 「狀語」泛指動詞、形容詞、副詞、子句、句子等以名詞以外的詞語爲主要語的修飾語，相當於英文的術語 “adverbial”。

b 介詞賓語出現於介詞的後面。

c 期間補語（如'我睡了三個小時'）、回數補語（如'我看了三次''他打了兩下'）、趨向補語與方位補語（如'他走出去''他躺在床上''我把書送給他''他把信寄到這裡來'）、情狀補語（如'他跑得很快''她笑得很開心'）、程度補語（如'他氣得臉色都發青了'）等出現於動詞的後面。

d 動詞出現於情態助動詞的後面。

e 動貌標誌出現於動詞的後面。

f 謂語出現於主語的後面。

g「評述」(comment) 出現於「話題」(topic) 的後面。

h 在「主謂式」、「動賓式」、「動補式」等複合詞裡，謂語語素、賓語語素、補語語素等分別出現於主語語素與動詞語素的後面。

第一個原則⑯是漢語語法裡應用非常廣泛的原則，修飾語與主要語這兩個概念的界說也相當明確。Chao (1968:274) 早就爲漢語的修飾語與主要語下了如下的定義：如果詞組'XY'是一個「同心結構」(endocentric construction)，而Y是這個詞組的「中心」(center)，那麼X就叫做「修飾語」(modifier)，Y 就叫做「主要語」(head)。最後一項⑯f，把句法上的詞序特徵進一步擴展到了詞法上的語序特徵，大概不會有人反對。

第二個原則⑰，在細節的應用與解釋上可能會引起爭論，雖然「補語」(complement) 在歐美語言學以及漢語語言學都不算是個新名詞。西方語言學家一向把出現於動詞後面的句子成分，包括賓語在內，都叫做「補語」。在漢語語言學裡，「補語」也是久爲衆所接受的術語。Chao(1968:274)對於補語也下了如下的定義：如果詞組XY是「同心結構」，而詞組的「中心」不是Y而是X，那麼XY可能是由動詞與賓語所組成的「動賓結構」(如'寫信、看戲')或是由動詞與補語所組成的「動補結構」(如'走遠了''說對了')。Stockwell (1977:74) 等人曾經主張從限制動詞外延意義的觀點把賓語分析爲動詞的修飾語，以便把有關修飾語與主要語詞序以及動詞與賓語詞序的兩個原則(即原則⑯與⑰)合而爲一。但是這個辦法在漢語裡行不通，因爲漢語裡修飾語與主要語的詞序正好跟動詞與賓語的詞序相反。而且，在我們中國人的語感裡動詞並不像是修飾語。表示期間與回數的補語，本來也可以放在賓語名詞前面做修飾語(如'我睡了三個小時的午覺''我看了三次電影')，但是也可以放在賓語名詞後面做句法上的補語與語用上的信息焦點(如'我睡午覺睡了三個小時''我看電影看了三次')㉗。方位補語與處所狀語的功用也不同：前者的功用是「補述」(predicative)，補充說明動作的結果 (如'他跌倒在厨房裡' '他散步到公園')；後者的功用是「限制」(restrictive)，明白指示動作發生的地點(如'他在厨房裡跌倒''他到公園散步')。情狀與程度補語，更是與情狀副詞或狀語不同。含有情狀或程度補語的句子，信息焦點通常都在這些補語上面。因此，含有這些補語前面的動詞不能

㉗ 出現於動詞後面的期間或回數補語都是「未指」或「非指涉性」(non-referential) 的。但如果是「指涉性」(referential) 期間詞或回數詞的話，那麼也可以出現於動詞的前面做狀語，例如 '他這幾年來都住在臺北''他一連兩天都沒有到我家來''她前後三次都失敗了'。

帶有動貌標誌，而且「正反問句」（V-not-V question）也由這些補語來形成。例如，我們說‘他笑得開心不開心？’，卻不常說‘他笑不笑得開心？’。這種用法是一般副詞或狀語所沒有的。因爲我們雖然可以說‘他開心的笑’，卻不能說‘他開心不開心的笑？’。情態助動詞與主動詞的關係，本來也可以視爲修飾語與主要語的關係而歸入第一個原則的應用。但是我們認爲在漢語的基底結構裡，助動詞與主動詞的關係是動詞與賓語或補語的關係。更精確的說，助動詞是以「動詞組」（VP）爲「論元」（argument）的，因而歸入第二個原則。把動貌標誌歸入補語，可能會有人反對，但是事實上漢語裡是有一些表示動貌的補語的：例如，‘做好了(做不好)’‘做完了(做不完)’‘賣掉了(賣不掉)’。至於表示動貌的‘有’與‘在’則歸入助動詞而出現於動詞的前面，因爲其句法功能與情態助動詞幾無二致。謂語與詳述的功用在於分別補述主語與話題，因此似乎可以視爲主語與話題的補語。最後一項有關「主謂式」、「動賓式」、「動補式」等詞彙結構中語素前後出現的次序，只不過是把句法上的詞序原則帶進詞法的領域而已。㉘

三、詞序類型與漢語詞序的詮釋原則

在前面的討論裡，我們確定了漢語的基本詞序是「主動賓」，

㉘ ⑰f的主語與謂語合成句子，而⑰g的話題與評述也合成句子，因此嚴格說來都不是「同心結構」，不符合 Chao(1968)有關「補語」的定義。同樣的，⑰h的「主謂式」複合詞常做名詞（如‘秋分、地震、頭痛、胃下垂、肺結核、落花生、佛跳牆’等）或形容詞（如‘心煩、眼紅、性急、年輕、命苦’等）用，卻不做動詞用，也不是「同心結構」。

並且把漢語的詞序特徵歸納爲「修飾語出現於主要語的前面」與「補語出現於主要語的後面」這兩大原則。但是這種分析的方法與結論只滿足了「觀察上的妥當性」(observational adequacy),只是根據漢語的「初步語料」(primary linguistic data)把觀察所得的結論加以條理化的敍述而已。我們的分析與結論不僅要滿足「觀察上的妥當性」,而且還要滿足「記述上的妥當性」(descriptive adequacy),也就是能忠實的反映本地人的語言本領(a native speaker's linguistic competence)。而要達到「記述上的妥當性」就必須設法尋求這些語言背後的共同原則或普遍語法(universal grammar)。例如,在前面兩大原則中所提到的「修飾語」、「主要語」、「補語」等語法概念,不能在個別語言中任意武斷的下定界說,而必須在共同普遍的語法理論中獲得明確的定義。而且,我們也必須說明:爲什麼漢語的「修飾語」與「補語」要分別出現於「主要語」前後不同的位置?爲什麼漢語的有些詞語要出現於修飾語的位置,而另有些詞語卻要出現於補語的位置?究竟是怎麼樣的原則在決定這些漢語的詞序現象?這些原則又如何適用於漢語以外的其他語言?如果不能獲得這些問題的答案,那麼漢語的語法分析只不過是把語言的表面事實,根據皮相的觀察,機械的加以羅列(a simple cataloguing of facts)而已,並沒有爲這些語言事實提供眞正的解釋(a real explanation of facts)。

Greenberg (1963.1966) 所提出的「含蘊普遍性」實際上是有關句子成分次序或詞序類型(constituent order typology)的「統計上的普遍性」。他根據動詞在句子中出現位置的不同,把世界上三十個不同的語言分爲「主動賓」(SVO)、「主賓動」(SOV)、

「動主賓」(VSO) 三種類型，並且把各種語言類型的主要詞序特徵列舉起來，然後把這些詞序特徵與三種語言類型之間的關係加以對照。結果發現詞序特徵與語言類型之間有某些特定的對應關係，就用語言類型與詞序特徵之間的含蘊關係來表達。但是 Greenberg 並沒有明白的主張，動詞與賓語的相對次序是決定這些詞序特徵唯一甚或主要的因素。這個因素(或這些因素)究竟是什麼，卻留待以後的語言學家去發現。這也就是說，Greenberg 僅就表面結構句子成分出現的次序 (surface constituent order) 提出了「記述上的語言類型」(descriptive typology)，但是並沒有爲這些詞序類型與特徵提供「詮釋原則」(explanatory principle)。因此，我們應該更進一步去尋求探討隱藏在這些詞序類型與特徵背後而能夠解釋闡明這些語言現象的詮釋原則。

Vennemann (1972, 1974a, 1974b) Lehmann (1973, 1978) 與 Stockwell (1977:74) 等人都認爲，在這三種語言類型的基本詞序裡，主語的存在並不重要，重要的只是動詞與賓語的前後次序，即「動賓」(VO) 與「賓動」(OV) 這兩種分類。Tai (1973:663) 主張，在「主賓動語言」裡，「限制成分」出現於「被限制成分」的前面。但是「限制成分」與「被限制成分」這兩個概念的界說並不十分明確，缺乏獨立自主的證據 (independent motivation)，而且在漢語的應用上也出現了許多反例 (counter example)。因此，我們需要一套語法理論或語法原則，以明確而普遍的概念統一解釋這些詞序類型與特徵上的規則性與例外現象。

三·一 從邏輯觀點的詮釋原則：Vennemann 的「自然序列原則」與 Keenan 的「相異原則」

Vennemann (1972,1974a) 企圖用邏輯結構中「函詞」(function) 與「論元」(argument) 的概念來統一解釋動詞與賓語之間以及各類詞組範疇裡修飾語與主要語之間詞序上的對應關係。例如，爲了把名詞與其修飾語之間、動詞與其賓語之間、以及介詞與其賓語之間這三者的關係分析爲同質的或等値的關係，他以「運作對象」(operand) 這個術語來概括名詞、動詞、介詞，而以「運作語」(operator) 這個術語來概括名詞的修飾語及動詞與介詞的賓語，並且把有關「運作對象」與「運作語」在各類詞組範疇裡出現的前後次序整理如下。

⑱

		「運作語」	「運作對象」
a	(i)	賓語	動詞
	(ii)	狀語	動詞
	(iii)	主動詞	助動詞 (auxiliary)
	(iv)	主動詞	情態詞 (modal)
b	(i)	形容詞	名詞
	(ii)	關係子句	名詞
	(iii)	領屬詞 (genitive)	名詞
	(iv)	數詞 (numeral)	名詞
	(v)	限定詞 (determiner)	名詞
	(vi)	複數標誌 (number marker)	名詞
c	(i)	原級形容詞	比較級標誌(comparison marker)

(ii) 被比較的事物 比較級形容詞

(iii) 狀語 形容詞

d (i) 名詞組 介詞（即「前置詞」或「後置詞」）

Vennemann 認爲：就語意而言，「運作語」與「運作對象」的關係相當於邏輯上的「函詞」與「論元」的關係；而就句法而言，「運作語」與「運作對象」的結合形成以「運作對象」爲「中心語」(center)的「同心結構」。例如，在名詞組(NP)中，名詞(N)是「運作對象」，而「運作語」是限定詞、領屬詞、形容詞、關係子句等修飾語。這些「運作語」與「運作對象」的名詞結合的結果，形成名詞組。依據 Vennemann 的看法，由形容詞'漂亮的'(A)與名詞'房子'(N)所形成的名詞'漂亮的房子'不應該分析爲'〔〔漂亮的$_A$〕〔房子$_N$〕$_N$〕'的「並列詞組結構」(coordinate constituent structure)，而應該分析爲'{{漂亮的$_A$}({房子$_N$})$_N$}'的「函詞•論元結構」(function-argument structure)；因爲在這個結構裡形容詞'漂亮的'是「函詞」(「運作語」)，而名詞'房子'是「論元」(「運作對象」)。依據Vennemann的定義，如果詞組〔AB〕與詞語B的詞類相同（即〔AB〕是同心結構），那麼A是「運作語」而B是「運作對象」。例如，賓語名詞是「運作語」而(及物)動詞是「運作對象」，因爲二者結合之後所形成的是(不及物)動詞組而不是名詞組。同樣的，在介詞組裡，賓語名詞是「運作語」而介詞是「運作對象」，因爲二者結合之後所形成的不是名詞組，而是介詞組。㉙

㉙ Vennemann 把介詞視爲「及物副詞」(transitive adverb)，而把介詞組視爲「不及物副詞組」(intransitive adverbial phrase)。

而在(限定及物)情態助動詞 (finite transitive modal verb) 與(非限定)動詞 (infinitive) 的結合裡，所形成的是「限定不及物情態助動詞」(finite intransitive modal verb) 而不是「非限定動詞」，所以(非限定)動詞是「運作語」，而情態助動詞是「運作對象」。如此，把所有的句子成分都歸納爲「運作語」或「運作對象」之後，Vennemann 就提出下面⑲的「自然序列原則」(Natural Serialization Principle)。

⑲ 語言傾向於把所有的「運作語」都置於「運作對象」的前面(如日語)，或把所有的「運作語」都置於「運作對象」的後面 (如 Samoan 語)。

根據這個原則，「賓動語言」與「動賓語言」的詞序特徵可以分別表示爲⑳a與⑳b。

⑳ {運作語{運作對象}} ⇒ a.〔運作語〔運作對象〕〕(OV)
b.〔〔運作對象〕運作語〕(VO)

Keenan (1979) 對於 Vennemann 上面的分析提出異議，因爲「運作語」與「運作對象」之間的語意關係 (the operator-operand relation) 與以「運作對象」爲中心語的句法關係 (categorial constancy) 並非完全一致。更精確的說，邏輯裡「函詞」與「論元」之間的關係 (the function-argument relation) 與 Vennemann「自然序列原則」裡「運作語」與「運作對象」之間的關係 (the operator-operand relation) 並不完全一致，不能相提並論。例如，Keenan 指出，依「自然邏輯」(natural logic) 的概念，在介詞組'在院子裡'出現的介詞'在'不能解釋爲具有與整個介詞組'在院子裡'同樣類型的外延 (the same type of denotation)。

因此，他認爲如果要保持邏輯結構與詞序特徵之間的對應關係，就需要㉑的「相異原則」(Dissimilation Principle) 來規範或說明㉒與㉓兩種不同語言類型之間(a)與(b)兩種相反的詞序現象。

㉑ 以「確定名詞組」(determined noun phrase, DNP) 為論元的函詞與以「普通名詞組」(common noun phrase, CNP)為論元的函詞傾向於出現在論元前後相反的位置。

㉒ 賓動語言。㉚

a 論元＋函詞

① 主語 (DNP) ＋動詞組(如'小明唱歌''小明阿花罵了(他)')

(ii) 賓語 (DNP) ＋及物動詞組 (如'(小明把)阿花罵了')

(iii)賓語 (DNP) ＋後置詞 (如'あの庭に')

(iv)名詞 (DNP) ＋領屬詞組(如'小明的父親' 'John's father')

b 函詞＋論元

(i) 形容詞＋名詞(CNP)(如'肥胖的人''fat man')

(ii) 關係子句＋名詞 (CNP) (如'吃蘋果的人')

(iii)限定詞＋名詞 (CNP) (如'這個人''this man')

(iv) 量詞＋名詞 (CNP) (如'每個人''every man')

㉚ ㉒與㉓所附例句係由筆者參酌 Keenan 原文自行提供。漢語裡無法提供的例句就從英語或日語中提出適當的例句。在英語例句前面打「星號」者，表示在漢、英、日三種語言中都無法找到例句。

(v) 數詞＋名詞 (CNP) (如‘兩個人’‘two men’)

㉓ 動賓語言

a 函詞＋論元

(i) 動詞組＋主語 (DNP) (如‘says John’)

(ii) 及物動詞組＋賓語(DNP)(如‘(小明)罵了阿花’)

(iii)前置詞＋賓語 (DNP) (如‘跟小明’‘在院子裡’)

(iv)領屬詞組＋名詞(DNP)(如‘the father of John’)

b 論元＋函詞

(i) 名詞 (CNP)＋形容詞 (如‘secretary general’ ‘*man fat’)

(ii) 名詞 (CNP) ＋關係子句(如‘man who was eating the apple’)

(iii) 名詞(CNP)＋限定詞(如‘*man the’‘*man this’)

(iv) 名詞 (CNP)＋量詞 (如‘*man every’)

(v) 名詞 (CNP)＋數詞 (如‘*men two’)

從⑱與㉒、㉓的對照中，可以看出 Vennemann 的「運作語」只在㉒b 與 ㉓b以普通名詞組爲論元的結構中與「函詞」對應，但在㉒a與㉓a以確定名詞組爲論元的結構中，與「函詞」對應的不是「運作語」，而是「運作對象」。 Hawkins (1984:113)也指出，在㉒與㉓的詞序例示中還可以加上形容詞組裡副詞與形容詞的詞序（如‘非常好吃’‘deliciously tasty’）與動詞組裡副詞與動詞的詞序(如‘痛苦的叫喊’‘screams violently’)。依據 Vennemann 的分析，在這些結構裡副詞是「運作語」，而形容詞與動詞是「運作對象」，因此這兩種副詞都應該出現於「運作對象」的同一邊。這

個預測對漢語而言是正確的，卻與英語的語言事實不符。㉛

Vennemann 自己也承認這個瑕疵，因而在 Vennemann (1976,1981) 裡分別以「指示語」(specifier) 與「主要語」(head) 的概念來代替「運作語」與「運作對象」。「指示語」又可以分為「限制語」(attribute) 與「補語」(complement)。「限制語」包括形容詞與副詞等，在邏輯功能上相當於「函詞」或「運作語」，並以其「主要語」(如名詞、動詞等)為「論元」形成與「主要語」的詞類相同的「同心結構」。「補語」包括充當主語、動詞賓語、介詞賓語的名詞組等，在邏輯功能上相當於「論元」或「運作對象」，並以其「主要語」(如不及物動詞、及物動詞、介詞等)為「函詞」，形成與「主要語」的詞類不相同的「異心結構」(如句子、不及物動詞組、介詞組等)。經過這樣的修正，「運作語」(「指示語」) 與「運作對象」(「主要語」) 的關係就較能接近「範疇語法」(categorial grammar) 與「內涵邏輯」(intensional logic) 裡所稱「函詞」與「論元」的關係，而且⑲的「自然序列原則」也修改為㉔。

㉔ 如果在一個語言裡所有的「指示語」都出現於「主要語」的前面，那麼這個語言就屬於「一貫的前指示性語言」(consistently 'prespecifying' language)；如果所有的「指示語」都出現於「主要語」的後面，那麼這個語言就屬於「一貫的後指示性語言」(consistently 'postspecifying'

㉛ Hawkins 也同時指出：依據 Keenan 的分析，這兩種副詞都是「函詞」。但形容詞與副詞都既不是「確定名詞組」也不是「普通名詞組」，所以無法解釋為「論元」。因此，Keenan 的「相異原則」無法預測或判斷這些結構裡副詞與形容詞或動詞的詞序。

language）。

修改後的「自然序列原則」，把「指示語」與「主要語」的關係分爲「限定語」與「主要語」以及「補語」與「主要語」的兩種關係，事實上包含了 Keenan 的「相異原則」。又這個原則把「指示語」分爲「限制語」與「補語」，際實上除了「函詞」與「論元」的邏輯關係之外，兼採「修飾語」與「主要語」的句法關係這兩種標準來規範詞序。㉜因此， Vennemann 的「限制語」與「主要語」的關係以及「主要語」與「補語」的關係頗似 Tang（1983）「修飾語」與「主要語」的關係以及「主要語」與「補語」的關係。Vennemann爲「指示語」與「補語」所下的定義也與 Chao（1968） 有關「修飾語」與「補語」的定義有相似之處。㉝雖然 Vennemann 的定義與例示都比 Chao(1968)精細而明確，卻不能完全應用到漢語來。例如，漢語裡的期間、回數、方位、情狀、程度等補語與動詞之間的關係，似乎並不完全符合 Vennemann 有關「補語」與「主要語」的定義。而且，「自然序列原則」雖能詮釋「一貫的前指示性語言」與「一貫的後指示性語言」何以會有這樣的詞序，卻無法說明許多語言中違離這個一貫性的例外現象。㉞

㉜ 參 Hawkins（1984：119）。

㉝ 在 Chao（1968）的定義裡，「主要語」與「補語」合成「同心結構」（endocentric construction），而在 Vennemann 的定義裡「主要語」與「補語」卻合成「異心結構」（exocentric construction）。

㉞ 關於 Vennemann「自然序列原則」與 Keenan「相異原則」的詳細評介，參 Hawkins（1984）。

三、二　從句法觀點的詮釋原則：Hawkins的「分布普遍性」與「跨類和諧原則」

Hawkins(1984:119)在 Vennemann「自然序列原則」與Keenan「相異原則」的評述中，提到修改後的「自然序列原則」似比「相異原則」優越。因爲前者僅以一種次序來規範同一種語言類型中各種不同詞類範疇的詞序特徵，而後者則必須用兩種次序纔能做同樣的規範。而「相異原則」之所以需要兩種次序是以「函詞」與「論元」的邏輯關係規範詞序的結果。如果以確定名詞組爲論元，函詞就出現於論元的某一邊；如果以普通名詞組爲論元，函詞就出現於論元的另一邊。而「自然序列原則」則以「指示語」來包括「限制語」與「補語」，因而兼採「修飾語」與「主要語」的句法關係來規範詞序。如果指示語與主要語形成同心結構，那麼這個指示語是限制語，出現於主要語的某一邊；如果指示語與主要語形成異心結構，那麼這個指示語是補語，出現於主要語的另一邊。但是這兩種原則都並沒有說明爲什麼「確定名詞組」與「普通名詞組」的差異或「同心結構」與「異心結構」的差異會造成這樣的區別，對於同一種語言中違背「前指示性」或「後指示性」的例外現象也沒有提供任何解釋。

Hawkins (1979, 1980, 1982) 本人也提出「含蘊」與「分布」的普遍性 (implicational and distributional universals) 來詮釋 Greenberg 的詞序類型與特徵。Hawkins 以三百五十多種語言爲語料而研究名詞組、介詞組與動詞組等不同詞組範疇內詞序特徵的對應關係。他把 Greenberg 的「雙值含蘊普遍性」(bivalued implicational universals)，卽"P→Q"，改爲「多值含蘊普遍性」(multi-valued implicational universals)，卽"P→(Q→R)"，可由詞序特徵P引導詞序特徵Q，更由詞序特徵Q再而引導另一個詞序特徵R，因而能更直接有效的道出各種詞序特徵之間的共存關係（cross-categorial word-order cooccurrences）。例如，Hawkins (1982:25, 1985:570-571)就名詞組中句子成分的詞序 (NP-internal word orders) 與前置詞或後置詞的共存關係，提出下個㉕的含蘊普遍性。㉟

㉕ 前置詞⊃((名詞＋限定詞⊃名詞＋形容詞) & (名詞＋領屬詞⊃名詞＋關係子句))

㉕的含蘊規律表示：如果某一個語言的介詞裡介詞（在此卽前置詞）出現於其賓語名詞的前面，那麼如果這一個語言裡的限定詞出現於名詞的後面，形容詞就出現於名詞的後面；又如果形容詞出現於名詞的後面，領屬詞就出現於名詞的後面；而如果領屬詞出現於名詞的後面，關係子句就出現於名詞的後面。根據這個含蘊規律，「前置詞語言」(prepositional language) 裡四種名詞修飾語（限定詞、形容詞、領屬詞、關係子句）與主要語名詞的排列組合在理論上應該有十六種不同的情形，但是在實際的語言裡Hawkins 卻只能找到下列五種情形。

㉖a L_1: 前置詞&名詞＋限定詞&名詞＋形容詞& 名詞＋領屬詞&名詞＋關係子句 （沒有一種名詞修飾語出現於主要

㉟ Hawkins (1983) 稱㉕爲「前置詞語言名詞修飾語譜系」(Prepositional Noun-Modifier Hierarchy)。

語名詞的前面；如阿拉伯語、泰語）

b L_2: 前置詞 & 限定詞＋名詞 & 名詞＋形容詞 & 名詞＋領屬詞 & 名詞＋關係子句 （只有限定詞一種出現於名詞的前面；如西班牙語、Masai 語）

c L_3: 前置詞 & 限定詞＋名詞 & 形容詞＋名詞 & 名詞＋領屬詞 & 名詞＋關係子句 （只有限定詞與形容詞兩種出現於名詞的前面；如布臘語、Maya 語）

d L_4: 前置詞 & 限定詞＋名詞 & 形容詞＋名詞 & 領屬詞＋名詞 & 名詞＋關係子句 （有限定詞、形容詞、領屬詞三種出現於名詞的前面；如 Maung 語）

e L_5: 前置詞 & 限定詞＋名詞 & 形容詞＋名詞 & 領屬詞＋名詞 & 關係子句＋名詞 （所有四種名詞修飾語都出現於主要語名詞的前面；如 Amharic 語）

而且這五種不同的排列組合在實際語言裡分布的情形相當不均勻。根據 Hawkins 的統計，在 Greenberg 的三十種語言與 Hawkins 的三百五十種語言裡，(㉖a, b, c, d, e)五種不同的詞序變化在實際語言的分布情形分別爲（㉗a, b, c, d, e)

㉗	Greenberg 的語料	Hawkins 的語料
a L_1:	9	32
b L_2:	3	12
c L_3:	3	9
d L_4:	1	7
e L_5:	0	1

爲了說明㉖與㉗裡「已存在」(attested)或「可能」(permitted)

的詞序共存與「不存在」(non-attested)或「不可能」(non-permitted)的詞序共存，Hawkins 提出了下面㉘的「跨類和諧原則」(Cross-Category Harmony Principle) 來詮釋「分布的普遍性」或在實際語言中出現的「頻率普遍性」(frequency universals)㊱。

㉘ 設有兩個詞序共存現象 (two word-order cooccurrence pairs) W,W'，並且能滿足下列條件：

(i) W含有詞序特徵 A&B，而 W' 則含有詞序特徵 A'&B'；

(ii) A,A',B,B' 都代表依照特定次序出現的詞類範疇；

(iii)「集合」(set) A與「集合」A' 都以相同的詞類範疇為「元素」(member)：一個主要語 (運作對象) a 與至少一個a的修飾語 (運作語)。集合B與集合 B'都以相同的詞類範疇為元素：一個主要語(運作對象) b，而b不同於a，與至少一個b的修飾語(運作語)。

(iv) 主要語 (運作對象) 與修飾語 (運作語) 的相對次序 (relative ordering) 可能在 A 與 A' 之間不同，或在B與B'之間不同，或在A與A'及B與B'二者之間不同。

那麼W與 W' 之間的「跨類和諧」(cross-categorial harmony) 可以依照下列公式來測定：

在 A&B 之內或在 A'&B' 內主要語 (運作對象) a 與主

㊱ 詳見 Hawkins (1980：ch. 4•3•1, 1982：27-28, 1983：133-154, 1985；571-572)。

要語（運作對象）b出現的位置越相似，W（即 A&B）與W'（即 A'&B'）之間「跨類和諧」的程度越高。

Hawkins 並因而提出下面㉙的預測（prediction）。

㉙ W 與 W' 的「跨類和諧」程度越高，含有這種「跨類和諧」的語言可能存在的百分比越大。

㉘的「跨類和諧原則」與㉙的預測，說明「前置詞語言」的各種名詞修飾語（如限定詞、形容詞、領屬詞、關係子句等）都傾向於出現在主要語名詞的前面，以達成「跨類和諧」的目的。違背「跨類和諧原則」的情形越厲害，在實際語言裡可能存的百分比越低。

Hawkins 的含蘊與分布的普遍性利用前置詞與後置詞、修飾語與主要語等句法關係來詮釋比較可能存在與比較不可能存在的詞序分布，顯然具有比 Greenberg 的含蘊普遍性更高的詮釋功效(explanatory power)。但是 Hawkins 的「多値含蘊規律」與「跨類和諧原則」只能指出詞序共存與分布的關係，卻仍然未能說明爲什麼在某一個語言裡某一種或某幾種名詞修飾語會違背「跨類和諧」的原則而出現於與其他名詞修飾語不同的位置。雖然Hawkins(1983:ch.3) 提出了「份量序列原則」(Heaviness Serialization Principle)、「可動性原則」(Mobility Principle)與「份量與可動性交互作用原則」(Heaviness and Mobility Interaction Principle) 這三種詮釋原則來說明違背跨類和諧的理由，但是這些原則在性質上多半屬於「語用原則」(pragmatic principle) 而非「句法原則」(syntactic principle)，而且有些基本概念的含義並不十分明確，因而無法在普遍語法的「句子語法」(sentence grammar）的範圍內提出令人滿意的條件。❸同時，根據㉕的含蘊規律，漢語應該與 Amharic 語同屬於㉖e，也就是違背跨類和諧原則的情形最嚴重的語言。但是 Hawkins（1982:3）卻把漢語與芬蘭語、Estonian 語、Algonquian 語、Jio 語、Zoaque 語等歸入「主動賓」（SVO）、「後置詞」(Po)、「領屬詞在名詞前」(GN)、「形容詞在名詞前」（AN）的語言。這是錯誤的把漢語的介詞分析爲後置詞的結果。如果把這個錯誤加以改正，而把後置詞改爲前置詞，那麼漢語就會與挪威語、瑞典語、丹麥語等三種語言同屬於「主動賓」、「前置詞」、「領屬詞在名詞前」、「形容詞在名詞前」的語言。但是如果另加考慮「限定詞在名詞前」與「關係子句在名詞前」這兩個詞序特徵，那麼漢語就只與 Amharic 語同屬於「主動賓」、「前置詞」、「限定詞在名詞前」、「形容詞在名詞前」、「領屬詞在名詞前」、「關係子句在名詞前」的語言。這些觀察，使我們不能不對於 Hawkins 有關語言事實的分析與結論保留若干存疑的態度。

三、三　依據普遍語法理論的漢語詞序詮釋：Huang 的「X標槓結構限制」與 Li 的「格位理論詮釋」

除了前面所評介的 Vennemann、Keenan、Hawkins 等從語言類型的觀點討論詞序特徵以外，❸也有一些漢語語言學家針對

---

❸ Coopmans (1984) 從衍生語法理論的觀點對於 Hawkins 的分析方法提出批評，而 Hawkins (1985) 也對此提出答辯。

❸ 其他有關詞序特徵的研究尚有 Lightfoot(1979)、Comrie (1981)、Gazdar & Pullum (1981)、Flynn (1982) 等人。

漢語特有的詞序特徵提出詮釋原則。例如 Tai(1980,1985)認為,要解決漢語的詞序問題,不能僅依據傳統的詞類範疇(如名詞、動詞、形容詞、副詞、介詞等),因為漢語的「詞類信息」(categorial information)常由詞序來決定。Tai 因而提出下面「時間序列原則」(Temporal Sequence Principle)來說明詞序與詞類信息的關係。㊴

㉚ 兩個句子成分之間的相對詞序,由這兩個成分在概念世界(the conceptual world)裡所代表的事態的時間次序(time order)來決定。

例如,根據Tai,㉛的(a)句裡事態'高興'先於動作'玩'而發生;而在(b)句裡事態'高興'卻是動作'玩'的結果。

㉛a 他很高興的玩。

b 他玩得很高興。

Tai 的研究雖然道出了一些有趣的漢語句法現象,但是漢語裡仍然有不少語言事實無法用「時間序列原則」來做圓滿的解釋。㊵同時,如果這個原則僅適用於漢語,那麼就需要說明為什麼唯獨漢語具有這樣的原則。另一方面,如果這個原則不僅適用於漢語而且還適用於其他語言,那麼也需要從其他語言獲得更多的佐證。而最理想的詮釋,不是專為某一個特定的語言而設下的特定的原則,而是來自普遍語法裡為所有人類自然語言共同遵守的原則。

當前盛行的普遍語法理論,首推「管轄約束理論」(Govern-

㊴ Tai(1980)還提出了「時間領域原則」(Temporal Scope Principle)。

㊵ 關於 Tai (1980) 的評述,參 Ross (1984)。

ment and Binding Theory)，簡稱「管束理論」(GB Theory)。管束理論是採取「模組語法」(modular grammar)的理論，各種複雜的語言現象都可以利用幾個基本原則的配合聯繫來加以詮釋。在過去的衍生語法理論中，常用許多相當複雜的變形規律來衍生各種結構不同的句子。但在當代的模組語法裡卻只利用一兩個極為簡單的變形規律，並在各種原則密切配合下，衍生合語法的句子，或淘汰不合語法的句子。這些原則都是支配語法現象最基本的原則，卻也可以用來詮釋各種極為複雜的語言現象。有些語法現象，在乍看之下彼此之間似乎沒有什麼直接的關係，但在模組理論詮釋之下卻常受同一原則的支配。由於這些原則與語言現象之間具有極密切的關係，所以這些原則些微的修正都會對整個理論引起廣泛的影響。

根據管束理論，「普遍語法」(universal grammar, UG) 的體系可以分為「規律系統」(rule system) 與「原則系統」(system of principles) 兩大系統。「規律系統」又可以分為「詞彙」(lexicon)、「句法」(syntax) 與「解釋部門」(interpretive components)。在這三個部門裡，句法部門可以再分為「詞組結構規律」(phrase structure rules，或稱「範疇規律」(categorial rules)) 與「變形規律」(transformational rules)，而解釋部門則可以再分為「邏輯形式」(logical form, LF) 與「語音形式」(phonetic form, PF) 兩個小部門。簡單的說，詞彙規定「詞項」(lexical items) 有關語音、句法與語意的固有屬性，並與詞組結構規律配合而衍生「D結構」(D-structure)，相當於從前的「深層結構」(deep structure)。根據管束理論，變形規律可能只有「移動α」(Move

α）這一條移位變形。這一條變形規律，把屬於任何語法範疇的句子成分移到句子上任何位置上去。這樣漫無限制的移位變形，必然會衍生許多不合語法的句子結構來。這些不合語法的句子結構，就在「邏輯形式」或「語音形式」部門，利用「原則系統」裡各種原則的密切配合一一加以淘汰。句子成分在移動的時候，必須在原來的位置留下與所移動的句子成分「指標相同」(co-indexed) 的「痕跡」(trace)。對「D結構」適用變形規律的結果衍生「S結構」(S-structure)。「S結構」亦可稱爲「表層結構」或「淺層結構」(shallow structure)，與從前的「表面結構」(surface structure) 並不完全相同。因爲「S結構」還沒有適用「語音形式」部門的「刪除規律」(deletion rules)，仍然含有「名詞組痕跡」(NP-trace)、「疑問詞痕跡」(wh-trace)、「大代號」(大寫的PRO)等不具有語音形態的句子成分。因此，「S結構」是比過去的「表面結構」更抽象的結構。「S結構」一方面經過「數量詞規律」(Quantifier Rule) 等邏輯形式規律而產生「邏輯形式」(LF)，一方面經過「刪除規律」、「體裁規律」(stylistic rules) 與「音韻規律」(phonological rules) 等而衍生「語音形式」(PF)。句子的「邏輯形式」決定「句子語法」(sentence grammar) 裡所可解釋的語意，而句子的「語音形式」則是句子的「表面結構」，也就是告訴我們這個句子如何發音。至於「原則系統」則包括「X標槓理論」(X-bar theory)、「θ理論」(θ-theory)、「(抽象的)格位理論」((abstract) Case theory)、「約束理論」(binding theory)、「限界理論」(bounding theory)、「管轄理論」(government theory) 等。這些原則本來是彼此獨立的原則，但是在實際的應用上卻交互作用而密切配合，構成一套完整而相當細緻的「模組語法」。

「X標槓理論」規定詞組結構規律的形式，其主要內容可以用下面㉜的「規律母式」(rule schemata) 來表示。㊶

㉜a $X'' \rightarrow Spec_{X'}\ X'$ ($X'' \rightarrow$ (X'的)指示語＋X')

b $X' \rightarrow X\ Y''$ ($X' \rightarrow X$＋補語)

母式中的X代表任何詞類範疇（如名詞、動詞、形容詞、介詞等)，並且在 X' 的「準詞組」(semi-phrasal) 與 X'' 的「詞組」(phrasal) 範疇中充當「主要語」。X右上角的「槓」(bar) ㊷代表以X爲主要語的「較高槓次的」(higher X-bar level)詞組範疇，而 X' 與 X'' 就稱爲X的「投影」(projection)。「指示語」包括名詞組中的限定詞、領屬詞、數量詞等，動詞組中的動貌助動詞或標誌、副詞、狀語等，形容詞組中的「程度修飾語」(degree modifier)，如‘很、太、相當、非常’等。「補語」則包括動詞、介詞與形容詞的賓語㊸以及名詞的補語等，也就是主要語依據以「次類畫分」(subcategorize for) 的句子成分。㉜的規律母式規定詞組範疇必須與主要語形成同心結構，也就是說主要語與含有這個主要語的整個詞組必須屬於同一個詞類範疇。但是㉜a 的指示語不一定要出現於 X' 的前面，㉜b 的補語也不一定要出現於

㊶ 參 Jackendoff (1977)。

㊷ 這裡不用「上槓」(overbar，卽$\bar{X}$) 而用「撇號」(prime，卽X') 來表示槓數；一方面是爲了打字或印刷的方便，一方面也爲了區別「上槓」的另外一種用法（例如以‘A’與‘$\bar{A}$’來分別表示「論元」(argument) 與「非論元」(nonargument))。

㊸ 漢語的形容詞，與英語的形容詞不同，可以帶有賓語。

X 的後面。規律母式只規定指示語與補語不能都出現於主要語 X 的同一邊。如果指示語或補語出現於主要語的前面，這是「主要語在尾」(head-final）的詞組結構；如果指示語或補語出現於主要語的後面，這是「主要語在首」(head-initial）的詞組結構。「主要語」究竟是「在尾」或「在首」，視個別語言而定。換言之，「普遍語法」留有一項「主要語參數」(the head parameter）好讓「個別語法」(particular grammar）去自行決定這個參數的值。

㉜的規律母式很容易令人想起漢語的詞序特徵：「修飾語」(即「指示語」）出現於「主要語」的前面；「補語」出現於「主要語」的後面。問題只在於如何規定或解釋：(一)㉜b的主要語(X)包括動詞、介詞、形容詞，卻不包括名詞；(二)㉜b的補語(Y″)除了這些主要語據以次類畫分的賓語與補語等「域內論元」(internal argument）以外，是否也包括期間補語、方位補語、情狀補語、程度補語等「語意論元」(semantic argument)或「附加語」(adjunct)？Huang (1982) 注意到這一點，因而主張以「X標槓的詞序類型」(X-bar typology）來代替 Greenberg 從詞序規範詞序的「自律的詞序類型」(autonomous typology)。Huang(1982:35) 以「主要語在尾」與「主要語在首」這兩個參數爲區別詞序類型的標準，並認爲這兩個參數可以在不同的詞類 (如 N, V, A, P) 裡或在不同的槓次 (如 X°, X′, X″) 上有不同的參數值。例如，就漢語而言，在名詞組中所有的槓次都是「主要語在尾」。但是在其他詞類 (如'動詞組、介詞組、形容詞組') 中則除了在 X′的槓次是「主要語在首」而補語都出現於主要語的後面以外，在 X″以上的槓次都是「主要語在尾」。Huang (1982:40) 認爲在人類的

自然語言裡，只有典型的「動主賓」(「主要語在首」) 或「主賓動」(「主要語在尾」) 語言，而不可能有典型的「主動賓」(或「主要語在中」(head-medial)) 語言。因爲所有「主要語在中」的語言都與「主要語在首」或「主要語在尾」的語言有或多或少相似與相異的地方。英語不是典型的「主動賓語言」㊹，漢語也不是典型的「主動賓語言」。Huang (1982:41) 認爲英語之所以比漢語更具有「主動賓」詞序特徵，可能是由於英語裡所有的主要詞類 (即 N, V, A, P) 在 X′ 的槓次都是「主要語在首」，而在 X″ 以上的槓次都是「主要語在尾」。另一方面，漢語則只在動詞、介詞、形容詞的 X′ 槓次是「主要語在首」，而在其他詞組結構裡都是「主要語在尾」。根據這些觀察，他提出了下面㉝的「X 標槓結構限制」(X-bar Structure Constraint)。

㉝ 漢語的「X標槓結構」(X-bar structure) 必須具備如下形式：

a (如果n等於1，而X不等於N) 〔x^n X^{n-1} YP*〕

b (在其他條件下) 〔x^n YP* X^{n-1}〕

這裡應該注意的是，㉝的「X標槓結構限制」不是對於漢語詞組結構規律 (即「D結構」)的限制，而是對於漢語「S結構」的限制，因而在「語音形式」部門適用，把不符合這個限制的詞組結構判定爲不合語法。㉝a 規定漢語裡名詞以外的「X 單槓範疇」(即 V′,A′,P′)都是「主要語在首」的結構，而㉝b則規定在其他情形之下 (即名詞組不分槓次，以及 X″ 以上的動詞組、形容詞組、介

㊹ 參 Lehmann (1978)。

詞組）都是「主要語在尾」的結構。另外符號'YP*'則表示不定數目的詞組可以出現於這個位置。如此，動詞、形容詞與介詞的賓語都必須出現於主要語的後面，而修飾名詞的各種定語以及修飾動詞、形容詞、介詞的狀語都出現於主要語的前面。Huang注意到，除了賓語（如'看書、寄信'）與方位補語(如'住在新竹、寄信到美國、送東西給朋友'）等與動詞的次類畫分有關的「域內論元」可以出現於動詞的後面以外，「期間補語」（如'看了兩個小時、住了三年、難過了好幾個月'）與「回數補語」(如'看了兩遍、跳了五下、對他同情了多少次'）等與動詞的次類畫分無關的「語意論元」也可以出現於動詞的後面。他也注意到這些「域內論元」與「語意論元」可以單獨出現於動詞的後面（如㉞a, b句），卻不能同時出現於同一個動詞的後面（如㉞c句）。但是如果把動詞加以重複（如㉞d句），或是把期間與回數補語移到賓語名詞前面做修飾語（如㉞e句），或是把賓語名詞移到句首當話題（如㉞f句）或移到動詞前面表示「對比」（如㉞g句），或利用「把字句」（如㉞h句）與「被字句」（如㉞i句）把賓語名詞移到動詞的前面去，那麼這些句子都可以接受。試比較：

㉞a 他騎了馬。

b 他騎了三個鐘頭／三次。

c*他騎了馬三個鐘頭／三次。

d 他騎馬騎了三個鐘頭／三次。

e 他騎了三個鐘頭的／三次馬。

f 馬，他騎了三個鐘頭／三次。

g 他，馬騎了三個鐘頭／三次。

h 他把馬騎了三個鐘頭／三次。

i 馬被他騎了三個鐘頭／三次。

Huang 因而提議把 ㉝a 的"n等於1"解釋爲「最低的分枝節點」(the lowest branching node)，而不論這個節點是支配「域內論元」(如賓語) 抑或「語意論元」(如「期間補語」與「回數補語」等附加語)，因此 ㉞a 與 ㉞b 都是合語法的句子。但是如果動詞後面同時出現賓語與期間或回數補語，那麼只有動詞與賓語同受 V′ 的支配，而期間或回數補語則與 V′ 同受 V″的支配。因此，依照㉝的限制，期間與回數補語不能出現於主要語動詞與賓語的後面；或者必須把這些補語移到賓語的前面做賓語名詞的修飾語去滿足 ㉝a與㉝b 的限制，如㉞e；或者必須把動詞重複或把賓語移到動詞的前面去滿足 ㉝a 的限制，如 ㉞d, f, g, h, i。Huang 也以同樣的方法來說明在動詞後面帶有「情狀補語」與「結果補語」的例句中，㉟a, c, d, e 是合語法的句子，而㉟b 是不合語法的句子。

㉟a 他騎得很好／很累。

b*他騎馬得很好／很累。

c 他騎馬騎得很好／很累。

d 馬，他騎得很好／很累。

e 他，馬騎得很好／很累。

總結 Huang (1982:40) 的結論，漢語在詞序類型上屬於「主動賓語言」，而且以「主要語在尾」爲其主要詞序特徵，以「主要語在首」爲其次要詞序特徵。㊺除了動詞、形容詞、介詞在X′槓次的

㊺ Huang(1982:40) 認爲英語在詞序類型上也屬於「主動賓語言」，但是與漢語不同，以「主要語在首」爲其主要詞序特徵，而以「主要語在尾」爲其次要詞序特徵。

投影是「主要語在首」以外，其餘的投影都是「主要語在尾」，而這兩種詞序特徵在漢語中的分布是靠「X標槓結構限制」來規範的。

Li (1985,1986) 對於 Huang 的「X標槓結構限制」從兩方面來提出批評。首先，就觀念上而言 (conceptually)，「X標槓結構限制」並沒有說明爲什麼漢語在 X′ 槓次的投影中呈現「主要語在首」的詞序特徵，而在 X″槓次的投影中卻呈現「主要語在尾」的特徵；也沒有說明爲什麼唯獨名詞與其他動詞、形容詞、介詞等不同，甚至在X′槓次的投影中也呈現「主要語在尾」的詞序特徵。「X標槓結構限制」只是對於這些詞序現象加以規範 (stipulate) 而已，並沒有眞正提出詮釋 (explain)。其次，就語言事實而言 (empirically)，「X標槓結構限制」仍有不少反例。例如，Li (1986:13)指出，在下面㊱a 與 ㊲a 的例句中動詞後面只有一個介詞組出現；因此依照㉝a動詞在 X′槓次的投影中是「主要語在首」的規定，應該是合語法的。但是事實上這些例句卻不合語法，因爲介詞組必須出現於動詞的前面。試比較：

㊱a　*這件事，他說對我了。

b　這些事，他對我說了。

㊲a　*他借向我了。

b　他向我借了。

Huang 的「X標槓結構限制」確實是爲漢語這個特定的語言而設下的特定的限制。雖然他所根據的是普遍語法的普遍性原則，但是所利用的是專爲漢語而規範的「表面結構濾除」(surface structure filter)。這個限制在名詞與動詞、形容詞、介詞之間，以及在 X′ 槓次的投影與 X″ 槓次的投影之間，做了不同的規範，卻沒有詮釋爲什麼漢語在詞組結構上需要這樣特別的規範。因此，可能的話，我們還要從普遍語法的原則系統中尋求更具有詮釋功效的解決方法。㊻

Li (1985,1986) 認爲這樣的詮釋方法可以從「管束語法理論」中既有的「格位理論」（Case theory）裡找得到。㊼簡單的說，「格位理論」的「格位濾除」（Case filter）規定：凡是「詞彙名詞組」(lexical NP)㊽必須在「S 結構」中分派有格位。這裡的「格位」(Case) 並非指屈折性語言裡名詞或代詞的「格變化」(case morphology)，而指「抽象的格位」(abstract Case)。㊾格位由「格位分派語」(Case-assigner)分派給名詞組，而每一個名詞組都只能分派一個格位，因爲「格位衝突濾除」(Case conflict filter) 規定同一個名詞組不能同時具有一個以上的「格位標誌」(Case-marker)。格位的分派常要遵守「鄰接條件」(Adjacency Condition)，即分派格位的「分派語」（Case-assigner）與接受格位分

㊻ Travis (1984) 也從不同的理論觀點對 Huang (1982) 的「X 標槓結構限制」提出批評，而 Li (1985:80-82) 則對此提出反論。

㊼ Li (1985) 承認 Huang (1982) 於討論「X 標槓結構限制」時亦提到以格位理論來處理有關問題的可能性。本人於 1984 年在師大英語研究所講授句法理論時也曾用「格位濾除」與「鄰接條件」來討論漢語的詞序問題。

㊽ 即指具有語音形態的「實號名詞組」(overt NP) 而不包括不具語音形態的「空號詞類」(empty categories 或 null NP)，但是可能包括名詞組以外其他詞類的最大投影。

㊾ 爲了區別這兩種不同意義的「格」，管束理論中恒用以大寫起首的 'Case'，而中文術語則用「格位」來表示。

派的「被分派語」(Case-assignee)必須互相鄰接。格位理論,連同「θ準則」(θ-criterion)㊿,規範或詮釋名詞組在句子中出現的位置或分布。例如,名詞組的移位就是由「格位位置」(Case position)到「無格位位置」(Caseless position)或由「無格位位置」到「格位位置」,或由「θ位置」(θ-position)到「非θ位置」($\bar{\theta}$-position)的移動。Li(1985, 1986)有關格位理論在漢語裡適用的概要可以整理如下:

㊳a 漢語的格位分派語是動詞、形容詞與介詞,名詞不能分派格位。

b 漢語的格位被分派語包括「論元」名詞組(即「域內論元」名詞組)與「非論元」名詞組(即「語意論元」名詞組),並包括補語子句(S′),但不包括介詞組。

c 漢語的格位分派語把格位分派給出現於分派語後面的被分派語。

d 漢語的格位位置包括:(i)動詞(包括形容詞)_____;(ii)介詞_____;(iii)_____的名詞;(iv)限定子句主語的位置。

e 漢語的格位分派遵守非常嚴格的「鄰接條件」,不允許副詞、狀語等句子成分出現於分派語與被分派語之間。

㊿「θ準則」規定:句子中的每一個論元都必須分派一種「θ角色」(θ-role 或「主題關係」(thematic relation)),如「主事者」(agent)、「受事者」(patient 或「主題」(theme))、「起點」(source)、「終點」(goal)等;而且每一種「θ角色」都只能分派給一個論元,不能把同一種「θ角色」同時分派給一個以上的論元。

㊳a根據「格位分派語參數」（the Case-assigner parameter）選定動詞、形容詞、介詞爲分派語；㊳b根據「格位被分派語參數」（the Case-assignee parameter）選定名詞組與補語子句爲被分派語；㊳c根據「格位分派方向參數」(the Case-assignment directionality parameter）規定格位的分派方向是由前到後（或由左到右）；❺❶而㊳d則分別規定動詞、形容詞與介詞後面的名詞組或補語子句分派「賓位」(accusative Case)，主要語名詞前面的名詞組或補語子句（如關係子句與同位子句）由於「固有的格位標誌」(inherent Case-marking）而分派「領位」(genitive Case)。另外，㊳d的（iv）表示「域外論元」(external argument）的主語名詞組出現於動詞組之外，由於不受動詞的「管轄」(govern(ment))，所以不能由動詞分派 θ 角色或格位。因此，限定子句的主語名詞組就由動詞組來分派 θ 角色，而由「屈折語素」(inflection morpheme, INFL）的「時制」(tense）以分派「同指標」（co-indexing）的方式分派「主位」(nominative Case)。

同時，Li（1985:89ff）接受 Koopman（1984）與 Travis（1984）的觀點，認爲漢語的格位是由前面的分派語往後面分派，而 θ 角色則由後面的「管轄語」(governor）往前面分派。因此，所有與次類畫分有關的(論元)名詞組都在「D結構」中出現於動詞的前面來分派 θ 角色，但在「S結構」中移到動詞的後面去分派格位。另一方面，與次類畫分有關的介詞組（即由動詞分派 θ 角色

❺❶ Travis（1984）討論「格位分派方向參數」、「主要語參數」、「θ 角色分派方向參數」這三項參數可以歸納成一個參數，例如 θ 角色的分派方向與格位的分派方向經常都是相反的，參 Li（1985:93-94）。

的介詞組）則因爲不具有格位而在「D結構」與「S結構」都出現於動詞的前面。至於與次類畫分無關的介詞組，Koopman（1984）認爲仍然由動詞組分派θ角色而出現於動詞的前面。總結以上的觀點，可以詮釋下列有關漢語的詞序現象。

(一)名詞組與補語子句，無論「論元」或「非論元」，都可以出現於動詞、形容詞與介詞後面，因爲這些名詞組與補詞子句都可以由前面的動詞、形容詞、介詞分派賓位。

㊴a 我〔V罵了〕〔N″他〕。

b 我〔V知道〕〔S′他會來〕。

㊵a 我〔A很同情〕〔N″她〕

b 我〔A很高興〕〔S′她會來〕。

㊶a 〔P為了〕〔N″錢〕，……。

b 〔P為了〕〔S′ PRO 賺更多的錢〕，……。

(二)出現於動詞或形容詞前面的名詞組或補語子句必須與介詞連用，而由這些介詞來分派賓位。

㊷a 我罵了他。

b 我把他罵了。

㊸a 我很同情她。

b 我對她很同情。

㊹a 他答應養活這一家人。

b 他為了養活這一家人夜以繼日的工作。

(三)名詞不能分派格位，所以所有名詞的補語與修飾語都要出現於名詞的前面以分派領位。

㊺a〔PRO 研究科學〕很重要。

b〔科學的研究〕很重要。

㊻a 他研究科學，一直沒有間斷。

b 他對科學的研究一直沒有間斷。

㊼a 他研究科學的態度很認眞。

b 跟他一起研究科學的人是林先生。

(四)介詞組只能出現於動詞或形容詞的前面，不能出現於後面，因爲介詞組不能分派格位。

㊽a 我向他借(錢)。

b *我借(錢)向他。

㊾a 我比他高(些)。

b *我高(些)比他。

(五)副詞與狀語必須出現於主語之前或主語與謂語之間，不能出現於動詞、形容詞或介詞與其賓語之間，否則會違背「鄰接條件」。

㊿a 昨天我要他〔PRO來〕。

b 我昨天要他〔PRO來〕。

c *我要昨天他〔PRO來〕。

d 我要他〔PRO昨天來〕。

(51)a 昨晚我很後悔〔我沒有來〕。

b 我昨晚很後悔〔我沒有來〕。

c *我很後悔昨晚〔我沒有來〕。

d 我很後悔〔昨晚我沒有來〕。

e 我很後悔〔我昨晚沒有來〕。

(52)a 我常常向他借錢。

b *我向常常他借錢。

c ??我向他常常借錢。㊷

d *我向他借常常錢。

（六）期間補語、回數補語、情狀補語、結果補語不能出現於賓語名詞的後面，因為在這個位置無法從動詞分派格位，或者必須把動詞加以重複而讓這個動詞來分派格位㊸，或者設法把賓語移到動詞的前面去而讓動詞與這些補語鄰接而分派格位（參前面㉞與㉟的例句）。

依照 Li（1986:18-19）的結論，漢語是「主動賓語言」、「前置詞語言」，而且是「主要語在尾語言」。在「D結構」中，不僅是副詞與狀語，就是連賓語與補語也都出現於動詞的前面。只因為需要分派格位，所以在「S結構」中賓語與補語纔移到動詞的後面，也就在動詞組（即 Huang（1982）的 V′、A′與 P′）中形成「主要語在首」的詞序。名詞因為無法分派格位，所以名詞的補語與修飾語都沒有理由移到名詞的後面來，也就始終保持「主要語在尾」的詞序。㊹ Li 的分析，完全依照普遍語法裡已經存在的原則系統來詮釋漢語的詞序特徵。這些原則系統有其獨立存在的理由（independent motivation），漢語的語法只在既有的參數上做

㊷ ㊾c的例句並沒有違背鄰接條件，只是沒有出現於主語與謂語（VP）之間，而出現於謂語之內，因而顯然比㊾b與㊾d的例句好。

㊸ 出現於動詞與補語中間的'得'字常讀輕聲，而且語氣的停頓也出現於'得'字後面（試比較：'他騎馬騎得呀很好'與'*他騎馬騎呀得很好'），可以分析為依附前面的動詞而成為其一部分（cliticized），因此並不影響鄰接條件。

㊹ Li（1986:19-23）還從她的觀點來分析評論 Hawkins 的詞序類型論。

了某些選擇而已，並沒有設立任何任意武斷的規範（ad hoc stipulation）。無論就「語言的普遍性」(universality)、「習得可能性」(learnability) 或「經驗事實」(empirical evidence) 而言，都比前人的分析與結論優越，值得稱贊。不過在某些理論的應用上以及語法事實的判斷與分析上，仍然有些值得商榷的地方，願意在這裡提出來討論。❺❺

(一)關於漢語裡「限定子句」與「非限定子句」的區別

爲了討論「大代號」（PRO）能否在漢語的「非限定子句」(infinitives) 充當主語的問題，Li (1985: 35-49) 探討了漢語裡是否有「屈折語素」(inflection morpheme, INFL)、「時制語素」(tense morpheme)與「呼應語素」(agreement morpheme, AGR)。含有這些語素的句子是「限定子句」(finite clause)，而不含有這些語素的句子則是「非限定句子」。這些語素在漢語裡並不具有語音形態，所以不能直接證明其存在，而只能間接的從限定子句與非限定子句的區別中來推論其存在之需要。Li, 與 Huang (1982) 與 Tang（1983: 391-393）等一樣，承認漢語限定子句與非限定子句的區別，但是認爲區別這兩種子句的要素不在於'過、了'等動貌標誌或'能、要、會'等情態助動詞，而在於「時制」，因爲下面㊾與㊿都是合語法的例句。

⑤③ 你從前有沒有逼他〔PRO 一定要借過錢〕?

⑤④ 我要他〔PRO 會做〕。

---

❺❺ 爲了篇幅的限制，這裡只討論 Li (1985) 的二、三兩章的內容，其餘兩章俟將來有機會時再詳加討論。又這裡問題提出的次序大致依照在 Li (1985) 的論文裡出現的次序。

Li (1985: 47) 認爲㊾的母句時間副詞‘從前’與否定詞‘沒(有)’都可以越過句子界限而與子句動詞‘借’後面的動貌標誌‘過’發生連繫。Li (1985: 48-49) 更認爲㊿的‘會’如果解釋爲表示‘能力’的‘會’就可以通，但是如果解釋爲表示‘預斷’的‘會’就不通。因爲表示‘預斷’的‘會’是漢語的「未來時制標誌」(future-tense marker)，只能出現於限定子句，不能出現於非限定子句。

我們認爲漢語裡需要抽象的「時制語素」來辨別‘他明天會再來，他昨天又來過’的合語法與‘*他明天又來過，*他昨天會再來’的不合語法。我們也認爲區別漢語「限定」與「非限定」的不是動貌標誌或情態助動詞[56]，而是時制或呼應語素。但是對 Li 所提例句的合法度判斷與分析內容則不無疑問。首先，我們認爲㊾的合法度有問題，不如改爲(55)。

(55)a 我並沒有逼他〔PRO 一定要借錢〕。

b 我(以前)並沒有逼他〔PRO 借過錢〕。

至於㊿的例句，無論把‘會’解釋爲‘能力’或‘預斷’，一般人都認爲不能接受。因爲漢語的使役動詞如‘逼、要、勸’等與英語的使役動詞如‘force、want、persuade’等一樣，只能以「動態動詞」(actional/dynamic verb)爲補語動詞，不能以「靜態動詞」(stative verb) 爲補語動詞。漢語的‘(‘預斷’的)會、(‘能力’的)會、能’是靜態動詞(所以不能出現於命令句，如‘*(不)會來! *(不)會游泳! *能來!’)，而‘要’是動態動詞(所以可以出現於命令

[56] 英語的不定詞也可以有完成貌與進行貌，而有些漢語的情態助動詞實際上是情態動詞。

句，如‘(不)要來！(不)要游泳！’，因此‘會、能’無法出現於補語子句，而‘要’則可以出現於補語子句)。[57]另外，Li(1985: 37-38) 認爲(56a) 與 (56b) 同義，都表示‘我從前請過他吃飯’，但不一定表示‘他吃過飯’。

(56)a 我從前請他〔PRO 吃過飯〕。

b 我從前請過他〔PRO 吃飯〕。

但是(57)兩個例句的對照顯示，(57)a「含蘊」(entail)‘他吃過飯’，而(57)b 則沒有這種含蘊。試比較：

(57)a 我請他吃過飯，??但是他並沒有接受。

b 我請過他吃飯，但是他並沒有接受。

(二)關於期間補語與回數補語的區別

Li (1985: 102) 認爲漢語的期間詞組 (如‘兩個月、三個鐘頭’)與回數詞組(如‘兩遍、三次’)是名詞組因而可以出現於主語的位置，卻又認爲些這詞組在指涉上是無定，所以不能出現於主語與話題的位置 (p.104)， 顯然是前後矛盾。同時，她似乎忽略了這兩種詞組在句法結構與功能上的差別。期間詞組由「數詞·量詞·名詞」合成，是不折不扣的名詞組。但是回數詞組則由「數詞·量詞」合成， 並不含有名詞，並不是完整的名詞組。這兩種詞組在句法功能上的差別可以從下面例句的比較中看得出來。

(58)a 他看了 {兩個小時的 / ??兩個小時} 書。

---

[57] Li (1985: 47) 也承認英語的例句 “I forced/ persuaded him to be able to go” 是有問題的句子，而 “able” 則是「靜態形容詞」。

b 他看了 {??兩遍的 / 兩遍} 書。

59a 他罵了他 {罵了三個小時。 / *三個小時。}

b 他咬了他 {咬了三次。 / 三次。}

下面60的例句更顯示，由「數詞・名詞」合成而不含有量詞的「準回數詞組」（如'(咬)一口、(踢)一腳'）也與回數詞組一樣58可以出現於賓語名詞的後面，而不必重複前面的動詞。

60a 他咬了我／老張一口。

b 他踢了我／老張一脚。

因此，回數詞組與準回數詞組就成為「格位濾除」的反例。59，另外，她有關期間與回數詞組只能出現於動詞的後面而不能出現於動詞的前面的理由，也頗為曖昧，無法令人信服。眞正的理由還是可能與這些詞組的定性有關，因為「有定」期間或回數詞組似乎可以出現於動詞的前面，例如：

61a 他這幾天都在家。　這幾天他都在家。

b 他前後三次都失敗了。　前後三次他都失敗了。

果如此，就不能僅用「格位濾除」來說明這些詞組為什麼要出現於

58 「準回數詞組」與一般回數詞組的主要差別，在於前者只能與特定的動詞連用。

59 期間與回數兩種詞組在英語的句法表現也不同：前者必須與介詞 for 連用（如"He read*(for) three hours"），而後者則不能與介詞 for 連用（如"He read (*for) three times"）。

動詞的後面。而且㉑的例句提出了一個 Li (1985) 未能交代清楚的問題：漢語裡話題的位置以及主語與謂語之間狀語出現的位置究竟是不是「格位位置」？在這兩個位置出現的名詞組是否需要分派格位？如果需要分派，那麼是由那一個分派語如何分派？格位分派的方向又如何？❻⓪她曾提到可以依照 Enc 的提議而擬設「空號介詞」，或依照 Larson (1985) 的看法而視為具有「固有格位」(inherent Case)，但是這些權宜之計都難免任意武斷之嫌。

(三)關於情狀補語與結果補語的句法特徵

Li (1985) 認為情狀補語與結果補語在句法結構上是子句而不是母句，因此費了不少工夫去說明為什麼子句動詞可以帶上動貌標誌或形成正反問句，而母句動詞卻反而不能帶上動貌標誌或形成正反問句。但是她所提出的理由相當牽強，不能完全令人信服。事實上，(母句)動詞重複以後，原先的第一個動詞仍可以帶上動貌標誌，因為很多人都會接受下面㉒的例句。

㉒a 他看(了)書看了三個小時。

b 她跳(了)舞跳了很多次。

c 他騎(了)馬騎得很累。

可是情狀與結果補語前面的動詞卻不能帶上動貌標誌。試比較：

㉓a 他騎了馬騎得很累。

b*他騎馬騎了得很累。

㉓b 的不合語法似乎可以與㉔例句裡相類似的語言現象一併考慮

---

❻⓪ 作者對於時制語素如何分派格位給主語，例如在「D 結構」出現的位置、格位分派的方向、是否遵守「鄰接條件」等，也沒有做很清楚的交代。

而做通盤的處理。

(64)a 他去年死(*了)在香港。　（比較：他去年死了，死在香港）

b 他昏倒(*了)在地上。　（比較：他昏倒了，倒在地上）

c 錢掉(*了)到地上。　（比較：錢掉了，掉到地上）

d 他昨天看完(??了)的書。　（比較：他昨天看完了書了）

e 他把書看完(*了)了。　（比較：他看完了書了）

f 他給(*給)我十塊錢。　（比較：他給十塊錢給我）(61)

(64)e, f 是所謂「疊音脫落」(haplology) 的現象，而(63)b與(64)a, b, c, d的例句似乎表示動貌標誌'了'出現於虛詞'得、的'或介詞'在、到'等前面時也有刪除動貌標誌的現象。另外，情狀補語的母句動詞很少帶上動貌標誌，可能是這個句式多用來表示「常習的動作」(generic action)，(62)因而母句動詞也就多用「泛時時制標誌」(generic tense marker)，也就是「零標誌」(zero morpheme)。

至於母句動詞之無法形成正反問句，可能是由於在這些句式裡母句表示「預設」(presupposition) 而補語子句則表示「斷言」(assertion)的結果。「斷言」是句子的信息焦點，也就理所當然的成爲正反問句的疑問焦點。(63)下面(65)的例句也說明類似的現象。

---

(61) 根據 Chao (1968: 318)，這樣的例句是合語法的。參 Tang (1979: 204)。

(62) 參 Ross (1984)。

(63) 參 Tang (1984, 1986)。

⑯a 你覺得／以為／想〔他會來〕。

b*你覺不覺得／以不以為／想不想〔他會來〕？

c 你覺得／以為／想〔他會不會來〕？

如果要對母句預設的部分提出疑問，就在母句裡用判斷動詞'是'或動貌助動詞'有'來形成正反問句，例如：

⑯a 他是不是／有沒有跳得很好？

b 你是不是／有沒有覺得這個人有點怪怪的？

(四)關於介詞組能否出現於動詞後面的問題

Li (1985) 認爲漢語的介詞組不能分派格位，但是並沒有提出充分的證據或理由[64]，並且據此認定漢語的介詞組不能出現於動詞的後面。對於⑰等可能的反例，作者認爲應該把句裡的動詞'睡、坐、掉'與介詞'在、到'經過「再分析」(reanalysis) 而分析爲(及物)複合動詞'睡在／到、坐在／到、掉在／到'，因而可以把格位分派給後面的賓語名詞。

⑰a 他睡／坐在地上／到另一邊。

---

[64] Li (1985) 本來可以利用 Stowell (1981)的「格位抵抗原則」(Case Resistance Principle) 來主張漢語的介詞組不能獲得格位的分派。這個原則說：如果某一個詞組的主要語成分是格位分派語，那麼這個詞組本身就不能分派格位。依此，介詞是格位分派語，所以介詞組不能獲得格位的分派。但是 Li (1985) 認爲漢語的補語子句 (S′) 需要格位，而補語子句的主要語「時制語素」卻可以分派格位給主語名詞，所以她就拒絕了「格位抵抗原則」。其實，根據 Chomsky (1986b) 的分析，'S' 與 'S′' 分別是「屈折語素」(INFL) 的最大投影 'I″' 與補語連詞 (COMP) 的最大投影 'C″'，所以應該是「句子」(S＝I″) 不能享有格位，而「補語子句」(S′＝C″) 則似乎可以享有格位。

b 錢掉在／到地上。

Li(1985)雖然設法提出一些句法上的證據來支持她的「再分析」，但是幾乎每一個證據都有反例，可以用來做反證。例如，她認爲，如果把㊼句的'睡在、坐在、掉到'分析爲複合動詞，就可以說明爲什麼在動詞與動詞之間不能出現動貌標誌，即㊽句的不合語法。

㊽a*他睡了／過／着在地上。

b*錢掉了／過／着到地上。

但是我們在前面已經提出了另一種可能的分析，即所有出現於介詞前面的動貌標誌都被這個介詞删除或合併。而且「再分析」卻無法說明，爲什麼動貌標誌不能出現於複合動詞與賓語之間，例如：

㊾a*他睡在了／過／着地上。

b*錢掉到了／過／著地上。

我們也應該注意到，動貌標誌可以出現於眞正的複合動詞後面，例如：

㊿a 我們已經注意到了這個問題。

b 你們聽到了消息沒有？

又如 Li (1985) 認爲把'在、到'再分析爲動詞或介詞都有其益處：如果分析爲介詞，即可以說明爲什麼複合動詞後面的賓語不能删略，因爲凡是介詞後面的賓語都不能删略；如果分析爲動詞，即可以說明一般說來只有動詞與動詞可以合成複合動詞，因爲由動詞與介詞合成的複合詞並不多見。但這正是魚與熊掌不可得兼的情形，兩種分析都各有其利弊，互相抵銷的結果等於零。而且，如果不採取再分析的方法，介詞後面的賓語本來就不能刪略；又既然不是複合動詞，也就不致於產生由「動詞＋介詞」合成的複合動詞。我們也應該注意到，在眞正的複合動詞後面出現的賓語是可以刪略的，例如：

⑪a 這個問題，我們注意到了。

b（你們聽到了消息沒有？）我們聽到了。

同時，漢語裡有相當多的介詞組確實可以出現於動詞甚或賓語的後面，而且有時候並不容易把這些結構再分析爲複合動詞。

⑫a 他把書放在桌子上。（比較：他在桌子上放了書）

b 他把花插在花瓶裡。（比較：他把花瓶裡插了花）

c 他打了電話給我。

d 她寄了一封信到美國。

e 他送了一束花給她。（比較：他送（給）她一束花）

f 他從早上工作到晚上。

g 他從家裡一直走到公園。

h 他住（在）這裡／這家旅館。

i 我們三個人可以一起睡（在）那裡／那個牀。

當然我們可以用「再分析」、「空號介詞」、「固有格位」、甚至動詞可以分派格位給介詞組（一如動詞之可以分派格位給補語子句）等方法來解決或廻避這些問題。但是如果說一個語法理論擁有過大的「描述能力」（expressive power），以致於在幾種可能的分析中無法決定其取捨，那就必須設法對這個理論加以限制。當前的語法理論就是一直朝向這個目標發展出來的。因此，我們認爲漢語介詞組之能否出現於動詞的後面，至今仍然是尚待研究的問題。

三、四　模組化的漢語詞序詮釋原則：當前問題的焦點與今後研究的方向

如前所述，Li (1985, 1986)利用管束理論中的格位理論來詮釋漢語的詞序現象與規律。雖然格位理論比其他理論原則更能合理有效的詮釋大部分的漢語詞序現象，我們也提供了一些批評、修改與補充的意見，但是仍然有些詞序現象似乎無法用格位理論做自然圓滿的詮釋。下面把一些有待解決的問題點焦扼要加以討論。

漢語裡有些單獨以名詞組為「表語」或「主語補語」(subject complement)，而不含有任何動詞的謂語結構，例如：[65]

⑺a 今天幾號？／今天星期五。／現在春天。／明天清明節。

b 香蕉一斤多少錢？／這本書一百五十元。／旅館休息每小時兩百元。／我們一家五口人。

c 我臺灣人。／他清大教授。／她師大學生。／那個人家長會長。

d 這個人好人。／那個人傻瓜。／這位老伯今世諸葛亮。

e 老張小個子。／那個孩子怪脾氣。／這雙拖鞋塑膠底。／那一定好消息。

f 我牛肉麵，我太太陽春麵。／我們兩個男孩子，一個女

[65] ⑺的部分例句採自 Manomaivibool (1986)。

孩子。

在這些例句裡都沒有動詞、形容詞、介詞或呼應語素把格位分派給謂語裡的名詞組，但都是合語法的句子。因此，這些例句都爲漢語的格位理論提供了反例，必須另覓途徑來說明這些例句之何以合語法。

Aoun(1979) 曾提議只有分派有格位的名詞組始能指派 θ 角色，並把這個條件稱爲「可見性條件」(the visibility condition)。根據這個條件，只有出現於格位位置（或與格位位置形成「連鎖」(chain)）的名詞組始能指派 θ 角色。也就是說，「詞彙論元」(lexical argument) 必須具有格位，否則無法指派θ角色，也就「無法獲得認可」(will not be licensed)。如此，「論元可見性」(argument visibility) 的條件就可以取代「格位濾除」的條件。Chomsky (1986a:94) 也支持這個觀點，認爲「格位濾除」的許多內容都可由「可見性條件」引導出來。[66]另一方面，Bouchard (1982) 則認爲格位是名詞組在語音形式上的「合法條件」(well-formedness condition)，因此「格位濾除」應該是「語音形式可見性」(PF visibility)，而不是「論元可見性」。Safir (1982) 也認爲「格位濾除」有其獨立的地位 (independent status)，不能化爲「可見性條件」，因爲'S''雖具有 θ 角色，卻不需要分派格位。因此，他認爲「格位濾除」是出現於論元位置的詞彙名詞組的合法條件，而把「變項」(variable)也視爲詞彙名詞組的一種。Li (1985: 19) 基本上贊同 Bouchard (1982) 與 Safir (1982) 的主張，認

[66] 參 Chomsky (1986a: 94)"Much of the content of the Case filter is now derivable from the visibility condition."。

爲漢語的名詞組無論是「論元」或「非論元」都需要格位，因而「格位濾除」的條件不能化爲「論元可見性」的條件。

我們認爲名詞組的「格位」與「θ 角色」或「論元位置」（A-position） 之間似乎存在着相當密切的關係。首先，在上面⑬的例句裡充當表語的名詞組都沒有動詞、形容詞或介詞來分派格位，卻沒有違背「格位濾除」的條件而成爲這個條件的反例。這些名詞組都是表示日期、節令、價值、數目、省籍、身份、性格等「屬性」（attribute）的「非指涉性」(non-referential) 名詞組，在句法與語意功用上與述語形容詞相近，因而不是論元，也就不需要分派格位。這種在非論元位置出現的名詞組不需要分派格位的情形，除了出現於⑬裡單獨以名詞組爲謂語的例句以外，還出現於下面⑭的例句。在這些例句裡下面標有黑點的名詞組都沒有指派 θ 角色，因此雖然格位濾除要求這些名詞組應該分派格位，但「可見性條件」則認爲這些名詞組沒有指派 θ 角色，所以不必分派格位。❻❼

⑭a 我們稱他三叔

b 大家叫他小毛。

c 我自己會照顧自己。

其次，上面⑬例句中的謂語旣然不含有動詞，也就不可能有「屈折語素」、「時制語素」或「呼應語素」來給句首的名詞組分派格

❻❼ 相似的情形也見於下面 Chomsky (1986a: 95) 的例句：

(i) John is *a fine mathematician.*

(ii) John, I consider *a fine mathematician.*

(iii) John did it *himself.*

位，因此似乎也形成格位濾除的另一個反例。對於這一個反例，我們可以有兩種處理的的方式。第一種方式是把這些句首名詞組分析為屬於「非論元」的「話題」(topic)⑱，既然不屬於論元，也就不需要分派格位。第二種方式是把這些句首名詞組分析為屬於「域外論元」的主語，並認定漢語的域內論元需要分派格位，而域外論元則不需分派格位。第一種方式是「直截了當」(straightforward) 而相當「自然合理」(plausible) 的處理方式，似乎不必多加說明。但第二種方式則與英語等其他語言裡主語名詞組的處理方式不同，應該稍加討論。⑲

在前面有關漢語屈折語素、時制語素與呼應語素的討論裡，我們曾經指出漢語裡「限定子句」(finite clause) 與「非限定子句」(nonfinite clause) 的界限並不十分明確。Lee (1983: 13-14) 則更進一步懷疑這種界限的存在。他首先指出 Huang (1982) 區別這兩種子句的主張似乎缺乏獨立自主的證據，也缺少經驗事實的支持。因為他認為，根據 Huang (1982) 的分析，漢語動詞或者只能以「限定子句」為賓語，或者只能以「非限定子句」為賓語，卻不能有兼以「限定子句」與「非限定子句」為賓語的動詞。而且根

---

⑱ Chomsky (1986b) 把 'S' 與 'S′' 分別分析為以屈折語素 (I(NFL)) 為主要語的最大投影 'IP' (即 'I″') 與以補語連詞 (C(OMP)) 為主要語的最大投影 'CP' (即 'C″')。如此，話題可能出現於 'CP' 裡指示語的位置，也可能加接於 'CP' 的左端，二者都是非論元位置。

⑲ Tang (1979: 79; 1983: 397) 與 Lee (1983: 9) 都承認漢語句子的主語在另外沒有話題的條件下可以兼充話題。

據 Lee (1983) 所舉的例句，在以「大代號」(PRO)[70]爲主語的「非限定子句」仍然可以含有情態助動詞'會'或動貌標誌'了、過'等，例如：

(75)a 我答應張三〔PRO (會)照顧自己〕。

b 張三逼李四〔PRO 念了五年英文〕。

c 我請張三〔PRO 看過三次電影〕。

因此，Lee(1983:14) 主張漢語的「義務控制」(obligatory control) 與補語子句的「限定」與否無關：只能出現「空號名詞組」(empty NP，即不具語音形態的名詞組) 而不能出現「詞彙名詞組」(lexical NP，如'張三、李四、你、我、他'等) 的位置必須受到「前行語」(antecedent) 的「義務控制」，即必須與母句主語或賓語名詞組指涉相同；空號名詞組與詞彙名詞組都可能出現的位置是不受母句主語或賓語控制的「非義務控制」(non-obligatory control)。[71]他的結論是不管「詞彙名詞組」抑或「空號名詞組」都可

---

[70] Lee (1983) 並沒有肯定「大代號」(PRO) 的存在。事實上，他所謂的「空號名詞組」(empty NP) 是指沒有語音形態的代詞，在句法與語意屬性上反而接近「小代號」(pro)。

[71] 根據我們的合法度調查，(75)裡(b)與(c)句的補語子句只能以空號名詞組爲主語，但是(a)句的補語子句則似乎可以以空號名詞組或詞彙名詞組爲主語。試比較：

(a') 我答應張三〔{我 / PRO} 會照顧自己〕。

(b') 張三逼李四〔{*他 / PRO} 念了五年英文〕。

(c') 我請張三〔{*他 / PRO} 看過三次電影〕。

同時(a')句裡'我會照顧自己'似乎比'我照顧自己'自然，而'PRO照顧自己'則似乎比'PRO 會照顧自己'自然。

以與情態助動詞'會'或動貌標誌'了、過'連用。可見漢語裡「限定子句」與「非限定子句」的區別是否存在，以及如何認定這個區別，仍然是值得繼續研討的問題。而這個問題的最後答案，又與漢語應否承認與英語相似的「大代號」有密切的關係。

同時，我們也應該注意到在漢語的句子裡主語與動詞之間常有各種狀語介入，例如：

⑯a 我明天會帶太太來。
b 他每三個星期理一次頭髮。
c 她一個人住在山上。
d 他們一連三天都沒有打電話來。
e 他自己會親口告訴你的。
f 他從十點到十一點會在辦公室裡等你。

狀語或附加語 (adjunct) 出現的位置是非論元位置，所以在這個位置出現的名詞組或介詞組都不需要分派格位。當這些狀語名詞組或介詞組移到主語前面話題的非論元位置時，也不需要分派格位。

⑰a 明天我會帶太太來。
b 每三個星期他理一次頭髮。
c 一連三天他都沒有打電話來。
d 從十點到十一點他會在辦公室裡等你。

有些狀語介詞組出現於話題的位置時，介詞常可以省略。可見在這個位置，名詞組並不需要介詞來分派格位，例如：

⑱a (在)牆壁上(面)掛着兩幅字畫。
b (從)前面來了兩個人。

但是如果這些名詞組出現於動詞後面論元的位置，就必須遵守格位濾除而分派格位；介詞組出現於動詞後面論元的位置或主語後面狀語的位置也必須保留介詞。試比較：

⑲a 開會的日期他們已經選擇了明天。

b 他在那裡一連住了三天。

⑳a 那兩幅字畫掛在牆壁上(面)。

b 有兩個人從前面來了。

又⑯的例句也告訴我們，如果漢語的主語必須由屈折語素來分派格位，那麼當主語與動詞之間有狀語介入時屈折語素必須越過狀語而分派格位給主語。因此，格位分派語與被分派語必須相鄰接的「鄰接條件」並不適用於主語格位的分派；而屈折語素的格位分派方向也與動詞、形容詞、介詞的格位分派方向不同，不是「由前到後」而是「由後到前」。漢語裡抽象的「屈折語素」與具體的「動詞、形容詞、介詞」❼之間有關鄰接條件與格位分派方向的顯著差異，也促使我們對於漢語主語需否分派格位，以及由什麼句子成分來分派格位給主語等問題慎重加以檢討。

---

❼ 嚴格說來，應該是「及物動詞、及物形容詞、介詞」。同時，我們也應該注意經過「名物化」(nominalized) 的及物動詞似乎無法分派格位給賓語。試比較：

(i) a 我們會密切注意這件事。

b *我們會密切加以注意這件事。

c 我們會對這件事密切加以注意。

(ii) a 他們正在調查這個案件。

b?? 他們正在進行調查這個案件。

c 他們對這個案件正在進行調查。

如果我們接受唯有指派 θ 角色的論元名詞組需要分派格位❼❸，而未指派 θ 角色的非論元名詞組則不需要分派格位，那麼上面⑦③到⑦⑨的例句所討論的問題都可以迎刃而解。可是另一方面也會引起一些新的問題。Li (1985) 認爲在漢語裡不管論元抑或非論元，也無論名詞組或子句，都必須分派格位；其主要理由乃是藉此說明在漢語及物動詞與賓語名詞後面出現的回數、期間、情狀、結果等補語❼❹必須重複動詞來分派格位給這些補語，例如：

⑧①a 他騎馬騎了三次。
b 他騎馬騎了兩個小時。
c 他騎馬騎得很快。
d 他騎馬騎得腰背酸痛。

在這些例句裡，回數補語'三次'與期間補語'兩個小時'分別具有量詞組與介詞組的句法結構，雖然可以視爲「語意論元」(semantic argument) 或「自由論元」(free argument)，卻不能視爲「域內論元」。❼❺另一方面，情狀補語'很快'與結果補語'腰酸背痛'卻只能分別分析爲形容詞組與子句，似乎無法分析爲名詞組，更不

---

❼❸ 如果我們能證實主語名詞組不需要分派格位，那麼就應該改爲："唯有指派 θ 角色的域內論元名詞組"。

❼❹ 其中「準回數補語」(如下面例句裡的'一口，一脚'等)，前面並不需要重複動詞，因爲這些補語非但出現於非論元位置，而且本身是沒有最小與最大投影的「有缺陷的語法範疇」(defective category)。

(i) 李太太咬了李先生一口。

(ii) 老張踢了老李一脚。

❼❺ 參 Williams (1980)。

能分析爲論元。因此，這些補語前面動詞的重複就失去了分派格位的依據。

以上有關漢語句法事實的討論顯示：出現於動詞前面的狀語或話題位置的「非論元」成分不需要分派格位；而出現於動詞後面的句子成分則無論是「域內論元」(如賓語名詞組)、「語意論元」(如回數補語與期間補語)或「非論元」成分(如情狀補語與結果補語）都必須由動詞來分派格位。我們已經在前面的討論中提過，回數補語與期間補語之所以出現於動詞後面句尾的位置，似乎與這些補語名詞組的定性有關，因爲有定回數與期間補語可以出現於動詞前面狀語或話題的位置。至於情狀補語與結果補語的句法結構應該如何分析，則至今尙無定論。有些語法學家把這些補語結構分析爲句子的主要述語（Huang (1986) 所謂的"Primary Predication Hypothesis"），有些語法學家把這些補語結構分析爲謂語的附加語（Huang (1986) 所謂的"Secondary Predication Hypothesis"）；而且就是同樣主張分析爲主要述語或謂語附加語的學者之間，對於述語或附加語的內部結構以及與句子裡其他成分之間的結構分析也有各種不同的看法與主張。連有關這些補語結構最基本的問題，例如引導這些補語的'得'字的句法與語意功能，以及其產生的由來[76]，都尙無人提出令人滿意的解釋。所以漢語補語結構與功能的深入分析是今後應該努力研究的方向之

---

[76] 同樣是漢語，閩語卻可以說'他騎馬騎很快'，而並不需要用'得'字來引導情狀補語。

一。⑰

另外一個仍待解決的問題是，出現於及物動詞賓語後面的介詞組能否獲得格位的分派，以及如何獲得格位的分派的問題。漢語裡表示「處所」與「終點」(goal) 的介詞組可以出現於動詞的後面，但只有表示「終點」的介詞組可以出現於動詞與賓語的後面，而表示「處所」的介詞組卻不能出現於動詞與賓語的後面。試比較：⑱

㉜a 他躺在樹底下。
 b 錢掉到地上。
 c 他把刀子放在桌上。
 d 我要把這一串項鍊送給我太太。
 e 她把那一封信寄到那裡(去了)？

㉝a 我送了那一串項鍊給我太太。
 b 我打了電話給你／到你那裡(去)，可是你不在。
 c (?)她寄了那一封信到我家裡(來)。
 d *他放了刀子在桌上。

Li (1985) 認爲漢語的介詞組不能分派格位，因此她主張把㉜例句裡的動詞（如'躺、掉、放、送、寄'）與後面的介詞(如'在、到、給')「再分析」爲複合動詞，並由這個複合動詞分派格位給原來的介詞賓語。我們在前面的討論中已經指出這樣的再分析缺

⑰ 關於回數與期間補語最近的分析，參 Ernst (1986a, 1986b) 與 Tai (1986)；關於情狀與結果補語最近的分析，參 Ernst (1986a) 與 Huang (1986)。

⑱ 有些人認爲㉝c句比㉝d句好，但比㉝a與㉝b句稍差。

乏充分的證據或理由；而且這種再分析似乎無法適用於⑧的例句，因爲在這些例句裡動詞與介詞並沒有連接著出現，也就無法說明這些例句的合語法。要說明例句⑧的合語法，最直截了當的方法是承認漢語動詞可以分派格位給介詞組，所以⑧的例句合語法。Li (1985)認爲介詞組不能獲得格位的分派，其主要理由是藉此排除如⑧這些不合語法的句子。

⑧a *這件事，他說對我了。

(比較：這件事，他對我說了。)

b *他借向我了。

(比較：他向我借了。)

但是她卻沒有說明爲什麼這些例句裡的'說對'與'借向'卻無法經過再分析而成爲複合動詞。我們認爲⑧的合語法與⑧的不合語法，似乎可以由「論元可見性」來加以說明：⑧的例句合語法，是由於這些動詞後面表示「處所」與「終點」的介詞組是域內論元，所以可以由動詞來分派格位；⑧的例句不合語法，是由於這些動詞後面表示「對象」或「起點」(source) 的介詞組是語意論元，所以無法由動詞來分派格位。而那些介詞組是「域內論元」，那些介詞組是「語意論元」，要視個別動詞而定，因此似乎應該在動詞的「詞項記載」(lexical entry) 中有關「論元結構」(argument structure) 的部分來規定。⑲其次，我們要設法說明⑧例句裡幾種不同的合法度判斷。就動詞的語意內涵而言，'送、寄、打(電

⑲ 參 Chomsky (1986a: 86ff) 有關各種詞類的「選擇屬性」(selectional properties) 討論中有關「語意選擇」(semantic selection) 與「範疇選擇」(categorial selection) 的討論。

話）、放'這些動詞都屬於「三元述語」（three-place predicate），所以例句中表示終點的介詞組都應該是域內論元，但在合法度判斷上卻有如此差別。⑧③d的不合語法與⑧③c的有問題，可以由「格位濾除」與「鄰接條件」來說明：這些例句裡的動詞可以分派格位給相鄰接的賓語名詞組，卻無法分派格位給不相鄰接的終點介詞組。可是我們卻無法說明違背這些條件的⑧③a，b爲什麼會合語法。同樣的，在下面⑧⑤與⑧⑥裡雙賓動詞的例句(a)與間接賓語提前的例句(b)中，(a)句的間接賓語與(b)句的直接賓語都沒有分派格位，照理應該不合語法卻是合語法的句子。[80]

⑧⑤a 我要寄／交一份禮物給他。

b 我要寄／交給他一份禮物。

⑧⑥a 我要送／賞一份禮物給他。

b 我要送／賞（給）他一份禮物。

在下面⑧⑦的例句裡出現於間接賓語後面的直接賓語，也都不能由動詞分派格位，卻也都是合語法的句子。

⑧⑦a 我要／討了他一份禮物。

b 我問／敎了他們一些問題。

在這些例句裡所牽涉到的動詞也都是屬於「三元述語」出現於間接賓語後面的直接賓語也都是「域內論元」。這似乎表示這些例外現象，最好由「詞彙」（lexicon）來處理。[81] Chomsky (1981:170-171) 把格位分爲「結構格位」（structural Case）與「固有格位」

---

[80] 關於漢語雙賓結構的討論，參 Tang (1978)。

[81] Tang (1978) 就漢語裡四類雙賓動詞不同的句法功能有相當詳細的討論。

(inherent Case) 兩種。由動詞、介詞、屈折語素所分派或出現於領位名詞的位置所獲得的格位是「結構格位」；而由動詞或介詞在詞項記載內根據其語意選擇而分派的格位是「固有格位」。根據這兩種格位的分類，漢語的雙賓結構在「動詞+ 直接賓語+'給'間接賓語」的詞序中，直接賓語由動詞來分派「結構格位」而間接賓語則在詞項記載裡分派「固有格位」；另一方面，在「動詞+(給)間接賓語+直接賓語」的詞序中，間接賓語由動詞來分派「結構格位」，而直接賓語則在詞項記載裡分派「固有格位」。至於⑧b例句的動詞'打（電話）'則似乎有理由把'〔V 打〕〔NP 電話〕〔PP 給／到…〕'再分析為'〔V 打電話給／到〕〔NP …〕'的複合動詞。因為這裡的'打'既不照動詞'打'的通義'打擊'解，又只能與'電話、電報'等少數名詞連用；而且與雙賓動詞不同，不能把由'給／到'引導的介詞組移到名詞'電話'的前面來。[82]我們承認這樣的處理方式，規範的作用遠大於詮釋的功效。不過 Li (1985) 所提出的格位理論似乎無法自然合理的說明為什麼⑧a, b 以及⑧到⑧的例句是合語法的句子，而 Huang (1982) 所提出的「X標槓結構限制」則或能規範漢語動詞至多只能出現一個名詞組與介詞組（或至多兩個名詞組），卻無法指示那些動詞後面可以出現那類介詞組；這類個別動詞的選擇屬性仍以在詞彙中處理為宜。

以上的討論顯示，就目前管束理論的內容而言，似乎尚無法

---

[82] 就這一點而言，'打電話給／到'在結構與功用上與英語的'take advantage of, keep tab on'等含有「成語片段」(idiom chunk) 的說法頗為相似。

單獨以「格位理論」的「格位濾除」來詮釋有關漢語詞序的所有現象，仍然需要兼採「θ理論」的「可見性條件」與「固有格位」的權宜措施。Chomsky (1986a:193ff) 對於格位理論的內容做了相當大的修正。英語的格位分派語，除了原來的動詞與介詞以外，還包括名詞與形容詞。「結構格位」指「賓位」(objective) 與「主位」(nominative)，由動詞與屈折語素依據在「S 結構」的位置而分派。「固有格位」則指由介詞分派的「斜位」(oblique) 以及由名詞與形容詞分派的「領位」(genitive)，都在「D 結構」中分派。「固有格位」與「θ角色的指派」(θ-marking) 有關，而「結構格位」則與此無關。依照這個新的內容，所有的「詞彙範疇」(lexical categories) 不分動詞、介詞、名詞或形容詞都能分派格位。介詞、名詞與形容詞在「D 結構」中把「固有格位」分派給有關的名詞組；而動詞則連同屈折語素與呼應語素在「S 結構」中把「結構格位」分派給賓語名詞與主語名詞組。因此，唯有指派「θ角色」的名詞組始能分派「固有格位」，而「結構格位」的分派則與「θ角色」的指派無關。這種格位理論內容的修正，對於格位理論在漢語語法的適用以及漢語詞序詮釋原則的內容，勢必有相當大的影響，無疑會成爲今後漢語研究的重要課題之一。以上的討論也顯示，管束語法理論的「模組化研究方式」(modular approach) 應該是研究漢語語法的最佳途徑。在模組化的理論中，各個原則或理論之間的關係極其密切而複雜，某個原則、理論或觀點上些微的改變都常會引起廣泛而遠大的影響 (large-scale and wide-ranging consequences)。就這點意義而言，漢語語法的研究正是方興未艾，前途仍然大有可爲。

四、結　語

上面從管束理論的觀點討論了漢語的詞序特徵以及與此有關的問題。這些問題只是整個漢語語法問題的一小部分，還有許許多多的問題等待大家去發現、討論、解決。例如，Li(1985)就從格位理論對於漢語語法提出了下面一些結論或預測：(一)漢語裡沒有英語的 believe、expect 等之類的「例外格位標誌」(exceptional Case-marking; ECM) 動詞；(二)漢語裡不會有「移外變形」(Extraposition)；(三)漢語裡沒有「格位傳遞」(Case transmission) 或「格位繼承」(Case inheritance) 的現象；(四)「被字句」由名詞組的移位 (NP-movement) 而衍生；而「把字句」則由詞組結構規律直接衍生；(五)漢語的「話題句」由類似英語的「wh 移位」(wh-movement) 而衍生；(六)「空號詞類原則」(Empty Category Principle; ECP) 必須在語音形式 (PF) 部門與邏輯形式 (LF) 部門分別適用。這些結論與預測是否正確無誤，不僅要依照管束理論的原則系統來加以檢驗，而且還得根據漢語的語言事實來加以證實。這也就表示，原來靠觀察、分析、歸納、假設、檢驗少數語言的語言事實而建立起來的語法理論，已經具有相當廣泛而深厚的演繹與詮釋能力。這種語法理論的演繹與詮釋能力，不僅適用於英語等「熱門語言」，而且應該對包括漢語在內的所有自然語言都有效纔是。

當前語言理論的研究，依其所研究的語言之多寡，大致可以分爲兩組。一類方法是所謂的「少數語言研究法」(the "singlelanguage approach")，其語料之研究盡求其深；對少數語言做深入的分析與討論，以便探求語言普遍性的奧秘。另一類方法是所謂的「多數語言研究法」(the "many-language approach")，其語料之蒐集盡求其廣；對多數語言做廣泛的調查與比較，以便把握語言普遍性的全貌。[83]當前研究普遍語法的學者似乎多屬於前一類，而研究語言類型的學者則似乎以後一類居多。其實，這兩類研究方法並不是互相排斥的，而是相輔相成的。少數語言深入的研究與普遍語法的建立可以促進我們對於多數語言的了解；而多數語言的調查與語言類型的比較又可以幫助我們檢驗普遍語法的內容。而且，當代的語法理論也不只管束理論一種，其他還有「擴張的詞組結構語法」(Generalized Phrase Structure Grammar; GPSG)、「詞彙功能語法」(Lexical Functional Grammar; LFG) 與「關係語法」(Relational Grammar) 等多種。每一種語法理論都有其優點與缺點，有其長處與短處，都值得利用來探討漢語語法的奧秘。

當前語法理論的探討越來越深，語言結構的分析也越來越細。語法研究的對象，不僅從具有語音形態與詞彙意義的「實詞」跨進具有語音形態而不具詞彙意義的「虛詞」(如「人稱代詞」(pronominals)、「照應詞」(anaphors)、「接應代詞」(resumptive pronouns 等))，而且已經邁入了不具語音形態亦不具詞彙意義的「空號詞類」(如「名詞組痕跡」(NP-trace，或「空號照應

---

[83] 關於這兩種研究方法的詮釋，參 Comrie(1981) 與 Coopmans(1984) 對 Comrie (1981) 的書評，以及 Comrie (1984) 對 Coopmans (1984) 的答辯。

詞」(null anaphor))、「wh痕跡」(wh-trace，或「變項」(variable))、「大代號」(PRO)、「小代號」(pro)、「寄生缺口」(parasitic gap)等)。此時此地我們從事漢語語法研究的人似乎也應該放開眼界，本着"大膽的假設，小心的求證"的態度，勇敢的接受這個新的挑戰。

參考文獻

Aoun, J. (1979) "On Government, Case-marking and Clitic Placement," ms., MIT, Cambridge, Massachusetts.

——(1981) "The Formal Nature of Anaphoric Relation," Doctoral dissertation, MIT, Cambridge, Massachusetts.

Bouchard, D. (1982) "On the Content of Empty Categories," Doctoral dissertation, MIT, Cambridge, Massachusetts.

Chao, Y. R. (1968) *A Grammar of Spoken Chinese,* University of California Press, Berkeley, California.

Chomsky, N. (1981) *Lectures on Government and Binding,* Foris, Dordrecht.

——(1982) *Some Concepts and Consequences of the Theory of Government and Binding,* LI monograph, 6, MIT Press, Cambridge, Massachusetts.

——(1986a) *Knowledge of Language: Its Nature, Origins and Use,* Praeger, New York.

——(1986b) *Barriers,* LI monograph, 13, MIT Press, Cambridge, Massachusetts.

——& H. Lasnik. (1977) "Filters and Control," *Linguistic Inquiry,* 8.3, 425-504.

Chu, C. C. (屈承熹)(1979) "漢語的詞序與詞序變遷中的問題," 語言學論集: 理論, 應用及漢語語法, 臺北文鶴出版有限公司,

87-121.

Comrie, B. (1981) *Language Universals and Linguistic Typology,* University of Chicago Press, Chicago.

——(1984) "Language Universals and Linguistic Argumentation: a Reply to Coopmans," *Journal of Linguistics,* 20.1, 155-163.

Coopmans, P. (1984) "Surface Word-order Typology and Universal Grammar," *Language,* 60.1, 55-69.

Dowty, D.(1979) *Word Meaning and Montague Grammar* D. Reidel Publishing Co., Dordrecht.

Enc, M. (1985a) "Agreement and Governing Categores," ms., University of Southern California, Los Angeles, California.

——(1985b) "Temporal Interpretation," ms, University of Southern California, Los Angeles, California.

Erbaugh, M. (1982) "Coming to Order: Natural Selection and the Origin of Syntax," University of California dissertation, Berkeley, California.

Ernst, T. (殷天興) (1986a) "Restructuring and the Chinese VP," paper presented at the Ohio State University Conference on Chinese Linguistics.

——(1986b) "Duration Adverbials and Chinese Phrase Structure," paper presented at the 19th Conference on Sino-Tibetan Languages and Linguistics.

Flynn, M. (1982) "A Categorical Theory of Structure Building," in G. Gazdar, G. Pullum, E. Klein (eds.) *Order, Concord and Constituency,* Foris, Dordrecht.

Gazdar, G. & G. Pullum. (1981) "Subcategorization, Constituent Order, and the Notion 'Head'," in M. Moortgat, H. v. d. Hulst, T. Hoekstra (eds.), *The Scope of Lexical Rules,* Foris, Dordrecht, 107-123.

Givón, T. (1978) "Definiteness and Referentiality," *Universals of Human Language,* 4: Syntax, in J. Greenberg et al., University Press, Stanford, 291-330.

Greenberg, J. (1963) "Some Universals of Grammar with Particular Reference to the Order of Meaningful Elements," in J. Greenberg (ed.), *Universals of Language,* 2, MIT Press, Cambridge, Massachusetts, 58-90.

——(1966) "Some Universals of Grammar with Particular Reference to the Order of Meaningful Elements," in J. Greenberg (ed.) *Universals of Language,* 2nd ed., MIT Press, Cambridge, Massachusetts, 73-113.

Hashimoto, M. (1976) "Language Diffusion on the Asian Continent," *Computational Analysis of Asian and African Languages and Cultures.*

——(1984) "The Altaicization of Northern Chinese," Tokyo: Inter-University Research Institute of Asian and African Languages and Cultures, ms.

Hawkins, J. A., (1979) "Implicational Universals as Predictors of Word Order Change," *Language,* 53.3, 618-648.

——(1980) "On Implicational and Distributional Universals of Word Order," *Journal of Linguistics,* 18.1, 1-35.

——(1983) *Word Order Universals,* Academic Press, New York.

——(1985) "Complementary Methods in Universal Grammar: a Reply to Coopmans," *Language,* 61.3, 569-587.

Higginbotham, J. (1983) "LF, Binding and Nominals," *Linguistic Inquiry,* 14.3, 395-420.

——(1985) "Definiteness and Predication," ms., MIT, Cambridge, Massachusetts.

Hoji, R. (1982) "X'-theory and the * Parameter," ms., University of Washington and MIT.

Huang, C. R. (黃居仁) & L. Mangione. (1985) "A Reanalysis of *de*: Adjuncts and Subordinate Clauses," paper presented at WCCFL IV, University of California, Los Angeles, California.

Huang, C. T. (黃正德) (1982) "Logical Relations in Chinese and the Theory of Grammar," Doctoral dissertation, MIT, Cambridge, Massachusetts.

——(1983a) "On the Distribution and Reference of Empty Pronouns," ms., Tsing Hua University, Taiwan.

——(1983b) "Phrase Structure, Lexical Integrity, and Chinese Compounds," ms., Tsing Hua University, Taiwan.

——(1983c) "On the Representation of Scope," *Journal of*

Chinese Linguistics, 11.1, 36-91.

——(1984a) "On the Distribution and Reference of Empty Pronouns," (a revised version of Huang (1983a)) *Linguistic Inquiry,* 15.4, 531-574.

——(1984b) "Some Remarks on Chinese Topic Structures," ms., Tsing Hua University, Taiwan.

——(1984c) "Remarks on Existential Sentences in Chinese and (In)definiteness," paper presented at the 5th Groningen Roundtable, to appear in E. Reuland, A. ter Meulen (eds.) *The Representation of (In)definiteness,* MIT Press.

——(1986) "*Wo Pao de Kuai:* An Essay on Chinese Phrase Structure," paper presented at the 19th Conference on Sino-Tibetan Languages and Linguistics.

Huang, S. F. (黃宣範) (1978) "Historical Change of Prepositions and Emergence of SOV Order," *Journal of Chinese Linguistics,* 6.2, 212-242.

Jackendoff, R. (1977) *X' Syntax: a Study of Phrase Structure,* MIT Press, Cambridge, Massachusetts.

Keenan, E. L. (1974) "The Functional Principle: Generalizing the Notion of 'Subject of'," in *Papers from the 10th Regional Meeting of the Chicago Linguistic Society,* Chicago, Illinois, 406-421.

——(1979) "On Surface Form and Logical Form," *Studies in the Linguistic Sciences* (special issue), 8(2).

Koopman, H. (1984) *The Syntax of Verbs,* Foris, Dordrecht.

Lasnik, H. & M. Saito. (1984) "On the Nature of Proper Government," *Linguistic Inquiry,* 15.2, 235-290.

Lee, T. (李行德) (1983) "Topic Binding and Control in Chinese," ms., University of California, Los Angles, California.

Lehmann, W. P. (1973) "A Structural Principle of Language and its Implications." *Language,* 49.1, 47-66.

——(1978) *Syntactic Typology: Studies in the Phenomenology of Language,* University of Texas Press, Austin, Texas.

Li, C. & S. Thompson. (1974a) "Historical Change of Word Order: a Case Study of Chinese and its Implication," in J. M. Anderson, C. Jones (eds.), *Historical Linguistics I,* North Holland Publishing Co., Amsterdam, 199-218.

——(1974b) "Co-verbs in Mandarin Chinese: Verbs or Prepositions?" *Journal of Chinese Linguistics,* 2.3, 257-278.

——(1975) "The Semantic Function of Word Order: a Case Study in Mandarin," in C. Li (ed.), *Word Order and Word Order Change,* University of Texas Press, Austin, Texas, 163-196.

——(1976) "Subject and Topic: a New Typology of Language," in C. Li (ed.), *Subject and Topic,* Academic Press, New York, 457-490.

——(1981) *Mandarin Chinese: a Functional Reference Grammar*, University of California Press, Los Angeles, California.

Li, M. Z. (李孟珍) (1979) "An Investigation of Word Order Change in Chinese," in C. Tang, F. Tsao, I. Li (eds.), *Papers From the 1979 Asian and Pacific Conference on Linguistics and Language Teaching,* Student Books Co. Taipei, 261-274.

Li, Y. H. (李豔惠) (1985) "Abstract Case in Chinese," Doctoral dissertation, University of Southern California, Los Angeles, California.

——(1986) "Resolving Controversies Over Chinese Word Order," paper presented at the Chinese Syntax Workshop, Linguistic Institute at CUNY.

Light, T. (1979) "Word Order and Word Order Change in Modern Chinese," *Journal of Chinese Linguistics,* 7.2, 149-180.

Lightfoot, D. W. (1979) *Principles of Diachronic Syntax.* Cambridge University Press, London.

Manomaivibool, P. (1986) "The Nominal Predicate in Chinese Sentence with Comparing Notes," ms.

Manzini, R. (1983) "Restructuring and Reanalysis," Doctoral dissertation, MIT, Cambridge, Massachusetts.

Mei, K. (梅廣) (1972) "Studies in the Transformational

Grammar of Modern Standard Chinese," Doctoral dissertation, Harvard University.

——(1979) "Is Modern Chinese Really a SOV Language," in T. Tang, F. Tsao, I. Li (eds.), *Papers from the 1979 Asian and Pacific Conference on Linguistics and Language Teaching,* Student Books Co., Taipei, 275-297.

Rappaport, M. (1983) "On the Nature of Derived Nominals," in L. Levin et al. (eds.), *Papers in Lexical Functional Grammar,* Indiana Linguistics Club, Indiana.

Riemsdijk, H. van & E. Williams (1986) *Introduction to the Theory of Grammar,* MIT Press, Cambridge, Massachusetts.

Ross, C. (1983) "On the Functions of Mandarin de," *Journal of Chinese Linguistics,* 11.2, 214-246.

——(1984) "Adverbial Modification in Mandarin," *Journal of Chinese Linguistics,* 12.2, 207-234.

Rouveret, A. & J. R. Vergnaud (1980) "Specifying Reference to Subject," *Linguistic Inquiry,* 11.1, 97-202.

Safir, K. (1982) "Syntactic Chains and the Definiteness Effect," Doctoral dissertation, MIT, Cambridge, Massachusetts.

——(1983) "On Small Clauses as Constituents," *Linguistic Inquiry,* 14.4, 730-735.

Stockwell, R. P. (1977) *Foundations of Syntactic Theory,*

Prentice-Hall, Englewood Cliffs, New Jersey.

Stowell, T. (1981) "Origins of Phrase Structure," Doctoral dissertation, MIT, Cambridge, Massachusetts.

——(1983) "On the Directional Theory of Government," University of California, Los Angeles, California.

Sun, C. F. (孫朝奮) & T. Givón (1985) "On the So-called SOV Word Order in Mandarin Chinese: A Quantified Text Study and its Implications," *Language,* 61.2, 329-351.

Tai, J. H. Y. (戴浩一) (1973) "Chinese as a SOV Language," *Papers from the Ninth Regional Meeting,* Chicago Linguistic Society, Chicago, Illinois, 659-671.

——(1976) "On the Change from SVO to SOV in Chinese," CLS Parassession on Historical Syntax, Chicago, Illinois, 291-304.

——(1980) "Grammatical Categories in Chinese," ms.

——(1984) "Time Sequence and Chinese Word Order," in John Haiman (ed.) *Iconicity in Syntax,* John Benjamin, Amsterdam.

——(1986) "Duration and Frequency Expressions in Chinese Verb Phrase," paper presented at the 19th Conference on Sino-Tibetan Languages and Linguistics.

Tang, T. C. (湯廷池) (1972) *A Case Grammar of Spoken Chinese,* Haiguo Books Co., Taipei. (國語格變語法試論, 臺灣海國書局).

——(1977) *Studies in Transformational Grammar of Chinese. 1: Movement Transformations,* Student Books Co., Taipei. (國語變形語法研究第一集: 移位變形, 臺灣學生書局).

——(1978) "Double Object Constructions in Chinese," in R C. Cheng, Y. C. Li, T. C. Tang (eds.), *Proceedings of Symposium of Chinese Linguistics, LSA,* Student Books Co., Taipei, 67-96.

——(1979) *Studies in Chinese Syntax,* Student Books Co. Taipei. (國語語法研究論集, 臺灣學生書局.)

——(1983) "國語語法的主要論題: 兼評李訥與湯遜著漢語語法(之一)," 師大學報, 28, 391-441.

——(1984) "國語疑問句研究續論," 師大學報, 29, 381-437.

——(1985) "華語語法與功用解釋,"1985 年全美華文教師協會年會發表論文。

——(1986) "Syntactic and Pragmatic Constraints on V-not-V Question in Mandarin," paper presented at the 19th Annual Meeting of the International Conference on Sino-Tibetan languages and Linguistics.

Thompson, S. (1973) "Resultative Verb Compounds in Mandarin Chinese: a Case for Lexical Rules," *Language,* 49.2, 361-379.

Travis, L. (1983) "Word Order Change and Parameters," in I. Haik & D. Massam (eds.), *Papers in Grammatical*

Theory, MIT Working Papers, 5, MIT, Cambridge, Massachusetts, 277-289.

—— (1984) "Parameters and Effects of Word Order Variation," Doctoral dissertation, MIT, Cambridge, Massachusetts.

Vennemann, T., (1972) "Analogy in Generative Grammar: the Origin of Word Order," Paper read at the 11th International Congress of Linguists, Bologna.

—— (1974a) "Theoretical Word Order Studies: Results and Problems," *Papiere zur Linguistik,* 7, 5-25.

—— (1974b) "Topics, Subjects and Word Order: From SXV to SVX via TVX," in J. M. Anderson, C. Jones (eds.), *Historical Linguistics,* I, North-Holland, Amsterdam, 339-376.

—— (1976) "Categorial Grammar and the Order of Meaningful Elements," in A. Juilland (ed.), *Linguistic Studies Offered to Joseph Greenberg on the Occasion of his Sixtieth Birthday,* Saratoga, California, 615-634.

Williams, E. (1980) "Predication," *Linguistic Inquiry,* 11.1, 203-238.

* 原發表於中央研究院第二屆國際漢學會議 (1986) 。

資訊時代的華語與華語研究淺談

一、前　　言

民國七十四年八月二十六日應明日世界雜誌社之邀，參加該社主辦的「資訊時代的國語文」座談會。座談的主題，包括：資訊時代的國語文、從環境改變看國語文、在強勢外國語文衝擊下國語文的適應及使用者需求下的語文變化等問題。本文係根據筆者在這次座談會上的發言紀錄整理而來，文中的小題也是明日世界雜誌社的記者加上去的。因爲是座談會的談話紀錄，文中有些話難免有些前後重複或不連貫的地方，還請讀者原諒。

二、語言學也開始有經濟價值了

我以研究華語語言學的一份子來參加今天的座談會，昨天也參加了一個與資訊有關的「中國語文處理研討會」。在會中得知，現在國內已經可以利用電子計算機做到「語音合成」(speech synthesis)，也可以用電子計算機來立即辨認華語的各種聲調，還可以做「斷詞」、「剖句」等語法分析。與會的學者懇切的表示，爲了做進一步的研究，包括機器翻譯的研究，需要語言學家的密切合作。這眞是令人興奮的消息。因爲過去國內語言學家常做許多研究，也常發現許多有趣的語言現象或有用的語言規律，卻很遺憾的因爲沒有科技上的經濟價值而始終不受重視。現在語言學的研究似乎開始有其經濟價值，而這個價值將來可能越來越大。至少，語言學在科際的整合上佔了一席之位。

國內關於華語文的刊物中有中國語文、國語日報的語文週刊(現已改名爲國語文教育專欄)、華文世界、國文天地等。香港也有語文雜誌與語文建設。這兩種刊物的水準相當的高。香港一直在英國殖民政府的管轄之下，卻仍然不遺餘力的提倡華語華文的研究，可以說是難能可貴。在香港教書的時候，偶爾有機會看到大陸大學的國文系所出版的系刊等刊物。其中有關「語」的研究，佔了相當大的比例。而且所謂「語」，不僅限於本國語，甚至還研究到外國語。有華日、華英、華韓等幾種語言之間，有關語音、詞彙、句法等的「對比分析」(contrastive analysis)，可見大陸的國文系「語」與「文」並重。相形之下，國內的中文系似乎比較「重文」而「輕語」。今後是否可以撥出一些師資來講授有關「語」方面的課程，也鼓勵學生做些有關「語」方面的研究，好讓他們在進修與就業上多一個專才、多一個機會？

二十多年前，我初到美國攻讀語言學，當時有語言學的前輩趙元任先生、李方桂先生等名重一時，使我們後學者深感驕傲。但是曾幾何時，日本與韓國都已經趕到我們的前面去了。據說，韓國的語言學專業研究員高達幾千人，而國內則僅有一百人左右，研究風氣也不如日本、韓國的鼎盛。

三、語言學是經驗科學

如果有一個外國學生到我國來學習華語，而遇到‘動搖’與‘搖動’這兩個詞彙。他遍查辭典，卻找不出二者之間在用法上有什麼區別；而我們會用這兩個詞，卻說不出道理來，只知其然不知其所以然 。這個時候 ，就要利用語言學的分析方法來加以解釋。譬如說，這兩個詞的內部結構不一樣：‘動搖’是由兩個語義相近的字並列而成的「並列結構」，是‘動之搖之’的意思；可是‘搖動’是由動詞與其補語合成的「動補結構」。所以我們可以說‘搖得動’或‘搖不動’，卻不能說‘動得搖’或‘動不搖’。而且，我們要辨別詞語的用法 ，不但要看詞的「內部結構」，還要看詞的「外部功能」。‘搖動’與‘動搖’在外部功能上有什麼不同？簡單的說，‘搖動’ 的主語與賓語都必須是具體名詞 ，因此我們可以說‘我搖動桌子’或‘我把桌子搖動’，卻不能說‘我動搖桌子’。相反的，‘動搖’ 的主語與賓語都必須是抽象名詞，所以我們可以說

'敵人的宣傳不能動搖我們的意志'，卻不能說'敵人的宣傳不能搖動我們的意志'。這一種有關用詞或造句的知識或能力，都隱藏在我們的大腦皮質細胞之中，既摸不到，也看不見。但是語言學家卻可以把這一種知識或能力表面化、形式化、規律化。電子計算機必須要有指令纔能行事，因此需要語言學家的合作來分析語言、找出規律。但這個工作不能僅靠少數人的研究，而需要大批的人材來推動。語言學並不難，但語言學是經驗科學；語言學上所提出的一切結論，都要同時提出語料分析上的證據來，絲毫不能有'公說公有理、婆說婆有理'的情形。此外，我們還希望國內的中文系與外文系這兩大系能結為'親家'，不要像現在這樣把彼此間的距離拉得很大，甚至有點'老死不相往來'的味道。

四、語言不斷變化，不能以過去的用法來侷限

接着我們來談「從環境改變看華語華文」。什麼是國語文，特別是二十世紀八十年代臺灣的國語文？記得幾年前，大衆傳播還爲'和'這個連詞的讀音'ㄏㄜˊ'或'ㄏㄢˋ'而爭論不休。我想與其做無謂的爭論，不如去調查現在臺灣的一千八百萬人在日常生活中所使用的國語究竟是用'ㄏㄜˊ'多、還是用'ㄏㄢˋ'多。無論是讀音、用詞甚至於句法，都應該時時做實際的調查，以便眞正了解華語華文當前的眞相與動態。我們不能說以前是這樣唸，所以現在也一定要這樣唸；或過去是這樣用，所以今天也一定要這樣用。以前面談過的動詞'動搖'與'搖動'爲例，韓愈的祭十二郎文中就說：'而視茫茫，而髮蒼蒼，而齒牙動搖'。可見以前用'齒

牙'與'動搖'，而現在卻用'牙齒'與'搖動'。所以要了解當前華語華文的眞相實情，應該舉行大型的問卷調查，向現在在大、中、小學講授國文與國語的老師請問：'在日常生活中，你與自己周圍的人，這個字音怎麼唸？或這個詞怎麼用？'如果他們都這樣唸或那樣用的話，不管字典上怎麼規定，恐怕非承認語言上的變化不可。因爲這些人（還有從事大衆傳播的人）是對於一般人的讀音用詞最具有影響力的人。語言與一切人爲的設施（包括風俗習慣、衣飾髮型等）一樣，都會變，而且不斷的變。這一種變化，有時候在一個世代之間就可以看出來。

所以如果要做「語言規範」的工作，必須先做「語言調查」的工作；絕不能以「語言權威」來代替「語言事實」，想利用「語言權威」來對「語言事實」發號施令。記得好多年前，在國中國文的國文常識中規定：信封上姓名的稱呼應該從送信的郵差的觀點來稱呼，所以不要稱呼'某某教授'或'某某總經理'，而一律要稱呼'某某先生'或'某某女士'。但是這一種「欽定式」的規定，並沒有獲得大家普遍的支持。因爲大家都覺得'禮多人不怪'，怕因稱呼'某某先生'而得罪'某某總經理'。又年前教育部也徵詢一部分人的意見之後，規定學生應該以'師丈'來稱呼女老師的先生。但是這一個新奇的稱呼事實上也很少有人使用。主要是因爲大家覺得（可能只是'不知不覺'的覺得），把'師母'與'師丈'拿來比較的話，前者以待父母之禮事之，而後者則遠不如前者的恭敬。教育部的原意大概是比照'岳丈'而稱爲'師丈'，但一般人的語感卻把'師丈'解爲'老師的丈夫'。這也就是說，語言的變化總是自然而然，合「情」而又合「理」的。

編纂辭典的主要目標之一，就是忠實紀錄這一些語言的變化。日語詞彙的重音讀法常發生變化，新的詞彙也不斷的增加，所以日語辭典的編纂也常能反映這些重音的變化與詞彙的變遷。海峽對岸的大陸也做過類似的工作，在新的辭典裡把舊的辭典裡許多讀音與用法都改過來了。總之，語言是會變的，而且是不斷的變，所以不能用過去的讀音與用法來限制今天的讀音或用法。

我們一般人都很容易以'想當然耳'的態度來對我們的語文下相當武斷的結論。譬如，剛纔主席提到我國的語文究竟是單音節還是多音節的問題。我們的「字」當然是單音節的，而且絕無例外。但是華語的「詞」就有單音節與多音節之分。以現代華語的詞彙總數來說，單音節的詞非常少，絕大多數都是多音節的。根據李訥與湯遜所著漢語語法的統計，王方宇先生所著的 *Mandarin Chinese Dictionary* 裡的多音詞約佔百分之六十七。另外根據普通話三千常用詞彙的統計，在總數一千六百二十一個名詞中多音詞佔了一千三百七十九個，約為百分之八十五；在總數四百五十一個形容詞中多音詞佔了三百十二個，約為百分之六十九；在總數九百四十一個動詞中多音詞佔了五百七十五個，約為百分之六十一。陸志韋先生也蒐集了北平話的單音詞彙共四千詞，僅佔北平話常用詞彙七萬詞的百分之六。我們還可以舉一樁平常不為人所注意的事實，來證明國語單音詞彙數量之出人意料的少。在現代華語的日常口語裡，除了人稱代詞的'你、我、他'與表示親屬的稱呼'爸、媽、爹、娘'以及'人'這一個名詞以外，幾乎找不到表示人類的單音節名詞。但是單音詞的詞彙總數雖然很少，其出現或使用的頻率卻比多音詞高得多。所以華語究竟是單音節語言或多音節語言這一問題，不是三言兩語就可以下斷語的；先要決定觀點，還要提出統計數字上的證據。

五、臺語對於華語的影響

我們再以華語句法的變化爲例，來說明語言變化的‘合情合理’。常聽見有人說：華語的正反問句‘你有沒有看到他？’不好，是受臺語方言影響的說法，應該說‘你看到(了)他沒有？’纔是正確的說法。可是使用這一種問句的人似乎越來越多，而且臺語與此相對的說法是‘你有看到他沒(有)？’(‘沒’字讀得很輕，有如語氣助詞)，可見‘你有沒有看到他？’並不完全是受了臺語句法的影響。我們不否認‘我有看到他’這句話是受了臺語的影響，可是要想一想爲什麼有些臺語的語法習慣會影響華語，而有一些臺語的語法習慣卻不會影響華語？比方華語的形容詞只能雙疊（如‘白白的’）；而臺語的形容詞卻不但可以雙疊（‘白白’）而且還可以三疊（如‘白白白’）。但是這種形容詞三疊的說法就不會影響華語。華語的肯定句是‘來了’、‘去了’，而否定句是‘沒有來’、‘沒有去’。也就是說，華語要表示動作的完成，肯定句用‘了’，而否定句卻用‘有’，是一種不規則的說法。但是在臺語裡，無論肯定句或否定句，動作的完成都一律用‘有’來表示。換句話說，臺語的說法比華語的說法有規律而簡單。有許多不講臺語的外省家庭並沒有教小孩子說‘我有看到他’或‘你有沒有看到他？’這一種話，但小孩子在學習語言的時候卻會說出這樣的話，經過一段時間以後纔改過來。語言學家研究語言一貫的態度是：先觀察語言，再找出有規則的語言現象，然後提出假設性的原則，並且提出語料上的證據來檢驗這一個原則或規律是否有效。這種研究方法是所謂的科學的方法，無論是對自然現象或人文現象的分析與研究都有幫助。

六、在强勢外國語文衝擊下產生許多新概念與新名詞

其次談到外國語文衝擊下華語華文的適應問題。目前住在國內的人大概並沒有感受到什麼外國語文的衝擊，但是住在國外的中國家庭可能就深切感受到這種衝擊。因為他們的子女大部分不會說華語，不會讀華文；回來臺灣省親，也無法跟祖父母交談，無法閱讀華文的書報雜誌。外國人看我們中國的文字，只覺得好複雜、好神秘，卻無法了解意符與聲符結合的情形，更無法看出中國文字的筆畫與筆順。現在海外中國人的子女，對漢字的看法似乎也是如此。這個問題牽涉到海外華語華文教育應該如何推動的問題，不能在這裡詳論。但是漢字字體的難學、難記、難寫是事實，鄰邦日本的限制常用漢字，韓國報紙的減少漢字的使用，以及新加坡的提倡簡體字與拼音文字，除了民族情感等因素以外，可能也多少反映了這個事實。因此，我個人覺得我們不應該一味地廻避這一個問題。例如，所謂「簡體字」是否需要一律的排斥？那些民間所通用的，甚至於辭典裡都收集的簡體字，是否可以承認其存在？在做「文字規範」的工作的時候，是否也應該做「文字事實」的調查？這一種工作能否由文字學家、語言學家、社

會學家、心理學家、教育學家共同來參與？

鄰邦的日本最近在文字語言方面也深受強勢外國語文的衝擊，那就是西方外來語的大量出現。代表外來語的「片假名詞彙」，已經凌駕了代表漢語的「漢字詞彙」與代表日本固有語言的「平假名詞彙」，害得上了年紀的人都看不懂報章雜誌上的許多內容。在強勢外國文化的衝擊下，外國許多新的事物與新的概念都經過「漢譯」而變成漢字詞彙。但是漢譯的時候，有好的翻譯與不好的翻譯。漢字是表意文字，不但能表音而且還能表意，所以最好的翻譯是看到這個詞馬上能了解詞背後的含義，能想到或猜到大概指的是什麼意思。如果不能給你這種意念，甚至容易產生誤解，就不算是好的翻譯。許多科技與學術名詞，如'介面'(interface)'模矩'(module)、'範型、原型、典型'(prototype)、'朦朧性、模糊性、曖昧性'(fuzziness)等在漢譯上的優劣，都可以從這個觀點來加以評估。

漢譯的時候，除了注意漢字的表意作用以外，也不妨考慮一下漢字的表音作用。例如，'摩登'(modern)、'幽默'(humor)、'浪漫'(romance, romantic)、'雷達'(radar)、'雷射'(laser)、'峰段'(formant)等都是音義兼顧的翻譯。另外一個不爲一般人所注意的因素是漢譯名詞不能違背華語有關詞彙結構的規律，也就是說不能違背華語的「詞法規律」。簡單的說，華語複合詞的詞彙結構主要的有主謂結構、偏正結構、動賓結構、動補結構、並列結構等五種，而每一種詞彙結構都有其特定的規律或限制。例如，華語複合詞的構詞成分如果依動詞與名詞的次序出現的話，那麼這個複合詞一定是由述語動詞與賓語名詞合成的「動賓結構」(如'生氣、注意、動粗、枕頭、靠山'等),或是由修飾語動詞與被修飾語名詞合成的「偏正結構」(如'航線、臥車、升降機、守財奴、鎮定劑、對射原理'等)。「動賓結構」的動詞與名詞必須是單音詞,所組成的複合詞可能是形容詞(如'生氣、失禮、值錢')、動詞(如'動粗、得罪、鞠躬')、名詞(如'靠山、扶手、知音')或副詞(如'改天、就近、趁機')。「偏正結構」的動詞與名詞不限於單音詞,所組成的複合詞通常都當名詞用。又如,華語複合詞的構詞成分如果依名詞與動詞或形容詞出現的話,那麼這個複合詞一定是由主語名詞與述語動詞或形容詞合成的「主謂結構」如'頭痛、面熟、眼紅、耳朶軟、秋分、夏至、地震、兵變、金不換、佛跳牆'等),或是由修飾語名詞與被修飾語動詞或形容詞合成的「偏正結構」(如'筆談、風行、鐵定、冰涼、雪白、漆黑'等)。前者的構詞成分不限於單音詞,並且可以帶上賓語(如'佛跳牆、肺結核、腦充血')或副詞(如'金不換、胃下垂');後者的構詞成分多半是單音詞,而且不能帶上賓語或副詞。華語複合詞裡「主謂結構」的數量不多,而且只分佈於極少數的語意領域:如由身體部位名詞與形容詞合成的形容詞(如'頭痛、面熟、心煩、手硬、眼紅、膽怯、膽小')以及表示節令(如'春分、秋分、夏至、冬至'),疾病(如'氣喘、便秘、頭痛、耳鳴、胃下垂、肺結核、腦充血、心肌梗塞'),菜名(如'佛跳牆、螞蟻上樹')等的名詞。我們經過漢譯而創造新詞的時候,不能違背這些詞彙結構上的限制,否則會因爲違背國人的「語感」(language intuition)而不容易爲大家所接受或容易引起大家的誤解。

七、現代的語文與現代的生活有密切的關係

在資訊時代裡，語文所具有的工具效用會越來越高。語文本來就是表情達意的工具，在知識爆炸、分秒必爭的資訊時代裡對於訊息傳達的完整性、精確性與迅速性的要求必然會提高。因此，我們今天要談資訊時代的語文，必須從「使用者」（user）的觀點來談「工具的語文」，而不是從「研究者」或「學者」的觀點來談「學術的語文」。前面所提到的語文的變化，就與使用者的需要有極密切的關係。例如，在古代漢語裡，'馬'字旁的字非常的多（如'駘、駒、騋、馱、駿…'）因爲在古代社會裡馬匹在戰鬬、交通、運輸、農耕等各方面扮演極重要的角色，所以馬的年齡、毛色、用途、優劣等都要分得淸淸楚楚，都各有各的專名。但是馬在現代社會的重要性已大不如從前，不需要這麼多的詞來區別種類或功用，所以現代人只要一個'馬'字就夠了。

當前社會不需要的詞彙會被遺忘而淘汰，當前社會所需要的詞彙又會應運而生。不但是詞彙會因爲使用者的需要而增減，而且詞類也會因爲使用者的需要而改變。例如，'寶貝'是由兩個近義名詞並立而成的「並列結構」，本來當名詞用的，但是後來卻轉用爲形容詞（'這個人很寶貝'）與動詞（'不要太寶貝你的孩子'）。又如'幽默'，本來是由英語的'humor'譯音而來的名詞（'這個人不懂幽默'），但是後來也轉用爲形容詞（'他的談吐很幽默'），最近又開始出現有以'幽他一默'的形式，成爲「動賓結構」的複合動詞。這裡應該注意的是：這一種詞類的轉變不是由少數人刻意

的造成的，而是語言社會裡不定多數的人不知不覺、自然而然的產生的。例如，小孩子從大人那裡學了由修飾語形容詞與被修飾語名詞組成的「偏正式」複合名詞'小便'與'大便'，卻能憑他們天生的語言創造力而轉變爲由述語動詞與賓語名詞組成的「動賓式」複合動詞：如'小便小好了，大便還沒有大好'。

詞彙的增加與詞類的轉用，在資訊時代的語文生活裡佔着很重要的地位。但是國內所出版的華語辭典裡致力於吸收新詞彙的辭典並不多，註明詞類的辭典尤其少。因此，有許多華語詞彙的用法，連身爲語文老師的人都沒有十分的把握。例如，我們可不可以說：'開開心心'（盛竹如先生在'強棒出擊'的電視節目裡說的話）、'神裡神經'（楊惠姍小姐在'小逃犯'的電影裡說的話）或'女裡女氣'（常楓先生在'新孟麗君'的電視連續劇裡說的話）？許多語文老師對這三句話的合法度判斷也彼此都很有出入。

在資訊時代裡，我們對於自己的語文，特別是「活的語言」，應該重新加以觀察、整理與紀錄。我個人覺得除了學術性的辭典以外，應該也從「使用者」的觀點，爲了「使用者」的方便來編纂華語辭典。這一種辭典不但國內人士，特別是工商人士有用，對於海外僑胞與外國學生尤其不可缺少。

八、資訊時代的語文研究

在知識爆炸的資訊時代裡，不但是科技詞彙會急劇增加，而且其他政治、經濟、社會、法律、教育、醫藥、工商、藝文、娛樂各方面的詞彙也會日漸擴大。古代倉頡造字，但是現代的倉頡卻要造詞，而且要迅速大量的造詞。日本大修館出版的月刊言語，每一期都要騰出相當大的篇幅來注解在前一個月的報章雜誌裡所出現的新詞。語言本來是表情達意的工具，運用語言的目的在促進人際溝通，但是語言過度的專業化卻足以妨害人際溝通。所以現代的倉頡，特別是從事大衆傳播的記者與著書立論的學者，在造新詞的時候必須考慮到一般大衆了解與應用的方便。新詞一經產生並廣爲大衆採用之後，也應該把這些新詞的意義與用法簡明的記載於辭典裡，以便在國外的華僑、外國學生、以及我們的後代都能夠確實了解我們今天所使用的語言。

在分秒必爭的資訊時代裡，我們的語文必須精確而簡明。我們今天所使用的書信體裁或公文程式，不一定適合明天的社會。我們書寫的工具已經由毛筆經過鉛筆、鋼筆而改爲原子筆。我們記錄的方式也在書寫之外包括錄音、影印與磁碟。我們的語文也必然隨着社會文明的變遷與需要而不斷的成長。因此，我們對於研究語言的目標與方法也不能因爲墨守成規而故步自封，應該虛心而勇敢的去接受先進國家的語言理論與方法。例如，我們過去的語文研究偏重字形、字音、字義，而今後則應該兼顧詞義、詞用、詞法、句法、語意、語用、篇章、體裁等的研究。又如國人生性喜愛玄妙，影響所及在學術上所提出來的許多基本概念都失於籠統，不容易做爲共同討論的基礎。尤其是從事人文學術的人，對許多問題都常抱'只可意會不可言傳'的態度，唯恐把問題說清楚了就會失去價值。

語言學是一門科學，而且是經驗科學，一切結論都要靠經驗事實上的證據。決定科學與非科學的，不是研究的對象，而是研究的態度與方法。我們承認人文現象比自然現象更複雜，更不容易在實驗室裡做定性與定量分析。但是二十多年來歐美語言學的發展與成果，確實證明語言與文字都可以用科學的方法來研究。我們虔誠的希望在這個資訊時代裡除了迎接資訊科學以外，也能夠接受語言科學的理論與方法，以便資訊時代的語文教學與語文研究有更豐富的收穫。

* 原以口頭發表於明日世界（1985）主辦的「資訊時代的國語文」座談會，並刊載於華文世界（1986）第四十期（22—29頁）。

也談「漢語是單音節語言嗎？」

長久以來，許多西方語言學家一直認爲漢語是單音節語言。一般語言學的書籍，在提到單音節語言的時候，也每以漢語爲最典型的代表。最近兩個月來，漢語究竟是否單音節語言這個問題，在華文世界與國語日報語文週刊上成爲大家熱烈討論的對象。前後有鄧守信、守白、謝國平等幾位先生，就這個問題提出個人不同的看法。筆者很高興在人文科學的領域裡能看見這樣就事論事，而不意氣用事的討論風度。適巧，筆者正在撰寫中的‘國語語法的主要論題：兼評李訥與湯遜著漢語語法’這一篇文章裡，也談到了國語是否爲單音節語言的問題，願意在這裡提供給大家做參考。希望眞理愈辯愈明，大家共同努力來澄淸這個問題的眞相。

古代漢語是不是單音節語言？筆者手頭沒有足夠的資料或證據來提出答案。但是就現代國語而言，漢語決不是單音節語言。根據漢語語法的統計，王方宇先生所著的國語詞典（*Mandarin Chinese Dictionary*）裡的多音詞約佔百分之六十七。另外根據普通話三千常用詞彙的統計，在總數一千六百二十一個名詞中多音詞佔了一千三百七十九個，約爲百分之八十五；在總數四百五十一個形容詞中多音詞佔了三百十二個，約爲百分之六十九；在總數九百四十一個動詞中多音詞佔了五百七十五個，約爲百分之六十一。陸志韋先生也蒐集了北平話的單音詞彙共四千詞，僅佔北平話常用詞彙七萬詞的百分之六。最近劉連元與馬亦凡兩位先生，曾用電子計算機統計普通話詞彙裡聲調的分佈情形。在他們的資料裡找不到單音詞彙的總數，但是雙音詞彙共有三萬五千二百二十個、三音詞彙共有五千四百二十三個，而四音詞彙共有四千三百五十四個，總計共達四萬四千九百九十七個。我們還可以舉另外一樁平常不爲人所注意的事實，來證明國語單音詞彙數量之出人意料的少。那就是，在現代國語的日常口語裡，除了「人稱代詞」'你、我、他'、親屬稱呼'爸、媽、爹、娘'以及'人'這一個名詞以外，幾乎找不到其他表示人類的單音名詞。

現代國語不但擁有大量多音詞彙，而且國語多音詞在詞彙總數所佔之比率也遠高於其他方言。推其理由，不外乎現代國語在歷史上所發生的「語音演變」遠比其他方言更爲急劇而廣泛；例如，「入聲韻尾」'-p、-t、-k'的全然消失，「鼻音韻尾」'-m'與'-n'的合併等。於是本來不相同的音節結構也變爲相同，結果產生了大量的「同音詞」(homophone)。據統計,國語音節類型的總數約爲四百,而粵語的音節類型總數則達八百之多(以上統計,聲調的不同不計算在內)。華語常用詞彙的調查統計也顯示,在爲數三千七百二十二個常用字裡,只發現三百九十七種音節類型,其中只有三十個音節類型沒有同音詞,其他三百六十七種都有或多或少的同音詞。除了音節類型的總數較少以外,國語的聲調種類也比其他南方方言的聲調種類(如上海話的六種、福州話的七種、陸豐話的七種、廣州話的九種)爲少,語言的「同音現象」(homophony)因而更加嚴重。同音詞的大量增多,必然加重音節類型在區分功能上的負擔(functional load),產生許多「一音多字」或「一音多義」的現象。例如,根據國語日報辭典,與'一'同音的字,總共一百三十一個:即陰平十五個、陽平二十九個、上聲十七個、去聲七十個(以上統計,包括一字多音)。根據鄒嘉彥先生'Three Models of Writing Reform in China'的統計,國語的同音詞達詞彙總數的百分之三十八點六。就是把聲調的不同也加以區別,國語的同音詞也會達到百分之十一點六,遠比英語同音詞百分之三爲高。爲了避免或減輕同音現象妨礙語言信息的順利溝通,雙音詞與多音詞乃應運而生。今日社會,不以文字通訊而以語言交談的機會增多。尤其是在電視、廣播等大衆傳播的媒介裡,向不特定多數的聽衆發表談話的機會大爲增加,更需要擴充多音詞彙來確保人際間信息之迅速而確實的傳達。這也就是說,在信息傳播的領域裡,我們已經從「看的文明」或「目治」邁入「聽的文明」或「耳治」,而且在環境嘈雜的工業社會裡更要求我們的語言容易聽得懂、聽得清楚。西方科技新觀念的不斷湧入，更促進了科技名詞的大量漢譯，結果必然產生日益增多的多音詞彙。因此，我們似乎可以斷言，漢語詞彙未來的趨勢是朝多音節化的方向快速前進。當然，我們也應該注意到，漢語單音詞的詞彙總數雖然不多，其出現或使用的頻率卻比多音詞彙高得多。所以漢語究竟是「單音節語言」抑或「多音節語言」這一個問題，不是三言兩語就可以下斷語的；必須先要決定討論的觀點，還要提出統計數字上的證據。

* 原刊載於語文週刊（1983）第一七六七期。

語文教學須作更多學術研究

在這次世界華文教學研討會裡，語法組前後舉行三場討論，所討論的論文共十八篇。就論文來源的地理分布而言，香港、新加坡、日本、澳洲與英國各一人，美國八人，國內五人。就所提出的論文內容而言，有關一般語法研究與語法教學的論文一篇，有關語言研究層次的論文一篇，有關詞彙結構、意義與用法的研究四篇，有關「時制」(tense)、「動貌」(aspect)、句尾語氣助詞等虛詞的研究四篇，有關句法分析的論文三篇，有關「語言習得」(language acquisition)的研究一篇，有關對比分析的論文四篇（包括華語與英語、華語與日語、華語與粵語）。不僅研究的對象包括了「詞彙」(lexicon)、「構詞」(morphology)、「句法」(syntax)、「語意」(semantics) 與「語用」(pragmatics),而且研究的層次也從「句子語法」(sentence grammar) 的範圍邁進了「言談語法」(discourse grammar)、「功用語法」(functional grammar) 與「言語行為」(speech act) 的領域。研究的目標與方法也從單純的「描述」(description) 朝「條理化」(generalization) 與「系統化」(systematization) 的方向努力。

在這五天的會期中,與會學者不但在會場內積極參加討論,在會場外也互相交換心得。在研討會上,大家都能本着'知無不言,言無不盡'的態度發言。偶爾有爭論的時候,也都能以'其爭也君子'的風度,客觀而冷靜的處理問題。在會場外的心得交換,更是親切而愉快,充分發揮了學術交流的功能。綜合會場內的全體討論,以及會場外的個別交談,我們語法組的參加人員達成了下列八點結論。

一、現有的「描寫語法」(descriptive grammar) 與語法教科書,不能滿足語文教學的需要。因為現有的語法都為以華語為母語的人而寫,目的只在介紹零碎片段的語法知識,對於提高國外學生的語言能力,少有幫助。希望華語語言學家在致力於理論研究與語言分析之餘,也能抽空從事語法教科書的編寫。華語老師也應該以其教學經驗與心得貢獻意見,甚至可以自行編寫教科書。教科書的編寫,應該以特定的學生為對象。不同程度與需要的學生,應該有不同性質與內容的教材。

二、過去的語法教學,始終停留在抽象的「教學觀」(approach) 與「教學法」(method) 的階段。今後應該注重具體的「教學技巧」(technique),務使華語裡每一個詞、每一個句型、每一個語法單元的意義與用法都能獲得精確而清晰的說明，都能設計成簡單而有效的練習。因此，今後的語法研究應該重視語法事實的觀察與分析，而且要注意語法現象的條理化、規律化與系統化。唯有如此，華語教師纔能有系統的講解語法，學生也纔能省時省力的學習語法。

三、在海外從事華語教學的教師，都迫切需要以華語與當地語言作有系統對比的「對比語法」(contrastive grammar)，並且以此爲藍本爲特定地區的海外學生設計適當的華語教材。希望國內外的語言學家與語文教師都能攜手協力，從事對比語法的研究與編寫。

四、虛詞的意義與用法，造詞的方法與原則，以及詞與詞的「連用」(collocation)，是華語語法教學上最大困難之一。今後應該極力提倡「詞彙結構」(lexical structure)、「造詞規律」(word formation rule)以及「詞與詞的連用」(word collocation)的分析與研究，以利教學。

五、現有的華語辭典，偏重字形、字音與字義，而忽略了詞的結構與用法。這種辭典，對於非以華語爲母語的海外學生而言，顯然不夠。希望今後國內華語辭典的編纂能獲得華語語言學家的協助，除了注音與注解這兩項內容以外，還能扼要說明詞的內部結構、外部功能與風格體裁。

六、語法教學不能再以句子爲對象，語法學的研究也應該從「句子語法」(sentence grammar)的範圍進入「言談語法」(discourse grammar)與「篇章分析」(text analysis)的領域。語法、語意與語用三者的關係非常密切，在研究上也必須相輔並行，密切配合。另外，句子的「信息結構」(information structure) 語法與修辭的關係，以及表情、手勢、語氣等「語言外因素」(paralinguistic factors) 的分析與研究，也不能忽略。

七、爲了促進學術交流，語法學與華語教學上所使用的華文術語實有統一規定的必要。歐美語言學上的語法術語，如能普遍應用，不妨直接翻譯而採用。屬於華語語法上的特殊現象，則最好由華語語言學家與語文教師共同商議，選定適當的術語。

八、爲了幫助幼齡兒童有效學習華語，國內應有專人研究幼兒學習華語的過程，以及學習上可能遭遇到的問題。另外，爲了幫助海外僑民從小有效學習華語，國內有關當局應該積極編寫海外兒童的華語教材，包括認字、造詞、造句、語法的練習本。

根據以上的結論，我們也提出下面四點建議與呼籲：

一、華語教育是華僑教育裡最重要的一環。對僑胞來說，不但祖國的歷史與文化要靠華語華文來吸收，而且更能因爲與祖國同胞使用同樣的語言，增進彼此的認識與感情。爲了普及華語教育，培植優秀華語師資，改進華語的教材教法，希望今後能定期召開世界性或地區性的華文教學研討會，以便國內外華語語言學家與語文教師有互相學習、交換知識的機會。

二、本屆研討會的論文集，包括論文與討論的內容，希望能早日付印，寄贈每一位與會人員。論文彙編最好能附上索引與中英文術語對照表，以便查閱，並且藉此統一華語語言學與華語教學的專門術語。

三、爲了促進國內外華語語言學家與語文教學的心得交流起見，建議世界華文教育協進會認眞考慮出版中外語言之類的定期性學術刊物。目前發行的華文世界，仍然繼續發行並以華語教材教法的介紹與檢討爲主。將來發行的中外語言，則以華語語言學的推廣及華語與外國語的對比分析爲主。有關這一份刊物的撰稿與編輯，可以邀請參加本屆大會的學者積極參與。

四、華語教學的研究中心應該設立在國內。我們熱切期望在國內早日成立「華語研究中心」或「華語資料中心」，作爲研究華語語言學、華文教材教法，以及培養華語教師與蒐集華語資料的中心。

最後，我們謹向這一次研討會的主辦當局與全體工作人員致最高的敬意與謝意。主辦當局付出了這麼大的人力與財力，爲大家舉辦了這一次盛大而成功的研討會，各人回到自己的工作崗位以後，自當更加努力的從事研究華語語言學與推行華語教育的工作，以期不負主辦當局舉辦這一次研討會的美意與期望。

* 本文原以口頭發表於第一屆世界華文教學研討會（1984）綜合報告中，並刊載於國語文教育專欄（1985）五月九日。

第十九屆國際漢藏語言學會議紀要

第十九屆國際漢藏語言學會議於今年（1986）九月十二日至十四日在美國俄亥俄州立大學舉行。根據主辦單位所頒發的開會資料，參加這一屆會議的國內外學者達一百七十多人，可以說是歷屆漢藏語言學會議中參加人數最多的一次。本人於今年四月間提出論文「國語正反問句的語法與語用限制」(Syntactic and Pragmatic Constraints on V-not-V Questions in Mandarin)，旋於五月間獲得會議籌備委員會接受論文的通知，並邀請本人擔任漢語語法組討論會的主席。參加這一次國際會議的我國學者，除了本人以外，還有中央研究院院士周法高先生、中央研究院與清大語言研究所的李壬癸教授與清大中語系的張光宇教授。另外，中央研究院院士李方桂先生雖然沒有在會上發表論文，但是從頭到尾都由李師母陪伴下參加討論，給全體與會人士留下深刻的印象。

本人獲得國科會的資助於九月四日前往美國，先訪問紐約州綺色佳（Ithaca） 城的康乃爾大學。該大學圖書館擁有相當豐富的漢語語言學與漢學研究書籍，幾位傑出的漢語語言學家如梅祖麟教授、黃正德教授、Nicholas Bodman 教授都在該校任教。這三位教授都將於今年年底應邀參加在臺北舉行的第二屆國際漢學會議。本人在康乃爾大學研讀或影印一些有關漢語語言學與語法理論的研究資料，並有機會向梅、黃兩位教授當面請教一些問題，獲益良多。

九月十一日離開綺色佳城飛往俄亥俄州的首府哥倫布（Columbus）城，並於該日下午住進位於俄亥俄州立大學校園內的福系德中心（Fawcett Center）。這一屆漢藏語言學會議的開會地點即設於此一中心的地下會議室。九月十二日上午八時十五分，會議正式開幕。先由主辦單位俄亥俄州立大學文學院院長 G. Micheal Riley 教授與籌備委員會的兩位共同主席薛鳳生教授與 Timothy Light 教授致簡短的開會與歡迎辭。

這一屆國際漢藏語言學會議，總共舉行十二場討論會，在會上所宣讀的論文共達六十九篇。第一小組的討論主題是「語文重建與重新分類㈠」(Reconstruction and Reclassification I) 由 Paul Benedict 教授擔任主席，發表論文的學者有 James A. Matisoff ('Universal Semantics and Allofamic Identification')、David Strecker ('Proto-Hmongic Finals')、Zang Liansheng ('A Preliminary Attempt to Reconstruct Middle-Old Tibetan

Consonants')、David Solnit ('Some Evidence from Biao Min on the Initials of Proto-Yao and Proto-Miao-Yao') 與 Graham Thurgood ('The Reconstruction of Kadai and the Austro-Tai Hypothesis') 等五人。第二小組的討論主題爲「語文重建與重新分類(二)」，由 Nicholas Bodman 教授擔任主席，發表論文的學者有 Paul K. Benedict ('Early Chinese Dialect "Processing"')、William Baxter III('New Rhyme Categories for Old Chinese') 唐作藩 ('論王力古音學說')、Chow-yiu ('On Whether Open Syllables Existed in Archaic Chinese') 等四人。

十二日下午一時半先由任職於日本國立共同研究所亞非語言文化研究所的橋本萬太郎博士發表「主旨演說」(keynote speech) 題目爲 'Developments-in-Waves of Ancient Chinese Initials: the Wellentheorie and Chinese Dialects I'。橋本博士係俄亥俄州立大學語言學研究所第一個獲得博士學位的畢業生，也是當年發起國際漢藏語言學會議的學者之一。他除了討論他個人研究漢藏語言學的經過以及漢藏語言研究對歷史語言學理論所產生的影響以外，以詼諧的語調談起當年在俄亥俄州立大學求學時的逸事趣聞，道來娓娓動聽贏得滿場喝采。第三小組的討論主題爲「詞的界說」(Defining Words)，由 James Matisoff 擔任主席，發表論文的學者有 W. South Coblin('A Note on Tibetan *Mu*')、John F. Hartmann ('Pictograms and Ideograms in Tai Dam Divination Texts')、李行健 ('"江、河"詞義的發展和詞語的訓釋')、高島謙一 ('Two Copulas or One Copula in Proto-Sino-Tibetan: *Wei* and *Hui* in Oracle-Bone Inscriptions')、Dinhhoa Nguyen ('Middle Vietnamese Vocabulary (17th Century)') 等五人。第四小組的討論主題爲「同一語族裡的交互作用」(Interaction in the Family)，由楊福綿教授擔任主席，發表論文的學者與論文題目包括：Robert S. Bauer ('Cognation of Bodypart Terms Across Chinese Dialects, Part II')、鄭良偉('Reduplication in Taiwanese and Mandarin')、Ngampit Jagacinski ('Borrowing from Chinese in the Tai Language of Xishuangbanna in Yunnan')、李樂毅 ('「方塊壯字」和「喃字」的比較研究') 等。其中夏威夷大學的鄭良偉教授所發表的論文係就國語與閩語動詞、形容詞、名詞、數詞、量詞等的重叠現象提出比較分析，可以說是爲漢語方言的比較句法着了先鞭。

十二日晚上主辦單位安排在 John Cikoski 先生與 Mary Beckman 女士的家裡舉行歡迎會，爲與會人士提供點心、飲料與聊天的機會。幾位來自大陸的學者卽趁此機會來跟我們交談。他們似乎透過我在學生書局出版的論著相當了解我的研究，對於我國漢語言學研究的現況與將來發展的趨向也表示很濃厚的興趣。

十三日上午第五小組的討論主題是「聲調」(Tones and Tones)，由嚴棉教授擔任主席，發表論文的學者有 Marjorie K. M. Chan ('Wuxi Tone Sandhi: From Last to First Syllable Dominance')、劉連元與馬亦凡('普通話聲調分布和聲調結構頻度')、Laurent Sagart ('Tone Production in Modern Standard Chinese: an electromyographic investigation')、孫朝奮（原來的論文題目爲 'The Low+Low Tone Sandhi in Mandarin Chinese'，臨時改爲 'The Discourse Function of the

Numeral Classifiers in Mandarin Chinese')、Alfons K. Weidert ('Tonogenesis in the Tibetan Dialects of Bhutan') 等五人。其中來自大陸「中國社會科學院語言文字應用研究所」的劉連元先生的論文報告以電子計算機建立現代漢語詞彙的數據庫(詞彙總數爲 44,977 條,包括雙音節詞 35,220 條、三音節詞 5,423 條、四音節詞 4,354 條),經過電子計算機處理以後編製「普通話聲調結構詞表」、「普通話聲調結構頻度表」、「普通話同音同調詞表」,並對數據庫所儲存的聲調信息做了靜態統計分析,因而提出了有關國語四聲與輕聲在 104,123 個音節以及二、三、四音節詞彙中的分布數據與統計規律性。來自法國「東亞語言研究中心」(Centre de Recherches Linguistiques sur L'Asia Orientale) 的 Laurent Sagart 先生即提出他的集體研究報告,介紹以「電子筋肉運動紀錄器」(electromyography) 紀錄職掌聲帶緊鬆的「環狀與盾狀軟骨筋肉」(cricothyroid muscle) 與「胸骨與舌骨筋肉」(sternohyoid muscle) 在發出四聲時的活動與變化,並就國語聲調的研究從實驗生理語音學的觀點提出一些問題。另外,孫朝奮先生(在康乃爾大學攻讀語言學的大陸留學生)係以在我國臺灣出版的兒童故事書的文章爲對象,調查分析有定名詞組與無定名詞組在文章裡出現的先後次序、定性、重要性與頻度等,對於國語的「篇章分析」(text analysis) 做了嘗試性的研究。

第六小組的討論主題是「漢語歷史音韻學」(Chinese Historical Phonology),由 Timothy Light 教授擔任主席,宣讀論文的學者共有 Edwin G. Pulleyblank ('CV Phonology and Diachronic Change as Illustrated in the History of Chinese')、

梅祖麟（'The Causative and Denominative Functions of the *s-prefix in Old Chinese'）、余迺永（'Changes of the Rhyme Systems from Proto-Chinese to Ancient Chinese'）、周法高（'On "The Construction of Sound Tables in the Yun-Ching"'）魯國堯（'十四世紀時期松江方言的音韻系統'）、蔣希文（'「切韻」重紐問題'）、李玉（'原始客家話的聲母'）等七人。其中康乃爾大學的梅祖麟教授舉例說明古代漢語詞彙中有表示「使役」(causative)與由名詞衍生其他詞類(denominative)的「前加成分」'*s-'，而藏文中亦有具有同樣構詞功能的「前加成分」's-'、因而在構詞上擬設古代漢語與古代藏語的近似性。但是英屬哥倫比亞大學的高島謙一教授則對於這種前加成分的「孳生力」(productivity）表示懷疑，而認爲可能是少數詞語的巧合現象。周法高院士的論文對於橋本萬太郎教授「韻鏡」中韻圖的構成原理反映古代漢音的說法表示異議，而認爲「韻鏡」的作者並不諳古代漢語的韻，而係依照「切韻」的次序加以排列。橋本教授似乎欲對此提出反論，但是由於時間的限制而只好作罷。

十三日下午第七小組的討論主題是「當代方言的聲韻學研究㈠」(Phonological Studies of Modern Dialects I)，由 E. G. Pulleyblank 教授擔任主席，發表論文的學者計有 Nicholas C. Bodman（'Sketch of Southern Min Dialects of the Sanxiang (Zhongshan)Area and their Position in Southern Min'）、李壬癸('Rhyming and Phonemic Contrast in Southern Min'）、A. G. Khan（'Syllable Structure of Manipuri (Meiteilon)'）、Moira Yip（'A New Look at Labial Dissimilation in Cantonese: a Synchronic Rule')、Susan A. Hess ('Tense and Lax Vowels Revisited')、Martine Mazaudon ('Syllabicity and Suprasegmentals: the Voracious Dzongkha Monosyllable (Bhutan)') 等六人。其中李壬癸教授的論文指出我國的韻書向以詩詞裡所出現的韻腳爲藍本，但韻腳相同的要求有寬嚴之分，在比較寬鬆的押韻中連在音素上對立的介音或主要元音都可能視爲同韻。李教授從臺語的民謠、兒歌、流行歌以及當代文學作品中舉例說明他的觀點。

第八小組的討論主題是「當代方言的聲韻學研究(二)」，由屈承熹教授擔任主席。在這一個討論小組中宣讀論文的學者有嚴棉('Phonology of Eight Shandong Dialects')、楊福綿('A Southern Mandarin Dialect of the Ming Dynasty as Reflected in Matteo Ricci's *Portuguese-Chinese Dictionary*')、張光宇('The Development of the Geng-Rhyme Group in Southern Chinese: Division III and IV')、Helen Kwok ('Intonation in Cantonese: a Preliminary Study')、Eric Zee ('A Phonetic Explanation for a Phonological Pattern in Cantonese')、趙秉旋 ('太原方言裡輔音遺跡') 等六人。其中張光宇教授的論文爲古代漢語的'梗'攝中的'青'、'清'、'陽' 各韻分別擬設 '*aing' '*iang' 與 '*iɑng'，並且認爲在南方方言中閩語仍然保持這三類區別，湖南衡陽話已合併爲一類，而在其他方言則只保持兩類區別。是日晚上七時在當地中國飯館舉行晚宴，我與李方桂院士伉儷、李壬癸教授、戴浩一教授、鄭良偉教授等同桌，暢談甚歡。

十四日上午的討論會由於所要宣讀的論文過多，總共分爲四個討論小組而兩組同時分室舉行 。第九小組的討論主題爲「比較語法」(Comparative Grammar)，由李壬癸教授擔任主席，發表論文的學者計有 Scott DeLancey (‘Relativization as Nominalization in Tibetan and Newari’)、Judith W, Fuller (‘Chinese *Le* and Honong *Lawm*’)、William W. Gage(‘*Rat* is *very* Vietnamese: Facets of Vietnamese Intensification’)、F. K. Lehman (‘Problems in the Syntax of Verb-Concatenation, Chiefly in Burmese’)、Anju Saxena (‘Verb *Say* in Tibeto-Burman with Special Reference to Syntactic Convergence’)、Eric Schiller (‘Negation and Quantification in Waic: Typological and Historical Implications’) 等六人。

第十小組的討論主題爲「漢語語法：語意與語用」(Mandarin Grammar: Semantic and Pragmatic)，由 William H. Baxter III 教授擔任主席，發表論文的學者有畢永娥(‘The Disrourse Function of Certain Adverbs in Mandarin’)、屈承熹 (‘Pragmatics and Modality in Mandarin’)、湯廷池(‘Syntactic and Pragmatic Constraints on V-not-V Questions in Mandarin’)、邢福義(‘論「一X 就 Y」句式)、Mary Ellen Okurowski (‘Textual Cohesion in Mandarin Chinese’)、松村文芳 (‘Traces of Stylistic Variables in Modern Standard Chinese’)、劉煥輝 (‘中國修辭學的新發展及其他’)等七人。其中康涅狄克學院的畢永娥教授指出：在‘我也不知道爲什麼 ，這幾天很不舒服’與‘我又不是鬼！你怕甚麼？’裡出現的副詞‘也’與‘又’並不修飾句子的組成成分，而

是用來加強交談內容的「連貫性」(coherence)。畢教授根據她有關「焦點副詞」(focus adverb)與「非語言否定」(metalinguistic negation) 的研究，把這一種'也'與'又'的特別用法與一般用法很有條理的加以分析。佛羅里達大學的屈承熹教授的論文把漢語語助詞'呢、嘍、啊、呀'等分析爲表示「情態」(modality) 的「情態助詞」(modality particle)，並就廣泛的語料提出這些情態助詞的語用分析。我個人的論文則針對李訥與湯遜有關國語正反問句的語意與語用限制提出修正意見，並證明這些修改意見更能自然合理的解釋有關的語言現象。來自大陸「華中師範學院」的邢福義教授認爲漢語的'一X，就 Y'的句式可以更進一步分析爲 (1)'剛一X，就Y'、(2)'從一X、就Y'、(3)'稍一X,就Y'、(4)'這麼一X,就Y'、(5)'只要一X，就Y'、(6)'如果一X,就、Y'這六種子句式,而這六種子句式在語意或語氣上都有差別。但是我在討論會上指出這六種子句式都可以分析爲從'一X，就Y'的基本意義中衍生，其語意或語氣上的差別也可以條理化。「喬治鎮大學」(Georgetown University) 的 Mary Ellen Okurowski 教授根據七小時的國語廣播語料做有關國語連貫性的「篇章分析」(textual analysis)，結果發現國語的連貫性主要地依賴「指涉相同」(coreference)、「句法結構」(structure) 與「相似性」(similarity) 這三種關係。她也簡略的談到這三種關係與國語音韻、詞彙、句法結構之間的關係。日本神戶商業大學的松村文芳教授也就中文的「體裁」(styles，如「恭敬體」(honorific)、「謙讓體」(humble) 等) 做篇章分析，並舉出有關中文文體的「體裁變數」(stylistic variants)。來自大陸「江西大學」的劉煥輝教授則就大陸修辭學研究的過去、現況與將來的發展做一略述，並慨嘆當前修辭學與語言學研究的缺乏連繫。

第十一小組的討論主題爲「華語以外漢藏語言的語法研究」(Grammatical Studies of S-T Members Other than Mandarin), 由 William Gedney 教授擔任主席，在會上宣讀論文的學者有 Caro Genetti (‘Scope of Negation in Newari Clause Chains’)、Suhnu Ram Sharma (‘Morphology of the Verb in Patanic’)、Chungkham Y. Singh (‘Verb “Be” in Meiteilon’)、U. Warotamasikkadit (‘Syntactic Variations in Thai Poetry’)、Marlene Schulze (‘Intense Action Adverbials in Sunwar’)、Chhangte Thangi (‘An Overview of Mizo Grammar’) 等六人。

第十二小組的討論主題爲「國語語法：句法」(Mandarin Grammar: Syntactic)，由本人擔任主席。在會上發表論文的學者共七人，包括齊德立 (‘On the Formation of Complex Compounds in Mandarin Chinese’)、龔千炎 (‘論"把"字兼語句’)、Claudia Ross (‘Case and Control in Mandarin’)、Thomas Ernst (‘Duration Adverbials and Chinese Phrase Structure’)、黃正德 (‘The Structure of VP Complements in Chinese’)、戴浩一 (‘Duration and Frequency Expressions with Chinese Verb Compounds) 與 Jerry Packard (‘Grammatization of a Post-Sentential Slot in Colloquial Peking Mandarin’)。這一場討論會的聽衆特別踴躍，原來的會場不敷容納，只好臨時移到另一所較大的會議室。有幾篇論文係以當前「管轄約束理論」(the Government-Binding Theory) 爲其理論模式，而論文內容又彼

此有關，所以討論的氣氛也特別熱烈。原訂於十二時二十分結束的討論會，竟然延至十二時五十五分，而大家仍然顯得意猶未盡。但是由於必須在下午一時以前退租房間，主席只好宣布散會。這一場討論會的內容比較豐富，論文的內容也最接近個人的專長，擬另文專加介紹。

這一屆國際漢藏語言學會議，由於主辦單位的細心策畫與全力支援，舉辦得甚爲成功。會上所提出的論文與討論的水準也超出去年年底本人所參加的全美華文教師學會年會甚多。可惜我國參加的學者不多（大陸則派出學者十名，另外有兩位留學生就地參加並發表論文），連本人也是首次參加。這一次會議，除了從場內論文的宣讀與討論獲得專業知識上的心得以外，在場外與國外學者的意見交換中也增進了不少國際間的友誼。我國今後似乎應該盡力資助或鼓勵學者（包括我國在當地的留學生）參加會議並發表論文。又依照國際漢藏語言學會議的慣例，這個會議每年輪流在美國國內與國外舉辦。明年的主辦單位是加拿大的「英屬哥倫比亞大學」(University of British Columbia)，預訂八月末旬舉行。國際漢藏語言學會議年前在大陸舉行，爲了振興國內外漢藏語言學的研究風氣與促進國際間的學術交流與友誼，我國有關單位（如國科會、中央研究院史語研究所、國立清華大學語言研究所等）不妨認眞考慮在國內舉辦國際漢藏語言學會議的可能性。

* 原刊載於漢學研究通訊（1987）第六卷第一期。

華語語法教學基本書目探討

華文世界負責社務聯絡的董鵬程先生忽然來電話，希望我在最短期間寫一篇「華語語法教學基本書目探討」的文章，刊登在第三十七期的華文世界上面。我本來打算以工作忙碌與手頭資料不足爲理由表示婉謝。但是董先生卻告訴我，我在去年世界華文教學研討會上語法組總報告裡所提出的成立華語資料與研究中心的建議，已經獲得世界華文教育協進會的支持。華語教學基本書目的編纂，就是這個中心的籌備工作的一部分，無論如何一定要騰出時間來寫這一篇文章。文章的長短不拘，先以我現有的資料撰寫，以後再繼續補充。董先生的盛情實在難卻，只好欣然從命草成這一篇文章。這裡所謂的「語法」，係廣義的語法，包括詞法、句法、語意與語用。同時，所介紹的書目以在國內出版或翻版的專書爲限。因此，在國外出版的專書，或雖然在國內出版但不是專書的論文，卻不在介紹之列。另外，書目的介紹大致以出版年份的先後爲序，但是同一位作者的著作卽盡量放在一起介紹。

①何容著　中國文法論（217 頁）臺灣開明書店 1959 年臺二版。

根據著者的序言，這一本書的原稿是 1937 年寫成的，但到 1942年纔付印成書，並曾經在北京大學作爲中國文法講義的一部分。書裡共分八章：(一)文法淺說，(二)論中國文法的研究，(三)論詞類區分，(四)論語句分析，(五)論所謂詞位，(六)論複句與連詞，(七)馬氏文通的句讀論，(八)助詞、語氣與句類。雖然在內容方面稍微陳舊了一點，例句也多半是文言例句，卻可以代表我們上一代學者在華語語法的研究史上所耕耘出來的成果之一，仍然值得我們做參考。

②許世瑛著　常用虛字用法淺釋(464 頁)復興書局 1963年出版。

著者是六〇年代在臺灣從事華語詞法與句法的少數學者之一。在這一本書裡著者選出文言裡常用的虛字一百五十二類共九百五十項來分析。除了把這些虛字的用法加以淺顯的解說，講出它們的詞性和用法以外，並且盡量提出與這些文言虛字相當的口語虛字。雖然因爲所討論的虛字太多，所以分析與解釋的深度稍嫌不足，但是就這方面的研究而言仍然是最好的一本。另外，這一本書的特點是全本書的文字都用注音符號注音(包括聲調)，可以省去讀者翻查字典的麻煩。

③**許世瑛著 中國文法講話**（420 頁）臺灣開明書店 1968年修訂二版。

根據著者的自序，這一本書於 1954 年發行初版。初版的內容主要以呂淑湘先生的中國文法要略爲依據，並在當年的臺灣省立師範大學國文系做爲講授國文文法的教本。後來著者對於中國文法要略的理論體系與術語有所修正或補充，乃於 1968 年重加修訂。全書共分十四章：(一)導言，(二)字、詞、複詞，(三)詞類的區分跟詞與詞間的配合關係，(四)句子的定義跟種類，(五)敍事簡句(1)，(六)敍事簡句(2)，(七)敍事簡句(3)，(八)表態簡句、判斷簡句、有無簡句，(九)繁句，(十)複句(1)，(十一)複句(2)，(十二)複句(3)，(十三)句跟詞的轉換，(十四)句子的變化；另有附錄五篇。全書的內容仍然沿襲傳統文法的理論架構，以詞類或句類的區分、舉例、描述爲主，所舉的例句也幾乎全是文言例句，但是最後兩章已經開始採取變形語法的觀點。本人曾風聞許先生於晚年對於變形語法理論與應用頗感興趣，唯因失明而未能如願以償，令我們後學爲此惋惜不已。

④**杭士基著 王士元、陸孝棟編譯 變換律語法理論**（124 頁）香港大學出版社 1966年出版，虹橋書局印行。

這是 Noam Chomsky 於 1957 年出版的變形語法理論古典名著 *Syntactic Structures* 的漢譯本，原著亦由虹橋書局印行。雖然出版之後已經過了四分之一世紀，但是對於有志研究變形語法理論的人而言，本書仍然是最重要的文獻之一。本書的譯文稍微生硬，再加上內容本身的艱深，讀起來可能相當吃力。不過附錄裡有符號與術語的說明、詞組律與變形律的實例、以及中英文術語的對照表，可以幫助讀者的了解。就華語語法研究史上來說，本書是現代語言理論中文化的第一本嘗試之作。

⑤趙元任著 *A Grammar of Spoken Chinese*（847 頁）University of California Press 1968年出版，敦煌書局印行。

⑥丁邦新譯中國話的文法（458 頁）香港中文大學出版社 1980年出版。

這是著者繼粵語入門與國語入門之後所完成的華語語法上的鉅著，是大家所推重的珠玉之作，似乎不需要本人在這裡再做詳細的介紹。現在更有丁邦新先生的名譯，並由臺灣學生書局負責臺灣地區的總經銷，眞可以人手一本。全書共分八章：(一)緒論，(二)句子，(三)詞跟語位，(四)構詞類型，(五)造句類型，(六)複合詞，(七)詞類：體詞，(八)動詞跟別的詞類。全書裡有許多可貴的語料值得我們珍惜，趙元任先生實事求是、鍥而不捨的研究精神與態度也值得我們後學去效法。

⑦黎錦熙著 新著國語文法（396 頁，另外索引頁 42）臺灣商務印書館 1969年印行。

這一本書收入王雲五先生主編的「人人文庫」裡，編號是「特八」號。全書共分二十章：(一) 緒論，(二) 詞類的區分和定義，(三)單句的成分和圖解法，(四)實體詞的七位，(五)主要成分的省略，(六) 名詞細目，(七) 代名詞細目，(八) 動詞細目，(九)

形容詞細目，(十)副詞細目，(十一)介詞細目，(十二)單句的複成分，(十三)附加成分的後附，(十四)包孕複句，(十五)等立複句一連詞細目(上)，(十六)主從複句一連詞細目(下)，(十七)語氣一助詞細目，(十八)數詞，(十九)段落篇章和修詞法舉例，(二十)標點符號和結論。本書的理論架構仍然屬於傳統的文法，在句法分析的細節上也難免有瑕疵。但是本書的涵蓋很廣，而且書中的例句都用白話口語，很有參考價值。

⑧**高名凱著 國語語法**(203 頁) 樂天出版社 1970 年印行。

本書收錄有關華語語法的學術性論文共九篇：(一)中國語的特性，(二)如何研究國語語法，(三)從句型研究中國的語法，(四)中國語法結構之內在關係，(五)中國語法結構之外在關係，(六)論數詞，(七)動詞之態，(八)句型論，(九)國語之指示詞。書中的例句，古文與口語均有，而且都詳細的注明語料來源。古文語料包括甲骨文與金文(例如第七篇的「論數詞」)，口語語料包括紅樓夢、水滸傳、金瓶梅、老殘遊記、元曲選、京本通俗小說、駱駝祥子等。

⑨**方師鐸著 國語詞彙學：構詞篇**(223頁)益智書局 1970年出版。

本書的主要內容是著者根據他在東海大學講授詞彙學的筆記修改而來的，曾經以「詞彙學淺說」的題目連載於中國語文第17卷第1期到22卷第5期。全書共分二十三章，討論的內容包括單音詞、複音詞、合成詞、詞組的區別，各種複合式合成詞的結構(包括等列、對立、偏正、支配、主述、補述)，節縮語、專語、外來語，合成詞的重疊式（包括動詞、形容詞、後補成分、象聲詞與量詞等的重疊）與附加式（包括詞頭、詞尾與詞嵌），詞組的結構（包括並列、偏正、主述、動賓、後補等）。雖然在有關華語詞彙的定義、分類與分析的細節上有許多地方值得商榷，但是所討論的範圍很廣，所處理的語料也很豐富，值得大家一讀。

⑩祁致賢、張席珍、楊富森著 國語基本句式（57頁）中國語文研究中心 1970年出版。

本書實際上由四篇文章合成。第一篇「國語基本句式」與第二篇「改進國語教學的第二條路」，提出國語單句基本句式共二十四類，八十五式，並在每一種句式後面附上例句與圖解。第三篇「國語的句型句式」，根據美國加州教育廳編印的華語教材 *Chinese:Listening, Speaking, Reading, Writing*裡的附錄「華語的結構型式」，而提出華語的「句型」（sentence patterns）共五類十九式，「句式」（sentence forms）共三類（包括詢問、否定與被動）十三式，「名詞修飾語結構」(attributive constructions)共十二類二十式，「含有句尾助詞的結構」（constructions with particles）共六類，「有關時間的表達」(expressions of time) 共三類，「有關程度的表達」（expressions of degree）共五類，並附有簡單的例句。第四篇「中國語文速成教學法：介紹國語中的基本句型」，提出華語基本句型共十五類，有許多類下面還分為細類。文中除了說明與例句以外，還常把華語的句型與有關英語句型拿來做對比，是四篇文章裡內容最充實的一篇。讀者如果拿這一本書與王玉川先生在中國語文第27卷第5期與第28卷第1期發表的文章「國語的核心句型與變換句型」裡所討論的華語核心句型九類與變換句型二十類二百零七式來參考比較的話，對於華語句型的內容可以有一個相當廣泛的了解。在這篇文章中王玉川先生的文章最新，分析也最為深入。

⑪**湯廷池、董昭輝、吳耀敦編** *Papers in Linguistics in Honor of A. A. Hill*（**語言學論文集**）（213 頁）虹橋書店 1972年出版。

這一本以英文出版的語言學論集，有關華語語法的論文共有五篇：陳秀英「臺語裡'給'的用法」、屈承熹「漢語語法歷史演變的三個類型」、李英哲「華語裡主語、賓語等問題」、湯廷池「華語格變語法」、秦聰「華語與英語類型特徵的比較」。這是在國內出版的第一本語言學論集，現在可能已經絕版。

⑫**鄭錦全著 語言學**（55 頁）臺灣學生書局 1973年出版。

這一本小册子本來收錄於高希均先生主編的現代美國行為及社會科學論文集，主要的內容在於介紹「變形、衍生語法」(transformational-generative grammar）理論的基本概念：例如規律的有限性與孳生的無限性、詞組結構、基底結構與變形規律、語意結構、音韻規律、音韻成素等。這一本小册以一般社會大衆為對象，所以文字較為簡單，比較容易看懂。

⑬**湯廷池著** *A Case Grammar of Spoken Chinese*（**國語格變語法試論**）（254 頁）海國書局 1972年出版。

本書用英文撰寫，是在國內出版的第一本變形語法專書。本書的理論架構是「格變語法」(case grammar)，共分四章。第一章緒論討論現代語言理論的特點、格變語法的要點與華語語法的重點等。第二章基底部門分析華語的情態、否定、祈使、疑問、全句副詞、時間與處所狀語、情態助動詞、各種格位或格標誌等。第三章詞彙闡述華語的詞彙、次類畫分、選擇限制、動詞屬性、動貌標誌、數量補語、期間補語、方位補語、結果與情狀補語等，並從格變語法的觀點來分析「行動動詞」、「狀態動詞」、「過程動詞」、形容詞、助動詞、介詞等。第四章討論變形規律，特別是有關移位的變形規律。本書所討論的範圍相當廣泛，英文的文字也比較簡單，可惜現已絕版不容易買得到。

⑭湯廷池著 *A Case Grammar Classification of Chinese Verbs*（國語格變語法動詞分類的研究）（106 頁）海國書局 1975年出版。

這是著者根據⑬的理論架構從格變語法的觀點更進一步詳細分析華語動詞的分類與句法功能的小書。在內容上比前一本書容易看懂，例句也比較豐富。

⑮湯廷池著 國語變形語法研究第一集：移位變形（444 頁）臺灣學生書局 1977年發行初版，現已四版。

本書是在國內出版的第一本以華文撰寫的華語語法的專書，不但把⑬的主要內容全部包括在內，並且更加詳細的討論現代語言理論的發展內容以及華語的移位變形與限制，書後並附有相當詳細的中英文索引。本書曾在國內外許多大學與研究所採用爲教本，一般反應似乎還不錯。

⑯湯廷池著 國語語法研究論集（430 頁）臺灣學生書局 1978年發行初版，現已三版。

本書蒐集了作者在國內外發表的華語語法的論文共二十六篇，包括'小題大作篇'（在國語日報語文週刊上發表的文章十六篇）、'華文世界篇'（在華文世界上發表的文章兩篇）與'中國語文篇'（在中國語文與師大學報等刊物上發表的文章八篇），都是作者爲了在國內推廣華語語法的研究而寫的文章。有關華語語法的許多基本概念、結構與分析，例如主語與主題、直接與間接賓語、動詞與形容詞、動詞與介詞、有無句與存在句、趨向動詞、重疊現象、'是'字句、'的'字句等，都可以在本書上找到相當詳細的分析與討論。

⑰湯廷池著 語言學與語文教學（414 頁）臺灣學生書局 1981年出版。

本書分'國語篇'(206 頁)與'英語篇'(208 頁)，而'國語篇'裡收錄有關華語研究、華語語法與華語教學的文章八篇，其中'語言分析的目標與方法：兼談語句、語意與語用的關係'，對於華語研究的目標與華語分析的方法有一番深入淺出的介紹與討論。

⑱黃宣範著 語言學研究論叢（350 頁）黎明文化事業股份有限公司 1974年出版。

本書收錄著者有關語言學的專論二十五篇，其中直接與華語語法有關的文章有'表示有無的句子'與'動詞與介詞之間'兩篇。但是其他談到語意、隱喻、翻譯、外來語、機器翻譯、人工智慧、漢英詞典、文學體裁、唐詩分析、語文教育等問題的文章，可讀性也都很高。作者黃先生素以博覽廣識，治學謹嚴著稱，這一本論集很值得一讀。

⑲**黃宣範著** *Papers in Chinese Syntax* **漢語語法論文集**（263頁）文鶴出版有限公司 1982年出版。

本書收錄著者曾在國內外發表的有關華語語法的英文論文共九篇，討論的主題包括華語的主語、賓語、主題、數量語、使動句、趨向動詞、詞序演變、句法演變等。另外有兩篇討論英語的情態助動詞與數量詞的文章，可以與華語的情態助動詞與數量詞對照起來看。

⑳**黃宣範著** **語言哲學：意義與指涉理論的研究**（287 頁）文鶴出版有限公司 1984年出版。

本書是在國內出版的第一本討論語言哲學的專書，全書共分十章：(一)導言，(二)意義與指涉理論：一些基本的概念，(三)語言底思想·思想底語言，(四)論語言的極限，(五)意義與言語行爲，(六)意義與眞，(七)維根什坦的語言哲學，(八)奎英的語言哲學，(九)翻譯、信仰與意義，(十)語言與哲學。本書的內容與文字都較難，對於初學者可能不適合。

㉑**林雙福著** *The Grammar of Disjunctive Questions in*

Taiwanese 臺語選擇問句的研究（243 頁）臺灣學生書局 1975 年出版。

本書用英文出版，雖然討論的是台語的「選擇問句」（disjunctive question），但是大部分分析（包括選擇問句及與此有關的並列句結構與刪簡的分析）都可以應用到華語語法上面來。不過不講台語的人，對於用羅馬字所表達的台語例句可能感到困難。

㉒王玉川著 國語三百個句型（438 頁）國語日報出版部 1976年出版。

㉓王玉川著 國語三百個句型這本書的用法（195 頁）國語日報出版部 1977年出版。

這兩本書是教學華語語法，特別是教學華語句型的書，而不是研究華語語法的書。全書一共提到三百個華語句型，每一個句型都用五種寫法表示：(一)國字，(二)國語注音符號，(三)國語注音符號第二式，(四)耶魯拼音，(五)國語羅馬字，並附上英文注解。每一個句型後面都附有練習，包括形式會話、間接問答、變換、替換、填空白等。而每一種練習也除了國字以外還附上注音符號與英文注解，所以可以直接拿來做教外國學生之用。㉓的教師手册，內容也非常的詳細而親切，可以說是目前最好的教學華語句型的教科書。

㉔蔡佳君著 國語發音和語法（138 頁）臺灣學生書局 1977年初版，1978 年修訂再版。

這一本書主要的內容在於發音，語法部分只有兩章，總共三十五頁。第九章'語法'沒有什麼內容 。第十章'耶魯式語法的詞類及句型'，根據 H. C. Fenn 與 M. G. Tewksbury 的 *Speak Mandarin*（俗稱耶魯敎本），把華語的基本詞類與句型（共二十八類）做簡單扼要的介紹。

㉕**鄧守信著** *A Semantic Study of Transitivity Relations in Chinese* **漢語主賓位的語意研究**（177 頁）臺灣學生書局 1977年出版。

本書原係著者在加州大學巴克萊分校的博士論文。著者在這一本書裡融會貫通 Fillmore「格變語法」(case grammar）的觀點，Halliday 有關「主賓關係」(transitivity relation）的主張以及 Chafe 在「語意與語言結構」(*Meaning and the Structure of Language*) 一書中的語意分析理論，以動詞爲句子結構的中心，就華語動詞與主語、賓語、補語、狀語等的關係做一番深入而有系統的語意與語法分析。這一本書雖用英文撰寫，但是文筆流暢而清晰，凡是稍有英文基礎的人來讀這一本書不應該會有太大的困難。另外，著者在書末加上華語動詞分類的一覽表、參考書目與索引，也可以幫助讀者了解全書內容。

㉖**幼獅月刊社編** **中國語言學論集**（470 頁）幼獅文化事業公司 1977 年出版。

這一本論集收錄有關中國語言學的論文共二十五篇，其中與華語語法有關的論文共八篇：計有黃宣範'語言結構的共通性'、湯廷池'現代語言理論的發展與分化'、張琨'漢語語法研究'、湯廷池'國語語法研究導論'、李壬癸'詞格語法理論'、周法高'漢語研究的方向：語法學的發展'、黃宣範'語義學研究的幾個問題'、李英哲'國語語意單位的排列'等。

㉗**張強仁著** *Co-verbs in Spoken Chinese*（**國語動介詞**）（146頁）正中書局 1977年出版。

這一本用英文撰寫的書主要的是討論華語介詞的句法與語意功能。但是著者認爲有些介詞（如'在、給、用、跟、到'等）應該單獨成爲一種詞類叫做「動介詞」（co-verb），其句法功能介乎動詞與介詞之間。本書的理論架構偏向於「格變語法」，所以可以參照前面介紹的書目⑬、⑭、㉕等來看。

㉘**湯廷池、李英哲、鄭良偉編** *Proceedings of Symposium on Chinese Linguistics, 1977 Linguistic Institute of the Linguistic Society of America, July 14-16, 1977*（**中國語言學會議論集**）（358 頁）臺灣學生書局 1978年出版。

這是 1977 年於美國檀香山夏威夷大學舉行的美國語言學會暑期研討會中所舉辦的中國語言學會議論集。論集中有關華語語法的論文共十四篇，包括屈承熹 'Conceptual Dynamism in Linguistic Description: The Chinese Evidence'（語言描述與觀念力能論）、李英哲 'The Verb-Object Relationship and its Historical Development in Chinese'（華文的動賓關係與其歷史演變）、黃宣範 'Space, Time and the Semantics of LAI and

QU'（空間、時間及'來'與'去' 二字的意義）、湯廷池 'Double-Object Constructions'（華語的雙賓結構）、陸孝棟 'A Functional Analysis of the Extent Construction in Mandarin'（華語程度結構的功用分析）、Paul F. Modini 'Evidence from Chinese for a Performative Analysis of Exclamations'（華語感嘆句的「行事」分析）、侯炎堯 'Two Locatives in Chinese: Toward a Relational Analysis'（華語的兩種處所結構：關係語法分析）、曹逢甫 'Subject and Topic in Chinese'（華語的主語與主題）、鄧守信 'Modification and the Structure of Existential Sentences'（修飾與存在句的結構）、賀上賢 'Stylistics from a Discourse Point of View'（從言談觀點看體裁）、陳重瑜 'The Two Aspect Markers Hidden in Certain Locatives'（隱含於處所詞的兩個動貌標誌）、鄭良偉 'Tense Interpretation of Four Taiwanese Modal Verbs'（台語中四個情態動詞的時制意義）、John S. Rohsenow 'Perfect LE: Aspect and Relative Tense in Mandarin Chinese'（表完成的'了'：華語的動貌與相對時制）、鄭恒雄 'Topic and Subject in Chinese, English and Bunun'（華語、英語與布農語的主題與主語）等。

㉙**屈承熹著 語言學論集：理論、應用及漢語法**（152 頁）文鶴出版有限公司 1979年出版。

這本書所收錄的八篇文章都是著者根據他於1978-9年間在師大英語系與研究所講學期間所做的一系列學術演講整理而來，包括（一）從語言學觀點看翻譯問題，（二）語言學在語言教學中的地位，(三)對比分析中之「造句、語意」混合法，(四)行動動詞的語意結構，(五)文法研究的趨勢：關係子句的分析，(六)漢語的詞序變遷與詞序變遷中的問題，(七)國語語法中的兩個基本問題：定指與主題，(八)國語中'是…的'的功能。由於這些文章都曾經用口頭發表，所以文章裡的概念都很清楚，文字也很簡鍊，理論與應用兼顧，很值得一讀。

㉚**曹逢甫著** *A Functional Study of Topic in Chinese: The First Step Toward Discourse Analysis* (**主題在國語中的功能研究：邁向言談分析的第一步**) (287 頁) 臺灣學生書局 1979年出版。

著者在這一本書裏從「言談功用」(discourse function) 的觀點來分析主語與主題的區別，進而討論主題與句法結構的關係以及主題在言談上的功用。這一本書雖然是用英文寫的，但作者的文筆簡鍊有力，敍述細密而清晰，因此可讀性很高。

㉛**湯廷池、曹逢甫、李櫻編** *Papers from the 1979 Asian and Pacific Conference on Linguistics and Language Teaching* (**一九七九年亞太地區語言教學研討會論集**) (297 頁) 臺灣學生書局 1980年出版。

這一本論集收錄1979年在臺北舉行的亞太地區語言教學研討會論文共十八篇，其中有關華語語法的文章八篇：湯廷池'語言分析的目標與方法：兼談語句、語意與語用的關係'、望月八十吉'中文的格的次序'、賀上賢 'Error Analysis and Teaching

Chinese as a Second Language'（錯誤分析與華語教學）、曹逢甫'中英文的句子：某些基本語法差異的探討'、鄭良偉'Taiwanese $\overline{\text{U}}$ and Mandarin YǑU'（台語的'有'與國語的'有'）、李英哲'On the Need for and Content of a Reference Grammar of Mandarin Chinese for Students and Teachers'(華語教學需要一部參考語法，並略談其內容)、李孟珍 'An Investigation of Word Order Change in Chinese'（漢語詞序演變的探討)、梅廣'Is Modern Chinese Really a SOV Language?'（現代漢語是否眞的是 SOV 語言？）。

㉜**鄭謝淑娟著** *A Study of Taiwanese Adjectives*（臺灣福建話形容詞的研究）（184 頁）臺灣學生書局 1981年出版。

本書由著者的夏威夷大學碩士學位論文稍微修改而來。全書共分六章：(一)導論，(二)台語形容詞的種類，(三)程度詞和形容詞，(四)否定語和形容詞，(五)討論形容詞詞組的各種句法功能，(六)結論，並附有台語常用形容詞一覽表。本書所討論的雖然是台語的形容詞，但因爲同屬於漢語系統，所以對於華語形容詞的了解也有很大的幫助。

㉝**高尙仁、鄭昭明編** **中國語文的心理學研究**（310 頁）文鶴出版有限公司 1982年出版。

這是於1981年9月在香港大學所舉行的'國際性研討會：中國語文的心理學研究'論集。在總共十五篇的論文中，與華語語法有關的有劉英茂'中文字句的理解與閱讀'與黃宣範'語法與心理：一些沒有語言心理基礎的語法現象'兩篇。

㉞Charles N. Li 與 Sandra A. Thompson 著 *Mandarin Chinese: A Functional Reference Grammar*（漢語語法）(691 頁) 文鶴出版有限公司 1981 年出版。

㉟**黃宣範譯** 漢語語法(477 頁)文鶴出版有限公司 1983年出版。

根據著者的序言，本書從「功能」(functional) 的觀點描述華語語法，而且是專爲研習華語的學生與教師而寫的，所以在書中盡量少談語法理論，也少用專門術語。就這一點而言，本書在性質上不屬於理論語法，而屬於參考語法。全書共分二十四章：(一)序論，(二)國語之語言類型，(三)詞語結構，(四)簡單直述句，(五)助動詞，(六)時貌，(七)語氣詞，(八)副詞，(九)動介詞／介詞，(十)間接賓語及受惠語，(十一)處所及方向片語，(十二)否定，(十三)動詞重複，(十四)祈使句，(十五)把字句，(十六)被字句，(十七)引介句，(十八)問句，(十九)比較句，(二十)名詞化，(二十一)遞繫句，(二十二)複雜狀態句，(二十三)句子的連繫，(二十四)談論中的代名詞。本書的內容幾乎包括所有華語語法的主要論點，可以說是趙元任先生的中國話的文法以來最重要的語法著作之一。經過黃宣範先生的翻譯以後，更容易爲國內的讀者所接受。本人也曾撰寫'國語語法的主要論題：兼評李訥與湯普遜著漢語語法（之一至之四)'一文來評介本書的前四章，並發表於師大學報二十八期 (391～441) 頁。

㊱**屈承熹、柯蔚南、曹逢甫編** *Papers from the Fourteenth International Conference on Sino-Tibetan Languages* *and Linguistics*（第十四屆國際漢藏語言學會論文集）（399頁）臺灣學生書局 1983年出版。

這是1981年於佛羅里達大學舉辦的國際漢藏語言學第十四屆年會的論文集。在總共十四篇的英文論文裡，有關華語語法的計有黃宣範'On the (Almost Perfect) Identify of Speech and Thought: Evidence from Chinese Dialects'（語言與思維的一致：來自漢語方言的證據）、李振淸'The Sociolinguistic Context of Mandarin in Taiwan: Trends and Developments'（國語在臺灣的社會語言環境：趨勢與發展）、Lucia Yang 'JÌECÌ in Mandarin Chinese: Terminology and Function'（華語介詞：術語與功能）等三篇。

㊲湯廷池、鄭良偉、李英哲編 *Studies in Chinese: Syntax and Semantics*（漢語句法・語意學論集）（284 頁）臺灣學生書局 1983年出版。

本書收錄漢語句法與語意的英文論文九篇及華文論文一篇，其中與華語語法有關的論文有：屈承熹'Definiteness, Presupposition, Topic and Focus in Mandarin Chinese'（華語的「定指」、「預設」、「主題」與「焦點」），陸孝棟'Topic and Presupposition'（主題與預設），鄭良偉'Focus Devices in Chinese'（華語有關焦點的表示法），S. Thompson 與 C. Li 'The Category Auxiliary in Mandarin'（華語的助動詞），湯廷池'華語的焦點結構：「分裂句」、「分裂變句」與「準分裂句」'，李英哲'Aspects of Quantification and Negation in Chinese'（華語

數量詞與否定詞功用的探討)，鄧守信‘Quantifier Hierarchy in Chinese’(華語數量詞的層次研究)，侯炎堯‘Totality in Chinese: The Syntax and Semantics of DOU’(華語裡的總體屬性：‘都’的句法與語意功能)，賀上賢‘An Analysis of the Use of BAN, YIBAN, and BEI by the Learner of Chinese’(外國學生學習華語‘半’、‘一半’、‘倍’用法的分析)等九篇。

㊳**李英哲、鄭良偉**、Larry Foster、**賀上賢、侯炎堯**、Moira Yip 編 *Mandarin Chinese: A Practical Reference Grammar for Students and Teachers* (Vol. I) (**實用漢語參考語法**) (501 頁) 文鶴出版有限公司 1984年出版。

這是一篇非常實用的華語參考語法，對於初學者以及專業敎師都有參考價值。全書共分四章：(一)緒論，(二)句子的類型、詞序、虛詞，(三)謂語動詞組：結構與成分，(四)構詞、語氣助詞、複合詞，書末還附有分類參考書目與索引。除了已經出版的第一册以外，即將出版的第二册也分爲四章：(五)名詞組：結構與成分，(六)副詞組：結構與成分，(七)並列與從屬，(八)語境與前行語：意義與用途。國內有識之士一直都在盼望一套兼顧理論與實用的華語參考語法的出現，因此本書的出版應該會受大家的歡迎。

㊴**胡百華著 華語的句法** (174 頁) 阿爾泰出版社 1984年出版。

著者目前在澳洲 Monash 大學講授華語，而能夠用華文撰寫華語語法的專書，並且在國內出版，實在難能可貴。本書雖然是不到兩百頁的小册子，但是討論的範圍卻極爲廣泛，幾乎涉及整個華語語法。因為討論的範圍過於廣泛，所以分析的深度就難免不足，有許多問題似乎還可以近一步討論。另外，作者所用的術語比較特殊，有許多術語是他個人的創造，讀者不能不注意。

㊵湯廷池、張席珍、朱建正編 世界華文教學研討會語法組論集 世界華文教育協進會 1985年出版。

這是1984年年底在臺北所舉行的世界華文教學研討會語法組的論集，共收錄論文十八篇：周清海'語法研究與語法教學'，湯廷池'如何研究華語詞彙的意義與用法：兼評國語日報辭典處理同義詞與近義詞的方式'，陸孝棟'華語語言層次問題'，劉銘'從應用角度對比分析國語與粵語方言'，徐凌志韞'華語與英語對比分析在華文教學上的功能'，望月八十吉'從日語看華語的主題'，胡百華'從體詞談起'，鐵鴻業'華文謂語的時態、情態、語態與變態及其教學'，方祖燊'華語複音詞形成與結構的研究'，鄧守信'功能語法與華語信息結構'，齊德立'「動·名格」構詞之種類、詞性、規律與其教學方法之探討'，佟秉正'語法教學之理論與實際：動詞詞尾"了"與語氣助詞"了"之教學'，黃運驊、黃正德、鄧德祥、丁瑞賓'華語的照應詞與華語教學'，屈承熹'語用學與華文教學：句尾虛詞"呢"跟"嘍"的研究'，張一峯'美國學生學中文的幾個語法上的問題'，張洪年'語言教學中的詞義辨析'，夏宗葆'華語中的時態表達'，趙德麟'外籍學生學習華語句法之困難研究'等十八篇。論集裡除了以上論文與中英文摘要以外，還把研討會上的講評與討論一併刊出。

㊶湯廷池著 漢語詞法句法論集 臺灣學生書局即將出版。

本書收錄作者在國語語法研究論集出版後所發表的華語語法與詞法的論文，包括‘國語疑問句的研究’，‘國語疑問句的研究續論’，‘國語形容詞的重疊規律’，‘國語詞彙學導論：詞彙結構與構詞規律’，‘國語詞彙的重男輕女現象’，‘科技名詞漢譯的理論與實際’，‘國語語法的主要論題’，‘關於漢語的詞序類型’等數篇，預定於今年年底或明年年初出版。

以上根據現有的手頭資料，簡單介紹華語語法研究與教學的基本書目。一般說來，這些書目的內容多半偏重理論。但是理論與應用事實上是一體的兩面，語言理論的進步可以促進語言教學的革新，應用方面的需求也可以帶來理論方面的協助。我們希望國內外的讀者能夠提供我們所漏列的基本書目（關於在國外出版的專書與論文，請參考㉞、㉟與㊳這幾本書的參考資料），更希望從事華語教學與研究的諸位先進能夠把他們教學與研究的心得發表在華文世界上面。

* 原刊載於華文世界（1985）第三十七期（1-12 頁）。

Syntactic and Pragmatic Constraints on the V-not-V Question in Mandarin

Li & Thompson (1979) raise the question of whether the particle question (such as ①) and the V-not-V question (such as ②) in Mandarin Chinese differ from each other and then provide the answer that the two types of questions differ not only syntactically but also pragmatically.

① 你喜歡他嗎？

② 你喜歡不喜歡他？

First they point out that, so far as the syntactic structure is concerned, the particle question is simply derived from a declarative sentence by adding the interrogative particle '嗎' in sentence-final position. The V-not-V question, on the other hand, exhibits the following syntactic characteristics. (I) The V element of the V-not-V question must be the main verb, rather than the subordinate verb of the sentence. Compare, for example:

③ 你喜歡不喜歡他跳舞？

④ *你喜歡他跳舞不跳舞？

(II) If a sentence contains an auxiliary verb, the V element of the corresponding V-not-V question must be the auxiliary verb, rather than the main verb. Compare, for example:

⑤ 他會不會跳舞？

⑥ *他會跳舞不跳舞？

(III) If a sentence without an auxiliary verb contains a manner adverb directly modifying the main verb, then there is no corresponding V-not-V question. For example, sentences ⑦b and ⑧b, which contain the manner adverbs '慢慢的' and '靜靜的' respectively, are both ungrammatical.

⑦a 他慢慢的跳舞。

b *他慢慢的跳舞不跳舞？

⑧a 他靜靜的跳舞。

b *他靜靜的跳舞不跳舞？

However, if a sentence happens to contain both an auxiliary verb and a manner adverb modifying the main verb, then a V-not-V question with the auxiliary verb serving as the V element can be formed, as in ⑨b.

⑨ a 他會慢慢的跳舞。

b 他會不會慢慢的跳舞？

Li & Thompson claim that the above-mentioned three syntactic characteristics of the V-not-V question are interrelated and that these characteristics can be explained by the semantic principle ⑩.

⑩ The predicative element V of the V-not-V question must be the information focus of the sentence.

According to Li & Thompson, the main verb rather than the subordinate verb is the focus in sentences ③ and ④, and hence the V element of the V-not-V question must be the main verb. Likewise, the auxiliary verb rather than the main verb is the focus in sentences ⑤ and ⑥, and thus the V-not-V question must be formed with the auxiliary verb. Finally, in sentences ⑦ and ⑧, the manner adverb rather than the main verb is the focus, whereas in sentence ⑨ the auxiliary verb rather than the manner adverb is the focus, which accounts for the grammaticality of ⑨ as well as the ungrammaticality of ⑦b and ⑧b.

The question which must be raised at this point, however, is how we can decide that the information focus of the sentence falls on a certain constituent of the sentence and not on others? For example, how do we know that in sentences ⑦ and ⑧ the focus is on the manner adverb rather than the main verb, while in sentence ⑨ the focus is on the auxiliary verb, and not on the manner adverb? It will never do to say that, in sentences ⑦ and ⑧, the manner adverb is the focus because the V-not-V question cannot be formed with the main verb, or that in sentence ⑨ the manner adverb is not the focus because the V-not-V question can be formed with the auxiliary verb. Such a solution seems not only ad hoc but circular as well and thus lacks real explanatory power. Hence, in order for Li & Thompson's semantic principle to be valid, we need an independently-motivated solution which will tell us a posteriori how to locate the information focus, based on the syntactic structure alone. To the best of our knowledge, such a solution is difficult to find. Note that while sentences ⑦a and ⑧a may not have corresponding V-not-V questions ⑦b and ⑧b, sentences ⑪a and ⑫a, which contain the perfective marker '了' (or the perfective auxiliary '有') can have the corresponding V-not-V questions ⑪b, c and ⑫b, c, or at least ⑪b, c and ⑫b, c are much better than ⑦b and ⑧b. It does not make sense, however, to say that the presence and absence of the perfective marker '了' makes such a radical difference in the decision of the information focus of the sentence.

⑪ a 他慢慢的跳了舞。

b 他慢慢的跳了舞沒有？

c 他有沒有慢慢的跳舞？

⑫ a 他靜靜的跳了舞。

b 他靜靜的跳了舞沒有？

c 他有沒有靜靜的跳舞？

Note also that sentences containing the temporal adverb (such as ⑬), the locative adverb (such as ⑭), the instrumental adverb (such as ⑮), or the directional adverb (such as ⑯) behave just like sentences containing the manner adverb with regard to the V-not-V question.

⑬ a 他每天吃飯。

b ??他每天吃不吃飯？

c 他有沒有〔是不是〕每天吃飯？

⑭ a 他在飯館吃飯。

b ??他在飯館吃飯不吃飯？

c 他有沒有〔是不是〕在飯館吃飯？

⑮ a 他用筷子吃飯。

b ??他用筷子吃飯不吃飯？

c 他有沒有〔是不是〕用筷子吃飯？

⑯ a 他到公園散步。

b ??他到公園散步不散步？

c 他有沒有〔是不是〕到公園散步？

Note further that a similar constraint seems to hold with sentences containing the locative complement (such as ⑰), the directional complement (such as ⑱), the durational complement (such as ⑲), and the measure complement (such as ⑳). Compare, for example:

⑰ a 他(去年)死在香港。

b ??他(去年)死不死在香港？

c 他有沒有〔是不是〕死在香港？

⑱ a 他跑進屋裡去。

b ??他跑不跑進屋裡去？

c 他有沒有〔是不是〕跑進屋裡去？

⑲ a 他跑三個小時。

b ??他跑不跑三個小時？

c 他有沒有〔是不是〕跑三個小時？

⑳ a 他跳三下。

b ??他跳不跳三下？

c 他有沒有〔是不是〕跳不跳三下？

Note finally that in V-not-V questions ㉑a, b, c the information focus is respectively on the main verb, the temporal adverb, and the subject noun phrase, yet contrary to Li & Thompson's semantic principle, the V-not-V question is possible in ㉑b and ㉑c.

㉑ a 他明天來不來？

b 他是不是明天來？

c 是不是他明天來？

Based on the above observation, we propose the (semantico-) syntactic principle ㉒ to replace Li & Thompson's purely semantic principle ⑩.

㉒ The predicative element of the V-not-V question must either be the information focus of the sentence or be such that it c-commands the information focus of the sentence.

The principle ㉒ is a syntactic constraint in that it crucially relies on the syntactic notion of c-commanding. Node A is said to c-command node B, if neither A nor B dominates the other and the first branching-node dominating A also dominates B. The principle ㉒ also has semantic relevance because it takes into account, but does not rely on, pragmatic communicative function. Thus sentences ②, ③ and ⑤ are all well-formed because in each of these the predicative element V is itself the information focus. In sentences ⑦ and ⑧, however, the main verb '跳舞' is not the information focus. Neither does it c-command the information focus, the manner adverb '慢慢的' or '靜靜的', as illustrated in (7') and (8'). Hence neither ⑦b nor ⑧b is well-formed.

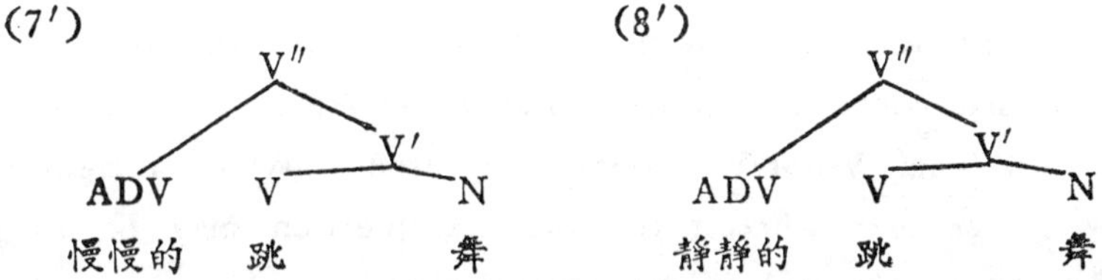

In sentence ⑨, on the other hand, the auxiliary verb '會' does c-command the manner adverb '慢慢的' (which is the information focus), as illustrated in (9'), and thus the sentence is grammatical even though the predicative element V is not the focus.

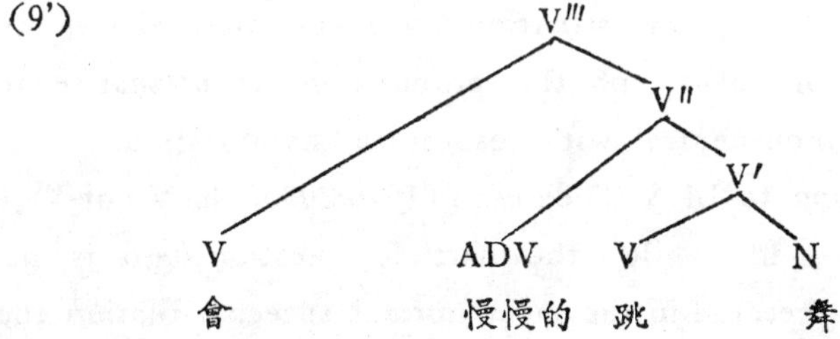

Similarly, in sentences ⑬ through ⑯, the main verbs in (b) do not c-command the various adverbs, as illustrated in

㉓a, while those in (c) do, as illustrated in ㉓b, which accounts for the grammaticality of (c) sentences and the ungrammaticality of (b) sentences.

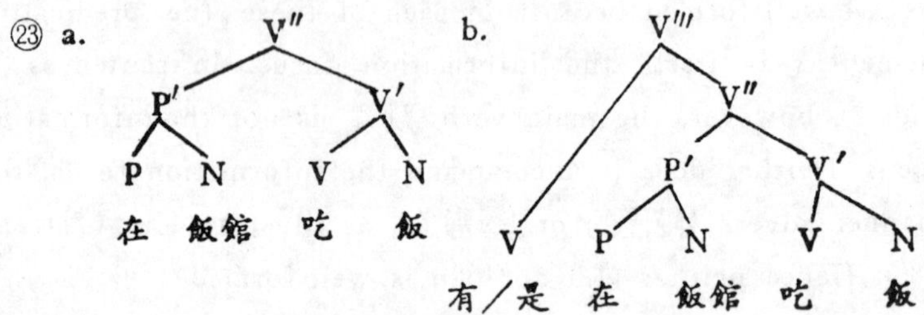

Next, Li & Thompson (1979:202) propose the following pragmatic constraint on the V-not-V question,

㉔ The V-not-V question is used only in a neutral context whereas the particle question may be used in a neutral or non-neutral context.

and define the terms 'neutral' and 'non-neutral' in ㉕.

㉕ A neutral context is one in which the questioner has no assumptions concerning the proposition which is being questioned and wishes to know whether it is true or not. Whenever the questioner brings to the speech situation an assumption about the truth or falsity of the proposition, then that context is non-neutral with respect to that question.

According to Li & Thompson (1979:203), the V-not-V question ㉖a is odd while the particle question ㉖b is perfectly natural, because in the most normal speech situation the question is asked when the questioner already has some inkling that the addressee's surname is '李' and wishes to confirm that assumption. This is a typical non-neutral context which precludes the use of the V-not-V question.

㉖ a ??你姓不姓李？

b 你姓李嗎？

Li & Thompson (1979:203, 1981:552) suggest that, in order to make ㉖a appropriate, an unusual speech context such as a kidnap situation must be conjured up in which for some reason the kidnapper has tried to force the victim to take on the surname '李'. Aft er pressing the victim for some time, the kidnapper wishes to find out whether the victim has indeed adopted the surname '李' and barks question ㉖a at the victim.

Similarly, according to Li & Thompson (1979:201), ㉗b is a natural response to ㉗a while ㉗c is not, because in both ㉗b and ㉗c the speaker has an assumption that '我自己倒不覺得(瘦了)' (I haven't noticed it (=that I'm skinny) myself). This is again a non-neutral context which permits the use of the particle question, but not the use of the V-not-V question.

㉗ a 你好像瘦了一點。

b 是嗎？你看我瘦了嗎？我自己倒不覺得。

c ??是不是？ ??你看我瘦了沒有？我自己倒不覺得。

Finally, according to Li & Thompson (1979:202-3), both particle and V-not-V questions may be used in ㉘ and ㉙, because the speech contexts described in these sentences are neutral and thus V-not-V as well as particle questions may be used.

㉘ a 你喝酒嗎？

b 你喝不喝酒？

㉙ a 你喜歡這部電影嗎？

b 你喜歡不喜歡這部電影？

Li & Thompson's pragmatic constraint on the V-not-V question, however, can be replaced by a simpler and more general constraint ㉚.

㉚ The V-not-V question is used in a neutral context whereas the particle question is used in a non-neutral context.

The particle question consists of a proposition, positive or negative, followed by the interrogative particle '嗎'. The propositional content represents the speaker's assumption concerning the speech context, and the interrogative particle signals the speaker's wish to know whether his assumption is true or not. Thus, in ㉛ and ㉜, the particle question (a) is semantically and pragmatically equivalent to (b).

㉛ a 你明天要去臺北嗎？

b 你明天要去臺北，是嗎？

㉜ a 你明天不去臺北嗎？

b 你明天不去臺北，是嗎？

The V-not-V question, on the other hand, consists of two propositions, one positive and the other negative, optionally followed by the interrogative particle '呢'. Thus, in ㉝, the V-not-V question (a) is pragmatically as well as semantically equivalent to the disjunctive question (b).

㉝ a 你明天要不要去臺北(呢)？

b 你明天要(去臺北還是)不要去臺北(呢)？

Unlike the particle question, the V-not-V question does not express the questioner's assumption concerning the proposition which is being questioned. However, a declarative sentence may be followed by the V-not-V question with the assertive verb '是', as in ㉞. In this case, the speaker's assumption can still be expressed in the proposition. Compare:

㉞ a 你明天要去臺北。

b 你明天要去臺北嗎？

c 你明天要去臺北，是嗎？

d 你明天要不要去臺北？

e 你明天要去臺北，是不是？

Both particle and V-not-V questions may be used to initiate a discourse, as in ㉟, or be attached to a declarative or imperative sentence as a question tag, as in ㊱ and ㊲, but only the (positive) particle question can serve as an echo question, as illustrated in ㊳.

㉟ a ##你明天要去臺北嗎？

b ##你明天要不要去臺北？

㊱ a 你明天要去臺北，是嗎？／不是嗎？

b 你明天要去臺北，是不是？

㊲ a 明天一起到臺北去，好嗎？

b 明天一起到臺北去，好不好？

㊳A: 我明天要去臺北。

B: 是嗎? *不是嗎?

C:*是不是?

Note that in ㊳B the echo question '是嗎?' does not necessarily, as Li & Thompson (1979:201) claim, question the validity of A's statement, since it can also concur with A in his opinion. Thus, for example, in response to ㊴A one can express his disagreement with A by saying ㊴B, but he can also express his agreement with A by saying ㊴C.

㊴A 你好像瘦了一點。

B 是嗎?你看我瘦了嗎?我自己倒不覺得。

C 是嗎?你看我瘦了嗎?我自己也是這樣想。

Thus, the so-called 'non-neutral' context requires only that the questioner bring to the speech situation an assumption about the truth or falsity of the proposition, but not necessarily that this assumption be in conflict with the speech situation, as suggested by Li & Thompson (1979:201, 1981:550). The particle question can be used when the questioner has a tacit assumption concerning the proposition which is being questioned, regardless of whether the speech situation is contrary to his assumption or not.

The V-not-V question is used, on the other hand, when there is no such assumption on the part of the questioner. Thus, in ㊵ and ㊶, the positive particle question (a) can be used when the questioner finds the addressee eating apples or drinking whisky and assumes that he eats apples or drinks whisky, while the negative particle question (b) may be used when the questioner notices that the addressee is not eating apples or drinking whisky and assumes that he does not eat apples or drink whisky. In either case, it is not relevant whether the speech situation is in conflict with the questioner's assumption. When there is no such assumption, the V-not-V question (c) is used.

㊵ a 你(也)吃蘋果嗎？

b 你不吃蘋果嗎？

c 你吃不吃蘋果？

㊶ a 你(也)喝酒嗎？

b 你不喝酒嗎？

c 你喝不喝酒？

Our proposal ㉚ not only simplifies Li & Thompson's pragmatic constraint ㉔, but also offers a better account for the speaker's pragmatic competence. It has been mentioned, for example, in Li & Thompson (1979:200, 1981:550-51) that particle questions ㊷a and ㊸a are pragmatically more appropriate than their corresponding V-not-V questions. Compare:

㊷ a 你姓李嗎？

b 你姓不姓李？

㊸ a 你(最近)好嗎？

b 你(最近)好不好？

This is because in ㊷a the questioner assumes that the

addressee's surname is '李' and asks the addressee whether this is true, while in ㊷b the questioner abruptly seeks to identify the addressee's surname without such an assumption, which is of course socially impolite and thus pragmatically inappropriate. Similarly, in ㊸a the speaker assumes that the addressee is in good health and wishes him so, while in ㊸b there is no such assumption on the part of the speaker, which indicates the cold indifference of the speaker to the addressee and thus is pragmatically much less appropriate. If both particle and V-not-V questions may be used in a non-neutral context, as claimed by Li & Thompson, this pragmatic difference between these two types of questions will be left unexplained. Of course it might be suggested that the speech situations in which ㊷a and ㊸a are used are exactly what Li & Thompson call 'non-neutral' contexts, thereby warranting the use of the particle question. But in our analysis this is a natural consequence which requires no additional qualification or explanation. Moreover, our analysis can explain the fact that the negative particle question such as ㊹ can only be used in a non-neutral context, while in Li & Thompson's analysis a further condition must be added that the negative particle question can be used in a non-neutral context but not in a neutral context.

㊹ a 你不姓李嗎?

b 你最近不好嗎?

Our analysis also provides a better explanation for the fact that while the particle question, which indicates the questioner's assumption, may be answered with '是, 對, or '不(是), 不對' so as to express the addressee's confirmation or denial of the questioner's assumption, the V-not-V question, which does not indicate the questioner's assumption, may not be answered in this way. Note also that, since the particle question expresses the questioner's assumption concerning the proposition which is being questioned, it may contain modal adverbs like '眞的' and '難道'. The V-not-V question, which has no such assumption, may not contain the modal adverbs but may occur with adverbs like '到底' and '究竟' which emphasize disjunctive selection. Compare, for example:

㊺你 {真的／難道
*到底／究竟} 姓李嗎？／要去嗎？

㊻你 {*真的／難道
到底／究竟} 姓不姓李？／要不要去？

Note finally that since the questioner's assumption is expressed in the propositional content of the particle question, the focus of question may be syntactically signaled by the presence of the assertive verb '是' in front of the focused constituent, as illustrated in ㊼.

㊼ a 你明天要到臺北去嗎？

b 是你明天要到臺北去嗎？

c 你是明天要到臺北去嗎？

d 你明天是要到臺北去嗎？

With the V-not-V question, however, the disjunction of the positive and negative verbs itself is the focus of question, and no focus marking with the assertive verb '是' is allowed in this type of question, as illustrated in ㊽.

㊽ a 你明天要不要到臺北去？

b *是你明天要不要到臺北去？

c *你是明天要不要到臺北去？

d *你明天是要不要到臺北去？

REFERENCES

Li, Charles N. and Sandra A. Thompson (1979). "The Pragmatics of Two Types of Yes-No Question in Mandarin and Its Universal Implications," *Papers from the Fifteenth Regional Meeting of the Chicago Linguistic Society*, pp. 197-206, Chicago: University of Chicago Department of Linguistics.

_____ (1981). *Mandarin Chinese: a Functional Reference Grammar*. Berkeley and Los Angeles: University of California Press.

湯廷池 (1981).「國語疑問句的研究」，師大學報 26期， pp. 219-278.

_____ (1983).「國語疑問句的研究續論」，師大學報 28期，pp. 381-437.

* 原以口頭發表於十九屆國際漢藏語言學會議 (1986)。

英漢術語對照與索引

A

B

D

F

focus of question	疑問焦點	135 347
focussed constituent	焦點成分	412
formal properties	形態特性	200
formalize	形式化	27 31 185
formant	峰段	547
formless	無形的	31 185
forward deletion	順向刪略	128-130 265
forward pronominalization	順向代名	224
free argument	自由論元	517
free morph	自由語；自由語素	9 11 93 98 155 178 187 206
frequency universials	頻率普遍性	483
From Close to Distant Principle	從親到疏的原則	139-146
From Light to Heavy Principle	從輕到重的原則	106 115 122-130 146
From Low to High Principle	從低到高的原則	106 130-139
From Old to New Principle	從舊到新的原則	106-122 125 130 134 145 163 171 463
function	函詞	473 474 477 478 480
functional	功能(上的)	591

G

H

I

M

O

P

Q

quantificational
expression 數量詞 113 193 194 405
quantifier 量化詞 203 361
Quantifier Raising; 數量詞提升; 量化詞提升
QR 408
Quantifier Rule 數量詞規律 488
question 發問 247 454
question focus 詢問焦點 253
question morpheme 疑問詞(語)素 304 350
question operator 疑問運作語; 疑問運符
389
question particle 疑問語助詞 315
question quantifier 疑問數量詞 389
question word 疑問詞 316
question-word
question 疑問詞問句 242 243 267 316

R

R-expression; 指涉性名詞組; 指涉詞
referring expression 138 404
rank 階級 130
real explanatory 眞正的詮釋上的功效
power 423
real interrogative 眞問句 353 364

S

T

U

V

Z

國家圖書館出版品預行編目資料

漢語詞法句法論集

湯廷池著. － 初版. － 臺北市：臺灣學生，
1988[民 77]
面；公分（現代語言學論叢）

ISBN 957-15-0783-0(平裝)

1. 中國語言 － 文法 － 論文，講詞等

802.607　　85010636

漢語詞法句法論集（全一冊）

著作者：湯廷池
出版者：臺灣學生書局有限公司
發行人：盧保宏
發行所：臺灣學生書局有限公司
臺北市和平東路一段一九八號
郵政劃撥帳號：00024668
電話：(02)23634156
傳真：(02)23636334
E-mail：student.book@msa.hinet.net
http：//www.studentbooks.com.tw
本書局登記證字號：行政院新聞局局版北市業字第玖捌壹號
印刷所：長欣彩色印刷公司
中和市永和路三六三巷四二號
電話：(02)22268853

定價：平裝新臺幣五六〇元

西元一九八八年三月初版
西元二〇〇六年四月初版三刷

80265-1

ISBN 957-15-0783-0(平裝)